Scarlet

스카렛

Scarlet

스칼렛

날다람쥐 **결핍** 증후군

날다람쥐 결핍 증후군

SCARLET ROMANCE STORY 이아현 장편 소설

contents

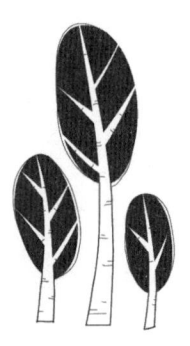

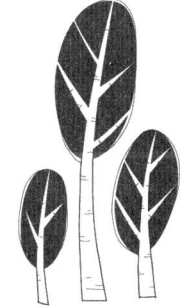

눈이 소복이 내린 세상. 색색의 조명으로 치장한 트리들이 마치 병 정처럼 길가에 서 있고, 사람들은 사랑하는 연인, 혹은 가족과 함께 손잡고 걸음을 옮기고 있다. 인산인해를 이루고 있는 사람들. 그 사 이로 캐럴이 울려 퍼졌다.

크리스마스에는 축복을
크리스마스에는 사랑을.

모두들 행복에 젖어 있을 시간. 누구나 행복하고 즐거워야 할 크리 스마스. 하지만 마냥 이 날을 즐길 수 없는 사람들도 있다.

2004년 12월 25일. 한동안 화재 신고로 정신없이 바쁘게 돌아갔 던 용산 소방서는, 크리스마스를 맞이해 신의 은총이라도 내렸는지 밤 10시가 되었는데도 출동 신고 하나 없이 조용했다.

사무실에 모여 있는 대원들은 이젠 한 몸과 같은 동료들과 크리스마스 파티라도 조촐하게 지내기 위해 과자와 탄산음료를 책상 위에 펼쳐 놓고 각자의 머그컵에 따른 탄산음료로 건배를 나눴다.

"인생 진짜 슬프지 않냐?"

"슬프긴 뭐가 슬픕니까? 이것도 나름 낭만이 넘치는데."

다음 달이면 결혼을 하는 대건은 그 말을 던진 후배 인혁의 뒤통수를 빽 소리 나게 내려쳤다.

"악!"

인혁의 단말마에 대건은 악악 소리를 지르며 외쳤다.

"그거야 네 생각이고! 난 꽃 같은 약혼녀와 토끼 같은 새끼가 있는데, 사내새끼들이랑 함께 보내는 크리스마스가 아름답고 낭만이 넘치겠냐?"

결혼을 하기도 전에 속도위반한 것이 뭐가 그리도 자랑인 것인지 대건은 툴툴거리며 과자를 날름 주워 먹었다. 인혁은 아픈 뒤통수를 손가락으로 긁다가 손바닥으로 슥슥 문지르더니 한숨을 내뱉었다.

"선배, 진짜 너무한 거 아닙니까? 제가 정말 크리스마스에 사무실에 처박혀 있는 게 좋아서 그러겠습니까? 애인 없이 크리스마스 보내는 제 자신이 너무 한심해서 자기위안했을 뿐입니다!"

이제 소방관이 된 지 1년이 조금 넘은 인혁은 일주일째 계속되는 강행군에도 애써 밝게 말했다. 그의 말에 팀원들 사이에 전염병처럼 웃음이 번졌다.

한 사무실에서 한솥밥을 먹는 구조팀 강우는 제 손에 들려 있는 탄산음료를 숨도 쉬지 않고 벌컥벌컥 들이켜더니 꺽, 트림을 하며 말했다.

"백인혁, 너 진짜 멍청하다. 왜 네 꼴이 그렇겠냐? 들이대는 여자 다 마다해 놓고선 왜 이제 와서 투덜거려?"

강우가 갈색으로 염색한 머리카락을 쓸어 넘기며 시크하게 말하자 잘생긴 인혁의 얼굴이 종잇장처럼 구겨졌다.

"어떻게 한 소방서에서 근무하는 사람들끼리 연애하고 결혼해?"

"이게 진짜 앞뒤 꽉 막힌 소리 하네. 다른 연못으로 넘어갈 시간이 있어야 물고기를 잡지. 우리 같은 사람들은 결국 가장 가까이에 있는 사람이랑 연애하고 결혼하는 법이라고."

"그래도 절대 싫어. 그러다 헤어지기라도 하면? 상상만 해도 끔찍하다."

인혁의 말이 이어질수록 상수의 얼굴이 굳어졌다. 결국 참다못한 상수가 짜증스레 말했다.

"백인혁, 너 진짜 알고 하는 소리냐, 모르고 하는 소리냐?"

그의 목소리는 툭 건드리기라도 하면 펑 하고 터질 것처럼 빈정대는 투가 강했다. 구급팀의 새로운 신입과 핑크빛 로맨스를 키운다는 소문이 서 내에 자자한 그가 인혁의 말을 곧이곧대로 받아들일 리가 없었다.

"야, 상수야! 네 상사다!"

대건의 말에 상수의 얼굴이 굳었다. 사람의 생명을 구해야 하는 구조대 내에서는 상명하복이 무엇보다 중요했다. 소방사부터 시작해 밑바닥부터 차근차근 밟아 온 상수와는 달리 간부로 입사해 소방위부터 시작한 인혁은 경력은 훨씬 짧지만 직급은 위였다. 하지만 인혁은 대건의 손을 잡으며 말렸다.

"에이, 지위가 뭐가 중요합니까? 소방관에게 가장 중요한 건 생명의 무게라고 생각합니다."

인혁은 하하 웃으며 말했다. 상수는 그제야 마음이 풀렸는지 사이다를 꿀떡꿀떡 마셨다.

재수 없을 정도로 머리도 좋고 성격도 좋고 거기에 리더십까지 있는 인혁은 상수에겐 가끔 제 부족함을 알게 해 주는 존재라 눈엣가시처럼 느껴졌다. 하지만 깍듯하게 선배 대우를 해 주는 그에게 별다른 불만은 없었다. 다만 사람의 운명은 타고난다고 말하는 것만 같은 그의 존재가 탐탁지 않을 뿐이다.

내가 아무리 노력해도 저 자식의 발끝에도 미치지 못하겠지.

그렇게 생각하면 제 인생이 너무 허무하지 않은가.

"넌 존재 자체가 재수 없음이야."

상수가 마음에 들지 않는다는 듯 말하자, 인혁은 기분 나쁜 기색하나 없이 웃어넘겼다.

그때였다.

띠링띠링—

〈화재 출동! 화재 출동! 전 대원 화재 출동!〉

위이이이잉—!

〈화재 출동! 화재 출동!!〉

우당탕!

출동벨 소리와 함께 방송이 울렸다. 2층에서도 곧바로 튀어 내려오고 있는 것인지 방송과 함께 순간적으로 많은 사람의 발자국 소리가 들렸다. 구조팀이든 화재 진압팀이든 구급팀이든, 너나할 것 없이 총알처럼 차고로 튀어나왔다.

인혁도 막 펌프차에 오르려던 찰나, 구조버스에 오르던 강우와 눈이 마주쳤다.

"까불다가 괜히 다치지 마라."

툭 내뱉은 인혁이 차에 올랐다.

경광등에 불이 켜지고 시끄러운 소리와 함께 수십 대의 차가 차고를 나섰다.

쿵쾅쿵쾅.

심장이 피를 빨아들였다가 내뿜기를 반복하는 것이 생생하게 느꼈다. 단순한 사고가 아니라는 것을 느꼈을까. 인혁은 긴장한 얼굴로 무전을 하고 있는 대건을 보았다.

"상황은?"

—용산동 모텔촌 화재 발생. 6층 건물입니다. 선발대로 화재 현장에 신속히 도착. 후발대를 기다리며 불길을 잡습니다.

지지직, 지지직.

무전기를 통해 들려오는 소리에 소방차 안에 있는 대원 전원이 긴장하였다.

"안에 상황은?"

—신고자 말로는 꽤 많은 사람이 있다고 합니다. 경보음이 울리지 않아 최초 불이 난 것으로 예상되는 3층 위로 대부분의 시민이 대피하지 못했다고 합니다. 옥상에 수십 명이 있고, 방에도 탈출하지 못한 사람들이 있다고 합니다. 스프링클러는 터지지 않았답니다.

마지막 말에 대건의 얼굴이 굳었다. 지휘차가 제일 앞장서고 그 뒤를 따라 스물여 대의 차량이 꼬리를 물고 달렸다. 이 엄청난 차량의 행렬은 지금 일어난 화재가 얼마나 대단한 것인지 단적으로 보여 주고 있었다.

차는 빠르게 달렸다. 아니, 달려야 했다. 하지만 귀를 찢을 듯 강렬한 사이렌 소리에도 차들은 길을 비켜 주지 않았다. 답답한 마음에 클랙슨을 울리던 대원은 결국 역주행을 시도해 빠르게 좌회전을 하고 있었다.

사건 현장 도착까지는 5분. 5분이 골든타임이다. 그 안에 도착해야 신속하게 불길을 잡고 인명을 구할 수 있었다. 펌프차는 블록처럼 쌓인 차들에 가로막혀 앞으로 나아가지 못했지만, 대원들은 현장에 도착하자마자 건물 안으로 뛰어들기 위해 빠르게 방화복으로 갈아입었다. 제일 앞서 방화복을 입고 마스크를 목에 건 대건은 핏기가 가셔 백짓장으로 변해 있는 대원들을 보며 말했다.

"마지막 장비 점검한다."

"네!"

"도착하자마자 우식, 태현은 현장 정리한다. 나머지는 곧바로 마지막 장비 체크하고 현장 투입한다. 알았냐?"

"네!"

대답은 우렁차고 크다. 전투를 앞두고 전혀 두려운 기색 없이 외친 그들의 얼굴은 결연하기까지 했다. 대건은 마지막으로 대원들의 얼굴을 훑어보며 가벼운 어조로 말했다.

"긴장하지 마. 동료 믿고, 날 믿고 들어가면 된다. 오케이?"

"걱정 마십쇼! 대장님!"

제일 뒤에서 음률까지 넣으며 맞장구를 친 인혁은 입술을 크게 늘리며 말했다.

"동료가 함께 있다면 지옥불이라도 이겨 낼 수 있습니다!"

대원들의 얼굴에 조금 긴장감이 가셨다.

화재 현장에 도착한 것은 신고 전화가 들어온 지 십여 분이 지나서였다. 크리스마스를 맞이해 차들은 도로로 쏟아져 나온 상태였고, 사이렌 소리에도 이기적인 시민 의식을 보여 주는 사람들 때문에 현장으로 도착하는 데 꽤 애를 먹었다.

현장에 도착한 대원들은 순식간에 소방차에서 뛰어내렸다. 이곳이 지옥이라면 지옥일까. 사람들의 괴성이 난무했다. 모텔 앞에는 옷을 채 갖춰 입지 못한 사람들이 발을 동동 굴리며 활활 불타는 건물을 바라보고 있었다. 불은 이미 5층까지 번진 상태였다. 미처 빠져나오지 못한 사람들은 5층 난간에 매달려 구조를 요청하고 있었다.

"살려 주세요! 살려 주세요!"

빨간 소방차에서 구원을 발견한 것일까. 그들의 목소린 더욱 절박해졌다. 산소통을 이고 마스크의 호스를 연결한 대건은 마지막으로 장비를 점검한 뒤 물탱크 차에서 내린 대원들을 향해 말했다.

"은찬, 성규는 1층에서 화재 진압한다. 후발팀 오면 위로 산소통 나른다."

"네! 알겠습니다!"

"상수는 나랑 먼저 3층으로 올라간다. 외부에서 창문 깨고 안으로 들어간다. 오케이?"

"넵!"

"인혁이랑 민기는 빠르게 호스 연결하고 3층으로 올라와라."

"네, 알겠습니다!"

대원들은 결연한 얼굴로 외쳤다. 그리고 소방차와 선발에 설 대건의 몸에 형광 줄을 연결했다. 이제 모든 준비가 끝났다. 이제 남은 것은······.

"살려 주세요! 제발! 뜨거워요!"

불구덩이에서 온몸을 비틀고 있는 시민들을 구하는 일만 남았다.

"살아서 만나자."

대건의 말에 대원들은 빠르게 흩어졌다. 제가 맡은 역할을 해내기 위해. 은찬와 성규는 4kg에 달하는 무거운 방화복과 20kg이 넘는 산소통을 이어 매고 빠르게 불이 난 곳으로 달려가기 시작했다. 고가 사다리차에서 호스를 연결하며 빠르게 1층 화재 진압을 하기 시작했고, 대건과 상수는 먼저 고가사다리차에 올라 3층으로 올라갔다.

높은 곳에 올라 아래를 내려다보자, 현실은 더욱 지옥이다. 온몸을 짓누르는 장비의 무게보다 목숨의 무게에 숨을 제대로 쉴 수 없었다.

빠져나온 자들은 안에 두고 온 자들을 걱정하며 울고 있었고, 구경꾼들도 상당히 모여든 상태였다.

시민들을 대피시키기 위해 안간힘을 쓰고 있는 태현이 보인다. 그리고 얼마 떨어지지 않은 곳. 우식은 구급대원들과 안전라인을 친 뒤 재빨리 굴절차로 향하고 있었다.

빠르게 백업이 이루어지는 것을 보며 대건은 시선을 앞으로 돌렸다. 창문 안에서 뜨거운 화마는 악마의 형상으로 그들을 잡아먹을 듯이 굴고 있었다.

"피해 주십시오! 이곳은 위험합니다!"

"최대한 멀리 떨어져 주십시오!"

구급대원들은 서둘러 시민들을 대피시키기 시작했다.

"이곳과 최대한 멀어지셔야 합니다!"

구급팀의 수인이 소리를 지르자, 야속한 불길을 바라보던 60대 노인이 그녀의 손을 잡으며 눈물을 펑펑 쏟았다.

"안에 우리 바깥양반이 있어요! 제발 살려 주세요!"

주름진 눈가 사이로 눈물이 흘렀다. 평생 함께한 남자가 불길 속에 있다는 사실에 사지를 바들바들 떨며 애원했다.

"제발, 제발 살려 주세요. 제발! 저 양반 없으면 나는⋯⋯."

노인은 안에 있는 남편을 살려 달라 애원했다. 타오르는 불길 속에서 함께 빠져나오지 못했다며 눈물을 흘리는 것을 보던 인혁은 이를 악물었다.

아비규환, 이 상황을 그 이상 어떠한 말로 표현할 수 있을까. 매번 화재 현장을 갈 때마다 미친 듯이 뛰던 심장이 오늘만은 차분하게 가라앉았다. 이상하리만큼.

위에서 툭 떨어진 붉은 노끈에 소방호스를 묶은 인혁이 손을 흔들었다. 그러자 빠르게 하늘로 끌어 올려졌다. 인혁은 무전기를 들었다. 그러자 대건의 긴장한 목소리가 들렸다.

—방수!

그 말에 대원들은 힘껏 밸브를 열었다. 그러자 느슨하게 풀려 있던 밸브가 팽팽해지고 순식간에 호스에서 물이 뿜어져 나오기 시작한다.

와장창!

20kg의 수압에 창이 깨지고, 유리조각이 아래로 떨어져 내렸다. 플래시 오버(flash over)를 피하기 위해 수압으로 창문을 깨뜨림과 동시에 대건과 상수가 안으로 튀어 들어갔고, 굴절차는 아래로 내려와 인혁과 민기 또한 실어 위로 나른다.

건물 안으로 진입하는 순간 인혁의 손이 부르르 떨렸다. 두려움 때문이었다. 방화복을 입고 있어도 악마는 그들의 살갗을 태울 것처럼 뜨거운 열기를 내뿜었다.

"정신 차려, 백인혁, 이 새끼야!"

앞에서 발화지점을 찾아 뜨거운 불길을 잡고 있던 대건은 인혁의 상태를 용케 알아차리고 버럭 소리를 질렀다. 1년여 동안 인혁이 출동했던 그 어떠한 현장보다 불길이 컸기에 그가 더럭 겁을 집어먹은 것을 알아차린 것이다. 그때서야 정신을 차린 인혁이 소리쳤다.

"네, 알겠습니다!"

민기가 호스를 잡았고, 그 뒤에서 몸을 지탱한 인혁은 무전기에 입을 대고 말했다.

"방수!"

치이익, 치이이익!

마치 뱀이 혀를 날름거리는 것처럼 날카로운 소리가 연신 들려왔다. 하지만 두 개의 거대한 물줄기가 만나자 빠르게 화마는 잠식되어 갔고, 1층에서 위로 뚫고 올라오던 은찬과 성규와 만나자 발화지점의 화마는 순식간에 사그라들었다.

매캐한 유독가스 사이로 대원들은 몸을 낮춰 4층으로 진입했다.

제일 앞장선 대건은 이미 4층으로 번진 불길을 잡고 있었고, 그 사이로 구조대원들이 빠르게 달려 인명구조에 힘을 썼다. 정신이 온전한 사람들은 젖은 수건으로 코와 입을 막은 채 몸을 낮춰 아래로 내려갔고, 유독가스에 취해 정신이 온전하지 못한 사람들은 구조대원들이 어깨에 들쳐 메 구조했다.

삐— 삐— 삐— 삐—

건물 내부에서 날카로운 소리가 들려왔다. 산소통에 산소가 바닥을 보인다는 소리였다. 그 소리에 대원들은 계단을 바라보았지만 웬일인지 산소통을 날라야 하는 백업 요원들은 보이지 않았다.

인혁의 마음이 다급해졌다. 무전기를 든 그가 외쳤다.

"산소통!"

―아래에 구조자 다섯 명 발견. 현재 백업할 요원 없음!

백업 요원이 다급하게 외치자, 인혁은 푸시식 식어 버린 호스를 집어 던졌다. 아무래도 자신이 직접 내려가야 할 것 같았다.

"살려……."

미약한 소리에 인혁의 걸음이 순간 멈췄다. 용케도 구조자의 목소리를 들은 인혁이 암흑과도 같은 복도를 손으로 짚으며 안으로 들어가 방문 앞에 섰다. 가운만 입은 채 방문에 쓰러져 있는 여자가 보였다.

"구조자 발견! 의식이 미약합니다!"

소리친 인혁이 허리춤에 있던 산소마스크를 대 준 뒤 외쳤다. 그러자 여자의 손이 푸르르 떨렸다. 마치 빨리 자신을 구해 달라는 듯.

"119구조대입니다. 신속하게 밖으로 대피하셔야 합니다. 지금부터 제가……."

그가 막 자신을 잘 따라와 달라, 구조자에게 요청하려 할 때였다. 갑자기 뒤에서 벼락같은 소리가 들려왔다.

쾅!

그의 고개가 천천히 옆으로 돌아갔다. 그리고 얼마 떨어지지 않은 곳에서 일어난 상황에 비틀거리며 자리에서 일어났다.

"아, 안 돼!"

인혁이 비명처럼 소리를 내질렀다. 그리고 부웅 날아 바닥에 처박힌 대건에게 달려갔다. 주위에선 대건의 몸에 붙은 불을 끄고 있었지만 정작 당사자는 신음만 내뱉을 뿐이었다.

"서, 선배! 으아아악…… 선배!"

인혁의 눈에서 눈물이 쏟아졌다. 여전히 마른 장작처럼 불타고 있는 대건을 끌어안으려 하는 인혁을 동료 대원들이 붙잡았지만, 그는 이미 눈이 돌아 버린 것인지 악귀처럼 눈을 번뜩였다.

"안 돼! 안 된다고!"

"백인혁, 정신 차려!"

상수가 소리쳤다. 하지만 그는 말을 듣지 않았다. 악을 쓰고 몸을 비틀며 동료들의 손길에서 벗어나려 용을 써 봤지만 자리에서 일어나면 다리에 힘이 풀려 다시 털썩 주저앉고 말았다.

가장 존경하는 선배이자 제 목숨을 맡겼던 팀장. 하지만 그는 인혁의 앞에 너무나 힘없이 누워 있었다.

"가만히 있어, 백인혁!"

"안 돼! 안 돼!!"

백드래프트(back draft).

소방관 살인이라 불리는 분노의 역류에 잡아먹힌 대건은 거친 숨만 뱉을 뿐이었다. 미쳐 날뛰는 인혁의 모습에 다른 대원들도 하나둘 이성을 잃기 시작했다. 그때 어디선가 날아든 주먹이 인혁의 뺨을 사정없이 내려쳤다.

퍽!

"백인혁, 정신 안 차리냐?"

무심한 목소리였다. 그래서였을까? 인혁의 고개가 천천히 옆으로 돌아갔다. 그리고 마스크 너머로 그를 향해 경멸을 보내는 두 눈동자와 마주했다.

"시민의 목숨은 내가 구한다. 그럼 넌 어떻게 할 건데?"

강우가 바닥에 쓰러져 있는 여자를 가리키며 말하자, 인혁이 제 입을 가리고 있던 산소마스크를 대건의 입에 대었다. 폐부를 날카롭게 파고드는 유독가스에 그가 눈을 날카롭게 빛냈다.

이미 생각은 끝났다.

그는 서둘러 대건의 몸을 들쳐 업고 아래층으로 달려 내려갔다.

위이이잉.

도로 위를 위험하게 주행하는 구급차 안에는 죽음과의 사투를 벌이는 이가 있다. 하지만 주차장처럼 꽉 막힌 도로는 당최 뚫릴 생각을 하지 않고, 역주행과 끼어들기를 번갈아 하며 최대한 빨리 병원에 도착하기 위해 악을 썼다.

얼마를 달렸을까. 10분이 지나 겨우 대학병원에 도착했다. 이미 주위 병원으로부터는 응급실을 폐쇄했다거나 자리가 없다는 이야기를 들었기에 이곳이 마지막 희망이나 다름이 없었다.

"연락드렸던 구급대입니다!"

병원에 도착하자마자 수인이 차에서 내렸다. 그리고 앞까지 나와 있는 ER의사에게 말했다. 하지만 의사는 난색을 표하며 고개를 저었다.

"지금 저희 병원 응급실에는 자리가 없어서요. 다른 병원으로 가보셔야 할 것 같아요."

"하지만 지금 환자가……."

"어쩔 수 없습니다. 아시잖습니까."

도대체 뭘! 뭘 안다는 건데! 환자의 생명이 꺼져 가는 상황에서 도대체 뭘 더 알아야 하는 건데!

수인은 그렇게 외치고 싶었다. 소중한 동료이자, 훌륭한 대원이 사경을 헤매고 있는 이 와중에도 별 시답지 않은 이유로 거절부터 늘어놓는 저 의사의 면상을 주먹으로 후려치고 싶었다. 하지만 어쩔 수 없는 일이다. 그들이 환자를 받지 않겠다면 서둘러 다음 병원으로 가는 것이 현명하다.

결정이 빠를수록 환자가 살아날 가능성은 높아지니까.

의사의 말에 수인은 서둘러 구급차로 돌아왔다. 그 뒤 차는 빠르게 다음 병원으로 향한다.

마지막 희망이나 다름이 없었던 곳에서 거절을 당하자, 그들은 어쩔 수 없이 30분이나 떨어져 있는 병원으로 가야만 했다. 이미 용산동 근처에 있는 모든 병원은 화재 현장에 있었던 시민들로 인해 인산인해를 이뤘고, 발 디딜 틈도 없었으니까. 그리고 대건의 상태는 점점 악화되며 맥박이 서서히 느려지고 있었다.

30분 거리를 단 15분 만에 달려 병원에 도착한 구급차가 요란한 소리를 내며 응급실 앞에 멈춰 섰다. 미리 통화했던 의사가 문 앞에 서 있자 수인이 재빨리 구급차에서 내리며 이동침대를 당겼다. 좌르륵 소리와 함께 바퀴가 펴졌다.

"상태는요?"

"용산동 모텔 사고 현장에 투입되었던 화재 진압팀 대원입니다. 20분 전부터 맥박과 의식이 흐려지고 있고……."

수인이 대건의 상태를 자세히 설명하며 응급실 안으로 뛰어 들어가고 얼마 뒤, 주차장에 차 한 대가 거칠게 멈춰 섰다.

곧장 차에서 내린 인혁이 응급실로 달려간다.

병원 앞 길가에 설치되어 있던 가로수 스피커에서 아름다운 캐럴 송이 울려 퍼진다. 아름다운 전구에 눈이 멀어 버릴 것 같았다.

당신과 만나는 그날을 기억할게요.
창틀 위에 촛불이 까만 밤을 수놓으며.

인혁은 흐려지려는 정신을 다잡으며 고개를 저었다. 그는 곧장 현장에서 달려온 것인지 엉망인 모습으로 응급실로 달려갔다.

용산구에서 다 받지 못한 환자가 이곳까지 흘러 들어왔는지 여기저기엔 유독가스에 질식되어 생사가 오락가락하는 환자부터 시작해, 온몸에 화상을 입은 환자, 위에서 무리하게 뛰어내려 골절상을 입은 환자 등. 저마다의 아픔을 토해 내며 여기저기 악 소리가 터져 나오고 있었다.

그 사이에서 빠르게 대건을 찾던 인혁은 주황색의 작업 티셔츠를 입은 채 침대에 누워 있는 대건을 발견했다. 그리고 그 옆에서 하늘색 간호복을 입은 그의 사랑스러운 약혼녀도 함께…….

"대건 씨…… 대건 씨, 안 돼요. 제발, 제발 눈을 떠요……."

제발요, 제발. 날 봐 줘요. 눈을 떠요, 제발…….

그을음이 묻어 애초에 피부색이 어떠했는지 알 수 없을 정도로 대건의 얼굴은 시꺼멨다. 아니, 그을음 때문이 아니다. 생명력을 잃은 피부는 어두운 색을 띠었고, 빛이 나지 않았다. 이화의 손길에 그의 몸이 힘없이 흔들렸다. 늘 단단하고 태산과도 같았던 남자의 마지막 순간에 결국 이화의 몸이 뒤로 넘어갔다.

털썩.

대리석과 몸이 부딪혀 커다란 소리를 냈다. 주위에 있던 동료 간호사들이 이화에게 몰려들어 그녀를 재빨리 침대 위로 옮긴다.

대건과 이화.

둘은 나란히 누었다.

다음 달이면 둘은 분명 커다랗고 좋은 신혼 침대에 같이 누웠을 터이다. 지금처럼 각각 떨어진 차디찬 철제 침대가 아닌.

다리에 힘이 풀려 몸이 휘청거리자, 인혁이 서둘러 벽을 손으로 짚었다. 그의 눈에서 눈물이 비처럼 쏟아졌다.

위이이이잉…….

귀에서 시끄러운 소리들이 멀어지고 이명이 들린다. 눈이 뒤집힐 것 같고 아픔에 속이 새까맣게 타들어 가는 것 같았다.

온 세상이 하얀 눈으로 덮여 가겠죠.

캐럴이 울렸다. 얼마 전까지만 해도, 아니, 인생 통틀어 축복이라 생각했던. 아름다운 가사가 울렸다. 하지만 백인혁, 그에게 캐럴은 더 이상 축복이 아니었다.

"헉, 헉!"

얼핏 듣기에는 야릇한 소리다. 땀으로 젖어 있는 온몸과 들썩이는 몸. 숨이 턱까지 차올라 입 안이 바짝 말랐지만 정원은 가벼운 등산화를 신은 발걸음을 멈추지 않았다.

한국 8경 중 하나이며 5대 명산 중 하나인 지리산(智異山).

최근 이 거대하고도 아름다운 산이 울긋불긋 화려한 옷으로 갈아입자 전국에서 수많은 등산객이 모여들었다. 그 사이를 마치 날다람쥐처럼 빠르게 걷고 있는 정원은 제 페이스를 유지하며 홀로 산행을 즐기고 있었다. 어릴 적부터 아버지와 함께 오르던 고향 산은 등산을 즐기는 사람들에게도 힘든 곳이었지만, 그녀에겐 제 안방과 같은 곳이었다. 정원은 길 사이사이에 주저앉아 물을 마시며 휴식을 취하거나 일행과 수다에 빠져 있는 사람들 사이를 요리조리 피해 빠르게 가파른 산을 올랐다.

약 9km. 특히 단풍이 아름답다는 뱀사골 단풍산행 코스에 오른 지 3시간이 흘렀다. 다른 사람들에겐 족히 네 시간은 걸리는 코스였지만 그녀는 단 두 시간 만에 화개재까지 오른 후 주위를 둘러보았다.

"아, 좋다!"

그 말이 절로 나왔다. 화려한 색상으로 갈아입은 산은 마치 요염한 아가씨와 같았다. 연지곤지를 찍은.

팍팍한 공무원의 삶에 단비처럼 찾아온 휴가였다. 성수 119구조대에 근무한 지 2년 만에 장기간 휴가를 받자마자 곧장 지리산으로 달려온 그녀는 사진을 찍듯 풍경을 눈 속에 담았다.

개운해진 얼굴로 주위를 둘러보던 정원은 빠르게 하산했다. 어머니가 맛깔난 점심을 해 두겠다 하였으니, 시간을 맞추려면 걸음을 서둘러야 했다.

얼마를 내려왔을까. 삼도봉에서 얼큰한 술자리가 벌어지고 있었다.

"아! 역시 공기 좋은 곳에서 마시는 술맛이 최고지!"

"암, 그렇고말고!"

요즘 텔레비전에서 연시 산행 음주가 위험하다는 이야기를 앵무새처럼 떠들고 있었지만 네 명의 무리는 전혀 개의치 않은 모습이었다. 게다가 일행 중 두 명은 이미 만취 상태였다.

태평양처럼 넓은 오지랖을 가진 것은 아니었지만 사고가 날 것 같은 모습에 정원이 막 그들을 말려야 할까 고민했다. 그때 갑자기 산 저 밑에서 빠른 속도로 달리듯이 올라오고 있는 한 인영이 보였다.

"……헐."

정원의 입에서 절로 놀란 음성이 흘러나왔다. 꽤 산을 탄다는 그녀의 눈에도 남자는 마치 프로 산악인처럼 보였다. 그의 목적지는 화개재가 아닌지 그녀의 곁을 스쳐 반선 방향으로 올라갔다. 그리고 그 뒤에서 숨 하나 흐트러지지 않은 무심한 표정의 남자가 올라오더니 역시나 그녀의 곁을 지나갔다.

"뭐야. 오늘 무슨 날이야?"

근처에서 운동선수들 전지훈련이라도 하나?

정원은 이젠 어느새 점처럼 보이는 남자들의 뒷모습을 멍하니 바라보았다. 당황한 입은 쩍 벌어져 붕어처럼 뻐끔거렸다.

아니야, 어쩌면 저 사람들도 할 일 없이 산을 오르는 우리 아빠처럼……

그녀의 생각이 막 삼천포로 빠지려 할 때였다. 방금 전 그녀가 주시하고 있던 사람들 중 하나가 자리에서 벌떡 일어나더니 몸을 휘청거리며 일행에게 말했다.

"우리 사진 찍자고, 사진!"

"이렇게 좋은 곳까지 왔는데 찍어야지!"

술을 마시면 괜히 기분이 들뜬다. 거기에다가 일상을 탈피해 지리산을 오른 사람들은 죽이 척척 맞았다. 돗자리에 앉아 음식을 날름 주워 먹던 사람들까지 자리에서 일어나 비틀거리며 안전을 위해 쳐 놓은 난간 쪽으로 향했다.

비틀거리던 사람들이 하나둘 자리를 잡았고, 그들 중 하나가 정원에게 다가와 우악스러운 손길로 카메라를 건넸다.

"예쁜 총각! 우리 사진 좀 찍어 줘!"

40대처럼 보이는 남자는 그녀의 답을 듣기도 전에 일행에게 달려가 자리를 잡으려 했다. 그 순간, 주위가 소란스러워졌다. 남자는 '어, 어!'라고 반응을 보이기도 전에 난간 너머로 몸이 넘어가더니 그대로 아래로 추락했다.

"억!"

"어, 어떻게 해!"

산을 오르던 사람들도, 주위에서 눈살을 찌푸리며 일행을 보던 사람들도 모두들 놀라 난간으로 달려왔다. 비명과 함께 평화로운 등산로가 순식간에 소란스러워졌다.

당황한 것도 잠시, 정원은 들고 있던 카메라를 일행에게 던진 후 사고현장으로 달려갔다. 그녀의 뒤로 소리치는 사람들의 목소리가 들렸다.

"어, 어떻게? 살아는 있어?"

"김씨!"

정원은 난간을 붙잡고 있는 일행에게 날카로운 목소리로 외쳤다.

"119에 신고하십시오!"

"어, 어? 어, 그래! 신고! 신고해야지!"

그녀의 말에 앵무새처럼 외친 사람이 서둘러 주머니에서 휴대전화를 꺼냈다. 날카로운 눈으로 아래를 보자 바위에 머리가 깨져 꿈틀거리는 사고자가 보였다. 음주 상태라 방어하지 못했는지 몸은 축 늘어져 있고, 출혈도 상당했다.

"119죠? 여기 지리산 삼도봉인데요! 지금 사람이 아래로 떨어졌거든요!"

일행 중 하나가 다급한 목소리로 외쳤다. 하지만 알코올에 푹 절어버린 혀는 제 기능을 하지 못해 도무지 무슨 말을 하는지 알 수가 없었다. 정원은 일행에게서 휴대전화를 빼앗으며 말했다.

—신고자분, 지금 사고자 상태는 어떻습니까?

상황실 대원의 목소리가 들렸다. 남자는 이러한 일이 익숙한 듯 평온한 목소리였다. 그 말에 정원이 빠르게 답했다.

"머리에 출혈이 상당합니다."

—지금 출동했습니다. 한 시간 반 정도 걸리는데, 혹 주위에 지혈할 만한 것은 없습니까?

"응급처치를 할 만한 상황이 안 됩니다."

정원이 답할 때였다. 갑자기 불쑥 뒤에서 나타난 남자가 난간을 짚고 아래를 보더니 미간을 찌푸렸다. 그러면서 이 상황이 엄청 기가 막힌 것인지 버럭 소리를 지른다.

"아, 내 팔자! 진짜!"

"대장님도 참. 어쩜 이런 건 냄새를 그리 잘 맡는답니까?"

"야, 너 안 닥쳐?"

"네네, 닥치라면 닥쳐야죠. 그게 인생사지, 뭐."

밝은 갈색 머리카락은 다갈색의 피부를 더욱 돋보이게 만든다. 강우는 조그마한 얼굴을 사정없이 찌푸렸다. 불만이 많은 얼굴로 투덜거리던 그는 메고 있던 배낭을 뒤에서 지켜보고 있는 남자한테 던지며 말했다.

"내려가야 되겠다."

"저희는 여기 일하러 온 게 아닌데요?"

불만 가득한 목소리에 강우가 남자의 뒤통수를 사정없이 내려친 뒤 휴대전화를 들고 멍 때리고 있는 정원을 보며 말했다.

"거기 귀여운 아가씨! 119랑 통화 중이에요?"

"네."

"전화 이리 줘 봐요."

정원이 강우에게 휴대전화를 건네자 그는 상황실에 재빨리 현 상황을 알렸다.

"이수 소방서 구조팀 최강우 팀장입니다. 현 위치는 지리산 삼도봉 절벽 부근입니다. 대충 상황 보니까 사고자가 출혈이 많습니다. 대원들 힘들게 뛰어오지 말라고 하고, 바로 헬기 보내 주세요. 불 피워서 현 위치 알릴 테니까."

─사고자가 있는 곳까지 내려갈 수 있습니까?

강우는 힐끗 아래를 내려다봤다. 꽤 아래쪽이었지만 절벽을 잡고 내려가면 어떻게든 될 것 같았다.

"네, 여기 저 말고 유능한 구조대원 하나 더 있으니까 둘이 어떻게든 해 보겠습니다. 내려가서 지혈하고 있겠습니다."

—네, 알겠습니다.

짧게 말을 주고받은 강우가 정원에게 다시 휴대전화를 건넸다. 그리고 제법 상큼하게 웃어 보이며 말한다.

"그럼 계속 전화해 줘요. 현 상황 알려 주고. 야, 이재권! 넌 부목 할 만한 것 얼른 주워 오고, 불 피워!"

"아씨, 정말! 휴가까지 이렇게 보내야겠습니까?"

"그럼 어쩌냐! 얼른 해!"

강우의 말에 재권은 투덜거리긴 했지만 재빨리 몸을 움직였다. 그 사이 사람들에게서 깨끗한 손수건을 빌린 그가 절벽을 타고 아래로 내려가기 시작했다.

꼴깍, 정원은 침을 삼켰다. 남자는 재빠르게 벽에 튀어나온 부분을 잡고 아래로 내려가기 시작했고, 얼마 지나지 않아 사고자 옆에서 손을 흔들었다. 그 모습을 멍하니 보던 정원이 중얼거렸다.

"머, 멋있다……."

—네? 지금 뭐라고 하셨습니까?

"아, 아닙니다."

정원은 제가 상황실과 통화하고 있다는 사실을 그제야 깨달았는지 몸을 흠칫 떨었다.

"사고자 의식 없음!"

강우가 사고자의 뺨을 두드렸다. 뺨이 발갛게 될 정도로 때렸지만 사고자가 눈을 뜨지 않자 강우가 외쳤고, 그 소리를 정원은 고스란히 상황실에 전달했다.

"현재 사고자 지혈 중입니다. 의식은 없습니다."

―헬기는 5분 뒤에 도착합니다.

상황실 대원의 말에 정원은 배에 힘을 꽉 준 뒤 외쳤다.

"헬기 5분 뒤에 도착이랍니다!"

"야, 이재권! 귓구녕 뚫려 있지? 빨리 안 움직여?!"

"아, 알았습니다, 알았어! 거참, 성격도 더럽게 급해요!"

"뭐? 이 자식이! 너 올라가면 보자!"

"보자고 하는 사람치고, 무서운 사람 못 봤습니다."

말은 그렇게 했지만, 재권은 어느새 평평하고 기다란 나뭇가지 세 개를 끈에 열심히 묶고 있었다.

"낚싯대 내려갑니다~"

"천천히 내려!"

사람들은 강우와 재권이 손 맞춰 일하는 것을 숨죽여 보았다. 그리고 그건 정원 또한 마찬가지였다. 다리를 고정할 나뭇가지가 아래로 내려가자, 강우는 순식간에 사고자의 다리를 고정한 뒤, 목 뒷부분까지 고정했다.

그때 위에서 거대한 굉음과 바람이 불어닥쳤고, 가느다란 끈에 몸을 지탱한 채 대원이 아래로 내려왔다. 헬기가 도착하고, 구조대가 도착하자 상황은 순식간에 종료되었다.

짝짝짝!

떨리는 마음으로 현장을 지켜보던 시민들이 너나할 것 없이 박수 쳤다. 그리고 그 모습을 정원은 눈을 반짝이며 바라보고 있었다.

"진짜 멋있잖아!"

슈퍼맨처럼 나타난 둘은 사고현장이 정리되자마자 바람처럼 사라졌다. 지칠 법도 하건만 그들은 정원보다 더 빠르게 산을 타고 내려갔고, 정원은 그 뒷모습만 멍하니 보고 있었다.

사람들이 흩어지자 한참을 멍 때리던 그녀도 뒤늦은 하산을 했다. 영란이 돌아오라던 시각에서 훨씬 지난 시각이었지만, 발걸음은 더뎠고 눈빛은 어딘가 저 멀리 별세계로 향해 있었다. 오래된 집 마당 앞에 들어서야 바닥을 향해 있던 그녀의 고개가 위로 들렸다.

"애! 왜 이렇게 늦게 왔어? 장사 좀 도와 달라니까."

"응? 아아……."

뭐라 말을 잇지 못하던 정원은 영란의 손에 들려 있는 커다란 종이 박스에 낯빛이 창백하게 변했다. 마당 구석엔 모닥불이 지펴져 있었고, 영란은 그 위로 검은색 테이프를 던지고 있었다. 놀란 정원은 모닥불 속에서 녹아내리고 있는 테이프를 발로 차 꺼내며 외쳤다.

"이걸 왜 태워!"

"어차피 보지도 않잖아! 다 쓰레기라고, 쓰레기!"

평소 물건이 쌓여 있는 꼴을 못 보는 영란은 불길 속에 당장이라도 박스를 던져 버릴 것처럼 굴었다. 하지만 정원은 육탄방어하며 온몸으로 테이프를 끌어안았다. 그리고 눈망울을 촉촉하게 적셨다.

"내 보물이야!"

서울에 있으면서부터는 잘 보지 못해 고향집 구석에 먼지가 쌓인 채 처박혀 있긴 했지만, 어찌 되었든 그녀의 보물이다. 하지만 영란은 그 소리에 기가 막힌 것인지 더욱 언성을 높였다.

"보물? 이 소박한 것! 그 사람이 너 이러고 사는 거 알면 고소할 걸?"

"고소? 하라고 그래! 내가 좋다는데, 왜!"

정원이 악을 썼다. 그리고 테이프 표면에 적혀 있는 글자를 하나하나 읽으며 피해가 어느 정도 되는지 가늠하느라 바빴다.

〈소방관의 신의〉

〈현장 취재, 119 구조대의 하루!〉

〈최근 30년 동안 일어난 거대 화재 사건〉

특집으로 구성된 다큐멘터리부터 시작해 짧게는 15분 정도 방송하는 것까지 모두 녹화해 둔 테이프.

소방관에 관련된 다큐멘터리만 모아 둔 테이프는 50개에 달했고, 그중 영란과 그녀가 칭하는 '그 사람'이 나오는 것은 30개에 달했다. 그만큼 대한민국에서 최고의 소방관으로 불리는 그는 그녀에게 신이자 동경의 대상이었다. 하지만 그 꼴을 더 이상 봐주지 않기로 한 것인지 영란은 테이프를 바닥에 와르르 쏟아 내며 외쳤다.

"차라리 아이돌을 좋아해! 무슨 소방관을 좋아해, 좋아하길! 아니면 연애를 하든가!"

선머슴처럼 자른 짧은 머리카락이나 비쩍 마른 몸은 볼품없었다. 사내자식이라고 해도 믿을 정도로 자신을 꾸밀 줄 모르는 딸아이 모습에 영란은 울컥 화가 올라왔는지 버럭 소리를 질렀다.

"잘 낳아 줬으면 유지라도 해야 할 것 아냐, 유지라도!"

"내 마음이야! 이게 일할 때 더 편하단 말이야! 치렁치렁한 건 싫어!"

악을 쓰는 정원의 모습에 영란이 곧 한 대 후려칠 듯 손을 높이 들었다. 그리고 그때, 두 명의 인영이 마당 안으로 들어섰다.

"식사, 아직도 합니까?"

밝은 목소리에 영란과 정원의 시선이 동시에 대문으로 향했다.

정원은 두 사람의 모습에 깜짝 놀라며 말했다.

"어? 슈퍼맨!"

"응? 슈퍼맨?"

강우의 고개가 옆으로 기울여지는 것을 보며 정원은 고개를 크게 끄덕였다. 그리고 품에 안고 있던 테이프를 종이 박스에 쏟아 낸 뒤 시익 웃었다.

"물론 장사하죠!"

"야! 재료 없……."

영란의 말이 채 끝나기도 전에 정원은 말을 싹둑 잘라 내며 둘을 안으로 이끌었다.

"소문 듣고 오신 거죠? 현재 되는 메뉴가 몇 개 안 되긴 하지만 그래도 괜찮으시다면 안으로 들어오세요!"

두 사람이 정원의 뒤를 쫓아가자 영란의 입에서 깊은 한숨이 흘러나왔다. 간판 하나 없는 식당이었지만 평일에도 손님이 미어터질 정도라서 식재료는 진즉에 떨어졌던 참이다. 머릿속으로 냉장고에 있는 재료를 떠올리던 그녀는 반짝이는 딸아이의 눈빛에 미간을 찌푸렸다. 저렇게 눈을 반짝일 때는 둘 중 하나였다. 그리고 역시나 그녀의 생각은 똑 맞아떨어졌다.

"아까 구조 현장에서요! 저 그때 전화 받고 있었습니다!"

"아, 그 귀여운 아가씨?"

강우가 눈을 반달로 만들며 예쁘게 웃었다. 그리고 정원의 손을 잡고 위아래로 흔들었다.

"이렇게 공기 좋은 데서 사니까 얼굴에 '나 귀요미' 라고 쓰여 있는 거구나?"

"저 서울에서 소방관으로 근무 중입니다."

정원의 말에 강우와 재권, 두 사람의 얼굴에 놀라움이 떠올랐다. 자그마한 체구나 성별, 깡마른 몸은 험한 일을 하는 소방관과는 어울리지 않기 때문이다. 하지만 얼굴 위로 떠오른 자부심에 두 사람의 표정이 순간 부드럽게 풀어졌다.

똑같은 마음이었다, 세 사람은.

그 자부심 하나로 피곤하고 괴로운 일도 기쁜 마음으로 수행하고 있었다.

그때, 세 사람의 대화가 마음에 들지 않았는지 영란이 불쑥 끼어들었다.

"지금 되는 건 전밖에 없는데 괜찮나요?"

"네, 좋습니다! 이곳에서 직접 뽑는 막걸리가 마시고 싶어서 먼 곳에서 온 거거든요! 전에 막걸리라, 최고의 궁합 아닙니까?"

넉살 좋게 말한 강우가 다시 정원에게 시선을 돌리며 말했다. 재권은 노예근성이 몸에 밴 것인지 어느새 물컵에 물을 따라 강우의 앞으로 내밀고 있었다.

"그래요? 축복받은 서는 과연 어딜까?"

"아, 그게……."

정원이 막 말을 이으려던 찰나, 물수건과 물통을 테이블 위에 쾅, 소리 나게 내려놓은 영란의 얼굴에 불편한 심기가 머물렀다.

"총각들이 저 기지배 좀 말려 봐요. 선생님 되라고 힘들게 공부 시켜서 서울로 대학 보내 놨더니! 어느 날 소방관 한 명한테 꽂혀서 말도 안 하고 소방관이 되겠다고 대학 때려치우고! 저년은 땅 파면 학비가 나오는 줄 알아."

영란의 말에 더욱 호기심이 든 것인지 강우는 턱을 괴며 말했다.

"소방관한테 꽂혀? 어떤 사람인데요?"

생각하는 것만으로도 기분이 좋은지 정원의 입술이 크게 벌어졌다. 꿈길을 걷는 참인지 한참 생각에 잠겨 있는 정원을 보며 영란이 혀를 끌끌 차곤 사라졌다.

"제 우상이에요."

"우상? 신처럼 숭배하고, 뭐 그런 우상?"

그녀의 말에 재권도 호기심을 느꼈는지 고개를 돌려 반짝반짝 빛나는 정원의 눈동자를 보았다. 그녀는 망설임 없이 고개를 끄덕였다.

"네, 우상이요! 텔레비전에서 보는 순간 완전 좋아하게 되어 버려서 그 사람에 대한 건 다 찾아봤거든요! 꼭 그분처럼 멋있는 소방관이 되고 싶어요."

반짝이는 눈은 별과 같다. 그 모습이 너무 귀엽고 예뻐 보여 강우는 자신도 모르게 웃음이 나왔다. 그가 실없이 웃는 모습을 보던 재권이 못 볼 꼴을 봤다며 막 고개를 돌렸다.

강우가 발랄한 목소리로 물었다.

"그게 누군데요?"

"용산 소방서에 계셨던……."

"설마…… 백인혁은 아니죠?"

정원은 크게 고개를 끄덕였다. 당신 말이 맞다며.

사랑에 빠진 소녀처럼 반짝이는 정원을 보며 강우는 심드렁한 목소리로 읊조렸다.

"그 개 같은 자식이 들으면 거품 물고 쓰러질 일이겠구만."

"네?"

"아, 그 자식이 낯간지러운 건 싫어하거든요. 어디 그뿐인가? 반짝반짝거리는 눈으로 쳐다보면 귀엽다고 머리 쓰다듬어 주기는커녕 독설을 내뱉는다니까? 성격 파탄자야, 성격 파탄자."

"설마요."

정원이 믿지 못하겠다는 듯 말하자 강우가 자리에서 펄쩍 뛰었다.

"어? 안 믿네? 이재권, 내 말이 틀렸어?"

"뭐……."

근무지는 달랐으나 어찌 되었든 상사이기에 재권은 딱히 뭐라 말하지 못했다. 하지만 그 어떠한 긍정보다 강력한 힘을 가지는 대답이긴 했다.

"이것 봐. 내 말이 맞지? 하여튼 그 자식, 팀원 피곤하게 하는 데는 뭐 있으니까 절대 같이 일할 생각하지 말아요. 별은 멀리서 봐야 반짝이는 법이야."

"되게 믿음직해 보였는데……."

정원이 말끝을 흐렸다. 그러자 강우는 '정신이 나갔네, 나갔어! 완전히 혼이 나갔구만' 이라고 읊조린 뒤, 진지한 목소리로 말했다.

"내가 귀여운 아가씨 생각해서 하는 말이니까, 꼭 가슴속에 새겨들어요. 알겠죠?"

강우의 말에 정원은 자신도 모르게 강아지처럼 고개를 끄덕였다. 그 모습이 너무나 귀여워 순간 강우는 자신도 모르게 그녀의 짧은 머리카락을 향해 손을 뻗어 버렸다.

보통의 여자라면 오늘 처음 만난 남자가 귀밑에 있는 머리카락을 만지면, 당황해 얼어붙거나 소리를 지를 것이다. 하지만 정원은 머리카락을 붙잡힌 채 멀뚱멀뚱 강우를 보았다. 오히려 얼어붙은 것은 강우였다.

"성추행하십니까? 쯧쯧."

곁에서 재권의 혀 차는 소리가 들리자, 강우가 퍼뜩 정신을 차렸다. 그리고 예의 그 능글맞은 표정을 지으며 말했다.

"이런 어쩌지?"

"뭐가요?"

"내 손에 귀여움이 묻어났잖아."

손가락을 까딱이며 말하는 모습에도 정원은 아무런 반응을 보이지 않았다. 무딘 건지 아니면 이러한 상황이 익숙한 것인지 알 수 없었으나 강우는 속으로 또 한 번 당황해 버렸다.

'이 여자 뭐야? 어떠한 동요를 보일 법도 하건만…… 쳇!'

강우가 머쓱한 얼굴로 손을 내렸다. 영란이 강우의 얼굴만 한 넓적한 파전과 양은주전자를 테이블 위에 놓았다. 그런 뒤 강우의 맞은편에 앉아 있는 제 딸을 힐끗 보며 물었다.

"너도 마실 거야?"

"허락만 하신다면요."

"좋죠, 좋죠! 역시 술자리는 사람이 많아야 해! 맛있는 음식은 여럿이 나눠 먹는 게 좋죠~"

도대체 한 마디에 '좋죠'를 몇 번이나 연발한 것인가. 그의 수다스러움에 영란은 살짝 기가 질린 표정으로 잔을 하나 더 가져다준 뒤 사라졌다.

"적당히 마셔. 알겠어?"

물론 경고의 말을 잊지 않고선.

잔이 몇 번씩이나 비워지고 채워졌을까. 상대적으로 술이 약한 강우의 양 뺨이 핑크빛으로 변했다. 혀가 반쯤 꼬인 강우가 테이블을 손가락 끝으로 슥슥 문질렀다.

"이야, 나도 귀여운 아가씨랑 일해 보고 싶은데."

"저, 저도 최강우 대장님이랑 같은 서에서 일하고 싶습니다! 물론 다른 부서겠지만!"

파이팅이 넘치는 대답에 강우가 경박스럽게 웃더니 고개를 살짝 기울이며 물었다.

"아, 구급이에요?"

정원은 답 대신 고개를 저었다. 두 사람의 얼굴에 궁금증이 머물렀다. 그렇다면 '화재 감식반'이나 '행정 부서'인가? 둘의 얼굴에 비친 생각을 알아차린 것인지 정원이 전을 날름 주워 먹으며 말했다.

"화재 진압팀입니다."

휘유—

재권의 입에서 날카롭고 높은 휘파람이 새어 나왔다. 그리고 그 뒤 말을 덧붙였다.

"여자 몸으로는 힘들 텐데……."

"작업복 입는 사람들한테 성별이 어디 있습니까?"

"음…… 뭐, 그거야 그렇지만."

순간 분위기가 어둡게 가라앉았다. 재권 또한 자신의 실수를 깨달았는지 굳은 얼굴로 사과했다.

"미안합니다. 그런 뜻으로 한 말은 아니었습니다."

"알고 있습니다. 그런 뜻으로 하신 말씀 아니라는 거."

탕탕! 순간 썰렁해진 분위기를 환기시키기 위해 강우는 테이블을 두드렸다. 그러곤 정원을 향해 상큼한 미소를 지으며 말했다.

"서울에서 만나면 밥이나 한번 꼭 같이 먹어요."

"사 주시면 맛있게 먹겠습니다."

"서로 월급 아는 처지에 이러지 맙시다."

강우가 울상이 되어 말하자 옆에서 막걸리를 홀짝거리던 재권이 툭 내뱉었다.

"여기서 제일 잘 버는 분이 잘나신 대장님이시니 대장님이 쏘셔야죠."

강우가 손을 번쩍 들어 빽 소리 나게 재권의 뒤통수를 후려쳤다.

"넌 그 입만 어떻게 하면 참 좋은 자식인데. 안 그렇냐, 앙?!"

"그만 좀 때리십시오!"

가게 안이 순간 그들로 인해 왁자지껄해졌다. 취기가 오를 대로 오른 강우는 몸을 흐느적대며 연신 깔깔거렸고, 정원도 그의 이야기에 동조하며 열심히 고개를 끄덕이고 있을 때였다.

잠시 자리를 비웠던 재권이 헐레벌떡 가게 안으로 뛰어 들어왔다.

"대장님……."

"왜?"

"저…… 서울로 올라가야겠습니다."

재권의 말에 강우의 얼굴이 삽시간에 굳어졌다. 곧 터질 것처럼 붉었던 얼굴도 창백해졌다. 강우는 서둘러 짐을 챙긴 뒤 얼떨떨한 얼굴로 자신을 올려다보고 있는 정원에게 지폐를 건넸다.

"이 뒷이야기는 서울에서 해야겠네. 나중에 꼭 봐요, 귀여운 아가씨."

강우와 재권이 순식간에 가게를 빠져나갔다.

그들의 모습을 멍하니 보던 정원이 지폐를 내려다보았다. 신사임당이 우아하게 앉아 있는 모습을 보며 순식간에 끝나 버린 술자리가 허망한 듯 중얼거렸다.

"거스름돈 받아 가셔야 하는데……."

♧   ♣   ♧

망자(亡者)를 떠나보내는 자리는 엄숙하고 슬픔이 깊게 내려앉아 있다. 울음을 터트리거나 제 마음을 표현하지 않더라도 슬픔은 깊고 어둡다.

같은 근무지에서 일하는 소방관들뿐만 아니라 서울 지역에 있는 소방관의 대부분이 장례식장에 모였다. 그리고 같이 애도했다.

"에휴, 이제 고작 서른 아냐."

장례식장 앞에 모여 이야기를 나누는 사람들의 표정은 심각했다. 소방관이 된 지 근 1년도 안 되어 현장에서 큰 부상을 입어 이젠 망인(亡人)이 된 현우는 이제 고작 서른이었다.

"그래도 차라리 죽은 게 나을지도……."

그때 누군가가 그러한 말을 했다.

"그래, 몸에 85%가 4도 화상인데, 이만큼 버틴 것도 사실 기적이지."

"병원비는?"

"백인혁 팀장이 다 부담했다던데?"

"백인혁 팀장이?"

누군가가 그렇게 물었다. 그러자 순간 조용한 침묵이 흘렀다.

현우는 1년 전 냉동 창고 화재 사건에서 큰 화마에 온몸이 녹아내렸다. 그 사고로 신체의 85%의 피부가 회생불능이었고 호흡기와 폐 또한 심각하게 다쳐 오랜 시간 응급실에서 지내야 했다. 의식은 돌아오지 않았고, 살 수 있다는 희망도 없었다. 하지만 현우와 한 팀을 이뤄 현장을 누비던 인혁은 그 많은 병원비를 다 지불하며, 생명의 불씨가 꺼지지 않길 바라고, 또 바랐었다.

이제라도 죽은 것이 다행이지…….

이 자리에 있는 모두는 그렇게 생각하고 있었다.

그들과 조금 떨어진 자리에서 밤하늘을 바라보고 있던 인혁과는 달리.

그때 꾸깃꾸깃한 검은색 양복을 입은 강우가 계단을 올라 그들의 곁을 스쳐 지나갔다. 그리고 몸을 곧추세울 힘도 없다는 듯 힘없이 등을 벽에 기대고 있는 인혁의 앞에 멈춰 섰다.

"병신, 아직도 그러고 있냐?"

"술 냄새 난다. 가라."

인혁의 눈동자가 붉게 물들어 있었다. 사람이 없는 곳에서 눈물을 한 바가지 뽑아낸 듯한 모습이었다. 그 모습에 강우가 피식 웃더니 뻑뻑한 눈가를 손으로 문질렀다. 그 또한 애써 괜찮은 척 굴고 있었지만 슬퍼 보였다.

"싫은데? 재수 없는 네놈 옆에 있을 건데?"

"제발 꺼져 주라. 정신 사납다."

"꺼지긴 뭘 꺼져? 내가 촛불이냐? 꺼지게?"

그 말에 인혁은 감고 있던 눈을 뜨더니 어깨를 축 늘어뜨리고 있는 강우를 보았다.

두 사람은 잠시 말없이 서로를 보았다. 그리고 얼마의 시간이 흘렀을까. 인혁이 몸을 일으키더니 어두운 거리로 걸음을 옮겼다.

"어디 가?"

물음에도 인혁은 말없이 손을 휘휘 저으며 어두운 거리 위를 걷는다. 그 모습을 무거운 시선으로 바라보던 강우가 고개를 아래로 뚝 떨어뜨렸다.

"시발, 뭐 이렇게 병신 같냐."

2
낙오자 팀

강남 소방서는 그 역사만큼이나 최신시설을 자랑하는 곳이었다. 열악한 다른 서와는 달리 산소통도 1인당 하나씩 주어졌고, 낙후된 시설이 거론되자 1년도 되지 않아 20년 이상 된 지게차와 굴절차가 교체되었다. 부산에서 초고층 빌딩 화재 사건이 일어나면서 10층까지 올라갈 수 있는 고가사다리차가 배치되자 강남 소방서 역시 배치되었다. 2교대 근무로 시민들 사이에서 여론이 들끓자, 가장 먼저 처우가 개선된 곳 중 하나 역시 강남 소방서였다.

고단하고 힘든 소방관의 삶. 그나마 혜택을 받는다고 할 수 있는 강남 소방서는 다른 서의 대원들에겐 부러움의 대상이 되는 곳이었다. 기왕이면 근무하고 싶은 곳. 기왕 서울에 배치 받게 된다면 일하고 싶은 곳. 하지만 이런 여론과는 다른 길을 가려는 사람이 있었다.

인혁은 테이블 위에 놓인 '화재 진압팀 팀장'이란 명패를 무심하게 쓰다듬었다. 무표정한 얼굴로 한참이고 명패를 쓰다듬던 그의 손가락이 우두둑 부러질 것처럼 힘주어 말리더니 어느새 주먹을 불끈 쥐고 있었다.

"후우."

그의 얼굴에는 지친 기색이 역력했다. 더 이상 어떠한 일도 할 수 없는 사람처럼. 눈 밑에는 짙은 그늘이 드리워져 있었고, 아무것도 담겨 있지 않은 얼굴은 텅 빈 공간처럼 공허해 보였다.

그의 시선이 명패에서 옮겨져 위로 향했다. 좁은 사무실을 눈으로 훑던 그의 입술이 순간 비틀렸다.

"미쳤었지."

듣기 좋은 중저음의 목소리는 씁쓸한 분위기를 담고 있었다. 쌍꺼풀 없이 커다란 눈이 몇 번을 깜빡이다가 결국 질끈 감겼다.

앞만 보고 달렸더니 주위를 둘러보지 못했다. 그래서 지쳐 쓰러질 것만 같을 때, 누군가에게 위로를 받고 싶을 때 주위에 아무도 없었다. 나와 함께했던 동료. 믿고 의지했던 사람들. 피로 얽히진 않았으나 따랐던 모든 이가 하나둘 떠나갔다. 그래서 지쳐 버렸다. 한 번 주저앉아 버렸더니 다시 일어날 힘이 없었다.

한참 사념에 붙잡혀 있을 때 달칵, 문이 열리는 소리가 들렸다. 그리고 일부러 소리 내어 인혁의 앞으로 걸어온 태원은 굳은 얼굴로 그의 앞에서 멈춰 섰다. 하고 싶은 말이 많은 표정이었으나, 태원은 한참이고 인혁의 얼굴을 보고 있었다. 이를 악물고 화를 참는 듯 보이던 태원은 아무 말 없이 자신의 눈을 내려다보는 인혁의 모습에 결국 참지 못하고 말했다.

"대장님."

"왜?"

인혁의 입술에 슬쩍 미소가 번졌다. 그러자 태원의 얼굴이 순간 일그러지더니 그의 입에서 울컥 말이 쏟아졌다.

"도대체 무슨 짓을 하신 겁니까?"

"뭐가?"

"문화 화재 방재 시스템팀이라니요? 대장님이 왜 그런 곳에 갑니까!"

"거기 밑에 잘 써져 있잖아. 전통 사찰, 천연기념물, 고궁, 문화재 등을 지키기 위해 서울시와 문화재청, 소방당국이 합심하여 만든 팀이라고. 아무래도 숭례문 방화 사건이 컸겠지."

2008년, 수시로 문화재를 방화했던 노인이 놓은 불씨에 숭례문이 불타 무너졌다. 이 일로 문화재 관리의 문제점이 노출되자 책상머리들이 결국 생각해 낸 것이 고작 이 정도다. 효과적으로 불을 끄기 위해 5분 내 화재 현장에 도착해 신속 진화하는 것이 가장 중요하다. 하지만 문화재는 각 지역, 각 구에 흩어져 있고, 이러한 팀을 만든다 해도 효과적으로 문화재를 지킬 수 있을진 의문이었다. 그걸 상부에서도 알고 있을 것이다. 하지만 그들도 어쩔 수 없었으리라.

국민 여론 때문이겠지.

"그걸 묻는 게 아니잖습니까! 윗대가리들이 하는 일이 뻔하지 않습니까? 이 팀, 1년도 안 돼서 해체될 거고, 그럼 여기 소속되어 있던 팀원들은 낙동강 오리알이 될 게 뻔합니다. 외부에서 이 팀을 뭐라고 부르는지 아십니까?"

"글쎄, 뭐라고 부르는데?"

"낙오자 팀이요! 조직에서 떨어져 나간 사람들!"

태원이 일갈했다. 커다란 몸에서 뿜어져 나오는 고함은 큰 울림을 만들었다.

모델처럼 늘씬한 키와 오랜 운동과 훈련으로 다져진 몸. 그리고 그 주위로 흐르는 분위기. 인혁은 겉으로 보기에도 그리고 그가 가진 스펙과 위치를 보더라도 이런 낙오자 팀과 어울리는 사람이 아니었다.

그는 신문에도 여러 차례 오르내리며 많은 현장을 누볐고 존경심이 절로 일 만큼 많은 인명을 구해 낸 최고의 엘리트니까.

그런데 낙오자들만 간다는 문화 화재 방재 시스템팀이라니!

"네가 상관할 일은 아니야. 내 결정이니까."

"하지만……!"

"더 할 말 없으면 이만 나가 봐."

"대장님, 혹시 이 결정 현우 때문이라면……."

"김태원."

인혁은 태원의 말을 가로막았다. 그리고 순간 열기가 가득 찬 눈동자로 하얗게 식어 버린 태원의 얼굴을 보며 말했다.

"더 이상 주둥이 나불거리지 마."

그는 눈빛만으로 태원을 단숨에 제압했다.

"……죄, 죄송……."

태원은 서둘러 사과의 말을 꺼냈다. 하지만 인혁은 입술에 호를 그리며 작게 고개를 저었다.

"네가 미안해할 일은 아니지. 내가 미안하다. 네 기대치를 충족하지 못해서."

"대장님……."

"하지만 태원아. 난 고작 이 정도밖에 안 되는 사람이다. 낙오자라면 낙오자겠지."

인혁은 손을 뻗어 태원의 어깨를 툭툭 두드리며 말했다.

"미안하다. 끝까지 이끌고 가지 못해서."

"……."

날카롭게 찢어진 태원의 눈에 순간 눈물이 고였다. 미안해야 할 사람은 인혁이 아닌 태원 그 자신이다. 그에게 죽을죄를 진 것은 자신이다. 하지만 인혁은 본인을 탓한다. 팀장, 그 자리에 앉아 있다는 이유 하나만으로.

태원은 숙이고 있던 고개를 들어 인혁을 보았다. 그의 얼굴은 늘 그랬던 것처럼 강직했다. 하지만, 하지만······.

"괜찮으십니까?"

"그래."

괜찮지 않아 보였다. 전혀.

♧　　♣　　♧

성수동 119구조대.

여기저기 금이 가 있는 2층 건물 중간. 그리고 그에 걸맞은 낡은 간판은 색이 바래 있었다. 조금이라도 쿵쿵 뛰어 대면 곧 무너질 것처럼 보이는 건물은 한 걸음 한 걸음 조심해야 할 것 같지만, 안에서 들려오는 커다란 목소리와 함께 들려오는 발자국 소리는 전혀 조심성이 없었다.

"비키십시오오오오!"

제 키만 한 대걸레를 앞장세워 복도 끝에서 반대편 쪽으로 우당탕 달려오던 조막만 한 여자는 직원 공지란 앞에 행정팀 직원을 보며 소리쳤다. 하지만 굼뜨기 그지없는 직원은 어쩔 줄 몰라 멍하니 그녀를 보았다. 순간 급브레이크가 걸린 자동차처럼 정원이 재빨리 멈춰 섰다.

"가, 강정원 대원! 깜짝 놀랐잖아요! 서 내에서 뛰지 말라고 몇 번이나 말씀드렸을 텐데요!"

깐깐한 사감선생님처럼 팔짱을 낀 미희의 말에 정원은 사내아이처럼 짧은 머리를 벅벅 긁더니 헤헤 웃었다.

"이렇게 안 하면 제 시간 내에 청소를 끝낼 수가 없지 않습니까.

44

청소할 사람이라곤 저밖에 없으니 빨리빨리 움직여야죠."

정원의 말에 미희는 한 소리 더 늘어놓으려다가 입을 꾹 다물었다. 한 마디 더 붙여 봤자 제 입만 아프다는 것을 알았기 때문이다. 미희는 서둘러 제 할 일을 했다. 그러자 공지란에 붙은 종이를 보며 정원이 고개를 기울였다.

"이게 뭡니까?"

"보면 몰라요?"

까칠한 미희의 말에도 정원은 공지를 빠르게 읽어 내렸다.

"문화 화재 방재 시스템팀……?"

다음 주까지 이수에 새 팀이 꾸려지니, 각 구의 현직 대원들 중 지원자를 모집한다는 이야기였다. 인명을 구하거나 국민의 개인 재산을 지키는 일이 아닌 나라의 재산을 지키고 후세의 재산을 지키는 일이라며, 기존에 하던 일만큼 의미가 깊은 일이니 생각이 있는 사람은 서장에게 말하면 그 즉시 소속을 옮기고 '이수 소방서'로 출근을 하면 된다고 했다.

큼직큼직한 글씨를 읽던 정원의 고개가 기울여졌다. 아무리 봐도 이 팀에 지원할 지원자는 없어 보였으나, 공지문은 많은 지원자가 모일 경우 서류 심사를 통해 뽑는다는 이야기까지 적혀 있었다.

정원은 커다란 눈동자를 도르르 굴리며 말했다.

"뭐야, 사람을 조급하게 만드는 이 문구는."

지원할 마음도 없건만, 지원자가 많이 모일 경우까지 언급해 놓은 공문을 읽자니 괜히 마음이 조급해지는 느낌이었다.

"야, 깡정원!"

갑자기 뒤에서 나타난 현수가 정원을 껴안았다. 하지만 정원은 그러한 행동이 너무나 익숙한 것인지 그의 팔을 툭 털어 냈다. 갑작스런 남자의 스킨십에도 그녀는 눈 하나 깜짝하지 않은 모습이었다.

"뭐 하냐?"

"공문 뜬 것 보고 있었습니다. 문화 화재 방재 시스템팀에서 지원자를 모집한답니다."

딱딱한 말투는 거리감을 느끼게 만든다. 하지만 현수에겐 정원의 그 어색하고 이상한 말투가 익숙한 것인지 아무렇지도 않게 그녀의 짧은 머리카락을 손으로 쭉쭉 잡아당기며 말했다.

"멍청아. 지원자가 어디 있냐? 각 서장에게 문제아들 있으면 여기로 보내라는 거야. 분리수거처럼. 우리가 3D 직종이긴 하지만 그래도 공무원 아니냐. 위에서 마음대로 자를 수 없으니, 이참에 눈엣가시가 있으면 치워 버리라는 거지."

"그런 겁니까?"

정원은 다 이해는 하지 못했으나 고개를 끄덕였다. 나팔의 기수로 유명한 현수의 말은 대부분 옳았기 때문이었다.

제 어깨 밑에 내려오는 정원이 멍하니 고개를 끄덕이자 현수는 손을 펴 입을 가렸다. 그는 무대에 선 연극배우처럼 과장된 표정을 짓더니 호들갑을 떨며 말했다.

"그런데 이걸 어쩌나? 서장님이 너 부르시던데……."

"네?"

"고로 2년 내내 불 한 번 안 난 우리 서에서 눈엣가시는 너라는 말이지."

현수의 말에 여전히 정원은 멍한 표정을 지었다. 그녀는 마치 '내가 왜?'라는 얼굴이었다. 하지만 현수는 앞으로 일어날 일이 웃기기만 한지 벙글거리며 그녀의 등을 서장실이 있는 2층으로 떠밀었다.

"화재 진압팀이 구급대 백업이나 하고 있으니 서장님도 얼마나 답답하겠냐? 실적이 바닥이니까."

"불이 안 나면 좋은 것 아닙니까?"

"위에서 보기엔 빈둥빈둥 노는 직원으로 보일 테지. 자자, 들어가 봐, 얼른. 나오면 안에서 있었던 일 꼭 말해 줘야 된다."

정원은 서장실 앞에 섰다. 안으로 들어가기에 아직 마음의 준비는 되지 않았으나 현수가 노크를 했고, 문까지 손수 열어 줬다. 과한 배려에 몸 둘 바를 몰라 하고 있을 때, 손때가 묻은 커다란 책상에 올려져 있는 서류를 보고 있던 서장과 두 눈이 마주했다.

"왔으면 들어오지, 왜 거기서 멀뚱히 서 있어?"

평소 까칠한 성격은 알고 있었지만, 오늘따라 유난히 어투가 뾰족뾰족해져 있었다. 최근 성수 소방서와 근처에 새로 생긴 센텀 119가 합병된다는 이야기와 함께, 성과가 많은 장이 서장으로 올라온다는 말이 있었다. 원래 종로 1가 소방 서장이었던 손태욱 소방정이 센터장으로 있으니 세간에 떠도는 소문이 헛소문이 아니라면 분명 그가 자리를 꿰찰 것이다.

그 때문에 요즘 들어 더욱 기분이 좋지 않은 서장의 모습에도 정원은 씩씩하게 인사한 뒤 안으로 들어왔다. 그리고 그가 권하는 소파에 앉았다.

"그래. 일은 힘들지 않고?"

"네, 힘들지 않습니다. 즐거운 마음으로 임하고 있습니다."

다른 이들이 듣기엔 이보다 더 형식적이고 적당한 답은 없으리라 생각하겠건만, 밸이 꼬여 있는 서장에겐 오히려 비꼬는 것처럼 들려 미간에 내 천 자가 새겨졌다. 그는 초롱초롱 눈을 빛내는 정원을 보며 큼큼, 헛기침을 내뱉더니 말을 이었다.

"공고는 봤고?"

"네, 방금 붙은 것 확인했습니다."

"그 자리에 내가 강정원 대원을 추천했어."

"네? 그게 무슨……."

"뜻 깊은 일이고, 여자의 몸으로 화재 진압팀에 있는 것도 적당하지 않은 것 같아 그 자리에 추천했다고."

"서장님, 그건 21세기 남녀평등 시대에 맞지 않은 말입니다. 정식으로 시험을 치러 들어왔고, 이제껏 성실하게 현장 출동을……."

정원의 이야기가 길어지자 서장은 참지 못하고 테이블을 손으로 쾅, 내려치며 속사포처럼 말을 내뱉었다.

"성실하게 현장을 출동해……?! 벌집 제거한다고 집을 홀라당 태우질 않나! 구급대 백업 나갔다가 신고자와 싸움박질을 하질 않나! 그걸로 민원이 얼마나 들어왔는 줄 알아? 뉴스에도 났어! 뉴스에도!!"

"주취자가 제 몸을 더듬었단 말입니다! 그리고 벌집 제거는 그건 지침에 따라……."

그리고 정작 그날 벌집을 제거한 것은 그녀가 아닌 현수였다. 실적을 쌓기 힘든 근무지라 서장의 눈 밖에 나지 않기 위해 이번 여름 벌집 제거는 모두 현수가 했고, 그날도 집에 불을 낸 것은 그였다. 하지만 단둘만 출동을 했던지라 현수는 그녀에게 입막음을 시켰고, 어느새 그 일은 그녀가 벌인 것으로 되어 있었다. 하지만 군대처럼 엄격한 계급이 존재하는 곳이라 정원은 다른 이들에게 진실을 고하지 못했고, 지금도 묵묵히 비난을 받아 냈다.

"지침? 지침? 이봐, 강정원 대원! 우리 서에서 지난 3년간 화재로 출동한 것은 그때 그 것 딱 하나야! 그것 딱 하나야! 어디 그뿐인가? 강정원 대원이 지금 우리 구조대에서 실적이 제일 낮아! 그럼 이 시점에서 문화 화재 방재 시스템팀에 가야 할 대원이 누구라고 생각하지?"

"……."

질문이 아니라 윽박을 지르는 것이었다. 그래서 정원은 눈치껏 입을 꾹 다물었다.

"7년 꽉꽉 채워서 진급하고 싶은가? 그게 아니라면 내 말대로 해!"

벼락같은 말에 정원은 하고 싶은 말이 많았지만 입만 달싹였다. 지금 발톱을 세운 성난 고양이가 된 서장을 건드리면 신상에 좋지 않을 것이라는 생각에.

"알았으면 이만 나가 봐!"

한숨을 쉰 정원이 자리에서 벌떡 일어났다. 그리고 허리를 숙여 인사한 뒤 서장의 눈을 똑바로 바라보았다.

"이만 나가 보겠습니다."

서장실 문을 열고 나와 방금 전 바닥을 열심히 닦던 밀대를 질질 끌고 밖의 수돗가로 향했다.

그곳에선 예상대로 현수가 담배를 태우고 있었다. 그는 서장과의 대화를 모두 알고 있다는 듯 가벼운 표정으로 정원의 어깨를 툭툭 두드렸다.

"어떻게 하겠냐. 이미 네가 한 일이 됐는데."

"선배님……."

그의 입에 물려 있는 담배를 보자 짜증이 확 솟았다. 저놈의 담배! 대한민국 화재의 대부분이 담뱃불로 인한 사고라는 것을 알면서 어떻게 저 백해무익한 것을 늘 입에 달고 사는지! 당장이라도 성격대로 치받고 싶었지만 그녀는 초인적인 힘으로 화를 억눌렀다.

상명하복. 상명하복. 상명하복……!

망할 상명하보오오옥!

"걱정 마십시오."

"그래? 다행이다. 그나마 제일 어울리지. 솔직히 넌 소방관이랑 어울리지 않잖아. 그곳에서 유적지 탐사나 하고 다니라고."

현수의 말에 정원은 날카로운 눈으로 쏘아보며 물었다.

"그거 무슨 뜻으로 하시는 이야깁니까?"

"음? 이제 와 내가 솔직히 말하는 건데, 솔직히 네가 무슨 소방관이냐?"

그가 고개를 숙여 밀대를 곁눈질로 가리키며 말했다.

"청소부지."

"……."

가볍게 읊조린 현수가 담배를 툭 하고 튕긴 뒤 서 안으로 들어가자, 정원은 아직 불씨가 꺼지지 않은 담배를 바라보았다. 한참 빨갛게 타들어 가는 필터를 보던 정원이 입술을 짓이기며 말했다.

"그럼 당신은 소방관입니까?"

그녀가 성큼성큼 걸어가 담뱃불을 발로 짓이겨 껐다.

예전 2교대를 하던 시절, 쪽잠을 자라며 만든 직원 대기실은 3교대가 된 지금엔 정원만 사용하고 있었다. 따로 집을 구하지 않고 서의 작은 방을 제집 삼아 사는 정원은 정든 방 안을 눈으로 훑었다.

여러 감정이 뒤섞인 표정이었으나, 그중 가장 큰 감정은 분노였다.

"장현수, 자판기에 천 원 넣고 커피 하나 못 뽑아 먹을 새끼!"

즉, 멍청하다는 말이었다.

크르릉. 낮게 분노를 쏟아 내던 정원은 들고 있는 과도로 바닥을 콱콱 찍어 댔다.

"노스페이스 짝퉁 사 놓고 안 따뜻하다며 주인한테 따질 기세."

즉, 제 잘못을 인정하지도 못하면서 뻔뻔하기까지 하다는 말이다.

나름대로 머리를 굴려 제 분한 속을 풀 욕을 생각해 보지만 매끈한 뇌는 속 시원한 말을 떠올리지 못한다. 그러다가 며칠 전 어디선가 흘려들은 욕을 내뱉었다.

"뒤로 자빠져도 고자 될 새끼."

자신의 저주를 받아 평생 그 죄를 속죄하며 살게 된다는 뜻이었다.

즉, 평생 재수 털릴 거라는 말.

칼로 연신 바닥을 찍던 정원은 순간 눈을 날카롭게 뜨더니 옆에 놔둔 대파를 들었다. 그리고 냄비 뚜껑을 열어 공중에서 파를 숭덩숭덩 썰어 냄비 속에 빠뜨린다. 파의 숨이 죽기 전, 서둘러 불을 끈 정원이 냄비 뚜껑에 면을 옮기더니 후후 불었다.

후루룩, 후루룩!

면을 삼키는 소리가 경쾌했다. 작은 입속에 다 들어갔다고 믿을 수 없을 정도로 순식간에 라면의 3분의 1이 사라졌다. 우적우적, 바쁘게 턱을 움직이던 정원은 익숙하게 냄비 뚜껑에 국물을 따라 낸 후 단숨에 들이켰다. 매콤한 국물이 식도를 타고 흐르자 순간 온몸에 찌릿찌릿 전기가 흘렀지만, 정원은 몇 번이고 국물을 마신 후 또다시 면을 덜어 흡입하기 시작했다.

냄비는 채 5분도 되지 않아 깨끗하게 비워졌고, 마지막엔 냄비에 입을 대고 국물을 시원하게 들이켠 정원은 개운한 표정으로 이마에 맺힌 식은땀을 닦아 냈다.

"장현수, 아직도 네 손으로 못자리 파서 드러누운 것 모르지?"

정원은 눈을 빛내며 한쪽에 쌓인 짐을 한참이나 바라보았다. 몇 번 히죽히죽 웃은 뒤에야 그녀는 펴 놓은 이부자리로 꼬물꼬물 파고들었다.

무협지에서도 천하제일 고수는 제 손에 피를 묻히지 않는다. 정원은 내일 현수가 뒷목을 잡고 누울 계획을 머릿속으로 세우며 한참이고 양을 셌다.

잠이 오지 않는 밤이었다.

—성수 119구조대 전 대원은 지금 즉시 1층 차고로 모여 주십시오.

스피커를 통해 들려오는 미희의 목소리에 정원은 짐을 다 실은 트럭을 마지막으로 꼼꼼하게 살폈다. 짐은 단출했다. 오래된 건물이라 식당이 따로 없어, 대기실에서 음식을 해 먹을 수 있게 주방도구 몇 가지와 옷가지, 그리고 책 몇 권. 이곳에서 2년이란 짧지 않은 시간을 보냈건만, 이곳에서 나가는 자신의 마지막 모습처럼 조촐하기 그지없었다.

사람들이 모여 있는 곳으로 서둘러 달려간 정원은 건물에서 나오는 서장의 모습에 복장을 마지막으로 살폈다. 빳빳하게 다려진 제복은 몇 번 입지 않아 새것처럼 깨끗했다. 이 옷을 입기 위해 그녀가 했던 노력이 떠올라 늘 소중하게 다뤘기 때문에 더 그렇게 느껴질지도 몰랐다.

정원은 제 앞에 서는 서장을 보며 경례를 했다.

"안전!"

"안전."

서장이 팔을 내리자 정원도 재빨리 팔을 내렸다. 그러자 서장은 미리 준비해 온 글귀를 읽기 시작했다.

"성수 119구조대 소속 강정원 소방사는 2013년 10월 15일부로 이수 소방서 문화 화재 방재 시스템팀으로 발령받아 아쉬운 마음이 크다. 그곳에서도 이곳 구조대에서 했던 것처럼 성실하게 임하길 바란다."

감정이 없는 목소리로 글귀를 읽던 서장은 정원에게 다가서 어깨를 두어 번 툭툭 두드렸다. 그러자 뒤에 있는 대원들은 기계적으로 박수를 쳤다.

짝짝짝.

짧은 박수와 함께 서장은 정원에게 손을 내밀었다.

"그럼 그곳에서도 열심히 하고."

"감사합니다."

"그래."

짧게 환송을 마친 서장이 건물 안으로 들어가자 대원들도 제 할 일을 하기 위해 각자의 사무실로 흩어졌다. 괜히 서장에게 찍힌 그녀에게 다가가 안타까운 마음이라도 표현했다간 자기까지 눈 밖에 날까, 평소 인사를 하며 지냈던 대원들도 눈길조차 주지 않았다.

그 모습을 무심하게 보던 정원은 수돗가에서 담배를 태우고 있는 현수에게 다가갔다.

"떠나기 전에 드릴 말씀이 있습니다."

"떠난 자는 말이 없다. 알지?"

현수의 말에 정원의 미간에 주름이 잡혔다. 마지막까지 비밀을 지키란 말이었다. 순간 속에서 또다시 화가 부글부글 끓었지만, 문화화재 방재 시스템팀에 가기도 전에 사고를 치긴 싫었다. 새로운 가족들에게 첫 인상을 나쁘게 심어 주고 싶진 않았다.

정원은 순식간에 표정 관리를 한 뒤 주머니를 뒤져 종이를 꺼내 그에게 내밀었다.

"이게 뭐야?"

"앞으로 새로운 식구가 들어오기 전까지 선배가 막내가 되었으니 해야 할 일을 적어 둔 종이입니다."

"뭐……?"

"사무실 청소, 장비 점검은 막내가 해야 할 일입니다. 화장실 청소는 이틀에 한 번씩 해야 합니다. 남자 화장실 두 번째 칸은 자주 막히니 선배가 직접 뚫으셔야 합니다. 창고에 청소 도구와 뚫어뻥이 있습니다."

"……"

"복도 물청소는 수요일 3시에 하는 것이 가장 좋습니다. 그때 출동 명령이 가장 적습니다. 대기실은 쓰지 않더라도 자주 청소를 해야 곰팡이가 슬지 않습니다."

"야, 깡!"

현수가 결국 참지 못하고 외쳤다.

"아, 진짜! 너 지금 나 엿 먹는다고 좋냐? 좋…… 아, 뜨, 뜨, 뜨!"

한창 정원과 이야기하느라 손에 들려 있던 담배가 필터 끝까지 타들어 갔는지도 모른 채 쥐고 있다가 손을 덴 듯 보였다. 짜증스레 담배를 던져 버린 현수가 소리쳤다.

"아, 진짜 재수 없으려니까!"

그가 정원을 본 뒤 침을 퉤 뱉었다. 기분 나쁜 행동이었지만, 정원은 말을 멈추지 않았다.

"목요일 저녁마다 있는 '저녁 함께 먹기'는 가족분들이 와서 음식을 하기는 하나 식재료와 조리기구 준비는 직접 하셔야 합니다. 행정부에 카드를 받아서 식자재는 구입하시면 되며, 식자재는 서장님 사모님께서 말씀해 주십니다."

"……."

"왜요? 표정을 보니 후회하시는 것 같습니다?"

정원의 입술에 비웃음이 서렸다.

"성수 119구조대가 한가한 것은 그만큼 이곳이 평화롭기 때문이라 여겼습니다. 그걸 어느 분께서는 시민의 안전을 지키지 못했다, 하십니다. 실적이 낮다고 팀에서 나가라고도 하셨습니다. 하지만 성수 119구조대의 평화는 지켰다고 생각합니다."

"너, 너……!"

"그럼 앞으로 성수 119구조대의 평화가 지속되게, 잘 부탁드립니다."

허리를 숙인 정원은 열이 잔뜩 오른 현수의 얼굴을 보며 입술을 크게 늘어뜨려 웃었다. 눈 밑에 시꺼멓게 내려앉은 다크서클이나 실룩거리는 입술을 보니, 속이 시원할 정도로 복수를 하지는 못했으나 어느 정도 속은 풀리는 것 같았다.

그녀가 막 마지막 말을 하려고 할 때였다. 그가 담배꽁초를 던진 쪽에서 갑자기 확— 소리와 함께 불길이 솟아올랐다. 깜짝 놀란 현수가 눈을 커다랗게 뜨더니 이내 서 안쪽을 향해 소리쳤다.

"부, 부, 불이야!"

그의 말에 안에서 대원들이 우르르 쏟아져 나왔다. 화들짝 놀라 소화기로 화재를 진압하는 대원들을 바라보던 정원은 창백하게 질려 있는 현수의 모습에 입술을 크게 늘어뜨렸다.

"소방관에 불이라……."

"……."

"당신이 소방관입니까?"

짧게 말한 정원은 어느새 서장까지 쫓아 나와 버럭버럭 소리를 지르는 것을 보았다.

"누구야! 여기 담배꽁초 버린 새끼가!"

"……저, 접니다!"

그리고 서장을 향해 달려가는 현수도.

정원은 빠르게 걸음을 옮겨 제 짐이 가득 실려 있는 봉고차로 향했다. 남색 제복을 입은 정원의 걸음은 위풍당당했다.

♧　　　♣　　　♧

올 초 새 단장을 하였다는 이수 소방서는 반짝반짝 빛났고, 대원들을 위한 주차장까지 따로 마련이 되어 있었다. 주차장에 차를 세운 인혁은 차고에서 바쁘게 돌아다니는 대원들을 눈으로 훑었다. 출동 명령이 떨어진 것인지 구조대가 빠르게 차고를 벗어나고 있었고 그 뒤를 구급차가 따른다.

그 모습을 무심한 눈으로 바라보던 인혁이 막 걸음을 옮길 때였다. 차가 빠져나간 차고 앞에서 끙끙거리며 커다란 보자기를 옮기는 소년이 보였다. 소년은 제 몸집만 한 짐을 힘겹게 옮기고 있었다. 이마엔 땀까지 송골송골 맺혀 있었다.

비쩍 마른 소년을 그냥 지나치려던 인혁이 짜증스레 뒤돌아섰다. 그리고 소년의 손에 들린 짐을 한 손으로 빼앗아 들었다.

"어?!"

"들어 드리겠습니다."

무심한 목소리로 말한 그가 시선을 한껏 내려 조막만 한 얼굴을 보며 말했다. 자신보다 족히 열다섯은 어려 보일 정도로 앳된 얼굴은 맑았다.

"이거 어디다가 두면 됩니까?"

"아, 아, 그거……."

자신의 갑작스런 등장에 놀란 것인지 깡마른 아이가 어깨를 움찔 떨었다. 비쩍 마른 몸은 보호본능을 일으켰지만 그의 눈에는 남자답지 못해 보이기만 할 뿐이다.

그가 손목에 걸린 시계를 확인했다. 2시 45분. 약속까지는 15분 정도밖에 남지 않았다. 시간을 칼처럼 지키는 그는 혹여나 약속 시간에 늦을까 으름장을 놓았다.

"어디다 두면 되냐고요. 안 도와 드려도 됩니까?"

"아! 2, 2층입니다!"

"2층?"

"네, 직원 대기실이요."

말이 떨어지자마자 곧장 서 안으로 들어간 인혁은 계단을 지나 2

층으로 올라갔다. 그러곤 한 편으로 쭉 늘어선 직원 대기실을 힐끗 바라보자 뒤에 서 있던 소년이 앞으로 걸어와 그를 안내했다.

"여깁니다."

제일 구석에 있는 2호실 문을 연 소년이 안으로 안내했다. 남자 대기실이라기엔 지나치게 향긋한 향이 났지만, 그는 아무렇지도 않게 바닥에 널브러진 짐 위로 보자기를 올려놓았다.

"감사합니다!"

소년의 표정이 밝아졌다. 드디어 짐을 다 옮겼다는 사실에 기쁜 듯 보였다. 그리고 그다음 고개를 기울이더니 인혁의 눈동자를 뚫어져라 쳐다보았다. 마치 관찰하듯이 바라보는 소년의 모습에 인혁이 한 걸음 뒤로 물러섰다. 미간은 어느새 찌푸려진 채였다.

소년의 눈이 깜짝 놀란 듯 동그랗게 변하더니 이내 떨리는 목소리로 말했다.

"호, 혹시 용산 서에서 일하셨던 백인혁 대장님 아니십니까……?"

"그렇습니다만?"

그가 자신의 손목시계를 보며 흘리듯이 말했다. 기본적으로 이 대화에 관심이 없고, 어서 자리를 떠야 한다는 압박이 보이는 몸짓이었으나, 소년은 눈치 없게도 손을 뻗어 그의 팔을 덥석 붙잡았다. 절대 놓지 않겠다는 듯 그의 팔을 붙잡은 손엔 핏줄까지 섰다.

"전 강정원 소방사입니다. 이번에 이수 소방서로 발령받았습니다!"

"죄송하지만, 제가 급한 약속이 있습니다."

인혁은 정원의 손을 가뿐히 털어 냈다. 정원의 손이 무안하게 허공에 떠 있다가 아래로 툭 떨어졌다.

"백인혁 대장님을 예전부터 존경하고 있었습니다! 지금 시, 심장이 터질 것만 같습니다!"

마치 아이돌을 본 어린 팬처럼 그녀의 눈이 반짝였다. 어디 그뿐인

가. 양 뺨은 눈에 띌 정도로 핑크빛으로 물들어 있었다.

그 모습을 가만히 보고 있던 인혁이 깜짝 놀라 뒤로 흠칫 물러났다.

"뭐, 뭡니까?"

"평소 백인혁 대장님을 꼭 뵙고 싶었는데 혹 폐가 될까 봐 찾아뵙지 못했습니다! 이렇게 우연히 대장님을 뵙게 될지 몰랐습니다."

인혁의 얼굴이 점점 새하얗게 질렸다. 하지만 정원은 제 마음이 얼마나 크고 오래된 것인지 재잘재잘 떠드느라 그의 표정을 미처 살피지 못했다.

"대장님이 나온 텔레비전 프로그램은 모두 찾아서 봤습니다! 보고 또 보고⋯⋯!"

"자, 잠시만."

머리가 아픈 것인지 인혁이 머리를 짚으며 그녀의 말을 막았다. 그는 짜증이 가득한 얼굴로 정원을 내려다보더니 이를 악물며 말했다.

"전 남자한테 관심이 없습니다만?"

"네⋯⋯? 네?!"

"그럼 전 급한 약속이 있어 먼저 가 보겠습니다."

정원은 멀어져 가는 인혁의 뒷모습을 멍하니 바라보았다.

"저 여잔데⋯⋯!"

그녀의 말을 들어야 할 사람은 이미 그녀의 시야에서 사라진 뒤였다.

서장실 앞에서 다시 한 번 습관적으로 손목시계를 툭툭 두드린 인혁은 노길호 서장과 약속했던 3시가 되자 노크를 한 뒤 문을 열고 안

으로 들어갔다.

"기다리고 있었네."

노 서장의 말에 인혁의 입술에 미소가 번졌다. 세월의 풍파를 겪어
낸 얼굴엔 깊은 나이테가 그려져 있었다.

소방관들 사이에선 전설적인 인물인 그에겐 알 수 없는 아우라가
있었다. 또, 50대 중반의 나이임에도 불구하고 철저한 자기 관리로
인해 단단한 몸은 존경심을 불러일으킬 만한 것이었다.

허리를 굽혀 인사한 인혁이 안으로 들어가자, 노 서장은 푹신해 보
이는 소파를 권하며 상석에 앉았다. 인혁이 그의 오른편에 앉자 노
서장은 인터폰을 눌러 익숙하게 차 두 잔을 부탁했고, 곧이어 깔끔한
차림의 여인이 그들의 앞에 찻잔을 놓고 사라졌다. 그의 취향을 이미
잘 아는 것인지 망설임 없이 따뜻한 믹스커피를 주문한 노 서장은 먼
저 녹차를 한 모금 마신 뒤 잔을 쥐고 있는 인혁을 보았다.

"좋아 보인다."

"서장님도 좋아 보이십니다."

"음…… 1년 만인가?"

노 서장의 말에 인혁의 얼굴에 순간 미소가 사라지고 날카로운 기
색이 드러났다. 그 모습에 노 서장은 한숨을 쉰 뒤 찻잔을 테이블 위
에 올려놓았다. 그리고 팔짱을 끼며 인혁의 옆모습을 찬찬히 살폈다.
아직도 털어 내지 못한 건가. 노 서장이 한숨을 내뱉었다.

"오늘은 그 이야기를 하러 온 게 아닙니다."

"그래, 그렇지, 참."

노 서장이 허허 웃었다. 그러자 인혁은 날카로운 기색을 숨기며 고
개를 숙였다.

두 사람의 첫 만남은 인혁이 막 소방관이 되고 얼마 지나지 않아서
였다. 처음 발령지였던 용산 소방서에서 그는 이미 서장의 자리에 올

라 있는 상태였고, 새내기였던 그를 도닥이며 안전하게 업무를 수행
해 줄 것을 진심으로 부탁했다. 네가 안전해야 너의 동료들 또한 안
전할 것이라며. 하지만 인혁은 그의 부탁을 들어줄 수 없었다.

그리고 그때 방황하던 그를 잡아 준 것 역시 노 서장이었다. 어느
날 밤늦게 그를 불러내 포장마차에서 소주잔을 함께 기울이며 당신의
이야기를 들려줬다. 20년 동안 불과 싸워 온 그는 그만큼 많은 동료
를 잃어야 했다. 그 시간들을 이야기하는 노 서장은 이미 몇 십 년이
흐른 일이라 하더라도 여전히 본인도 아프다 했다. 하지만 그저 가슴
에 묻어 둘 뿐이라며.

'잊으라는 것이 아니다. 난 먼저 허무하게 떠나간 동료가 날 지켜
줄 것이라 생각하며 출동에 임했었다. 너도 그래야 해. 그것이 소방
관의 숙명이다.'

그러니 너 또한 가슴에 묻어야 한다 말했다.

아직도 그 말이 귓가에서 맴돌았다.

"왜 보자고 했는지는 잘 알지?"

"팀원들에 대해 상부의 이야기도 들어 봐야 하니, 조만간 만남을
요청하실 거라고는 생각했습니다."

"……위에서도 이번 프로젝트, 기대하지 않아. 눈 가리고 아웅이라
는 걸 위쪽 관계자들도 너무 잘 알고 있어. 그건 너도 알고 있을 거
라 생각한다."

"팀이 오랫동안 유지되게 만들어야죠."

"백인혁. 그건 네가 잘한다고 해서 될 일이 아니란 것, 너도 잘 알
잖아."

"……."

"안 그래도 지금 3교대로 전환이 되면서 인력은 더 부족해졌어.
지원은 여전히 턱없이 부족하고. 또 다른 동료가 죽어 나가야 이 문

제가 해결되겠지. 이런 상황에서 인력 낭비인 그 팀이 오랫동안 유지 된다?"

"……"

"그건 말도 안 되지."

노 서장의 말에 인혁의 얼굴이 무심하게 변했다.

"그런 이야기를 하실 거라면 이만 일어나 보겠습니다."

"강남 소방서가 싫다면 이수 소방서는 어떠냐. 우리 화재 진압팀도 꽤 괜찮아."

"……서장님. 그런 문제가 아니라는 것쯤은……."

"지금 네가 봉착한 문제, 잘 알고 있어. 네가 어떤 기분일지, 십분 다 이해하지 못하더라도 어느 정도 예상은 하고 있다. 하지만 인혁아. 네 손길을 기다리는 시민들이 너무 많아. 너처럼 재능 좋은 놈을 그 런 곳에서 썩게 하고 싶지 않다. 이런 내 마음, 잘 알고 있지?"

"생각은 해 보겠습니다."

그가 한 수 굽히고 들어갔지만, 노 서장은 알고 있었다. 그가 자신 의 제안을 재고하지 않을 거라는 걸.

휴, 한숨을 내쉰 그가 노란색 파일을 인혁의 앞으로 밀어 놓았다. 파일 앞에는 〈문화 화재 방재 시스템팀 인사 계획〉이라 적혀 있었다.

인혁이 파일을 펼쳐 읽자, 노 서장은 굳이 읽을 필요가 없다는 듯 두통이 밀려오는 머리를 손가락으로 꾹꾹 지압하며 말했다.

"너도 예상했다시피 지원자는 없어. 각 서에서 차출한 거다. 쓸 만 한 사람은 없을 거야."

"그래서 이 넷이 전부입니까?"

"그래. 이 팀이 잘 유지가 되면 문화재청에선 지방까지 팀을 확대 할 계획인가 보더라. 문화재는 서울에만 있는 게 아니니까."

인혁이 고개를 끄덕였다.

"그렇겠죠."

"시범 케이스라 부족한 것이 많을 거야. 그건 그때그때 말해."

"네, 알겠습니다."

인혁은 짧게 대답한 뒤 서류를 읽었다.

이용건 소방장.

소속: 봉천동 119구조대 반장

이제 마흔 중반 정도 되었을까?

그가 어떠한 인생을 살아왔는지는 모르나, 사진 속 그는 어수룩하게 웃고 있었다. 눈가에 진 주름은 평소 그가 웃음이 많은 사람이란 것을 알려 주고 있으며, 시민들이 직접 뽑는 친절 소방관에도 두 차례나 뽑혀 상을 받은 적이 있었다.

옆에 자세히 적힌 정보를 보자 인혁이 한숨을 쉬었다.

마흔둘. 이젠 현장을 뛰기보단 자리를 지키며 후배들을 관리할 나이였다. 하지만 이곳까지 흘러 들어온 것을 보면 굳이 뒤 페이지의 활동 내역을 읽지 않아도 알 것만 같았다. 다음 장을 넘기자 그의 예상대로 자잘한 업무만 빼곡하게 적혀 있었다.

"재미있는 사람이네요."

"그러게 내가 말했잖아. 네 마음에 들 사람 없을 거라고."

노 서장의 말에 인혁은 다음 장을 펼쳐 들었다. 그러자 이번엔 제법 젊은 남자의 사진이 눈에 들어왔다.

박수호 소방위.

소속: 無

패기가 넘치는 눈빛과 장난스럽게 휘어 있는 입술. 교육을 받기 전 찍은 사진인지 화려한 녹색빛의 티셔츠를 입고 장난스럽게 웃고 있는 남자의 모습에 인혁은 무심하게 시선을 돌려 신상정보를 보았다.

스물아홉. 올해 간부 시험에 합격한 사람 중 두 번째로 성적이 높았다. 아직 햇병아리에 지나지 않으나 똑똑한 머리와 체력은 제법 쓸 만해 보였다. 다음 장을 넘기자 인혁의 눈이 가늘어졌다. 교육 성적이 엉망이었다. 이렇게 최악으로 나올 정도면 그의 행실은 알 만했다. 그가 서류를 한 장 더 넘기자 제법 익숙한 얼굴이 보였다.

강정원 소방사.
소속: 성수동 119구조대 화재 진압팀

낯익은 사진을 보자 그의 얼굴이 종잇장 구겨지듯 일그러졌다.
"그 미친놈이네."
"뭐?"
"아, 아닙니다."
고개를 저은 인혁이 옆으로 고개를 돌렸다. 신상정보를 보는 순간 그의 얼굴에 혼란이 비친다.
"뭐, 뭐야?"
이상한 말에다가 혼란스러운 눈빛까지. 노 서장이 제법 호기심이 갔는지 파일을 힐끗 보았다. 짧은 머리카락을 아무렇게나 빗어 넘긴 정원이 활짝 웃고 있는 사진을 보며 노 서장이 고개를 끄덕였다.
"아, 강정원 대원이구만."
"아는 사람입니까?"
"알지. 유명하니까."
"유명하다니요……?"

인혁의 목소리가 떨렸다. 마치 그다음에 나올 답이 아주 황당한 말이라는 것을 아는 사람처럼.

"벌집 제거하러 갔다가 화재 난 일, 들은 적 있지?"

"……."

"강정원 대원이야. 그때 벌집 제거한 대원이."

노 서장의 말에 결국 그의 얼굴에 균열이 갔다. 더 이상 참을 수 없다는 듯 서류를 와자작 구기던 인혁이 거칠게 다음 장으로 넘겼다. 이를 악문 턱이 움찔거렸다.

"이건 뭐…… 산 넘어 산이군요."

그는 마지막 대원의 얼굴을 본 순간 한숨을 내뱉었고, 노 서장은 허허 웃었다.

"도대체 그놈은 어떻게 구워삶은 거냐? 이 정도면 스토커 아니냐? 스토커?"

"그러게 말입니다."

그에게 너무나 익숙한 사람의 사진과 함께 실적이 적혀 있었다. 1년 전 냉동 창고 출동 때 심각한 부상을 입어 그 후로 현장을 떠나 있었던 것까지. 그리고 이 모든 것은 그가 굳이 읽지 않더라도 다 알고 있는 사실이었다.

김태원 소방위.
소속: 강남 소방서 화재 진압팀

"강 서장이 나한테 얼마나 지랄을 했는 줄 알아? 둘이나 빼 갔다고! 누가 보면 내가 빼 간 줄 알겠어!"

"자원이죠, 자원."

"그래! 자원이지! 근데 왜 날 못 잡아먹어 안달이냐고!"

지난날, 인혁에 이어 태원까지 이수 소방서 문화 화재 방재 시스템 팀에 지원을 하자 결국 참다못한 강남 소방서 강 서장이 노 서장에게 술자리를 제안했다. 그 자리에서 몇 시간 동안 귀에 못이 박히도록 쓴소리를 들은 노 서장은 할 말이 많은지 한참이나 투덜거렸다. 그 이야기를 한 귀로 듣고 한 귀로 흘리던 인혁은 서류를 덮으며 자리에서 일어났다.

"다섯이면 됩니다."

"그래서 내가 술값까지 옴팡 뒤집어…… 뭐?"

"문화 화재 방재 시스템팀, 다섯이면 충분합니다."

인혁의 말에 노 서장이 눈을 깜빡였다. 안 그래도 각 서에서 사람이 모자라 고양이 발이라도 빌리고 싶은 심정이라며 노 서장에게 강짜를 놓고 있으니, 인혁의 말이 반가울 법도 했다.

노 서장이 눈을 반짝이며 말했다.

"진짜?"

"낙오자 팀보단 갱생 프로젝트 집단 같기는 하지만 뭐. 꽤 재미있을 것 같습니다."

노 서장이 고개를 주억거렸다.

"네가 그렇다면 그런 거겠지."

"그럼 다들 언제부터 이곳으로 출근합니까?"

"어? 어? 아……. 강정원 대원은 내일부터 출근이고, 나머지는 일주일 뒤. 박수호 대원은 그때 교육이 끝나고, 김태원, 이용건 대원은 그때 인수인계가 끝나."

"네, 알겠습니다. 그럼 전 사무실 들렀다가 퇴근하겠습니다."

허리를 숙여 인사한 인혁이 뒤돌아서자 노 서장은 큼큼, 목을 가다듬었다. 달칵, 소리와 함께 문이 닫히자 그는 식어 빠진 믹스커피를 보며 혀를 끌끌 찼다.

"입맛 한번 별나."

그래, 참 별난 놈이다. 별난 놈이기 때문에 그 말도 안 되는 짓거리를 때려치우고 이수 소방서로 오라는 말을 좀 더 강력하게 하지 못했다.

"어디로 튈지 모르는 놈이지, 휴!"

3
히어로의 정체

　서랍장에 옷가지를 정리하던 정원의 손길이 순간 멈췄다. 그녀의
눈빛이 멍하니 변하더니, 이내 꿈에 젖은 듯 몽롱한 목소리로 말했다.
　"실물이었어, 실물……."
　방금 전 보았던 인혁을 떠올리던 정원이 멍하니 중얼거렸다.
　"만졌어. 진짜 만졌다고."
　손바닥을 내려다보던 정원은 따뜻한 체온을 떠올리며 얼굴을 붉혔
다. 처음 다큐멘터리에서 그의 화재 진압 장면과 약력을 보았을 때만
해도 그녀는 소설가가 만든 가상의 인물이거나 혹은 일본 만화에서
몇 차례 다뤄졌던 뭐든 잘하고 목숨이 아홉 개나 되는 구미호처럼 끈
질긴 생명력을 가진 주인공이 아닐까 생각했다. 아니면 소방청에서
홍보하기 위해 만들어 낸 이야기는 아닐까 하고.
　하지만 아니었다. 다큐멘터리를 보고 그에 대해 관심을 가진 뒤로
인터넷에서 수많은 검색질로 얻은 정보에 의하면 그는 다른 이들을

짜증나게 할 만큼 완벽한 스펙을 가진, 인간 같지 않은 인간이었다.

그때의 충격이란 이루 말할 수가 없었다. 마치 외국에 처음 나간 사람이 문화적인 충격을 받듯 그녀 또한 그랬다. 얼굴에 그을음이 묻어 엉망인 상태에서도 샤방샤방 빛나는 모습이라니. 화재 현장에서 불을 끄고 뜨겁게 달아오른 몸을 식히기 위해 생수를 머리에 붓는 장면은 마치 영화 속에나 등장할 법한 모습이었다.

언론을 통해 그의 사진을 본 순간 그녀는 존경심이 들었다. 그리고 이 인간과 동급의 인간이 되고 싶었다.

남을 위한 헌신! 무조건적인 봉사!

이 얼마나 아름답지만 비이상적인 생각이란 말인가.

그녀는 아무렇지도 않게 가식에 가까운 저 말을 내뱉는 인혁을 마음에 새겨 버렸다. 닮고 싶은 인물로.

그날로 매끈한 뇌로 겨우 들어간 대학을 때려치우고, 고시원에 처박혀 소방공무원 시험을 보기 위해 밤낮 없이 책상 앞에 앉아 있었다. 고3 때도 공부하지 않는다며 영란에게 등짝 스매싱을 당했던 과거와는 달랐다. 그녀 스스로 책상에 앉아 불을 켜고 문제지를 달달달 외웠고, 소방 지식을 외웠다. 그리고 소방관이 되었다. 주황색 작업복을 입을 수 있었고, 보기만 해도 침이 질질 흐르는 남색 제복을 입을 수 있었다.

자그마치 2년 만에!

싸가지 없는 남동생의 말에 의하면 가히 인간승리라 했다. 깨끗하고 순결한 네 머리로 어떻게 공무원이 됐냐며, 이 나라의 시험 수준이 최악인 줄은 알고 있었다만 이 정도일 줄은 몰랐다며 말하기도 했다. 하지만 그때 그녀의 귀엔 아무것도 들리지 않았다. 다만 목표를 이뤘다는 만족감에 기분이 들떠 있었다.

"그랬는데…… 그랬는데……!"

알아보지도 못해? 내 인생을 뒤흔들고 바꿔 버린 사람인데? 눈을 확 뽑아 버릴까?

"뚫어뻥으로 뽑아 버리겠어!"

그녀는 있는 힘껏 자신의 머리를 후려쳤다. 퍽퍽 소리가 대기실 안을 울렸지만 그녀는 모노드라마를 찍는 배우처럼 머리를 쥐어뜯으며 인혁을 단숨에 알아보지 못한 주름 하나 없을 것 같은 뇌를 처벌하기에 이르렀다. 그때였다.

"헉."

혼자만의 세상에 사로잡혀 있던 정원은 뒤에서 느껴지는 인기척에 화들짝 놀라 고개를 돌렸다. 달칵, 문이 닫히는 소리와 함께 눈을 가늘게 뜨고 그녀를 관찰하듯 보고 있는 여자와 눈이 마주쳤다.

"누, 누구……?"

정원이 눈을 깜빡였다. 여자는 자신과 눈이 마주치자 자연스레 신발을 벗고 안으로 들어와 옆에 있는 침대에 털썩 주저앉았다. 자연스러운 행동이었다.

"이 방 쓰시는 분입니까? 저는 이번에……."

"아아, 3층에 그?"

"네?"

"문화 방재 뭐시기였는데. 거기로 발령받은 분이세요?"

"네."

짧은 정원의 답에 여자는 관찰하듯 그녀의 얼굴을 보았다. 방금 전보다 눈빛은 더욱 초롱초롱하게 빛나고 있었다.

"재미있네."

"네?"

"반가워요. 이유리예요. 나이는 서른두 살, 구급대 소속이에요."

"아……."

정원은 제 앞에 내밀어진 새하얀 손을 보았다. 길쭉길쭉하고 예쁜 손가락이었지만, 자세히 보면 굳은살로 거칠어 보였다. 정원이 뚫어져라 손을 바라보자 유리가 가볍고 발랄한 어조로 말했다.

"그렇게 뚫어지게 보면 내 손이 부끄러워지는데……."

"아, 죄송합니다."

다급하게 손을 맞잡은 정원이 아래위로 흔들며 말했다.

"이번에 이수 소방서 문화 화재 방재 시스템팀으로 발령받은 강정원 소방사입니다."

"나이는?"

"네?"

정원이 당황하여 되묻자 유리는 침대가 두 개 놓인 방 안을 힐끗 곁눈질하며 말했다.

"그래도 룸메이튼데 이런 건 확실하게 짚고 넘어가는 게 좋지 않겠어요?"

"아…… 저 스물셋입니다."

"어머! 아직 애기네, 애기! 어쩐지 피부가 너무 좋더라."

유리가 정원의 뽀얀 피부를 보더니 사포처럼 거칠어진 제 피부를 쓰다듬으며 투덜거렸다.

"아주 야근을 밥 먹듯이 했더니, 요즘 피부가 영 아니라서 말이에요. 피부과라도 가야 할까 봐."

"네?"

"응? 뭐 그렇게 봐요? 그냥 칭찬한 거예요, 칭찬!"

유리는 정원의 어깨를 툭툭 두드리더니 걸음을 옮겨 제 침대에 앉았다. 그리고 다리를 굽혀 손으로 종아리를 꾹꾹 누르며 말했다.

"3층에 새 팀이 꾸려진다는 이야기는 풍문으로 들었는데, 여자 대원이 있을 줄은 몰랐네요. 여자가 화재 진압팀이라니. 힘들잖아요."

"아, 그게······."

정원이 무언가 말을 하려 했지만 유리는 제 생각 속에만 빠져 있는
지 그녀의 말을 가로막으며 말했다.

"그리고 워낙 거기 팀장 이야기만 파다해서 말이에요. 백인혁 소방
경이 화재 현장 떠나는 건 아무래도 좀 헛소문 같잖아?"

"······."

"최연소 소방경에 화재 현장 출동 횟수만 200회인데. 서울에 난
큰 불은 죄다 그 인간이 끄고 다녔다고 해도 과언이 아니거든. 어디
그뿐인가? 그 현실성 없는 껍데기랑 스펙까지 합치면 더더욱 말이 안
되지. 근데 정원 씨, 그 인간 때문에 그 팀 지원한 거예요?"

"그건 아닙니다."

"어머, 그래요? 여대원들은 그 남자가 팀장이라고 하니까 다들 조
금씩은 혹했거든요. 뭐, 생계가 달린 문제니 직접 행동한 사람은 없
지만. 난 여대원이 있다는 이야기에 내 주위에 있는 멍청한 치들이랑
같을 줄 알았어요. 백인혁 그 사람, 객관적으로 보면 여자 망칠 상이
거든요."

"여자를 망치다니요······?"

그녀는 의문이 가득한 순진한 눈을 몇 번 끔뻑였다. 그 모습에 유
리는 팔짱까지 끼더니 읊조리듯 말했다.

"외모 훌륭하지, 앞으로 행보 봐서는 더 높은 곳까지 올라갈 것 같
지. 집안도 들어 보니 훌륭하더만. 그런 사람이 또 여자한텐 관심이
없어요. 연애를 했다는 이야기를 들어 본 역사가 없다니까? 그럼 뭐
야. 옆에서 침 질질 흘리는 사람들만 정신 빠진 인간이 되는 거라고
요. 어디 그뿐인가?"

"······."

"기본적으로 사람이 따르는 팔자를 타고났는지 주위엔 늘 사람들

이 득실득실해요. 남자 대원들은 멋있다고 따르고, 여자 대원들은 한 번이라도 말 붙이고 싶어서 안달이고. 같은 직장 동료다 보니까, 사내 커플이라도 될 줄 아나 봐. 다들 주제를 몰라요, 주제를."

꽤 신랄하게 말하는 유리의 모습에 정원이 어떠한 답을 해야 할지 몰라 얼떨떨한 얼굴로 입술을 달싹였다. 그러자 유리는 다리를 주무르던 손을 들어 입을 막으며 호호 웃었다.

"미안해요, 미안. 내가 말이 좀 많죠? 아무래도 여자 대원이 적다 보니까, 요즘 입에 단내가 날 정도로 묵언 수행 중이거든요."

유리의 말에 정원이 고개를 끄덕였다. 그녀도 걸음을 옮겨 유리의 맞은편에 앉았다. 그녀는 자신이 말한 대로 수다스러운 사람이었고, 이야기는 생각보다 길어질 것 같았다.

하지만 대화는 생각보다 일찍 끝났다. 스피커를 통해 출동 명령이 떨어졌기 때문이다.

〈구급 출동! 구급 출동!〉

"아, 정말! 잠시를 쉬게 안 냅둬요!"

이젠 노이로제가 걸릴 만큼 들은 출동벨이었다. 하지만 한창 즐겁게 수다 중이던 유리는 오늘따라 그 벨소리가 거북스러운지 신발장으로 달려가는 와중에도 연신 투덜거렸다. 검은색 안전화를 신은 유리는 멀뚱멀뚱 자신을 바라보는 정원의 모습에 손가락을 앞으로 척 내밀었다.

"홀리지 말아요! 그 인간은 여자한테 재앙이니까! 그럼 좀 있다가 봐요~"

우당탕! 유리는 거칠게 문을 열고 대기실을 빠져나갔다.

룰루랄라. 입에서 저절로 콧노래가 나왔다. 결국 어젯밤 유리는 대기실로 돌아오지 않았다. 이른 시간에 잠든 정원은 새벽 6시가 되자 정확히 눈을 떴고, 부지런하게 출근 준비를 했다. 샤워를 마친 정원이 샤워실 문을 열고 나왔다. 짧은 머리를 수건으로 툭툭 털며 말린 뒤 스킨과 로션을 얼굴에 바르고 곧장 옷을 갈아입었다.

새로운 출발, 그 선상에 서서일까.

가슴이 콩닥콩닥 뛰어 댔다. 옷을 다 갈아입고 막 나서려던 찰나, 벽에 달린 전신거울 앞에 서서 마지막으로 제 모습을 체크해 본다.

"으음."

인상을 찌푸리며 거울을 보던 정원은 손으로 대충 머리를 슥슥 매만져 가르마를 탔다.

"익!"

마치 시골에서 막 상경한 농촌총각처럼 촌스러운 2대 8 가르마에 인상을 찌푸린 정원은 머리를 흐트러뜨린 후 깔끔하게 앞머리를 모두 쓸어 올렸다.

그러자 이번엔 피부가 허여멀건 제비가 거울 속에 서 있었다.

"……."

무표정하게 거울을 보던 정원이 결국 머리를 대충 정리한 뒤 대기실을 나왔다.

지하 구내식당으로 내려가자 이른 아침부터 많은 대원들이 모여 아침을 먹고 있었다. 얼굴에 피로한 기색이 가득한 것을 보니 지난밤 출동이 꽤나 고단했던 것 같았다.

아침은 대원들이 돌아가며 만드는 것인지 단출한 반찬이 준비되어 있었다. 식판에 적당량을 덜어 한쪽 테이블에 앉은 정원이 막 수저를 들던 찰나였다. 갑자기 식당 입구 쪽이 소란스러워지더니 대원 세 명이 무리 지어 안으로 들어왔다.

"이런 우라질~ 새벽 5시에 웬 출동이란 말이냐!"

"술 좀 작작 드시지."

"야, 어디 그게 술 먹어서 생긴 사고냐? 왜 맨홀 뚜껑이 열려 있냐고요! 사고자도 참 재수 없지. 왜 또 거기에 정확하게 빠져?"

"잘못하면 고환 두 짝 다 터졌을걸요?"

"그래그래, 하늘에 감사해야 해. 내 새끼들을 지켜 줘서 감사합니다, 라고!"

사내들의 수다가 계속되자 그들과 등을 지고 있던 정원이 힐끗 뒤를 보았다. 익숙한 남자가 한 손으로는 식판을 들고 다른 한 손으로는 자신의 고환을 가리고 있었다. 갈색 머리카락을 묶은 강우는 깜짝 놀란 눈을 깜빡이며 정원에게 다가왔다. 그가 정원의 맞은편에 앉으며 말했다.

"귀여운 아가씨가 여긴 무슨 일이야?"

"오늘부터 문화 화재 방재 시스템팀으로 출근하게 되었습니다."

"뭐? 네가?"

그가 미간을 와자작 구기며 외쳤다.

"네, 어쩌다 보니 그렇게 되었습니다."

정원의 말에 고개를 끄덕이던 강우는 문득 그녀의 말투가 귀에 거슬렸는지 툭 내뱉었다.

"근데 그 말투 좀 어떻게 하면 안 되나?"

"네?"

갑작스런 강우의 말에 정원이 큰 눈을 끔뻑였다. 강우가 뚫어질 듯 정원을 바라보자 갑자기 테이블 위 공기가 무거워졌다.

"왜 그런 눈으로 보십니까?"

"또, 또, 그 말투. 나 지금 다시 해병대 입대한 것 같은 착각이 들어. 그러니까 말 좀 편하게 해 주면 안 될까요?"

"왜 그래야 합니까?"

"내가 불편하니까. 알죠? 후배는 선배 말 잘~ 들어야 하는 거. 그러니까 좀 편하게 말해 봐요."

정원은 자신의 머리카락을 붙잡고 있는 강우의 손을 밀어냈다. 그리고 그 말이 진심인지 파악하기 위해 강우의 눈빛을 또렷하게 바라보았다. 투명한 눈동자에 심각한 제 모습이 비쳤다.

"장난하지 마십시오."

"장난 아닌데?"

또다시 싱글벙글. 그가 기분 좋게 웃었다.

"진심이라고요. 시꺼먼 사내놈들한테만 둘러싸여서 일했는데, 귀여운 아가씨가 오니까 얼마나 좋아! 근데 말투는 시꺼먼 놈들보다 더하니, 내가 얼마나 슬프겠어요? 그러니까 편하게 말해요."

"……전 이게 편합니다."

여자라는 이유만으로 다른 대원들과 달리 편하게 대하라는 그의 말이 마음에 들지 않았다. 그래서였을까. 정원의 입에서 자신도 모르게 뾰족한 말이 나가 버렸다. 그는 흐응, 소리를 내더니 식어 버린 반찬 하나를 날름 집어 먹으며 말했다.

"그럼 뭐, 편할 대로 해요. 그 대신 난 좀 편하게 말해도 되죠? 내가 이 서에서 존댓말을 쓰는 사람은 부장님 급 이상이거덩. 엄청난 친화력으로 모든 대원들과 두루두루 해피하게 지내고 있죠."

"그렇게 하십시오."

"아, 좋아! 좋아! 편한 동생이 생긴 것 같네!"

밝게 말한 강우가 시익 웃었다. 반달로 접히는 눈은 천진난만했다. 작업복 밑에 숨어 있을 근육과 거친 작업 현장을 누비는 사람답지 않게.

"그래, 만나는 봤어?"

그가 바로 말을 놓았다. 친숙하게 대하는 그의 모습에 정원은 별다른 기색 없이 밥을 한 술 떠먹으며 말했다.

"백인혁 대장님 말입니까?"

"응, 그 덜떨어진 놈. 그놈 때문에 서가 들썩들썩했거든. 왜 하필우리 서야? 하아, 정말 짜증나게."

"어제 만나 뵀습니다. 생각처럼 멋있는 분이었습니다."

달그락.

정말 깜짝 놀란 듯 강우가 수저를 떨어뜨렸다.

"멋있어? 백인혁이? 실제로 만나 봤는데도 그런 생각이 들디?"

"……네."

"찬바람 쌩쌩 불지 않던?"

"카리스마가……."

"카리스마? 내가 아는 그 카리스마?"

정원이 고개를 끄덕이자 강우의 입에서 깊은 한숨이 흘러나왔다.

"왜? 후광이 비친다고 하지."

"사실…… 첫눈에 알아보지 못했습니다. 그게 아직도 천추의 한입니다."

"……."

강우는 시무룩해지는 정원의 표정에 한숨을 내뱉었다.

이거 중증이구만, 중증!

별처럼 반짝반짝하는 두 눈동자와 발그레해진 양 뺨에 강우가 속으로 혀를 끌끌 찼다. 하지만 기쁨에 차 있는 정원의 모습에 그 또한저절로 웃음이 나왔다.

마치 소녀와 같다. 순수하고 누군가를 동경하는 모습이 예뻐 보인다는 것을 강우는 난생처음 깨달았다. 그랬기에 저도 모르게 손을 뻗어 머리카락을 부비적거렸다. 다른 평범한 사람이었다면 정색부터 했겠지만, 정원은 큰 눈을 깜빡이며 그의 눈을 멀뚱히 바라보았을 뿐이다.

이 사람이 지금 뭐하는 거지?

마치 그 손길을 처음 받아 얼떨떨한 듯 그녀는 강우를 동그란 눈으로 바라보았고, 강우는 귀여운 생명체를 만지듯 머리카락을 쓰다듬었다.

"귀엽네."

"네? 지금 뭐라고 말씀하셨습니까?"

정원이 제대로 알아듣지 못했다는 듯이 미간을 찌푸렸다. 하지만 강우는 더 이상 설명해 줄 마음이 없다는 듯 정원의 머리에서 손을 뗀 뒤 자리에서 일어났다. 식판은 거의 손도 대지 않은 채였지만, 강우는 벽에 걸린 시계를 흘끗 바라보며 말했다.

"여덟 신데, 빨리 사무실에 들어가 보는 게 좋지 않겠어? 백인혁, 그 자식은 노인네처럼 잠이 없다고."

"아!"

당황한 정원이 자리에서 벌떡 일어났다. 강우는 그녀의 식판까지 들어 음식물 쓰레기통으로 향했다.

"가자, 아가씨."

식판을 정리한 뒤 두 사람이 곧장 계단을 올랐다. 그사이 강우가 또다시 시시껄렁한 농담을 늘어놓자, 정원은 대충 '네네' 하며 장단만 맞추었다. 막 1층으로 들어섰을 때였다. 저 멀리 차고로 들어서는 인혁의 모습에 그녀의 몸이 움찔 떨렸다.

"어? 어?! 드디어 나의 위트를 알아주는 사람이 나타난 건가!"

강우는 제 농담에 얼어 버린 것인 줄 알았는지 친숙하게 정원의 팔뚝을 툭툭 두드렸다. 그럴수록 인혁의 미간이 찌푸려졌다.

"즐거워 보이는군요, 강정원 대원."

"아, 안녕하십니까! 10월 15일부로 이수 소방서 문화 화재 방재 시스템팀으로 발령받은 강정원입니다!"

"압니다."

인혁이 팔짱을 끼며 삐딱하게 답했다. 그리고 옆에 있는 강우를 보며 말했다.

"강정원 대원과 친해 보인다?"

"흐응, 네가 모르는 뭔가가 있는 사이기는 하지."

강우가 입술을 크게 늘어뜨리며 말했다. 그러자 인혁의 얼굴이 시멘트를 발라 놓은 것마냥 굳어진다. 뺀질뺀질거리는 것이 마음에 들지 않아서였을까. 인혁이 먼저 계단으로 올라가 버리자 정원은 눈에 띄게 당황했다.

"혹시 제가 뭐 잘못한 거 있습니까?"

"응? 글쎄……. 나랑 있어서?"

"네? 최강우 대장님과 있는 게 잘못된 일입니까?"

"저 자식의 입장에선 그럴지도?"

피식 웃음을 내뱉은 강우가 정원을 이끌고 막 2층으로 향하려 할 때였다. 갑자기 귀를 찢어 버릴 듯 날카로운 출동벨이 서 내에 울렸다.

〈구조 출동! 구조 출동!〉

위이이잉—

정원의 곁을 지나 세 명의 대원이 차고를 향해 달려갔다. 강우 또한 정원의 어깨를 몇 번 도닥이며 말한 뒤 서둘러 차고로 뛰어갔다.

"그럼 잘해 보라고. 꼬라지 부리면 나한테 이르고! 내가 다른 건 몰라도 저 자식 열 받게 하는 건 잘할 수 있거든. 힘내!"

긴급 벨을 누르며 서둘러 차고를 벗어나는 구조버스와 굴절사다리차를 바라보았다.

그 모습을 멍하니 보던 그녀가 서둘러 3층으로 달려갔다. 인혁의 굳은 얼굴이 그제야 머릿속을 스쳤기 때문이다. '문화 화재 방재 시스템팀'이라 적힌 문패를 보고 걸음을 멈춘 그녀는 호흡을 크게 들이마시더니 내뱉었다. 그녀의 얼굴 위로 기쁨이 서리더니 급기야 양 뺨까지 붉어졌다.

"가까이서 볼 수 있어."

아이돌을 좋아하는 팬들의 팬심이 이러한 것일까. 그의 얼굴을 보는 것만으로도 너무나 좋은 것인지 정원은 떨리는 심장을 진정시키며 힘차게 문을 열었다.

"들어와."

문을 열고 들어가자 휑한 사무실 중심에 인혁이 서 있었다. 문과 등지고 서 있던 그는 문이 열리는 소리와 함께 뒤돌아 그녀에게 인사했다. 말은 짧고 간결했지만, 정원은 아무래도 좋은지 눈을 초롱초롱 빛내며 인혁을 보았다.

"안녕하십니까!"

인혁은 몸을 비스듬히 책상에 기대며 팔짱을 꼈다. 그리고 바짝 군기가 들어가 있는 정원을 보았다. 긴장한 기색이 역력한 얼굴이었지만 눈동자에는 생기가 넘쳤다. 옅은 갈색 눈동자를 바라보던 그는 곧 자신의 가슴께밖에 오지 않는 키와 깡마른 몸을 보더니 몸을 움찔 떨었다.

'작은 것들이랑은 상성이 안 좋은데……'

작은 생명체 자체를 그는 싫어했다. 몸을 떨 정도로. 그건 동물이든 사람이든 가리지 않았다.

처음 이 몸 때문에, 그리고 짧게 자른 머리카락 때문에 그녀를 남자라 착각했었다. 그 부분부터 먼저 사과해야 한다는 생각에 사과의 말부터 건넸다.

"지난번의 일은 미안했다."

"네?"

"처음 만났을 때 말이야."

인혁의 말에 그제야 정원이 이해했는지 고개를 끄덕인다. 그리고 아무렇지도 않다는 듯 어깨를 으쓱였다.

"너무 마음 쓰지 않으셔도 됩니다."

일생 받아 온 오해라는 듯 그녀가 말했다. 그러자 인혁이 다시 한 번 정원의 모습을 훑어보았다.

깡마른 몸이나 선머슴처럼 댕강 잘라진 머리카락은 오해를 부르기 충분했다. 그냥 덜 자란 소년. 새하얀 피부나 동그란 눈동자만 보면 여성성이 조금 보이기도 했지만…….

인혁의 생각이 길어질 때였다. 정원이 그의 앞으로 성큼성큼 걸어 오더니 허리를 숙여 인사하곤 눈을 반짝이며 말했다.

"오래전부터 백인혁 대장님을 존경해 왔습니다! 소방관이 된 것도 다 대장님 때문입니다!"

"……뭐?"

"지금 심장이 터질 것 같습니다!"

정원의 말에 인혁의 얼굴이 굳어졌다. 이건 또 뭐하는 종자인가 싶었다. 자신도 모르게 뒤로 더듬더듬 걸음을 물린 그가 미간을 찌푸렸다.

"강정원 대원?"

"네, 시키실 것이 있으면 언제든 시키십시오!"

"……그 마음가짐 좋네. 지금 당장 뭐 하나 부탁해도 될까?"

인혁의 목소리가 낮아졌지만, 정원은 아무래도 좋은지 번쩍 고개를 들며 외쳤다.

"네, 괜찮습니다!"

정원의 얼굴이 환해졌다. 앞으로 그를 서포터하며 그렇게 꿈에도 그리던 일들을 해 나갈 수 있을 거라 생각했다. 하지만 곧이어 인혁의 입에서 흘러나온 말에 정원의 눈빛이 멍해졌다.

"내 앞에서 사라져."

"네? 지금 뭐라고……?"

"이상한 소리 할 거면 내 앞에서 사라져 달라고."

그녀가 큰 눈을 연신 깜빡이며 그의 말을 이해하려 애썼다. 하지만 인혁은 그녀가 이 상황을 채 이해하기도 전에 독설을 내뱉었다.

"나와 같은 팀에 있기 위해서는 지켜 줘야 할 것이 있다. 난 여자 대원이 남자 대원보다 못하다고는 생각 안 해. 하지만 상대가 단순히 XX염색체를 가지고 태어났다는 이유로 나에게 뭔가 강요를 하거나 다른 남자 대원과 다른 행동을 보인다면 그 즉시 아웃이다."

그는 그러한 일이 익숙했던지 너무나 확고한 어조로 말했다. 멍하니 그의 진지한 얼굴을 보던 정원은 깜짝 놀라며 말했다.

"대장님, 뭔가 큰 오해를 하고 계신 것 같습니다. 그러니까 저 그, 그런 게 아니라 순수한 마음에서 대장님을 존경……."

"순수한 마음? 존경?"

그녀의 말을 듣던 인혁의 얼굴이 점차 어두워졌다. 쿡 하고 찌르면 와장창 깨질 것처럼 굳어진 얼굴로 한참이나 정원을 쏘아보던 그가 서늘한 얼굴로 말했다.

"내 팀의 대원들은 모두 내가 존경할 수 있는 인물이었으면 좋겠는데."

"……."

"나의 실수가 곧 동료에게 위험이 된다. 서로에게 명줄 쥐여 준 상태에서 당연한 것 아닌가? 내가 널 존경할 수 없는데, 어떻게 내 목숨 줄을 너한테 쥐여 주지? 지금의 강정원 대원에게는 내 목숨을 맡길 수가 없는데?"

"……."

"왜 말이 없지?"

그의 말이 비수가 되어 가슴에 꽂혔다. 방금 전까지만 해도 멍하니 당하고만 있던 정원은 얼굴을 붉히며 그의 앞으로 걸음을 옮겼다. 턱을 치켜들고, 시선을 내리깐 그는 엄청 재수 없어 보였다. 그녀가 마음속에 담고 있던 그 영혼이 맞나 싶었다.

"백인혁 대장님 맞습니까?"

"뭐?"

그가 눈을 가늘게 뜨며 물었다. 그의 표정에 정원은 이 현실을 담담히 받아들이기로 했다. 그녀는 매체에 현혹되어 눈앞에 있는 남자를 제 마음속에서 신격화시켰을 뿐이다. 그도 인간인데, 왜 다른 사람들과는 달리 이타적인 삶을 살고 있다 생각했을까. 아니, 다른 사람도 아니다. 그는 그녀가 가장 싫어하는 유형의 사람 중 하나였다.

"저란 사람에 대해 겪어 보지도 않고 무작정 선입견부터 가지시다니. 실망입니다."

그 말에 인혁의 얼굴이 굳었다. 둘의 시선이 마주했고, 치지직 불꽃이 튀었다.

"그래서?"

"존경하게 만들겠습니다."

"어떻게?"

"제 근성을 보여 드릴 참입니다."

"뭐……?"

"전 대장님처럼 똑똑한 사람도 아니고, 현장에 출동해 본 적도 없습니다. 하지만 근성 하나는 자신 있습니다."

"……."

그가 말없이 정원을 보았다. 유리구슬처럼 빛나는 눈동자를 뚫어지게 보던 그가 팔짱을 풀며 몸을 세웠다. 곧게 서자 정원이 고개를 한껏 치켜들고 봐야 겨우 눈을 마주칠 수 있었다. 그녀가 '뭘 먹었길래 저렇게 무식하게 커?' 라는 생각을 할 때였다. 인혁은 텅 빈 사무실을 힐끗 바라보았다.

"좋아, 그럼 네 근성이 얼마나 강한지 한번 볼까?"

"……네?"

"네 말이 맞아. 능력이 없으면 근성이라도 있어야지."

그의 입술이 크게 늘어지더니 미소 지었다. 매혹적인 미소였지만, 그의 입에서 나온 말이나 번뜩이는 눈빛 때문인지 사악하고 어둡게만 보였다.

그녀는 앞으로 펼쳐질 미래를 눈치챈 것인지 여유만만한 웃음을 짓고 있는 인혁을 보며 침을 꼴딱 삼켰다.

4
근성의 깡정원

텅 비어 있는 사무실 바닥을 열심히 밀대질하는 정원의 입술이 뾰족하게 튀어나와 있다. 방금 전까지만 해도 말 잘 듣는 강아지처럼 꼬리를 빠르게 흔들던 정원이었다. 하지만 인혁에게 구박을 받고 몇 시간 뒤, 그녀는 있는 힘껏 밀대를 밀고 있었다.

그녀는 '팀장 백인혁'이라 적힌 명패를 보며 불퉁해진 얼굴을 씰룩였다.

"누가 이기나 한번 해봅시다."

이를 버득버득 갈던 정원이 힘주어 바닥을 더 박박 닦기 시작했다. 이미 바닥은 빛이 날 정도로 반짝였지만, 정원은 아직도 성에 차지 않았는지 한참이나 한 자리만 밀대로 문지르더니 짜증이 났는지 손잡이를 획 던져 버렸다.

탕, 탕.

대리석 바닥과 나무대가 부딪히는 소리는 날카로웠다. 하지만 정원은 곧장 책상으로 가 걸레질을 하기 시작했다. 그녀의 눈이 번뜩였다. 먼지 하나도 용납하지 않겠다는 얼굴이었다. 그때 끼이익, 문이 열림과 동시에 똑똑 노크 소리가 들렸다.

"어? 최 팀장님?"

열린 문을 두드려 노크를 하던 강우가 사무실 안으로 발걸음을 옮겼다. 그는 반짝반짝 빛이 나는 사무실을 보며 휘파람을 불더니 비어 있는 인혁의 자리를 보았다.

"백인혁은?"

"낮에 일이 있으시다며 나가셨습니다."

"이 자식이 첫 출근날부터 땡땡이를 쳤단 말이야?"

"때, 땡땡이가 아니라 일이 있으시다고……."

"그게 그거지, 뭐. 쳇, 헛걸음했네."

구시렁거린 그가 사무실을 막 나가려던 차였다. 짧은 시간 코 밑까지 내려온 정원의 다크서클을 보았는지 그가 몸을 움찔 떨며 가던 걸음을 멈췄다.

"근데 얼굴은 왜 그래?"

"네?"

"너 지금 엄청 피곤해 보여."

"……."

정원의 얼굴이 구겨졌다. 그녀의 표정에 강우는 알 만하다는 듯 혀를 끌끌 찼다.

"당해 보니 어때? 생각하던 거랑 같아?"

"아니요."

"거봐, 내가 그랬지? 그 자식 완전 악마라니까."

"……그 정도까지는 아닙니다."

그녀가 시무룩하게 말했다. 그러자 강우가 혀를 끌끌 찬다.

"아직 덜 당했구만. 덜 당했어."

"⋯⋯."

어깨가 축 처진 정원을 안타깝게 바라보던 강우가 주머니를 뒤지더니 그녀의 손바닥을 펴 막대사탕을 몇 개 내려놓았다. 달콤한 사탕을 멍하니 바라보는 그녀의 모습에 강우가 킬킬거렸다.

"당은 그때그때 채워 줘라. 그래야 기력이 안 딸려."

"저 괜찮은데⋯⋯."

간식을 즐기지 않는 정원이 고개를 저으며 말하자 강우가 검지를 앞으로 척 내밀었다. 그리고 마치 90년대 드라마에서 차인표가 그렇게도 흔들어 대던 '노노 포즈'를 취하며 말했다.

"너 말고."

"⋯⋯."

"백인혁. 걘 아무래도 당이 부족한 거야, 늘 까칠한 것 보면. 제때 먹여. 그럼 덜 피곤할 거야. 그럼 나간다."

강우가 빠르게 사무실을 벗어나는 모습을 정원이 멍하니 보았다. 그리고 제 손에 놓인 막대사탕을 불안한 눈으로 보았다.

"주면 더 화내실 것 같은데⋯⋯."

♧　　　♣　　　♧

비실비실거리던 정원이 침대에 철퍼덕 누웠다. 팔다리가 흐물흐물한 것이 힘이 하나도 없었다. 곁눈질로 벽에 걸린 시계를 보니 새벽 2시. 평소의 그녀라면 이미 꿈나라에 가 있을 시각이었다.

"내 근성이 겨우 걸레질이냐?"

베개에 얼굴을 묻은 정원이 구시렁거렸다. 인혁에게 큰소리를 쳐 놨지만, 지금 당장 할 수 있는 것은 청소밖에 없었다. 뭐, 성수 119구조대에 있을 때도 사무실에서 한 것이라곤 청소와 간단한 업무 정도였으니. 그녀가 제일 잘하는 것이 밀대질과 걸레질인 것이다.

눈을 도록도록 굴리며 몰려오는 잠을 물리쳐 보려 했지만, 쉽지 않았다. 씻고 자야 한다는 생각이 들었지만, 몸은 천근만근 무거워 꼼짝도 할 수가 없었다. 그때였다.

달칵.

문이 열리는 소리가 들리더니, 부스럭거리는 소리가 들렸다. 상대도 많이 피곤한 것인지 발걸음 소리는 무거웠고 느렸다.

"오셨습니까?"

"아, 안 잤어요?"

유리의 목소리는 잠겨 있었다. 많이 피곤한 것인지 곧장 침대에 와 눕는 그녀의 모습에 정원은 몸을 돌려 천장을 보고 누웠다. 정원의 옆에서 끙 앓는 소리가 들려왔다.

"출동이 많으셨습니까?"

"네, 평소보다 배로 많았어요!"

유리의 이야기에 정원의 얼굴이 시무룩해졌다. 나도 출동하고 싶은데. 나도 너무 바쁘고 힘들다며 투정이라도 부리고 싶은데. 오늘 그녀가 한 것이라곤 인혁에게 혼난 뒤 사무실을 쓸고 닦은 것밖에 없었다.

"신고자가 옆집에서 이상한 냄새가 난다고 연락이 왔어요. 그래서 출동했는데 가 보니까 이미 다리에 백골이 드러난 시신이 있는 거 아니겠어요?"

"아……."

"죽은 지 최소 1년은 되어 보였어요. 요즘 고독사가 많다고는 하지만 그 정도로 심한 건 난생처음 봤거든요."

"괜찮으십니까?"

정원의 물음에 유리가 몸을 뒤척였다. 그리고 깊은 한숨을 쉬며 입을 작게 벌려 우물쭈물 말했다.

"하아, 괜찮겠어요? 나도 사람인데. 그래도 뭐 어떻게 해. 그 사람이 정말 사망했는지 그걸 확인하는 게 내 일인데. 아직도 코끝에 시체 썩는 냄새가 가시질 않아요. 몸에도 배어 있는 것 같고."

"……."

"가끔은 확 시집이나 가 버리고 싶다니까? 나도 혼자 사는데 죽으면 그렇게 아무도 모를지도 모르잖아요? 썩고 문드러져서 발견될지도 몰라. 사람은 역시 함께 살아야 하는 동물이에요. 혼자 살면 고독해요."

말을 마친 유리가 다시 한 번 한숨을 푹 쉬었다. 그녀의 한숨 소리에 정원이 몸을 일으키며 말했다. 오던 잠이 유리의 등장으로 싹 달아났다.

"애인은 있으십니까?"

시집을 가고 싶다는 말에 괜스레 물어본 말이었다. 그리고 유리도 사적인 질문이 기분 나쁘지 않은지 립글로즈를 발라 놓은 입술을 부드럽게 휘며 말했다.

"이 외모에 설마 없겠어요?"

"아……."

정원이 있을 것 같다며 고개를 끄덕였다. 유리는 객관적으로 보았을 때 길쭉길쭉한 키와 새하얀 얼굴로 그리 나쁜 외모는 아니었다. 다만 쌍꺼풀 없이 찢어진 눈이 인상을 조금 날카로워 보이게 만들었으나, 이 또한 쇼 무대에 서는 모델처럼 보이게 만들었다. 하지만 비죽 입술을 내민 유리가 갑자기 성질이 났는지 소리쳤다.

"그런데 그 설마라고요. 이 정도 생겼는데 왜 없을까요?"

"네?"

"없다고, 없어! 데이트를 해 본 지가 까마득하다고요!"

"……."

정원이 말없이 유리를 보았다. 말문이 턱 막힌 모습이다. 혼자서 발을 동동 굴리던 유리가 몸을 일으켰다. 방금 전까지만 해도 얼굴에 가득했던 짜증이 조금 가신 모습이었다.

"오늘 첫 출근 어땠어요?"

아수라 백작처럼 순식간에 표정과 어투를 바꾼 유리는 호기심 가득한 눈동자로 정원을 보았다. 정원이 답이 없자 유리가 재촉하듯 물었다.

"꽤 파란만장했을 것 같은데?"

"뭐…… 제가 생각하던 사람과는 달랐습니다."

휴— 한숨을 푹 내쉰 정원이 고개를 숙였다. 그러자 유리는 이미 모든 걸 예상한 사람처럼 깔깔 웃음을 터뜨렸다.

"내 이럴 줄 알았지!"

"그게 무슨 말씀이십니까?"

"백인혁 팀장 유명하거든. 팀원들한테 엄격하기로. 덕분에 쿠크다스 멘탈을 가지고 있는 사람들은 그 사람 때문에 멘붕 상태가 되기도 해요. 남자들이라면 그냥 옳은 말만 하니까 그러려니 하는데, 여자는 또 아니잖아요? 아무리 상대가 옳은 말을 하더라도 쥐 잡듯이 잡으면 눈물 쏙 뽑는 여자들이 대부분이거든. 거기에다가 본인이 좋아하는 사람이 무시하고 까 내리면 얼마나 마음이 아프겠어?"

"……."

"표정 보니 정원 씨도 당했나 보네. 용산 서에서 그 인간이 일할 때, 같이 일하던 구급팀 여대원들도 마음고생 꽤 했어요. 그래서 난 그 인간을 여자들한테는 하등 도움이 안 되는 동물로 취급하기로 했지. 그냥 이 두 눈만 즐거워하는 걸로!"

"아……."

정원은 고개를 끄덕였다. 그녀는 모르나 과거에 이런 일들이 몇 번이나 있었던 듯했다.

"공개적으로 고백했다가 쪽 당해서 다른 서로 전입 간 직원들도 꽤 돼요."

"그런 일이 있었군요……."

유리가 고개를 끄덕였다. 그리고 다리를 손으로 주물러 뭉친 근육을 풀며 말했다.

"그러니까 홀리지 말아요. 보답받지 못하는 마음만큼 아픈 건 없거든."

그녀의 말에 정원의 얼굴이 와락 구겨졌다. 그리고 주먹을 쥐어 제 가슴을 퉁퉁 치며 말했다.

"걱정하지 마십시오, 오늘 실체를 보았으니까!"

"응? 무슨 일 있었어요?"

"내 존재를 인정하게 만들 겁니다!"

앞뒤 설명 없이 정원이 외쳤다. 그러자 유리가 호기심 가득한 눈으로 '뭔데? 뭔데? 이 언니에게 다 털어놔 봐' 라는 얼굴로 그녀를 보았지만, 정원은 설명 없이 침대에 도로 누운 후 눈을 질끈 감았다.

♧　　　♣　　　♧

어두웠던 하늘이 푸르스름하게 변했다. 아침보단 새벽에 가까운 시각. 이수 소방서 주차장에 부드럽게 멈춰 선 차 문이 열리더니, 그곳에서 길쭉한 몸이 불쑥 튀어나왔다. 차에서 내린 그는 곧장 이수 소방서 3층으로 향했다.

문화 화재 방재 시스템팀 사무실 문을 열고 안으로 들어가던 그는 순간 걸음을 멈추었다. 깜짝 놀란 눈으로 사무실 안을 둘러본 그가 기가 찬 듯 '하!' 웃음을 뱉었다. 팔을 뻗어 문 위의 공간을 슥 문질렀지만 손에 묻어나는 먼지는 없었다.

"미련한 건지, 정말로 근성이 좋은 건지."

픽, 웃음을 뱉은 그가 자신의 자리로 향했다. 역시나 깨끗하게 정리된 책상을 훑어보던 그가 곧장 컴퓨터 본체를 켠 뒤 사내 데이터베이스에 접속했다.

진지한 눈으로 모니터를 훑어보던 그가 손을 들어 턱을 매만졌다. 하지만 제 행동은 미처 인지하지 못하고 있는 듯했다.

"흐음."

그가 마우스를 움직이며 차근차근 파일을 살펴보았다. 어제 지시를 받았던 내용들을 숙지하고 있는 눈빛은 날카롭고 진지했다.

그가 막 다음 장을 넘겨 볼 때, 문이 열리더니 머리를 말리지도 않은 정원이 안으로 들어왔다. 그녀는 들어오자마자 마주치는 인혁의 눈빛에 화들짝 놀라 몸을 떨었다.

"억!"

"왜 그렇게 놀라? 기분 나쁘게."

"아, 아닙니다."

정원이 웅크렸던 어깨를 바르게 폈다. 그리고 어느새 다시 서류를 읽고 있는 인혁을 보았다.

"안 앉고 뭐해?"

"아, 네!"

정원이 제 자리로 후다닥 달려가 막 의자를 빼고 앉으려던 참이었다. '아, 앉기 전에'라고 말하며 그녀의 행동을 막은 인혁이 뒤에 있는 탕비실을 힐끗 보며 말했다.

"커피 한 잔 타 줄래?"

그의 말에 정원의 얼굴이 굳었다.

"저 여기에 커피 타러 온 사람 아닙니다. 커피 드시고 싶으시면 직접 타서 드십시오."

어제 그가 했던 말이 머릿속에 떠오르며 자격지심에 뾰족하게 말이 튀어나왔다.

고집스러운 얼굴을 살피던 그가 피식 웃음을 내뱉었다. 불퉁하게 튀어나온 뺨이나 삐죽 튀어나온 입술. 불만이 참으로 많은 얼굴이었다. 인혁은 별다른 말없이 자리에서 일어났고, 뚜벅뚜벅 걸음을 옮겨 정원의 앞에 섰다. 머리 하나는 족히 더 차이 나는 둘의 키 차이 때문일까. 인혁은 정원을 한껏 내려다보며 오만하게 웃었다. 그는 '이것 봐라' 하는 표정이었다.

"불만 있어 보인다?"

"그럴 리가 없지 않습니까. 하늘같은 대장님한테 어떻게 불만을 가지겠습니까."

"그래?"

피식, 웃음을 내뱉는 잘난 얼굴을 보며 정원이 말했다.

"지렁이가 밟으면 왜 꿈틀거리는 줄 아십니까?"

"왜? 지금 네가 지렁이라도 된다는 말이야?"

"그게 아니라……."

"지렁이가 밟으면 왜 꿈틀거리는 줄은 알지."

"……."

"죽지 않을 만큼 밟았기 때문이야. 죽을 만큼 밟으면 꿈틀거리지 않지."

"……."

뒷목이 뻐근했다. 그를 올려다보느라 아픈 것인지, 아니면 그의 말 때문에 아픈 것인지 몰랐다. 정원은 툭 치면 우르르 부서질 것 같은 얼굴로 그를 보았다. 그가 말하는 지렁이가 자신은 아닐 것이라며.

"네가 여자라서 커피 부탁한 것 같아?"

"아닙니다. ……죄송합니다. 제가 너무 불손했습니다."

사과의 말에도 그는 별다른 답 없이 걸음을 옮겨 탕비실로 향했다. 그의 행동을 뒤쫓는 그녀의 눈동자에 불안함이 서린다. 예측할 수 없는 그의 행동이 불안했음이라.

"커피 마실 건데, 한 잔 하겠어?"

"아닙니다."

종이컵에 믹스커피를 넣는 그의 뒷모습을 보던 정원이 시선을 돌려 허공을 노려보았다. 자신이 방금 전 경솔하게 내뱉었던 말 때문에.

'그 말은 마치 내가 여자 대원이니 커피 따위 타지 말라고 말하는 것 같잖아?'

매끈한 뇌에 주름이라도 그어 버리고 싶은 심정이었다. 그에게 다른 대원과 차별하지 말아 달라 말을 해 놓은 주둥이는 염치가 없는 것일까. 지금이라도 방금 전 말은 경솔했다고 말해야 했지만, 이미 엎질러진 물이었다.

탕비실에서 나온 그가 자신의 옆에 잠시 머물렀다가 제 자리로 돌아가는 인기척을 느끼며, 정원이 슬쩍 고개를 내렸다. 책상 위에 놓인 종이컵 위로 김이 모락모락 올라오고 있었다.

정원은 멍하니 커피를 보다가 작게 읊조렸다.

"가, 감사합니다."

얼떨떨한 그녀의 목소리에 인혁은 어깨를 으쓱이며 아무렇지도 않게 툭 말했다.

"별말씀을. 그럼 회의 시작할까?"

그의 말에도 정원은 한참이나 혼란스러운 얼굴로 종이컵을 바라보았다.

다이어리를 꺼내 든 정원은 글자로 빼곡한 서류를 읽고 있는 인혁을 보았다. 그리고 제 앞에 놓여 있는 하얀 종이컵도 보았다. 후루룩, 뜨거운 커피를 소리 내며 마셨다. 커피는 지나치게 달콤했다. 머리가 띵해질 정도로.

백인혁도 그랬다. 그가 종이컵을 제 책상에 내려놓은 순간 머리가 띵해졌다. 쇳덩어리로 머리를 두들겨 맞은 것처럼.

도저히 가늠할 수 없는 사람이라 생각하던 정원은 낮은 중저음의 목소리가 들려오자 고개를 번쩍 들었다.

"다음 달에 행사가 있을 거다. 주최는 서울시. 그곳에 문화재청장 홍인식 원장님과 박지원 소방재청장도 참여하실 거야. 물론 언론사에서도 나올 거고. 문화 화재 방재 시스템팀 출범식은 소방재청뿐만 아니라 문화재청, 서울시에서도 도움을 주겠다고 했다."

정원은 당황한 기색을 숨기기 위해 부지런히 펜을 놀렸다. 딱히 그녀가 기억해야 할 내용도, 주요 사항을 전달한 것도 아니었다. 하지만 그녀는 인혁의 눈을 바라보지 않기 위해 부지런히 메모했다. 그런 정원을 힐끗 보던 인혁이 말했다.

"나머지 팀원은 다음 주 월요일부터 출근한다."

"그럼 그때 동안 저희는 뭐합니까?"

정원이 묻자 인혁은 다이어리를 덮으며 말했다.

"팀원들이 출근하면 일에 방해가 없도록 준비해야겠지. 자, 그럼 시작해 볼까?"

위이이이잉—

〈구조 출동! 구조 출동!〉

정신이 번뜩 드는 사이렌 소리에도 사무실에는 무거운 침묵이 흘렀다. 타다타닥, 정원은 마치 무아지경에 빠진 사람처럼 빠르게 키보드를 두드리며 서류와 모니터를 번갈아 보고 있었다. 자신이 바라본다는 것도 모른 채 일을 하고 있는 정원의 모습에 인혁이 피식, 웃음을 내뱉은 뒤 자리에서 일어났다. 그가 일어나자 의자 바퀴가 드르륵 뒤로 밀리며 소리가 났다. 신경을 거슬리는 소리에 붉게 충혈된 눈동자가 인혁에게 향했다.

"퇴근해야지."

인혁이 벽에 걸린 시계를 가리키며 말했다. 벌써 10시였다. 두 사람은 아침부터 전국에 있는 문화재 화재 시설정비를 정리하느라 식사 때를 놓쳐 도시락으로 대충 때워야 했다. 그것도 모자라 퇴근 시간까지 훌쩍 지나 있었다.

정원이 미적거리자, 인혁이 물었다.

"퇴근 안 해?"

"전 좀 더 하다가 가겠습니다."

"그래? 그럼 먼저 퇴근한다."

한 번 더 물어볼 법도 하건만 그는 두 번은 묻지 않았다. 휙 하니 사무실을 빠져나가는 그의 뒷모습을 보던 정원은 붉은 눈을 번뜩였다.

"후우……!"

한숨 소리는 거칠었고 지나치게 컸다.

눈 밑에는 어느새 검은 그늘이 내려져 있고, 눈은 미친 사람처럼 광기가 돌았다. 빠르게 손가락을 놀려 키보드를 두드리던 정원은 어느 순간 힘이 빠졌는지 서류 위로 힘없이 머리를 내렸다.

"이걸 언제 다 하냐고, 흑흑."

그렇게 한참 울먹이던 그녀가 자리에서 벌떡 몸을 일으켰다. 그런 뒤 주머니를 뒤져 막대사탕 하나를 꺼냈다.

딸기맛 사탕.

껍질을 까자 우유와 딸기 향이 섞인 달콤한 향이 코끝을 스쳤다.

입에 쏙 사탕을 넣은 그녀가 혀를 굴려 사탕을 맛보며 눈을 번뜩 떴다.

"강정원, 할 수 있어!"

파이팅을 외친 정원이 빠르게 키보드를 두들겼다.

근성은 어느새 오기가 되어 있었다.

♧　　　♣　　　♧

비밀번호 여섯 자리를 누르고 안으로 들어가자, 센서가 켜졌다. 그 순간 인혁의 얼굴이 굳었다. 멈칫, 몸을 떤 그의 얼굴에 긴장감이 흘렀다.

현관에는 문양이 없는 검은색 힐이 아무렇게나 놓여 있었다. 쓰러진 오른쪽 구두를 가지런히 세운 그가 신발을 벗고 안으로 들어갔다. 그러자 깨끗하게 정리된 집과 부엌에서 조막만 한 그림자가 보인다.

"왔니?"

고음의 목소리. 그리고 부엌 쪽에서 쏙 튀어나오는 얼굴.

짧은 커트 머리에 비쩍 마른 몸. 그의 가슴께도 오지 않는 작은 몸집의 중년 여성은 뽀로로 튀어나와 인혁의 앞에 섰다.

귀찮게 됐군, 인혁이 들고 있는 가방을 바닥에 아무렇게나 내려놓았다. 언뜻 얼굴엔 짜증마저 서려 있었다. 그 짜증은 곧 작은 손이 그의 등짝으로 날아들자 극에 달한다.

짝!

"어, 어머니!"

"집도 잘 안 치우는 녀석이! 청소 안 할 거면, 평소에 깨끗이 치우란 말이야!"

"알았습니다, 알았어."

그의 예상대로 속사포처럼 잔소리를 늘어놓는 명숙의 모습에 인혁의 얼굴에 피곤이 내려앉는다. 내일 또 들고 나갈 가방인데 잘 정리해 놓아야 한다니. 그 나름은 현관 앞에 가방을 놓아두는 것이 잘 정리하는 것이었지만 깔끔한 성정의 명숙에겐 그저 어지럽히는 것으로밖에 보이질 않았다.

"하아."

그의 입에서 한숨이 터져 나왔다. 정말, 그는 작은 생명체랑 상성이 맞지 않다. 그리고 그렇게 된 것엔 그를 낳고 기른 명숙의 공이 컸다.

"왜 이렇게 늦게 퇴근해? 소방서 일은 네가 다 하니? 밥은 먹었고?"

답을 듣기도 전에 여러 질문이 날아들었다. 그녀는 인혁에게 답을 들을 생각이 없는지 그의 손을 이끌어 곧장 부엌으로 향했다.

"이게 다 뭡니까?"

인혁은 식탁 위에 가득 차려져 있는 음식을 의아한 눈으로 보며 말했다.

"어머, 뭐긴 뭐야. 저녁이지."

"지금 열한 신데요?"

"그래도 먹어! 늙은 어미가 힘들게 차렸는데!"

버럭 소리를 지른 명숙이 다시 한 번 등짝을 내려쳤다. 팔목을 꺾어 맞은 부분을 문지르던 인혁이 의자를 빼서 앉았다. 그리고 5첩 반상이 차려진 식탁을 내려다보았다. 절로 미간이 찌푸려졌다.

"표정이 왜 그래?"

"아니오, 아무 일도 아닙니다."

"아닌 게 아닌데?"

명숙이 맞은편에 앉으며 싸늘한 목소리로 말했다. 표정 또한 어서 먹지 않으면 네 목을 비틀겠다는 표정이었다.

명숙은 푸르른 웰빙 식품 브랜드에서 일을 하고 있었다. '푸르른'은 식품 시장의 55% 점유율을 자랑하는 대기업이었다. 그곳에서 마케팅 이사로 일하고 있는 명숙은 제 음식 솜씨가 좋지 않다는 걸 잘 알고 있었다. 하지만 어릴 적부터 인혁과 그의 형 민혁은 마치 실험실의 하얀 쥐처럼 본의 아니게 그녀의 실험적인 음식 솜씨의 피해자가 되곤 했다.

"윽······!"

"왜? 짜?"

입을 틀어막은 인혁이 잽싸게 고개를 저었다.

"마, 맛있습니다."

목소리가 절로 떨렸지만 그는 애써 웃으며 말했다. 괜히 잘못 말했다간 어떤 봉변을 당할지 몰랐다. 하지만 그런 그의 노력에도 명숙은 의심스럽다는 듯 턱을 괴고 빤히 바라보았다. 그는 이 조막만 한 생명체에게 트집이 잡힐까 봐 소태처럼 짠 음식을 푹푹 퍼먹었다.

아들의 밥 먹는 모습을 흐뭇하게 보던 명숙이 뜬금없이 물었다.

"만나는 여자는?"

늘 항상 듣는 레퍼토리 중 하나였다. 인혁은 당황한 기색 하나 없이 진미포를 입에 넣은 뒤 우적우적 씹어 댔다. 조리되어 나온 것을 구매한 것인지 이것은 그나마 먹을 만했다.

"없습니다."

"그럼 결혼은?"

"여자가 없는데 어떻게 결혼 계획이 있겠습니까?"

"어쩜 너나 네 형이나……!"

짝, 또다시 손바닥이 날아왔다. 이번엔 팔뚝을 힘껏 내려친 명숙이 외쳤다.

"네 나이가 몇인 줄 알아? 서른넷이다, 서른넷! 내 친구들 자식들은 다 지 새끼 낳고 잘 사는데, 넌 아직도!"

명숙의 잔소리에 인혁은 무심한 목소리로 말했다.

"형한테 먼저 잔소리하고 오세요. 형은 올해 서른여섯입니다."

"이미 1차전 하고 왔으니 걱정하지 마라."

명숙이 흥, 하고 콧방귀를 뀌었다.

인혁은 아래층에서 어떤 일이 있었는지 알 만하다는 듯 고개를 끄덕였다. 명숙은 이미 민혁과 한바탕 하고 위로 올라온 것 같았다.

자유로운 영혼인 민혁이 또다시 엄마의 잔소리를 피해 훌쩍 떠나는 건 아닐까 하는 생각이 들었다.

"또 사라지겠네요."

"휴, 걘 언제 인간 구실한다니?"

1년에 세금만 억 소리 나게 내는 인간을 인간 구실 못 한다고 할수 있을까? 한마디 할까 생각하던 그는 고개를 저었다. 괜히 말을 덧붙였다가 민혁이 들을 욕까지 날아올까 싶어 말을 꾹 삼키고 밥만 퍼먹었다.

그러다 슬며시 물었다.

"어머니, 언제까지 계실 겁니까?"

"어머, 너 지금 나 쫓아내는 거니?"

"내일도 일찍 출근해야 하고, 할 일도 남았습니다."

"이래서 자식새끼 키워도 소용이 없다는 거야."

명숙이 불퉁한 인혁을 보더니 자리에서 벌떡 일어났다. 그러자 인혁 또한 수저를 놓고 자리에서 일어나, 씩씩거리며 거실로 향하는 명숙을 뒤따라갔다. 그리고 가방을 들고 곧장 현관으로 가는 명숙에게 말했다.

"김 기사님은요?"

"딸내미 결혼한다고 내일까지 쉰다."

"네, 그럼 조심히 가십시오."

한 번도 붙잡지 않는 아들의 모습에 헛숨을 내뱉은 그녀는 이내 혀를 끌끌 찼다.

"어떻게 넌 네 애비를 꼭 닮았니?"

"아버지니까요."

뭘 그렇게 당연한 걸 물어보냐는 인혁의 말에 명숙이 종잇장처럼 얼굴을 구기며 몸을 휙 돌렸다.

"그래, 간다, 가!"

쾅!

거칠게 닫힌 문을 보던 인혁이 뒤돌아 부엌으로 향했다. 그는 거의 손을 대지 않은 식탁을 보며 한숨을 쉬었다.

"무슨 악취미야."

먹는 시늉만 한다는 것을 명숙 또한 알고 있었지만, 그녀는 끊임없이 엄마 노릇을 하기 위해 노력했다. 대대로 식품회사를 해 온 외갓집에서 태어난 돌연변이라며 혀를 끌끌 차던 외할아버지 모습을 떠올리며 그는 음식을 고스란히 냉장고에 넣은 뒤 문을 닫아 버렸다.

또다시 아래에서 출동벨이 울렸지만, 정원의 시선은 여전히 컴퓨터 모니터에서 떨어질 줄을 몰랐다. 해야 할 일이 태산과 같아서일까,

그녀는 제 옆으로 다가온 인혁의 존재도 까맣게 모른 채 빠르게 모니터를 훑어보고 있었다.

전통 사찰뿐만 아니라 나라에서 천연기념물로 지정한 나무들. 그리고 고궁과 문화재가 있는 박물관까지. 관리를 해야 하는 문화재는 종류와 그 수부터 너무 다양해서 눈이 핑핑 돌아갈 정도였다.

우선 사찰 쪽은 오기와 집념으로 정리를 마쳤지만, 이는 아주 일부분에 불과했다. 그 말인즉 그녀가 앞으로도 까만 밤을 하얗게 지새워야 하는 날이 수없이 남아 있다는 뜻이었다.

고도의 집중력을 발휘하고 있는 정원이 자신의 존재를 발견하지 못하자 인혁은 손을 들어 테이블을 두어 번 똑똑 두드렸다. 놀란 정원의 눈과 마주하자 그가 짤막하게 말했다.

"점심 먹고 하자."

"아, 네, 도시락 사 오면 됩니까?"

"아니, 식당."

인혁은 벽에 있던 시계를 가리키며 말을 이었다.

"오늘은 안 늦었어."

"네, 잠시만 기다려 주십시오."

정원은 서둘러 책상 위에 펼쳐져 있는 서류를 정리했다. 이미 다 정리한 서류는 노란 파일에 동봉해 한쪽 책상에 쌓았고, 아직 정리하지 못한 파일은 반대편 쪽에 쌓았다. 가느다란 팔목과 작은 손으로 연신 파일을 정리하는 모습을 보던 인혁이 뜬금없이 물었다.

"왜 화재 진압팀에 지원했어?"

"네? 갑자기 그건 왜 물으십니까?"

그 물음에 인혁이 손가락으로 그녀의 얇은 팔목을 가리켰다.

"진압팀보다는 다른 부서가 어울릴 것 같아서. 행정부도 있고, 구급팀도 있고, 구조팀도 있고. 또 화재 감식반도 있고. 왜 하필 화재 진압팀이냐고."

그의 말속엔 왜 체력적으로 가장 힘들고, 소방관의 순직이 가장 많은 화재 진압팀에 지원을 했냐는 물음이 숨어 있었다.

현실적 문제 때문에 전국 소방서에서 화재 진압팀에 소속되어 있는 여소방관은 채 열 명도 되지 않았다. 그만큼 체력적으로도 힘든 일이었고, 위험에도 가장 많이 노출되는 부서였다. 그런데 왜 하필 연약한 여자의 몸으로 이 거친 부서를 지원했을까. 그는 그것이 갑자기 궁금해졌다.

그가 뚫어져라 정원을 바라보자 그녀는 우물쭈물 말을 씹으며 말했다.

"솔직하게 말해도 됩니까?"

"응, 뭐. 솔직한 답이 궁금해서 물어본 거니까."

그의 물음에 정원은 또렷한 눈빛으로 그와 시선을 맞추며 말했다.

"대장님 때문입니다."

"……."

"텔레비전에서 우연히 대장님께서 화재 진압하는 모습을 봤습니다. 그 뒤로 소방관이 되고 싶어졌습니다."

그녀의 말에 인혁의 미간이 와자작 구겨졌다. 솔직하게 말하라 해서 솔직히 답했건만, 그는 그 답이 마음에 들지 않는 듯 보였다. 마치 이 종자를 어떻게 처리해야 할까, 라는 표정이었다.

그의 표정이 점점 굳어지자 정원이 우물쭈물했다. 서늘하게 식어버린 표정에 지레 겁을 집어먹은 눈동자는 불안하게 떨렸다.

"왜, 왜 그렇게 보십니까?"

"……무슨 욕을 해 줘야 다시는 네 입에서 그런 낯간지러운 이야기가 나오지 않을까, 고민 중이다."

"솔직하게 말하라고 하셨잖습니까!"

정원이 억울하다는 듯 항변했다. 그러자 인혁이 다리를 까딱이며 말했다.

"이제 보니 넌 사이즈가 작은 게 문제가 아니군."

그렇게 말한 인혁은 차마 뒷말을 말하지 못하고 입을 꾹 다물었다. 본인 앞에서 '넌 멍청할 정도로 솔직한 게 탈이다'라는 말을 할 수 있을까? 아무리 그라 할지라도 당사자 앞에서 욕을 내뱉진 못했다.

"네? 저 지금 키 작다고 놀리시는 겁니까? 저 여자치고는 꽤 큰 편입니다!"

그녀의 말에 인혁이 입술을 비틀었다. 마치 '네가?'라고 묻는 듯한 얼굴이었다.

"그래, 그래. 큰 편이겠지. 밥이나 먹으러 가자."

"그 말투! 화가 납니다! 사과해 주십시오!"

성큼성큼 걸어 사무실을 벗어나는 인혁의 뒤를 정원이 곧장 따라붙었다. 기다란 다리는 상당히 보폭이 컸고, 뒤를 쫓는 그녀는 가랑이가 찢어질 정도로 빠르게 다리를 움직여야 했다.

"저 작지 않습니다!"

"그래, 누가 뭐라고 했어?"

"그 표정이 말하지 않습니까."

"뭐라고?"

"저 작다고요!"

"에이, 설마."

인혁의 말에 정원이 입을 꾹 다물었다. 그리고 자신보다 머리통 하나는 더 큰 그를 보았다.

안 그래도 예전부터 키가 큰 다른 동료들을 부러워했었다. 구조팀을 백업하러 출동해서 벌집을 제거할 때도 늘 이 작은 키가 걸림돌이 되곤 했다. 예전엔 키가 작은 아버지를 원망했던 적도 있었지만, 지

금은 아니었다. 다른 대원들보다 몸집이 작은 덕분에 화재 예비 훈련
을 할 때면 가장 앞장서 작은 공간 안을 파고들었고, 누구보다 꼼꼼
하게 불씨를 잡아냈으니까. 하지만 그가 예전 콤플렉스를 쿡 하고 찌
르자, 정원은 파르르 떨며 어떻게 해서든 그에게 사과를 받아 내고야
말겠다며 그의 뒤에 빠르게 따라붙어 연신 외쳐 댔다.

"사과하십시오!"

그는 밥을 먹는 내내 앞에서 숟가락을 들고 연신 '사과하세요! 사
과하시란 말입니다!' 라고 외치는 그녀에게 시달려야 했다. 결국 마지
막엔 숟가락으로 자신의 머리를 내려치려는 기색이 보이자, 그는 어
쩔 수 없이 외칠 수밖에 없었다.

"그래! 넌 작은 것들 중에서 가장 큰 걸로 하자!"

만족스러운 사과는 아니었지만, 그제야 정원은 화가 조금 풀렸는지
씩씩거리며 밥을 먹었다. 큰 건 큰 거다, 라고 생각하며.

♧   ♣   ♧

낮은 언덕 위에 위치한 고철사(故轍寺)는 고려시대 때 지어진 것으
로, 지금은 두 명의 스님만 지내고 있는 작은 사찰이었다. 오래되고
역사가 깊은 사찰이었지만 화려하지 않아 사람들의 발길이 끊어진 지
오래였다. 하지만 두 스님이 열심히 관리하고 있어 여기저기 손때 묻
은 흔적이 역력했다.

이곳까지 올라오는 길은 좁았고, 멀었다. 산책을 하듯 걸을 수 있
는 높이이긴 했으나, 오랜 시간 올라와야 하는 거리라 불이 나면 차
량진입이 힘들어 초동 진압이 힘들어 보였다.

인혁은 노스님과 대화를 나누며 빠르게 파일을 살폈다.

"전기 차단기, 불꽃·연기 감지기는 잘 작동되고 있습니다. CCTV

는 감시하는 사람이 따로 없죠?"

"작은 사찰이라 인력을 둘 형편은 되지 못해서, 강북 소방서에서 봐주고 있다우."

주지 스님의 말에 인혁이 고개를 끄덕였다. 고개를 돌린 그는 작은 사찰 주위로 우거져 있는 커다란 고목을 보다가 나무 앞에 주저앉아 있는 정원의 뒷모습을 발견했다. 쭈그리고 앉아 있는 정원은 미동도 없이 한 곳만 뚫어져라 바라보고 있었다.

"앞으로 불이 나면 119와 311에 동시에 신고해 주십시오. 바로 달려오겠습니다."

"잘 부탁하우. 몇 해 전에도 해우소에 불이 났는데, 소방관이 늦게 와서 산불로 번질 뻔했지. 어휴, 그때만 생각하면 내 아직도 가슴이 벌렁벌렁해."

주지 스님은 아직도 간담이 서늘하다는 듯이 가슴께를 손으로 쓸어내리며 말했다.

"앞으론 저희들이 최대한 빨리 출동하겠습니다."

"그래 주면 나야 고맙지."

허리를 숙여 주지와 이야기를 마친 그는 파일에 꼼꼼히 주위 상황을 기록한 뒤 뒤돌아섰다. 한 번 불이 났던 곳이라 그런지 소화기도 곳곳에 잘 배치되어 있었고, 소방서에서 설치해 준 기계 또한 잘 돌아가고 있었다. 가끔 경보기 오작동으로 산이 떠나가라 울리긴 한다지만, 두 주지 스님은 꿋꿋하게 경보기를 끄지 않은 채 생활하고 계신 듯 보였다.

인혁은 걸음을 옮겨 소리 없이 정원의 뒤쪽에 섰다. 그러다가 여전히 쪼그리고 앉아 무언가를 뚫어져라 바라보는 그녀에게 퉁명스레 말했다.

"뭐해? 가야지."

"아, 네! 주지 스님과는 잘 이야기하셨습니까?"

자리에서 벌떡 일어나 말하는 정원의 뒤로 조막만 한 생명체가 고목나무 위로 뽀로로 올라갔다. 너무 순식간에 사라졌던 터라 잘 보지 못한 인혁이 물었다.

"뭐야?"

"아, 다람쥐요."

"다람쥐? 내가 알고 있는 그 다람쥐?"

인혁이 의아한 눈으로 정원을 보았다. 다람쥐가 어떤 생물인가. 조심성이 많아 인간의 손을 타기 힘든 생명체 아닌가! 하지만 정원은 인혁의 질문이 더 이상했던지 눈살을 찌푸리며 말했다.

"네."

"……작은 것들은 통하는 게 있는 모양이지?"

"지금 저 또 놀리시는 겁니까?"

정원이 정색하자 인혁은 뻔뻔한 얼굴로 고개를 저었다. 그리고 잔뜩 심통이 나 있는 정원의 머리를 손바닥으로 툭툭 두드리며 말했다.

"아니야, 가자."

"대장님!"

"아, 미안. 거기에 어깨가 있는 줄 알았네?"

정원은 자신을 툭 친 뒤 먼저 훌쩍 자리를 떠나 버리는 인혁의 뒷모습을 보았다. 뒤에서 확 차 버릴까? 고민하던 그녀는 주머니에 손을 찔러 넣었다. 손끝에 며칠 전에 강우에게 받은 막대사탕이 닿았다. 막대사탕을 꺼내 바라보던 정원이 미간을 찌푸렸다.

이걸로 뒤에서 몰래 콱 내려쳐 버릴까?

막대사탕을 흉기로 만들겠다는 생각을 하던 정원은 곧 마음을 다잡으며 우울하게 읊조렸다.

"최 팀장님, 당이 필요한 건 백 팀장님이 아닌 저 같습니다."

저녁 7시가 돼서야 겨우 사무실로 돌아온 둘은 지친 기색이 역력했다. 보통 산 위에 전통사찰이 위치해 있기에, 오늘 하루 종일 산을 타야 했다. 다리가 뻐근하고 허벅지에 알이 배긴 것은 둘째 치더라도 땀으로 흠뻑 젖은 주황색의 작업복은 무시할 수가 없었다.

정원이 주황색 작업복의 앞섶을 잡고 펄럭펄럭거리자 허리 부분이 위로 올라가며 허리선이 살짝 드러났다.

"강정원 대원, 이리로 와 봐."

"네!"

그의 부름에 정원이 재깍 그의 옆으로 달려왔다. 그의 곁으로 다가온 순간에도 그녀의 손은 멈출 줄을 몰랐다. 팔랑팔랑, 땀 냄새가 정원의 코를 훅 치고 들어왔지만, 그녀는 손을 멈추지 않았다.

"엑셀 작업 얼마나 됐어?"

"서울 지역은 모두 끝냈습니다."

"그럼 오늘 다녀온 곳 서류 정리해야 하니까……."

무심하게 말하던 인혁이 고개를 들었다. 그의 두 눈에 가득 들어오는 밋밋한 배와 새하얀 허리선, 굴곡이 거의 없는 몸이 들어왔다. 고개를 좀 더 들자 땀에 젖어 얼굴에 달라붙어 있던 짧은 머리카락이 보였다. 다시 시선을 조금 내리니 하얀 쇄골과…….

"왜 그렇게 보십니까?"

"아, 아니……."

갑작스런 정원의 물음에 인혁은 마치 나쁜 짓을 하던 사람이 제 발저리듯 화들짝 놀라 자리에서 벌떡 일어났다. 그리고 순진한 눈을 깜빡이는, 제 한입 거리도 안 되는 조막만 한 정원을 내려다보았다.

지금 저게 끼를 부리는 건가? 일부러 앞에서 옷 팔랑거리며 유혹이라도 하는 거야, 뭐야?! 어쩐지 처음부터 저한테 알랑방귀를 뀌며 존경하네, 뭐네 할 때부터 알아봤어야 했다.

그는 굳은 표정으로 정원에게 마치 명령을 내리는 사람처럼 단호한 목소리로 말했다.

"옷부터 갈아입어."

"갑자기 왜요?"

"갈아입으라면 갈아입으시지?"

서늘하게 말한 그가 쾅! 소리 내며 문을 닫고 나가자, 정원이 고개를 기울였다. 팔을 들어 코를 박은 정원이 킁킁 냄새를 맡았다.

"음, 좀 나나?"

고개를 기웃거린 정원이 제 자리로 향했다. 그리고 제일 밑의 서랍을 열며 흥, 콧방귀를 뀌었다.

"진짜 종잡을 수 없는 사람이네."

가끔은 어느 장단에 맞춰야 할지 모를 남자였다. 그녀의 주위에는 없는 종류의 남자. 그를 어떻게 대해야 할지 몰라 옷을 갈아입고도 한참이나 문을 뚫어져라 보고 있었다. 그러다 무언가 결심한 듯 문을 열었고 곧이어 복도를 서성이는 그에게 말했다.

"다 갈아입었습니다."

무슨 생각을 하고 있었을까, 정원의 말에 화들짝 놀란 그가 고개를 돌렸다.

"그, 그래?"

"대장님도 갈아입으시겠습니까?"

"당연하지. 비켜."

탈의실에서 갈아입어도 되나, 그는 정원을 문 밖으로 밀어낸 뒤 사무실 문을 소리 내어 닫아 버렸다. 제 코 앞에서 닫혀 버린 문을 뚫어져라 노려보던 정원이 입술을 뾰족하게 내민 뒤 투덜거렸다.

"아, 진짜 뭐야?"

막대사탕을 여의봉처럼 휘둘러 두개골을 작살 내 줘야 이 속이 풀릴까!

변덕이 죽 끓듯 끓는 그에게 잔뜩 화가 난 정원이 팔짱을 끼고 문을 뚫어져라 노려보았다.

얼마의 시간이 흘렀을까. 대략 10분 정도의 시각이 지나서야 문이 열렸다. 인혁은 마치 정원이 '위험인물'인 듯 바라보더니 조금 문을 열어 주었다. 그리고 정원이 문손잡이를 잡고 안으로 들어오려고 하자, 뒤돌아 제 자리로 가 버린다. 그리고 서둘러 테이블 위에 어지러이 널려 있던 제 물건을 가방 속으로 모두 밀어 넣더니 어깨에 걸쳤다.

"나 이만 들어간다."

"서류 정리는요?"

정원은 제 책상 위에 쌓여 있는 서류를 보며 말했다. 분명 다른 팀원들이 오기 전까지 저 서류들을 모두 정리해야 한다고 그가 말했었다. 오늘은 점심시간 이후로 하루 종일 외근이었고, 내일도 신림 쪽으로 가야 했기에 밖에서 대부분의 시간을 보내야 할 터였다.

이런 판국에 퇴근이라니? 그녀가 의아한 눈으로 인혁을 보자 그는 걸음을 옮기며 말했다.

"네가 하면 되지."

"저걸 다요?"

"그래, 근성 보여 준다며."

짧게 말을 마친 인혁이 사무실을 빠져나가자, 정원은 그 뒷모습을 허망하게 바라보았다.

"근성······?"

정원은 제 책상에 쌓여 있는 파일 더미를 보았다. 오늘 다녀온 곳의 정보를 입력하는 건 둘째 치고, 지방에 있는 문화재와 천연기념물리스트는 정리가 되지 않아 그것까지 다 정리해야 했다. 눈앞이 핑핑 도는 느낌에 정원이 이를 악물었다.

"백인혁, 이 자식······!"

더 독한 욕들이 떠오를 것 같다가도 쉬이 생각나지 않았다. 의자를 빼 자리에 앉은 정원이 책상에 자기 머리를 쾅쾅 찧으며 외쳤다.

"입을 확 꿰매 버리든 해야지, 콱!"

누굴 탓하랴. 홧김에 말도 안 되는 말을 지껄인 제 입을 탓해야지!

♣　　　♣　　　♣

어둠이 내려앉은 공간. 간간이 들리는 숨소리만 이 공간 안에 누군가 있다는 것을 알려 준다. 커다란 방 안엔 침대와 테이블 하나만 놓여 있다. 지나치게 깔끔해 보이는 공간이었지만, 자세히 보면 바닥에 양말이나 옷가지가 떨어져 있다.

스슥, 이불과 살결이 부딪히는 소리가 들렸다. 몸을 굴려 반대로 누운 인혁의 눈은 질끈 감겨 있었다.

그때였다. 잠든 줄 알았던 인혁이 눈을 번뜩 뜨더니 왕왕 외쳐 댔다.

"아, 진짜! 쥐톨만 한 게!"

몸을 일으킨 그가 거칠게 머리를 쓸어 올리며 작은 목소리로 구시렁거렸다. 처음 만날 때부터 낯 간지러운 소리를 하더니 오늘은 라이트 훅을 날려 버렸다. 자신의 모습을 보고 소방관이 되었다는 그녀의 말은 다른 대원들이 한 것과는 달리 입바른 소리가 아니었고, 가끔 그도 생각나지 않는 출동지에서의 일을 말할 때는 몸에 오소소 소름까지 돋았다.

설마······ 스토커는 아니겠지?

하아, 한숨을 쉰 그가 피곤한 기색이 가득한 목소리로 말했다.

"왜 잠이 안 오냐고, 잠이."

눈 밑에 내려앉은 어둠이 그의 몸 상태를 말해 주고 있는 것 같았다. 평소 까칠하던 성격이 더욱 까칠해졌다.

"후!"

한숨을 내뱉은 그가 결국 자리에서 일어났다. 더 이상 누워 있어 봤자 잠이 오지 않을 것 같았다. 곧장 부엌으로 가 냉장고 문을 열자 화려한 색상의 반찬통과 아무렇게나 넣어 둔 냄비가 보였다. 어머니가 오신 그날 대충 정리해 둔 모습 그대로.

꼬르륵, 배에서 뭔가를 빨리 넣어 달라며 울어 댔지만 그는 곧장 욕실로 향했다. 서로 가기 전에 뭔가 사 먹어야겠다는 생각을 하며.

24시간 쉼 없이 돌아가는 소방서는 새벽에도 아랑곳하지 않고 불을 밝히고 있었다. 그 안에서 저녁 타임의 근무자들이 사무실을 지키며 막 야식을 먹으려 하고 있던 찰나, 인혁이 모습을 드러냈다. 그러자 몇몇이 자리에서 벌떡 일어나 허리를 바짝 세우며 인사를 건넸다.

"안녕하십니까!"

초롱초롱 빛나는 눈빛은 그들이 인혁을 어떻게 생각하고 있는지 단적으로 보여 주고 있었다.

그런 그들 중심에서 강우는 슬쩍 눈인사를 건네곤 수육과 김치를 잘 겹쳐 입에 밀어 넣었다. 우적우적 씹으며 맛있게도 먹는 모습에 인혁은 쉬이 걸음을 떼지 못했다. 순간 배가 진동했다. 고픈 배는 자존심이 상하더라도 고기 한 점을 조동이에 당장 밀어 넣으라고 명령했다.

"3층은 정시출퇴근 아니야?"

"그래."

"하아, 이거야 원. 비교돼서! 진짜 공무원 같은 삶을 살고 계시네."

강우의 말에 인혁의 얼굴이 구겨졌다. 제 신세를 한탄하는 말처럼 들렸지만, 말속엔 가시가 숨어 있었다. 인혁은 고기에서 떨어지지 않는 시선을 겨우 떼어 내곤 여전히 서 있는 대원들을 보며 말했다.

"그래, 그럼 수고들 해라."

"네, 수고하십시오!"

대원들이 인혁의 뒷모습에 허리를 굽혀 인사를 하는 것을 멀뚱멀뚱 바라보던 강우가 자리에서 벌떡 일어났다. 그리고 여전히 허리를 굽히고 있는 재권의 머리통을 손으로 후려갈기며 말했다.

탁!

"아!"

"너 나한테는 그렇게 인사 안 하잖아!"

"인사의 각도는 사람에 따라 달라집니다."

"뭐야? 그럼 내가 지금 백인혁, 저 강아지보다 못하다는 거야, 뭐야?!"

"정확히 짐작하셨습니다."

뒤에서 직장 내 폭력을 행사하는 소리가 들렸지만 지금 그는 당장 사무실로 올라가 믹스커피로 슬슬 쓰리기 시작한 배를 채우고 싶었다.

곧장 3층으로 올라온 그가 사무실 문을 열고 들어갔다. 당연히 아무도 없을 거라 생각했던 사무실 안엔 은은한 스탠드 조명이 어둠을 밝히고 있었다.

"이 시간엔 무슨 일이십니까?"

"그럼 넌 무슨 일이야?"

인혁이 곧장 탕비실로 향하며 말했다. 그가 배를 움켜쥔 손을 들어 믹스커피 한 봉지를 탈탈 털자, 정원이 의아한 얼굴로 바라보았다.

아직 세상엔 빛도 찾아들지 않은 시간이었다. 이 시각에 출근해 커피부터 찾는 모습을 보며 정원이 더듬더듬 답했다.

"아직 퇴근을 못 했습……."

"그래서 이 시간까지 무식하게 일했다고?"

"……."

"그건 근성이 아니라 미련한 거야. 밤에는 잠을 자야지."

"이 정도쯤은 거뜬합니다."

방금 전까지만 해도 꾸벅꾸벅 졸고 있던 주제에 정원은 호기롭게 답했다.

인혁은 두 잔의 커피를 타 정원의 앞으로 다가왔다. 그녀에게 한 잔을 건넨 그는 곧장 뜨거운 커피를 후루룩 마셨다. 그리고 이제야 좀 살겠다는 듯 웃었다.

"배고플 땐 믹스커피가 짱이지."

"네……?"

"이 시간에 어디 가서 먹을 데도 없잖아. 밤에 배가 고파서 잠이 안 오더라고."

"……."

정원은 말없이 웃는 얼굴로 커피를 홀짝거리는 인혁을 보았다. 그러다 물었다.

"집에 음식이 없으십니까?"

"음? 있기야 있지. 사람이 못 먹는 음식."

"……사람이 못 먹는 음식은 어떤 음식입니까?"

정원이 모르겠다는 듯 물었다. 식당을 운영하는 영란의 손맛은 멀리서 손님이 찾아올 정도로 좋았고, 그녀 또한 사람이 먹을 수 있을 정도의 음식 솜씨는 있었다.

그녀의 물음에 인혁은 묻지 말라는 듯 고개를 저으며 쓰린 속을 커피로 달랬다.

그 모습을 멀뚱멀뚱 바라보던 정원이 한숨을 푹 쉰 뒤에 물었다.

"잠시 시간 괜찮으십니까?"

익숙하게 지하 식당으로 내려온 정원은 휴대폰 불빛에 의지해 벽에 있는 버튼을 눌러 불을 밝혔다. 그러곤 조리실 안으로 들어가 냉장고를 여는 그녀의 모습에 인혁은 의자를 끌어다 앉았다.

"막 사용해도 되는 거야?"

"허락받았습니다."

무심하게 말한 정원은 제일 밑에 있던 호박과 파를 꺼낸 뒤 깨끗하게 닦아 놓은 도마를 꺼냈다. 야채를 깨끗하게 씻은 정원이 간장을 꺼내 부산스럽게 움직였다. 그는 어디에 뭐가 있는지 완벽하게 알고 있는 정원을 보자 어머니인 명숙과는 다르다는 생각이 들었다. 집에서도 조리도구를 찾느라 헤매는 희한한 어머니였으니까. 같은 작은 생명체에도 급이 나뉘어져 있는 듯했다.

"뭐할 건데?"

"왜요? 음식 투정이라도 하십니까?"

정원이 뾰족하게 말했다. 자신을 일 더미로 던진 것도 모자라 별안간 들이닥친 그 때문에 조리대 앞에 선 자신의 처지가 마음에 들지 않아서이리라. 하지만 호기심이 가득한 눈으로 정원으로 보고 있던 그는 또다시 울리는 배꼽시계에 정원의 어투 따윈 아무래도 좋다는 듯 말했다.

"사람이 먹을 수 있기만 하면 돼."

그 말은 무엇이든 다 잘 먹는다는 말이었다. 고개를 끄덕인 정원이 보글보글 끓는 냄비에 소면을 넣은 뒤, 매운 고추를 썰어 넣은 양념장을 인혁의 앞에 내려놓았다.

그가 호기심 가득한 눈으로 양념장을 보았다. 제법 적당한 색을 띠는 장에선 고소한 참기름 냄새가 났다. 기다리는 것이 더욱 곤혹스러워졌다.

보글보글 적당히 끓인 다시마육수 위에 잘 삶은 소면을 동그랗게 말아 넣은 정원은 그 위에 호박과 계란지단, 당근을 올린 뒤 그의 앞에 내밀었다.

"믹스커피보단 국수가 더 배부르지 않겠어요?"

정원은 정말 힘 하나 안 들이고 뚝딱 국수 두 그릇을 만들어 냈다. 노란빛이 도는 육수와 그 위에 알맞게 올라간 고명을 보던 그가 적당히 양념장을 넣은 뒤 살살 저었다. 그리고 그녀가 뭐라 말하기도 전에 면을 빠르게 흡입했다.

후루룩, 후루룩!

경쾌한 소리를 내며 국수를 먹은 뒤 맛을 음미하던 그가 순간 놀란 눈으로 정원을 보았다.

"맛있네. 너 음식 잘한다."

그의 입에서 나온 첫 칭찬이었다. 그래서였을까. 그녀는 자신의 그릇을 내려다본 뒤 그의 그릇을 보았다. 배가 많이 고팠던 것인지 첫 술에 3분의 1이나 비운 상태였다. 정원은 고민하는 얼굴로 제 그릇을 보더니 젓가락으로 큼직하게 면을 들어 그의 그릇에 덜어 주었다. 인혁이 뭐하냐는 듯 정원을 보았다. 그러자 정원은 또렷한 눈으로 그를 바라보며 말했다.

"전 배 안 고픕니다. 그러니 많이 드십시오."

그렇게 말한 정원이 몇 젓가락 남지 않은 국수를 먹었다. 그녀의 똑바른 가르마를 보던 인혁이 피식, 웃음을 내뱉었다.

"뇌물이냐?"

"그렇게 생각해 주시면 아주 감사합니다."

"뻔뻔스럽기도 하지."

"그걸 이제야 아셨습니까?"

정원의 장난스런 말에 인혁이 하하하 크게 웃음을 터뜨렸다. 얼굴을 와락 일그러뜨리며 웃는 그의 모습에 정원의 눈이 놀라움에 벌어졌다. 그는 한참 웃음을 터뜨린 뒤에야 눈가에 맺힌 눈물을 닦으며 말했다.

"쓸모 있다, 너."

인혁의 모습에 정원의 뺨이 불그스름해졌다. 순간 당황한 듯 고개를 숙인 정원이 시원하게 국물을 들이켰다. 며칠 전 시간을 내어 육수를 내어 두길 잘했다며 쓰잘데기 없는 생각을 하던 그녀가 소리 내어 그릇을 내려놓았다.

쾅, 소리와 함께 두 사람의 눈이 마주쳤다. 그녀는 제법 무심한 목소리로 말했다.

"식모로 이용하면 가만히 두지 않겠습니다."

시익, 인혁이 웃었다. 그리고 턱을 괴며 말했다.

"앞으로 자주 이용할 것 같은데…… 이거 어떻게 하지?"

"……."

그의 말에 정원은 퉁퉁 부은 얼굴로 고개를 푹 숙였다.

종잡을 수 없는 남자. 그래, 그가 어떠한 사람인지 도통 감을 잡을 수가 없었다.

그리고 앞으로 펼쳐질 미래도.

ㄷ
으르릉

첫 주의 시작이었다. 그리고 그녀의 인생이 다시 시작되는 날이기도 했다. 아침 일찍 준비를 마치고 사무실로 나온 정원은 새 팀원들을 받아들일 준비를 하기 위해 밀대부터 들었다. 바닥에 있는 먼지를 깨끗하게 쓸어 내고, 틈 사이 쌓인 먼지를 걸레로 닦아 내던 정원은 뒤에서 나는 인기척에 고개를 돌렸다.

유리 문 앞에 웬 남자가 서 있었다. 그녀는 남자를 게슴츠레한 눈으로 관찰했다. 잘 빗어 고정한 머리와 단추 두 개가 풀어져 있는 앞섶. 팔목에는 커다란 시계와 패션 팔찌가 달랑거리고 있었다.

그녀는 팔목에 향해 있던 시선을 들어 다시 남자의 얼굴을 보았다. 그리고 귀에 꽂혀 있는 반짝이는 피어싱을 바라보았다.

뭐지, 이 양아치는?

가장 먼저 든 생각은 그것이었다.

"어? 아! 앞으로 나의 소울 메이트가 될 분이신가?"

"······?"

"휘유— 아직 아무도 안 왔네? 이거야, 원. 남자만 득실득실한 사무실에서 어떻게 사나 몰라."

정원이 눈을 깜빡였다. 그리고 그제야 그가 입고 있는 주황색 작업복이 눈에 들어온 것인지 천천히 고개를 주억거렸다.

그는 슬금슬금 뒤로 몇 발짝 물러난 정원에게 다가왔다. 그리고 손에 들려 있던 걸레를 테이블 위로 던져 버린 뒤 손을 맞잡았다.

"앞으로 잘 부탁드립니다. 박수호 소방위입니다. 오늘부터 문화 화재 방재 시스템팀에서 근무하게 되었습니다. 첫 근무라 벌써부터 심장이 바운스 바운스 합니다."

찬찬히 고개를 끄덕이며 그가 잡고 있는 손을 무심하게 바라보던 정원이 순간 깜짝 놀라 고개를 치켜들었다. 첫 근무? 그 말에 그녀가 커다란 눈을 깜빡이더니 이내 입술을 크게 늘어뜨리며 웃었다.

"강정원 대원이라고 합니다. 반갑습니다."

그녀에게도 드디어 후임이 생긴 것이다! 지난 3년 동안 그녀 혼자서 사무실을 쓸고 닦고 모든 잡무를 했던 터라 후임이 한 명이라도 있었으면 좋겠다고 간절히 바랐던 적이 있었다. 그 바람이 이루어지자 남자의 손을 힘주어 꽉 잡은 정원이 아래위로 신나게 흔들었다. 화려한 팔찌가 찰랑이며 소리를 냈다.

정원이 마주 잡은 손을 놓으니 수호는 둘러메고 있던 가방을 들며 말했다.

"격한 인사네. 제 자리는 어디예요?"

"물론 막내니까 제일 끝, 문 쪽입니다."

"막내······?"

수호가 눈을 깜빡였다. 그러더니 아무래도 좋다는 듯 피식, 웃음을 내뱉더니 문가 자리로 향했다.

가방을 자리에 내려놓으며 사무실을 둘러보는 수호에게 다가간 정원이 하얀 천 조각을 내밀었다. 방금 전 그녀가 책상을 닦던 조각은 걸레라기보단 아직은 수건에 가까운 모습이었다. 얼떨떨한 얼굴로 걸레를 받아 든 수호가 물었다.

"이게 뭐예요?"

"후배님도 하셔야죠."

그렇게 당연한 걸 왜 묻냐는 어투에 수호의 입술에 비웃음이 서렸다.

그가 자리에서 일어났다. 그리고 한참이나 아래에 있는 정원을 바라보기 위해 시선을 내리깔았다. 이 쥐콩만 한 자식을 어떻게 해야 할까 고민하는 기색이 역력한 얼굴이다.

'한 대 쥐어박아 버려? 아니야, 아니야. 출근 첫날부터 사고 치면 교육 담당이 날 죽여 버린다고 협박했잖아!'

수호는 나름의 인내심을 발휘해 얼굴 가득 환한 미소를 머금었다.

"강정원 대원님은 직급이 소방사 아니에요?"

"그렇습니다."

"그럼 내가 직급은 위네? 그럼 내가 막내가 아니라 당신이 막내지."

그가 빈정거렸다. 하지만 그럼에도 정원은 눈 하나 깜짝하지 않았다. 여전히 무심한 얼굴로 고개를 한껏 치켜들고 비죽비죽 웃는 수호의 잘난 낯짝을 보았다.

"박수호 대원."

"아, 그러니까 청소는 직급이 가장 낮은 강정원 대원이 하라고."

"……"

정원이 입을 굳게 다물었다.

까드득, 까드득.

그녀는 턱을 움찔거리고 이가 부서질 듯 갈아 댔다. 하지만 시간이 흐를수록 평정심을 되찾아 간다. 이 제비 같은 놈의 말에 틀린 것도 없지 않은가? 비록 경험 없는 햇병아리라 하더라도, 그녀 또한 화재 현장 한 번 출동 못 해 본 반만 화재 진압 대원이다. 그러니 굳이 선후배를 따질 필요 없다 생각했다.

애써 그렇게 생각한 정원이 단호한 목소리로 말했다.

"좋습니다, 박수호 대원. 막내가 아니더라도 공동으로 사용하는 사무실이기 때문에 청소는 같이 해야 합니다. 여러 명이서 사용하는 사무실은 청결이 생명입니다."

그녀가 다시 한 번 수호의 앞에 걸레를 흔들며 말했다. 하지만 수호는 걸레를 받아 들 생각이 없는 듯 보였다.

"아, 거참. 하루 정도 안 하면 어때서 그래요? 깨끗하기만 하구만……."

수호가 제 책상을 손가락으로 쓸어 본 뒤 그녀의 눈앞에 들이댔다.

"이것 봐요, 먼지 하나 없죠?"

"……."

"첫날이니까 대충대충 합시다, 우리. 네?"

"……."

정원의 얼굴이 눈에 띄게 굳어 갔다. 능글맞은 얼굴, 설렁설렁하려는 태도. 무엇을 하든 뽕을 뽑고야 마는 그녀와 정반대인 수호를 보자 갑자기 울화통이 치밀어 올랐다. 더 이상 참을 수 없었던 것인지 정원이 손으로 테이블을 내려쳤다.

쾅!

"뭐, 뭐하는……."

커다란 소리에 당황한 듯 수호가 몸을 뒤로 빼자 정원이 눈을 번뜩이며 말했다.

"······양아치."

"뭐? 야, 양아치? 야!!"

"위생 관리 제대로 안 해서 대원들이 단체로 감기라도 걸려 봐야 정신 차리지?!"

"그, 그건······."

"대충대충 하자고? 이걸 콱!"

정원이 손을 높이 치켜들자 수호가 자신도 모르게 손으로 제 머리를 감싸 쥐었다. 그 모습을 보며 그녀가 씩씩 숨을 내뱉었다.

상명하복······ 상명하복······. 그래, 이 덜떨어진 인간도 그의 말대로 간부다. 간부니까 근성밖에 없는 나 같은 인간이 머리통을 후려치거나 욕을 해서는 안 돼!

마음에 참을 인을 세 번 새기며 정원이 말했다.

"우리 앞으로 서로 부딪히는 일 없이 각자 자리에서 최선을 다하자, 어?"

"이, 이게······! 너 지금 나 치려고 했냐?! 앙?!"

"한 대 쳐 줄 걸 그랬다. 그럼 그 주둥이라도 닫혔을 텐데."

무시무시한 말을 내뱉은 정원이 수호를 노려보았다. 그러자 수호가 자신도 모르게 몸을 뒤로 뺐다. 빳빳하게 세팅된 저 머리카락이 언제까지 가나 보자, 생각하며 정원이 홱 돌아설 때였다. 사무실 문이 열리고 통통한 체구의 남자가 안으로 들어왔다.

"저 여기가······ 문화 화재 방재 시스템팀인가요?"

소심하게 걸음을 내딛는 사람을 보던 정원이 고개를 끄덕였다.

"네, 맞습니다."

"아, 저, 이곳으로 발령받은 이용건이라고 합니다. 잘 부탁해요."

유한 웃음을 짓는 용건을 보며 정원이 고개를 끄덕였다. 젊었을 적엔 몰라도 최근엔 현장과 꽤 먼 생활을 했는지, 허리에 둘러져 있는 튜브나 살짝 접히는 턱이 마치 한 마리의 곰을 연상시켰다.

용건이 안으로 들어와 주위를 두리번거리며 제 자리를 찾았다. 그 모습에 정원이 말했다.

"자리는 안 정해져 있으니 아무 곳에나 앉으시면 됩니다."

"야, 쥐톨! 나보고는 막내니까 제일 끝에 앉으라며!"

"쥐……톨?"

막대사탕 여의봉을 지금 이 순간 사용해야 하는 것인가. 정원이 무서운 기세로 성큼성큼 걸음을 옮기자, 수호는 자신의 실수를 알아차린 것인지 자리에서 발딱 일어나며 변명을 늘어놓았다.

"아, 아…… 그래! 사내자식치고 지나치게 작으니까 키가 콤플렉스일 수도 있어! 하지만 넌…… 아, 아니! 강정원 대원은 그 작은 키가 매력이야. 귀, 귀여워!"

"지금 뭐라고……."

"요즘 세상은 남자가 180cm이 아, 안 넘으면 루저라고 하지만…… 아, 이게 아닌데! 여튼 드라마에도 나오잖아! 예쁘장한 남자! 큐티한 남자! 네가 딱 그렇다니까. 그, 그 뭐시냐! 포켓남! 그래, 넌 포켓남이야!"

당장 저 목을 비틀어 숨통을 끊어 놓겠다 결심한 정원이 빠르게 도망가는 수호의 뒷덜미를 낚아채려던 찰나였다. 뒤에서 안절부절못하던 용건이 서둘러 둘 사이를 가로막으며 말했다.

"저 일단 흥분을 가라앉히세요."

용건이 사람 좋은 웃음을 지으며 말했다. 그는 이 상황 자체가 꽤나 놀랍고 당황스러운 듯 보였다.

그때,

"내 생각도 같은데? 조용히들 하지?"

언제 온 것인지 문 앞에 있는 인혁이 날카로운 어조로 말했다. 홍분해서 날뛰던 정원도, 정원을 피해 요리조리 피해 도망가던 수호도, 두 사람 가운데서 진땀을 빼고 있던 용건도 행동을 멈춘 채 인혁을 보았다.

인혁의 뒤에 서 있던 태원이 앞으로 나와 세 사람을 날카롭게 노려보며 말했다.

"늘 긴장하고 있어야 할 신성한 사무실에서 이 무슨 짓이야?"

언어를 꽤나 순화한 말이었지만 태원의 눈만은 엄청난 욕설을 내뱉은 듯 날카로웠다. 마치 그들의 몸을 에일 듯 무게감을 가지고 있는 눈빛엔, 당장 자리로 돌아가 조용히 앉지 않으면 어떠한 욕을 먹든, 어떠한 폭력을 당하든 각오해야 할 것이라는 경고가 담겨 있었다.

인혁은 쥐 잡듯 대원들을 잡고 있는 태원의 어깨를 툭툭 친 뒤 모두를 훑어보았다.

"자, 이제 낙오자들 다 모였네."

그 말에 네 쌍의 눈이 그를 향했다. 그러자 그가 손목시계를 바라본 뒤에 말을 이었다.

"회의합시다."

짝짝, 인혁이 손뼉을 치며 말하자 그의 곁에서 일주일을 근무한 정원과, 그와 몇 년 동안 함께 손발 맞춰 일한 태원은 재빨리 자리에 앉은 뒤 메모할 다이어리를 꺼냈다. 그 모습을 멀뚱멀뚱 바라보던 용건도 눈치 빠르게 제 자리에 앉았다.

인혁은 여전히 분위기 파악하지 못하고 멀뚱멀뚱 서 있는 수호에게 말했다.

"뭐해? 안 앉고."

"……아, 넵!"

수호가 그제야 정신을 차리며 제 자리로 후다닥 뛰어가 앉았다. 인혁은 천천히 걸음을 옮겨 제 자리로 향했다. 그러곤 제 책상 옆에 서 팔짱을 끼며 드디어 다 모인 팀원을 눈으로 훑었다.

몸은 곰처럼 크면서 선하게 웃고 있는 퇴물 하나, 자신의 본분은 잊고 화려하게 치장한 제비 같은 놈 하나, 눈 반짝이며 저를 쳐다보는 주먹만 한 여자 하나, 기합이 잔뜩 들어간 눈빛이 나쁜 놈 하나.

제각기 다른 분위기를 풍기는 네 사람을 눈으로 훑던 인혁이 힘 있는 목소리로 말했다.

"팀을 이끌어 가게 된 백인혁 팀장입니다. 앞으로 여러분들과 함께하게 되었습니다. 잘 부탁드립니다."

"네!"

수호가 여전히 분위기 파악을 하지 못하고 소리쳐 답했다. 태원이 날카로운 눈으로 대각선 자리에 앉아 있는 수호를 노려보았지만, 그는 아무래도 좋다는 듯 웃는다.

"좋아. 대답 우렁차고 좋네요. 여러분도 아시다시피 이번에 꾸려진 팀은 인명이 아닌 문화재를 지키는 업무를 하게 되었습니다. 이 팀이 얼마나 갈지는 모르겠다만, 여기가 여러분의 마지막 팀이란 생각으로 업무에 충실해 주었으면 합니다."

그의 말에는 가시가 숨어 있었다. 마치 이곳이 아니면 너희들을 받아 줄 멍청한 서는 없다는 듯이. 인혁은 자신의 말에 당황하는 팀원들을 보며 말을 이었다.

"팀은 두 팀으로 나눕니다. 김태원 대원과 이용건 대원이 한 팀, 강정원 대원과 박수호 대원이 한 팀입니다. 내일부터 정해진 구역으로 나누어……."

그가 한창 이야기를 하고 있을 때였다. 갑자기 수호가 손을 번쩍 들더니 제 옆에 앉아 있는 정원을 노려보며 말했다.

"이런 허약해 빠진 자식이랑은 한 팀이 될 수 없습니다."

"……."

그의 말에 정원의 얼굴이 당황스러움으로 물들었다. 상사의 말에 정면으로 반박한 적이 한 번도 없었던 그녀에겐 수호의 모습이 맹랑하기보단 멍청하고 무지하게 보였다. 그 생각은 태원 또한 마찬가지인지 침을 꼴깍 삼키며 긴장한 눈으로 인혁을 보고 있었다.

비식, 조소를 머금은 인혁이 천천히 걸음을 옮기더니 수호의 앞에서 멈춰 섰다.

"명령불복종은 있을 수 없는 일이다."

"민주주의 국가에서 의견을 말했을 뿐입니다."

수호가 맞받아쳤다. 그 말에 눈썹을 꿈틀거리던 인혁은 수호의 어깨에 인이 박힌 손을 내려놓더니 힘주어 잡았다.

"박수호 대원?"

"네, 말씀하세요."

"출동 횟수가 몇 번이지?"

"없습니다."

"네가 지금 이 자리에 있는 사람들 중 제일 손발이 병신인 사람이다. 한 번도 현장에 출동해 보지 못한 사람이 3년 동안 소방관으로 일한 사람보고 허약하다고 할 수 있을까?"

"……."

수호가 아무 말도 하지 못하고 입을 꾹 다물었다. 이런 앞뒤 생각 못 하는 타입은 초장에 밟아 놓아야 한다는 것이 그의 지론이었다.

인혁은 손에 힘을 풀며 그의 어깨를 툭툭 두드린 뒤 걸음을 옮겼다.

"다음 달에 있을 문화 화재 방재 시스템팀 출범식이 있기 전까지 완벽하게 현황 조사가 되어 있어야 한다. 내 말 알겠지?"

"네, 알겠습니다."

여기저기서 짧은 답이 흘러나왔다. 모두들 진지한 얼굴로 회의에 임하고 있었지만 이용건, 그만은 달랐다. 적지 않은 나이에 새로운 일을 해야 한다는 부담감에서일까. 잔뜩 긴장한 얼굴로 인혁의 말을 듣던 그가 손을 번쩍 들었다.

"대장님, 저 질문 있습니다."

인혁과 열 살은 차이 나는 그였다. 하지만 용건은 깍듯하게 그의 직함을 대며 말했고, 인혁은 말하라는 듯이 고개를 끄덕였다.

"구체적으로 어떠한 일을 해야 하는 겁니까? 오늘 첫 출근을 하게 되어서…… 저, 119구조대처럼 신고를 받고 화재 현장 진압을 하는 겁니까?"

"그건 아닙니다. 신고 전화가 따로 있기는 하지만 저희의 주요 업무는 문화재에 화재 방재 시스템이 잘 운영되고 있는지 관리, 감독하는 업무입니다. 만약 화재 시에 문화재청의 허락 없이 문화재를 일부 파손하고 화재를 진압하는 권한까지 가지고 있습니다."

용건은 궁금증이 풀린 것인지 고개를 끄덕였다. 그때 수호가 손을 번쩍 들더니 인혁과 눈이 마주치자마자 물음을 던졌다.

"일반 화재 현장은 안 나갑니까?"

"질문은 허락할 때 하는 거다, 박수호 대원."

그의 말에 기가 죽은 것인지 수호가 꾸물꾸물 팔을 내렸다.

"아, 그런 겁니까?"

"물론이다."

"예엡—"

사무실 안엔 서늘한 공기가 맴돌았지만 수호가 질문한 것이 다들 궁금했던 터라 인혁의 입이 열리길 기다리고 있었다. 그는 초롱초롱 눈을 빛내고 있는 정원과 시선을 마주했다. 표정은 그의 입에서 긍정적인 답변, 그러니까 백업 요원이라도 나갈 수도 있다는 말이 흘러나오길 바라는 표정이었다. 기대를 꺾어 버리고 싶은 마음이 굴뚝같았으나 그는 노 서장에게 지시받은 그대로 말했다.

"대형 화재가 일어날 경우 혹은 화재가 동시다발적으로 일어날 경우 지원을 나간다. 상황실에서 '전 대원 출동' 명령이 떨어졌을 땐 즉시 펌프차에 오른다."

"오우—"

대원들 사이에서 각양각색의 반응이 흘러나왔다. 태원과 용건은 굳은 얼굴이었지만, 정원과 수호의 얼굴은 기대감이 가득했다. 팀을 기가 막히게 짰다는 생각과 동시에 인혁이 손뼉을 치며 말했다.

"오늘은 각자 맡은 구역으로 가서 화재 방재 시스템을 점검하고, 일곱 시까지 사무실로 복귀하도록 한다. 김태원, 강정원 대원은 내 자리로 온다. 이상."

"네!"

짧게 답을 한 정원이 자리에서 벌떡 일어났다. 곧장 인혁의 자리로 간 그녀는 맞은편에 서 있는 태원에게 눈인사를 했다. 쭉 찢어진 눈에 기가 죽을 법도 하건만, 그녀는 무심한 눈으로 인혁이 지도를 펼치는 것을 보았다.

인혁은 관악산 지도를 펼쳤다. 정원이 지난주 목요일과 금요일, 양일간에 지겹도록 본 지도였다.

"김태원, 너는 만남의 광장에서 출발해서 삼막사와 염불암, 자운암, 암양사까지 훑어보고 복귀해."

지난주 금요일, 정원과 인혁이 다녀온 사찰을 제외한 나머지 사찰을 돌아봐야 하는 태원의 얼굴이 순간 흙빛으로 변했다. 태원이 가야 할 곳은 길이 험해 등산을 즐기는 사람들도 족히 4시간은 걸리는 코스였다. 어디 그뿐인가. 등산로가 여러 갈래로 나누어져 있어 몇 번이고 오르내려야 했기에, 아무리 무쇠 체력이라 불리는 그들에게도 꽤나 험난한 여정이 될 듯 보였다.

"강정원 너는……."

정원이 안타까운 눈으로 태원을 보던 찰나, 인혁이 그녀의 짧은 머리카락을 잡아 쭉 당겼다. 그녀가 집중을 하고 있지 않다는 것을 눈치챈 것이다.

"집중 안 해?"

"죄송합니다."

"넌 저 꼴통이랑 북한산 국립공원 쪽 돌아."

"네……? 거길 다요?"

북한산에 위치한 사찰만 몇 개던가. 지난주에 정리했던 파일이 머릿속에서 팽팽 맴돌자, 인혁이 눈썹을 찌푸리며 말했다.

"왜? 못 해?"

"아, 아닙니다."

정원의 얼굴이 일그러졌다. 하지만 인혁은 뒤에서 휴대폰 액정에 비친 자신의 모습을 보며 머리를 매만지는 수호를 몰래 손가락질했다. 그리고 그녀를 약 올리듯이 말한다.

"재미있는 파트너네, 잘해 봐."

"대, 대장님……."

"왜?"

'제발 파트너라도 바꿔 주십시오, 저런 몰상식한 놈이랑은……!' 이란 말이 턱 끝까지 차올랐다. 하지만 정원은 그렇게 무지한 사람이 아니었다. 이 말을 입 밖으로 내는 순간 어떠한 독설이 날아올지 잘 알고 있기에 입을 꾹 다물었다.

"……아닙니다."

"그래, 수고해라."

친근한 듯 서로 장난을 주고받는 모습에 태원의 미간이 찌푸려졌다.

사무실에서, 그것도 팀원과 웃는 백인혁이라…….

그를 오랫동안 모셨던 그로서는 적응이 되지 않는 모습이었다.

정원이 여전히 머리를 매만지는 수호에게 다가가 어깨를 툭툭 두드리는 모습에서 피식 웃음을 내뱉는 인혁을 보며 태원이 슬쩍 말했다.

"대장님……."

"왜?"

"……대장님 맞습니까?"

태원이 꽤나 심각한 얼굴로 묻자 인혁의 얼굴이 종잇장처럼 일그러졌다.

"헛소리할 시간 있으면 너도 나가지?"

"……."

"빨리 안 나가?"

그의 일갈에 고개 숙인 태원이 자리로 돌아갔다. 그리고 어물어물 거리며 다가오는 용건의 모습에 한숨을 내뱉는다.

"저……."

"네."

"화장실 다녀왔다가 나가도 되겠습니까? 요즘 장이 좋지가 않아서……."

"마음대로 하세요."

용건이 후다닥 사무실을 빠져나가는 것을 보던 태원이 고개를 돌려 창가에 서 있는 인혁의 뒷모습을 보았다. 사무실엔 둘만 남았다. 그래서일까, 태원은 예전부터 인혁에게 묻고 싶었던 말을 꺼냈다.

"대장님은 이 오합지졸이 얼마나 갈 거라고 보십니까?"

"……글쎄, 넌 얼마나 갈 거라고 보는데?"

오히려 인혁이 되묻자 태원은 일말의 망설임 없이 답했다.

"반년. 그 이상은 어려울 것 같습니다."

그의 확답에 인혁이 천천히 뒤돌아 태원을 보았다. 태원의 눈동자엔 확신이 서려 있었다. 시선을 똑바로 마주하던 인혁은 곧 얼마의 시간이 지나지 않아 말했다.

"내 생각도 별반 다르지 않아."

주황색의 작업복조차도 사람을 차별하는 것인지, 인혁이 입자 검은색 바지와 더불어 몸맵시를 잘 살려 준다. 통자 티셔츠였지만 오래된 자기 관리 덕분인지 상체는 핏이 되고 아래는 헐렁해 그의 넓은 가슴과 등을 매력적으로 보이게 만들었다.

그런 인혁의 손에는 노란색 파일이 들려 있었다. 팀원들을 각기 현장으로 보낸 뒤, 북한동 119구조대에 방문한 그는 수많은 사찰 중 화재보험에 가입되어 있지 않은 사찰들을 가입시키기 위해 서장과 면담을 하고 있었다.

"이곳은 이수 소방서에서 거리가 떨어져 있기 때문에 초기 화재 진압이 어렵습니다."

"그건 나도 알고 있어. 사찰과 산에 화재가 난다면 우리가 먼저 출동을 해야 되겠지. 하지만 소방서엔 문화재를 부수고 화재를 진압할 권한이 없네. 더욱 사찰이 워낙 고지대에 있기 때문에 이쪽에서도 초기 진압이 어려워."

"산악 구조대에는 화재 진압팀이 배치되어 있지 않습니까?"

"자네도 알다시피 산악 구조대에는 인명을 구조하기 위해 구조팀만 있는 상황이네. 그 사람들이 산이나 사찰에 난 불까지 끄기엔 무리가 있지."

인혁의 얼굴이 철판처럼 딱딱하게 굳었다. 그 또한 모두 알고 있는 사실이었지만 답답한 마음은 어쩔 수가 없었다. 인혁의 얼굴을 보던 김 서장이 혀를 끌끌 차며 말했다.

"문화재를 지키려면 팀을 구성하는 것이 아니라 각 산악 구조대팀에 불만 전문적으로 끄는 대원을 배치하는 것이 더 효율적이라네. 하지만 위의 생각은 다르겠지."

"……그럼 화재보험에 가입되어 있지 않은 사찰은 어떻게 할 생각이십니까?"

"그 부분은 우리도 계속 주지 스님들과 이야기 중이라네. 하지만 워낙 작은 사찰들이 많아서 여유가 없는 상태야. 신자가 찾아야 그 절도 유지가 될 수가 있네. 하지만 이곳의 사찰 방문자는 대부분 뜨내기거나 등산객 정도야. 사찰을 떠나는 스님들이 나오는 판에 그 사람들이 어떻게 한 달에 일정한 금액을 꼬박꼬박 납부할 수 있겠나."

안 그래도 몇 해 전부터 위에서 사찰들의 화재보험 100%가입을 목표로 구조대를 압박하고 있었다. 직접 찾아가거나 전화를 통해 그들을 끊임없이 설득은 하고 있었으나 대부분 귓등으로도 안 듣는 경우가 많았다.

"네, 알겠습니다. 이 부분은 문화재청과 직접 이야기를 해야겠습니다."

"자네가 고생이 많아. 그러게 왜 그런 팀에 들어가서 그 고생인가?"

"어느 팀이든 어려움은 있다고 생각합니다."

"그래도 그 스케일이 다르지 않나. 어떻게 다섯 명으로 서울과 그 인근 지방의 문화재를 다 관리해. 어디 그뿐인가? 넓게 보면 박물관과 천연기념물까지, 관리를 해야 할 것이 한둘이 아닌데……."

혀를 끌끌 차는 김 서장의 모습에 인혁의 입술이 부드럽게 휘어졌다. 남한산성과 사찰이 밀집해 있는 지역이어서 그런지 그 또한 애로 사항이 많은 듯 답답해 보였다.

"감사합니다. 조만간에 또 찾아뵙겠습니다."

"바쁜 사람이 어딜. 도울 일이 있으면 언제든 연락 주게. 언제든 협조할 테니."

굳이 인혁을 배웅해 주겠다 한 김 서장은 차고로 이동하면서 피곤이 가득한 인혁의 얼굴을 보며 걱정스레 말했다.

"자네, 근데 얼굴이 말이 아니네. 일이 그렇게 바쁜가?"

"아."

관악구 쪽과 북한산 쪽을 한꺼번에 둘러보느라 아침부터 발을 동동거리며 꽤 먼 거리를 이동한 터라 얼굴이 말이 아닌 모양이었다. 인혁은 손을 들어 까칠한 자신의 뺨을 쓰다듬으며 말을 이었다.

"요즘 신경 쓸 것들이 많아서 그런가 봅니다."

"원, 설렁설렁해. 위에서 기대치가 낮은데 백 팀장만 동동거려 봤자 뭐하나?"

김 서장이 혀를 끌끌 찼다. 그 이야기에 인혁의 표정이 눈에 띄지 않을 만큼 굳었다. 위에서 기대를 하지 않는다 하여 이 일을 소홀히 할 수는 없었다. 그는 한 번 해야 하는 일이라 생각이 들면 거침없이 추진하는 타입이었고, 그 밑으로는 책임을 져야 하는 팀원들까지 있었기에 그 또한 최선을 다해 노력하고 싶은 마음뿐이었다.

두 사람이 막 차고를 지나가던 때였다. 늘 그렇듯 출동벨이 울렸고, 자동으로 두 사람의 걸음이 멈췄다.

〈구조 출동! 구조 출동! 북한산 백운대, 북한산 백운대, 추락사고 발생.〉

위이잉—

"아씨! 진짜 미치겠네!"

그 말과 함께 대원들이 달려 나오는 소리가 들렸다. 그들은 백운대까지 뛰어 올라가야 할 생각에 얼굴에 벌써부터 피곤이 내려앉았다. 대원들이 후다닥 걸음을 옮겨 구조버스에 오르는 것을 보던 인혁이 주머니에서 휴대전화를 꺼내 들었다.

"북한산이라면 저희 팀원들이 현재 현장 근무 중일 겁니다."

인혁의 말에 김 서장이 고개를 끄덕였다.

"그런가? 그럼 구조 시간을 줄일 수 있겠구만."

"네, 여기서 출동을 하는 것보단 대원들에게 말을 해서 사고자를 찾는 것이 더 빠를 겁니다."

그렇게 말한 인혁은 저장해 둔 정원의 번호를 찾기 위해 전화번호부를 뒤졌다.

♧　　　♣　　　♧

"헉, 헉! 야, 좀 처, 천천히……."

"그래서 어느 천 년에 고지까지 오르겠습니까?"

"그, 그래도…… 하악, 하악! 날 좀 소중하게 대해 줄래?"

정원은 뒤에서 숨이 넘어갈 듯 껄떡껄떡거리는 소리에도 빠르게 걸음을 놀렸다. 북한산 수많은 사찰을 하루 만에 돌아야 했기에 마음이 급했기 때문이다. 초입에 있는 사찰 네 곳은 이미 시스템을 정비한 뒤였고, 그중 세 곳이 화재보험에 들어 있지 않아 권유를 하고 오던 참이었다.

사찰의 주지들이 정원에게 당신들이 보험회사 직원도 아니면서 왜 군이 화재보험을 들라 마라 권유하냐 말해 얼굴이 반쯤 썩는 듯한 느낌이었지만 웃음으로 충실하게 답하고 나와야 했다.

빠르게 걸음을 놀리던 정원은 순간 허벅지가 땡땡해지는 것을 느졌다. 어깨에 메고 있는 장비는 몸을 찍어 누르듯 원래의 무게보다 더 무겁게만 느껴졌다. 하지만 정원은 걸음을 멈추지 않으며 발을 재게 놀렸다. 뒤에 있는 수호가 따라오지 못하면 당장이라도 버릴 기세였다.

그때였다. 그녀의 주머니에 들어 있던 휴대전화가 진동을 울렸다. 이 시간에 누구 전화인가 싶어 액정을 확인한 그녀는 화면에 떠 있는 이름에 재깍 전화를 받았다.

〈백인혁 팀장〉

그가 지금 전화를 했다는 건 무언가 다급한 일이 일어나고 있다는 뜻이었다.

—강정원, 너 지금 북한산 어디쯤이야?

전화를 받자마자 인혁의 목소리가 들려왔다. 그는 차분한 목소리였으나 주위는 시끄러웠다.

"……아, 여기가 현재 등운각 지나서 대동사로 향하는 중입니다. 한 10분 정도 뒤에 도착할 것 같습니다."

"10분은 무슨 10분! 30분은 걸어 올라가야 하는 거리잖아!"

자신의 말에 뒤에서 수호가 왕왕 외쳐 대는 소리가 들렸다. 고개를 돌린 정원이 아래에 철퍼덕 주저앉아 있는 수호를 한심한 눈으로 쳐다보았다.

쯧쯧, 두 시간 정도 전력으로 걸어 올라왔다고 벌써부터 지친 꼴이 참 볼만했다.

그녀의 말에 인혁은 잠시 답이 없었다. 아마도 누군가와 이야기를 나누고 있는 듯했다.

—지금 북한동 119구조대다. 아마 상황실에서 연락이 갈 거야. 백운대 올라가는 중간에서 등산객이 발을 접질러서 크게 다쳤나 보더라.

"……그래서요?"

—사고자 찾아서 신호탄 터트려.

"……대, 대장님."

정원의 목소리가 떨렸다. 백운대는 그녀의 목적지인 대동사에서도 훨씬 올라가야 하는 곳이었다. 북한산 정상까지 올라가라는 그의 말에 정원의 얼굴이 점차 사색이 되었다. 그리고 그건 어느새 그녀의 앞까지 다가온 수호 또한 마찬가지였다.

그는 바짝 얼어 버린 정원의 옷자락을 잡아 흔들며 말했다.

"왜? 왜……? 무슨 일인데? 불안하게 그런 표정 지을래?"

수호의 말에 그제야 퍼뜩 정신을 차린 정원이 답했다.

"네, 알겠습니다."

—그럼 수고해라. 7시까지 들어오고.

뚝 끊긴 전화를 원망스런 눈으로 바라보던 정원이 깊은 한숨을 쉬었다. 정원은 제 가방을 뒤져 신호탄이 있는지 살펴보았다. 제발 없기를 바랐건만, 이수 소방서에서 문화 화재 방재 시스템팀에게 내어 준 가방 안에는 비상시에 필요한 물품들이 가득했다.

"너…… 신호탄은 왜 꺼내?"

수호는 이미 눈치챈 듯 보였으나 이 상황을 받아들이기 힘든지 애써 현실을 부정하고 있었다.

다시 신호탄을 가방에 넣은 정원이 씩씩하게 가방을 고쳐 메며 말했다.

"올라갑시다."

"아, 젠장! 어디까지!"

"백운대까지 올라가야 할 것 같습니다."

"아, 진짜……! 등산은 쥐약이라서 화재 진압팀에 지원한 거란 말이야!"

그가 자리에서 방방 뛰어 댔다. 하지만 정원은 더 이상 지체할 시간이 없다는 듯 앞장섰다.

"빨리 안 따라오시면 버리고 갈 겁니다."

그녀의 말은 매정하기 그지없었다.

백운대와 250m 정도 떨어져 있는 곳에 핑크색 연기가 피어나고 있었다. 그 사이에서 엄청난 굉음을 일으키며 멀어져 가는 헬기를 향해 양손을 흔드는 정원의 얼굴엔 식은땀이 맺혀 있었다.

뒤에서 에어부목에 바람을 넣느라 고생한 수호가 벌러덩 누워 숨을 헉헉 내뱉고 있었다. 새파랗게 질린 입술은 산소가 부족해 보였고, 선선한 가을이었지만 몸은 감기가 걸린 듯 열이 들끓어 얼굴이 벌겋게 달아올라 있었다.

"헉헉, 진짜 이러다 죽겠다. 아, 젠장!"

"성질 그만 내십시오. 뭐가 힘들다고 그럽니까?"

"야, 쥐톨! 네가 해 보라고, 네가!"

"제가 하겠다고 했는데, 사고자 얼굴 보고 뿅 가서 괜히 되지도 않는 고집부린 게 누굽니까?"

"설마 그 되지도 않는 고집부린 게 나라는 건 아니겠지?"

"정확하게 맞추셨습니다."

"야! 너, 진짜!"

여전히 바닥에 누워 있는 수호가 악을 써 댔다. 하지만 인상을 찌푸리며 허공을 향해 발길질을 하는 그의 모습은 전혀 위협적이지 않았다. 오히려 가까이하고 싶지 않은 모습에 가까웠달까.

수호를 한심하게 바라보던 정원이 시계를 보았다.

4시 57분.

7시까지 서로 복귀를 해야 했기에 내려가는 길에 대동사만 들렀다가 하산을 해야 할 것 같았다.

"내려가야겠습니다."

"아, 뭘 벌써 내려가! 좀 쉬었다가, 쉬었다가 내려가자."

입이 바짝바짝 마르는지 수호가 간간이 말을 멈췄다. 고작 10분 정도 산보 수준으로 산을 뛰어 올라온 것뿐인데 지쳐 나뒹구는 수호가 한심하게 느껴졌다.

그녀는 제 생각을 숨기지 않은 표정으로 그를 내려다보았다. 평소에는 큰 키 때문에 할 수 없는 포즈라 한껏 내려다보며 턱을 삐딱하게 세우기도 했다. 즐길 수 있을 때 즐겨야 한다, 라고 생각하며.

"이게 간부의 능력입니까?"

"너…… 이게 진짜! 자꾸 까불면 혼난다!"

"체력이 그것밖에 안 되는 사람이 소방위란 말입니까? 우리나라 국가시험 수준이 많이 낮아졌다는 생각은 했지만, 이제야 확실히 깨달았습니다."

남동생인 문한에게 들었던 말을 고스란히 수호에게 한 정원이 팔짱을 꼈다. 문한이 그녀의 합격 소식을 들었을 때 이러한 마음을 느끼지 않았을까, 생각하며.

역시나 그녀의 예상대로 수호가 자리에서 벌떡 일어나 소리쳤다.

"야! 한 판 붙어!"

"좋습니다. 뭐로든 덤비십시오."

훗, 비웃은 정원이 손에 힘을 주어 말아 줬다. 우드득우드득 소리는 제법 공포스럽게 들렸다. 정원은 그에 맞춰 일부러 험상궂게 인상을 찌푸렸다.

"뭐든 이겨 드리죠."

"종목은……."

뭐가 좋을지 몰라 수호가 뒷말을 잇지 못하자 정원이 재빨리 말했다.

"가위바위보."

그는 정원의 말에 자신도 모르게 보자기를 냈다. 너무도 **빠르게**, 자동적으로 움직인 자신의 몸짓에 수호가 놀란 듯 눈을 동그랗게 떴다.

정원은 가위를 낸 손으로 수호의 보자기를 썩뚝썩뚝 자르는 시늉을 한 뒤 흔들었다. 작은 손만큼이나 짤막한 그녀의 손가락이 허공에서 이리저리 흔들렸다.

"이거 어떻게 하죠? 운도 제가 윕니다."

더 이상 상대할 가치가 없다는 듯 정원이 성큼성큼 걸음을 옮겨 먼저 하산을 시작했다. 멍하니 그녀의 뒷모습을 보던 수호는 그제야 정신을 차렸는지 버럭 소리를 질렀다.

"야! 야!! 아, 진짜 쥐톨만 한 게! 너 거기 안 서!"

제자리에서 쿵쿵 뛰던 수호가 순간 자리에 털썩 주저앉았다. 보통 등산을 즐기는 사람들이 2시간 30분 정도 걸려 올라오는 거리를 1시간 내에 뛰어 올라오느라 다리근육이 많이 놀란 것 같았다.

수호가 떨리는 허벅지를 주먹으로 두드리며 매정히 먼저 내려가 버리는 정원의 뒤에다 커다랗게 외쳤다.

"너 나 안 데려갈 거면 119에 신고라도 해 주든가!!"

"아, 간부는 구조 뒤 하산할 때 119의 도움도 받습니까?"

잠시 뒤돌아 씩 웃으며 정원이 말하자, 수호의 얼굴이 붉게 달아올랐다.

아니, 저게 끝까지!

분을 참지 못한 수호가 외쳤다.

"너 진짜 잡히면 가만 안 놔둔다!"

그의 말에 정원의 걸음이 멈췄다. 그녀는 생각에 잠긴 듯 바닥을 보고 있었고, 조금의 시간이 흐른 뒤 뒤돌아섰다. 그녀는 다시 길을 올라와 수호와 얼마 떨어지지 않은 곳에 멈춰 서서 말했다.

"지금은 절 협박할 타이밍이 아닌 것 같습니다."

"……."

"……지금 부탁 안 하시면 혼자 내려갈 겁니다."

자존심이 상하는 것인지 입을 악다물고 있던 수호는 눈동자에 불만을 가득 담으며 툭 내뱉었다.

"……나 데리고 가."

엄청난 고민의 끝에 나온 말이었다. 그 나름대로 머릿속에서 사투를 벌이기도 했을 것이다. 자존심을 지킬 것이냐, 아니면 도움을 받을 것이냐.

하지만 쉬이 혼자서 내려갈 수 없는 몸 상태였기 때문에 수호는 결국 굴욕적인 말을 내뱉을 수밖에 없었고, 정원은 이 기회를 놓치지 않고 그를 약 올렸다.

"부탁입니까?"

"그래, 부탁이다!"

마지막 말은 결국 뾰족하게 흘러나왔지만 정원은 이해한다는 듯 고개를 끄덕였다.

"부탁이니 어쩔 수 없지요. 조금 부족한 동료를 챙기는 것은 당연한 것이지 않습니까."

"……후!"

그의 짜증이 머리끝까지 치솟는 순간이었다. 하지만 곧이어 들려오는 정원의 허스키한 목소리에 결국 더 이상 참지 못한 수호가 버럭버럭 악을 썼다.

"근데 계속 말이 짧은 것 아십니까? 별로 친하지도 않은 관계에서로 존중은 해 줍시다."

"너 진짜! 그래, 버리고 가! 버리고 가라고! 어떻게 해서든 혼자 갈 거다!"

"그렇게 하실 수 있겠습니까? 잘됐습니다. 걸리적거리던 참인데."

"……."

"그럼 혼자 잘 내려오십시오."

매정하게 말한 정원은 말이 끝나자마자 뒤돌아서서 가파른 산길을 빠르게 내려갔다. 설마 진짜 버리고 갈까 싶어서 정원을 잡지 않고 있던 수호는 급기야 그녀의 모습이 점처럼 작아졌음에도 오기로 그녀를 붙잡지 않았다.

"설마, 진짜 버리고 가겠어?"

그의 목소리가 불안에 떨렸다.

♧　　　♣　　　♧

가게 안은 고단한 일을 마치고 술 한 잔의 여유를 즐기기 위해 찾아온 직장인들로 가득했다. 뿌연 연기와 뼛속까지 파고들 것 같은 고기 냄새. 동그랗게 모여 앉은 사람들 사이에선 깔깔 웃음소리가 들리기도 하고 한탄 섞인 탄식이 터져 나오기도 했다.

그 사이, 어색하게 둘러앉은 무리가 하나 있다.

좌 태원, 우 정원 사이에서 수발을 받고 있는 인혁은 태원이 막 건넨 물 잔을 받아 시원하게 들이켰다. 모두들 오늘 하루가 고단했던지 얼굴엔 피곤한 기색이 역력했다.

하지만 오늘은 팀원이 다 모인 첫날이었다. 한국 사회에서 빠르게 친해지기 위해선 술이 빠질 수가 없었다.

"자자, 주목."

젓가락으로 테이블을 탁탁 내려친 인혁이 주위의 시선을 모았다.

막 불판 위에 삼겹살을 올려놓은 정원의 시선까지 그를 향하자, 인혁이 미소 띤 가벼운 얼굴로 말을 이었다.

"오늘 문화 화재 방재 시스템팀이 모두 모인 첫날입니다. 각자 차차 알아 가겠지만, 간략하게 소개도 하고 좀 더 빨리 친해져야 할 필요성을 느껴서 자리를 마련했습니다. 앞으로는 바빠질 거고, 생사고락을 함께할 사람들이니 서로 잘 보이고."

"네에一"

수호가 홀로 외치자 태원이 날카로운 눈으로 그를 바라봤다. 일종의 경고의 눈빛으로, 나서지 말라고 말하고 있었다. 기가 죽은 수호가 목을 쏙 집어넣자 태원의 시선이 다시 인혁에게로 향했다. 날카로웠던 기색은 모두 사라진 채로.

"제 소개부터 할까요?"

"네, 당연히 그러셔야죠."

태원이 장단을 맞춰 주자 인혁은 목소리를 가다듬은 뒤 말했다.

"백인혁입니다. 강남 소방서에서 화재 진압팀 팀장으로 근무했었습니다. 이번에 문화 화재 방재 시스템팀에 발령받아 여러분을 이끌게 되었습니다. 잘 부탁드립니다."

인사는 무난했고, 이 자리에 있는 모든 사람이 알고 있는 내용이기도 했다. 그런데, 태원의 눈빛에 기가 죽어 쭈그리고 있던 수호가 갑자기 간이라도 부은 것인지 툭 내뱉었다.

"그게 답니까?"

"박수호 대원. 알고 싶은 게 더 있어?"

"뭐, 바디 사이즈나 나이, 여자 친구 여부 등등. 재미있는 것들 많지 않습니까?"

수호의 말에 인혁이 입술을 크게 늘어뜨렸다.

"그런 것들이 궁금해?"

"……아닙니다."

수호가 솔직하게 말하자 인혁이 고개를 끄덕인 뒤 옆에 앉아 있는 태원을 바라보며 말했다.

"김태원부터 시작해."

"……."

자리에서 일어난 태원이 입술을 달싹였다. 인혁과 한 팀이 되면 의례적으로 하는 소개라 이미 몇 번이고 해 보았지만, 막상 하려고 하니 말문이 막혔다.

태원은 위협적인 표정으로 한참이나 붕어처럼 입을 뻐끔거리더니 이내 한숨을 푹— 내쉬었다. 그리고 매서운 눈을 번뜩이며 말했다.

"김태원 소방위다. 잘 부탁한다."

"그거 말하려고 그렇게 고민했냐?"

인혁이 웃으며 말하자 태원이 자리에 털썩 앉았다.

"더 이상 할 말 없습니다."

무심한 목소리는 이들에게 더 이상 개인적인 이야기는 하고 싶지 않다는 것처럼 들렸다. 하지만 이곳에 있는 사람들 그 누구도 태원의 태도에 대해 지적하지 않았다.

분위기가 싸늘해지자 수호가 눈치를 보더니 손을 번쩍 들며 자리에서 벌떡 일어섰다.

"제 차렙니다!"

"하아, 진짜."

정원이 한숨을 뻑 쉬며 말하자 수호가 동그란 눈을 날카롭게 만들었다. 그리고 그녀를 손가락으로 척 가리키며 외쳤다.

"배신자는 조용하고 있어!"

"배신자라니요?"

"배신자지! 대장님, 현장에서 어떤 일이 있었는지 아십니까? 강정

142

원 대원이, 지쳐 쓰러질 것 같은 절 버리고 간 뒤, 한 시간 뒤에야 데리러 왔습니다! 서로를 믿으며 현장을 누벼야 하는 동료가 어떻게 그럴 수가 있습니까!"

"그래도 데리러 가지 않았습니까."

그럼 된 거 아니냐며 정원이 입술을 삐죽 내밀었다. 그녀 또한 할 말이 많은 것인지 불만이 가득한 얼굴로 읊조렸다.

"만약 같이 내려갔다면 대동사는 들르지도 못하고 바로 사무실로 복귀해야 했을 겁니다."

"자자, 그만들 해요."

두 사람의 분위기가 고조되자 용건이 어색한 얼굴로 둘 사이를 막아섰다. 그리고 인혁의 표정을 슬쩍 살핀다. 인혁이 팔짱을 끼며 어디 한번 계속해 보라는 듯 바라보자, 정원과 수호도 그제야 그의 눈치를 살피며 입을 꾹 다물었다.

"할 말은 끝났나?"

"……죄송합니다."

정원이 작게 읊조리자 인혁이 고개를 끄덕였다. 그리고 수호를 보며 고개를 끄덕였다. 소개를 시작하라는 몸짓이었다. 정원을 노려보고 있던 수호가 몸을 움찔 떤 뒤 입을 뗐다.

"박수호입니다. 스물아홉입니다. 첫 근무지가 문화 화재 방재 시스템팀입니다. 경기도 용인 출신이고, 대학도 용인대학교 태권도 과를 졸업했습니다! 예쁘고 재수 없을 만큼 똑똑하고 나이 차이 많이 나는 고딩 여동생이 있고, 부모님 모두 살아 계십니다."

그가 줄줄 자신의 개인사를 늘어놓기 시작했다. 이야기가 길어지자 사람들의 집중도가 흐트러졌다. 그들 중 가장 먼저 딴짓을 하기 시작한 것은 정원이었다. 불판에서 지글지글 익고 있던 고기를 뒤집어 적당한 크기로 자른 정원이 인혁의 앞으로 고기를 밀어 놓았다.

"여자 친구는 모집 중이며 주위에 좋은 여자 있으면 소개시켜 주십시오! 감사합니다."

한참 후, 길었던 소개가 끝났다. 그의 소개 한 번으로 그의 키가 182cm라는 것도, 몸무게가 72kg이라는 것도, 대학 시절 코끝이 뭉툭해 필러를 한 번 맞았다는 것까지 알게 됐다. 주절주절 자신의 이야기를 늘어놓은 수호가 만족스러운 듯 자리에 앉자 이번엔 용건이 자리에서 일어나 뒷머리를 벅벅 긁었다.

"저…… 이용건입니다. 올해 마흔둘 됩니다. 봉천동 119구조대에서 이것저것 다 했습니다. 감사합니다."

끼익, 의자를 밀어 자리에 앉은 용건이 자신에게 향하는 시선들에 허허 웃었다. 사람 좋은 웃음에 정원이 자신도 모르게 따라 웃었다.

"강정원 대원, 네 차례야."

인혁이 말하자 정원이 어색한 얼굴로 자리에서 일어났다. 그리고 자신에게로 모인 네 쌍의 눈동자에 침을 꼴깍 삼켰다. 어디까지 자신에 대해 설명해야 할지 몰라 정원이 조심스럽게 첫 운을 뗐다.

"강정원 대원입니다. 나이는 스물셋입니다."

"뭐……? 스물셋? 너 그런 주제에 나한테 개긴 거냐?!"

수호가 버럭 소리를 지르자 어리바리했던 정원의 눈빛이 날카로워졌다. 그녀가 서늘한 목소리로 말했다.

"박수호 대원님, 조용히 해 주십시오. 지금은 제 소개를 하고 있지 않습니까."

"어우! 저 진짜, 한 주먹 거리도 안 되는 게! 또박또박 말대답이나 하고!"

수호가 분이 삭여지지 않는 것인지 찬물을 벌컥벌컥 들이켰다. 그가 조용해지자 정원이 뒷말을 이었다.

"여러분과 함께 즐거운 생활을 하고 싶습니다. 잘 부탁드립니다."

짧은 소개를 마친 정원이 조심성 없이 털썩 자리에 앉았다. 그녀의 소개까지 모두 끝나자 인혁이 소주병을 들고 각자 앞에 놓인 소주잔을 채웠다. 그 뒤 자신의 잔까지 채운 그가 잔을 들어 허공에서 흔들었다.

"앞으로 잘들 해 봅시다."

"네!"

우렁찬 답과 함께 모두들 시원하게 잔을 비웠다.

앞으로 이 팀이 어떠한 방향으로 갈지는 모르나 첫 출발은 오합지졸, 그 이상도 이하도 아니었다.

"꺼억."

눈이 반쯤 풀린 수호가 몸을 휘적휘적거렸다. 마치 가게 오픈 행사 때 앞에 세워 두는 풍선인형 같았다. 몸에 척추가 사라진 사람처럼 술에 취해 이리저리 비틀거리는 수호를 붙잡은 용건이 진땀을 빼며 말했다.

"우, 우선 저희 집에 데리고 가야겠어요."

"사모님이 싫어하지 않으시겠습니까?"

인혁의 말에 용건이 고개를 저었다. 그는 안 그래도 술로 화끈거리는 뺨이 더욱 달아오르는 것을 느끼며 말했다.

"혼자 살아요."

"아……."

용건은 제때 장가를 가지 못해 부끄럽다는 듯 허허 웃더니 수호의 팔을 제 어깨에 잘 고정시키며 말했다.

"그럼 내일 뵙겠습니다."

"네, 잘 부탁드립니다."

인혁이 깍듯하게 말하자 용건이 허리를 숙여 인사한 뒤 밤거리를 걸어갔다. 힘이 좋은 용건은 발이 질질 끌리는 수호를 무리 없이 이끌고 길을 걸어갔고, 곧 얼마 떨어지지 않은 곳에서 택시를 잡은 뒤 모습을 감췄다. 마치 한 마리의 거대한 곰처럼 수호를 납치하다시피 데리고 사라지는 용건의 뒷모습을 멍하니 바라보던 정원은 곁에서 들리는 목소리에 고개를 돌렸다.

"그럼 저도 이만 가 보겠습니다."

"그래, 조심히 들어가라."

태원 역시 순식간에 그들의 앞에서 사라졌다. 역시나 그 뒷모습을 멍하니 바라보고 있던 정원은 인혁과 단둘이만 남았다는 사실을 깨달았다. 그녀가 몸을 살짝 옆으로 틀어 허리를 숙이며 말했다.

"그럼 저도 이만 들어가 보겠습니다."

"대기실에서 지내지?"

인혁의 물음에 정원이 눈을 깜빡이며 고개를 끄덕였다.

"그렇습니다."

"그럼 같이 들어가자. 사무실에 두고 나온 게 있어."

정원의 고개가 옆으로 기울여졌다. 며칠 지내지도 않은 사무실에 뭐 그리 중요한 물건이 있다고 다시 가는 건가 싶기도 했지만, 그냥 고개를 끄덕였다.

둘은 발을 맞춰 나란히 걸었다. 회식을 한 삼겹살집에서 이수 소방서는 걸어서 5분 정도 떨어진 거리였다. 어색한 분위기에 정원이 앞만 보고 열심히 걸었고, 인혁은 무슨 할 말이 있는 사람처럼 간혹 그녀를 힐끔거렸다.

그때였다.

맞은편에서 다가오던 취객이 그녀의 어깨를 툭 치려던 찰나, 인혁이 손을 뻗어 자신의 쪽으로 그녀의 몸을 이끌었다.

"야, 이 새끼야, 조심 안 해?!"

취객이 버럭 소리를 지르며 삿대질을 하자 인혁의 얼굴이 굳어졌다. 그가 그녀의 어깨를 잡고 있는 손을 풀며 취객에게 한 발자국 다가섰다. 마치 동물들이 제 몸집이 더 크다며 상대에게 위협을 주는 것처럼 그 또한 커다란 몸을 취객 앞에 세운 뒤 살벌한 얼굴로 말했다.

"사과하시죠."

"뭐, 뭐?"

"새끼라니요. 사과하세요."

인혁의 말에 취객의 얼굴이 일그러졌다.

"이것 봐라? 너 그러다가 나 한 대 치겠다?"

일촉즉발의 상황. 길을 지나가던 사람들이 원을 그리며 모여들었고, 사람들의 집중을 받게 된 취객은 오히려 더 객기를 부리며 앞섶의 단추를 두어 개 툭툭 풀었다. 군중심리라도 느낀 사람처럼.

툭 건드리기만 해도 서로 주먹이 오고 갈 것만 같았다. 정원은 자리에서 방방 뛰며 취객의 일행을 찾아봤지만, 홀로 술을 마신 건지 아니면 술자리를 파하고 돌아가던 길인 건지 모여든 사람 중 그를 알고 있는 사람은 없는 것 같았다.

어떻게 하지, 어떻게 하지?

정원의 얼굴이 새파랗게 질렸다.

"그건 제가 드리고 싶은 말씀입니다만. 그쪽이 오히려 절 한 대 치시겠습니다."

인혁의 도발에 취객이 콧방귀를 뀌었다.

"왜? 못 칠 것 같냐?"

"네."

"어쭈!"

공무원이 일반인과 싸우면 인사고가에 엄청난 영향을 미쳤다. 정원은 혼자 상상의 나래를 펼치며 지구대에서 취객과 함께 조사를 받고 있는 인혁의 모습을 떠올렸다.

안 돼, 절대 안 돼!

그 일만은 꼭 막아야겠다는 생각에 정원이 인혁의 옷자락을 흔들며 말했다.

"술 취한 사람이랑 무슨 말을 합니까? 이 정도로 하시죠?"

"뭐? 그래서 넌 사과도 안 받겠다고?"

"무슨 사과 말입니까?"

"저 사람이 너한테 새끼라잖아, 새끼! 넌 길거리에서 생판 모르는 사람한테 욕먹고 어떻게 그런 얼굴을 할 수 있냐?"

인혁은 순진한 얼굴로 커다란 눈을 깜빡이는 정원을 보았다. 순진한 건지 아니면 멍청한 건지. 그것도 아니면 화를 낼 줄 모르는 종자인 건지!

인혁이 시뻘건 눈으로 정원을 보자 그녀가 고개를 잽싸게 저은 뒤 취객과 인혁의 사이에 섰다.

"죄송합니다. 서로 술이 과했던 것 같습니다. 여기까지 하시고 각자 갈 길 갑시다."

"뭐? 각자 갈 길 가? 저 자식이 갈 길은 황천길이다!"

"서로 다 실수한 부분이 있는데 왜 자신은 잘못이 없는 사람처럼 구십니까? 술 취해서 객기 부리는 모습, 보기 좋지 않습니다."

"뭐? 이 새끼가!"

싸움을 말리겠다는 건지, 아니면 키우겠다는 건지.

정원이 굳은 얼굴로 쏘아붙이자 취객은 더욱 흥분해 날뛰었다.

기어코 입고 있던 겉옷까지 벗어 던진 채 그녀의 앞으로 다가온 그가 정원을 내려다보며 눈을 번뜩였다. 마치 살인이라도 저지를 것 같은 얼굴이었다.

"너 진짜 오늘 죽어 볼래?"

"죽이지는 못하실 것 같고, 한 대 치실 것 같긴 합니다. 그런데 이 건 알아 두십시오. 그쪽은 술에 취해 있고, 전 멀쩡한 정신 상태입니다. 그리고 저기."

정원이 제 뒤에 있는 CCTV를 가리키며 말했다.

"증거도 있습니다. 저 한 대 치실 거면 돈 천만 원은 깨질 각오하십시오. 합의? 없습니다."

정원의 말에 남자는 말문이 막혔는지 입술을 악다물었다. 할 말이 없어지자 그가 기어코 화를 이기지 못하고 손을 번쩍 들었다. 당장이라도 정원을 내려칠 것처럼.

정원이 눈을 질끈 감았다. 하지만 시간이 지나도 아파야 할 뺨은 멀쩡했다. 그녀가 실눈을 뜨자 취객의 팔을 붙잡고 있는 인혁이 보였다. 남자는 잡힌 손목이 아픈 것인지 끙끙 소리를 내며 몸을 비틀고 있었고, 인혁은 한심한 눈으로 정원을 보더니 한숨을 푹 쉬며 말했다.

"이게 네가 싸움 말리는 법이냐?"

"오히려 더 미쳐 날뛰면 흥분했던 사람도 당황하고 화를 가라앉힙니다."

"네가 논개냐? 온몸을 던지게."

"예쁜 논개랑 비교해 주셔서 아주 감사합니다."

정원의 말에 인혁이 픽 웃음을 내뱉었다. 다소 황당한 방법이기는 하나 그녀의 말처럼 방금 전까지만 해도 들끓었던 화가 푸시식 순식 간에 식어 버렸다.

남자의 손목을 잡고 있던 손에 힘을 풀자, 취객이 풀썩 바닥에 주저앉자마자 벌겋게 손가락 자국이 난 손목을 부여잡으며 '나 죽네, 나 죽네!'를 외쳐 댔다.

"그래도 고맙다. 덕분에 정신이 번뜩 드네."

짧게 말한 인혁이 무릎을 굽혀 쭈그리고 앉아 취객과 눈을 마주했다. 그는 위협적인 눈빛과 강압적인 목소리로 취객에게 말했다.

"경찰서 가실래요, 아니면 그냥 여기서 각자 갈 길 가실래요?"

인혁의 말에 방금 전까지만 해도 바닥에서 나뒹굴던 취객이 멈춤 버튼을 누른 것처럼 행동을 멈췄다.

"저래 보여도 주민등록 번호 뒷자리가 2로 시작합니다. 아저씨가 경찰서 가서도 유리할 게 전혀 없는 것처럼 보입니다만."

"……."

"그럼 각자 갈 길 가는 걸로 알고 먼저 가겠습니다. 보는 눈이 좀 많아 부끄럽긴 하겠지만 그래도 어쩌겠습니까. 내일 술 깨시면 바닥 좀 긁으세요."

자리에서 일어난 인혁은 뒤에서 멀뚱멀뚱 상황을 보고 있던 정원에게 다가갔다. 그리고 그녀의 조막만 한 손을 붙잡고 모여든 인파 속을 파고들어 이수 소방서가 있는 쪽으로 걸음을 옮겼다.

그의 긴 다리와 붙잡힌 손 때문에 정원은 반쯤 뛰는 상태가 되었다. 그녀가 불편함에 손을 놓으려던 찰나, 신호등 앞에 도착한 그가 그녀의 작은 손을 놓는다. 그리고 팔짱을 끼며 정원을 내려다보았다.

"겁도 없이."

"그건 제가 드리고 싶은 말씀입니다."

정원이 지지 않고 말했다. 그러자 인혁의 입에서 픽, 웃음이 흘러나왔다.

붉은색이었던 신호등이 녹색 불로 바뀌자 정원이 먼저 신호등을 건넜다. 그는 짧은 다리를 열심히 움직여 종종 뛰는 정원을 보다가 아무것도 못 본 척 그녀의 등에 툭 부딪혔다. 그러자 앞서 걷던 정원이 무슨 일이냐는 듯 고개를 돌려 그를 보았다.

"어? 거기 있었어? 안 보여서 몰랐다."

"또 저 작다고 놀리시는 겁니까?"

인혁은 일부러 정원과 보폭을 맞춰 걸으며 제 손으로 그녀의 키를 가늠해 보았다. 자신의 어깨 정도 오는 키였지만, 일부러 더 낮추어 가슴에 가져다 댔다. 그러면서 뻔뻔한 얼굴로 말한다.

"상식적으로 작잖아."

"대장님이 너무 크신 겁니다!"

"팀원들을 봐도 그런 생각 드냐?"

정원이 인상을 찌푸렸다. 그리고 오늘 한자리에 모인 팀원들을 떠올렸다. 용건이야 그렇다 치더라도, 나머지 태원과 수호도 그녀의 상식선에서 너무나 큰 키를 가지고 있었다. 대한민국 평균 남성의 키를 생각하더라도 훨씬 큰 키와 쭉 뻗은 다리. 누가 본다면 팀원들을 키로 뽑았냐고 말이 나올 정도였다. 모두들 180cm가 넘으니 그들의 눈엔 정원이 작아 보일 법도 했다.

정원은 불만이 가득한 얼굴로 입술을 뾰족 내밀었다.

"일반화시키지 마십시오."

"그래그래."

"그 성의 없는 말투, 마음에 안 듭니다! 그리고 저 여자치고는 큰 키입니다."

163cm가 큰 키는 아닐지 모르나, 여자치고는 작지 않다 생각하며 정원이 고개를 끄덕였다. 몸을 쓰는 화재 진압 대원치고는 작은 체구일지 모르나 일반적으로 봤을 때는 전혀 작지 않은 키.

'그래, 난 아주 평범하다고!'

그렇게 생각하고 있던 정원은 어느 순간 신호등 끝에 서 있는 인혁을 발견하곤 서둘러 걸음을 옮겼다. 그러자 막 신호가 바뀌며 붉은색으로 바뀌었다.

얼른 그에게 다가가 막 따져 묻기 위해 입술을 달싹이던 그녀는 인혁이 바로 앞에 있는 서를 힐끗 바라보는 것을 보며 소리쳤다.

"저 작은 키 아니라고요! 사과하시라고요!"

"들어가 봐라."

정원의 고개가 옆으로 기울었다. 그러곤 방금 전까지만 해도 자신이 무슨 말을 하고 있었는지 까마득하게 잊은 듯 의아한 목소리로 말했다.

"일 있으시다면서요?"

"됐어. 없어졌어."

그렇게 말한 인혁이 걸음을 옮겼다. 그 모습을 멍하니 바라보고 있던 정원은 뒤늦게 든 생각에 뱃심으로 외쳤다.

"사과하라고 몇 번이나 말합니까! 사과 좀 하십시오! 저도 슬슬 화납니다!"

버럭버럭, 그녀의 몸이 푸르르 떨릴 정도였다. 하지만 인혁은 가볍게 손을 흔들며 제 갈 길만 간다.

결국 참다못한 그녀가 입술을 짓이겼다.

"아, 진짜 저 싸가지!"

그가 들을까 봐 목에 힘을 꽉 주고 외쳤던 그녀는 몸을 살짝 돌려 이수 소방서를 바라보았다.

"여기까진 왜 온 거래?"

아무도 없으리라 생각한 정원이 대기실 문을 벌컥 열고 안으로 들어갔다. 하지만 그녀의 예상과는 달리 방 안은 밝았다.

"어, 왔어요? 오랜만이네~ 같은 서에서 근무하면서도 얼굴 보기가 이렇게 어려워서야."

의자에 앉아 다리를 주무르고 있던 유리가 밝게 인사했다. 그녀는 정원이 사무실 안으로 들어오자마자 코끝을 스치는 진한 고기 냄새에 고개를 기울이며 물었다.

"웬 맛있는 냄새? 회식했어요?"

"네, 오늘 팀원이 다 모여서 회식했습니다."

"아아, 맞다! 안 그래도 물어보려고 했는데."

외투를 벗던 정원은 자신에게 성큼성큼 다가와 눈을 반짝반짝 빛내는 유리의 모습에 화들짝 놀라며 몸을 뒤로 뺐다. 호기심 가득한 눈동자에 정원이 눈을 깜빡였다.

"뭘요?"

"김태원 대원 어때요?"

"에……?"

"박수호 대원은요?"

"그, 그건 왜요?"

"어머, 몰라요? 서가 난리가 났다고. 완전 꽃돌이라고! 김태원 대원의 우수 젖은 눈빛이나 박수호 대원의 시원한 웃음! 모두들 완전 뻑이 갔다고, 뻑이!"

"……."

정원이 입을 꾹 다물었다. 흥분한 유리는 정원의 오른쪽 팔뚝을 찰싹찰싹 때리며 몸을 비틀어 댔다. 뻑이 간 사람 중 유리도 포함되어 있는 것 같았다.

"표정이 왜 그래요? 두 사람 다 별로야?"

유리의 마지막 말에 정원이 고개를 저었다. 그리고 생각에 잠겼다.

태원은 객관적으로 보았을 때 늘씬늘씬한 몸과 날카로운 눈매 때문인지 쇼 무대에 서는 모델처럼 보이기는 했다. 하지만 험악한 표정과 그녀를 무시하는 듯한 행동 때문인지 정이 가지 않는 사람이었다. 박수호는 말할 것도 없었다.

"뭐…… 괜찮은 사람들이죠."

하지만 정원의 입에선 정반대의 말이 나왔다. 지금 이 자리에 없는 사람들을 안 좋게 이야기할 수는 없었다.

"그죠? 잘난 사람들이 성격도 좋다니까."

……꼭 그렇지만은 않은데.

정원이 무심한 얼굴로 고개를 끄덕이며 옷장으로 향했다. 그런 그녀의 뒤를 유리가 따르며 계속 말을 걸어왔다.

"백인혁 팀장에 김태원, 박수호 대원이라. 완전 꽃밭이네! 2층은 진짜 물 좋아요! 구급팀도 2층에 있었으면 좋겠다."

"2층이요? 2층은 왜요?"

문화 화재 방재 시스템팀이 3층에 있는데 왜 2층이 물이 좋다 말하는지 이해 못 한 정원이 물었다. 그러자 유리는 아직 몰랐냐며 정원의 팔을 찰싹찰싹 때리며 말했다.

"어머, 몰랐어요? 이번에 대기실들 몇 개만 남겨 두고 싹 밀어 버리고, 사무실 확장한다던데요? 문화 화재 방재 시스템팀이 2층으로 내려와서 구조팀이랑 같이 사무실 쓰잖아요."

"……네? 그럼 저는요?"

"어머, 진짜 몰랐나 보네?"

유리가 놀란 눈으로 말했다. 하지만 정원은 제발 이 모든 게 거짓부렁이었으면 좋겠다는 얼굴로 그녀를 바라보았다.

"내일 행정실 가서 물어봐요. 최근에 결정되었다고 하던데……."

"하아……."

정원의 입에서 깊은 한숨이 흘러나왔다.

♧   ♣   ♧

정원의 얼굴이 딱딱하게 굳었다. 행정실 직원은 미안한 표정으로 정원을 바라보았다.

말문이 막힌 정원이 한동안 어떤 말을 해야 할지 몰라 입술을 달싹였다. 그러자 한참이나 그녀를 바라보던 직원이 말했다.

"정말 죄송해요. 지난번에 말씀을 드렸어야 했는데……."

"시간이 그것밖에……."

"네, 최근에 결정된 상황이에요. 3주 뒤에 바로 공사 들어갈 예정이에요."

그녀의 입에서 깊은 한숨이 흘러나왔다. 당장 3주 안에 집을 구해 나가야 한다는 생각에 눈앞이 캄캄해졌다.

대학도 기숙사에서 지냈고, 그 뒤로 소방사 시험을 준비하면서는 고시원에 처박혀 공부만 했다. 소방관이 되면서 계속 서 내에 있는 대기실에서 지냈던 터라 어디에 가서 집을 구해야 하는지, 또 요즘 시세가 얼마나 되는지, 아무것도 몰랐다.

막막함에 정원이 한숨을 깊게 내뱉으며 말했다.

"그럼 언제까지 비워야 합니까?"

"2주 정도 뒤에는 비워 주셔야 해요. 어쩌죠……? 시간이 별로 없어서……."

"아닙니다. 어쩔 수 없죠. 그럼 그때까지는 비워 드리겠습니다."

호기롭게 말한 정원이 행정실 문을 열고 나섰다. 그리고 곧장 팀원들이 기다리고 있는 지하 식당으로 걸음을 옮겼다.

"어디 갔다 왔냐?"

정원이 식판을 테이블에 내려놓으며 앉자 국에 밥을 말아 열심히 퍼먹던 수호가 물었다. 하지만 그녀는 아무 대답도 하지 않고 수저를 들었다.

수호는 순간 욱한 것인지 입에 있던 밥풀을 튀어 대며 외쳤다.

"이게 또 무시해? 야, 너 진짜 맛 좀 볼래! 어디서 나보다 어린 게!"

"더럽게 정말. 입 닫고 밥이나 드십시오."

"야!!"

찰그락. 그가 자리에서 벌떡 일어서자 식판과 수저가 흔들리며 소리를 냈다. 식당 내에 있던 눈들이 두 사람에게로 향했다. 수호의 옆에서 밥을 먹고 있던 용건이 사람들의 시선을 느끼며 수호의 옷자락을 잡아당겼지만, 수호는 정원에게 손가락을 척 내밀며 버럭 소리 질렀다.

"너 한 판 붙어!!"

"왜 이렇게 소란스러워?"

노 서장과 면담을 마치고 막 사무실로 내려온 인혁이 홀로 앉아 있던 태원에게 물었다. 창밖에선 환호성과 함께 사람들이 악을 쓰는 소리가 들렸다. 인혁의 물음에 태원이 심드렁한 목소리로 말했다.

"우리 팀원 둘이서 내기 농구를 하고 있습니다."

"우리 팀원? 내기 농구?"

인혁은 의아한 단어들을 꺼내 물었다. 그러자 태원은 귀찮은 기색이 가득한 얼굴로 고개를 끄덕인다.

"설마 강정원이랑 박수호?"

"심판은 이용건 대원이 본다고 그랬습니다."

그 말에 호기심을 이기지 못한 인혁이 창가로 향했다. 문화 화재 방재 시스템팀 창문은 뒤뜰을 향해 나 있었고, 아래에 위치한 농구장이 정확히 보였다. 이수 소방서에 근무하는 모든 사람이 모인 것인지 둥그렇게 원을 그리며 농구코트 주위를 둘러싸고 있었다.

인혁은 턱을 괴고 코트에서 앞섶을 풀고 땀을 뻘뻘 흘리는 정원을 보았다. 그의 입술이 부드럽게 말려 올라갔다.

"저거 진짜 재미있단 말이야."

"강정원 대원 말씀이십니까?"

"어."

짧은 인혁의 답에 태원이 자리에서 일어나 그의 곁으로 다가왔다. 그리고 수호의 공을 빼앗아 멋지게 3점 슛을 넣는 정원을 보며 말했다.

"여자는 맞습니까?"

"나도 안 벗겨 봐서 모르겠다."

"……네?"

당황한 기색이 역력한 얼굴로 태원이 되물었다. 하지만 인혁은 피식피식 웃음만 내뱉을 뿐 별말이 없었다. 그 모습에 태원이 조심스러운 어투로 물었다.

"……관심이 가십니까?"

"뭐?"

그제야 인혁이 괴고 있던 턱을 풀며 굽혔던 허리를 폈다.

"저 조그마한 인간한테, 내가? 여자로서 관심?"

인혁이 기분 나쁘다는 듯 뚝뚝 떼어 물었다. 그러자 태원은 진지한 얼굴로 고개를 끄덕였다.

"설마. 그럴 리가……."

"그렇죠? 아니시죠? 하기야, 같은 대원끼리 연애하는 걸 극히 꺼려하지 않으십니까."

같은 현장에 출동을 하고. 같은 위험에 노출되고.

사내커플들이 어떠한 두려움 속에 사는지 인혁은 너무나 잘 알고 있었다.

유서를 품에 안고 사는 화재 진압팀.

취객과 시민에게 동네북이 되어 두들겨 맞으며 마음에 응어리를 가지고 있는 구급팀.

뜨거운 불로, 차가운 물로 뛰어드는 구조팀.

……너무나 잘 알았기에 그는 사내에서는 절대 연애를 하지 않으리라 마음먹었다. 적어도 그가 사랑하는 사람은 자신이 어떠한 위험 속에서 살고, 어떠한 현장에 뛰어드는지 모르길 바랐다.

그래서 그는 이번에도 가볍게 웃어 넘겼다.

"난 평범한 여자를 만나고 싶다. 그래서 평범한 가정을 꾸리고 싶어."

"죄송합니다. 제가 괜한 걸 물었습니다."

태원의 말에 인혁이 천천히 눈을 깜빡였다. 그리고 다시 한 번 다짐하듯 말했다.

"그래…… 그러고 싶다."

이마에 맺힌 땀을 소매로 닦아 낸 정원은 손에 들려 있는 농구공을 수호에게 휙 던졌다. 수호는 숨을 헉헉 내뱉으며 바닥에 주저앉아 있었고, 정원은 개운한 얼굴로 짝다리를 짚었다.

"20대 12."

용건의 말에 정원이 '아자!'를 외쳤다. 20점을 먼저 낸 사람이 이기는 것으로 했고, 이번 내기의 승자는 정원이었다. 죽상이 되어 바닥에 철퍼덕 눕는 수호를 보았다.

저 인간은 바닥이 지 안방인 줄 아나…….

그지 꼴인 수호를 바라보던 정원은 피식 웃으며 말했다.

"한 달 동안 잘 부탁해요, 후배님."

"너, 너 말투가 묘하게 낮아졌다?"

수호가 인상을 와자작 구기며 외쳤다. 극존칭에서 묘하게 낮아진 정원의 어투를 꼬집은 것이다. 하지만 정원은 시원하게 웃은 뒤 반대쪽으로 짝다리를 짚었다.

"내가 선배니까……?"

"여섯 살이나 어린 게!"

"나이만 많으면 뭐 해. 나잇값을 해야죠."

정원이 입술을 비틀며 비열하게 웃었다. 최대한!

그러자 수호가 상체를 벌떡 일으키더니 씩씩거렸다. 하지만 승자를 한 달 동안 깍.듯.하.게. 선배로 모시기로 했기에 그는 별다른 말을 할 수 없었다.

"한 달 동안 사무실 깨끗이 치워요."

뒤돌아선 정원이 사무실 쪽으로 성큼성큼 걸어가자 바닥에 앉아 있던 수호가 자리에서 벌떡 일어났다. 그리고 버럭버럭 소리를 지르며 그녀의 뒤를 따랐다.

"야! 너, 거기 안 서?!"

지금 당장 농구장을 떠나지 않으면 모여든 사람들의 시선에 부끄러워 얼굴 가죽을 벗겨 버리고 싶을 것 같았기 때문이다.

"늦었다, 빨리빨리 안 들어와?"

사무실에 들어서자마자 인혁이 외쳤다. 화들짝 놀란 정원이 벽에 걸려 있는 시계를 보았다. 시곗바늘은 1시 5분을 가리키고 있었다.

"죄송합니다!"

"옷부터 갈아입어라."

"아, 우리 대장님 짱! 샤워는 안 됩니까?"

"땀에 쩐 옷으로 회의하고 싶지 않으면 조용히 해."

수호가 기가 죽은 얼굴로 고개를 끄덕이더니 상의를 훌렁 벗었다. 그러자 땀방울이 구릿빛 피부 위를 떼구르르 굴러떨어졌다. 정확히 여섯 등분이 나 있는 복근이나, 근육이 붙어 매끈하게 떨어지는 치골근은 군침이 돌 만큼 완벽해 보였다.

그가 옷을 벗자 인혁이 인상을 찌푸리며 정원을 돌아보았다. 수호의 몸에 시선을 두고 있던 정원이 아무렇지도 않은 얼굴로 옷을 챙겨들고 있었다.

수호가 막 바지까지 홀러덩 벗어 던지자 빨간색 팬티가 드러났다. 그는 속옷까지 갈아입을 셈인지 팬티 밴드를 잡으며 사무실을 벗어나려던 정원을 불러 세웠다.

"여기서 갈아입어. 뭐 그렇게 가리고 그러냐?"

"야, 박수호!"

수호가 팬티까지 벗자 결국 참다못한 인혁이 수호를 불렀다. 그 순간, 막 문손잡이를 돌려 밖으로 나가려던 정원이 툭 내뱉었다.

"음란 마귀가 씌었나 보죠, 대장님. 너무 신경 쓰지 마십시오. 저러다 말겠죠. 전 옷 좀 갈아입고 오겠습니다."

정원이 사무실을 떠나자 수호는 '뭘 저렇게 일일이 가리고 그래?'라며 투덜거렸다.

"게이야? 왜 저래?"

6
he? she?!

　한산한 사무실 안. 출근 시간 바로 전이었지만, 태원과 용건이 바로 현장으로 나가기로 해서인지 사무실 안에는 수호가 터덜터덜 걸음을 옮기는 소리만 들렸다.

　어제 정원이 깨끗하게 빨아 놓은 걸레를 들고 막 인혁의 책상을 닦던 수호가 깔끔하게 정리되어 있는 한 책상으로 걸음을 옮긴다. 펜두 개, 노트 하나, 다이어리 하나, 캘린더 하나. 심플한 책상에는 꼭 필요한 것만 놓여 있어 이 자리 주인의 성격이 어떠한지 단적으로 보여 준다.

　"망할 것."

　수호가 책상을 벅벅 닦으며 읊조렸다. 그의 행동은 이 자리의 주인에게 유감이 많은 것처럼 보였다. 하지만 거친 손길과 달리, 이 자리 주인에게 책이라도 잡힐까 두려운 듯 구석구석 깨끗하게 닦고 있었다.

그때였다. 달칵 소리와 함께 문이 열리더니 인혁이 안으로 들어온다. 그는 온몸에 힘을 주고 뼥뼥뼥 소리가 나도록 열과 성을 다해 책상을 닦는 수호를 보며 멈칫 걸음을 멈췄다.

"어제 네가 졌냐?"

인혁이 툭 내뱉었다. 그의 갑작스런 목소리에도 놀라지 않은 수호가 행동을 멈추더니 걸레를 양손으로 만지작거리며 우물쭈물거렸다.

"……진 게 아니라……."

"패배를 순순히 받아들이지 못하는 남자는 매력 없다."

"……."

순간 말문이 막힌 것인지 수호가 입을 앙다물었다. 그러자 인혁이 입술 끝을 슬쩍 올리더니 걸음을 옮겼다. 그때 또 한 번 문이 열리더니 정원이 쑥 들어온다. 그녀가 들어오자마자 허리를 숙여 인사하자, 인혁은 벽걸이 시계를 본 뒤 물었다. 아직 출근 시간까지는 조금 남았지만, 늘 한 시간 일찍 출근해서 부지런을 떨던 정원이라 의아했다.

"어디 갔다 와?"

"아…… 행정실에 좀 다녀왔습니다."

"행정실은 왜?"

"아, 곧 대기실 공사가 있어서 집을 구해야 해서요. 기간은 늘릴 수 있나, 부탁했습니다."

인혁의 미간이 찌푸려졌다.

그녀는 현재 직원 대기실에서 지내고 있었다. 그 또한 공사가 시작된다는 것과 마무리가 됨과 동시에 2층으로 옮기라는 보고를 받았던 터다. 그 사실을 이제야 알았는지 정원은 고민이 많은 얼굴이었고, 자리에 앉고 나서도 한숨을 푹푹 쉬었다.

아마 기간을 늘려 줄 수 없다는 이야기를 들었겠지.

그가 무언가 도와줄 것은 없는지 물어보려던 찰나, 인혁의 책상 위에 놓여 있던 전화기 중 한 대가 시끄럽게 울려 댔다.

띠링띠링—

맑고 고운 소리였으나, 전화가 울리자마자 사무실에 있던 사람들의 몸이 긴장감에 굳었다. 그리고 채 몇 분이 지나지 않아 사무실이 떠나가라 출동벨이 울렸다.

위이이이잉—

〈문화 화재 방재 시스템팀 출동! 출동! 화재 발생!〉

그와 동시에 인혁과 정원의 몸이 자동반사적으로 튀어 나갔고, 출동이 처음인 수호는 우물쭈물하다가 그 뒤를 따라 달렸다.

우당탕, 소리와 함께 문화 화재 방재 시스템팀의 첫 출동이었다.

♧　　　♣　　　♧

서울 문묘 은행나무(—文廟—)는 천연기념물 제59호로 임진왜란(1592) 당시 불에 타 없어졌던 문묘를 다시 세울 때(1602)에 함께 심어진 것으로 학자들은 보고 있었다.

성균관대 근처에 있는 문묘(文廟)의 명륜당(明倫堂) 경내에 서 있는 웅장한 나무는 이제 단순한 나무가 아닌 영물이 되어 오랫동안 한 자리를 지키고 있었다. 늘 똑같은 모습으로, 한결 같은 모습으로 그곳에 서 있을 것이라 생각했었다.

하지만 누군가 담배꽁초를 버린 것인지, 아니면 의도해 방화를 한 것인지는 모르나 영물이 되어 버린 은행나무 오른쪽 하단 부분부터 시작된 화재는 위까지 번져 올라가 노란색으로 물든 잎까지 태우고 있었다. 이미 반쯤 타들어 간 나무엔 예전과 같은 생명력은 없었다.

앞서 온 소방서에서 빠르게 진압을 하려 했으나, 커다란 나무는 순식간에 재가 되어 버렸고, 문화 화재 방재 시스템팀이 왔을 무렵엔 큰 불은 잡혔으나 속에서 계속 타고 들어가 오른쪽 중심부까지 불씨가 살아 있었다.

그에 어쩔 수 없이 잘라 내기로 결정한 후, 정원이 자진해서 무거운 방화복을 입고 사다리를 타고 위로 올라가 수호가 건네주는 톱을 받았다.

그 모습을 보던 명륜 소방서 화재 진압팀 팀장이 인혁에게 말했다.

"이래도 됩니까?"

"전체를 다 소실시킬 수는 없지 않습니까."

"그래도 천연기념물을 함부로……."

어느새 나무의 중심부까지 올라간 정원이 막 톱의 스위치를 켜고 있었다. 위이잉, 날카로운 소리가 울리자 원종이 미간을 찌푸렸다. 정말 잘라 내도 될까 싶어서였다. 하지만 인혁은 아무렇지도 않은 얼굴로 무심히 말했다.

"현장은 저희가 정리하겠습니다. 바쁘실 테니 먼저 들어가 보십시오."

"……네, 그럼 잘 부탁드립니다."

1차 화재를 진압한 명륜 소방서 펌프차가 현장을 벗어나는 순간 정원이 막 무거운 장비를 들고 가지를 잘라 내고 있었다. 위이잉, 날카로운 소리와 함께 잘려 나간 나무가 얼마 지나지 않아 푸드득 소리와 함께 아래로 툭 털어졌다. 가지 속엔 여전히 불씨가 남아 타다타닥 타고 있었다.

"위 가지에도 불씨가 있습니다! 어떻게 할까요?"

정원이 전기톱의 전원을 끄곤 외쳤다. 그러자 인혁이 손으로 콘 모양을 만들며 소리쳤다.

"잘라!"

"네, 알겠습니다!"

여자면서 힘은 웬만한 남자보다 쎄다. 무거운 전기톱으로 불씨가 남아 있는 잔가지들을 더 잘라 낸 정원은 전원을 끈 뒤 아래를 향해 외쳤다.

"불씨 다 잡았습니다!"

"정리하고 내려와!"

"네, 알겠습니다!"

8m 높이에서 무섭지도 않은지 정원이 활짝 웃었다. 처음 화재를 진압하러 나온 일. 인명을 구한 것은 아니나 정원에게는 특별한 출동이었다. 자신이 선두에 서서 현장을 마무리했다 생각하자 저절로 몸짓이 가벼워졌다.

정원은 허리에 차고 있던 두꺼운 로프에 다시 전기톱을 연결했다. 5kg에 달하는지라 보통의 여인이 들기엔 상당한 것이었으나, 지속적인 운동과 오랫동안 반복된 훈련 때문인지 정원은 인상 한 번 찌푸리지 않고 장비를 연결한 뒤 다시 아래쪽으로 다가온 수호에게 손을 흔들며 말했다.

"내려간다!"

"너 어제부터 말이 계속 짧다?!"

"그럼 내기에서 이겨. 그럼 되잖아!"

"이게 진짜!"

두 사람이 버럭버럭 소리를 지르며 투닥거렸다. 그러자 현장을 진두지휘하고 있던 인혁이 미간을 찌푸리며 일갈했다.

"현장에서 집중 안 해!"

칼날 같은 목소리에 두 사람의 입이 꾹 다물렸다. 어떠한 위험이 숨어 있을지 모르는 현장에서 언성을 높이며 다투는 두 사람의 모습이 인혁의 신경을 건드렸다.

사정없이 미간을 찌푸린 그의 모습에 잔뜩 기가 죽은 수호가 전기톱을 받은 뒤 허공에 동그라미를 그려 보았다. 그러자 정원은 나뭇가지를 밟으며 아래에 있는 사다리까지 내려가기 위해 조심스럽게 발걸음을 옮겼다.

"조심히 내려와!"

수호가 막 외칠 때였다. 몇 걸음만 더 내려가면 사다리에 무사히 안착할 수 있다는 생각에 안도해서였을까, 순간 앞이 핑 도는 느낌에 정원은 자신의 몸을 지탱하고 있던 오른팔에 힘이 툭 빠지는 것을 느꼈다. 서둘러 삐쭉 튀어나와 있는 부분을 밟았지만, 불씨가 꺼지고 속이 타들어 간 나뭇가지를 밟은 순간 툭 소리와 함께 부러졌다.

"억!"

정원이 단말의 비명을 지름과 동시에 아래로 툭 떨어졌다. 꽤나 높은 곳에서 떨어진 정원은 미동조차 하지 못했다. 죽은 듯이 누워 있는 그녀의 모습에 놀란 수호와 인혁이 정원이 추락한 곳으로 달려왔다.

"강정원!"

"야!"

수호가 막 정원이 입고 있던 방화복을 벗기고 있을 때, 인혁은 아래로 떨어지지 않고 아슬아슬하게 걸려 있는 가지를 손으로 잡았다. 묵직한 느낌에 그의 미간이 찌푸려졌지만 시선은 여전히 정원을 향해 있었다.

수호가 정원의 양 뺨을 두드리며 말했다.

"야! 쥐톨! 쥐톨! 정신 차려 봐! 야!"

찰싹찰싹, 뺨을 때리는 손에 힘이 들어가고, 그녀를 부르는 목소리가 점차 커졌지만 정원은 쉬이 정신을 차리지 못했다.

치마 작업복을 입고 있던 정원이 홀로 낑낑거리며 발목에 붕대를 감고 있었다. 서툰 솜씨로 시큰거리는 발목을 압박붕대로 칭칭 감던 정원이 콧잔등을 찡긋 찌푸렸다. 마무리까지 얼추 하긴 했지만 조금만 걸어도 풀려 버릴 것만 같았다.

테이프라도 가져와 감아 버릴까, 하는 쓸데없는 생각을 하던 정원은 문이 열리고 인혁이 들어오자 엉거주춤 자리에서 일어섰다.

"구급팀 가서 제대로 치료 받지?"

그가 무심한 어조로 툭 내뱉었다. 그러자 정원은 의자를 손으로 짚으며 체중을 지탱했다. 그리고 제 발을 내려다보며 별것 아니라는 듯 고개를 저었다.

"이 정도 상처로 신세를 질 수 없습니다."

"그걸 떠나서 네 실력이 너무 개판이라는 생각은 안 해?"

엉성하게 감겨 있는 붕대를 손가락으로 가리키며 말하던 인혁이 한숨을 내쉬었다. 그녀의 표정을 보아하니 쉬이 제 말을 들을 것 같지 않았기 때문이다. 그는 동글동글한 정원의 얼굴을 보더니 성큼 다가가 그녀의 어깨를 눌러 자리에 앉게 만들었다. 그의 힘에 자리에 앉으면서도 정원은 말꼬리를 달았다.

"용가리 통뼈라 다친 적이 없습니다."

"자랑이다."

맞은편 의자에 앉은 인혁이 정원의 종아리를 잡고 제 무릎 위에 다리를 올려놓았다. 갑작스런 그의 스킨십에도 정원은 멀뚱멀뚱 그의 얼굴만 보았다. 그의 단단한 허벅지 위에 제 다리가 놓여 있었음에도 그녀의 표정엔 변화가 없었다.

"손 치워 봐."

그녀는 말 잘 듣는 아이처럼 무릎 위에 올려놓았던 손을 치웠다.

그러자 인혁은 편한 자세를 잡은 뒤 엉성하게 묶여 있던 붕대를 풀었다.

익숙하게 붕대를 단단하게 묶던 그가 말했다.

"다치지 마."

"……죄송합니다. 조심했었어야 했습니다."

다친 것조차 정원은 제 탓으로 돌렸다. 그럼에도 인혁은 좀 더 단호한 목소리로 말했다.

"네 몸은 네 것이 아니다. 국가의 몸이다. 그러니까 다치지 마."

그의 목소리는 강압적으로까지 느껴졌다. 마치 다치기라도 하면 절대 용서하지 않겠다는 것처럼. 유리알처럼 투명한 그의 눈동자 속에 맺힌 그 감정에 정원이 무슨 말을 해야 할 줄 몰라 입을 꾹 다물고 있을 때였다. 붕대를 다 감고 조심스레 정원의 다리를 들어 바닥에 내려 준 그가 고개를 들어 정원을 올려다보았다.

"왜 그렇게 봐?"

방금 전과는 확연하게 달라진 분위기였다. 그는 아차 싶었는지 조금 가벼운 목소리로 평소처럼 톡 쏘아붙였다. 하지만 호락호락하지 않은 정원은 방금 전 보았던 그의 감정의 정체를 알아차리기 위해 한참이나 머리를 굴린 후에야 입을 열었다.

"저 좋아하십니까?"

"……뭐?"

그의 눈빛에 당황한 기색이 역력했다. 그의 표정 때문일까. 정원은 근거 없는 자신감이 생겼는지 좀 더 또렷한 목소리로 답했다.

"그냥 그런 느낌이 듭니다."

그녀의 표정은 여전히 무표정했다. 상대에게 '날 좋아해?'라고 묻는 여자의 표정치고는 너무 미적지근하고 담담했다. 그래서 인혁은 말문이 막혔다. 그녀의 말에도 당황스러웠지만, 저 표정에 더 당황했으리라.

"너 지, 지금……."

인혁이 막 그녀의 말에 답을 하려고 할 때였다. 문이 벌떡 열리더니 현장을 마무리하고 온 것인지 수호가 헐레벌떡 들어왔다.

수호는 정원의 모습을 보더니 눈을 끔벅였다. 방금 전 다급했던 기색이 순식간에 사라진 모습이었다.

"야, 쥐똘! 괜찮…… 헉! 뭐야, 너 그쪽 취향이냐?"

허벅지를 반 정도 가리는 치마를 보던 수호가 시선을 내려 깡마른 다리를 보았다. 그 위로는 오래돼 보이는 흉터가 자리하고 있었다.

수호가 치마를 손가락으로 가리키며 입을 뻐끔거리자, 정원은 뭐가 문제되냐는 듯 시크하게 말했다.

"뭐가요?"

"치, 치마…… 너 갑자기 엄청 무서워 보여! 대장님은 안 무섭습니까?"

수호가 몸을 으슬으슬 떨었다. 눈동자가 떨리는 것을 보니 진심인 듯 보였다.

그 모습을 한심하게 보던 정원이 고개를 돌렸다. 그러자 인혁이 자리에서 일어나며 툭 내뱉었다.

"여자가 치마 입는 게 뭐가 어때서?"

"에이…… 쟤가 어떻게 여잡니까?"

수호가 장난하지 말라는 듯 허공에 손을 저으며 웃었다. 그러자 인혁이 정원을 보며 말했다.

"너 아직도 말 안 했냐?"

"하는 꼬라지가 워낙 웃겨서 말입니다. 그냥 내버려 뒀습니다."

그녀의 말에 이제야 수호가 눈을 끔뻑이며 정원의 모습을 자세히 살펴보았다.

비쩍 마른 몸과 이발소에서 자른 듯 보이는 머리카락. 작은 얼굴 위로 동그란 눈. 아무리 보아도 귀여운 남동생처럼 보이는 외모였다. 거기에다가 예사롭지 않은 근육은 일부러 헬스장에서 만든 것이 아닌 일상적인 운동에서 만들어진 것이었다.

저게 어떻게 여자야?

수호가 의심스러운 눈으로 가느다란 목으로 시선을 내렸다. 당연히 남자라면 있어야 할 아담애플이 없었다. 수호가 성큼성큼 걸음을 옮겨 정원의 목을 손으로 감싸 쥐었다. 그러자 화들짝 놀란 인혁이 수호의 손을 확 떼어 냈다.

"너 지금 뭐하는 거야?"

하지만 정작 정원은 아무렇지도 않은 얼굴이다. 수호가 만진 목에 더러운 것이라도 묻은 것처럼 양손으로 슥슥 닦기까지 했다.

"헉……!"

수호가 놀란 듯 숨을 들이켜더니 붕어처럼 입을 뻐끔뻐끔거렸다. 제 손을 내려다보는 눈동자는 곧 튀어나올 듯 커져 있었다.

"없어, 없잖아! 왜!!"

수호가 버럭 소리를 질렀다. 그리고 갑자기 알게 된 현실을 믿을 수 없다는 듯 자리에서 방방 뛰어 대더니 제 손을 내려다보았다.

진짜 없어, 없다고. 왜? 와이? 왜 없는 건데? 남자인 주제에 왜 목젖이 없는 건데?!

비틀거리며 손으로 벽을 짚은 그가 정원을 괴생명체라도 되는 듯 바라보았다.

그때 달칵, 소리와 함께 문이 열리더니 용건과 태원이 사무실 안으로 들어왔다.

"다녀왔습니다."

지친 기색이 역력한 얼굴로 들어온 둘은 이상한 분위기를 감지한 듯 보였다. 태원은 엄청난 충격을 받은 듯 자리에서 비틀거리는 수호를 피해 제 자리에 앉았고, 용건은 걸음을 멈췄다. 그러자 수호가 재빨리 용건의 옷자락을 붙잡으며 외쳤다. 그의 손가락은 어느새 정원을 가리키고 있었다.

"여, 여자래요! 쟤, 쟤가…… 여자래요!"

"몰랐어?"

용건은 오히려 수호가 이상하다는 듯 바라보았다. 그러자 수호가 꿀 먹은 벙어리가 되어 태원을 보았다. 태원은 머리카락을 쓸어 올리더니 고개를 저었다. 역시나 알고 있는 표정이었다.

수호가 놀라움에 힘이 풀린 듯 어깨를 축 늘어뜨리자 용건은 허허 웃으며 말했다.

"뭐야? 장난하는 거 아니었어? 난 강정원 대원이 워낙 씩씩하니까 일부러 장난치는 건 줄 알았어."

"말도 안 돼!"

수호가 다시 한 번 발을 동동 굴렸다. 그러다 자리에서 쾅쾅 뛰며 외쳤다.

"말도 안 된다고!"

그의 비명에도 정원은 자리에서 일어나 살짝 뛰어 보았다. 콩콩, 뛰어도 다리가 아프지 않자 인혁을 보았다.

"감사합니다."

고개를 끄덕인 인혁이 벽에 걸린 시계를 보았다. 6시 50분. 퇴근을 10분 앞둔 시간이었다. 그는 용건이 걱정스레 정원의 다리를 내려다보는 것을 보며 말했다.

"넌 이만 들어가 봐."

"하지만……."

정원의 시선이 책상에 가득 쌓인 서류로 향했다. 오늘은 출동까지 있었기에 보고서 작성까지 해야 했다. 하지만 인혁의 생각은 다른 것인지 정원을 뚫어져라 보며 조금은 강압적인 목소리로 말했다.

"네가 있으면 오히려 더 걸리적거려. 그러니까 먼저 들어가."

"……감사합니다."

허리를 숙여 인사한 정원이 용건과 태원을 보며 '죄송합니다'라고 말한 뒤 절뚝절뚝 걸음을 옮겨 사무실을 벗어났다.

그녀의 모습이 시야에서 사라지자 수호는 새파랗게 질린 얼굴로 제 몸을 감쌌다. 그러다 갑자기 수많은 생각이 떠오르는지 버럭 소리를 질렀다.

"악!"

그의 표정이 모든 것을 말해 주었다.

"어떻게 여자일 수가 있죠?"

다친 정원이 먼저 퇴근하고 넷만 남은 사무실 안에는 수호의 한숨 소리와 비명이 번갈아 들렸다. 다들 제 일을 하느라 수호의 말에 귀 기울이지 않았다. 아니, 어쩌면 멍청하게 이제껏 정원을 남자라 생각했던 그와 말을 섞고 싶지 않아 그런 것일지도 모른다.

수호는 깊은 한숨을 쉬다가 급기야 책상에 제 머리를 쾅쾅 찍어 댔다.

"이제 어쩝니까!"

"뭐가?"

보다 못한 용건이 처리한 서류를 한쪽으로 정리하며 물었다. 그러자 수호가 기분 나쁜 기색이 역력한 목소리로 말했다.

"그럼 전 여자한테 농구를 진 것 아닙니까? 이건 남자로서 수치입니다!"

"뭐, 여자한테 질 수도 있지."

"어떻게 질 수가 있습니까! 여잔데!"

그의 말을 가만히 듣고 있던 태원이 혀를 끌끌 찼다.

"그 여자한테 진 게 박수호 대원, 당신이야. 여자한테 진 한심한 남자니까 조용히 좀 해 줄래? 일에 집중을 할 수가 없잖아."

태원의 목소리는 까칠했다. 한심하다는 듯 한숨이 섞여 있기도 했다. 그의 말에 발끈한 수호가 자리에서 벌떡 일어났다.

"김 선배님, 말투가 까칠하십니다?"

"그래서?"

그의 말에 태원 역시 자리에서 벌떡 일어났다. 그리고 걸음을 옮겨 수호의 앞에 선 태원이 위협적인 목소리로 말했다.

"나 원래 까칠해. 아니, 지금은 더 까칠할 수밖에."

"왜, 왜 이러십니까?"

"강정원 대원이 여자든 남자든 그게 뭐가 그렇게 중요하지? 오늘 현장에서 혼자 나무에 기어 올라간 것도 그 여자고, 다친 것도 그 여자야. 넌 그 여자보다 이 팀에 현재로선 더 쓸모가 없다고. 그럼 좀 쓸모 있어지려면 어떻게 해야 하냐? 닥치고 다른 대원들이 일을 하는 데 방해라도 하지 말아야 할 것 아니야."

"김태원, 말이 좀 심하다."

태원의 이야기를 듣고 있던 인혁이 말했다. 그러자 태원이 각 잡힌 몸짓으로 그에게 허리를 꾸벅 숙여 인사했다.

"죄송합니다."

"그리고 오늘 그 현장에 나도 있었다."

"제가 말이 심했……."

태원이 재빨리 사과했다. 하지만 인혁은 자리에서 일어난 뒤 고개를 저었다.

"아니, 틀린 말은 없지, 뭐."

그렇게 말한 인혁은 잔뜩 기가 죽은 수호에게 파일을 건네주며 말했다.

"이거 감식팀에 가져다 줘. 결과 나오면 말해 달라고 하고."

"……네, 알겠습니다."

인혁은 수호의 어깨를 두어 번 두드렸다. 그러면서 잔뜩 허리를 굽히고 있던 수호의 허리를 손으로 툭툭 두드려 펴 주며 말했다.

"그렇게 멍청한 표정 지을 거면 너도 퇴근하든가."

"……."

"아, 그리고 내일 오면 강정원 대원한테 사과해라."

"네……?"

인혁은 장난스럽게 입술을 늘어뜨리더니 눈으로 수호의 가슴부터 사타구니까지 훑었다.

"본의 아니게 봐 버렸잖아. 눈 버리게 해서 미안하다고 해야지."

그의 말에 수호의 얼굴이 울상이 되었다.

"아, 진짜! 쥐톨! 왜 그렇게 생겨서 사람 헷갈리게 하는 거야!!"

♣   ♣   ♣

절뚝절뚝거리며 힘겹게 계단을 내려온 정원은 한숨을 쉬며 사무실 문을 열었다. 하지만 안에는 아무도 없었다.

다친 자신을 대신해 오늘은 인혁이 수호와 한 조를 이루어 현장으로 바로 나가 점심시간쯤에 복귀하기로 했고, 태원과 용건은 수락산 일대를 돈 뒤에 퇴근 무렵에서야 들어오기로 했다.

홀로 힘겹게 사무실 청소를 마친 정원은 자리에 앉아 어제 팀원들이 하다 만 서류 정리를 하며 오전 시간 내내 입을 꾹 다문 채 일만 했다. 다섯 시간 내내 자리에 앉아 엑셀로 서류를 정리하던 정원은 허리가 지끈 아파서 굽혔던 허리를 폈다. 벽에 걸린 시계를 확인하자 12시 55분. 5분 뒤면 점심시간이 끝날 시각으로, 서둘러 내려가지 않는다면 오늘 점심은 굶거나 힘겹게 편의점이 있는 큰길가까지 나가야 할 터다.

파일을 저장한 후 자리에서 일어난 정원이 절뚝거리며 걸음을 옮겼다. 근처 병원에 가서 목발이라도 빌려 올까 생각하던 그녀는 지하까지 연결되어 있는 계단 앞에 서서 미간을 찌푸렸다.

"어떻게 내려가지?"

그녀는 자신도 모르게 혼잣말을 내뱉었다. 까마득하게 펼쳐진 계단에 지레 겁부터 났다.

그녀가 자리에 멍하니 서서 당황하고 있을 때였다. 뒤에서 갑자기 나타난 손이 그녀의 옆구리를 푹 찔러 댔다.

꽤나 놀란 정원이 고개를 살짝 돌려 옆을 보자 강우가 싱글벙글 웃으며 그녀의 얼굴을 바라보았다.

"여기서 멍 때리고 뭐해?"

"아…… 밥을 먹으러 가야 하는데, 보시다시피 다리가 이래서요. 어떻게 할까 고민 중이었습니다."

정원이 제 다리를 힐끗 내려다보며 말했다. 그러자 강우가 이제야 그녀의 발목에 감긴 압박붕대를 발견한 것인지 미간을 찌푸렸다. 복숭아뼈까지 덮고 있는 바지를 입고 있어선지 미처 발견하지 못했다.

강우가 걱정스럽게 그녀를 바라보며 말했다.

"어쩌다가 다쳤어?"

"멍청하게 현장에서 다쳤습니다."

그녀의 자책에 강우가 한쪽 무릎을 굽혀 그녀의 발목을 살펴보았다. 살짝 쥐어 옆으로 움직여 보자 다행히도 크게 다치지 않은 것인지 정원의 표정엔 변화가 없었다. 그제야 자리에서 일어난 강우가 그녀의 머리카락을 잡아 쭉— 당기며 말했다.

"조심 좀 하지. 칠칠맞게."

"그러게 말입니다. 크게 다친 건 아닌데, 백 팀장님이 한동안은 감고 다니라고 하셨습니다."

"백 팀장이? 걔가 왜?"

"모르겠습니다. 직접 치료까지 해 주셨습니다."

그녀의 말에 강우의 눈동자가 살짝 커졌다가 원래대로 돌아왔다.

"흐음…… 그래?"

그는 생각에 잠긴 듯 한동안 정원의 얼굴을 보았다. 하지만 그녀는 그의 장단에 맞춰 심각한 표정 따위 지을 생각이 없다는 듯 조심스럽게 계단을 내려가며 말했다.

"점심 안 드십니까? 하실 거면 지금 내려가야 합니다."

"그 꼴을 하고 지하까지 내려가겠다고?"

"그럼 어떻게 합니까? 나가서 먹는 게 더 힘든데."

그녀의 말에 일리는 있었다. 지하까지 내려가는 거리나 밖에 음식을 사 먹으러 가는 거리나, 거기서 거기였다. 자신도 밥을 먹으러 나오던 참이었기에 그는 손목시계를 확인한 뒤 미간을 찌푸렸다.

식당 마감 시간이 채 3분도 남지 않았다.

강우는 낑낑거리며 계단을 내려가는 정원의 조막만 한 뒷모습을 보더니 재빨리 걸음을 옮겨 그녀의 앞에 살짝 허리를 굽혔다. 정원은 강우의 동그란 등을 보며 뭐하냐는 듯 고개를 기울이며 물었다.

"무슨 짓입니까? 등판은 왜 내밉니까?"

"3분 남았어. 그렇게 개미걸음으로 가다가는 밥 못 먹을걸?"

"그래도 남의 등에 막 업힐 수는 없습니다."

강우는 굽히고 있던 허리를 편 뒤 뒤돌아섰다. 그리고 높은 곳에서 자신을 멀뚱멀뚱 내려다보는 동그란 눈동자에 한숨을 뻑 내쉬었다. 일부러 무대 위에 선 연기자처럼 오버스러운 모습으로.

"미안해서 그래?"

"뭐 그런 것도 있습니다."

"나 안 그래도 너한테 부탁할 게 있었거든? 그걸 네가 들어주면 되잖아."

"그게 뭡니까?"

정원의 고개가 다시 한 번 기울었다. 귀여운 모습에 자신도 모르게 손을 뻗은 강우는 달콤한 마시멜로처럼 말랑말랑한 그녀의 뺨을 살짝 쥐며 말했다.

"말하면 들어줄 거야?"

"제가 들어 드릴 수 있는 거라면 들어 드리겠습니다."

"충분히 해 줄 수 있고말고. 이것처럼 쉬운 부탁은 없거든."

정원이 고개를 끄덕였다. 어디 한번 말해 보라는 것처럼.

그러자 강우는 주머니에서 제 휴대전화를 꺼내어 그녀의 앞으로 내밀었다.

"네 번호 가르쳐 줘."

"제 번호를 왜요?"

"응? 다 쓸데가 있어서 그렇지."

"쓸데?"

정원이 모르겠다는 듯 되물었다. 그러자 강우가 빙긋 웃으며 답했다.

"그런 게 있어. 자, 어때? 넌 내게 번호를 가르쳐 주고, 난 탈 것이 되어서 널 식당에 던져 주면 되고. 또이또이, 셈셈이지?"

정원은 잠시의 고민을 하더니, 그에게서 휴대전화를 받아 열한 자리 숫자를 누른 뒤 다시 그에게 건넸다. 그는 곧바로 통화 버튼을 눌렀다. 당연히 울려야 할 그녀의 핸드폰 벨이 울리지 않자 강우가 인상을 와자작 구기며 말했다.

"너 지금 나한테 거짓부렁 했냐?"

"휴대전화는 사무실에 있습니다만?"

그녀의 말에 강우가 고개를 끄덕인 뒤 휴대전화를 다시 주머니에 넣었다. 그리고 다시 그녀의 앞에 등을 들이밀며 말한다.

"빨리 업혀. 진짜 점심시간 끝나겠다."

그의 등에 조심스레 상체를 내려놓은 정원은 목을 껴안자, 조금 요상한 기분이 되었다. 한 번도 느껴 본 적이 없는 그런 기분. 그래서 괜스레 어색해진 마음에 애써 밝은 목소리로 말했다.

"그럼 신세 좀 지겠습니다."

땀을 뻘뻘 흘리는 수호의 입에서 한숨이 흘러나왔다.

"이게 무슨 화재 진압팀이야…… 아, 젠장! 더워!"

연신 투덜거리며 사찰의 커다란 나무 밑 그늘에서 땀을 식히고 있던 수호는 주지 스님과 웃으며 이야기를 나누는 인혁의 모습을 보았다. 그는 자상한 얼굴로 스님에게 서류를 보여 주며 설명을 해 주고 있었고, 스님 또한 웃으며 인혁의 말에 귀를 기울이고 있었다.

두 사람은 마치 오래전부터 알던 사람처럼 희희낙락 이야기를 나누었다. 그 모습에 수호는 괜히 배알이 꼴린 것인지 입술을 삐죽하게 내밀고는 투덜거렸다.

"이중인격자."

일반인이었다면 산보로 세 시간이 족히 걸리는 거리를 스파르타식으로 단 한 시간 만에 올라와야 했던 수호는 아직도 숨이 차는지 따가운 목을 손으로 쓸어내렸다. 오늘 이 사찰만 돈다면 앞으로 이 지겨운 북한산엔 다시는 올라오지 않아도 된다는 생각에 기쁨도 잠시, 갑자기 오른쪽에 그늘이 진다는 생각에 고개를 퍼뜩 들었다. 그러자 머리를 깨끗하게 민 어린 동자가 그를 보며 헤실헤실 웃고 있었다. 이제 갓 열 살이나 되었을까. 아이의 손에는 투명한 물컵이 들려 있었다.

"태행 스님이 가져다 주라고 했어."

"어린 게 어디서 반말이야? 내가 만만해?"

괜히 정원이 생각나서일까, 그가 톡 쏘아붙였다. 하지만 아이는 주황색 작업복을 입고 있는 수호가 신기한 것인지 그가 컵을 받아 들자 옆에 쪼그리고 앉았다. 그리고 쭉 찢어진 눈 때문에 거의 드러나지 않는 눈동자를 반짝이며 물었다.

"아저씨, 소방관이야?"

"어."

"진짜 멋있다!"

아이의 말에 수호는 괜히 어깨가 으쓱해져 으스댔다.

"당연하지. 이 옷을 입기 위해서 내가 얼마나 개고생을 했는 줄 알아? 다른 데 가서는 말도 못 하고 혼자서 책 싸안고 있느라 아주 돌아 버리는 줄 알았다. 그러니 당연히 멋있어야지, 암! 그래야 하고말고!"

수호가 제 가슴팍을 두드리며 말했다. 아이의 입에서 '우와아아―' 하는 탄성이 터져 나오자, 그는 괜히 들뜬 기분에 물 잔에 든 물을 원샷한 뒤 아이에게 컵을 내밀었다. 아이는 그 행동조차도 멋있는 것인지 눈을 반짝였다.

"그럼 막 불도 *끄고* 다녀?"

"물론이지! 내가 이제껏 출동 다닌 곳만 해도……."

아직 단 한 번도 화재 현장에 출동한 경험이 없는 햇병아리 소방관이었지만, 그는 어깨를 으쓱대며 소설을 쓰는 작가처럼 가상의 사건을 만들어 냈다. 곧이곧대로 믿는 아이를 속여 먹는다는 것에 양심의 가책도 느껴졌지만, 사무실에서 늘 천덕꾸러기 신세였던 그가 오랜만에 이러한 시선을 받자 거짓말을 멈출 수가 없었다.

자리에서 벌떡 일어나 누군가를 들쳐 메는 행동을 해 보인 그가 으샤으샤 다리를 움직이며 포즈를 취했다.

"진짜 곰만 한 아저씨를 어깨에 들쳐 메고 뛰어나오는데, 연기가 얼마나 매캐했는 줄 알아? 잘못하면 그 자리에서 의식을 잃을 뻔했다니까?"

"그래서? 그 사람은 구했어?"

"암! 나는 멋있는 소방관이니까! 아주 멋지게 구해 내고야 말았지!"

마지막은 결국 구연동화 톤이 되고야 만다. 하지만 열렬한 관객도, 거짓말을 내뱉는 연기자도 그 사실은 깨닫지 못하고 있었다.

짧은 시간 안에 두 건의 화재 사건을 꾸며 내던 수호가 제 머리에 한계가 오자 슬슬 아이의 눈치를 살폈다.

"또, 또! 멋있는 아저씨, 또 말해 줘!"

아이의 기대감에 수호가 뒷머리를 벅벅 긁고 있을 때였다.

저 멀리서 주지 스님과 이야기를 끝낸 인혁이 다가오는 것이 보이자 수호는 바닥에 주저앉아 있던 아이를 번쩍 들어 일으켜 세웠다. 그 뒤 흙이 묻은 아이의 바지를 손으로 툭툭 털어 내 주며 말했다.

"이다음은 나중에 하자?"

"에이! 그런 게 어디 있어!"

"아저씨 일하는 중이니까 안 돼."

매정하게 말한 수호가 재빨리 인혁이 있는 곳으로 달려가자, 아기 동자는 그 모습을 멀뚱히 바라보더니 한숨을 푹 내쉬었다.

"거짓말쟁이. 또 안 올 거면서."

아이가 불만이 가득한 얼굴로 툭 내뱉더니 스마트 폰을 꺼내 들었다. 그리고 그곳에 '소방관', '박수호' 등등을 검색해 보며 수호가 이제 막 소방관이 된 새내기라는 것을 알아낸 뒤에는 기가 찬 듯 헛숨을 내뱉었다.

"이거 완전 순 사기꾼이구만!"

다시 오면 소금을 한 바가지 뿌려 줄 것이라 다짐한 아이가 쿵쿵 소리 내며 주지 스님이 있는 곳으로 달려가며 외쳤다.

"스님! 요즘은 소방관도 거짓말을 해요!"

세상은 전혀 진실 되지 않아요! 나쁜 사람들!

"점심 먹고 바로 서류 정리하자."

"식당 문이 아직도 열었을까요?"

막 이수 소방서로 들어선 인혁이 수호의 말에 제 손목시계를 확인했다. 정각 1시. 문을 닫았을지도 모르나 혹시나 하는 생각에 수호와 인혁은 계단을 걸어 지하로 내려갔다.

한산한 식당 안에는 몇 사람 남아 있지 않았다. 두 번째 테이블에는 밥을 먹다가 출동이 걸려 뛰쳐나갔는지 주인을 잃은 식판이 덩그러니 놓여 있었다.

"벌써 끝났나 보네요."

수호가 울상을 지으며 조리실에 쳐진 커튼을 보았다. 출동이 잦은 소방관들을 위해 요즘은 식당 문을 30분 일찍 여는 경우는 있었으나, 다음 저녁 준비를 위해서인지 마감은 칼처럼 잘 지켜지고 있었다.

한숨을 쉰 수호가 인혁의 옷자락을 잡으며 말했다.

"도시락이라도 사 와야겠습니다."

"어……? 아, 그래."

무엇을 그렇게 뚫어져라 보고 있었을까.

인혁은 수호의 이야기를 하나도 듣고 있지 않았던 것인지 한 박자 늦게 답을 했다. 그 모습에 수호가 이상하다는 듯 얼떨떨한 그의 얼굴을 바라본 뒤 방금 전까지 그의 시선이 향해 있던 곳을 바라보았다.

"어……?"

수호가 놀라움에 눈을 크게 떴다. 방금 전까지 인혁의 시선이 닿았던 곳엔 정원이 식사를 하고 있었다. 맞은편엔 수호는 처음 보는 사람이었으나 주황색 작업복을 입은 남자가 웃으며 그녀의 머리카락을 쭉쭉 잡아당기며 장난을 걸고 있었다.

"누구예요? 저 사람."

수호가 강우를 손가락질하며 말하자 인혁의 미간이 찌푸려졌다. 잘 알고 있는 사람처럼 보였으나 인혁은 어깨를 으쓱이며 말했다.

"몰라. 저딴 놈."

"아하, 친하세요?"

"모른다고 했잖아."

인혁의 목소리가 결국 까칠하게 나온다. 그가 갑자기 화를 내자 어깨를 움츠린 수호가 이번엔 정원에게로 시선을 돌렸다. 방금 전까지만 해도 상대방의 장난에 표정을 굳히며 정색하던 그녀가 어느새 웃고 있었다.

하하호호 웃는 그녀의 모습에 이번엔 수호의 콧잔등이 찌푸려졌다.

"뭐야? 웃을 줄도 알잖아."

그가 기분 나쁘다는 듯이 툭 내뱉더니 좀 더 자세히 그녀의 표정을 살폈다.

동그란 얼굴에 반달처럼 휘어진 눈. 양 뺨은 무엇 때문인지는 모르나 붉게 물들어 있었고, 아무것도 바르지 않은 입술은 뾰족하게 튀어나와 있었다.

그 모습을 찬찬히 눈에 담던 수호가 옆에 서 있는 인혁이 갑자기 발길을 돌려 계단으로 향하자 서둘러 그 뒤를 따랐다. 그러면서 방금 전까지 보았던 모습을 떠올리며 말했다.

"저렇게 보니 여자 같네요."

"뭐……?"

막 계단을 오르던 인혁의 걸음이 멈추었다. 그의 시선은 어느새 수호를 향해 있었다.

수호는 뭐 문제가 있냐는 듯 어깨를 으쓱이더니 읊조리듯 말했다.

"웃고 있는 모습 보니까 여자 같다고요. 난 또 선머슴인 줄만 알았지, 저렇게 웃는 모습은 처음 봤거든요."

"……그래서?"

"그래서요?"

인혁의 물음에 오히려 수호가 되물었다. 그렇게 묻는 인혁의 저의를 몰라서.

그때서야 인혁은 제정신이 돌아온 것인지 다시 걸음을 옮겼다. 그리고 제 뒤를 따라오는 수호의 인기척을 느끼며 말했다.

"아무것도 아니다."

그래, 아무것도 아니었다. 정말로…….

ㄱ

터닝포인트

어둠이 내려앉은 시각.

퇴근 시간은 훨씬 지나 있었지만, 사무실에선 여전히 키보드 두드리는 소리와 함께 간간이 사람들의 한숨 소리가 섞여 나오고 있었다.

가장 먼저 자리에서 일어난 것은 수호와 용건이었다. 9시가 되자 두 사람은 동시에 퇴근 준비를 마친 뒤 서둘러 인사했다.

"먼저 들어가 보겠습니다!"

"수고하셨습니다."

수호의 밝은 인사 뒤에 정원의 의례적인 인사가 따라붙었다. 하지만 그녀의 시선은 여전히 모니터를 향해 있었다. 밖에서 자신의 몫까지 현장 근무를 하느라 고생하는 팀원들에게 미안했던지 그녀는 근무 시간 내내 엄청난 집중력으로 서류를 정리하고 있었다. 그리고 그건 인혁 또한 마찬가지다.

보름 뒤면 있을 출범식 준비까지 하느라 눈코 뜰 새 없는지라, 그는 태원이 일어나 정원과 저를 번갈아 보며 눈치를 보는 것도 알지 못했다.

　무표정한 얼굴로 모니터 속으로 빨려 들어갈 것처럼 굳고 있는 두 사람의 모습에 조용히 가방을 챙겨 든 태원이 말했다.

　"이만 저도 퇴근합니다."

　"그래, 수고했다. 주말에도 수고해라."

　문화 화재 방재 시스템팀은 주말마다 돌아가면서 근무를 서고 있었다. 이번 주는 태원의 차례였기에 그의 인사에 인혁은 고개를 들어 눈을 마주하며 말했다.

　"네, 그럼 대장님도 수고하세요."

　태원이 사무실을 벗어나자 그제야 정신이 돌아온 인혁도 자리에서 일어났다. 아직 할 일이 산더미처럼 많았지만 오전에 전화로 명숙의 엄명을 들었던지라 지금이라도 자리에서 일어나야 했다.

　그는 여전히 모니터를 바라보고 있는 정원에게 다가가 책상을 두어 번 똑똑 두드렸다. 그녀의 또렷한 시선이 자신에게 닿자 인혁은 벽에 걸린 시계를 힐끗 곁눈질하며 말한다.

　"안 들어가?"

　"아, 일이 조금 남았습니다."

　"그 말도 안 되는 근성 때문이냐?"

　인혁은 왜 이렇게 미련하게 일을 하냐는 말 대신, 괜히 시비조로 톡 쏘아붙였다. 그럼에도 정원은 기분 나쁘지 않은지 컴퓨터에 입력한 서류를 노란철에 정리하여 책상 한 켠에 쌓아 두며 말했다.

　"아닙니다."

　"그래, 그러니까 이만 들어 가."

　그는 여전히 그녀의 발목을 감고 있는 붕대를 바라보며 말했다. 그러자 정원이 가볍게 고개를 젓는다.

"아닙니다. 조금 더 하다가 들어가겠습니다."

"그놈의 아닙니다, 아닙니다. Yes걸이 될 수는 없어?"

"……네?"

"이만 들어가서 쉬라고."

마치 딱따구리처럼 제 곁에 다가와 별스러운 잔소리를 늘어놓는 인혁의 모습에 정원이 절뚝거리며 자리에서 일어났다. 그리고 조그마한 가방을 어깨에 걸치며 말했다.

"퇴근합니다. 됐습니까?"

"그래, 그래야 착하지."

그렇게 말한 인혁의 손이 자신도 모르게 정원의 머리로 향했다. 며칠 전 식당에서 보았던 강우가 자연스레 그녀의 머리를 쓰다듬었던 것처럼. 하지만 정원은 그때와는 다르게 머리를 옆으로 틀어 그의 손길을 피했다.

"뭐하십니까?"

"……어?"

그럼 너야말로 지금 뭐하는 건데?

그렇게 되묻고 싶었지만 인혁은 입을 꾹 다물었다. 강우의 손길은 아무렇지도 않게 받아 내면서 왜 자신의 손길은 피하는 것인지, 그녀에게 묻고만 싶었다.

괜히 어색해져 공중에서 손을 오므린 인혁이 곧장 주머니에 쑤셔 넣었다. 그리고 이상하다는 듯 눈을 깜빡이는 정원을 보며 물었다.

"주말에 뭐 해?"

"그건 왜 물어보십니까?"

"……그냥. 궁금해서."

"그게 왜 궁금하신 건데요?"

정원의 물음에 인혁은 말문이 막혀 버렸다. 그 좋던 머리의 사고회로가 멈춰 버린 느낌이었다. 그래서 그런 것이다. 짜증이 왈칵 솟은 것은. 그녀가 제 손길을 피해서도, 이상한 사람 취급하며 자신을 바라봐서도 아니다.

"최 팀장님이랑 만나기로 했습니다."

"최 팀장?"

그래서 갑작스레 날카로운 목소리가 나온 것이다.

절대, 절대…… 그녀가 그 망할 최강우를 만난다 하여 화가 난 것이 아니다.

최강우, 그 개자식이 눈에 거슬려서, 그리고 잘 돌아가던 머리가 버벅대는 것이 짜증나서 그런 것이다.

"네, 그럼 전 이만 퇴근하겠습니다."

절뚝절뚝 걸음을 옮겨 문을 열고 사무실을 벗어나는 정원의 뒷모습을 한참이나 바라보던 그는 문이 닫히자 그녀의 의자에 털썩 앉았다. 그리고 깔끔하게 정리되어 있는 책상을 무심한 얼굴로 바라보다가 거칠게 머리를 긁적였다.

"아, 젠장!"

왜 이렇게 짜증이 나는 것일까.

머릿속으론 수많은 이유를 만들어 냈으나, 정작 진실은 알지 못했다.

어두운 방 안. 삐리릭 잠금 장치가 풀리는 소리와 함께 밖에 있던 빛이 안으로 쏟아지고 있었다. 현관에서 신발을 벗을까 고민하던 인혁은 방바닥에 굴러다니는 쓰레기와 함께 알 수 없는 악취가 나자 몸을 멈칫했다.

"윽, 이게 무슨 냄새야."

—도착한 거니?

"네, 지금 형 집입니다."

인혁은 신발을 신고 곧장 집 안으로 들어가 발로 쓰레기를 이리저리 밀어냈다. 전화 건너편에서는 지금 민혁의 방 꼬라지가 어떤지 잘 알고 있다는 듯 신음이 들려왔다.

—으, 또 개판이지?

"개도 이런 집에선 안 살 겁니다, 어머니."

—어휴! 그 화상을 어떻게 하면 좋니!

버럭 소리를 지른 명숙이 몇 번이고 왕왕 악을 써 댔다. 장남은 도통 정리 정돈을 모르는 위인이었고, 집이 조금 더러워야 정신이 안정된다는 괴짜였다.

큰아들이 밖에 나가 살겠다고 했을 때 그녀 또한 두 손 두 발 들고 환영하지 않았던가.

명숙은 제 눈앞에 집 꼴이 그려지는 듯 연거푸 잔소리를 늘어놓았다.

—걘 언제 사람 된다니?

"사람이면 연락 한 통 없이 잠수를 타진 않겠죠."

며칠 전부터 연락이 안 된다며 아침에 명숙이 전화를 해 왔다. 퇴근 후에 곧장 민혁의 집으로 가서 늘 그랬던 것처럼 남겨 놓은 메모가 없는지 찾아보라는 말에 악의 소굴로 직접 발걸음은 했으나 인상이 찌푸려지는 것은 어쩔 수가 없었다.

가장 먼저 스위치를 눌러 집 안을 밝힌 인혁은 테이블 위에 올려져 있는 냄새의 근원에 저도 모르게 욕설을 내뱉었다.

이 미친 인간. 오랫동안 집을 비울 거면 음식 정도는 냉장고에 넣어 놔!

명숙이 해 준 것인지 식탁 위에는 음식이 그대로 차려져 있었다. 벌레가 안 꼬인 것은 정말 다행이나 푸르고 하얀 곰팡이가 피어 있는 것을 보자 속이 미식거려 자신도 모르게 고개를 옆으로 돌려 버렸다.

"사람 불러서 치워야겠습니다."

─어머, 이번엔 그 정도니?

"시체 썩는 냄새가 납니다."

고약한 냄새를 그렇게 표현한 인혁이 걸음을 막 옮길 때였다. 명숙이 호들갑을 떨며 외친다.

─어머! 혹시 민혁이 사고라도 당한 건…….

"명줄은 저보다 길 테니 걱정하지 마세요."

─그래, 걔가 좀 그렇지?

에베레스트에서 조난을 당하고도 살아남은 인간이 아닌가. 쓸데없는 생각이라며 인혁이 일갈하자, 명숙이 동의했다.

인혁은 서둘러 이곳을 벗어나기 위해 걸음을 옮겼다. 곧장 침실이 있는 곳으로 향한 그는 침대 옆에 있는 스탠드 밑에 있는 종이를 발견한 뒤에 한숨을 쉬었다.

어째 이 인간은 레퍼토리가 변하지도 않는다. 예술을 한다는 인간이.

"찾았습니다."

─그래, 뭐라고 쓰여 있니?

명숙의 물음에 인혁은 휴대전화를 목과 어깨 사이에 끼운 뒤 봉투를 열었다. 그러곤 날렵한 서체로 휘갈기듯 적혀 있는 글을 읽었다.

"어머니, 불효자를 용서하십시오. 이번에 프랑스에 일이 있어 장기간 떠나게 되었습니다. 늘 한자리에 진득하게 붙어서 일하라는 어머니의 말씀을 이번에도 어기게 되어 송구합니다. 하지만 너무나 기대했던 일이고, 고대해 왔던 일이기에 불효자, 눈물을 머금고 프랑스행

비행기에 오르게 되었습니다. 다시 한 번……."

—이놈의 새끼!

명숙의 욕설에 인혁이 말을 멈추었다. 뒤는 읽지 않아도 뻔하다. 최근 5년째 반복되고 있는 문구기 때문이다.

이 인간은 편지를 앞에 두고 장소만 바꿔서 적는 건가?

마치 인터넷 검색을 해서 '가출을 그럴듯하게 할 때 적을 문구'를 찾아 적는 것인지 토씨 하나 변하지 않고 똑같다.

인혁은 수화기를 통해 들려오는 무지막지한 욕설에 잠시 전화를 멀리 밀어 놓았다. 그리고 먼지가 조금 내려앉아 있기는 하나 깨끗한 침실을 둘러보며 한숨을 쉬었다.

또다시 집을 치우고 민혁이 돌아올 때까지 관리하는 것은 그의 몫이 되었다. 언제쯤에야 이 뒤치다꺼리도 끝이 나는 걸까. 그 방법을 인혁은 알고 있었지만 민혁의 사생활이기에 답답함만 몰려올 뿐이었다.

인혁은 한숨을 쉬며 연신 욕설을 내뱉는 명숙의 말을 가로막으며 말했다.

"1년 뒤쯤에 귀국한다고 합니다."

—뭐?!

이번에는 생각보다 긴 것인지 명숙이 기함을 했다. 그리고 순간 말문이 막힌 것인지 침묵이 흘렀다. 그러다가 이내 뭔가 결심한 것인지 그녀가 다부진 목소리로 말한다.

—걔 어디에 묵고 있는지는 알 수 있니?

"백민혁 감독 유명하잖습니까, 그냥 인터넷에 쳐 보면 알 겁니다."

—그래? 그럼 김 비서한테 좀 알아보라고 해야겠구나.

"……설마 잡으러 가시게요?"

인혁이 화들짝 놀라 물었다. 영화를 하겠다고 열여덟 살 때부터 가출을 밥 먹듯이 했던 민혁이다. 그때마다 명숙은 때가 되면 돌아오겠거니 했었었다. 뒤늦게 군대를 다녀오고 첫 예술영화를 찍고 호평을 받자 상업영화 쪽에도 손을 대기 시작한 그는 점차 CF와 뮤직비디오까지 그 활동 영역을 넓혀 가며 이젠 세계적으로 가출을 하고 있었다. 그때마다 명숙의 태도는 달라지지 않았다.

'지깟 게 나가 봤자 내 손바닥 안이다!'

하지만 이번엔 좀 이야기가 다른 것인지 명숙은 이를 버득버득 갈며 말했다.

—이번에 잡아 오면 발에 쇠고랑이라도 채워 놔야지! 이 망아지 같은 녀석!

"그건 두 분이서 알아서 하세요. 집은 어떻게 할까요?"

—부동산에 내놔! 집을 놀릴 수는 없잖니? 민혁이는 이참에 본가로 들여야겠다.

"하아……."

부동산에 집을 내놓고 세입자를 받아야 하는 것은 이번에도 그가 할 몫이 되었다.

인혁은 점차 자신의 앞으로 떨어지는 일의 할당량이 많아지자 얼굴이 창백하게 굳었다.

안 그래도 바쁜 그였다. 잠을 잘 시간도 모자라 발을 동동 굴릴 때도 있었다. 하지만 이젠 하다하다 서른여섯이나 된 형의 뒤치다꺼리까지…….

짜증이 왈칵 솟았지만, 지금 명숙에게 이에 대해 토로했다간 그에게까지 불똥이 튄다는 것을 잘 알기에 그는 말 잘 듣는 둘째 아들이 되기로 마음먹었다.

"네, 알겠습니다."

—그래, 오늘 수고했다.

뚝 끊긴 휴대전화를 노려보던 인혁이 뒷머리를 벅벅 긁으며 침실을 벗어났다. 그리고 곧장 끔찍한 냄새가 나는 거실을 벗어나 현관으로 간 그는 휴대전화 전화부를 뒤져 청소업체가 저장되어 있는 것을 확인하고 한숨을 내뱉었다.

"그냥 팔아 버릴까?"

돈이 궁한 사람들도 아니니 시가보다 싼값에 내놓으면 금방 나갈 터다.

한참 고민을 하던 인혁이 현관문을 열고 지옥을 빠져나가려던 찰나, 무언가 떠오른 듯 자리에 멈춰 섰다. 그리고 요즘 불쑥불쑥 제 머릿속에 떠오르는 여자의 이름을 내뱉었다.

"아…… 강정원."

짧게 내뱉은 그가 시간을 확인했다.

10시가 조금 넘은 시각.

사적인 일로 전화를 걸기엔 너무 늦었다 생각한 그가 한숨을 쉰 뒤 지옥을 벗어났다.

♧   ♣   ♧

노랗고 붉은 옷으로 갈아입은 단풍나무 아래 강우와 정원은 입에 막대사탕 하나씩을 물고 벤치에 앉아 있었다. 체크무늬 셔츠와 검은 바지를 입고 있는 강우는 평소 작업복을 입을 때와는 달리 인상이 한층 가벼워 보였다. 질끈 묶은 머리를 벅벅 긁던 강우가 산책하고 있는 강아지를 보며 툭 내뱉었다.

"어제 말했어?"

"네, 마침 물어보기에 오늘 최 팀장님이랑 있을 거라고 말했습니다."

"그런데 왜 연락이 없지?"

이상하다…… 지금쯤 연락이 왔어야 하는데?

그의 뒷말을 듣던 정원이 입 안에 퍼지는 달콤함에 눈꼬리를 축 늘어뜨렸다. 한가로운 주말이라 그런지 제 마음까지 느른하게 풀리는 듯했다. 하지만 강우는 여전히 생각에 잠겨 고개를 기울이고 있었다.

정원은 주머니에서 사탕을 하나 더 꺼내 강우에게 내밀며 물었다.

"그런데 왜 최 팀장님이랑 같이 있을 거라고 말하라고 그러셨습니까?"

"지금 나랑 같이 있잖아. 거짓말도 아니지, 뭐."

"그거야 최 팀장님이 시키셔서……."

정원이 말끝을 흐렸다. 그의 의중을 몰라 혼란스러운 듯 보였다. 얼굴에 떠오른 의뭉스러운 감정에 순간 강우가 손을 뻗어 뺨을 쥐었다.

"귀여운 것!"

"……이거 놓으십시오."

그가 뺨을 쥐어서 그런지, 그녀의 발음이 뭉개졌다. 그 모습에 더 흥분한 강우가 몸을 옆으로 틀어 반대쪽 뺨까지 움켜쥐며 말했다.

"너의 진정한 매력은 그 둔함이야!"

"안 놓으시면 무력으로 제압합니다."

"어이구, 우쭈쭈!"

정원이 몸을 비틀며 발악했다. 하지만 강우는 보기보다 더욱 힘이 강했다. 아무리 악을 써도 그의 손에서 벗어나지 못하자 정원이 어깨를 축 늘어뜨렸다. 그리고 불만이 가득한 표정으로 그를 쏘아보며 말했다.

"놓아주세요. 아니면 진짜 화낼 겁니다."

"그래, 그래! 화내!"

그러면 더 귀여울 것 같아! 강우는 뒷말을 붙이진 않았으나 그의 눈빛이 모든 것을 말하고 있었다.

정원이 주먹으로 그의 사타구니를 내려칠 것처럼 굴 때였다. 주머니에 넣어 뒀던 휴대전화가 잠시 울리다 말았다. 기쁜 얼굴의 강우가 그녀의 뺨을 잡고 있던 손을 놓으며 외쳤다.

"낚였다!"

펄떡펄떡, 대어일세!

그의 말이 끝남과 동시에 정원은 아픈 뺨을 손으로 문지르며 주머니에서 휴대전화를 꺼냈다. 액정에 떠 있는 문자에 강우가 기쁨의 함성을 질렀다.

〈잠시 시간 돼?〉

"얼쑤! 완벽해!"

"뭐가 말입니까?"

"딱 놀려 먹기 좋은 포지션의 문자가 왔기 때문이지! 휴대전화 줘봐!"

강우가 손을 뻗어 그녀의 손에 들려 있는 휴대전화를 빼앗으려 했다. 하지만 정원은 자리에서 벌떡 일어나며 단호하게 고개를 저었다.

"최 팀장님 마음대론 안 될 겁니다."

"아, 왜에—!"

"최 팀장님이 가장 싫어하는 걸 제가 알기 때문이죠."

"그게 뭔데?"

강우가 눈을 깜빡이며 묻자 정원은 일부러 입술 끝을 올려 사악하게 웃어 보이며 말했다.

"궁금한 것 못 참는 거."

"헉! 어떻게 알았지!"

마치 개그 프로그램에서 개그맨이 유행어를 하듯 강우가 호들갑을 떨었다. 그러자 정원은 통화 버튼을 누르며 말했다.

"오늘은 여기까지만 장단 맞춰 드리겠습니다."

"너무해!"

정원의 말에 강우는 정말 크게 좌절한 듯 그녀의 옷자락을 쥐며 외쳤다. 하지만 정원은 단숨에 그의 손길을 털어 냈다. 그리고 달각, 소리와 함께 인혁의 목소리가 들리자 절뚝절뚝 걸음을 옮겼다.

―어, 지금 시간 괜찮아?

"물론 괜찮습니다."

"강정원, 이 배신자!!"

뒤에서 울려 퍼지는 강우의 목소리에도 정원은 앞을 바라보는 시선을 돌리지 않은 채 걸음을 옮겼다. 그러자 조금의 침묵 뒤에 인혁이 말했다.

―최 팀장 목소리 아니야?

"아닙니다. 지나가던 갭니다."

"개? 개?! 개!!!"

강우에게 여전히 감정이 좋지 않은 그녀가 툭 내뱉었다. 그러자 그녀의 이야기를 정확하게 들었는지 강우가 바락바락 외쳤다. 하지만 정원은 이를 싹 무시한 채 이수 소방서 방향으로 걸어가며 말했다.

"그런데 무슨 일이십니까?"

―아, 어. 지금 좀 만날까?

"지금이요?"

―어, 시간 안 돼?

"널린 게 시간이긴 합니다만……."

정원이 말을 미처 끝맺지 못하고 입을 다물었다. 곧바로 다급한 인혁의 말이 날아들었기 때문이다.

―지금 어디야? 데리러 갈게.

"이수 소방서 앞입니다."

—거기 꼼짝 말고 기다려.

뚜, 뚜, 뚜…….

팩 토라진 듯 '다시는 너랑 안 놀아!' 라고 외친 강우가 쾅쾅 발을 굴리며 멀어지고 있었다.

갑작스럽게 끊긴 휴대전화와 강우를 번갈아 보던 그녀가 한숨을 푹 내쉬었다. 그러곤,

"정상이 없어, 정상이."

그녀가 한탄하듯 내뱉었다.

띠리릭.

도어록이 풀리는 소리와 함께 현관문이 벌컥 열렸다. 먼저 집 안으로 들어온 정원은 순간 맡아지는 시큼한 냄새에 코를 움켜쥐었다. 코가 썩어 들어갈 것 같은 끔찍한 냄새였다.

"윽! 이게 무슨 냄샙니까?"

앵앵거리는 목소리로 말한 정원이 제 발에 치이는 쓰레기와 한눈에 보아도 쓰레기장을 방불케 하는 집 안 모습에 숨을 들이켰다. 분명 넓고 안락했을 애초의 집 따윈 절대 상상할 수 없는 모습이었다.

"집…… 입니까?"

정원이 멍하니 읊조렸다. 그러자 인혁이 어깨를 으쓱였다.

"이래 봬도."

"사람이 살 수 있기는 하고요?"

"사람 같지 않은 사람이 살기는 했지."

그의 말에 정원은 한 발자국도 디딜 수 없는 집을 휘 둘러보았다. 그러다가 인혁이 신발을 신고 안으로 들어가자 그 뒤를 따라 걸었다.

집 안으로 들어와 둘러볼수록 그 모습이 참으로 가관이다. 비쌀 것

이 분명한 거실 테이블 위에 놓여 있는 정체불명의 음식. 바닥에는 꽁초가 빼곡하게 박혀 있는 재떨이와 그 밑에 동글동글하게 말려 있는 양말, 남성 트렁크 팬티. 언제 먹은 것인지 알 수 없는 컵라면 껍데기와 나무젓가락, 그리고 김치.

거기까지면 딱 좋았겠지만, 데코레이션인 듯 알 수 없는 부스러기도 떨어져 있었다.

"……."

정원은 말문이 막혀 그 모습을 허망하게 바라보았다. 그러자 옆에서 괜스레 쓰레기를 발끝으로 차던 인혁이 툭 내뱉었다.

"어때?"

이곳으로 오기 전 '괜찮은 집이 있으니까 기왕 집을 구할 거면 그곳에서 살아라' 라는 그의 말을 떠올렸다. 이 집이 과연 괜찮은 집인가? 그녀는 기대감으로 부풀어 있던 가슴이 푸시식 식는 것을 느끼며 서늘하게 툭 내뱉었다. 이미 마음에 결정을 내렸다는 듯.

"……싫습니다."

"왜? 서울 바닥에서 이 정도 집이면 괜찮지! 원룸 형태긴 하지만 따로 침실도 있고! 아직 안에 안 들어가 봐서 그렇지, 침실 안에 좁지만 옷 방도 따로 있어! 좀 지저분한 것만 빼면……!"

"이게 조금 지저분한 겁니까? 지나가던 똥개도 이런 곳에선 안 삽니다."

그가 다급하게 외쳤다. 하지만 그 말을 가르며 정원이 툭 내뱉자 그의 입이 조개처럼 꾹 다물린다.

그녀의 말이 맞다. 그가 이번 생에 큰 죄를 지어 다음 생에 개로 태어난다 해도 이런 곳에선 살지 않으리라.

"치우기만 하면 괜찮아. 내가 업체 불러서 싹 치워 줄게."

그러자 정원이 커다란 눈을 깜빡이며 의뭉스러운 목소리로 물었다.

"왜 그렇게까지 하십니까?"

"으…… 응?"

"왜 그렇게까지 제가 이곳에 살길 바라냐, 묻고 있는 겁니다."

"……아."

인혁이 그제야 깨달은 듯 고개를 끄덕였다.

왜 자신은 이곳에 그녀가 살기를 바라는 것일까?

그가 스스로에게 질문했다. 하지만 그 질문이 꽤나 어려운 것인지 그는 한참이나 답을 내리지 못했다.

그가 멀뚱하게 정원을 보았다. 시선을 한껏 내려 유리알처럼 투명한 그녀의 눈을 마주한다. 속이 모두 들여다보일 것처럼 깨끗한 눈동자엔 한 점 거짓도 없다. 자신을 떠보려고 물어본 말이거나 혹은 다른 뜻이 있어 물어본 것이 아니었다.

그냥 순수한 궁금증.

그 눈동자와 마주하자 인혁은 순간 그녀처럼 제 솔직한 마음을 털어놓고 싶어졌다.

"그냥…… 다리도 다쳤는데, 여기저기 부동산 다니기도 힘들 거고. 그리고 시간 내기도 힘들잖아. 네 처지를 아니까 계속 마음에 걸려서 말이야."

"아…….

그의 말에 정원이 동의한다는 듯 고개를 끄덕였다.

"여긴 우리 형 집이야. 이번에 본가로 들어가게 되면서 집을 처리해야 하는데, 나도 너처럼 부동산 다닐 시간이 없거든. 마침 팀원이 집을 구하고 있으니 너에게 도움을 주려고 하는 거지. 팀장으로서."

정원이 고개를 끄덕였다.

그래, 현재 안타까운 처지에 놓인 그녀를 도와주면 일상 속에서 불쑥불쑥 떠오르는 그녀의 생각도 자취를 감출 것이라고 그는 생각했다.

"어떻게 할래?"

"……대장님의 호의는 감사합니다만, 이곳에서는 지낼 수 없을 것 같습니다."

인혁의 얼굴이 찌푸려졌다. 이 정도 거리면 출퇴근을 할 때도 적당한 거리이며, 집 또한 치워 놓으면 사람이 살 수 있는 멀쩡한 공간이 된다. 주위에 경찰서가 있고 아파트 곳곳에 설치된 CCTV 덕분에 치안도 꽤 좋은 동네이고, 다친 다리로 부동산을 돌아다니며 집을 구하지 않아도 된다.

그런데 왜 싫다는 거야!

인혁은 버럭 소리 지르고 싶은 마음을 애써 꾹꾹 눌러 참으며 말했다.

"왜? 왜 이 집이 마음에 안 드는데?"

"이 곳 세는 어느 정도 됩니까?"

"음…… 월세?"

"네."

짧게 답한 정원이 말을 이었다.

"……우선 전 가진 돈이 많지 않습니다. 어머니에게 식대를 제외한 대부분을 보내고 있습니다."

그 말에 인혁은 순간 말문이 막혔다. 집안 사정이 좋지 않구나, 그 생각이 가장 먼저 들었다. 그래서 그는 제가 아는 상식선에서 금액을 불렀다.

"월 사십만 원 어때? 그 정도는 괜찮지?"

정원이 좌우로 고개를 저었다. 그리고 뚱하게 내민 입술로 말했다.

"제가 알아보려고 했던 금액은 월 이십만 원입니다. 그 이상은 힘듭니다. 각종 세금도 있을 거고, 관리비까지 합치면 제 월급 가지곤

턱도 없습니다."

"……."

"이렇게 신경 써 주셔서 정말 감사합니다."

허리를 꾸벅 숙인 정원이 허리를 편 뒤 고개를 들어 그의 얼굴을 보았다. 잔뜩 인상을 쓰고 있는 인혁을 보자 그녀가 한숨을 내뱉었다.

"집을 내놓는 것이 귀찮으시다면……."

"어쩜 이렇게 눈치가 없냐."

후, 깊은 한숨을 내뱉는 인혁의 모습에 정원은 영문을 몰라 눈만 깜빡이고 있을 뿐이었다. 그는 팔짱을 끼며 눈치라고는 엿 바꿔 먹으려도 없는 정원을 한심한 눈초리로 바라보았다.

"아니다, 내가 너한테 그런 걸 기대한 게 잘못이지."

"지금 무슨 말씀을……."

"그래, 좋아. 마음 넓은 대장님께서 크게 인심 써서 월 이십에 합의 보자. 됐지?"

하지만 이번에도 정원은 단호하게 고개를 저었다.

"그럴 순 없습니다. 이 집은 대장님이 말씀하신 것처럼 월 사십만 원은 받아야 하는 곳입니다."

"뭐……?"

아, 진짜 이 멍충이!

그는 속에서 부글부글 끓는 화를 다스리지 못해 조금 떨어져 있는 그녀에게 성큼성큼 다가가 어깨를 움켜쥐었다. 그리고 있는 힘껏 앞뒤로 흔들었다. 휘청휘청, 그녀의 몸이 거대한 태풍이라도 만난 듯 비틀거렸다.

"난 네가 그 다리로 집 구하는 꼴은 못 보겠다고! 그러니까 그냥 살아! 제발! 내가 이렇게 부탁 좀 하자!"

"그러니까 왜요? 그냥 신경 끄면 되지 않습니까!"

"신경이 안 꺼지니까 그렇지! 그러니까 그냥 살라고!"

"그럴 수 없습니다!"

그 때문에 몸이 앞뒤로 거세게 흔들리는 상황에서도 정원이 버럭 버럭 외쳤다. 그러자 그녀의 동그란 어깨를 쥐고 있는 손에 힘이 들어간다. 어깨를 꽉 부여잡은 뒤 허리를 굽혀 그녀와 눈을 마주한 인혁이 이를 악물었다. 움찔거리는 턱은 지금 그의 기분이 어떤지 충분히 잘 보여 준다.

동그란 시선이 닿자 그는 한숨을 내뱉었다.

"빌어도 안 되겠냐?"

"안 됩니다. 그냥 저는 제 처지에 맞는 곳에서 살겠습니다."

"그럼 좋아."

"……네?"

심각한 그의 눈동자에 그녀가 눈을 깜빡이며 되물었다. 그러자 인혁이 말을 곱씹으며 천천히 말했다. 그 어느 때보다도 부드럽고 강직한 말투로.

"내가 요즘 아침을 제대로 먹은 적이 없어. 점심, 저녁은 서에서 먹으면 되는데, 아침은 어떻게 할 수가 없더라고."

그의 말에 정원이 고개를 끄덕였다. 새벽에 출근해 그녀가 해 준 국수를 물 마시듯이 흡입하던 그의 모습을 떠올리며.

그녀가 수긍을 하자 인혁은 계속 말을 이었다.

"아침에 네가 밥 먹을 때 숟가락 하나만 더 얹자. 아침 밥값을 계산하면 한 달에 30일, 밖에서 사 먹는 점심 값이 요즘 최소 6,000원은 하니까 180,000원이야. 그럼 얼추 계산이 맞지?"

식재료 값이 더 들기는 하겠지만, 그래도 한 상에 숟가락 하나 더 얹는 일이니 그렇게 부담은 되지 않으리라.

한참 고민을 하던 정원은 퍼뜩 떠오르는 생각에 고개를 들어 정면에서 마주치는 그의 눈동자를 보았다. 여전히 허리를 굽히고 있어 자신과 시선이 딱 맞는 곳에 있는 그 눈동자를.

"저한테 왜 이렇게까지 해 주십니까?"

"……몇 안 되는 동료니까."

"그렇습니까?"

정원은 그게 아닌 것 같은데…… 라고 생각했지만, 인혁은 틀림이 없다며 힘껏 고개를 끄덕였다.

"……흠."

잠시 고민을 하던 정원이 그의 손이 올려져 있는 어깨를 툭툭 털었다. 그녀의 행동이 거절의 의미라고 생각한 그가 거칠게 머리카락을 쓸어 올릴 때였다.

"그럼 감사히 쓰겠습니다."

"정말? 진짜지?"

그녀가 고개를 끄덕였다.

"네, 저에겐 과분한 집이긴 하지만 대장님의 성의도 있고 또 집을 구할 시간도 따로 없으니 이곳이 좋을 것 같습니다."

말을 마친 정원이 허리를 크게 숙여 인사했다.

"정말 감사합니다."

그녀의 수락이 떨어지자 그는 자신도 모르게 고개를 기울였다.

근데…… 내가 왜 지금 안도의 한숨을 쉬지?

그가 생각에 빠져 있던 찰나, 정원은 앞으로 자신이 살 집을 눈으로 휘 둘러보며 말했다.

"그런데 정말 사람이 살 수 있는 곳이기는 합니까?"

"걱정 마. 언제 들어올 거야?"

"행정실에서 빠르면 빠를수록 좋다고 하셨습니다."

"그래? 그럼 오늘 저녁에 청소업체 부를게. 내일이라도 당장 들어

오든가."

"그렇게나 빨리요?"

정원이 그의 추진력을 따라갈 수 없다는 듯 눈을 깜빡였다. 그러자 그는 휴대전화를 꺼내 청소업체와 짧게 통화를 마친 뒤 전화를 끊었다.

"오늘 온대."

"헉······."

"그럼 내일 아침에 차 가지고 서로 갈 테니까, 12시까지 나와 있어. 알겠지?"

"뭐가 그렇게 급해서······."

정원의 말에 인혁은 무심한 어조로 툭 내뱉는다.

"쇠뿔도 단김에 빼야지."

검은색 자동차가 신호를 받고 멈춰 섰다. 그 차 안에서 횡단보도를 건너는 사람들을 멍하게 바라보던 인혁은 불안한지 연신 손가락으로 핸들을 툭툭 건드렸다. 그러다 입을 앙다물더니 참았던 숨을 토해 내듯 거칠게 내뱉었다.

"백인혁, 다시 한 번 생각해 봐라. 이건 네가 아무리 객관적으로 생각해도 동료 이상으로 챙겨 주는 거잖아."

그가 스스로에게 주지시키듯 말했다. 하지만 뒤이어 그는 변명조로 말했다.

"계속 신경이 쓰이니까 하는 수 없지. 집만 구해 주고 나면 괜찮아질 거야."

암, 그렇고말고.

그는 씨알도 먹히지 않는 위로의 한 마디, 다짐의 한 마디를 하고는 이수 소방서로 향했다.

주차장에 차를 세우고 시계를 확인하니 11시 50분. 그녀와 약속을 한 시각에서 딱 10분이 남은 시간이었다. 이곳에서 그냥 기다릴까 생각을 하던 그는 정원 혼자서 짐을 옮겨야 한다는 생각이 퍼뜩 떠오르자 차에서 내렸다.

평범한 직업을 가진 사람들이라면 모두들 쉬는 일요일의 오전. 고되고 힘든 평일을 보낸 사람들 대부분은 꿈나라에 있거나 혹은 스트레스를 풀기 위해 다른 사람들을 만났을 시각. 하지만 이수 소방서는 하루 24시간, 한 달 30일, 일 년 365일 쉼 없이 돌아가고 있었다. 구조대는 출동을 한 건지 차고에 굴절차가 보이지 않았고, 구급대는 막 교대를 한 것인지 아침 장비 점검을 하고 있었다.

빠르게 그들을 지나 곧장 대기실이 있는 2층으로 올라간 그는 2호실 문이 열려 있는 것을 보곤 빠르게 걸음을 옮겼다. 대기실로 가까이 갈수록 그의 예상과는 달리 여러 사람의 말소리가 들렸다.

"아이고, 유리 씨, 연약하신 몸으로 그걸 어떻게 든다고 그러십니까?"

"괘, 괜찮아요."

익숙한 남자의 목소리와 조금은 낯선 여인의 목소리가 들린다. 그리고 곧이어 또 다른 이들의 말소리도 들린다.

"야, 쥐톨! 이거 어떻게 하면 돼?"

"그냥 둬요. 그게 도와줘는 거예요."

"야, 이 망할 기집애야! 주말에 나와서 이삿짐 싸는 거 도와주기까지 하는데, 말을 그따위로밖에 못 해?"

"그러게 누가 도와 달라고 했습니까?"

"아, 그럼 형님이 도와주러 가자는데 가만히 있냐? 넌 말을 어떻게 그렇게 할 수가 있어!"

"전 아주 진실 된 사람으로, 입에 발린 소리를 잘 못합니다. 제 입을 통해 나오는 말들은 전부 진실 되길 원하기도 하고요."

"악! 주둥이 미싱으로 박아 버린다!"

"박아 봐요. 그전에 어떻게 되는지."

순간, 인혁의 미간이 종잇장처럼 구겨졌다. 와자작 구긴 미간을 펼 생각도 하지 못한 채 걸음을 옮겨 2호 대기실로 들어가자 네 사람이 얼마 되지도 않은 짐을 챙기느라 분주하게 움직이고 있었다.

그는 가장 먼저 눈이 마주친 수호를 보고 애써 인상을 폈다.

"어? 대장님 오셨습니까?"

"어…… 그런데 넌 여기 웬일이냐?"

"이용건 대원님이랑 같이 영화 보러 가려고 했는데, 티켓이 똑 떨어졌지 뭡니까? 그래서 마침 쥐톨이…… 아니, 강정원 대원이 이사를 한다기에 도와주러 왔습니다."

수호의 이야기를 들으며 인혁은 시선을 옮겨 한쪽에서 유리의 손에 들려 있던 짐을 빼앗고 있는 용건을 보았다. 늘 허허실실 사람 좋은 미소를 띠고 있는 사람이긴 하나, 오늘은 조금 달랐다. 마치 견과류를 입에 저장한 다람쥐처럼 볼록 튀어나온 뺨에 홍조가 드리워져 있다.

저건…….

용건의 표정에서 눈치 빠르게 감정을 캐치해 낸 인혁이 시선을 조금 돌려 유리를 보았다. 커다란 키와 긴 생머리를 늘어뜨리고 있는 여인은 그가 알기로는 구급대원이었다. 모델처럼 늘씬하긴 했지만 쭉 찢어진 눈 때문인지 인상이 조금 좋지 않아 보이는 이였다.

"아, 정말 괜찮다니까요?"

유리가 용건의 손을 떼어 내며 말했다. 그녀의 손에는 정원의 것으로 보이는 짐이 들려 있었다.

그 모든 모습을 보자 인혁은 이제야 이 모든 상황이 이해가 되는지 고개를 끄덕였다. 그러고는 자신을 뚱하게 보고 있는 정원에게 무심한 어조로 물었다.

"준비는?"

"다 됐습니다. 실어 나르기만 하면 됩니다."

그는 그녀의 앞에 쌓여 있는 짐을 보았다. 그러고 보니 처음 정원이 이곳에 짐을 옮길 때 도와줬던 것이 떠오른다. 그때와 마찬가지로 몇 안 되는 짐을 보며 그는 한숨을 쉬었다.

그가 두어 번만 옮겨도 되는 짐을 싸겠다고 네 사람이 복작거리고 있다니.

인혁은 한심한 눈으로 네 사람을 둘러본 뒤에 가장 가까이에 있는 짐을 들어 올렸다. 안에서 달그락 쇠붙이가 부딪히는 소리가 들렸다.

"그럼 빨리 옮기자."

"네."

정원이 그를 따라 짐을 들자 뒤에 서 있는 수호도 한 번에 옮기기에 과할 정도로 많은 보따리를 손가락 사이에 끼웠다. 그러자 바닥에 남는 짐이 두 개 정도밖에 되질 않는다.

유리가 걸음을 옮겨 허리를 굽히자 용건이 재빨리 그녀의 앞을 막아서며 말했다.

"아휴, 유리 씨가 이걸 어떻게 든다고 그러세요? 제가 들겠습니다. 몇 개 되지도 않고요."

"아니, 정말 안 그러셔도 된다니까요?"

"아유, 괜찮습니다. 저 힘 좋습니다."

"……저, 저기요. 이용건 대원……?"

둘이 투닥거리는 것을 들으며 정원과 인혁, 수호가 대기실을 벗어났다. 뒤에서는 여전히 무겁지도 않은 짐 두 개를 누가 들 것인가에 대해 다투고 있었다. 계단을 내려갈 때까지 아무런 말이 없던 정원이 1층 차고로 내려오자마자 옆에 있는 수호의 옆구리를 팔꿈치로 툭 치며 말했다.

"이용건 대원님이 이유리 대원님께 관심이 있는 것 같습니다."

"딱 보면 모르겠냐? 티켓이 없기는 개뿔! 이유리 대원이 너 짐 싸는 거 도와준다니까 있던 티켓 버리고 날아왔다."

"……그런 겁니까?"

"그래. 근무하다가 우연히 이유리 대원을 봤나 봐. 난생처음으로 심장이 왈칵 내려앉는 것 같더라고 하시더라."

황금 같은 주말을 이렇게 보내야 한다는 게 꽤나 억울한 것인지 수호의 목소리는 뾰족했다.

"노총각이 사랑을 하더니 눈이 완전히 멀었다. 저 여자가 뭐가 예쁘다고."

"그 이야기 이유리 대원님께 그대로 전해 드리겠습니다. 성격이 아주 괄괄하고 좋으십니다. 아마 박수호 대원 등짝 정도는 뭐……."

그렇게 이야기하던 정원은 인혁이 열어 준 트렁크에 짐을 싣곤 말을 이었다.

"아주 가볍게 작살내 주실 겁니다."

"너 지금 그 눈빛, 상당히 기분 나쁘다?"

인혁은 연신 투닥거리는 두 사람을 보았다. 짐을 싣고 난 뒤 저 멀리서 다가오는 용건과 유리를 보며 두 사람의 이야기는 계속되었다. 이야기를 하는 것은 좋다. 같은 팀원이고, 또 사무실에서 옆자리를 사용하니 두 사람 사이가 가까운 것은 어찌 보면 당연하다. 하지만 지금 이야기하는 거리가 어깨가 닿을 정도로 가깝고, 또 상체를 조금 숙여 지나치게 친숙해 보인다는 것이 문제였다.

두 사람의 모습에 인혁의 표정이 또다시 구겨졌다. 이젠 두 사람의 목소리가 작아져서 어떠한 대화를 나누는지 말소리조차 들리지 않았다.

저 두 사람 무슨 사이지? 너무 지나치게 가깝잖아? 어이, 박수호! 떨어져!

그렇게 생각하던 인혁은 제 생각에 흠칫 놀랐다.

"뭐……? 떨어져? 왜?"

그리고 자신도 모르게 혼잣말을 내뱉어 버렸다.

그러자 그의 목소리를 용케 들은 정원이 고개를 돌려 인혁을 보았다.

"지금 뭐라고 하셨습니까?"

"아니, 아무 말도 안 했는데?"

인혁이 딱 잡아뗐다. 그러자 정원의 고개가 옆으로 기울었다. 그리고 곧, 결국 짐을 모두 사수해 낸 용건에게 다가갔다. 그녀는 용건에게 짐을 받아 마저 트렁크에 실은 뒤 문을 닫았다. 그리고 불편한 기색이 역력한 유리의 손을 잡으며 미소 띤 얼굴로 말했다.

"고맙습니다. 덕분에 수월하게 끝났습니다."

"아니, 내가 뭘 한 게 있다고. 다 이용건 대원님이 하셨지."

그녀의 눈길이 용건에게 잠시 머물렀다 떨어졌다. 그러자 용건의 뺨에 또다시 홍조가 떠오른다.

"아니요, 다 이유리 대원님 덕분입니다."

"그래, 그렇다고 해요. 곧장 이사한 집으로 갈 거예요?"

"네."

"그래요, 그럼 정리되면 한번 초대해 줘요."

그렇게 말한 유리가 뒷말은 속삭이듯 작게 말했다.

"대신 이용건 대원 없을 때."

208

"네, 알겠습니다. 그럼 들어가십시오."

"그래요."

유리가 인혁과 수호에게 인사한 뒤 재빨리 서 안으로 들어갔다. 그녀가 사라지는 걸 아쉬운 눈으로 보던 용건이 한숨을 쉬었다.

"수호야, 우리도 이만 가자. 정원 씨, 더 안 도와 드려도 되죠?"

"네, 나머지는 제가 할 수 있습니다. 감사했습니다."

"아니요, 감사는 무슨."

용건이 다시 한 번 서를 바라본 뒤 입맛을 쩝쩝 다셨다. 그리고 인혁에게 허리를 숙여 인사한 뒤 먼저 길을 나선다. 허망한 눈으로 신호등으로 걸어가는 용건의 뒷모습을 보던 수호가 외쳤다.

"아, 같이 가요!"

그의 말에도 용건은 힘없이 손을 내저었다. 그의 축 처진 어깨가 왠지 마음 쓰인다.

수호가 하는 수 없다는 듯 주머니를 뒤지며 막 차에 오르려던 정원에게 다가갔다. 그리고 그녀의 오른손을 빼앗듯 가져와 그 위에 자그마한 핀을 내려놓았다. 정원이 이게 뭐냐는 듯 그를 보자, 수호는 불퉁한 얼굴로 그녀의 머리카락을 힐끗 봤다.

"그거라도 하고 다녀! 괜히 엄한 사람들 오해하게 하지 말고."

"지금 나한테 시비 거는 거야?"

"갑자기 말이 짧다!"

수호가 버럭 소리를 질렀다. 그 뒤 아차, 했는지 머리를 벅벅 긁었다.

"아씨, 이게 아닌데."

작게 읊조린 수호가 뭔가 결심한 얼굴로 말한다.

"미안하다고. 오해해서."

"……?"

정원은 지금 그가 무슨 말을 하는지 몰라 의아한 얼굴로 눈을 깜빡였다.

둘의 모습을 바라보던 인혁이 먼저 차에 오르며 쾅, 소리와 함께 문을 닫았다. 부러 그의 심기가 좋지 않다는 것을 알리기 위한 행동이었지만, 수호와 정원은 그에게 시선조차 보내지 않았다.

"하아."

한숨을 내뱉은 그가 보조석 창문을 내리며 허리를 굽혔다.

"언제까지 그러고 있을 거야?"

"아, 죄송합니다!"

그의 말에 그제야 정원의 초롱초롱한 눈빛이 그를 향했다. 만족스러움에 몸을 똑바로 한 그가 차에 시동을 켰다.

정원의 시선이 검은 차에서 다시 제 손으로 향했다.

아이보리색 핀.

어릴 적에도 머리에 핀을 꽂아 본 적이 없었던 그녀는 잠시 난감한 눈으로 바라보았다. 그러다가 불안한 눈으로 자신을 바라보는 수호의 모습에 주머니에 핀을 쑤셔 넣었다.

"괜찮습니다. 익숙한 일이니까요."

"진짜지? 화 풀었지?"

그가 재차 확인하자 정원은 자신을 기다리고 있을 인혁이 신경 쓰여 재빨리 말했다.

"네, 그럼 월요일 날 뵙겠습니다."

막 차에 오르던 정원은 고개를 돌려 용건이 향한 곳으로 가려는 수호의 발길을 붙잡았다.

"아, 그렇다고 청소 봐주는 거 아니다, 후배님."

"야! 강정원!!"

쾅!

문이 닫혔음에도 악을 써 대는 수호의 목소리가 들린다.

인혁은 기분 나쁜 얼굴로 보조석에서 안전띠를 매고 있는 정원과 밖에서 악을 쓰고 있는 수호를 번갈아 보았다.

진짜 무슨 사이지?

의문이 머릿속에 두둥실 떠올랐으나, 그녀에게 차마 물어보진 못했다.

그때, 그의 사념을 깨고 정원의 목소리가 들려왔다.

"기다리게 해서 죄송합니다."

"박수호 대원이 할 말이 있는 것 같은데?"

그의 말에 정원의 시선이 힐끗 창문으로 향한다. 밖에서는 수호가 자리에서 쿵쿵 뛰며 그녀를 손가락질하고 있었다. 그 모습을 무심하게 보던 정원이 다시 정면으로 시선을 돌렸다.

"그냥 출발하십시오. 저러다 맙니다."

그렇게 말한 정원은 진심인 것인지 팔짱을 끼고 눈까지 감아 버렸다.

"여기가 어제 본 그 집 맞습니까?"

정원은 깨끗하게 정리된 집 안을 놀라운 눈으로 바라보았다. 쓰레기와 악취가 가득하던 공간이 깨끗하게 변해 있었다. 물건들 때문에 좁아 보이던 집은 쓰레기를 치우고 나니 제 평수를 드러냈다. 혼자 살기에는 넓은 공간을 돌아보던 정원은 뒤에서 들려오는 인혁의 목소리에 고개를 돌렸다.

"이거 여기 두면 돼?"

"네."

현관 앞에 짐을 내려 둔 인혁이 신발을 벗고 안으로 들어섰다. 그리고 말끔하게 정리된 공간을 둘러보고 있는 그녀에게 다가섰다.

"괜찮지?"

"혼자 살기엔 너무 과분합니다. 제 본가보다 집이 더 큽니다."

그녀의 말에 인혁의 표정이 어두워졌다. 전에 월급의 대부분을 부모님께 보낸다고 했던 그녀다. 집안 사정이 많이 좋지 않은 것 같아 그는 마음 한 편이 아렸다.

아니, 아니야. 내가 신경 써야 할 것은 여기까지다.

"더 도와줄 것은?"

"없습니다. 짐도 얼마 되지 않고요. 근데 이 가구랑 전자기기, 정말 그냥 써도 되는 겁니까?"

정원은 커다란 벽걸이 텔레비전을 조심스러운 손길로 만졌다. 거의 사용하지 않은 듯 새것처럼 반짝이는 것이, 값이 꽤 나갈 것 같았다.

"버릴 수는 없으니까. 정 마음 쓰이면 한 번씩 저녁도 해 주든가."

"네, 정말 그래야겠습니다. 정말 감사합니다."

"그래. 그럼 난 올라가 본다."

"……?"

그의 마지막 말을 이해하지 못한 그녀가 고개를 갸웃거리자, 인혁이 무심한 어조로 말했다.

"말 안 했나? 나 여기 윗집에 살아."

"아……."

"혹시 필요한 것 있으면 올라와. 빌려 줄 테니까."

"네, 감사합니다."

미리 인사부터 하는 그녀의 모습에 그의 입꼬리가 부드럽게 호를 그렸다.

참 골 때리는 여자야, 라는 생각을 하며.

"그래, 그럼 내일 아침에 올 테니까 미리 준비하고 있어라."

이번에도 그녀의 얼굴이 옆으로 기울었다. 그러자 인혁의 입꼬리가 더욱 하늘로 오른다. 작은 생명체의 표정이 앙증맞아 보였기 때문이다.

하지만 그는 애써 표정 관리를 하며 큼큼 헛기침을 내뱉었다.

"기름 한 방울 안 나는 나라에서 낭비할 필요는 없겠지. 차로 출근하니까 같이 하자."

"그렇게까지 신세를 질 수는……."

"Yes걸!"

그가 일갈했다. 그럼에도 그녀는 고집을 피웠다.

"그래도 매일 아침 신세를 질 수는 없습니다."

"상명하복."

이번에도 애걸복걸할 수 없었던 인혁이 딱 잘라 말했다.

"내가 상사니까 내 말 들어. 알겠냐?"

"……."

"그럼 간다. 내일 보자."

쾅, 소리와 함께 그가 집 밖으로 나섰다.

그가 사라진 현관을 멀뚱멀뚱 바라보던 정원의 고개가 다시 한 번 옆으로 기울었다. 그녀는 하고 싶은 말이 많은 표정이었지만, 마치 그걸 밖으로 내뱉었다간 큰일이 날 것 같은 사람처럼 입을 앙다물었다.

"설마…… 그럴 리가 없겠지."

제 말에 동조를 하듯 정원이 고개를 끄덕인다.

그는 안절부절못하고 집 앞을 서성였다.

"비밀번호를 바꾸라고 말을 하는 김에……."

한참을 우물쭈물하다 제 손에 들려 있는 붕대를 보며 눈을 반짝 빛
냈다.

"그래! 치료해 준다고……."

하지만 미처 말을 끝맺지 못한 입이 합 다물렸다. 그와 동시에 서
성이던 발걸음도 멈춘다.

그가 뜨거워진 이마를 벽에 가져다 대며 읊조렸다.

"멍청아, 내일 보자고 했잖아."

그의 어투는 무심했다. 그러나 말은 무심하지 못하다.

제가 왜 이끌리듯 어둠이 내려앉은 이 시각에 이곳에 서 있는 것인
지 모른다. 제 마음을 모르니 그는 당황했고, 방황했다.

콩콩. 머리를 벽에 찍어 대던 인혁은 그제야 결심이 섰는지 조금
굽히고 있던 허리를 곧추세웠다.

"그래, 그만 집으로 돌아가자. 여기서 병신같이 뭐하는 짓이야?"

706호라 적힌 문을 눈으로 훑던 그가 뒤돌아서서 위층으로 올라가
는 계단에 발을 디뎠다. 그래, 이유도 없이 밤늦게 혼자 사는 여자 집
을 찾는 것은 오해를 불러일으킬 수도 있는 일이었다. 갑자기 어제,
오늘 그녀의 다리에 붕대를 감아 주지 않았다는 생각이 들어 이곳까
지 뽀르르 쫓아온 자신의 머리가 잠시 어떻게 된 것이다.

그렇게 생각하던 그가 걸음을 옮기던 찰나, 뒤에서 삐리릭, 소리와
함께 문이 열렸다.

"거기서 뭐하십니까?"

무심하고 무뚝뚝한 말투가 들렸다. 제 행동을 탓하며 집으로 돌아
가려던 인혁이 순간 당황해 몸을 움찔 떨었다. 마치 나쁜 짓을 하다
가 걸린 사람처럼.

끼기기긱. 마치 기름칠이 되어 있지 않은 로봇처럼 뻣뻣하게 몸을
돌린 그는 문손잡이를 잡고 말똥말똥 자신을 올려다보는 작은 생명체

의 모습에 표정을 굳혔다.

"올라가는 길이십니까? 아니면 내려가는 길이십니까?"

"보면 몰라?"

그가 퉁명스럽게 툭 내뱉었다. 그러자 정원의 고개가 옆으로 기운다.

"아니, 보기엔 올라가시는 것 같은데, 손에 든 내용물로 보아선 저한테 용건이 있는 것 같아서 그렇습니다."

"……."

그녀의 말에 순간 인혁이 말문이 막힌 듯 입을 꽉 악다물었다. 그리고 손에 들고 있던 붕대를 힘주어 잡았다.

제 말문을 막히게 하는 사람은 제 주위에 명숙과 정원, 딱 둘뿐이다.

작은 생명체들…….

이 요망한 것들!

"내려가던 길이야."

"저한테 볼일이 있으십니까?"

"그래."

"어쩐지 이상한 소리가 들려서 인터폰을 보니까 대장님께서 계속 집 앞을 서성이고 있어서, 나가야 할지 말아야 할지 고민 중이었었습니다."

"……."

"안으로 들어오십시오."

정원이 현관문을 열어 제 옆으로 공간을 만들었음에도 그는 쉬이 발걸음을 떼지 못했다.

그 뻘 짓을 다 보고 있었다고?

그의 얼굴이 창백하게 변했다.

하지만 정원은 그가 마음의 수습을 할 시간도 주지 않은 채 물었다.

"식사는 하셨습니까?"

"……아, 아니."

말이 필터링을 거치지도 않고 툭 튀어나왔다. 그는 마치 지금 이 순간 창자와 입이 연결되어 있는 것 같다고 느꼈다.

그런 그의 맘과 달리, 정원은 잘됐다는 듯 고개를 끄덕이더니 그를 재촉했다.

"잘됐습니다. 저도 지금 막 늦은 저녁을 먹으려던 찰나였거든요. 들어오십시오."

"어? ……아, 어."

그가 더듬더듬 걸음을 옮겼다. 정원의 곁을 지나 집 안으로 들어가자마자 코끝을 스치는 고소한 참기름 냄새에 그의 배에서 꼬르륵 소리가 들렸다. 그가 흠칫 놀라 옆을 보자 정원의 입술이 부드럽게 휘는 것이 보인다.

아, 젠장. 방금 전까지 배 안 고팠잖아!

이를 악물며 신발을 벗고 안으로 먼저 들어간 그가 곧장 부엌으로 향했다. 아니, 그의 발길이 이성을 무시한 채 부엌으로 향해 버렸다. 그러고는 군침이 돌 만큼 맛있어 보이는 음식들을 홀린 듯 바라보며 자리에 앉았다.

"무슨 저녁을 이렇게 거하게 먹어?"

"며칠 전에 어머니께서 반찬을 보내 주셨습니다. 거의 다 나물 반찬이라 빨리 안 먹으면 상합니다."

고봉밥을 퍼서 인혁의 앞에 놓아준 그녀가 맞은편에 앉았다. 그러고는 조기와 밥을 한 번에 입에 넣으며 오물오물 씹어 댔다.

그 모습을 멍하게 보던 인혁이 고개를 내려 열 가지가 넘는 반찬

중 느타리버섯잡채를 집어 입에 넣었다. 그리고 순간, 놀라움에 정원을 보았다.

"이거 네가 한 거야?"

그가 느타리버섯잡채가 담긴 접시를 젓가락으로 콕콕 가리키며 말했다. 그러자 정원은 더덕구이를 입에 넣으며 우적우적 씹어 댔다.

"어머니요."

"같은 엄만데 레벨이 너무 다른 거 아니야?"

"네?"

"아니야."

짧게 답한 그가 밥을 한술 크게 뜬 뒤 그녀가 방금 집어 먹은 더덕구이와 함께 먹었다. 향긋한 더덕 향에 그의 입가에 절로 미소가 걸린다.

"너희 어머니 음식 정말 잘하신다."

"식당하시니까요. 당연한 겁니다, 뭐."

"그래도 이건 너무너무 맛있잖아."

그는 호들갑을 떨어 댔다. 생전 처음 먹어 보는 맛난 음식 때문에.

그 이후로 그는 묘처럼 봉긋하게 쌓여 있던 밥을 다 먹을 때까지 한 마디도 꺼내지 않았다. 제철 나물에 그녀가 끓인 것으로 보이는 된장찌개까지. 빠르게 수저를 놀려 한 번씩 맛보자, 어느새 그릇이 비어 버렸다. 어쩜 밥이 이렇게 맛있을 수가 있을지, 의문마저 들었다.

그는 한 그릇 더 먹을까, 생각을 하다가 고개를 저었다. 남의 집에서 밥을 두 그릇씩이나 얻어먹는 것은 염치가 없는 사람이나 하는 짓이라고 생각하며. 하지만 눈치 빠른 정원은 그의 빈 그릇을 들고 자리에서 일어나며 말했다.

"한 그릇 더 드릴까요?"

"······그래 주면 나야 감사하지."

"별말씀을요."

또다시 고봉밥을 그의 앞에 내려놓은 정원이 등을 편안히 의자에 기댔다. 맛있게 밥을 먹는 그의 얼굴을 제대로 감상이라도 할 것처럼.

"맛있게 드십시오."

그녀가 한쪽 입꼬리만 들어 올려 웃었다. 마치 비웃는 것처럼. 자존심에 수저를 내려놓으려던 인혁은 고개를 푹 숙여 표고버섯을 날름 먹었다.

자존심이 상했지만, 이렇게 맛있는 음식은 먹을 수 있을 때 먹어야 한다는 것을 34년 평생 깨우쳐 왔기 때문이다.

인혁이 볼록하게 나온 배를 통통 두드렸다. 결국 세 그릇을 해치운 그는 오늘 너무 과식을 했다는 생각과 함께 그녀가 앞에 놓아주는 수정과를 후루룩 마셨다.

잣이 올라가 있는 수정과는 계피 특유의 향이 강했다.

"이것도 직접 담그신 거냐?"

"네. 저희 어머니는 깡통에 들어 있는 건 무조건 안 드십니다."

그녀의 말에 인혁이 고개를 끄덕였다.

"어머니 바꾸면 안 되냐?"

"네?"

"농담이다."

기분이 좋으니 농담까지 절로 나온다.

싸구려 머그컵이었지만 그 안에 담긴 음식은 그 어떠한 값을 치르고서라도 먹고 싶은 것이었다.

수정과까지 맛있게 마신 그는 빈 그릇들을 치우는 정원의 모습에 그제야 제가 이곳에 온 이유가 퍼뜩 떠오른 듯 자리에서 일어났다.

"내가 치울게."

"이제 와서 미안하시기라도 한 겁니까? 실컷 부려 먹으시고?"

"……."

"됐습니다. 거의 다 끝났으니 앉아 계십시오."

정원의 말에 그의 뺨이 발갛게 상기되었다. 붕대를 감아 주러 와 놓고는 식사 시중을 들게 만들었다.

평소 저 같지 않은 모습에 인혁은 한숨을 쉬곤 그녀가 재빠르게 상을 치우는 모습을 보며 말했다.

"잘 먹었다고 어머니께 전해 드려."

그의 말에 정원이 막 마지막 그릇까지 싱크대에 넣은 뒤 고개를 저었다.

"저희 어머니 그런 말 싫어하십니다."

"왜?"

"입 아프게 왜 그런 말을 하냐고요."

"……."

명숙이 들으면 엄청 부러워할 말이다.

외가가 대대로 식품회사를 운영하고 있음에도 음식에 손만 대면 마늘맛밖에 안 나는 그녀로서는 평생 할 수 없는 말이기도 했고.

인혁이 고개를 끄덕이자 손을 닦은 그녀가 그에게 다가오며 말했다.

"저 붕대 갈아 주러 오신 거죠? 어디 앉으면 됩니까?"

"아…… 소파?"

정원이 절뚝절뚝 걸음을 옮기자 인혁이 그 뒤를 따랐다.

거실에 있는 너른 소파에 정원이 앉자 인혁은 일인용 소파를 끌어와 그녀의 맞은편에 앉는다. 그러고는 자연스럽게 그녀의 발뒤꿈치를 잡아 제 무릎 위에 올려놓은 뒤 주머니에서 압박붕대를 꺼냈다.

"……."

"……."

거실에 어색한 분위기가 흘렀다. 조심스럽게 그녀의 발목에 감긴 붕대를 푸는 그도, 그리고 그의 정수리를 바라보는 그녀도 말이 없었다. 둘은 각기 다른 생각에 잠겨 있었다. 인혁은 왜 이 늦은 시각에 그녀의 집에 와 밥을 얻어먹고 붕대를 감고 있는지. 그녀는 도대체 눈앞에 있는 이 남자의 저의가 무엇인지.

정원은 제 발목을 유리 장식이라도 되는 것마냥 조심스레 다루고 있는 인혁을 보다가 툭 내뱉었다. 최근 가지기 시작했던 의문을.

"대장님 저 좋아하십니까?"

"뭐……?"

그가 화들짝 놀라서 쥐고 있던 정원의 발을 놓쳐 버렸다. 그의 단단한 허벅지 위로 툭 떨어진 다리가 힘없이 사타구니 사이에 닿았지만 정신이 나가 버린 인혁은 그 사실조차 인지하지 못했다.

정원은 놀란 고양이마냥 동공이 커진 그의 눈동자를 똑바로 마주하며 말했다.

"이런 행동은 자제해 주십시오. 아니, 이번뿐만이 아닙니다. 요즘 대장님의 행동을 보면 제가 착각이 들 정도로 다정하실 때가 많습니다. 처음과는 달리 말입니다. 저희 어머니 말씀에 의하면, 전 요즘 것들처럼 약지 않아서 곧이곧대로 받아들이는 경향이 있다고 했습니다. 어머니는 이런 제가 멍청하다고 하셨거든요."

"나, 난 단지 네가 유일한 여자 대원이고…… 다리도 다쳤고 하니까…… 그게, 신경이 쓰이잖아!"

인혁이 변명조로 말했다. 더듬더듬 이어지지 못하고 끊어지는 것을 보아하니 평소엔 팽팽 잘 돌아가던 머리가 오늘도 정원의 앞에서는 바이러스에 감염된 컴퓨터처럼 버벅거리나 보다.

그래, 강정원 바이러스. 그는 지금 강정원 바이러스에 걸려 멍청한 남자가 되어 버렸다.

하지만 이를 가만히 보고 있을 정원이 아니었다. 그녀는 직설적인 눈으로 그를 쳐다보며 말했다. 마치 그의 행동을 타이르는 선생님 같아 보이는 어투와 눈빛이었다.

"고추 달린 박수호보다 농구도 잘하고 산도 잘 탑니다. 그런 배려는 단순히 여자인 이유로 제가 받을 것이 아니라 박수호가 받아야 합니다."

정원의 말에 인혁이 입을 앙다물었다. 그리고 생각했다. 그녀의 말이 맞다. 그녀는 배려를 받아야 할 사람이 아니라 함께 작업 현장을 누벼야 하는 동료다. 그런데 왜 그는 그녀에게 배려를 하고, 그녀가 자꾸 신경이 쓰이고, 지금 이 순간에도 심장이 미친 듯이 뛰는 것일까?

그녀뿐만 아니라 다른 여대원과 팀을 꾸렸던 적도 있었던 그로서는 지금 자신의 행동이 더 이해가 되지 않았다. 늘 여대원들을 만나고 대할 때마다 여자라는 그 이유만으로 배려받을 행동, 내 신경에 거슬리는 행동, 남자 대원과 달리 튀는 행동을 하지 말라고 경고했던 것은 그였다.

곰곰이 생각에 잠겨 있던 그는 그녀의 표정이 점차 변해가는 것을 보지 못했다. 딱딱하게 굳어 있는 얼굴로 경고를 하던 그녀의 좀 전 표정과는 달리, 지금은 어딘가 불편한지 연신 몸을 배배 꼬며 얼굴을 붉혔다. 아마도 그녀보다 종아리가 훨씬 긴 그의 허벅지 위에 다리를 올려놓느라 종아리 근육이 많이 당기는 것처럼 보였다.

뻣뻣한 몸뚱어리가 슬슬 한계라고 느낄 때였다.

사념에서 빠져나온 그가 사타구니에서 꿈틀거리는 작은 발을 바라보았다.

꼼지락꼼지락.

그의 남성을 스치고 그의 허벅지 안쪽을 스치는 작은 발이 유혹의 몸짓을 하고 있다.

이 작은 생명체가 설마, 지금 날 혹하게 하려고 그러는 것일까? 그래서 방금 전에 했던 말도 나는 너에게 관심이 있다고 신호를 보낸 것일까?

움찔.

그의 안면 근육이 꿈틀거렸다. 미간이 찌푸려졌고, 콧잔등도 일정하지 못한 간격으로 주름이 져 있다.

이 망할 생명체에게 그가 농락당한 것이다!

그는 굳은 얼굴로 얇은 발목을 움켜쥐었다. 그리고 꼼지락거리며 제 머릿속에 위험한 생각을 심어 주고, 제 남성을 살살 유혹하는 발목을 비틀었다.

"악!"

정원이 작게 신음을 내뱉었다. 하지만 그는 위협적인 얼굴로 그녀를 바라보며 짓씹듯 말했다.

"무슨 수작질이지?"

"뭐가 말입니까? 우선 발목부터 놓아주십시오!"

그녀가 허리를 비틀며 어떻게 해서든 그의 손에서 벗어나기 위해 안간힘을 썼다. 하지만 그는 좀 더 그녀의 발목을 꺾어서 비틀었다. 하지만 그의 의도와는 달리 그녀의 발꿈치가 계속해서 그의 낭심을 스치며 유혹을 더한다.

젠장, 고개를 들지 마!

그가 서둘러 발목을 휙 떼어 냈다.

"한 번만 또 이러면 그때는 그 발목, 아작 내 버릴 거야!"

자리에서 벌떡 일어난 그가 버럭 외친 뒤 성큼성큼 현관으로 걸어

갔다. 그리고 문을 쾅, 소리 내어 닫으며 사라진다.

그 모습을 멀뚱멀뚱하게 바라보던 정원이 제 발목을 만져 보았다.

"어? 안 아프네?"

심각한 얼굴로 사라진 그보다 현재로선 다리가 다 나은 사실이 더 중요했기에 그녀는 자리에서 일어나 콩콩 뛰며 상태를 체크했다.

"안 아프다!"

내일부터 드디어 팀원들에게 피해를 끼치지 않고 제 몫을 다할 수 있다는 사실에 그녀가 기쁨에 찬 목소리로 말했다.

그러다가 순간 아차 싶은지 그가 사라진 현관문을 힐끗 바라보며 툭 내뱉었다.

"근데 대장님은 왜 화나셨지?"

설마 내가 헛소리를 해서 그런가?

곰곰이 생각에 잠겼던 그녀가 크게 고개를 끄덕인다.

"그래, 내가 헛소리를 해서 그래. 그러기에 입 밖으로 꺼내지 말자고 다짐했잖아."

혼잣말을 툭 내뱉은 그녀가 어깨를 으쓱였다.

"내일 사과드리지, 뭐."

8
출구가 없는 남자

딩동, 초인종 소리에 문을 연 정원은 뚱한 얼굴로 멀뚱히 서 있는 인혁의 모습에 허리 숙여 인사했다. 그는 가타부타 말없이 손을 들어 인사를 받아 주더니, 집 안으로 들어오라는 정원의 말이 없는데도 성큼성큼 걸음을 옮겨 현관으로 들어선다.

정원이 재빨리 그의 뒤를 뽀로로 쫓아가자, 어느새 그는 식탁 한켠에 자리를 잡고 수저부터 들고 있었다.

"저 대장님……."

"서 갈 때까지 그 입 다문다."

그러면서도 숟가락으로 시원한 뭇국을 후루룩 맛보던 인혁의 얼굴이 조금 느른하게 풀린다. 하지만 아침에 무언가 단단히 결심을 한 것인지 다시 표정을 굳히며 명란젓을 젓가락으로 콕 찍어 먹었다.

젠장…… 너무 맛있잖아!

아침을 먹을까 말까, 고민하던 그가 결국 정원과 어색하게 자리하기로 한 것은 모두 이 음식 때문이다. 맛있는 음식을 포기할 수 없으니 어색한 분위기쯤은 견뎌 낼 수밖에.

정원이 무슨 말을 꺼내야 할지 몰라 툭 내뱉었다.

"네?"

"조용히 하라고."

말 걸지 마, 라고 쏘아붙여 줄까 생각하던 인혁이 고개를 저었다.

'그건 내가 듣기에도 기분이 나쁠 것 같아.'

그렇게 생각하던 인혁은 급기야 뭇국에 밥까지 말아 후루룩 먹었다. 순간순간 표정이 풀릴 것 같아 잔뜩 긴장까지 하며.

그 모습을 의아한 얼굴로 바라보던 정원이 숟가락을 들었다.

'왜 화나셨지?'

눈치 없는 두 사람이 앉은 식탁 위로 침묵이 내려앉았다.

서로 향하는 내내 차 안엔 침묵이 머물렀다.

같은 차를 타고 출근했지만, 그가 이수 소방서까지 오는 길에 했던 말은 딱 한 마디였다.

"안전벨트 매."

그 말에 정원은 말 잘 듣는 아이가 되어 안전벨트를 맸고, 서늘한 표정에 입을 꾹 다물었다. 왠지 지금 입이라도 뻥긋했다간 뼈도 추리지 못할 것 같았기에. 하지만 결국, 막 사무실로 들어서기 전, 정원이 용기 내어 그의 옷자락을 붙잡았다. 그러자 인혁이 화들짝 놀라 그녀의 손을 털어 낸다.

"또 뭐야!"

"네?"

정원이 혼란스러운 눈으로 그를 올려다보았다.

"또 뭐냐, 라니요? 제가 뭘 했습니까, 대장님께?"

그녀가 순진한 눈동자를 도르륵도르륵 굴리며 말하자, 인혁이 기가 막힌 듯 '헛!' 하며 숨을 뱉었다.

"진짜 몰라? 몰라서 물어?"

그의 목소리가 칼날처럼 날카롭다. 그리고 얼굴에는 짜증이 가득하다. 그의 화가 더할수록 정원의 표정은 더욱 미지의 세계로 빠져드는 사람처럼 멍해진다.

그녀의 얼굴을 '이것 봐라' 하는 표정으로 보던 인혁이 딱딱한 목소리로 말했다.

"선수구만, 이제 보니까."

"전 지금 대장님이 무슨 이야기를 하시는지 도통 모르겠습니다."

"아는 거 다 알아, 모르는 척하지 마!"

그렇게 외친 인혁이 팔짱을 끼더니 짝다리까지 짚는다.

밖이 소란스럽자 아침 청소를 위해 출근해 있던 수호가 창문으로 두 사람의 동태를 살피고 있었음에도 두 사람 다 눈치채지 못하고 있었다.

"너 소방관 하지 말고 연기자 해라. 이렇게 훌륭하게 생활 연기를 보여 주고 있는데, 왜 불을 끄려고 해. 어?"

"……네?"

그녀의 표정이 급기야 멍해졌건만 인혁은 그녀가 철저하게 연기를 하고 있다 생각하는지 작은 생명체를 한껏 짓누를 듯 턱을 치켜 올리며 내려다보았다. 그리고 최대한 거만하게 말했다.

"다른 사람들은 어떤지 몰라도 난 너한테 안 속아 넘어가. 그러니까 다시는 나한테 끼 부리지 마!"

그렇게 외친 그가 사무실로 휙 하니 들어가 버렸다.

그의 이야기를 종합해서 머릿속에서 굴리고 있던 그녀가 급기야 머리를 부여잡는다.

과부하가 걸린 머리에서는 연기가 푸시시 날 것 같았다.

"진짜 무슨 소리를 하는 거야? 말을 알아듣게 해야 말이지, 저게 말이야, 당나귀야?"

그녀의 목소리도 까칠해졌다.

그때 사무실 문이 조용하게 열리더니 수호가 몸을 쏙 빼며 나온다. 그가 조심스럽게 문을 닫은 뒤 정원을 내려다보며 물었다.

"대장님이랑 무슨 일 있어?"

"……"

정원이 아무 말도 하지 못하자 수호가 머리를 거칠게 쓸어 올렸다.

"완전 까칠해! 아침 인사 했더니, 나보고 좋지 못한 아침이랜다! 아, 진짜! 왜 아침부터 대장님 속을 긁어 놔!"

"……그러니까요."

그녀가 순순히 그렇게 말했다. 어떠한 부분에서 인혁이 기분 나빠 해하는지도 모르면서.

그러자 수호가 입술을 뾰족하게 내밀더니 투덜거렸다.

"완전 생리 둘째 날 모드야. 오늘은 찍소리 하지 말고 일해야겠다."

"아……"

고개를 끄덕이며 수긍하던 그녀가 동그란 눈을 천천히 깜빡이며 수호를 바라보았다. 그녀의 표정이 갑자기 변하자 수호가 물었다.

"왜?"

"근데 방금 그 발언 성희롱으로 신고되는 거 압니까?"

"뭐……? 에이, 너랑 나 사이에."

그가 정원의 옆구리를 팔꿈치로 툭 쳤다. 그러자 정원도 지지 않고 그의 옆구리를 팔꿈치로 쳤다. 그러자 수호의 몸이 부르르 떨린다.

"웃흥!"

요상한 소리를 내며 간지럽다고 성질을 버럭 내는 그의 모습에 정원이 다시 한 번 팔꿈치로 옆구리를 쳤다. 방금 전과 똑같은 부위였다.

"웃흥!!"

수호의 요상한 소리가 더욱 커졌다. 그러곤 정원이 툭 친 자리를 손으로 감싸 쥐며 버럭 소리를 지른다.

"너 맥도 짚을 줄 아냐?! 내 약점이 거긴 줄 어떻게 알았어!"

수호의 말에 정원이 어깨를 으쓱였다. 그런 뒤 무심한 어조로 툭 내뱉었다.

"성감대가 거기신가 봅니다. 박수호 대원님과 저 사이에, 이 정도쯤은 알고 있어야죠."

"뭐, 뭐······?"

"쌍방 과실이니, 성희롱 건은 없었던 걸로 하겠습니다."

건조한 어투로 말한 정원이 사무실로 들어가 버리자, 수호가 뒤에서 멍하니 그 모습을 바라본다. 그런 뒤 얼떨떨한 얼굴로 말한다.

"뭐야, 진짜 저건."

가끔 정원의 뇌 속을 열어 보고 싶은 생각이 들 정도로 알 수 없는 행동을 할 때면 수호는 속수무책 당하고 만다.

그리고 그건 오늘도 마찬가지다. 쳇바퀴가 돌아가듯이.

♧   ♣   ♧

"다음 주 월요일이 드디어 화재 방재 시스템팀 출범식입니다."

퇴근 전 회의 시간, 인혁이 자리에 일어서서 파일을 보며 팀원들에게 주의 사항을 알리고 있었다. 무표정한 얼굴로 대원들과 눈을 마주하며 말하던 그의 시선이 자연스럽게 정원에게로 향했다. 순간 두 사람의 시선이 마주치자 정원은 저도 모르게 고개를 숙였고, 그의 표정은 험악해졌다.

하지만 그의 입에서는 여전히 내일 출범식 이야기가 술술 흘러나오고 있었다.

"주요한 자리인 만큼 곧바로 출범식 장에 모이면 됩니다. 정복 차림으로 올 것, 출범식 2시간 전인 9시까지 모두 모일 것. 그 외의 사항은 없습니다."

그의 말에 대원들이 고개를 끄덕였다. 그리고 저마다 정복을 드라이 맡겼는지 고민하며 다이어리에 의미 없는 낙서를 끄적였다.

"그럼 이만. 오늘 하루 수고하셨고, 다음 주 월요일 소방재청 로비에서 9시에 뵙겠습니다."

"감사합니다."

회의가 끝나자마자 모두들 자리를 정리한 뒤 퇴근 준비를 서두른다. 책상을 정리한 뒤 막 가방을 집어 드는 인혁에게 다가간 정원이 말했다.

"먼저 들어가십시오."

"……왜?"

"저녁 청소하고 가야 합니다."

마침 저 멀리서 수호가 밀대 두 개를 질질 끌고 오는 것이 보였다.

"알았어."

짧게 답한 인혁이 사무실을 벗어나자, 그 모습을 정원이 한숨을 쉬며 바라보았다.

"어떻게 하지?"

벌써 2주째였다. 인혁이 자신에게 저러는 것이.

처음에는 그냥 내버려 두면 조금 뒤엔 풀릴 것이라 생각했는데, 그렇지 않았다.

생각보다 그의 냉소적인 모습이 오래가자 그녀는 어떻게 해야 할 줄 몰랐다.

두 사람의 냉전이 그렇게 길어지고 있었다.

♧   ♣   ♧

다시 차고로 돌아온 인혁의 얼굴에 짜증이 가득했다.

"젠장."

다음 주 월요일에 있을 출범식의 브리핑 준비를 마무리해야 했는데, 급히 퇴근을 하다 보니 주요한 서류를 놓고 와 버렸다. 그가 인상을 찌푸린 채 막 3층 계단을 오를 때였다. 기럭지가 기니 단 몇 번 만에 3층까지 올라온 그는 가까이서 들리는 익숙한 목소리에 걸음을 멈췄다.

"그래서?"

밝은 목소리였다. 재수 없을 정도로.

그리고 인혁은 이 목소리의 주인이 누구인지 너무나 잘 알고 있었다.

최강우. 이 망할 자식.

"아침에 밥도 같이 먹고 출근도 같이 하는데, 절대 말 못 걸게 합니다. 대장님은 무슨 생각을 하고 계신 걸까요?"

"글쎄, 걔가 늘 그래서 나는 모르겠다."

"네? 늘 그렇다니요?"

의아한 정원의 목소리에 강우는 마치 엄청난 비밀이라도 되는 듯 목소리를 낮추었다.

"내 앞에선 늘 그렇거든."

그때 인혁과 강우의 시선이 마주친다. 잠시 놀란 듯 강우가 인혁을 보았지만, 정원은 전혀 눈치채지 못하고 있었다.

"사이가 나쁘신가 봐요."

그녀의 말에 강우는 입술을 크게 늘어뜨리며 인혁의 눈을 마주한 채 말했다. 마치 그를 약 올리듯이.

"내가 사랑한다고 고백을 했었거든. 몇 년 전에. 그랬더니 미친 자식이라 내가 싫대."

"헉, 진심으로요? 이성으로 느끼고?"

그녀의 물음에 강우가 파안대소를 터뜨린다. 그의 커다란 웃음소리에 인혁의 표정이 와자작 구겨졌다.

저 개자식이 뭐라고 지껄이는 거야?

인혁이 막 그들에게 다가가 이 말도 안 되는 대화를 마무리 지으려 할 때였다. 강우가 다가오지 말라는 듯 강렬한 눈으로 쏘아보았다.

"아니, 내가 아주 좋아하던 사람이 있었는데, 그 사람은 백인혁이 좋다는 거야. 그 강아지가 뭐가 좋다고, 쳇! 그래서 내가 너랑 이루어지면 그 사람이랑도 이루어지는 거니까, 내 마음을 받아 달라고 했거든."

"······그래서요?"

"그래서는 뭐, 내 사랑도 그 사람의 사랑도 거기서 끝이었지. 백인혁 그 강아지는 아주 못돼 처먹었거든. 결국 퇴사했어."

"······."

"지금은 시집가서 잘 사니까 걱정 마. 한때의 풋사랑이지, 뭐."

강산이 바뀔 정도로 오랜 시간이 흐른 날의 일이었다. 그 일을 왜 그녀에게 말하는지, 왜 그런 눈으로 자신을 쳐다보며 이야기하는 것인지, 인혁은 알지 못했다. 그래서 옮기려던 발걸음을 멈췄으리라. 하지만 그의 얼굴은 창백하게 변해 있었고, 점차 서늘하게 변해 갔다. 인혁이 감정의 동요를 일으키는 것을 보던 강우의 입술에 장난스런 미소가 걸렸다.

"이번 주 주말에 뭐해?"

"음…… 관악산에 갈 겁니다."

"등산?"

그의 물음에 정원이 가볍게 고개를 끄덕이며 말을 이었다.

"한 달에 두세 번은 산에 오릅니다. 습관처럼요."

"그래? 그럼 나도 같이 갈까?"

"어? 비번이십니까?"

"응."

"그럼 같이 갑시다. 혼자 하는 등산도 좋지만, 같이 가면 더 좋지 않습니까?"

정원의 말에 강우의 표정이 밝아졌다. 하지만 인혁의 얼굴은 반대로 우거지상이 된다.

결국 참다못한 인혁이 성큼성큼 그들에게 다가갔다. 그리고 바닥에 주저앉아 이야기를 하고 있던 정원의 팔을 붙잡아 벌떡 일으켰다.

"어……? 대장님? 퇴근하지 않으셨……."

"서류를 두고 와서. 청소 끝났으면 같이 퇴근하자."

인혁의 말에 강우는 뭐가 그리도 재미있는지 키득키득 웃었다. 그리고 엉덩이를 털며 자리에서 일어나 말했다.

"언제부터 그렇게 팀원을 챙겼다고 그래?"

"넌 좀 닥치고 있지?"

"응? 여기 닭 없는데?"

주위를 휘 돌아보던 강우가 특유의 썰렁한 농담을 늘어놓는다. 그러자 인혁은 더 이상 상대하고 싶지 않다는 듯 정원의 팔을 거칠게 이끌었다.

"어…… 어, 어, 대장님?"

거친 손길에 정원이 당황하며 소리쳤다. 하지만 인혁은 거침없이 그녀의 손을 이끌고 사무실로 들어가 버린다.

그 뒷모습을 바라보고 있던 강우는 어느새 입가에 진한 미소를 걸며 읊조리듯 말했다.

"이제야 좀 사람 같네."

거실을 거니는 그의 발걸음이 정신 사납게 이리저리 옮겨 다니고 있었다.

"마주칠 리가 없잖아."

그가 말했다. 오늘 강우와 정원이 몇 시에 등산을 가는지 몰랐기에 인혁은 아침부터 고민에 고민을 거듭하고 있었다.

가도 못 만날 수도 있다. 그 넓은 관악산에서 우연히 마주친다는 것이 말이 되는가?

그리고 아침인지, 낮인지, 저녁인지도 듣지 못했기에 괜히 갔다가 헛걸음만 하고 돌아올 수도 있었다.

그는 자신을 설득시키듯 또 한 번 툭 내뱉었다.

"그리고 막상 만난다고 해도 나설 수도 없잖아."

그가 포기조로 말했다. 신경이 쓰이긴 하지만 거기까지 쫓아가는 것은 말도 안 된다며.

새벽녘에 일어나 세상이 환해지도록 거실을 서성이던 그가 소파에 털썩 앉았다. 그리고 잠이 부족해 아픈 머리를 손가락으로 꾹꾹 누르며 말했다.

"그래, 가지 말자. 일도 있잖아."

어딘가 아픈 사람처럼 혼잣말을 내뱉던 그의 시선이 벽에 걸린 시계로 향한다.

9시 10분.

지금 출발하면 10시가 돼서야 관악산에 도착할 것이다.

"지금 가도 이미 늦었어. 그러니까……."

그렇게 말하던 인혁이 결국 자리에서 벌떡 일어났다. 그리고 미리 던져두었던 바람막이 점퍼를 걸치며 읊조리듯 말한다.

"내가 산에 가고 싶어서 그런 거야, 내가."

스스로를 다독이듯 말하던 그가 차 키와 준비해 두었던 물통을 들고 집을 나선다.

이미 새벽녘에 모두 준비를 해 두었기에, 한 번 결심을 하자 그의 행동은 거침이 없었다.

차를 타고 관악산 입구까지 온 그가 주차를 한 뒤 하나둘 짝지어 산을 오르는 사람들 사이로 파고들었다.

훈련을 위해서도 늘 오르는 산길이었지만, 악(惡) 소리가 나는 관악산(冠岳山)답게 중턱까지 오르자 조금 숨이 찼다. 돌길을 오르느라 발바닥이 화끈거리며 손끝까지 저려 왔지만, 그는 고개를 돌려 주위를 둘러보는 시선을 멈추지 않았다.

빠르게 주위를 훑으며 산 중턱까지 올라온 그는 순간 주위에 모든 소음이 사라짐을 느꼈다.

익숙한 조그마한 등을 보았기 때문이다.

한참 팔을 앞으로 뻗고 있는 그녀를 멍하니 보던 인혁이 한쪽 눈썹을 찌푸렸다.

뭐 하는 거지?

그렇게 생각하려던 찰나 저 멀리서 작은 생명체가 뽀르르 달려오더니 그녀의 손바닥 위로 안착했다.

"허……."

그가 숨을 내뱉었다. 그녀의 손바닥 위에 올라와 땅콩을 맛있게 먹고 있는 다람쥐는 야생에서 살고 있는 생명이다. 사람의 손을 타지 않고, 사람들을 두려워하며 피하는 그러한 생명체. 하지만 다람쥐는 정원이 익숙한 듯 양발을 세우고 두 손으로 맛있게 땅콩을 먹고 있다.

"쟨 정체가 뭐야, 진짜."

그렇게 말하던 순간 정원의 고개가 뒤로 돌아왔다. 두 사람의 눈이 마주쳤고, 다람쥐는 그를 피해 산속으로 다시 숨어들었다.

"어⋯⋯?"

깜짝 놀란 눈으로 인혁을 바라보던 정원이 눈을 깜빡인다. 그러다 가 제 손바닥을 아쉬운 눈으로 보더니 숲 안쪽으로 땅콩을 던진 뒤 자리에서 일어났다.

"대장님이 여긴 웬일이십니까?"

"웬일이긴. 관악산이 네 거야? 나도 등산하러 왔어."

인혁은 뻔뻔하게 답했다. 너랑 이곳에서 마주친 것은 아주 우연이 라는 듯이. 하지만 정원의 깨끗한 눈과 마주치자 그의 시선은 저절로 아래로 떨어졌다.

'젠장, 그렇게 쳐다보지 말라고.'

그가 속으로 생각할 때였다. 어색한 분위기에 그의 낯짝에 점점 금 이 가 한계에 다다랐을 때 그녀의 운동화 끈이 풀려 있는 것을 발견 했다. 그는 자연스레 한쪽 무릎을 굽혀 신발 끈을 묶어 주며 말했다.

"칠칠치 못하게."

"아⋯⋯ 가, 감사합니다."

목소리가 떨렸고, 당황해 버렸다. 정원은 제 얼굴이 화끈 달아오르 는 것을 느끼며 무릎이 더러워지는 것도 모른 채 단단히 끈을 묶어 주는 그의 정수리를 보았다.

"뭐, 별것도 아닌데."

가볍게 답한 그가 허리를 편 뒤 홍조 띤 정원의 얼굴을 바라보며 말했다.

"밥 먹었냐?"

"아, 아니요?"

"밑에 맛있는 손두부집 있다. 가자."

그는 정원의 답을 듣기도 전에 먼저 휘적휘적 걸음을 옮겨 하산했다. 갑작스럽게 나타나 요즘 싸늘했던 표정과는 달리 아무렇지도 않게 구는 그의 모습에 당황하던 정원은 어느새 저만치 멀어진 인혁의 뒷모습을 보며 말했다.

"가, 같이 가요!"

"늦게 오면 안 사 준다."

"대장님이랑 저는 기력지 차이부터가 이미 싸움이 안 됩니다!"

"그러니까 부지런히 따라오라고."

투닥투닥거리며 빠르게 산을 내려가는 두 사람의 발걸음이 유독 평소보다 가벼워 보였다.

손때 묻은 손두부집.

이미 방송에도 몇 차례 나왔는지 가게 밖과 안은 온통 방영됐던 당시의 사진들로 빼곡하게 장식이 되어 있었다.

모락모락 뜨거운 연기가 나는 손두부가 차갑게 식고, 윤기가 나던 김치가 조금 칙칙한 색이 되었을 때였다. 이미 막걸리 세 주전자를 비운 두 사람의 테이블 분위기는 조금 나른하게 변해 있었다.

정원이 무심한 얼굴로 막걸리를 홀짝거리며 앞에서 팔짱을 끼고 있는 인혁을 바라보았다. 그는 그녀가 엄청난 속도로 술을 들이켜는 것을 보고만 있었다. 세 주전자 중 3분의 2는 지금쯤 그녀의 위장에서 소화되고 있으리라.

"괜찮아?"

알코올 때문일까. 평소의 정원이라면 아무렇지도 않은 표정으로

'네, 괜찮습니다' 라고 답했겠지만 지금은 입술을 삐죽 내밀고 불만이 가득한 얼굴로 이죽거리듯 말했다.

"괜찮을 리가 있겠습니까?"

"……너 취했냐?"

"제가 취한 것 같아 보입니까?"

그녀의 물음에 인혁은 찬찬히 작은 얼굴을 살폈다. 뽀얀 얼굴도 평소와 같았고 또렷한 눈동자도 여전히 예쁜 빛을 가지고 있었다. 평소의 그녀.

취하지 않은 멀쩡한 모습의 정원을 보며 인혁이 고개를 저었다.

"전혀."

"그러니까요. 저 취하지 않았습니다."

그렇게 말하며 정원이 또다시 막걸리를 호로록 마셨다. 그리고 막잔을 채우려던 그녀는 인혁이 제 손을 잡으며 막자 불만이 가득한 얼굴로 그를 바라보았다.

"그런데 너 지금 표정이 딱 삐뚤어지겠다며 부모에게 선전포고 하는 중고딩 같다?"

"……한 번쯤 대장님과 이런 시간을 가져야겠다고 생각하고 있던 차였습니다."

"뭐?"

인혁의 표정에 황당함이 번졌다. 하지만 정원은 속사포처럼 말을 쏟아 냈다.

"요즘 저한테 왜 이러십니까? 마치 사춘기 소녀들이 서로에게 토라져서 말 한 마디 안 하는 것 같습니다."

"너 지금……."

그가 말했지만, 정원은 그의 말을 막아서며 말했다.

"대장님이 저의 어떤 행동 때문에 화가 나신지 정말 모르겠습니다.

알기라도 하면 빌기라도 할 텐데……. 아무것도 모르는 상태에서 빌면 뭘 잘못했냐 물으실 것 같아서 그러질 못했습니다."

"……."

인혁이 말문이 막힌 듯 입을 꾹 다물자 정원이 허공에 손가락을 콕콕 찌르며 말한다.

"이봐, 이봐. 대장님 지금 저한테 화가 단단히 나 계십니다!"

"……왜 그런지 진짜 모르냐?"

그의 말에 정원이 힘껏 고개를 끄덕였다. 그리고 흐트러진 머리카락을 대충 쓸어 올리며 말했다.

"전 말을 해 줘야 합니다. 많이 둔하거든요. 그래서 대장님이 제게 말씀해 주셨으면 합니다. 그럼 제가 정말 진심을 다해서 사과하겠습니다."

"……하!"

"……?"

"하…… 하하하하!"

정원의 이야기를 곰곰이 듣고 있던 인혁이 갑자기 박장대소를 하기 시작했다. 배까지 부여잡으며, 눈에는 찔끔 눈물까지 매달며. 그러면서 배를 쥐지 않은 손은 동그랗게 말아 테이블을 쾅쾅 내려쳤다.

"내가 진짜 너 때문에 미치겠다."

"그게 무슨 말씀이십니까?"

"하하하하……!"

"이거 보십시오! 전 지금 대장님이 왜 웃으시는지 모르겠습니다! 저의 뭐가 그렇게 화가 나고 웃깁니까?!"

정원이 항의하듯 외쳤다. 하지만 그녀의 모습이 더욱 웃긴지 인혁의 웃음소리는 더욱 커져 간다.

그렇게 얼마의 시간이 지났을까.

그가 박장대소하고 있을 때 정원은 뭐가 그리도 속상한지 혼자서 막걸리 한 주전자를 더 비웠다. 그러자 방금 전까지만 해도 또렷했던 눈이 게슴츠레하게 변했다. 그것을 눈치채지 못한 인혁은 턱을 괴고 정원의 머리카락을 쭉 잡아당기며 말했다.

"요즘 내가 피곤해서 기분이 많이 다운되어 있었어. 미안하다."

"……진짭니까?"

"그래."

순진한 눈동자를 마주한 인혁이 고개를 끄덕였다.

저러한 눈동자를 가진 여자를 '천하의 여우'라 생각했다니, 자신이 잠시 미쳤었나 보다.

그렇게 생각하던 인혁은 점점 밝아지는 정원의 얼굴을 보았다.

피곤한 것인지 게슴츠레하게 눈을 뜨고 있었지만, 눈동자는 여전히 초롱초롱하게 빛나고 있었고, 입술은 붉어져 있었다.

귀엽다.

작은 생명체를 싫어하는 그는 그녀를 보며 그렇게 생각했다.

그때 정원의 고개가 잠시 앞으로 까딱까딱했다.

그러다 순간,

쾅!

이마를 테이블에 처박는다.

화들짝 놀란 인혁이 정원의 어깨를 흔들며 말했다.

"야, 너 왜 그래?"

"하아……."

한숨 소리에 인혁이 상체를 들며 고개를 비틀었다. 그리고 옆으로 돌아가 있는 정원의 얼굴을 바라본다.

"……미치겠다, 진짜. 너 때문에."

그가 알아차리지 못하는 사이에 취해 버린 것인지 새근새근 숨소

239

리를 내뱉으며 꼭 눈을 감고 있는 모습에 그가 기가 찬 듯 헛웃음을 내뱉었다. 다시 엉덩이를 의자에 붙이고 앉은 그가 이마를 감싸 쥐었다. 그리고 킥킥, 작게 소리 내어 웃었다.

"아 진짜, 어떻게 하냐."

그가 한탄했다.

그리고 웃었다.

"젠장…… 좋아하게 되어 버렸잖아."

"으음……."

웃음이 가득한 목소리였으나, 말에는 욕설이 섞여 있다.

자신을 향한 욕이다.

이렇게 멍청할 수가.

그는 턱을 괴고 웃음이 가득한 얼굴로 정원의 정수리를 내려다보았다.

"책임지라고, 이 망할 여자야."

"……."

"책임져, 이렇게 만들었으니까."

내 소신을 무너뜨렸으니까…….

한참 정원의 작은 머리통을 보던 그가 머리를 숙여, 그녀의 머리 위에 이마를 올렸다. 그리고 눈을 감았다.

같은 직종에 있는 사람은 만나지 않겠다고 다짐했다. 그건 신념에 가까운 것이었다.

어떠한 위험 속에 살아가는지 알기에 더욱 괴롭다. 그리고 제 주위에 동료와 만나 결혼한 사람들이 어떻게 살아가고 있는지 두 눈으로 똑똑히 보았다.

남편을 잃은 부인들은 슬퍼했으나, 그가 사명을 다한 것이라며 웃었다.

이것이 우리의 숙명이 아니냐고…….

그게 싫었다, 그는.

그래서 계속 그녀에게 쏠리는 제 마음을 단순한 관심 그 이상은 아닐 것이라 생각했던 것인지도 모른다.

"킥킥……."

그가 또다시 작게 웃음을 내뱉었다.

제 웃음 바람에 정원의 짧은 머리카락이 흔들렸다.

그는 제 신념까지 무너뜨린 작은 생명체에 감탄했다.

그리고…….

"이젠 어쩌면 좋냐."

알아 버린 제 마음에 당황해 버린다.

창가에 걸린 커튼 때문에 방 안에 비치는 햇살은 아주 적다. 어두운 방 안, 혼자 자기엔 지나치게 넓어 보이는 침대 위에 자그마한 인영이 보였다. 이불을 동그랗게 말아 폭 파묻혀 있던 정원이 몸을 뒤척였다. 몰려오는 숙취 때문인지 평소라면 벌써 기상해서 아침상부터 차리고 있을 그녀가 오늘은 늦장을 부리고 있었다.

"으으……."

정원의 입에서 신음이 흘러나왔다. 산 지 얼마 안 된 폭신한 이불 속에서 팔을 꺼내 이마를 짚는 모습이 영락없는 숙취에 시달리는 직장인의 모습이었다.

목이 꺼끌꺼끌해서 물이나 마실까, 생각하던 그녀가 막 몸을 일으켰을 때였다. 거실에서 희미한 벨소리가 들려왔다.

띠리리리—

멋없는 기본 벨소리. 요즘 누가 이런 벨소리로 지정을 해놓을까 싶을 정도였다. 정원은 기가 막히게도 재미없는 벨소리를 들은 뒤 좀비처럼 휘적휘적 걸어 거실로 향했다. 야상 점퍼에서 휴대전화를 꺼낸 정원이 액정을 보며 미간을 찌푸린다.

〈멋있는 왕자님〉

"가끔 보면 진짜 정신이 나간 사람 같아."

그전에 강우가 자신의 전화번호 이름을 이렇게 바꾸어 놓았다는 사실을 알았다. 그때 바꿔야지, 하면서도 미처 바꾸지 못했더니 괜히 아침부터 정신이 사나워져 버린다. 글자가 마음에 들지 않는 듯 한참이나 바라보던 정원이 전화를 받았다. 그러자 곧바로 강우의 밝은 목소리가 들려왔다.

—어제 강아지 만났어?

강아지는 백인혁을 말하는 것이리라. 이제는 그 호칭이 익숙해져 버려 정원이 곧장 대답했다.

"그건 어떻게 아셨습니까?"

—꺄하하하! 진짜? 진짜 만난 거야?

"네."

—우와, 대박!

강우가 호들갑을 떨어 댔다. 그러자 정원은 어제 그가 자신을 바람맞힌 사실을 떠올리며 불만 가득한 목소리로 말했다.

"어젠 왜 못 나오셨습니까? 문자만 덜렁 보내 놓으셔서 당황했습니다. 전화해도 받지도 않고……."

—다 지금을 위해서지!

"네?"

그는 가끔 이렇게 이해 못 할 소리를 한다. 지금을 위해서라니? 그녀가 이마를 찌푸리며 되물었다.

"그게 무슨 소립니까?"

—그건 됐고!

그가 중요하지 않은 문제라는 듯 말했다. 그리고 뒤이어 방금 전과는 달리 작고 은밀한 목소리로 속삭이듯 말했다.

—그래서? 무슨 일이 있었는데?

"우연히 만나서 하산한 뒤에 막걸리를 마셨습니다. 그리고……."

거기까지 말하던 정원이 자신도 모르게 입을 꾹 다물었다.

그리고……? 그러고 나서 어떻게 됐지?

어제 일을 떠올리던 정원이 순간 숙취가 몰려와 신음을 내뱉으며 머리를 부여잡았다.

"윽……!"

—응? 왜 그래? 어디 아파?

"아닙니다. 어제 술을 좀 과하게 마셔서."

—술을? 과하게 마셔……? <u>흐흐흐흐</u>…….

그가 변태처럼 웃어 댔다. 순간 정원의 몸에 소름이 오소소 돋아난다. 마치 닭이라도 된 것처럼 전신에.

"그리고 기억이 안 납니다. 눈을 뜨니 집이고, 혼잡니다."

그렇게 말하던 정원이 시선을 내려 제 옷을 보았다. 어제 입고 있었던 것과 같다. 그럼 필름은 끊겼지만 멀쩡하게 혼자 집으로 돌아왔다는 건가?

마치 스무고개처럼 아리송한 어제의 행방에 그녀가 한참이나 고민하고 있을 때였다.

딩동—

초인종 소리가 울리자 정원은 전화를 끊을 구실이 생겼다는 듯 말했다.

"손님이 오셨습니다. 이만 끊겠습니다."

—이 아침에?

"네, 그럼 월요일에 뵙겠습니다."

—야……! 강정원! 끊, 끊지…….

강우가 간절하게 외쳤지만 정원은 무심하게 전화를 끊었다. 아침에
방문한 방문자는 인내심이 그리 많지 않은 사람인 듯 잠시를 참지 못
하고 또다시 초인종을 눌러 댔다.

딩동— 딩동—

"나갑니다!"

서둘러 현관으로 나간 정원이 상대가 누군지 확인하지도 않고 문
을 열었다. 그러자 문 앞에 인혁이 소중한 물건이라도 되는 양 노트
북을 끌어안은 채 서 있는 게 보였다.

그가 한심하다는 듯 혀를 끌끌 차더니 정원의 머리에서 발끝까지
눈으로 쭉 훑으며 말했다.

"속은 괜찮냐?"

"대장님은요? 전 죽겠습니다."

"비켜 봐, 나 좀 들어가자."

그가 아무렇지도 않게 그녀를 밀치고 집 안으로 들어섰다. 그리고
신발을 가지런히 벗은 뒤 어제와 별반 다를 것이 없는 집 안을 훑어
보며 뒤쫓아 오던 정원에게 말했다.

"너 설마 지금 일어났어?"

"일어나긴 진즉에 일어났는데……. 근데 저 어제 어떻게 된 겁니
까?"

"기억 안 나?"

정원이 고개를 몇 번 끄덕인 뒤 말을 잇는다.

"네. 정말 하나도 기억 안 납니다."

"……뭐, 기억 안 나도 상관없지."

"그건 또 무슨 말입니까?"

오늘따라 그녀의 주위에 있는 작자들이 죄다 알 수 없는 말만 한다. 안 그래도 강우와의 통화로 날카로워져 있던 정원이 머리를 꾹 누르며 말하자, 인혁은 테이블에 노트북과 들고 온 서류를 올려놓으며 말을 이었다.

"손두부집에서 기절하셨거든. 어떤 양반이."

"……."

정원이 놀란 눈을 깜빡였다. 방금 전까지만 해도 잘만 움직이던 턱 관절이 빠지기라도 한 듯 쩍 벌어져 다물어질 줄을 모른다.

그녀의 모습을 보던 인혁이 장난스럽게 눈웃음을 지었다. 그런 뒤 소파에 털썩 앉으며 제 허리를 퉁퉁 두들겨 댔다.

"생긴 것과 다르게 엄청 무겁더라. 다이어트해야 되겠어."

"……다 근육입니다."

"뭐, 그래그래. 믿어 줄게."

정원의 눈썹이 하늘을 향해 치켜 올라간다. 하지만 그녀도 양심이 있던 터라 그에게 톡 쏘아붙이지 못했다. 그러다 순간 무언가를 깨달았는지 그녀가 막 노트북 전원을 누르고 있는 인혁에게 물었다.

"그런데 집 문은 어떻게 여신 겁니까?"

"응? 비밀번호 안 바꿨던데?"

"……."

"넌 진짜 생각 좀 하고 살아라."

톡 쏘아붙인 그가 막 엑셀 파일을 켜는 것을 보던 정원이 뒤에서 주먹을 불끈 쥐어 들어 올렸다.

한 대 콱 쥐어박을까? 어? 미친 척하고 어디 한번 해 봐?!

분노에 활활 타올라 금방이라도 그의 머리를 두 동강 낼 것처럼 굴던 정원은 순간 그와 눈이 마주치자 움찔 놀라 몸을 떨었다.

"어쭈, 한 대 치겠다?"

"아…… 아니, 그게 아니라……."

"그게 아니면 뭔데? 그 손은?"

"……."

정원의 입이 싱싱한 조개마냥 앙다물렸다. 그러자 인혁은 무심한 얼굴로 잔뜩 얼어 있는 정원을 보며 말한다.

"아침밥 기대할게."

"……네."

"자, 부엌으로 향한다, 실시."

그의 말에 정원은 마치 군인처럼 삐그덕삐그덕 부엌으로 향했다.

9
읽지 못한 편지

　어둠이 내려앉은 서재 안. 스탠드는 얼마 안 되는 공간만 밝히고 있었다. 어두운 와중에도 인혁은 무언가를 찾는지 책상 위를 손으로 훑고 있었다. 그의 얼굴에 언뜻 짜증이 비치는 것이 물건을 꽤 오랫동안 찾고 있는 듯했다.

　"아, 어디 놔뒀더라? 강정원 집에 두고 왔나?"

　내일 있을 출범식의 마지막 브리핑을 위해 PPT를 최종 점검하고 있던 인혁은 주요한 서류가 보이지 않자 벌써 한 시간 전부터 온 집 안을 샅샅이 뒤지고 있었다. 정원의 집에서 노닥거리느라 꽤 많은 시간을 소요했기에 한시가 급하던 차였다.

　급기야 책상에서도 보이지 않자, 그가 커다란 가죽 의자에 앉더니 첫 번째 서랍을 열었다.

　"아……."

　순간 그의 행동이 멈췄다. 아니, 떨리는 눈동자를 제외하고 얼음땡

놀이를 하는 사람마냥 멈췄다. 흔들리는 눈동자로 서랍 안을 바라보던 그가 눈을 질끈 감았다. 삽시간에 표정이 바뀌었다.

—백 팀장님께—

그는 익숙한 서체에 심장이 입 밖으로 튀어나올 것처럼 놀라 버렸다. 갑자기 현실과 마주해서였다. 어느 순간 잊고 지낸 기억, 과거, 시간…… 그리고 죄책감.

멍청하게 그는 그 모든 것들을 다 잊고 지냈다.

조그마한 여자 하나로 인해.

예전에는 그것을 잊기 위해 술도 마시고, 수면제까지 먹어 가며 시간을 죽였는데…….

그 작은 여자는 그 모든 것보다 더 강력한 힘으로 감정을 제압해 버렸다.

한참 눈을 감고 있던 인혁이 눈을 떴다. 떨리던 눈동자는 어느새 사라진 뒤다. 그는 무심한 얼굴로 한참이나 편지를 내려다보았다. 알록달록한 편지봉투도 아니었고, 예쁘고 귀여운 서체도 아니었다.

그냥 문방구에서 몇 천 원만 주면 수십 묶음을 살 수 있는 그런 멋없는 편지봉투.

뜯어 보지 않아 정확하진 않지만 편지지 또한 그럴 것이다.

한참 말없이 봉투를 바라보던 인혁이 소리 내어 서랍을 닫았다. 그러더니 자리에서 벌떡 일어나 곧장 부엌으로 향했다. 찬장에서 머그컵을 꺼낸 그가 거실 한 켠에 있는 장으로 향하더니 제일 위 칸에 있는 양주를 꺼내 머그잔 안에 콸콸 따랐다.

조금만 움직여도 흘러넘칠 것 같은 양. 하지만 인혁은 머그잔을 기울여 숨도 쉬지 않고 모두 마셔 버린다.

식도와 몸이 타들어 갔지만, 그는 손을 펴 쥠쥠을 한다. 방금 전까지 피가 안 통하는 것 같더니, 약간의 알코올로 이제야 피가 돌고, 숨이 트이는 느낌이었다.

"젠장!"

집이 울릴 정도로 그가 크게 소리를 질렀다.

그리고 발을 구른다.

쾅쾅─!

마치 어린아이가 제 뜻대로 되지 않을 때 떼를 쓰는 것처럼.

인혁이 다시 한 번 소리쳤다.

"젠장…… 젠장! 젠장! 젠장!!"

악에 받친 고함은 마치 짐승의 울부짖음 같았다.

그는 어떠한 말을 해야 할지 몰라 한참이나 소리를 질렀다.

"망할!"

♧　　♣　　♧

문화 화재 방재 시스템팀 출범식을 하는 날, 많은 사람이 소방재청에 모여들었다. 기자들부터 시작해서 각 소방서 서장들이 벌써부터 자리를 지키고 있었고, 2층에는 소수의 일반인들이 곧 있을 행사를 보기 위해 기다리고 있었다.

바쁘게 움직이는 사람들 사이에서 인혁이 무심한 얼굴로 노트북 화면을 보고 있었다. 그 모습을 정원이 웬일인지 걱정스러운 얼굴로 보고 있다.

어느새 그런 정원의 곁으로 다가온 수호가 목소리를 낮춰 물었다.

"대장님 또 왜 저래? 너 또 무슨 짓 했어?"

"……"

정원은 말없이 고개만 저었다. 그녀도 인혁이 왜 저렇게 메마른 표정으로 있는 것인지 알 수 없었으니까.

그는 오늘 아침밥을 먹으러 오지도 않았다. 아침에 일어나 휴대전화를 확인해 보니 먼저 소방재청으로 출근하겠다는 문자만 와 있었다. 그를 만나자마자 정원은 걱정스레 인사부터 했지만, 그는 고개만 끄덕일 뿐 아무런 말도 해 주지 않았다.

갑자기 왜 저러시지……? 긴장이라도 되시나?

일요일 아침만 해도 그의 기분은 꽤 괜찮아 보였다. 그런데 갑자기 변덕이 죽 끓듯 변해 버린 그의 모습에 정원은 도통 적응을 할 수 없었다.

그때 마이크를 통해 사회자가 곧 식이 시작된다는 것을 알렸다. 시간에 맞춰 소방재청장과 문화관광부 장관, 문화재청장이 자리를 해 빛내 주었다.

식은 백인혁, 그가 오랫동안 준비했다는 티가 역력하게 날 정도로 모든 것이 완벽했다. 그가 진행한 브리핑도 완벽했고, 무대에 서서 사람들에게 '안전'을 외치는 대원들 또한 한목소리라 느껴질 정도로 정확하게 경례를 했다.

출범식이 끝나고 사람들이 썰물처럼 식장을 빠져나간 뒤에도 인혁의 표정은 도통 펴질 줄을 몰랐다. 그가 긴장 때문에 표정이 좋지 않다는 생각도 결국 헛다리였다.

멀리서 남색의 제복을 입은 인혁을 보던 정원이 차마 다가가지 못하고 있을 때였다.

"인혁 씨?"

오늘 식에 참관을 한 일반인인지 무릎까지 내려오는 코트를 입은 여자가 그에게 다가가 알은척을 했다. 검은색의 긴 머리나 색조를 거의 하지 않은 청순한 얼굴이 무척이나 아름다운 여자였다. 그도 남자인지라 여자를 보자 순간 놀라움에 동그랗게 눈을 떴다.

"오랜만입니다."

"네, 인혁 씨는 더 멋있어 지셨네요."

재복을 입고 있는 인혁은 그녀의 말대로 멋있었다. 그리고 그녀 또한 예뻤다, 정원과는 달리. 두 사람은 마치 한 쌍의 커플처럼 보였다.

'무슨 사이예요……?'

그에게 다가가서 그렇게 묻고 싶었지만, 발에 본드를 발라 놓은 듯 움직일 수가 없었다.

"……."

두 사람은 잠시 무슨 이야기를 나누었고, 곧 식장을 벗어났다. 그 모습을 정원은 말없이 보고 있었다. 그때 뒤에서 나타난 눈치 없는 수호가 어깨동무를 했다. 거의 힘이 들어가 있지 않던 정원의 몸이 앞으로 기우뚱 기울더니, 무릎을 바닥에 찍어 버렸다.

"야! 괜찮아?"

수호가 화들짝 놀라 그녀를 부축했지만, 정원은 몸을 일으킬 수가 없었다.

소방재청 건너편에 있는 커피숍은 평일 낮이어서 그런지 손님 하나 없이 한산했다.

이화와 인혁. 두 사람 앞에 뜨거운 커피와 함께 서비스로 나온 비스킷이 놓였지만 두 사람 중 어느 누구도 몸을 움직이지 않았다. 그저 서로 죄를 지은 사람처럼 테이블만 뚫어져라 바라보고 있었다.

그때였다. 먼저 용기를 낸 이화가 가방에서 빛바랜 편지를 꺼내 그의 앞으로 밀어 놓았다.

"며칠 전에…… 우연히 찾았어요. 시댁에 갔다가."

"아……."

인혁은 익숙한 필체에 눈을 질끈 감았다.

그의 감정동요를 알아차렸을 텐데도 이화는 단단히 결심을 하고 온 것인지 계속 말을 이었다.

"제 것은 남겨 두지도 않았는데, 인혁 씨한테는 남겨 두었더라고요. 혹시 저 모르게 두 사람 바람이라도 피운 건 아니죠?"

후후, 작게 웃음을 내뱉은 그녀는 시선을 아래로 내려 텅 비어 버린 눈동자를 껌뻑였다.

"드릴까, 말까…… 잊고 계시는데…… 드려도 될까 고민을 했어요. ……그런데 드려야 할 것 같았어요."

말을 하는 도중에도 끊임없이 고민을 하는 것인지 이화가 떠듬떠듬 말했다.

"안에 어떤 내용이 있는지 저도 몰라요. 다만……."

"……."

"그 사람이 마지막으로 하고 싶은 말을 쓴 것이니까, 전해 드려야 할 것 같았어요."

목소리에 울음이 묻어난다. 이야기를 하면서 그녀의 눈이 붉어지더니 곧 실핏줄이 터지고 눈물이 맺힌다.

고개를 숙이고 있던 인혁이 천천히 고개를 들어 이화를 바라보았다.

시간이 흘렀지만 여전히 아름다운 여자. 이 아름다운 여인을 홀로 두고 떠나간 그 남자의 뒷모습이 계속 그의 머릿속을 맴돌아 목이 메었다.

"감사합니다…… 형수님."

그는 자신의 앞에 놓여 있는 편지를 보았다. 역시나 멋없는 편지봉투. 소방관들은 하나같이 미적 센스가 없다. 마지막 이야기를 적어 놓은 편지니, 좀 더 예쁘고 좋은 것에 적어 주면 좋으련만. 시간이 지나면 퇴색되는 그들의 기억처럼 쉽게 색이 바래는 편지봉투에 마지막 인사를 남겼다.

무표정한 얼굴로 편지를 쥔 인혁의 표정은 메말라 있었다. 감정을 잃은 사람처럼 무표정한 얼굴로 편지를 가방에 넣은 그가 그제야 이화의 얼굴을 보았다.

그녀의 얼굴엔 슬픔이 가득하다. 이미 강산이 변할 만큼 오랜 시간이 흐른 일인데…… 그녀는 여전히 잊지 못하고 있었다.

그녀는 인혁과 눈이 마주치자 애써 미소 띤 얼굴로 말했다.

"덕분에…… 용화는 잘 크고 있어요. 제 아버지를 닮아서…… 무척이나 씩씩하게. 커서 아버지처럼, 잘생긴 삼촌처럼 훌륭한 소방관이 되고 싶어 해요. 그런 아이를 볼 때마다 피는 속일 수 없다는 생각을 한다니까요?"

후후, 웃음을 뱉은 이화가 말을 이었다.

"인혁 씨가 매번 도와주지 않았다면…… 저 혼자 하지 못했을 거예요."

"아닙니다. 언제든 도움이 필요하시면 연락하세요."

그의 말에 이화가 가볍게 고개를 저었다.

"아니요, 저도 염치가 있는걸요. 이젠 저 혼자서 잘 해낼 수 있어요."

"……"

"감사합니다."

자리에서 일어난 이화가 진심을 다해 허리를 숙였다.

남편이 떠난 빈자리를 지켜 준 남자에게 진심을 다하여 인사를 했다.

그녀의 허리가 오랫동안 펴지지 않았다.

어두운 집 안은 빛 한 점 없었다. 마치 그의 마음처럼.

의자에 앉아 첫 번째 서랍을 내려다보는 그의 얼굴이 흙빛으로 물들어 있다.

—인혁이에게—

—백 팀장님께—

서로 다른 서체. 서로 다른 사람이 그에게 보내온 것.

한참 망설이던 그가 결국 서랍을 닫았다. 그리고 자리에서 일어나 주머니에 있던 휴대전화를 꺼내 들었다.

익숙한 번호를 누른 그가 곧장 태원에게 전화했다. 그리고 그가 전화를 받자마자 본론부터 꺼냈다.

"시간 되냐?"

—지금요?

"그래."

그의 목소리가 어둡자 태원이 재빨리 답했다.

—대장님께서 부르시면 당연히 시간이야 되지만…….

그의 말에 인혁이 시계를 보았다.

새벽 1시.

하지만 제정신으론 잠들 수 없는 밤이었다. 그래서 그는 태원이 피곤할 것을 알고 있음에도 이기심에 말할 수밖에 없었다.

"나와라. 술 한잔하자."

정원이 긴장한 얼굴로 현관문을 보고 있었다.

"후아."

크게 심호흡을 한 그녀는 잠시 망설인 뒤에 초인종을 눌렀다.

딩동—

그 소리가 다른 어느 때보다도 크게 들렸다.

늘 일곱 시면 집으로 찾아오던 그가 오늘은 오지 않았다. 휴대전화로 아무리 전화를 해 봐도 받지도 않았고, 문자도 묵묵부답이었다.

설마 어제 그 여자랑 함께 있나……? 내가 지금 혹시 눈치 없게 구는 건 아니야?

그렇게 생각하던 정원은 무엇을 확인하고 싶어선지 곧장 그의 집으로 달려와 버렸다.

긴장한 얼굴로 정원이 현관문을 보고 있을 때였다. 달칵 소리와 함께 문이 열리더니 곧 머리를 벅벅 긁으며 태원이 모습을 드러냈다. 전혀 예상 밖의 인물인지라 정원은 그의 얼굴을 뚫어지게 바라보았다.

"……어? 강정원 대원 아니야?"

그도 아침부터 인혁의 집을 찾아온 정원이 이상했던 터라 물었다. 하지만 정원은 더 의아한 얼굴로 태원의 뒤쪽에 보이는 광경을 보며 물었다.

"지금…… 뭐하시는 겁니까?"

거실에서 상의 탈의를 한 채 기절한 듯 잠든 인혁이 보였다. 어디 그 뿐인가. 집 안에서 역할 정도로 강렬하게 술 냄새가 나고 있었다. 정원이 자신도 모르게 코를 막자 태원이 어깨를 으쓱이며 말했다.

"뭐, 보시다시피……."

무미건조한 얼굴로 말한 태원이 늘어지게 하품을 했다. 평소 까칠한 태원의 풀어진 모습도 놀랄 노 자인데, 출근 시간이 다가옴에도 여전히 꿈나라인 인혁의 모습은 더더욱 충격이었다.

미간을 찌푸린 정원이 자신이 온 줄도 모르고 여전히 숙취에 허덕이는 인혁을 힐끗 보며 말했다.

"아침 메뉴를 바꿔야 되겠습니다."

"뭐? 아침?"

그의 물음에 고개를 끄덕인 정원이 말을 이었다.

"네, 대장님 깨워서 출근 준비 마치시고 바로 아래층으로 오십시오."

제 할 말은 끝났다는 듯 정원이 뒤돌아서 성큼성큼 계단을 내려가자 그 모습을 여전히 의아하게 바라보던 태원이 문을 닫고 집 안으로 들어갔다. 그리고 떡이 된 인혁의 모습을 난감한 눈으로 바라보더니 조심스럽게 흔들어 깨우기 시작했다.

"대장님 일어나세요, 출근할 시간입니다."

"으음……."

그가 몸을 뒤척이며 게슴츠레하게 눈을 뜨자 태원은 그가 다시 곯아떨어질까 봐 서둘러 말을 덧붙였다.

"강정원 대원이 아침 먹으러 내려오랍니다. 이게 무슨 소립니까?"

"아…… 그래."

가뭄 때문에 메마른 땅처럼 쩍쩍 갈라지는 목소리로 말한 인혁이 상체를 벌떡 일으켰다. 그리고 정신이 돌아오지 않는지 연신 고개를 저으며 말했다.

"씻고 내려가자."

"네?"

"강정원 밥 끝내주게 맛있거든."

그렇게 말한 인혁이 애써 괜찮다는 듯 웃어 보인다.

식탁에 모여 앉은 세 사람은 고춧가루를 뿌려 얼큰하게 끓인 콩나물국만 퍼먹고 있었다. 술을 마시지 않은 정원조차도 어색한 분위기에 쉬이 젓가락을 놀릴 수가 없었다. 눈치 없는 그녀가 알아차릴 정도로 식탁 분위기는 정말 말이 아니었다.

결국 국만 몇 술 뜬 인혁이 자리에서 일어나며 말했다.

"출근 준비하고 내려올게. 기다리고 있어라."

현관문이 닫히는 소리와 함께 정원은 숨을 참고 있었던 듯 커다랗게 소리 내어 숨을 내뱉었다. 그리고 여전히 무감한 수저질을 하고 있는 태원에게 물었다.

"저…… 대장님 기분은 괜찮아 지셨습니까?"

그녀의 물음에 태원의 시선이 조그마한 얼굴로 향한다. 새하얀 얼굴에는 걱정이 묻어 있다. 정작 본인은 깨닫지 못하고 있는 것 같았지만.

날카로운 눈동자로 정원의 얼굴을 살피던 태원이 직설적으로 물었다.

"너 대장님이랑 무슨 사이야?"

"네? 팀원 사이……."

"내가 보기엔 아닌 것 같다."

"네? 아…… 대장님의 도움을 많이 받았습니다. 그럼 팀원 사이가 아닌, 제가 은혜를 받은 분이네요."

전혀 다른 곳으로 튀는 말에 태원이 무심한 눈동자로 한참이나 그녀를 바라보았다. 하지만 쭉 찢어진 눈 때문일까. 그가 노려본다고 생각했는지 정원이 말없이 제 밥그릇으로 고개를 숙이자, 태원이 자리에서 일어났다.

그가 말도 없이 티셔츠 자락을 잡아 위로 올렸다. 보통의 여자라면 깜짝 놀랄 행동이었지만, 정원은 그 행동을 멀뚱멀뚱 바라보았고 곧 몸에 끔찍하게 남은 화마의 상처에 놀라 숨을 들이켰다.

보기만 해도 사고 당시 그의 고통이 얼마나 대단한 것이었을지 알 수 있을 정도로 끔찍한 상처였다. 보통 일반 사람이라면 견디지 못하고 숨을 거둘 정도로.

"전신에 50% 3도 화상을 입었었다. 1년 전에. 덕분에 현장을 오랫동안 떠나 있었지."

"……어, 어쩌다 다치신 겁니까?"

정원이 걱정스러운 얼굴로 태원을 올려다보았다. 동그란 눈은 거짓없이 투명했고 맑았다. 그래서 제 이야기를 늘어놓길 꺼리는 태원이 그녀에게 솔직하게 말을 했는지도 모른다. 원래 말을 하려던 것보다 더.

"난 운이 좋았어. 죽지는 않았으니까. 근데……."

말을 잠시 멈춘 태원이 인상을 찌푸렸다. 순간 엄청난 감정의 소용돌이에 휘말렸는지 눈빛이 흔들렸다. 눈을 감자 그날의 일이 영상처럼 눈앞에 펼쳐졌다.

내부로 들어가는 입구는 하나였다. 우레탄폼으로 도배되어 있는 벽은 불길을 빠르게 옮겼다. 초기 현장 안으로 진압할 때와는 달리 2분 뒤 화마는 인간이 이길 수 있는 성질의 것이 아니었다.

"나와!"

대장의 목소리에 팀원들은 빠르게 건물을 빠져나갔다. 하지만 태원이 막 나서려던 순간, 천장을 받치고 있던 허술한 기둥이 무너져 내려 그를 덮쳤다.

"으아아악!"

괴로워 죽을 것 같았다. 몸이 장작처럼 타들어 가고 피부가 쪼그라들었을 땐 제 몸이 조각나 떨어져 나가는 줄만 알았다. 그렇게 정신을 잃었다. 그리고 눈을 떴을 땐 몸에 난 상처보다 더 끔찍한 현실이 기다리고 있었다.

"현우가……."

그렇게 운을 떼던 인혁의 모습은 아직도 잊혀지지가 않는다. 그리고 그의 입에서 흘러나온 말에 뒤통수를 후려 맞은 듯 멍해졌던 정신이 돌아오는 순간 울부짖음과 같은 말이 터져 나왔다.

"왜, 왜, 왜…… 왜 나만 살아남은 건데, 왜!"

온몸을 미라처럼 붕대로 칭칭 감고서 그렇게 소리쳤다. 하지만 그렇게 질문을 입 밖으로 내뱉는 순간 그는 답을 알아 버렸다.

"태원아……."

기억에서 빠져나온 태원이 눈을 번뜩 떴다. 그리고 의아한 눈으로 자신을 바라보는 정원에게 말했다.

"……넌 다치지 마라."

"……."

"그럼 대장님, 완전히 미칠 거다. 이젠 진짜 한계이신 것 같다."

그의 어투는 거칠어졌다. 어제 술자리에서 보았던 인혁의 모습을 떠올리자 그의 가슴 한 켠도 시큰하게 아파 왔다.

존경하는 사람. 닮고 싶은 사람. 그의 모토.

백인혁은 김태원에게 그런 사람이었다.

커다란 거목(巨木), 또는 넓은 바다와 같다. 그런 그 사람이…… 그에게 그런 모습까지 보여 줄 정도면 이젠 한계에 달했다는 뜻이다.

그의 표정을 살피던 정원이 조심스레 물었다.

"그게 무슨 말입니까?"

"난 말이다. 대장님이 더 이상 상처를 받지 않으셨으면 한다. 혼자 끙끙 앓는 것도 싫고. 그러니까 말이야……. 지금처럼 그러고 있어라."

말이 두서없이 튀어나왔다. 머리를, 이성을 거치지 않아서였다. 그만큼 태원은 지금 진심을 다해 정원에게 부탁하고 있었다.

"네?"

그녀의 물음에도 태원은 제 할 말만 했다.

"난 말이다…… 대장님이 다시 예전으로 돌아가시는 것이 싫다."

"……."

"그러니까 네가…… 네가 좀 잡아 줘라."

그의 말을 완전히 이해하지 못했지만 정원은 천천히 고개를 끄덕였다. 그리고 자리에서 일어나 자신보다 한참이나 위에 있는 눈을 똑바로 마주하며 말했다.

"예전의 모습이 어떠신지는 모르겠지만…… 제가 할 수 있다면 붙잡고 있겠습니다."

"……."

"그러니 김태원 대원님도 슬퍼하지 마십시오."

그녀의 말에 태원의 얼굴에서 조금 슬픈 기색이 사라졌다.

사무실 분위기가 평소와는 달랐다. 숙취 때문인지 아니면 다른 사정 때문인지 유독 인혁은 표정이 좋지 못했고, 얼굴색도 어두운 빛을 띠고 있었다.

다른 대원들은 그의 안색을 살피며 최대한 소리 나지 않게 움직이고 있었다. 인혁과 함께 문화재청에 가야 하는 용건과 태원은 제 자리에서 인혁의 준비가 끝나길 조용히 기다리고 있었고, 사무실에 남아 있을 정원과 수호는 숨소리도 내지 않은 채 모니터에서 시선을 떼지 못하고 있었다.

그때 막 준비를 마친 것인지 인혁이 용건과 태원에게 눈짓했다. 그들이 자리에서 일어나자 인혁은 정원의 정수리를 보며 말했다.

"그럼 다녀온다."

"네, 다녀오십시오!"

수호가 밝은 목소리로 인사했다. 평소라면 아무리 귀찮더라도 인사를 받는 척이라도 했을 그이지만, 오늘은 가볍게 고개를 끄덕이는 것으로 인사를 대신하며 사무실을 벗어난다. 그 뒤를 용건이 따랐고, 태원이 마지막으로 사무실 문을 닫으며 모습을 감췄다.

뚫어지게 모니터를 바라보고 있던 수호는 문이 닫히는 소리가 들리자 그제야 숨을 헉— 하고 내뱉었다. 그리고 옆자리에서 여전히 서류를 뒤적이고 있는 정원을 향해 몸을 틀며 말했다.

"며칠 전부터 분위기 진짜 왜 이러냐?"

"……잡담하지 말고 일하세요."

"뭐야? 너 알고 있는 것 같은데?"

"……."

"같은 팀원인데 나만 모르는 거야? 나만 왕따 거야?"

수호가 툴툴거렸다. 어서 다 불라는 듯. 하지만 정원은 입을 꾹 다물었다. 자신의 이야기도 아닌 남의 사정을 다른 이에게 전한다는 것이 마음에 걸렸기 때문이다.

그녀가 여전히 입을 꾹 다물고 있자, 수호가 볼을 빵빵하게 불리더니 토라진 듯 제 자리로 돌아갔다. 하지만 입엔 모터를 단 것처럼 말을 멈추지 않았다.

"이러니까 왕따가 사회문젠 거야. 어디 학교에서만 왕따가 있나? 직장에도 있지."

계속 그의 말을 무시하고 있던 정원이 막 한 마디 하려던 찰나였다.

갑자기 스피커에서 귀를 때리는 출동벨 소리에 정원과 수호의 몸이 움찔 떨렸다. 3층에 출동벨이 울린다는 건 화재 진압 시스템팀의 출동을 알리는 것이었다.

위이이이잉—

〈화재 출동! 화재 출동! 성길 시장, 화재 출동! 전 대원 출동하기

바람!〉

위이이이잉—!

수호가 먼저 문을 열고 뛰쳐나가자 정원이 무전기를 들고 그 뒤를 따랐다.

우당탕!

2층에 있던 대원들과 함께 뒤섞여 차고로 뛰쳐나간 정원이 수호를 따라 펌프차에 올랐다. 그녀는 처음 보는 이수 소방서 화재팀 대원들에게 허리를 숙여 인사했다. 그러자 화재 진압팀 팀장이 그녀의 인사를 받기도 전에 날카로운 목소리로 물었다.

"장비는?"

"아침에 정비 마쳐서 펌프차에 실어 놨습니다."

"좋아."

올해 마흔이 넘은 화재 진압팀 팀장 조필성은 펌프차에 올라탄 여섯 명의 대원과 일일이 눈을 마주치며 말했다.

"손발 안 맞춰 본 오합지졸들이 모였지만, 이번 화재는 꽤 크다. 우리가 초기 진압팀으로 화재 현장에 투입된다."

그 이야기에 정원의 손끝이 파르르 떨렸다. 수호도 많이 떨리는 것인지 긴장감에 손톱을 딱딱 깨물었다.

"5분 뒤에 성길 시장에 도착한다. 장비 착용 1분 30초 준다. 실시!"

필성의 말에 대원들이 빠르게 방화복으로 갈아입기 시작한다. 필성역시 방화복으로 갈아입으며 정원을 바라보며 말했다.

"강정원 대원."

"네!"

"화재 현장 투입 경험은?"

"없습니다!"

정원이 바지를 입고 막 목 보호대를 찼다. 그러자 필성은 화재 진압팀 대원을 눈으로 훑은 뒤 말했다.

"박수호 대원과 강정원 대원은 관창보조 역할을 한다. 강정원 대원은 나랑 한 팀을 이루고, 박수호 대원은 차기문 대원과 한 팀이다."

"네, 알겠습니다!"

각기 다른 세 목소리가 섞여 하나의 것이 되었다.

만족스레 고개를 끄덕인 필성이 무전기를 뽑아 들었다. 그리고 상황실과 대화를 나누며 화재의 규모와 인명에 대한 이야기, 그리고 근처 소방서에서 몇 개의 팀이 오는지 자세히 대화를 나눴다.

5분이란 시간은 길지 않았다. 하지만 대원들은 현장에 도착하기전까지 빠르게 방화복으로 갈아입었고, 산소통까지 멘 뒤 긴장한 얼굴로 앉아 있었다.

그리고 드디어 현장에 도착했을 땐, 필성의 얼굴이 새하얗게 질렸다.

"젠장!"

쾅―! 콰광, 쾅쾅―!

연쇄적인 폭발음과 함께 순간 시장이 화마에 휩싸인다. 대피하고 있던 주민들도 깜짝 놀라 몸을 웅크리고, 안에 가족과 생계를 두고온 사람들은 도착한 소방관들에게 달려들어 눈물을 쏟는다.

"제발…… 제발요."

흰머리가 지긋한 노인의 부탁이었다. 하지만 무엇을 향한 부탁인지는 말하지 못한다.

눈물로 얼룩진 얼굴. 그리고 그에게도 지나간 화마의 상처.

수호는 자신의 옷자락을 붙잡고 있는 노인의 손을 붙잡으며 자신도 모르게 진지한 어투로 말했다.

"할아버지, 이곳은 위험하니까 멀리 피해 계세요. 안에 계신 가족분은 제가 구해 드릴게요.”

그의 예상이 적중했는지 노인이 재빨리 고개를 끄덕였다.

“안 돼!”

“빨리 불 좀 꺼 주세요! 제발요!”

“안에 어머니가 있어요! 구해 주세요, 제발!”

시민들의 악에 받친 음성. 하지만 괴물이 된 불길은 모든 것들을 잡아먹으며 뜨거운 불길로 그들을 위협한다.

더 이상 지체하고 있을 시간이 없었다.

“차혜성! 주민들 대피시켜!”

“네, 알겠습니다!”

“나머지는 화마 잡으면서 안으로 진입한다! 시민들의 생명이 우선이다! 내 말뜻 알겠나?!”

“네, 알겠습니다!”

그들이 우렁차게 답했다. 그리고 재빨리 호스관을 펌프차와 연결하고, 보조들은 재빨리 관창수에게 달려가 그들을 보조한다. 마지막으로 산소통을 확인한 대원들이 각자의 자리로 달려갔다. 정원 또한 재빨리 달려가 필성의 뒤를 몸으로 지탱했고, 수호도 경력이 많은 기문의 뒤를 받쳤다. 필성은 다른 대원들 또한 준비를 마치자 비장한 목소리로 말했다.

“이수 소방서 구조팀과 구급팀은 곧장 이리로 달려오고 있다. 종로소방서에도 지원을 보냈고, 그밖에 네 곳의 소방서에서 지원을 오기로 했다. 그전까지 우리가 할 일은 초기 진압이다.”

“네!”

“싸울 준비됐지?”

“네, 준비 끝났습니다!”

“방수!!”

그의 신호에 맞춰 펌프차에서 대기하고 있던 대원들이 펌프관을 힘차게 돌렸다. 그러자 소방호스에서 엄청난 양의 물이 세상 밖으로 쏟아진다.

치이이익—!

마치 뱀이 위협적인 소리를 내는 것처럼 불길 또한 그들을 위협했다. 방화복을 입고 있었지만, 온몸은 타들어 갈 것처럼 뜨겁다.

치익, 치이익—

정원은 순간 숨이 막히는 느낌에 크게 호흡을 들이마셨다. 산소통에서 맑은 산소가 흘러나와 폐부까지 침투했지만, 그조차 매캐한 유독가스처럼 느껴졌다. 눈앞이 뿌옇게 변하는 느낌이었다. 실전이란…… 그녀조차도 두렵게 만든다.

정원의 상태를 알아서일까, 필성이 힘겹게 불과 사투를 벌이며 외쳤다.

"정신 안 차려?!"

"죄, 죄송합……."

"죄송할 짓은 하지 마!"

매서운 목소리에 정원이 크게 눈을 깜빡였다. 투명한 재질에 가로막혀 뿌옇게만 보이던 세상이 좀 더 또렷하게 보인다. 뿌연 연기와 노란색과 붉은색이 뒤섞인 기묘한 불길. 그리고 시민들의 재산이 까맣게 타들어 가는 현장.

정신을 차려야 했다. 그녀는 국민을 지키고 그들의 재산을 지켜야 할 의무가 있는 소방관이었다. 목숨을 걸어서라도.

아스팔트조차 녹아내려 걸음을 내딛기가 힘들었다. 필성 또한 체력에 부치는 것인지 앓는 소리를 냈다. 그때 뒤에서 커다란 목소리가 들려왔다.

"대장님! 쌀집에 딸이 자고 있답니다! 6세 아이로 오른쪽 첫 번째

방이라고 합니다!"

"뭐……?"

정원이 깜짝 놀라 자신도 모르게 고개를 돌렸다. 쌀집은 방금 전 그녀가 지나쳐 온 곳이었다. 필성 또한 고개를 돌려 얼마 떨어지지 않은 쌀집을 보았다. 화마는 길거리 곳곳에 자리 잡아 끔찍하리만치 빠른 속도로 모든 것을 잿더미로 만들고 있었다. 그리고 쌀집 또한 마찬가지였다.

"종로 화재 진압팀 도착했습니다!"

때마침 반가운 말이 들려오자 안도의 한숨을 푹 내쉰 필성이 말했다.

"강정원 대원?"

"네."

"우린 쌀집부터 화재 진압한다."

"네, 알겠습니다!"

필성이 몸을 돌려 걸음을 옮겼다. 무지막지한 수압에 몸을 휘청하면서도, 한 걸음이라도 빠르게 아이에게 다가가기 위해 2층 건물 위로 물을 쏟아 냈다.

치익, 치이익—

다행히도 쌀집은 불길이 많이 번지지 않았기에 입구의 불은 빠르게 제압되고 있었다. 온 힘을 다해 어깨로 필성을 지지하던 정원은 순간 다리에 경련이 이는 것을 느끼고 이를 악물었다. 그때 필성의 목소리가 들려왔다.

"화재 진압은 처음이라고 했지?"

"네, 그렇습니다!"

"가게 내부로 들어가면 유독가스 때문에 시야 확보가 쉽지 않을 거다. 온통 암흑천지지. 되돌아 나오는 길을 찾기도 힘들고 길을 잃을 수도 있다. 물이 떨어지면 곧장 현장 나와서 펌프차로 간다. 시장 같은 경우 소화전을 기대하기 힘드니까."

"네!"

"정신 바짝 안 차리면 구조대가 널 구해야 할 상황이 올지도 몰라."

"잘 압니다!"

"그래, 좋아. 그럼 들어가자."

쾅—!

발로 닫혀 있는 문을 열고 안으로 들어간 두 사람은 순간 만난 노란 불길에 몸을 움찔 떨었다. 하지만 차근차근 가게 곳곳에 번져 있는 불길을 잡았고, 막 2층으로 올라가려던 찰나 호스가 느슨해지더니 이내 더 이상 물을 쏟아 내지 못했다.

5분이란 짧은 시간에 벌써 5톤 트럭에 있던 물을 모두 써 버린 것이다.

"신속하게 빠져나가자."

필성의 말에 고개를 끄덕인 정원이 막 걸음을 옮기려던 찰나였다.

"구, 구해 줘요!"

그들의 말을 들어서일까. 2층에서 어린 여자아이의 목소리가 들렸다. 그 소리에 필성과 정원의 발걸음이 뚝 하니 멈췄다.

"아, 아이의 목소리가……."

"안전끈도 안 맸다. 지금 들어가기엔 너무 위험해."

"하지만 아이만 두고 갈 수는 없습니다!"

정원의 말에 필성이 고개를 설레설레 저었다. 그러고는 가게 밖으로 향하며 말했다.

"시민의 안전은 우리가 지킨다. 하지만 우리의 안전은 그 누구도 지켜 주지 않아. 헛소리 말고 당장 나와."

"그럴 수 없습니다. 소방관은 목숨을 걸고서라도 화마 속에 있는 시민을 구한다. 그게 제가 알고 있는 소방관의 사명입니다."

정원이 무거운 방화복을 입었다고는 생각할 수 없을 정도로 빠르게 걸음을 옮겼다. 그리고 2층으로 막 올라가려던 찰나, 계단 곁에 세워져 있는 소화기를 번쩍 들어 올렸다. 과히 초인적인 힘이었다. 그녀는 마치 지금 자신이 초인이 된 느낌이었다.

"강정원!"

뒤에서 필성의 목소리가 들려왔다. 하지만 곧 유독가스와 매캐한 연기에 시야가 가로막혀 바로 코앞의 물체도 볼 수가 없었다. 필성이 걸음을 더듬더듬 뒤로 물렸다. 그러곤 몸을 최대한 낮춘 뒤 외쳤다.

"젠장! 아이 데리고 곧장 나와!"

"네, 알겠습니다!"

그렇게 외친 필성이 가게를 나섰다. 그리고 지나가던 대원들한테 구조 요청을 하는 목소리가 들려왔다.

불에 잔뜩 달궈진 난간을 잡고 2층으로 올라간 정원은 수화기의 안전핀을 뽑은 뒤 오른쪽 방 나무문을 발로 차 열었다. 그러자 구석에서 몸을 잔뜩 웅크리고 있던 아이가 고개를 바짝 들었다.

"진짜 왔다."

아이의 눈에는 눈물이 가득했다. 자다가 깨어나 보니 집 안을 뒤덮은 불길에 깜짝 놀랐으리라. 정원은 아이가 더 이상 겁먹지 않도록 최대한 다정한 목소리로 말했다.

"많이 무서웠지?"

"네."

"지금부터 언니가 불을 끌 거야. 근데 불을 끄면 아주 매운 연기가 나오거든. 그러니까 옆에 있는 이불 뒤집어쓰고 누워 있어. 알겠지?"

아이가 고개를 크게 끄덕였다. 그리고 꼬물꼬물 몸을 움직여 이불 속으로 파고들었다.

아이가 몸을 낮추자 정원은 아이와 자신의 사이를 가로막고 있는 불길을 향해 핸들을 개방한 뒤 방사했다.

하얀 연기가 불길을 잡자 정원이 천천히 걸음을 옮겨 아이에게 다가갔다.

"잡았다."

정원이 소화기를 옆으로 내려놓은 뒤 겁에 질려 잔뜩 떨고 있는 아이의 몸을 이불에 감싸 안았다.

"이제 나가도 돼요?"

"아니, 그냥 거기 있는 게 좋을 것 같아. 언니가 지금부터 안아서 옮길 테니까, 무서운 소리 나도 절대 얼굴 내밀면 안 돼. 알겠지?"

"네."

아이가 혀 짧은 목소리로 답했다. 정원이 이불 채로 아이를 번쩍 안아 올렸다. 오늘 무리하게 사용한 팔이 부들부들 떨렸지만, 지금은 그것을 신경 쓰고 있을 시간이 없었다. 빠르게 걸음을 옮겨 막 1층으로 내려가려던 정원의 앞에 굉음과 함께 뭔가가 내려앉는 소리가 들렸다.

"어, 언니……."

귀를 울리는 커다란 소리에 아이가 깜짝 놀라 말했다. 하지만 정원은 지금 제 앞에 펼쳐져 있는 처참한 관경에 말을 잃어버렸다.

쌀집은 낡았고, 나무로 된 목조건물이었다. 그녀가 올라올 때는 미처 살피지 못한 천장도 불에 타고 있었던 것인지 커다란 지붕의 기둥이 계단 위로 떨어져 출입구를 막아 버렸다.

"어, 언니…… 언니?"

아이가 정원을 부른다. 그리고 그제야 정원은 아이의 머리를 쓰다듬었다. 불길이 또다시 커지고 있었다. 그녀의 앞날이 어떻게 될지

뻔히 보였지만, 그녀는 애써 아이의 등을 다독이며 달랬다.

"겁먹지 마, 언니가 구해 줄게."

"진짜? 진짜지?"

"그래. 언니는 불 끄는 소방관인걸."

그녀의 목소리가 파르르 떨렸다.

"더 이상 환자 못 받습니다!"

"그럼 길거리에서 죽게 내버려 둡니까? 화상이 심한 환자라 곧바로 응급조치라도 해야 합니다!"

"그러니까 그 응급조치를 취할 공간이 없다고요! 저기 안 보이세요? 복도까지 환자 꽉 찬 거?!"

구급대원과 ER 레지던트가 언성을 높이며 싸우고 있었다.

병원 근처에 있는 성길 시장에 큰불이 났다. 시장 전체로 불길이 번졌고, 아직도 불꽃을 잡지 못한 채 소방관들은 고군분투 중이었다.

다친 주민들과 소방관들이 한꺼번에 병원으로 몰리자, 응급실은 마치 도떼기시장을 방불케 한다. 이미 다른 곳의 응급실도 가득 찼기에 구급대원은 절대 물러날 수 없다는 듯 의사에게 말했다.

"이곳이 아니면 한 시간이나 떨어져 있는 병원으로 이송을 해야 합니다."

"하아……."

레지던트가 이마를 붙잡자, 구급대원은 조금만 더 말을 하면 환자를 치료받게 할 수 있다는 생각에 애원조로 말했다.

"전신에 3도 50% 화상을 입은 환자입니다. 바로 수술 들어가야 한다고요!"

"알았어요, 알았어! 차 쌤! 환자 옮겨요!"

"네!"

다른 환자한테 붙어 있던 의사가 서둘러 복도에 덩그러니 놓여 있는 침대를 이끌고 응급실 가장 구석으로 향한다.

인혁은 이 모든 상황을 멍한 눈으로 바라보고 있었다. 이미 인원을 초과한 응급실엔 많은 환자가 있었고, 오프인 의사들까지 다 출근을 한 것인지 의사들 또한 진을 빼며 환자들을 보고 있었다.

"어, 어디야……."

그의 목소리가 떨렸다. 눈빛은 언뜻 멍하다.

외근 중 노 서장에게서 걸려 온 한 통의 전화에 곧장 병원으로 달려온 그는 불안에 떨리는 손을 말아 쥐며 빠르게 고개를 돌리고 있었다.

─강정원 대원이 다쳐서 현재 응급실로 이송 중이다.

그 이야기를 듣는 순간, 그는 숨이 멎는 줄만 알았다.

또다시 동료를 잃고…… 그리고 정원을 잃는다는 생각에 눈이 돌아 여기까지 어떻게 차를 몰고 왔는지 기억조차 나지 않는다.

"젠장, 어디 있냐고!"

몸집이 작아서 그런지 인혁은 쉽게 정원을 발견할 수가 없었다.

그때 구석 침대에 언뜻 주황색 작업복이 보이자 그가 성큼성큼 걸음을 옮겼다. 걷는 수준이 아닌 거의 달리는 수준이었다. 그 짧은 거리를 달려오는 몇 초가 너무나 길어 숨이 허덕허덕 막히는 기분이 들었다.

정원은 침대에 누워 링거를 맞고 있었다. 그리고 갑자기 나타난 인혁의 모습에 놀란 것인지 상체를 벌떡 일으켰다.

그는 다행히 크게 다친 것이 없어 보이는 정원의 모습에 떨리는 목소리로 말했다.

"미치겠다, 너 때문에."

언뜻 울음이 섞여 있다고 생각되는 것은 단지 착각일까.

정원은 이마에 식은땀이 맺혀 있는 인혁의 모습에 더듬더듬 말을 꺼냈다.

"저 괜찮습니다, 정말. 많이 다치지 않았습니다. 이것만 맞고 퇴원하면……."

그녀는 미처 말을 끝맺지 못했다. 걸음을 옮겨 순식간에 제 어깨를 감싸 쥔 그 때문에.

왕방울만 하게 커진 눈을 깜빡이던 그녀는 귓가에서 속삭이듯 작은 목소리로 말하는 그의 모습에 어떠한 반응을 보여야 할지 몰라 입만 뻐끔거리고 있었다.

"정말…… 정말 미치겠다."

"……."

"다치지 마, 제발……. 다치지 마."

모기처럼 작은 목소리. 귓가에서 속살거리는 그의 말에 정원이 천천히 손을 올려 그의 허리를 감싸 쥐었다. 왠지 지금은 그렇게 해야 할 것 같아서……. 아니, 그녀의 마음이 그렇게 하라고 종용하고 있어서.

"전 대장님의 마음을 아프게 할 그런 일은 하지 않을 겁니다. 그러니까 너무 걱정 마십시오."

"……."

"그리고 만약에…… 제가 오늘 크게 다쳤더라도 대장님을 원망하진 않았을 겁니다. 지금 제 말…… 너무 주제넘습니까?"

"……."

그녀의 말에 인혁은 아무런 말도 하지 않았다. 그러자 정원은 링거 바늘이 연결되어 있는 왼손을 들어 바들바들 떨리는 그의 어깨를 천천히 토닥였다.

"그러니까 그렇게 죄책감 어린 눈으로 보지 마십시오."

겁에 잔뜩 질린 몸짓에 그녀의 토닥임은 한동안 계속되었다.

♧   ♣   ♧

어두운 서재 안. 책상 앞에 앉아 있는 인혁의 얼굴이 긴장으로 딱딱하게 굳어 있었다. 그의 시선은 첫 번째 서랍 안, 두 개의 봉투로 향해 있었다. 그가 조심스러운 손길로 손을 뻗어 편지를 쥐었다.

"하아……."

입에선 긴장감에 거칠어진 한숨 소리가 흘러나왔다.

이 편지를 차마 열어 보지 못한 이유……. 그건 그가 단순히 겁쟁이여서가 아니었다.

이 편지 속, 자신에 대한 원망이 있을 것만 같아 오랫동안 그들이 남긴 마지막 메시지를 읽지 못하고 있었다.

하지만 이젠…….

조심스러운 손길로 대건의 필체가 적혀 있는 봉투를 개봉한 그가 멋없는 편지지를 보며 피식 웃음을 내뱉었다.

"역시나."

그가 생각했던 대로 미적 센스라곤 찾아볼 수 없는 편지지.

다시 한 번 한숨을 내뱉은 그가 천천히 편지지를 보았다.

그의 예상과는 달리, 대건이 마지막으로 남긴 말은 아주 짧고 간결했다.

그래서였을까.

순식간에 인혁의 눈시울이 붉어졌다.

누구도 원망하지 마라.

이게 우리의 길이다.

뜨거운 불구덩이에 가도 내가 그곳에서 사그라졌다는 사실에 겁먹지 마라.

넌 나보다 잘 해내리라 믿는다.

다만 내가 지금 가장 걱정이 되는 것은 나의 가족이다.

이 편지를 읽을 때쯤, 나의 가족이 홀로 슬퍼하고 있을 것이라는 사실이 가장 두렵다.

그리고 먼저 떠나간 못난 약혼자를 탓하고 있을까 봐 차마 그녀에겐 글귀조차 남기지 못했다.

인혁아.

이러한 부탁을 너에게 해서 미안하다.

한 번씩, 너의 정신이 나에게 닿았을 때……

나의 홀어머니와 나의 아내가 되었을 그 사람을 한 번씩 들여다봐다오.

이러한 편지를 남겨서 너무나 미안하다.

내가 부탁할 수 있는 사람은 너뿐이라, 그게 더욱 미안하다.

사랑한다, 나의 후배야.

그리고 넌 나처럼 불과 싸워 지지 말고 늘 승리하길 바란다.

—못난 너의 선배가

투둑…….

편지 위로 몇몇의 눈물이 쏟아졌고, 나머지는 볼을 타고 아래로 떨어진다.

뜨거운 눈물에 뺨이 델 것만 같았다. 하지만 그는 쉬이 눈물을 멈출 수가 없었다.

백 팀장님께.

백 팀장님, 소방관 중에서 가장 위험한 화재 진압팀은 늘 유서를 가슴에 지니고 다닌다고 하더라고요. 그래서 저도 여론에 휩쓸려 악필이지만 마음을 담아 편지를 씁니다.

대장님도 아시다시피 가족에게 남겨야 하는 편지지만, 제겐 가족이 없지 않습니까? 그래서 아버지처럼 따르는 대장님에게 마지막 말을 남겨야 할 것 같아서요.

중간에 철자를 틀렸는지 펜으로 직직 그어 보기 좋지 않은 편지였지만, 그의 후배이자 팀원이었던 현우의 마음만은 들여다볼 수 있었다.

그는 이 편지를 쓸 당시, 이것이 정말 자신의 유서가 되어 버릴 거라고는 생각하지 못한 듯 보였다.

대장님이 이 편지를 보실 때쯤엔 제가 이 세상 사람이 아니라는 거겠죠? 우와, 그건 정말 상상이 안 돼서 지금 편지를 쓰고 있는데도 실감이 안 납니다.

음…… 대장님을 많이 존경했습니다.

제가 마지막까지 이렇게 아부를 떠니까, 가끔은 나의 묫자리에 오셔서 말동무는 꼭 해 주셔야 합니다.

아셨죠?

진짜 할 말이 없네요.

그럼 전 그만 쓰렵니다.

대장님,
행복하십시오.

ー귀엽고 깜찍하고 사랑스러운 후배 현우가.

"……아."

투둑, 투두두둑…….

눈물은 무게를 더하고 그의 슬픔을 더한다.

가슴은 무거운 무언가로 짓눌린 듯 답답했고, 호흡은 거칠어진다.

"하악…… 하아아……."

슬픔은 소리를 내고 제 끔찍한 고통을 알린다.

그렇게 인혁은 한동안 눈물을 흘렸다. 펑펑 눈물을 쏟아 내며 그들의 마지막 말에 그는 진심을 다해 말했다.

"미안합니다…… 미안합니다……."

그가 사과했다. 천국에 있을 그들에게.

그들의 본심을 알아주지 못하고 무작정 도망쳤던 제 모습을.

그리고 그들을 떠올리며 현장을 벗어나 소방관으로서의 삶을 살지 않으려고 했던 자신의 모습에 가슴 아파했을 그대들에게.

"감사합니다. 대장님…… 현우야."

고맙다, 고맙다, 고맙다.

"삼겹살이라도 구워 먹어야 하나?"

정원이 목을 쓰다듬으며 말했다.

그녀는 천운으로 아주 멀쩡하게 지옥에서 살아 돌아왔다. 구석에서 몸을 오들오들 떨며 이젠 죽었구나, 생각하고 있을 때 슈퍼맨처럼 나타난 필성이 그녀와 이제 세상에 태어난 지 여섯 해밖에 되지 않은 아이를 구했고, 그곳을 벗어날 수 있었다.

아이의 상태도 생각했던 것보다 훨씬 좋아서 일주일 정도 경과만 지켜보면 된다고 했다. 구급차를 타고 병원으로 실려 오기 전, 필성이 서에 복귀하면 크게 혼쭐을 내줄 것이라 했지만 지금 그녀의 얼굴엔 미소가 떠나지 않고 있었다.

지금 생각하면 무모한 행동이긴 했지만 그래도 아이가 살았고 자신이 무사하니 그걸로 됐다, 생각했다.

오밤중에 삼겹살은 무리라고 생각했던 정원이 물이라도 마셔야겠다는 생각에 막 냉장고로 향할 때였다.

문을 쾅쾅 두드리는 소리와 함께 인혁의 목소리가 들려왔다.

"강정원! 문 열어, 강정원!"

"어?"

그녀가 깜짝 놀라 서둘러 현관문으로 달려갔다. 그리고 붉게 물든 눈으로 자신을 내려다보고 있는 또렷한 시선에 순간 호흡을 멈췄다.

"……강정원."

"대장님…… 우셨습니까?"

"정원아."

그가 다정하게 그녀의 이름을 부른다. 그리고 천천히 무릎을 꿇어 그녀를 올려다보았다.

"대, 대장님 지금 뭐하시는……."

"……너는 내가 지킨다."

"……."

"그들처럼 떠나보내지 않을 거다."

그가 양팔을 뻗어 그녀의 배를 감싸 안았다. 그리고 그녀의 가슴에 얼굴을 묻는다.

포근하다. 따뜻하다. 이곳이 나의 낙원이구나.

그래, 나의 낙원, 강정원.

"꼭…… 내가 지켜 줄게. 그러니까 영원히 내 곁에 있어라."

그의 말에 순간 정원은 말문이 막혀 아무런 말도 없었다.

하지만 인혁은 그녀의 반응 따윈 아무래도 좋다는 듯 두 눈을 감고 숨을 크게 들이마셨다. 폐부로 전해지는 그녀의 체향에 이제야 겨우 마음의 안정을 되찾기 시작했다.

그는 방금 전까지 쓰라렸던 마음이 부드럽게 풀어지는 것을 느꼈다.

난 뜨거운 불길 속에서 오롯이 앞만 보리라 생각했다.

수많은 현장을 누비고, 그곳에서 형님처럼 따랐던 대장님을 잃고, 오랫동안 동고동락하며 자신의 목숨줄을 쥐어 줬던 선배를 잃고…….

성장하고 자라나 팀장의 자리에 올랐을 때, 팀원들을 뜨거운 불구덩이 속으로 밀어 넣은 뒤 꺼내 주지 못했다.

사지가 타들어 가 원래의 피부색도, 원래의 형태도 알아볼 수 없을 정도로 녹아내린 피부로 힘겹게 삶의 끈을 잡고 있던, 내가 책임져야 하는 자, 내가 이끌고 가야 하는 자들의 모습에 나는 무너져 내릴 수밖에 없었다.

어떻게 잊을 수 있겠는가. 어떻게 날 믿고 또다시 팀원들을 이끌고 화재 현장에 뛰어들 수 있을까.

나는 그러지 못했다.

그랬기에 낙오되어 구성원에서 떨어져 나왔다.

나는 마음이 아픈 사람이다. 나약한 사람이다.

그걸 나 자신도 너무나 잘 알고 있었다.

하지만 이제는……

그는 정원의 허리를 두르고 있는 팔에 힘을 주었다.
그리고 눈을 감았다.

잊을 수 있을 것 같았다.
이 작은 여자로 인해.
한 줌에 쥘 수 있을 정도로 조막만 한 여자한테……

"고맙다."
인혁의 입술에 비로소 평안한 미소가 걸렸다.

행복할 수 있을 것 같아.

♧   ♣   ♧

"넌 어떻게 산소마스크를 애한테 대 줄 생각을 했냐?"
불길은 결국 시장의 전부를 태우고 나서야 사그라들었다. 일주일간의 긴 사투 끝에 주민들의 모든 재산을 앗아가고 나서야.
"그럼 어떻게 합니까? 애가 유독가스에 질식하게 생겼는데."
"넌 질식 안 하고?"
"지금 멀쩡하지 않습니까? 그럼 됐습니다."
하지만 정말 다행히도 인명 피해는 없었다. 그걸로 뉴스에선 정말 다행이라며 떠들어 댔다.

……모든 것을 잃은 주민들은 생각하지도 않고.

그들은 평생을 닦아 온 삶의 터전을 모두 잃었는데도 말이다.

"그나저나 너 화재 진압팀 대장님한테 불려 가서 엄청 깨졌다며?"

"꼴통이라고 욕도 먹었습니다."

"안 뚜들겨 맞은 게 어디냐. 그분도 다 너 걱정해서 하는 말이니까 너무 기분 상해하지……."

수호가 옆에서 계속 무어라 말을 하고 있을 때였다. 수호와 발맞춰 걷던 그녀는 로비로 막 들어서는 인혁의 모습에 자신도 모르게 걸음을 멈췄다.

"어……? 너 왜 그래?"

수호가 의아하게 정원을 보더니 그녀의 시선을 따라 인혁을 보았다. 그러곤 어깨를 으쓱인다.

'이 분위기는 또 뭐지?'

그가 막 정원에게 도대체 대장님의 저 눈빛은 뭐냐고 물으려고 할 때였다. 인혁이 그들에게 다가오자 정원은 자신도 모르게 뒤로 더듬 더듬 걸음을 옮기더니, 재빠르게 여자화장실 안으로 튀어 들어갔다. 그 모습에 수호의 미간이 찌푸려졌다.

'이 상황은 또 뭐고?'

수호는 제 앞으로 다가온 인혁의 얼굴이 굳어 있는 것을 보자 자신 도 모르게 허리를 곧추세우며 우렁찬 목소리로 답했다.

"대장님! 강정원 대원이 대장님을 보자마자 도망갔습니다! 그런데 저는 이 상황이 참으로 궁금합니다! 혹시 대답해 주실 수 있는 것이 라면 말씀해 주실 수 없습니까?!"

순간 인혁의 눈이 날카로워지더니 여자화장실과 수호를 번갈아 보 았다. 마치 맹수가 먹잇감을 눈앞에 놔둔 것처럼.

인혁은 눈치라고는 개미 똥만큼도 없는 수호의 말에 낮고 어두운 목소리로 읊조리듯 말했다.

"박수호."

"네!"

"너 언젠간 그 입 때문에 한강에 던져질 수도 있으니 조심해라."

"헉…… 그 무슨 무서운 말……."

수호가 짧게 몸을 오들 떨며 말하자 인혁은 그의 곁을 스쳐 지나가며 말했다.

"진짜 죽어도 물에 동동 뜨는지 보고 싶어질 것 같으니까."

10
구루밍

정원은 자신에게 닿는 수많은 시선을 느꼈다. 지하식당에서 점심을 먹고 있던 정원은 뒤에서 사람들이 자신을 힐끗 보며 쑥떡거리는 소리를 애써 무시했다. 하지만 소머즈보다 더 소리를 잘 듣게 되기라도 한 것인지 그들의 말소리가 뇌리에 박혔다.

"그 이야기 진짜야?"

"아, 글쎄 구명이가 봤다니까?"

"그래그래, 용산서 구급팀도 봤다더라. 강정원이랑 백인혁이 응급실에서 끌어안고 있는 거."

당사자가 없자 호칭도 자연스럽게 사라진다. 얼굴에 여드름이 잔뜩 난 대원의 말에 옆에 있는 대원은 처음 듣는 이야기라는 듯 깜짝 놀란 얼굴로 물었다.

"진짜? 헐. 그 둘 조합은 좀 의외지 않냐?"

"그러니까!"

속에서 울컥 한숨이 올라왔다. 하지만 저도 모르게 아래로 고개를 떨어뜨린 그녀가 의미 없는 수저질을 하며 꾸역꾸역 밥알을 입 안으로 밀어 넣고 있었다. 반찬은 거의 그대로였지만 밥만 반 정도 먹었을 때였다.

"근데 백인혁도 웃기지 않냐?"

"아니, 난 저 여자가 더 웃긴데?"

그들 속에 섞여 있는 여자 대원 하나가 톡 쏘아붙였다.

"처음에 백인혁 팀장이 화재 방재 시스템팀에서 일한다고 했을 때, 여대원들이 다 술렁였잖아. 다들 장난스럽게. 근데 진짜 행동으로 옮길 줄이야. 아무리……."

여대원이 사심 섞인 말을 꺼내 놓을 때였다. 정원의 맞은편에서 밥을 먹고 있던 수호가 들고 있는 수저를 식판 위로 던져 버렸다.

챙그랑—!

"아, 진짜! 어디서 쥐새끼가 짖나!"

"……쥐새끼는 짖지 않습니다만."

수호가 뒤에 있는 사람들이 들으라는 식으로 버럭 외쳤다. 하지만 자신을 위해 그가 나서주는 와중에도 정원은 수호의 무식함을 지적한다.

"넌 저 소리 듣고 가만히 있냐? 가서 확 들이받아! 천하의 깡정원이 왜 그냥 쭈구리처럼 앉아 있어?!"

"다 먹었으면 이만 올라가죠?"

그녀는 대원들이 또다시 속살거리는 것을 보며 자리에서 일어났다. 수호가 그녀에게 한마디 더 하려고 할 때였다. 어디선가 불쑥 나타난 손이 정원의 팔을 붙들어 다시 자리에 앉혔다. 그와 동시에 드르륵 의자를 빼는 소리가 들렸다. 자리에 앉은 정원은 얼떨떨한 얼굴로 인혁을 보았다.

"밥 남았잖아. 다 먹고 일어나."

"……."

"먹어."

인혁이 수저를 들어 밥을 먹었다. 그가 아무렇지 않게 밥을 먹자 속살거리던 일행이 조용히 자리에서 일어나더니 식당을 빠져나갔다. 그들의 뒷모습에 대고 수호가 삿대질을 하며 외쳤다.

"아우! 할 말 있으면 앞에서 해라! 어?! 초딩도 아니고 뒤에서 까 대는 건 뭐하자는 거야?!"

씩씩거리던 수호가 도로 자리에 앉았다. 하지만 정원은 계속 이 자 리에 있을 마음이 없는 것인지 자리에서 벌떡 일어나며 무심한 얼굴 로 수저질을 하고 있는 인혁을 향해 말했다.

"전 일이 있어서 먼저 올라가 보겠습니다. 맛있게 드시고 올라오십 시오."

정원이 쌩하니 뒤돌아섰다. 찬바람이 폴폴 풍기는 정원과 막 밥을 크게 퍼서 입에 넣는 인혁을 번갈아 보던 수호가 재빨리 식판을 들고 정원에게 달려갔다. 막 음식쓰레기통에 식판을 털어 넣는 정원에게 다가간 수호가 조심스러운 목소리로 물었다.

"너 대장님한테 왜 그래?"

"……."

"야, 쥐톨! 왜 이렇게 까칠하냐고."

수호가 정원의 팔을 잡아 돌렸다.

뺨에 피어오른 붉은 홍조. 귀와 목까지 분홍빛으로 물들어 있는 모 습. 수호가 화들짝 놀라 손을 뻗어 정원의 이마에 손을 대며 말했다.

"열은 안 나는데……? 뭐야, 너 표정이 왜 그래?"

"……아무것도 아닙니다."

수호의 팔을 툭 털어 낸 정원이 빠르게 걸음을 옮겼다. 가만히 서 있기만 해도 얼굴이 화끈거리는 것이 느껴졌다. 보지 않아도 지금 자신이 어떠한 모습인지 예상이 가능하자, 정원의 발걸음은 거의 뛰다시피 되었다.

그녀가 왜 저런 표정을 짓는 것인지 이해하지 못한 것인지 수호가 고개를 기울이며 말했다.

"뭐야? 저 수줍수줍 모드는?"

빠르게 계단을 올라오던 정원이 중간에서 걸음을 멈췄다. 손을 들어 뜨거운 제 뺨에 댄 그녀가 커다란 눈을 깜빡였다.

"뭐야? 나 왜 이래?"

인혁의 모습을 보자마자 심장이 갑자기 뛰기 시작하더니 온몸에 열이 올랐다. 손가락이 저릿저릿해지기까지 하자 정원은 자신이 갑자기 왜 이러는 줄 몰라 당황하며 다리를 비비 꼬아 댔다.

"이상해, 이상하다고."

작게 읊조리던 정원은 뒤에서 또다시 갑자기 나타난 손에 화들짝 놀라 몸이 펄쩍 튀어 올랐다.

"억!"

"강정원 대원 왜 그래요?"

"아…… 이유리 대원님."

유리가 이상하다는 듯 고개를 기울였다. 하지만 정원은 유리의 표정을 살피지도 못한 채 터질 듯이 뛰어 대는 심장을 꾹 눌렀다.

'대장님인 줄 알았잖아…… 어후!'

정원은 지난밤, 그가 자신의 허리를 부여잡으며 했던 말을 속으로 되새겼다.

"꼭…… 내가 지켜 줄게. 그러니까 영원히 내 곁에 있어라."

그건 도대체 무슨 말이란 말인가.

자신의 허리가 무슨 생명줄이라도 되는 것마냥 꼭 끌어안고 했던 그의 말을 떠올리자, 정원의 몸이 푸르르르 떨렸다.

"으악!"

정원이 꽥 하며 비명을 지를 때였다. 유리는 정신이 없어 보이는 그녀보다 더 궁금한 점이 있었던 것인지, 다른 세계에 가 있는 그녀의 정신을 불러들였다.

"어떻게 된 거예요? 정말 둘이 사귀기라도 하는 거야?"

"뭐, 뭐가 말입니까?"

"백인혁 팀장이랑 강정원 대원 말이에요. 서에 소문이 아주 파다하다고."

순식간에 동그란 눈에 눈물이 그렁그렁 맺혔다. 안 그래도 요즘 그 소문 때문에 감정이 북받쳐 오른 것인지 정원이 울컥거렸다.

"그럴 리가 있겠습니까? 절대 그런 일 없습니다!"

"아, 그래요? 난 또 마성의 남자한테 홀리기라도 한 줄 알았지."

"아니에요, 아닙니다!"

정원이 다리까지 쾅쾅 굴리며 온몸으로 거부 의사를 표현했다. 그러자 유리가 눈을 가늘게 뜨며 '그래?' 라고 물었다.

"네! 같은 팀원인 제가 현장에서 다쳤다는 소리를 듣고 많이 놀라셨던 것 같습니다. 그래서 그렇게 행동하시는 바람에……."

"흐응."

"진짭니다! 그런 표정 거둬 주세요!"

유리가 의심의 눈빛을 보내자 정원이 발까지 쾅쾅 굴리며 외쳤다.

그녀의 모습에 유리가 말려 올라간 정원의 옷을 잡아 정리해 주며 말했다.

"알았어요, 알았어."

"이유리 대원님이라도 믿어 주시니 다행입니다."

정원은 유리가 제 옷을 정리해 주는 걸 멀뚱하게 바라보며 말했다. 그러자 유리는 어깨를 으쓱이는 것으로 답을 대신한다. 그러다 정원을 붙잡은 이유가 떠올랐는지 정원의 작은 손을 붙잡으며 말했다.

"아참. 나 물어볼 게 있는데."

"그게 뭡니까?"

"아…… 저기. 박수호 대원 말이에요…… 혹시 여자 친구 있어요?"

"……네?"

정원이 눈을 깜빡였다. 왜 그러한 질문을 하는지 모르겠다는 모습이었다.

뺨을 붉힌 유리는 정원에게 한 걸음 더 다가와 속삭이며 말했다.

"박수호 대원이 물론 멋있어서 여자 친구가 있을 것 같기는 해. 어때요? 있어요? 강정원 대원은 박수호 대원이랑 친하잖아요."

"음…… 없는 걸로 알고 있습니다."

"그래?"

유리가 다시 한 번 되묻자 고개를 끄덕였다. 그러자 유리는 박수까지 치며 좋아한다.

"그럼…… 음…… 그러니까……."

"그러니까 뭐요?"

정원이 눈치 없이 되물었다. 그러자 유리가 정원의 옆구리를 콕 찌르더니 몸을 베베 꼬아댔다.

"저…… 그러니까…… 그럼 박수호 대원이랑 나랑 자리 한번 마련해 줄 수 있어요?"

"자리요?"

"네!"

"……음, 그러니까 구체적으로 어떤 자리 말입니까?"

정원의 물음에 유리는 순간 말문이 막혔다.

구체적으로 어떤 자리라…….

고민을 하던 유리가 더듬더듬 말했다.

"조용한 곳이면 좋겠죠?"

"조용한 곳이요?"

"그리고 다음 진도를 위해서…… 밀폐된 공간?"

그렇게 말하던 유리가 얼굴을 발그레 붉히자, 정원은 힘차게 고개를 끄덕이며 답했다.

"네, 알겠습니다. 조용하고 밀폐된 공간에서의 만남이면 됩니까?"

"응응! 그래, 그거면 돼!"

"네, 조만간 자리 마련하겠습니다."

시원하게 답한 정원이 시계를 보더니 말을 이었다.

"그럼 전 복귀 시간이 되어서 올라가 보아야겠습니다."

"좋은 하루 보내요!"

"네, 감사합니다."

뽀로로 계단을 올라가는 정원의 뒷모습을 보던 유리가 주먹을 말아 쥐며 '아자!'라고 외치더니 룰루랄라 구급차로 향했다.

유리는 긴장한 얼굴로 곳곳에 낙서가 있는 문을 보고 있었다. 흰원피스에 잘 빗어 내려 오른쪽으로 모아놓은 머리카락. 화장 역시 평소와는 달리 색조화장을 해 생기를 더했다. 구두는 파이팅이 담긴 높은 하이힐이었다.

누가 보아도 관심 있는 남성을 만나러 가는 여인의 모습.

퇴근을 하자마자 곧장 집으로 달려가 한 시간을 넘게 준비한 모습이었다. 하지만 정원은 금요일에 출근하는 그저 그런 직장인들처럼 편안한 차림새였다.

"정말 집으로 오래요?"

"네, 며칠 전 산보 훈련 때문에 몸이 말이 아니라고 집에서 보는 거 아니면 싫다고 했습니다."

딩동, 초인종을 누른 그녀가 긴장한 얼굴로 침을 꼴깍 삼키는 유리의 모습에 뭔가 말을 하려고 할 때였다.

"너 진짜 왔냐?"

추리닝 차림으로 머리를 벅벅 긁으며 나오던 수호의 얼굴이 종잇장처럼 구겨졌다. 하지만 정원은 아무렇지도 않은 듯 어깨를 으쓱였다.

"네, 집에 와도 된다고 허락하지 않으셨습니까? 한 입 가지고 두말하는 겁니까?"

"야! 난 장난인 줄 알았지!"

"주소까지 불러 줬잖습니까. 그게 어떻게 장난입니까? 그럼 좀 들어가겠습니다."

"이 미친 기집애가! 야! 남자 집에 막 들어오는 기집애가 어디 있어?!"

"여기 있지 않습니까."

정원 신발을 훅훅 던지고 안으로 들어갔다.

문 밖에서 긴장된 얼굴로 가방을 쥐고 있던 유리는 수호의 시선이 자신에게 닿자 어깨를 움찔 떨었다. 수호는 편안한 차림의 정원과는 달리 요조숙녀처럼 차려입고 있는 유리를 힐끗 바라보더니 툭 내뱉었다.

"일행이면 들어오시죠?"

"아…… 네."

그가 자신을 챙겨 주자 기분이 좋아진 것일까. 유리가 입꼬리를 하늘로 올리더니 조심스레 현관 안으로 들어섰다. 하지만 집 안을 보는 순간 그녀의 미간이 와자작 구겨졌다.

"내일 주말이어서 이미 시작하고 있었답니다."

"허허, 유리 씨. 이런 누추한 곳까지 어쩐 일로 오셨습니까."

거실 중앙에는 신문지가 커다랗게 펴져 있었다. 그 위로 탕수육과 깐풍기가 놓여 있었고 한쪽에는 각종 술들이 각 잡힌 군대처럼 줄지어 서 있었다.

유리의 얼굴이 사정없이 구겨진 것도 모른 채 수호는 그녀의 곁을 지나 제 자리에 앉았고, 용건은 어느새 그녀의 곁에 다가와 가방을 받아 들며 물었다.

"그 옷차림으로는 앉아 계시는 게 조금 불편하실 텐데······."

"신경 쓰지 마세요."

모든 게 제 계획과 달라지자 유리의 목소리가 저절로 뾰족해졌다. 하지만 눈치 없는 용건은 그럴 수 없다는 듯 수호의 침대에서 이불을 끌어와 그녀의 품에 안겨 주며 말했다.

"이걸로 가리시면 됩니다. 하하하하!"

"정말 그냥 두고 가도 됩니까?"

정원이 미간을 찌푸리며 용건에게 물었다. 이미 새벽 1시가 넘은 시각. 평소라면 정원이 잠자리에 들어야 할 시각이었다. 그래서일까, 정원의 눈이 반쯤 감겨 있었고, 입에서는 연신 하품이 터져 나오고 있었다.

그녀의 말에 용건은 한쪽에서 잔을 주거니 받거니 하고 있는 수호와 유리를 보았다.

"으하하! 박수호 대원, 이제 보니까 나랑 참 잘 맞네요!"

"박수호 대원이라니! 그냥 수호야~ 라고 부르지?"

"어머, 그럴까? 우리 말 놓을까?"

"그래! 나도 누나라고 부를게!"

수호의 말에 유리가 잘 여문 그의 팔을 찰싹찰싹 때리더니 뚱한 얼굴로 말했다.

"누나라니!"

"그럼 그냥 유리라고 부를까?"

"그래!"

다음 날 술이 깨고 나면 이불을 백만 번 걷어 찰 행동을 하고 있는 유리의 모습에 정원의 입에서 깊은 한숨이 터져 나왔다.

그냥 두고 가도 될까? 집으로 데리고 가야 하는 건 아닐까?

고민에 잠겨 있을 때 용건이 말했다.

"어쩔 수 없지. 유리 씨는 내가 집까지 잘 모셔다 드릴게."

"네, 그럼 잘 부탁드립니다."

짧게 말한 정원이 허리를 꾸벅 숙이더니 술 냄새가 진동하는 수호의 집을 벗어났다. 잠귀신에게 잡아먹히기 일보 직전이었다. 침대에 눕자마자 기절이라도 할 것 같았다.

그녀는 곧장 지나가던 택시를 타고 집주소를 말했고, 차 안에서도 끊임없이 졸아 댔다.

꾸벅, 꾸벅—

고개가 부러질 것처럼 이리저리 돌아갔다. 마치 풍차와 같이.

집 앞에 노란색 택시가 멈춰 섰지만, 정원은 아직도 꿈나라였다.

"어이, 총각! 집에 다 왔어!"

택시기사가 꿈나라에 가 있는 정원의 무릎을 툭툭 치며 말했다. 여자 손님이라면 할 수 없는 행동이었겠지만, 지금 그녀가 입고 있는 옷을 보고 100% 남자라고 착각을 해서일까, 택시기사의 손길에는 거침이 없었다.

"아, 아…… 죄송합니다."

택시비를 지불한 정원이 좀비처럼 택시에서 내려 휘적휘적 걸음을 옮겼다.

그리고 곧장 집으로 올라간 뒤 제 침대에 포근히 파고들어 꿈나라
로 향했다.

♧   ♣   ♧

딩동—

벌써 몇 번째 누르는 초인종일까.

인혁은 슬슬 인내의 한계를 느끼며 숨을 크게 내뱉었다.

"후— 이게 진짜."

어제부터 몇 번을 눌러 댔는지 모른다. 퇴근 때 그를 무시하고 먼
저 나가 버리더니 저녁 내내 그가 누르는 초인종 소리를 무시했다.
어디 그뿐인가? 아침 11시. 정원이라면 분명 일어나 있을 시각이었지
만, 여전히 초인종 소리를 무시하고 있었다.

이건 분명 그를 무시하고 피하고 있는 것이다.

이렇게 생각하자 인혁이 결국 참지 못하고 비밀번호를 누르고 있
었다.

삐, 삐, 삐삐삐삐삐삑—

띠리리.

"뭐야? 아직도 안 바꿨어?"

쉽게 열리는 문을 멍한 눈으로 보던 인혁이 미간을 찌푸린 뒤 서둘
러 안으로 들어섰다. 그러자 막 거실로 나오는, 반쯤 눈이 감겨 있는
정원과 마주쳤다.

"이야기 좀 하지?"

그가 전투적으로 말했다. 굳어 있는 얼굴과 목소리엔 화가 가득했
다. 하지만 정원은 연신 눈을 크게 껌뻑이며 정신을 차리지 못하고

있었다. 아직도 술에 깨지 않은 모습이었다. 인혁의 모습에도 뽀르르 도망가지 않는 것을 보니.

그 모습에 인혁이 이를 악물고 말했다.

"너…… 술 마셨냐? 누구랑?"

"박수호 대원이랑……."

그의 얼굴이 와작 구겨졌다. 박수호 대원이랑 술을 마셔?

인혁의 화가 극에 치닫고 있었지만, 정원은 자연스레 걸음을 옮겨 부엌으로 향했다. 그리고 냉장고 문을 열어 물을 꺼내 마신 뒤, 다시 원래 위치에 넣어 두었다.

"지금은 제가 제정신이 아니어서…… 아침은 점심으로 미뤄 주시면 아주 감사하겠……."

정원은 발을 질질 끌고 방 안으로 들어가려 했다. 지끈거리는 머리나 아직 계속 감기는 눈을 봐서 더 잠을 자야 할 것 같았기 때문이다.

하지만 인혁의 생각은 달라 보였다.

방으로 들어가려던 팔을 낚아챈 인혁이 크르릉 낮고 거친 목소리로 물었다.

"박수호랑은 무슨 사이지?"

"네……?"

뇌 회로가 멈춰 버린 느낌이다. 한 박자 늦게 나온 물음은 역시나 한 박자 늦은 답을 안겨 준다.

"동료인데요."

아무렇지도 않은 목소리였다.

"그럼 난?"

"대장님인데요."

수호에 대한 답을 할 때와 마찬가지로 역시나 아무렇지도 않은 목소리였다.

순간 인혁은 꼭지가 도는 느낌이 들었다. 어젯밤 내내 집 앞에서 초인종을 누르던 그 시각, 그녀는 수호와 함께 술을 마시고 있었던 것이다!

어디 그뿐인가.

뭐? 동료……?

조그마한 입술로 한다는 말이 고작 저거다.

짜증이 울컥 솟음과 동시에 평소 그라면 절대 하지 않을 행동이 튀어나왔다.

"너, 나 좋아하잖아!"

"무슨 소리세요?"

정원이 뚱하게 인혁을 보았다.

저 요망한 것이 아무것도 모르겠다는 눈으로!

그러다가 이내 뭔가를 알아차렸는지 작게 고개를 끄덕이며 말한다.

"그 정도면 병입니다, 대장님."

그 말을 듣자 인혁은 제 속에 있던 무언가가 툭― 하고 끊기는 것을 느꼈다.

단단한 팔을 뻗어 커다란 손으로 그녀의 작은 뒤통수를 움켜쥔 그가 순식간에 그녀를 자신에게로 끌어당겼다. 허리를 굽히고 턱을 옆으로 틀어 새초롬한 입술에 쪽 입을 맞춘 그가 얼굴을 떼며 작은 목소리로 속삭이듯 물었다.

"이래도 나 안 좋아해?"

"어…….."

그녀가 무슨 말을 할 줄 몰라 어버버거리자, 인혁의 한쪽 입꼬리가 위로 올라갔다.

"어쭈, 이젠 반말도 하네? 어, 라고?"

그렇게 말한 인혁이 다시 한 번 고개를 숙여 붉은 입술에 입을 맞췄다. 그리고 혀로 입술을 가르고 안으로 들어가 그녀의 가지런한 치아를 쓸고, 작은 생명체답게 작은 혀를 제 혀로 옭아맸다.

인혁은 한쪽 팔로 그녀의 어깨를 끌어안았다. 바짝 얼어 있는 것이, 자신이 지금 무슨 짓을 당하는 것인지 모르고 있는 것이 분명했다.

그리고 긴장.

그와 마찬가지로 그녀도 긴장하고 있었다.

침이 묻은 그녀의 입술을 마지막으로 혀로 핥은 그가 입술을 뗐다. 그리고 커다란 그녀의 눈과 마주했다.

"뭐야? 무드 없게."

놀란 고양이처럼 커진 동공을 보며 그가 킥킥 웃었다. 얼굴은 곧 터질 것처럼 붉어져 있었다.

"메마른 인간인 줄 알았는데, 부끄러워도 하네."

인혁이 정원의 볼을 손가락으로 쿡쿡 찌르며 즐거워했다.

귀엽다. 귀여워.

그렇게 인혁이 생각하고 있을 때였다.

그제야 정원은 정신이 돌아온 것인지 얼떨떨한 목소리로 물었다.

"노, 놀리시는 겁니까?"

"설마."

짧게 답한 인혁이 허리를 폈다. 그리고 그녀는 눈으로 그의 행동을 좇는다.

인혁은 작은 손을 끌어와 자신의 심장 부근에 올려놓았다.

쿵쾅쿵쾅.

그의 심장박동이 그녀의 손바닥을 통해 느껴졌다.

"이런 상탠데 어떻게 널 놀릴 수 있겠냐."

"……."

"그러니까 한 번만 봐주면 안 되냐? 그냥 눈 딱 감고, 우리도 사내 연애라는 것 해 보자."

그 말에 정원의 눈동자에 혼란이 서렸다.

뭐? 연애……?

"네……?"

"너 좋아한다고. 방금 전에 했던 그런 짓도 계속하고 싶다고. 그러니까 나랑 사귀자."

그의 말에 정원은 순간 정신이 번뜩 들었다. 급히 그의 손을 털어 낸 후 더듬더듬 뒤로 걸음을 옮겼다.

"강정원?"

그는 자신에게서 멀어지는 정원의 모습을 보았다. 천천히 발걸음을 옮기던 그녀가 점점 걸음을 빨리하더니 신발을 꿰어 신고 밖으로 후다닥 튀어 나갔다.

"야!"

쾅!

그가 정원을 불렀지만 이미 늦었다.

그는 정원이 사라진 자리를 허망한 눈으로 바라보았다.

"……뭐야, 도망간 거야?"

얼떨떨하게 문을 바라보던 인혁의 어깨가 앞으로 말려진다. 손을 들어 입을 막은 인혁이 킥킥 작게 웃음을 내뱉었다. 그 웃음소리는 점차 커지더니 곧 집 안을 가득 울릴 정도로 커졌다.

"하하하하! 강정원, 너 진짜! 골 때린다, 너!"

그의 웃음은 유쾌했다.

혼란에 빠진 그녀와는 달리.

어제 자세히 보지 못한 것이 오늘은 눈에 들어온다.

남자 혼자 사는 것을 감안해 보았을 때는 깔끔하게 정리된 집. 하지만 깨끗한 싱크대나 한쪽에 멋없이 세워져 있는 행거에 걸려 있는 사각팬티는 이곳이 남자 혼자 사는 집이라는 것을 알려 준다.

지나치게 깨끗한 싱크대 앞에 서 있는 탄탄한 엉덩이가 신나서 씰룩씰룩 움직였다. 가스레인지 위에서 보글보글 끓고 있는 라면이 딱 알맞게 익어 갔고, 젓가락으로 면을 휘휘 저어 면 상태를 확인한 수호가 서둘러 가스레인지를 끄고 손목 부분의 셔츠로 손잡이를 잡은 후 종종 뛰어와 거실 위 테이블에 냄비를 올려놓았다.

"후후, 맛있겠다."

어제 목구멍으로 그냥 들이붓다시피 했던 알코올 때문에 속이 쓰렸던 수호는 빨간 국물의 라면에 침을 꿀꺽 삼켰다. 보고 있는 것만으로도 속이 개운하게 풀리는 것 같았다. 쇠젓가락을 들어 면을 크게 집은 수호가 후후 불어 막 면을 맛보려던 찰나였다. 구석에 있는 길쭉한 인영이 마음에 들지 않는 것인지 힐끗 쳐다본 그가 인상을 와자작 구기며 소리쳤다.

"너 진짜 안 먹어?"

"……."

몸을 동그랗게 만 정원은 답도 없이 입술만 만지작거리고 있었다. 멘탈이 나가 버린 것인지 멍한 눈동자로 만지작거리고 있는 모습은 마치 어딘가 아픈 사람처럼 보였다.

정원은 제 입술에 방금 전에 닿았던 촉각을 느끼며 고개를 푹 숙였다.

'이게 뭐지? 그 느낌은 뭐지? 방금 내가 뭘 당한 거지??'

정원이 끌어안은 무릎에 얼굴을 부비며 읊조렸다.

"어떻게 해……."

"이 미친 기집애가 방금 전부터 뭐라고 하는 거야?!"

"닿았어…… 닿았다고."

"하아, 진짜! 근데 너 내가 남자로 안 보이는 거냐? 어제부터 우리 집을 마치 제집처럼 들락거린다? 아앙? 내가 지금 기분이 살짝 기분이 나빠!"

수호의 고함에 정원이 고개를 번뜩 들었다.

움찔.

그녀의 갑작스런 움직임에 화들짝 놀란 수호가 몸을 떨었다.

"뭐, 뭐야? 너 지금 완전 무서워. 어? 정신 차려! 저게 어디서 뭘 잘못 먹었나, 갑자기 왜 이래?"

"……어떻게 합니까?"

정원의 말에 수호는 순간 화가 울컥 솟았는지 들고 있던 젓가락으로 양은 냄비를 탁탁탁 두드리며 말했다.

"뭘? 너 지금 그 말 몇 번째 하는 줄 아냐? 벌써 백 번째다, 백 번!"

"어떻게 하죠?"

"아, 진짜! 말 안 할 거면 가만히 입 닥치고 있든가! 정말 정신 사나워서!"

그렇게 외친 수호가 젓가락으로 라면을 집어서 입 안으로 면을 밀어 넣었다.

후루룩.

진공청소기처럼 면을 흡입한 수호가 우적우적 씹어 먹었다. 잘 익은 것이 탱글탱글 맛있었다. 다시 한 번 면을 먹은 수호는 국물까지 후루룩 들이켜고 나서야 뭔가 생각이 난 듯 엉덩이를 틀어 어느새 구석에 머리를 처박고 있는 정원에게 물었다.

"근데 일어나니까 아무도 없더라? 다 집에 들어갔으려나?"

그렇게 물은 수호가 막 뜨거운 면을 다시 한 번 입에 넣으려던 순간이었다.

쾅, 쾅, 쾅……!

머리를 처박는 속도가 점차 빨라졌다. 그녀의 갑작스런 행동에 맛있게 라면을 흡입하고 있던 수호는 깜짝 놀랐던지 입에 있던 라면을 냄비 속으로 훅 뱉어 냈다.

"헉! 아, 뜨뜨! 켁……!"

입에 있던 라면이 밖으로 왈칵 쏟아지며 국물이 사방으로 튀었다. 하지만 정원은 뭔가 결심한 듯 다부진 얼굴로 수호를 내려다보더니 허리를 꾸벅 숙였다.

"이만 가 보겠습니다."

이 미친 기집애가, 갈 거면 그냥 갈 거지! 왜 갑자기 자해하고 난리야!

수호는 그렇게 소리 지르고 싶었지만 혓바닥이 홀라당 덴 듯해 손으로 혀를 움켜쥐고 정원을 원망스러운 눈으로 바라보고 있을 수밖에 없었다.

응급처치로 차가운 물이 들어 있던 컵에 혀를 집어넣은 수호는 현관문을 향하던 정원에게 뒤늦게 외쳤다.

"……야! 놀랐잖아!"

하지만 정원은 옮기던 걸음을 멈추지 않는다. 쾅, 소리에 들고 있던 컵을 내려놓은 수호가 황당하다는 듯 말을 더듬었다.

"아, 진짜, 뭐야?!"

투덜거리며 냄비를 내려다보던 수호는 다시 젓가락으로 면을 집어 들었다. 그리고 후루룩후루룩 맛나게 라면을 먹은 뒤 우적우적 씹으며 어제 유리가 앉아 있던 자리를 힐끗 보았다.

"근데 진짜 언제 간 거지?"

806호.

그 숫자를 긴장하는 얼굴로 바라보던 정원이 크게 호흡을 내뱉었다.

"후아! 할 수 있어, 강정원."

스스로를 다독이듯이 그녀가 혼잣말을 내뱉었다.

떨리는 눈동자로 문을 바라본 지 얼마의 시간이 흘렀을까. 드디어 용기를 낸 정원은 떨리는 손으로 초인종을 눌렀다.

딩동—

그 소리에 그녀의 심장이 아래로 왈칵 쏟아졌다.

천천히 문이 열리고, 아래위로 검은색 추리닝을 입은 인혁이 정원을 내려다보았다. 그는 그녀가 아침에 도망갔던 차림 그대로 문 앞에 서 있는 것을 보며 한쪽 입술을 위로 끌어 올려 웃었다.

"뭔가 결심한 얼굴이네?"

"전 대장님을 진심으로 존경하고 있습니다."

인혁의 미간이 찌푸려졌다. 그래서? 지금 그의 고백을 거절이라도 하겠다는 건가?

그의 얼굴이 점차 굳는 것을 보던 정원이 한 발자국 뒤로 물러섰다.

"전 아직도 왜 대장님이 저에게 그런 말을 했는지……."

"몇 번이나 말을 해야 해? 좋아해. 너만 보면 가슴이 뛰어. 이걸로 충분하지 않아?"

그가 한 걸음 정원에게 다가갔다.

달칵.

그의 뒤로 문이 닫히고 복도에 켜져 있던 센서도 꺼졌다.

인혁은 자신을 향한 무심한 눈빛에 점점 가슴이 답답해져 오는 것을 느꼈다.

처음 그녀가 자신을 좋아하고 있다고 느꼈다. 그에게 존경한다느니, 배우고 싶은 사람이니, 라는 말을 했을 때 그렇게 느꼈다. 하지만…… 지금 그녀의 눈빛을 보자 점차 자신이 없어졌다.

어떻게 해야 하지? 무슨 말을 해야 하지? 또다시 그녀의 앞에 서자 사고회로가 멈추는 것을 느끼던 그는 갑자기 자신에게 손을 뻗어 팔목을 움켜쥐는 정원의 행동에 놀라 몸을 움찔 떨었다.

작은 손이 움켜쥔 팔목이 열에 덴 듯 뜨거워짐을 느껴졌다. 그 손이 천천히 올라가 그녀의 소담한 가슴에 닿았을 때는 몸이 튀어오를 정도로 깜짝 놀랐다.

그녀는 순수한 시선으로, 거짓 하나 없는 투명한 눈빛으로 그를 올려다보며 말했다.

"저 지금 가슴이 이렇게 뛰는데…… 대장님의 심장박동 속도와 비슷하지 않습니까?"

"뭐……?"

쿵쾅쿵쾅.

심장이 뛴다.

보통 사람이 뛰는 박동보다 조금 더 빠른 속도로.

"그럼 저…… 대장님 좋아하는 겁니까?"

"어."

"그럼 순순히 받아들이겠습니다."

다부진 얼굴로 말하는 정원의 모습에 인혁의 입꼬리가 하늘로 승천했다.

기쁨에 자리에서 뛰고 싶었지만, 그것보다 먼저 하고 싶은 것이 있었다.

인혁이 조심스레 얼굴을 내려 정원의 입술에 입을 맞추려던 찰나였다.

옆으로 살짝 고개를 돌린 정원이 작게 읊조렸다.

"여, 여기선 조금……."

"아……."

어둠 속에서도 조금 붉어진 정원의 목이 보였다. 그때서야 정신이 번뜩 든 인혁이 허리를 숙여 그녀의 무릎 뒤로 손을 찔러 넣었다. 그리고 힘든 기색 하나 없이 그녀를 번쩍 들어 올렸다.

반짝.

센서가 반응하며 불이 켜진다.

놀란 그녀의 눈이 보인다.

그의 얼굴에 기쁨이 보인다.

"……그럼 안으로 들어가서 마저 해야지."

삑삑삑—

한쪽으로 그녀를 든 채로 다른 한 손으로 비밀번호를 누른 그가 단숨에 문을 열었다. 그가 집 안으로 들어서자 정원은 머리가 부딪히지 않도록 몸을 숙여 그의 머리를 끌어안았다.

"그러면 앞이 안 보이잖아."

"아, 아…… 죄송."

그녀가 몸을 다시 들어 올리자 시야가 다시 트였다. 인혁이 성큼성큼 걸음을 옮겨 거실로 향했다. 그리고 그녀를 소파에 앉힌 뒤 그 앞에 무릎을 꿇고 앉았다.

그녀의 납작한 배에 얼굴을 부빈 그가 얇은 그녀의 허리를 양손으로 끌어안은 뒤 나른한 목소리로 읊조렸다.

"귀여운 것."

"또 작다고 놀리시는 겁니까?"

"설마."

그의 목소리엔 웃음이 섞여 있었다.

"좋아 죽는 거다."

투명한 창에 뿌옇게 서리가 꼈다. 겨울이 성큼성큼 다가오다 못해 이젠 바로 코앞에 와 있다.

차가운 칼바람에 몸까지 얼어 버릴 것 같은 날들이었지만, 이수 소방서 문화 화재 방재 시스템팀은 계절이 확 앞서 나가 봄이 와 있는 것만 같았다.

인혁은 컴퓨터 모니터에 조그마한 정원이 가려 보이지 않자 엉덩이를 들썩이며 그녀의 정수리라도 보려고 애쓰고 있었다.

공은 공. 사는 사.

그렇게 생각하며 살아왔던 34년이란 세월을 순식간에 갈가리 찢어 버리고 부숴 버린 그녀의 존재가 얼마나 대단한 것인지 둔한 인혁은 알지 못하고 있었지만, 그와 근 5년이란 세월을 함께한 태원은 똑똑히 알아차렸다.

순식간에 바뀌어 버린 인혁의 모습에 그가 속으로 혀를 끌끌 차고 있을 때였다.

갑자기 테이블 위에 올려져 있던 인혁의 휴대전화가 울리기 시작했다. 정원에게 집중하고 있던 그는 화들짝 놀라더니 서둘러 휴대전화를 들어 보았다.

〈마마님〉

마마일지도 모르고 호환마마일지도 모른다.

인혁은 익숙한 번호에 자리에서 일어나 문으로 향했고, 지나가는 길에 괜히 정원의 어깨를 한 번 쓸어 본다. 그의 갑작스런 스킨십에 정원의 몸이 위로 튀어 올랐다가 아래로 떨어졌다. 하지만 서류를 향해 숙여 있는 고개는 위로 올라올 줄을 모른다.

달칵. 인혁이 문을 닫고 나가자마자 옆에서 숨죽이며 이 상황을 보고 있던 수호가 고개를 퍼뜩 들더니 괜스레 책상을 탁탁 내려치며 말했다.

"뭐야? 왜 참기름 냄새가 진동을 나지?"

그의 시선은 자신의 옆, 정원을 향해 있었으나 이상한 웃음소리는 자신의 맞은편에서 들려왔다.

"ㅎㅎ."

"이용건 대원님은 또 왜 그러십니까?"

"하하, 아니야. 아무것도."

"에이, 아무것도 아닌 게 아닌데?"

부정에 부정을 하자 긍정이 된다. 하지만 용건은 공중에 몇 번 손짓을 하더니 여전히 서류에 집중하고 있는 정원을 향해 말했다.

"정원이한테는 고마워."

뭐가 고맙다는 걸까. 하지만 수호의 관심은 다른 곳을 향해 있는지 드르륵, 의자를 끌어와 정원 가까이에 다가갔다.

"근데 둘이 사귀어?"

수호가 웃음기가 섞인 목소리로 물었다. 반달로 접힌 눈은 이미 정원의 입에서 나올 말이 어떠한 것인지 다 알고 있는 눈치였으나, 그는 정원을 놀리는 것을 멈추지 않았다.

"내가 보기엔 딱 연애하는 것들 특유의 머리 띵한 냄새가 난단 말이지."

"그래, 사귄다."

"헉……!"

문을 열고 나타난 인혁은 곤란에 빠져 있는 정원을 구해 내기 위해 말했으나, 오히려 정원이 더 곤란해져 버렸다. 공식적으로 두 사람의 사이를 인정한 그는 수호를 한껏 노려보았다.

"그러니까 앞으로 넌!"

말을 끊은 인혁이 수호를 향해 손가락질하며 말했다.

"강정원과 항상 50m 거리 유지할 것, 알겠냐?"

"네, 알겠습니다!"

수호가 우렁차게 답하자 인혁이 만족한 듯 문을 닫고 나갔다.

순간 사무실 안에 썰렁한 기운이 흘렀다. 겨울바람보다 더 서늘했다.

잠시 후, 얼이 빠진 듯하던 태원이 벌떡 자리에서 일어났다.

"진짜?"

"네."

"……."

이상한 기운을 눈치채기는 했으나, 이 정도로 빠르게 관계가 진전될 줄 몰랐던 태원은 정말 깜짝 놀란 얼굴이었다.

그가 인혁의 옆에 있은 지가 5년이 흘렀다. 그간 그가 연애하는 기색을 한 번도 눈치채지 못했던 태원은 그가 단순히 여성에 관심이 없거나, 숙맥인 줄만 알았던 터다.

오랫동안 그 수많은 고백을 물리쳤으니까.

그런데……!

태원이 다시 자리에 털썩 주저앉았다.

"취향이 이상하셨던 거군."

"뭡니까? 그 말?"

정원은 본능적으로 제 욕을 하는 줄 알았던지 톡 쏘아붙였다. 그러자 태원은 망설임 없이 툭 내뱉었다.

"난 고자 줄 알았지."

태원이 다시 모니터로 집중했지만, 정원은 드디어 말할 대상을 찾았는지 자리에서 벌떡 일어나더니 멍 때리고 있는 수호를 지나, 히죽히죽 웃고 있는 용건을 지나 태원의 옆으로 다가갔다. 그리고 그의 굳건한 팔을 붙잡으며 말했다.

"그렇죠? 정말 그렇죠? 안 그러면 선머슴 같은 절 좋아한다고 말할 리가 없죠?"

눈치가 아예 없는 건 아닌가 보다.

태원은 정원의 말에 그녀를 머리부터 발끝까지 훑어보더니 말했다.

"그래, 널 좋아한다는 걸 보니 그런 것 같다."

"……어휴."

그녀의 한숨에 태원은 괜히 더 놀리고 싶어진 것인지 정원의 어깨를 토닥이며 진지한 얼굴로 한 마디 조언을 아끼지 않았다.

"지나가는 남자들 조심해라. 너의 잠재적 라이벌이니까."

복도를 서성이는 인혁의 발걸음이 어딘가 불안해 보였다.

정원과 같은 종족인 또 다른 작은 생명체 때문이다.

─그 나쁜 녀석이 지금은 프랑스에 없다더라!

민혁의 편지를 받자마자 프랑스로 사람을 급파시켰던 명숙은 큰아들을 잡지 못했다는 사실에 속이 부글부글 끓는 것인지 땍땍거리는 목소리로 외쳤다. 오랜만에 명숙과의 통화였지만, 인혁은 혹시나 안에서 정원이 대원들의 질문 집중포화를 당하고 있는 것은 아닌가, 안절부절하지 못하며 발길을 멈추지 못하고 있었다.

"그럼요?"

─인도엔가 뭔가에 있단다! K2에!

인도 카라코람산맥의 중앙부에 있는 산에 올라 자동차 CF를 찍고 있는 미친 첫째 아들의 짓거리에 대해 명숙은 5분이 넘어가도록 욕을 쏟아 내고 있었다.

─아니, 왜 자동차 CF를 산꼭대기에서 찍냐고!!

명숙의 이야기에 인혁이 고개를 끄덕였다. 등산광인 형이 일을 빌미로 K2에 오른 것에 찬사까지 보내고 싶었으나, 여기서 '그 인간 돈 받고 이젠 취미생활 하네요'라고 말하기엔 그의 명줄은 하나뿐이었다.

"그러게 말입니다."

─내가 진짜, 거기까지 사람을 보낼 수는 없고! 정말 미치겠다, 아들아.

"기다리면 내려오겠죠. 평생 거기서 살 수는 없으니까요."

─어휴!

한숨을 뻑 내쉰 명숙이 막 또다시 신세타령을 하려고 할 때였다. 사무실 문이 열리고 점심 식사를 하기 위해 나오는 대원들을 보며 다급하게 말했다.

"그럼 다음 주에 찾아뵙겠습니다. 그때 계속하십시오."

─뭐? 백인……!

명숙이 인혁의 이름을 부르며 애타게 전화 끊지 말라고 말했지만, 그는 망설임 없이 전화를 끊은 뒤 정원에게 다가섰다.

"오늘 점심 메뉴는 뭐래?"

그의 물음에 정원이 옆으로 한 걸음 물러났다.

"대원들이 봅니다."

그녀의 말에 인혁이 고개를 돌렸다. 그러자 그의 얼굴을 보던 대원들이 화들짝 놀라 고개를 돌리는 것이 보인다. 그중에 있던 여대원 한 명은 얼굴을 붉히며 돌리고 있었다.

그들의 모습이 자꾸 신경이 쓰이는 것인지 정원이 슬금슬금 물러나자 인혁의 미간이 와자작 구겨졌다. 그는 자신을 힐끗 바라보는 대원과 시선을 똑바로 하더니, 팔을 뻗어 정원의 어깨를 끌어안았다. 그리고 제 품으로 조막만 한 몸을 끌어당기며 고개를 숙인다.

정원의 귓가에 속삭이는 인혁의 눈빛은 경고를 담고 있었다.

"사내 연애하자고 했지, 비밀 연애 하자고 한 적은 없다."

바쁜 소방관들 사이에선 사내 연애가 흔한 일이었다. 하지만 유독 자신의 연애에 사람들이 관심을 가지자 기분이 나빠진 그는 식은땀을 흘리고 있는 대원의 눈을 똑바로 마주하며 말했다.

"그러니까 어깨 당당하게 펴라고. 우리가 죄짓는 거냐?"

복도에 두 사람의 발소리가 얽히는 게 들렸다. 두 발걸음 소리는 곧장 비상구가 있는 구석으로 향하더니 문이 열리고 닫히는 소리가 들렸다.

"사람들 앞에서 그러는 건 싫습니다."

정원의 외침이 비상구 가득 울린 뒤로 씩씩거리는 소리가 들린다. 그녀는 꽤 심각한 표정이었지만 상대방인 인혁은 뭐가 그렇게 잘못이냐는 듯 심드렁한 표정을 지었다.

"아, 왜 싫은데?"

"그, 그냥 싫습니다! 주목받는 것도 싫고……."

그녀의 말에 인혁이 저돌적으로 걸음을 옮긴다.

뚜벅뚜벅, 발걸음 소리와 함께 인혁이 정원에게 다가선다. 그가 거침없이 자신에게 다가오자 정원이 자신도 모르게 뒷걸음질 치며 끝까지 항의했다.

"사람들이 절 바라보는 것도 싫은데…… 자꾸 대장님이 남들 앞에서 그러니까 제가……."

정원의 몸이 결국 벽에 닿았다. 서늘한 기운이 척추를 타고 온몸으로 번져 갔다. 하지만 인혁의 걸음은 멈추지 않았고, 결국 제 기다란 다리 사이로 정원의 몸을 가둬 버렸다.

"……그러니까……."

"그러니까 뭐?"

무섭게 다가오기만 하던 인혁이 고작 한다는 말이 그거다. 무심한 눈길로 끝까지 조잘조잘 말을 늘어놓는 인혁의 목소리에 정원이 버럭 외쳤다.

"그만 오십시오!"

"……음? 딱 좋은 거리 아니야?"

인혁이 허리를 굽혀 제 코를 정원의 코에 부비며 말했다.

"시작하는 연인들끼리 딱 좋은 거리지."

"……그, 그게……."

정원이 어버버 말하지 못하고 말문을 닫았다. 그러자 인혁은 박력이 넘치게 오른쪽 팔을 정원의 옆에 고정시킨 뒤 피식 웃음을 터뜨렸다.

"왜? 아직도 부끄러워? 집이 아니어서 그렇나?"

인혁이 작게 고개를 돌려 주위를 둘러보았다. 그러자 정원이 입을 앙다물었다. 하얗게 질린 입술을 보며 인혁이 고개를 숙이더니 그녀의 입술에 입을 쪽 맞췄다.

"왜?"

"……바, 밖에서는……."

"뭐야? 집 안에서 키스한다고 해도 별반 다를 것도 없잖아!"

처음 둘의 마음이 닿았던 그때.

소파에서 서로의 입술이 짓무를 때까지 입을 맞췄던 두 사람이다. 하지만 인혁이 기대했던 그다음은 없었다. 그의 손이 허리에 닿는 순간, 뭔가 다른 것을 느꼈던지 정원이 거부했기 때문이다.

그래, 아직은 순진하고 어려서 그래.

그렇게 생각하고 있었지만 애가 타는 것은 어쩔 수가 없었다.

'요즘 어린것들이 까져서 문제라면서! 근데 이 종자는 왜 이래?!'

순진하게 얼굴을 붉히는 정원은 남자의 손길을 전혀 받아 본 적이 없는 사람처럼 굴었다. 그래서 오랫동안 굶주렸던 그도 거기에서 멈출 수밖에 없었다.

그는 탱탱하고 보드라운 입술에서 입을 떼고 붉어진 정원의 얼굴을 내려다보며 말했다.

"집이 아니라 밖에서도 입 맞출 거고, 사랑한다고 말할 거야."

"……그, 그러지……."

"밖이 좋을걸? 안에서 하면 내가 어떻게 변할지 모르거든."

"……."

정원의 얼굴을 보니, 그가 어떻게 변할지 잘 아는 모양이었다.

"그러니까 부끄러워하지 마."

"그, 그게 아니라…… 자꾸 대장님을 욕한단 말입니다."

"……뭐?"

인혁의 얼굴이 당황함에 굳었다. 그러자 정원은 또렷한 얼굴로 그의 얼굴을 올려다보았다. 붉은 입술은 그의 침으로 인해 번들거렸고, 뺨은 갑작스런 스킨십에 붉어져 있었지만 눈빛만은 평소와 다를 바 없이 또렷했다.

"대장님과 제가 어울리지 않는답니다. 대장님이 저 같은 거랑 사귀려고 이때까지 그 많은 거절을……."

"강정원."

인혁은 듣다못해 그녀의 말을 막았다. 그리고 양손으로 그녀의 양뺨을 감싸 쥐며 가볍게 입을 쪽 맞춘다.

"좋아해."

"……."

"사랑해."

"……."

"내 눈엔 너밖에 안 보여."

"……."

"그러니까 어깨 좀 펴라. 나 화나려고 한다."

인혁이 동그랗게 말린 정원의 어깨를 잡고 옆으로 활짝 펴며 시익 웃었다.

"내가 좋아하는, 내가 좋아하게 된 강정원은 직설적이고 아주 똑똑한 여자야. 몸집은 작지만 날 변화시킨 힘은 강산과 같이 큰 사람이야. 좋아할 수밖에 없었어. 요즘은 가끔, 내가 미친놈 같기도 해. 예전과 너무나 많이 바뀐 모습에 놀라기도 하고."

"……."

"겁쟁이던 나에게 용기를 준 사람이니까…… 현실과 마주할 수 있도록 만들어 준 사람이니까……. 그러니까 너 당당하게 허리 펴도 돼. 주위의 사람? 뭐라고 하든 상관없어. 내가 좋으면 그만이야. 알겠나?"

"……."

정원이 눈을 깜빡이자 인혁이 그녀의 몸에서 한 걸음 떨어지며 피식 웃음을 내뱉었다.

"그런 눈으로 보지 마라. 둘러서 말하면 네가 알아듣질 못하니까, 아주 진심을 다해서 말하는 거야. 정확히 말하지 않으면 네가 알아듣질 못하니까."

"……."

"앞으로도 아주 솔직하게 너한테 내 감정 표현을 할 거야. 그러니까 너도 나한테 솔직해 주길 바란다."

인혁의 긴 이야기가 끝났다. 그사이 정원은 듣고만 있었다. 그가 어디까지 나불거리나 보고 있으려고 그런 것이 아니다. 말문이 막혔기 때문이다. 하지만 인혁은 그녀의 답을 듣기 위해 아주 오랫동안 끈질기게 기다리고 있었다. 곧 있으면 점심시간이 끝나고 업무 시간이 시작되는 것을 알면서도.

그러자 뜸을 들이고 있던 정원이 더듬더듬 말을 내뱉었다. 얼굴은 역시나 붉어진 상태다.

"저…… 압니다."

"뭘?"

"제가 눈치가 없고, 음…… 그러니까……."

"천천히 말해 봐. 급하지 않으니까."

"……많이 부족할 겁니다."

"알아. 나도 많이 부족할 거야. 그러니까 너한테 투정 안 해. 그냥 솔직하게 말하고 이것도 해 줘, 저것도 해 줘, 그렇게 말할 거야."

"……뭘 말입니까?"

그녀의 물음에 인혁이 음흉한 표정을 지었다.

"글쎄, 그게 뭘까?"

정원의 얼굴이 굳어 버렸다. 그러자 인혁은 고개를 기울이며 아래에 있는 그녀의 시선을 똑바로 맞추며 말했다.

"어, 이것 봐라? 아는 표정인데?"

그의 말에 정원이 가슴을 통통 쳤다.

"남동생이 있는 몸입니다, 이래 봬도!"

"설마…… 영상에서 본 걸 나한테 앞으로 써먹을 생각은 아니겠지?"

"……."

"기대되는데?"

그의 말에 정원이 또 한 번 말을 잃었을 때였다.

갑자기 저 밑에서 문이 열리는 소리와 함께 말소리가 들려왔다. 순간 긴장한 정원이 인혁을 보자, 그가 손가락을 세워 코앞에 가져다 댔다.

"토, 토요일에……."

"아, 주민등록증을 확인해 봤는데, 유리 씨 집이 아니라고 해서요. 그래서 어쩔 수 없이……."

"힉……! 그, 그만! 그만해요!"

"네? 아, 네."

두 사람의 목소리는 아주 익숙한 것이었다. 듣기만 해도 누구의 목소리인지 알 수 있을 정도로.

깜짝 놀란 정원이 눈을 깜빡이자, 인혁은 조용히 하라고 눈빛을 보낸 뒤 옥상 쪽을 손가락으로 가리켰다. 옥상에 대원들을 위해 마련된 공중정원이 있었다.

"별일은 없었죠?"

"그게……."

그 목소리를 마지막으로 공중정원으로 올라온 정원과 인혁은, 몇 칸 되지 않는 계단이었지만 지친 기색이 역력했다. 옥상 난간을 붙잡은 정원이 입을 틀어막았다. 제가 알아 버린 비밀이 꽤나 놀라웠는지 당황한 기색이 역력했다.

"두, 두 분……."

"뭐, 비상구에서 역사가 이루어지긴 하지만, 들키기도 거기서 제일 많이 들키지."

"……."

"상관하지 마."

인혁의 말에 정원이 홀린 얼굴로 천천히 고개를 끄덕였다.

그는 정원의 뺨을 잡아 쪽, 입을 맞춘 뒤 다시 한 번 아직도 비상구에서 이야기하고 있을 두 사람의 모습을 떠올리며 말했다.

"드디어 장가가시나?"

"그럼 내일 뵙겠습니다. 다음 주에 사무실 이전이 있으니까 이 점 염두에 두시고요."

"네, 알겠습니다."

"아, 그리고."

다이어리를 보며 회의를 진행 중이던 인혁은 입술이 함지박만 하게 벌어져 있는 용건의 눈을 똑바로 마주하며 말했다. 순간 용건의 몸이 움찔 떨렸다. 인혁의 시선이 다시 태원과 수호, 정원에게로 향하자 들썩거렸던 그의 어깨가 푸시시 아래로 꺼졌다.

"다음 주에 국공립 박물관을 모두 돌아야 합니다. 서울시 소재 공립 박물관 수만 해도 어마어마하지만, 경기도권까지 합치면 그 수가 상상을 초월합니다. 팀을 이뤄서 주말까지 반납해 가면서 박물관의 화재 시스템 점검을 나가야 합니다."

"주말까지요?"

수호의 얼굴이 사색이 되었다. 평안한 라이프, 가늘고 길게 가는 것이 인생의 목적이자 목표인 수호에게 있어서 주말 반납 근무는 버거운 일인 듯 보였다. 하지만 인혁은 회의 도중 거수를 하지 않은 채 툭 튀어나온 수호의 목소리에 날카롭게 눈을 빛내며 말했다.

"왜? 박수호 대원은 계속 사찰 탐방이라도 하고 싶은가 보지?"

"……."

그가 입을 꾹 다물자 만족한 인혁은 정원의 눈을 마주하며 말했다.

"이번 주 금요일까지 할당 구역 나누어 주겠습니다."

"네, 알겠습니다."

평범한 소방관들이라면 주말은 물론이요, 사고가 두 배로 많이 일어나는 명절까지 모두 반납한 채 서에서 비상 대기 근무를 선다. 거기에 비하면 나름 편하게 근무를 하고 있는 문화 화재 방재 시스템팀이었지만, 수호는 저승으로 걸어가는 사람마냥 사색이 된 채 휘적휘적 사무실을 빠져나가고 있었다.

사무실에 인혁과 정원 단둘만 남았다.

정원은 내일을 위해 마지막 서류 정리를 하고 있었고, 인혁은 그 뒤에 팔짱을 끼고 서서는 온몸으로 서두르라는 듯 정원을 닦달하고 있었다.

"서둘러, 서두르라고."

"아, 거참! 알겠습니다."

"이렇게 밍기적거려서야 되겠어? 오늘은 역사적인 첫 데이트 날이란 말이다."

정신 사납게 계속 뒤에서 조잘거리는 인혁의 목소리가 거슬려서일까. 정원이 고개를 팩 돌리며 뭐라 쏘아붙이려고 할 때였다. 어느새 다가온 건지 고개를 돌리자마자 제 코앞에 다가와 있는 그의 얼굴에 정원이 숨을 들이켰다.

딸꾹!

"뭐야, 그 표정은."

인혁이 농염한 미소를 지으며 나른한 목소리로 말했다. 그러자 정원의 딸꾹질이 더욱 빨라졌다.

딸꾹! 딸꾹!

눈을 동그랗게 뜬 채 얼굴을 붉히는 모습은 어린아이의 것처럼 너무나 순수해 보여 인혁은 순간 제 속에 있는 못된 것이 꿈틀거리는 것을 느꼈다.

쪽!

그가 입을 맞추자 순간 정원의 얼굴이 화르륵 타올랐다. 그러자 인혁은 장난스러운 목소리로 그녀의 귓가에 조잘조잘 말했다.

"화재 발생, 화재 발생. 강정원 대원 얼굴에 화재 발생."

"대, 대장님…… 저만 보면 놀리고 싶으신 겁니까?"

정원이 소름 돋았다는 듯이 제 팔을 문지르자 인혁의 미간이 찌푸려졌다.

"왜? 마음에 안 들어?"

"네, 마치 제비가 춤바람 난 아줌마를 꼬시는 대사 같……."

그녀의 말에 인혁은 허리를 펴더니 마치 훈련장의 빨간 모자 교관처럼 딱딱한 목소리로 일갈했다.

"밖에서 이렇고 저렇고 그런 짓을 당하고 싶지 않으면 10초 만에 퇴근 준비 완료하도록 한다, 실시."

"시, 실시……."

그의 분위기가 순간 바뀌자 더듬더듬 말을 내뱉은 정원이 재빨리 책상 위에 있던 것들을 서랍장 안으로 밀어 넣었다. 그리고 낡고 해진 지갑을 가방에 넣으며 자리에서 벌떡 일어났다.

"좋아. 5초. 역시 날다람쥐."

"……."

정원이 아무 말 하지 못한 채 붉어진 얼굴로 그의 얼굴만 멀뚱멀뚱 바라보았다. 그러자 꼬고 있던 다리를 푼 인혁이 벽에 기대고 있던 등을 곧추세우며 정원의 어깨에 어깨동무를 한 뒤 정원의 뺨을 손가락으로 콕콕 찌르며 말했다.

"자, 그럼 역사적인 첫 데이트 하러 가 볼까?"

띠띠, 소리와 함께 자동차 잠금장치가 풀리는 소리가 들렸다. 인혁이 먼저 운전석에 오르자 정원이 자연스레 보조석 문을 열고 차에 올라탔다.

그와의 퇴근길은 꽤나 익숙해져 있었다. 하지만 오늘의 퇴근길은 그녀가 익숙해져 있는 것과는 조금 달랐다.

허리를 숙여 그녀의 안전벨트를 손수 매 준 그가 굽혔던 허리를 펴 눈을 깜빡이고 있는 정원의 얼굴을 보며 피식 웃음을 내뱉었다. 그의 갑작스런 웃음에 정원은 딸꾹질이 터지려는 것을 애써 참았다. 그녀는 인간이라면 아주 당연한 생리현상을 꾹 참아 내는 초인적인 힘을 보였다.

"……지금 뭐하십니까?"

"뭐하려는 것처럼 보이는데?"

그녀의 물음을 오히려 질문으로 되받아친 그가 여전히 굽힌 허리를 펴지 않으며 아래에서 그녀를 올려다보았다. 이 각도에서 보니 정원이 또 다른 이미지로 그의 눈에 담긴다.

평소의 그녀는 귀엽고, 앙증맞은 모습이라면, 지금은 뭐랄까……. 므흣한 상상을 무한대로 만드는 얼굴을 하고 있었다.

도톰한 입술이나 곧게 뻗은 콧날, 초롱초롱한 눈망울. 이것들을 위에서 아래로 내려 볼 때면 너무나 작아 보여 깨물어 버리고 싶은 변태적인 욕망에 사로잡히고, 지금은……

그가 이상한 상상에 잠겨 있던 그때, 정원은 무심한 얼굴로 그의 얼굴을 내려다보고 있었다. 심장이 미친 듯이 뛰다 못해 이젠 고요해진 느낌이었다.

정원은 평소엔 절대 내려다볼 수 없는 그의 얼굴을 한참이나 바라보더니 늘 그랬던 것처럼 툭 내뱉었다.

"왜 페로몬을 뿌리십니까?"

"그게 보여?"

"네."

고개를 끄덕인 그녀가 미간을 찌푸리며 그의 얼굴을 내려다보고 있는 지금 이 순간, 솔직한 제 심정을 털어놓았다.

"뭔가를 바라는 표정이십니다."

"그게 뭔 것 같은데?"

"……"

그의 물음에 결국 정원의 말문이 또다시 막히고 말았다. 그녀의 반응이 재미있었던지 그가 계속 짓궂게 말했다. 그녀를 더 놀리고 싶고, 괴롭히고 싶은 마음이 무럭무럭 솟아 그러한 것이리라.

"응? 뭔데?"

그의 표정이 점차 장난스럽게 변해 가는 것을 보던 정원은 속에서 뭔가 울컥거리는 것을 느꼈다.

정원이 몸을 부들부들 떨며 곧 폭발 직전에 다다르자, 인혁은 이제 그만해야 할 때란 걸 알았다. 하지만 이제껏 심각했던 정원이 갑자기 허리를 숙여 그의 입술에 입을 쪽 맞추었다.

"헉……!"

인혁이 깜짝 놀라 숨을 들이켰다. 몸을 벌떡 일으키는 바람에 차 천장에 머리를 박기도 했다. 그가 홀로 원맨쇼를 하고 있었지만 정원 은 여전히 무심한 얼굴로 부딪힌 머리를 벅벅 쓰다듬는 인혁에게 말 했다.

"이것보다 더한 것을 원하시는 것 같지만, 현재 제 한계는 여기까 집니다."

"너…… 너…….'"

"그럼 역사적인 첫 데이트 하러 갑시다."

정원이 바닥에 떨어져 있던 가방을 제 다리 위에 올리면서 말하자 어버버거리고 있던 인혁이 운전석 창문 쪽으로 제 몸을 확 가져다 놓 으며 버럭 소리쳤다.

"이 요망한 것!"

"……이제 그만 출발하죠?"

"너…… 너…… 진짜! 방금 내가 너한테 속고 있다는 생각이 확 들었다?"

"뭘 말입니까."

"너 다 알고 있지?"

그가 고함을 빽 지르자 정원이 두 귀를 막았다. 그리고 미간을 잔 뜩 일그러뜨린 후 핸들을 힐끗 보며 말했다.

"이상한 소리 할 시간 있으면 어서 출발하시지요? 방금 전 대장님 께서 말씀하셨잖습니까. 서두르라고. 저희에게 남아 있는 시간은 얼 마 되지 않습니다."

그 말에 인혁이 시계를 힐끗 보았다. 차에 설치되어 있는 전자시계 는 어느새 '7시 30분'을 표시하고 있었다.

할 말이 많아 보이는 인혁이었지만 그는 하는 수 없다는 듯 시동을 켠 뒤 부드럽게 차를 출발시켰다. 그리고 차가 막 주차장을 벗어날 때, 그가 정면을 주시한 채 부드럽게 핸들을 돌리며 말한다.

"영화 보러 갈까?"

"답답한 공간은 싫어합니다."

그 말에 인혁이 고개를 끄덕였다.

"나도."

짧게 답한 그가 다시 한 번 물었다.

"그럼 맛있는 거 먹으러 갈까?"

"제 음식이 맛이 없으십니까?"

그의 말에 인혁이 곧장 고개를 젓는다. 그러자 정원은 정면을 주시했던 시선을 그에게 돌리며 말했다.

"밖에서 사 먹는 거 싫어합니다. 맵고, 짜고, 달고. 자극적인 음식들이 대부분이어서 맛이 없습니다."

"음, 그것도 그렇지?"

"……."

"……."

두 사람 사이에 침묵이 흘렀다.

인혁은 주차장을 방불케 하는 꽉 막힌 도로를 피곤한 눈으로 보았다.

"집에 가서 텔레비전으로 영화 보고 맛있는 네 음식 먹는 건 어때?"

"뭐, 좋습니다. 몸도 피곤한데."

"……그래, 그러자."

"그럼 근처 대형마트로 가 주십시오."

인혁은 고개를 끄덕인 뒤 신호를 받자마자 빠르게 차를 출발시켰다.

커다란 접시엔 문어 모양으로 예쁘게 잘려 빨간 토마토소스와 칠리소스에 버무려진 소시지 안주가, 그 옆에는 500ml 캔 맥주가 두 개 놓여 있었다.

정원의 눈은 커다란 텔레비전 화면에서 떨어질 줄을 몰랐다. 오랜만에 보는 영화여서일까, 두 사람 모두 로맨틱 영화와 취향이 멀었지만, 첫 데이트란 명분 아래 끊임없이 웃음을 쏟아 낼 수 있는 달달한 영화를 선택했다.

작년에 개봉한 로맨틱 코미디 〈같은 지붕, 다른 남녀〉 영화가 어느새 한창 중반으로 치닫고 있었다.

이 영화는 한류배우 마진의 이젠 대표작이 된 영화로, 한국에서는 830만 관객이 들었고, 일본은 물론 중국, 베트남, 캄보디아 등등 전 아시아 지역에도 팔려 마진 열풍을 일으킨 영화였다. 서로 어릴 적부터 원수였던 두 주인공이 결국 한집에 함께 살게 되면서 사랑이 싹튼다는 이야기로, 4차원 여자 주인공과 카리스마가 뚝뚝 흐르는 남자 주인공의 성격이 대비되며, 재미있는 상황을 끊임없이 연출하고 있었다.

"하하……."

그녀의 입에서 작은 웃음소리가 흘러나왔다. 정원이 웃는 것을 가까이에서 처음 본 인혁은 어느새 화면 대신 그녀를 바라보고 있었다. 그녀는 처음엔 입을 가리고 웃다가 갑작스레 웃음이 터져 나올 때면 허리를 숙여 제 입을 숨겼다. 그 모습에 인혁이 자신도 모르게 손을 뻗을 때였다.

"마진이 저렇게 멋있는……."

"아……."

그는 자신도 모르게 뻗어 버린 손에 당황해 버렸고, 웃으며 고개를 돌리던 정원은 어느새 제 코앞까지 와 있는 그의 커다란 손에 마지막 말을 삼켜 버렸다.

"나보다 더 멋있냐?"

"솔직한 답을 원하십니까, 아니면 입바른 말을 원하십니까?"

답을 듣지 않아도 알 것 같았다. 인혁은 속이 타자, 앞에 놓여 있던 맥주를 벌컥벌컥 마신 뒤 어느새 여자 주인공을 끌어안은 채 공중에서 빙글빙글 돌리고 있는 마진을 손가락질하며 말했다.

"저런 제비 같은 게 뭐가 좋다고! 난 진짜 여자들이 이해가 안 되더라?"

그가 열을 내며 버럭버럭 소리를 지르자, 정원은 포크로 오징어 모양 소시지를 콕 집어 그의 입에 쑤셔 넣으며 말했다.

"네네, 제비같이 매끈하게 생겼습니다. 그러니까 흥분을 가라앉히시고……."

"어떻게 가라앉히냐!"

인혁은 갈수록 화가 뻗치는 것인지 버럭버럭 소리를 질렀다. 흥분을 해서인지 빨갛게 달아오른 그의 얼굴을 한참이나 바라보던 정원이 고개를 숙여 기습적으로 그의 입에 입을 맞춘 뒤 떨어졌다. 짧디짧은 뽀뽀였지만 그가 받은 충격은 상당한 듯 보였다.

"……."

그가 턱을 쩍 벌리며 말을 잃자 정원은 원래 자신의 자리에 앉으며 말했다.

"이제 좀 조용해졌네요."

"……너……."

"앞으로 자주 써먹어야겠습니다. 생각보다 훨씬 효과가 좋습니다."

그의 입을 한순간에 닫게 한 사실이 좋은 것인지 정원이 다시 영화에 집중을 할 때였다.

어느새 표정을 싹 바꾼 인혁이 천천히 그녀의 곁으로 다가와 새초

롬하게 모여 있던 입술에 입을 맞췄다.

순간 두 사람의 혀는 애초에 하나인 것처럼 서로 얽혀들었다.

타액이 턱을 타고 아래로 흘러내리는 것이 느껴졌고, 그의 손이 자신의 허리에 닿는 것을 느끼자 정원은 바짝 얼어 버렸다. 하지만 그녀를 다독이듯 부드럽게 혀를 움직여 아랫입술을 애무하는 그의 행동에 몸이 젤리처럼 흐물흐물 풀려 버렸다.

"으음……."

누구의 입에서 나온 것인지 몰랐다. 깊은 키스는 정원의 정신뿐만 아니라 인혁의 정신까지 앗아가 버렸다. 켜 놓은 텔레비전에선 이미 영화가 끝난 듯 크레딧이 올라가고 있었다. 하지만 인혁은 자세가 불편한 것인지 달콤한 OST를 들으며 그녀의 몸 위로 올라가 턱을 움켜쥐고 더욱 깊숙이 그녀의 몸 안으로 들어가려 안달했다.

부족해.

그의 속에 있는 무언가가 그렇게 속살거렸다.

아직 부족해.

그녀의 아랫입술을 살짝 깨물며 자극을 준 그가 그녀의 소담한 가슴을 움켜쥐었다.

탄탄한 가슴은 그의 손바닥 아래 모두 가려질 정도로 작았다. 하지만 꼿꼿하게 선 젖꼭지가 면 브래지어를 뚫고 손에 닿자 이성의 끈이 툭 하고 끊어지는 것을 느꼈다.

그가 그녀의 티셔츠를 말아 올려 막 납작한 배를 쓰다듬을 때였다.

"으!"

정원은 자신의 입에서 옅게 흘러나온 신음에 깜짝 놀란 것인지 입을 악다물었다.

"뭐지?"

그녀는 자신도 모르게 소리 내어 물었다. 그리고 그 순간 정신이 돌아온 것인지 그를 확 밀어 버렸다.

힘없이 뒤로 물러난 인혁의 눈이 촉촉하게 젖어 있었다.

마치 그녀의 팬티처럼.

난생처음 느껴 보는 생소한 제 몸의 변화에 그녀는 겁을 집어먹은 얼굴로 눈을 꿈뻑였다.

그녀가 제 몸의 변화에 어떻게 할 줄을 몰라 입을 뻐끔거리자, 인혁은 그녀에게 닿으려는 제 손을 동그랗게 만 뒤 그녀의 위에서 내려왔다.

바닥에 앉아 소파에 기대듯 누워 있던 정원이 상체를 벌떡 일으켰다. 당장이라도 도망갈 기세였지만 손을 뻗어 올라간 제 티셔츠를 정리해 주는 인혁의 손길에 행동을 멈췄다.

인혁은 혼란스러운 정원의 얼굴을 보며 한숨처럼 내뱉었다.

"미안하다. 내가 꼭지가 확 돌아서……."

"죄, 죄송할 것까지야……."

"서른넷이다, 자그마치 서른넷. 남자는 서른부터 끓어오른다고 하잖아? 근데 난 앞자리가 3으로 바뀐 뒤로는 한 번도 여자와의 접촉이 없었거든. 일부러 그런 건 아닌데……."

그가 빠르게 변명을 쏟아 내자 정원이 또다시 입을 다물었다. 그러자 인혁이 제 머리를 거칠게 쓸어 올린 후, 어느새 파들파들 떨고 있는 정원의 어깨를 감싸 쥐어 자신의 무릎 위로 이끌었다. 그는 천천히 고개를 숙여 최대한 그녀가 놀라지 않도록 느리게 행동했다. 그리고 그녀의 쇄골에 얼굴을 묻으며 말했다.

"그러니까 내 말은…… 돌아 버리겠다고."

그는 한참이나 흥분해서 날뛰는 제 아랫것을 다스리기 위해 그러고 있었다.

그리고 그걸…… 아직은 남자가 중도에 멈추는 것이 얼마나 힘든지 모르고 있는 그녀도 참을성 있게 그가 가라앉길 기다리고 있었다.

그리고 얼마의 시간이 흘렀을까.

조금은 감정의 수습을 한 인혁이 그녀의 가슴께에 묻고 있던 얼굴을 들어 그녀의 눈을 마주했다. 아래에서 올려다보는 그녀의 얼굴은…… 평소와는 다르다. 이렇게 가다간 꼼짝없이 그녀를 안을 것만 같았다.

"그럼 전 이만 내려가 보겠습니다."

"흐음……."

그가 신음을 내뱉으며 고개를 끄덕였다. 하지만 감정의 창이라는 눈은 제 감정을 숨기지 못하고 날것을 모두 다 보인다.

"그 눈빛은 뭡니까?"

"자고 가면 안 되나?"

쩍, 그녀의 얼굴이 순식간에 구겨졌다. 그녀의 얼굴이 창백해진 것을 보며 그가 한숨을 내쉰 뒤 애써 밝은 얼굴로 말했다.

"변태 아니다. 농담이야, 농담."

천천히 하나씩 해 나가는 게 좋겠지. 그렇게 생각하던 인혁이 일어서는 정원을 보았다. 팔을 뻗어 정원의 손을 잡아끌어 그녀의 입에 짧게 입을 맞춘 인혁은 아쉬움이 뚝뚝 묻어나는 목소리로 말했다.

"잘 자라."

"힉……!"

깜짝 놀라 잽싸게 손을 빼는 정원의 모습에 인혁은 다시 팔을 붙잡아 그녀를 품에 안았다.

미치겠다, 미치겠어…….

그는 다시 끓어오르려는 아랫도리를 애써 잠재우며 읊조리듯 말했다.

"그 표정은 뭐야? 굿 나잇 키스야, 굿 나잇 키스."

"……."

"내일 아침 반찬 기대한다."

그는 끝까지 그녀의 눈을 마주하지 못했다.

투명한 그녀의 눈이 제 속에서 꿈틀거리는 짐승을 발견할까 봐.

♧　　♣　　♧

그 남자는 의외로 부지런한 사람이었다. 물론 어린 나이에 화재 진압팀장 자리를 꿰차고, 커다란 화재 현장에서 인명을 구하고 두 번씩이나 훈장을 받았다는 이야기를 다큐멘터리로 접했기에 평범한 사람이 아니라는 것은 이미 깨닫고 있었다.

부지런한 사람이겠지.

그곳까지 올라가기 위해 많은 노력을 했을 거야.

소방관들 중 이례적일 만큼 많은 방송 업체에서 다큐멘터리로 다룬 인물이니만큼 그 명성을 쌓는 덴 다른 이들은 상상도 할 수 없을 만큼 끝없는 노력이 있었겠지.

그녀는 그렇게 생각했다. 그래, 그런 사람일 거라고.

하지만 그가 손이 부지런한 사람이란 사실은 알지 못했었다.

"……."

정원은 말없이 자신이 무릎을 쓰다듬는 손길을 바라보고 있었다.

아침을 먹을 때도, 출근을 할 때도, 업무 시간 중간에도. 이렇게 그의 손은 그녀가 예상하지 못할 때 제 몸을 쓰다듬곤 했다. 손이 닿을 거리라면 언제나. 자석의 N극과 S극이 만나듯이 제 몸과 그의 손이 만난다.

물론 그녀가 동의를 해서 그가 만지는 것이라면 뭐가 그렇게 크게 문제가 되겠냐마는, 문제는 그녀가 전혀 허락을 하지 않았다는 것에 있었다.

쪼물딱쪼물딱.

가끔은 뭉친 어깨나 허벅지 근육을 힘주어 만지며 꽤 쓸모 있을 때도 있었지만, 사람이 있는 곳에서까지 만져 대니 그녀가 하루에도 몇 번씩이나 화들짝 놀라는 것은 어찌 보면 당연했다.

그녀는 오늘도 그 나쁜 손을 내려다본 뒤, 참지 못하겠다는 듯 손바닥을 펴 찰싹 내려쳤다.

"어쭈."

아침 출근 시간, 단둘만 있는 차 안이었지만 정원은 제 다리를 배회하는 그의 손을 결국 참지 못하고 쳐 내 버렸다. 그녀의 행동이 꽤 기분 나빴던지 인혁이 미간을 종잇장처럼 구기며 말하자, 정원은 정면을 바라보는 시선을 돌리지 않은 채 무심한 목소리로 말했다.

"그 말투, 기분 나쁩니다. 전 지금 대장님의 부하가 아닌 여자 친구입니다. 그런데……."

"그래, 나도 너의 그 말투가 기분 나쁘다. 좀 고쳐 주면 안 되냐?"

"……네?"

의외의 말에 깜짝 놀란 듯 당황한 정원이 인혁을 보았다.

그녀의 표정에 인혁은 다시 손을 원위치시켜 그녀의 허벅지를 쓰다듬었다. 멋없는 바지에 싸인 다리는, 직접 맨살을 만져 보진 않았지만 근육으로 탄탄하고 탄력이 있으리라. 그는 멋대로 그녀의 다리를 상상하며 손을 움직이는 것을 멈추지 않았다.

"내가 마치 군대에서 쫄따구랑 연애하고 있는 느낌이란 말이다."

"……."

그건 아닌데…….

정말 대장님이 그렇게 느끼고 있는 건가……?

얼렁뚱땅 시작되어, 지금도 얼렁뚱땅 만나고 있기는 했지만, 그래도 그녀도 그를 남자로 받아들이고 연애라는 것을 하는 중이었다. 그의 갑작스런 스킨십도 이젠 제법 익숙해져 가고, 그의 농담이나 가끔은 잡아먹을 것처럼 바라보는 눈빛에도 제법 적응이 되었다. 물론 자라목처럼 옷 속으로 제 목을 숨기는 것은 어쩔 수가 없었지만.

정원이 꽤나 심각한 얼굴로 그를 보자 인혁은 부드럽게 핸들을 꺾으며 말했다. 그는 베스트 드라이버를 자처하는 사람답게 신사적으로 운전을 하고 있었다.

"왜? 아닌 것 같아?"

인혁이 정원의 얼굴을 힐끗 바라보더니 다시 정면을 주시했다. 그녀의 대답을, 반응을 기다리는 것처럼.

그러자 잠시 생각에 잠겨 있던 정원이 말했다.

"……그렇게 이상합니까?"

"뭐. 너와 나의 관계를 봤을 땐."

슬금슬금. 그의 손이 기어 올라가 그녀의 매끄러운 허리를 지나 막 납작한 배로 향할 때였다. 그의 손길을 느끼자 정원이 번쩍 정신이 든 것인지 다시 한 번 그의 손등을 내려쳤다.

짝!

"아!"

이번엔 꽤나 아팠던지 인혁이 제 손을 핸들 위에 올려놓은 뒤 구시렁거렸다.

"왜 만지지도 못하게 하냐고, 어?! 내가 지금 얼마나 신사적으로 널 대하려고 노력하는지 모를 거다. 난 아주 정상적인 30대 남자야! 사랑하는 사람의 몸을 만지고 싶은 건 본능이라고. 알았어, 알았어. 알았으니까 그런 표정 지워 줄래?"

인혁은 짐승을 바라보는 듯 사정없이 인상을 구기는 정원의 모습에 투덜거리고는 읊조리는 목소리로 말했다.

"지금 네가 내 뇌를 열어서 내 생각을 읽으면 아마 놀라 까무러칠……."

"예전에는 만지고 싶어서 어떻게 참았답니까?!"

그녀가 지지 않고 쏘아붙이자 인혁의 운전이 다소 거칠어졌다. 하지만 그녀는 입을 꾹 다문 인혁의 옆모습을 똑바로 쳐다보며 외쳤다.

"제발 그만 만지세요!"

견디다 못해 내지른 목소리엔 언뜻 울음도 섞여 있었다.

제발 아무 데서나 나 만지지 마, 이 변태야!

"그럼 어떻게 해!"

만지고 싶은데!

그 역시 조금은 억울함이 섞여 있는 목소리였다.

좁은 차 안, 씩씩거리는 남녀는 심하게 다투는 모습이었다. 하지만 정작 이 둘이 다투는 이유를 창밖의 사람들이 알게 된다면 기가 차서 아무 말도 하지 못하리라.

인혁은 이수 소방서 주차장에 차를 부드럽게 세웠다. 그리고 여전히 앞을 바라보며 씩씩거리고 있는 정원에게 조금은 다정하고 나긋한 목소리로 말했다.

"강정원 씨?"

"그렇게 부르지 마십시오. 소름 돋습니다."

완전히 삐뚤어져 버렸다.

인혁은 저도 정원처럼 확 삐뚤어지고 싶은 것을 애써 억눌러 참아냈다. 그까지 삐뚤어져 버린다면 이건 치고 박고 싸우자는 것밖에 안 되니까.

"그러니까…… 난 네가 이성으로 느껴진단 말이야. 좋고 사랑해. 이런 감정은 당연히 만지고 싶은 생각으로 넘어간단 말이야."

"……."

"알았어! 알았으니까 그렇게 보지 마! 앞으로 조심하면 되잖아."

그가 버럭 소리를 지른 후 다시 정면을 주시했다. 하지만 그녀는 인혁을 믿을 수 없는지 한참을 노려보고 있었다.

"으익!"

사무실에 이상한 소리가 났다.

순간 수호와 용건의 시선이 정원에게 날아든다.

붉어진 얼굴로 고개를 푹 숙인 정원은 곁눈질로 막 사무실을 벗어나는 인혁을 노려보았다.

변태, 색마, 거짓부렁쟁이⋯⋯!

하고 싶은 욕설은 많은데 주위에 보는 눈이 있으니 할 수가 없다.

정원은 속으로 신음을 삼키며 다른 이들의 시선이 자신에게 떨어질 때까지 한참이고 끙끙거리고 있었다.

삐그덕.

평소 정원이 지냈던 2호 대기실이 아닌 1호 대기실.

이젠 이수 소방서 내의 모든 여대원이 쓰는 이곳은 깨끗하게 정리가 되어 있긴 했지만, 잘 사용하지 않은 것인지 여기저기 뽀얗게 먼지가 쌓여 있었다.

청소 물고기를 자청하는 정원에게 먼지가 포착되었지만 그녀는 지친 기색이 역력한 얼굴로 아무렇게나 침대에 털썩 앉아 버렸다.

"아, 진짜 어떻게 하지?"

그녀는 시도 때도 없이 자신에게 닿는 인혁의 커다란 손을 떠올리며 끙, 신음을 내뱉었다.

그의 말도 이해는 갔다.

좋아하니까 만지고 싶은 거고…… 그건 사람의 당연한 감정일지도 모른다.

그녀도 성교육 시간에 배우지 않았던가?

"하지만 너무 과하다고."

이젠 슬슬 수호도 자신을 이상한 눈으로 보며 '연애질 할 거면 집에 가서 해!' 라고 소리를 지를 정도니…… 그 눈치 없는 사람이 알아차렸을 정도면 문화 화재 방재 시스템팀은 물론이고, 이수 소방서 내 모든 대원이 알아차렸는지도 모른다.

"백인혁, 이 변태……."

꿍…….

그녀가 한참 그의 나쁜 손을 어떻게 해야 할지 고민하고 있을 때였다. 대기실 문이 열리더니 하나의 인영이 쑥 하고 들어온다. 최근 인혁과의 문제로 하루가 멀다 하고 구설수에 오르고 있는 정원은 순간 긴장해서 몸을 벌떡 일으켰다.

"어? 정원 씨?"

"아…… 이유리 대원님."

유리의 얼굴을 보자 정원의 얼굴에 순간 화색이 돈다. 하지만 워낙 감정 표현을 잘 하지 못하는 그녀인지라, 겉보기엔 여전히 무뚝뚝하고 재미없는 얼굴이었다.

정원은 유리가 제 맞은편에 앉는 것을 눈으로 좇았다. 그러다 문득 비상구에서 있었던 일이 떠올랐지만, 인혁이 경고했던 대로 애써 모른 척하고 있을 때였다.

"요즘 아주 뜨겁던데?"

"……네?"

그녀가 말하는 것이 무엇인지 짐짓 모르겠다는 듯 정원이 눈을 깜

빠졌다. 그러자 유리는 입을 가리며 음흉하게 웃었다.

"백인혁 팀장, 정말 다시 봤단 말이야? 예전에는 칼로 찔러도 피한 방울 안 나올 것처럼 굴더니…… 자기 옆에 있으니까 얼굴 근육이 아주 흘러내려."

"……."

"어머, 표정이 왜 그래? 아차."

정원의 표정을 살피던 유리가 뭔가 퍼뜩 생각이 났다는 듯 손뼉을 치며 시익 웃었다. 그리고 처음 그녀를 만났을 때처럼 손을 뻗어 악수를 청하며 말한다.

"이제 우리 말 좀 편하게 할까요?"

"……네?"

"내가 정원 씨보다 더 어린 여동생이 있거든. 그래서 그런지 정원 씨는 그냥 그저 귀여운 동생으로만 보여서. 우리 언니, 동생 사이 할까?"

정원은 자신의 앞에 내밀어진 손을 멀뚱멀뚱 바라보다가 조심스레 손을 잡았다. 그리고 굳은살이 잔뜩 박여 있는 손바닥의 감촉을 느끼며 아래위로 흔든다.

"네, 그럽시다."

"뭐, 말투는 개인의 자유이니 그렇다 치고. 백인혁 팀장이랑 요즘 아주 잘 되어 가는가 봐! 아주 서가 들썩들썩해! 며칠 전에는 노 서장님도 슬쩍 물어볼 정도였다니까?"

"……."

결국 서장님의 귀에까지 들어가게 된 것인가.

기운이 빠진다는 듯 정원의 몸이 푸시시 아래로 꺼지자 유리가 이상하다는 듯 고개를 기울였다.

"어머, 양기를 잔뜩 먹어서 탱탱해야 할 피부가 왜 이래? 어쩜어쩜, 표정은 또 왜 그렇고?"

"……저 고민이 있습니다."

"고민?"

유리는 예쁘게 아이라인을 그려 놓은 눈을 깜빡이더니 어디 한번 말해 보라는 듯 눈을 반짝였다. 연애 상담만큼 쓸데기 없는 일도 없지만, 재미있는 일도 없다.

그녀의 반응에 정원은 한참이나 고민을 하더니 개미만큼 작은 목소리로 말했다.

"대장님이…… 하루가 멀다 하고 절 찰흙 주무르듯이 만집니다."

"……어?"

그녀의 말에 유리도 당황해 버렸다.

유리의 표정은 딱 그것이었다.

그게 왜? 사랑하는 남자가 나 좋다고 만져 대는 게 왜 싫은데? 와 이?!

그녀의 표정에도 정원은 꽤나 심각해진 얼굴로 우물쭈물 말했다.

"밖에서도 애정 표현이 너무 과하다 보니까…… 사람들이 계속 쳐다봅니다."

"……그게 정말 고민이야?"

유리가 '지금 너 나한테 자랑질 하려는 수작은 아니고?' 라는 얼굴로 물었지만 정원은 고개를 세차게 끄덕이는 것으로 제 진심을 알렸다.

"그 사람 그렇게 안 봤는데…… 참 바람직한 청년일세?"

"네?"

"……큼큼, 방금 전 내 말은 잊어."

딱 잘라 말하더니, 유리가 최고의 솔루션이라는 듯 눈을 반짝였다.

"자기도 확 만져 버리는 게 어때?"

"네……?"

"그럼 정원이가 얼마나 괴로운지 백인혁 팀장도 알게 될 거 아니야?"

유리는 이게 엄청나게 좋은 방법이라는 듯 말하고 있었지만, 정원은 쉽게 수긍이 가지 않는 방법인지 고개를 기울였다. 정원이 쉽게 믿지 않자 유리가 입술을 앙다물었다.

'요것이, 요것이, 쉽게 안 넘어오네?'

그렇게 생각하던 유리가 다시 한 번 설득했다.

"최고의 방법 아니야? 눈에는 눈! 이에는 이!"

"아……."

정원이 고개를 크게 끄덕이는 것을 보며 유리가 속으로 키득키득 웃어 댔다. 그리고 대기실을 뽀르르 빠져나가는 정원의 뒷모습을 보며 작게 속삭였다.

"백인혁 팀장한테 맛있는 걸 얻어먹어야겠어. 뭐가 좋을까?"

그녀는 진정 정원의 편이 아니었다.

12

돌격, 깡정원!

한산한 사무실 안에는 인혁과 정원만이 제 자리를 지키고 있었다.

책상 앞에 앉아 인혁이 서류를 보고 있는 모습을 힐끗 보던 정원이 다시 시선을 서류로 돌렸다.

화르륵―

불타는 고구마처럼 붉어진 얼굴로 눈을 끔뻑이던 정원은 혼이 나 간 얼굴로 따끈따끈해진 제 뺨을 만졌다.

내가 만진다고? 만져? 백인혁을?

다시 시선을 올려 인혁을 바라보던 정원이 침을 꼴깍 삼킨다.

잘 그을린 구릿빛 피부는 건강해 보였다. 검은 머리카락은 어느새 조금 자라 아무렇게나 빗어 올렸지만, 그 모습조차 너무나 멋지다. 어디 그뿐인가? 사슴의 눈망울처럼 검은 눈동자나 날카로운 콧대, 붉 고 도톰한 입술은 텔레비전 속에서나 볼 수 있는 배우처럼 멋있었다.

그래, 그녀도 안다.

이성에 무감각하게 23년을 살아온 그녀조차도 알고 있었다.

자신에게 사랑을 속삭이는 저 남자가 얼마나 잘난 남자인지.

그래서 더 겁이 나고 무서웠다.

침략자처럼 순식간에 자신의 마음을 잡아 흔드는 남자가 사라지는 순간, 자신의 마음이 어떻게 될지.

'그래, 처음이잖아. 처음이니까⋯⋯.'

연애라고는 썸씽조차도 없었고, 좋은 감정을 가졌던 남자조차도 없다. 그 나이 되도록 첫사랑 하나 안 해 보고 뭐했냐는 주위의 타박에도 그녀는 고개를 단호하게 저었다.

'멋있는 사람이 없어.'

주위에는 늘 자신보다 약해 빠진 남자들뿐. 아니, 남자 성별을 가진 인간들뿐.

그녀의 가슴이 자동적으로 뛰지 않으니 사랑이란 것을 해 봤을 리가⋯⋯.

그런 그녀가 처음 좋아하게 된 남자는 오랫동안 기다려 온 보람을 느낄 수 있을 만큼 아주 대단한 남자였다.

'만지면 어떨까? 어떤 느낌일까? 분명 단단하겠지?'

정원은 인혁의 넓은 가슴을 멍한 눈으로 보았다.

그래, 분명 단단하고 포근할 것이다. 제 주위에 있었던 그 어떠한 남자보다 넓을 것이고.

한번 만져⋯⋯.

"강정원?"

"네?!"

저만의 세상에 빠져 있던 정원은 갑작스런 인혁의 부름에 화들짝 놀라 자리에서 벌떡 일어났다. 그리고 붉어진 뺨을 수습하지 못한 채 부끄러움에 젖어 있는 모습을 그대로 그에게 보여 주고 말았다.

"너 어디 아프냐? 얼굴이⋯⋯."

어느새 가까이 다가온 인혁이 정원의 이마와 제 이마를 비교해 보더니 화들짝 놀란 눈으로 그녀를 내려다보았다.

"야, 너 뜨겁다. 병원 가자."

"⋯⋯그, 그게⋯⋯."

온몸을 펄펄 끓게 만든 게 당신이다! 라고 차마 말을 하지 못하겠는지 정원이 커다란 눈을 연신 깜빡였다.

"그, 그러니까⋯⋯ 만지려고⋯⋯."

"뭐?"

그는 정원의 말이 외계어처럼 느껴지는지 고개를 기울였다. 그녀가 지금 무슨 소리를 하는지 도통 알아듣지 못하겠다는 얼굴이다. 그의 의뭉스러운 시선이 자신의 얼굴에 닿자 정원의 얼굴이 순간 '펑!' 소리가 날 정도로 붉어졌다. 그녀가 뒤로 더듬더듬 걸음을 옮겼다.

"그, 그러니까⋯⋯."

"어? 그러니까 뭐."

그가 무심한 어조로 묻는다. 그 물음에 정원의 손이 덜덜 떨리기 시작했다.

마, 만져⋯⋯? 어떻게? 그건 어떻게 하는 건가요? 만지는 게 뭔가요? 먹는 건가요? 우적우적.

그런 얼굴이었다.

그는 점점 뒤로 피하는 정원이 걱정스럽기만 한 것인지 그녀의 앞으로 걸어왔고, 정원은 그가 아주 못할 짓이라도 한 듯 화들짝 놀라더니 재빨리 사무실 문으로 달려가며 말했다.

"아무것도 아닙니다아!"

"야! 퇴근해야지!"

"먼저 가십시오! 전 마음의 안정을 찾고 가겠습니다!"

"뭐?"

인혁이 손을 뻗어 보았지만, 이미 정원은 사라진 뒤였다.

끼이이익, 달칵.

자동문처럼 다시 원위치로 돌아온 문이 닫히는 소리가 들리자 인혁의 미간이 찌푸려졌다. 딱 지금 '저 생명체는 나랑 뭐하자는 건가' 하는 얼굴이다.

그는 그녀의 소지품이 올려져 있는 책상을 보더니 한숨을 팩 쉬었다.

"진짜 알 수 없다니까."

쿵…… 쿵…… 쿵.

쿵…… 쿵…… 퍽!

"악!"

정원은, 마지막에 벽으로 찧던 머리가 힘 조절이 되지 않아 쾅 하고 부딪히자 비명을 질렀다. 하지만 이내 다시 죽상으로 변한다.

"내가 도대체 무슨 짓을 한 건지?"

그녀가 마치 정신이 나간 사람처럼 읊조리자, 뒤에서 농구 중계를 보고 있던 수호가 들고 있는 젓가락으로 양은 냄비를 내려치며 외쳤다.

"이젠 뻑 하면 우리 집 오지, 앙?! 이럴 거면 여관비라도 내든가!"

하지만 그의 고함에도 정원은 여전히 머리를 벽에 박아 대며 읊조린다.

"죽어야지…… 살아서 뭐 해…… 그래, 죽자. 죽어."

쾅! 쾅!

이번엔 아예 제 머리통을 깨부술 작정인지 정원은 손으로 벽을 짚은 뒤 세게 머리를 내려쳤다.

"야! 벽 무너져!"

집주인인 수호가 화들짝 놀라 자리에서 일어났다. 하지만 정원은 머리통을 부딪치는 행동을 멈추지 않는다.

"흐잉…… 놓아주십시오. 저 지금 이 자리에서 콱 죽어야 합니다."

수호가 그녀의 이마를 붙잡자, 정원이 무심한 눈초리로 올려다보며 말했다. 그녀의 상태가 평소보다 더 좋지 않자 수호가 조금은 두려운 눈망울로 물었다.

"뭐 때문에 그러는데?"

"만지려고…… 그러니까…… 제가 미친 짓을…….."

"만져? 뭘? 미친 짓 뭐?"

"……말 못 하겠습니다!"

한참 우물쭈물거리던 정원이 고개를 푹 숙였다. 그녀가 더 이상 벽을 부술 것처럼 굴지 않자 한 발자국 떨어져 그녀의 앞에 털썩 주저 앉은 수호가 양반다리를 한 채로 팔짱을 꼈다. 네 고민을 제대로 들어 주겠다는 모습이었다.

"천하의 쥐톨이 뭘 망설이냐?"

"천하의 저라도 망설이는 일이 있습니다."

"아참, 그러니까 그게 뭔데! 말을 해! 속 시원하게!"

"……흐."

답답한지 수호가 가슴을 쾅쾅 내려쳤다.

참 성가신 사람이었다. 강정원은.

갑자기 집에 쳐들어와서 자학 모드에 빠져드는 정원을 보자 그 생각은 더욱 확고해졌다.

어서 여기서 치워 버려야지!

그렇게 마음먹은 수호가 제법 나긋나긋한 목소리로 말한다.

"뭐가 고민인지는 모르겠지만…… 뭐 중요한 일이야?"

"네, 아주 중요한 일입니다."

정원이 고개를 끄덕이며 말했다. 그러자 수호는 일부러 진지한 눈빛으로 그녀의 어깨에 손을 탁 올리며 말했다.

"그럼 차라리 질러. 해 보지도 않고 벽에 머리 찧고 죽는 것보단 하고 죽는 게 좋지 않냐?"

"……."

"생각을 해 봐. 안 하고 후회하는 것보단 하고 후회하는 게 낫잖아. 그래서 나도 지금 무지하게 후회 중이긴 하다만. ……하아, 왜 하필 소방관이 되어선 이 개고생을 하냔 말이야. 주말 근무! 씨앙! 짜증나!"

고민 상담에서 자신의 신세 한탄으로 넘어간 수호는 식탁 위에 쌓여 있는 라면 봉지를 손가락으로 척 가리키며 말했다.

"저걸 봐라! 내가 요즘 어떻게 사는지! 여자 친구 하나 없이, 집에서 맨날 용건이 형님이랑 라면이나 끓여 먹고 앉았고! 아니지, 아니지! 용건이 형님도 요즘 나랑 안 놀아 주지!"

수호는 '그래, 결국 난 왕따였어, 흑'으로 말을 마쳤다.

그가 한참이나 그녀의 앞에서 말을 늘어놓고 있었지만, 중간부터 정원의 생각은 다른 곳으로 튀어 있었다.

안 하고 후회하는 것보단 하고 후회하는 게 낫다.

그래, 계속 나쁜 손에 당하는 것보단 그에게 기습적으로 다가오는 손이 얼마나 심장 떨어지는 일인지 알리고 부끄러움에 죽는 것이 낫다!

그렇게 결심한 정원은 어느새 바닥을 손톱으로 긁으며 자학 모드에 들어간 수호를 힐끗 내려다보며 말한다.

"그럼 전 이만 가겠습니다."

"그래, 결국 혼자 태어나서 혼자 가는 인…… 뭐? 간다고?"

수호가 그렇게 되물었지만 정원은 어느새 현관으로 가 신발을 꿰어 신고 있었다. 그녀가 막 문손잡이를 열고 돌릴 때였다. 자신을 바라보는 멍한 눈빛과 마주하자 정원이 혀를 끌끌 차며 말한다.

"박수호 대원도 연애 좀 해."

"야! 너 왜 말 놔!"

"선배로서 말하는 거다. 그럼 전 이만 가 보겠습니다."

짧게 말한 정원이 집을 벗어나자 수호는 그 뒤에 대고 삿대질을 하며 버럭버럭 소리를 질러댔다.

"커플 지옥!!!"

전화기를 붙잡고 거실을 서성이는 인혁의 시선이 연신 벽에 걸린 시계로 향한다.

9시 30분.

그녀가 사무실을 뛰쳐나간 지 벌써 2시간이나 흐른 시각이었다.

─지금은 고객님이 전화를 받을 수 없으니 다음에 다시 걸어 주십시오.

"아, 정말! 강정원!!"

딱딱한 기계음에 인혁의 얼굴이 와자작 구겨졌다. 그 뒤로 문자는 물론 전화까지 받지 않으니 그의 속이 새까맣게 타들어 가는 것은 어찌 보면 당연했다.

"도대체 무슨 생각을 하면서 사는 거야?"

왜 갑자기 도망을 가냐고! 왜!

그의 화가 머리끝까지 솟았을 때였다.

소파 위로 아무렇게나 던져둔 휴대전화가 불빛을 반짝이며 몸을 떨었다. 그러자 방금 전까지 만나면 엉덩이를 신나게 때려 줄 것이라 생각하던 그가 재빠르게 달려가 전화를 받았다.

"너 지금 이 시각까지 뭐하느라……!"

—…….

그가 버럭 소리를 지르자 상대는 깜짝 놀란 듯 아무 말도 잇지 않았다. 지금쯤이면 그녀가 톡 쏘아붙이든가 혹은 기죽은 목소리로 사과를 해야 했건만, 답이 없자 그제야 인혁은 액정을 확인했다.

〈마마님〉

오, 마이 갓.

그의 얼굴이 새파랗게 굳어졌다.

—너…… 연애하니?

"아니오, 어머니. 그럴 리가 있겠습니까."

그가 부정부터 하고 보았다. 아들들을 장가보내지 못해 안달인 어머니의 귀에 들어갔다간 당장 다음 달에 식장에 들어설지도 모를 일이었다.

명숙이 믿지 않는 것인지 여전히 말이 없자 인혁이 다시 한 번 덧붙인다.

"연애에 관심 없습니다."

—어휴!

그가 늘 했던 레퍼토리를 읊자 그제야 명숙이 믿은 것인지 거친 한숨을 내뱉었다.

—이 귀신도 안 물어 갈 놈.

"알고 있습니다."

—연애 좀 해라. 어? 생리 현상 정도는 해결해야지!

"……."

가끔 너무나 오픈 마인드인 명숙이 감당이 안 될 때가 있다. 바로 지금처럼. 하지만 지금 그 생리 현상을 해결하지 못해 안달이 나 있는 인혁은 순간 목까지 울컥 솟는 설움을 느꼈다.

요즘은 아주 짐승이라도 된 것 같은 느낌이었다. 변태를 대하는 듯한 정원의 반응과 눈빛에도 그러한 마음이 들었지만, 그것보다 더 큰 것은 아침에 일어날 때면 팽팽하게 텐트를 치고 있는 아랫도리에 그도 요즘 당황하고 있었다.

사춘기 청소년이냐! 정력이 흘러넘쳐 어쩔 줄을 모르는!!

정원을 만나기 전까지 단 한 번도 성욕 때문에 고민해 본 적이 없었던 그다. 그래서 그런지 요즘은 본인 스스로도 정말 자신이 맞나, 생각할 때가 많았다.

그가 다른 생각에 잠겨 있을 때였다. 명숙은 어느새 '그래, 생리 현상 그까짓 것, 네가 알아서 잘하고 있겠지'라고 이 문제에 대해 마무리한 뒤 다른 대화로 넘어갔다.

—다음 주 주말에 시간 좀 내라.

"왜요?"

—왜긴 왜야! 늙은 애미가 시간 좀 내라고 하면, 내!

"……또 선입니까?"

—…….

허를 찔린 명숙이 말을 잃자 인혁은 거칠게 머리카락을 쓸어 올리며 말했다.

"아직 결혼 생각 없습니다."

—너, 너……!

"그리고 제가 누누이 말하지 않았습니까. 형부터 보내고 저 생각하십시오. 결혼에도 순서가 있지요."

—순서? 이 자식들아, 정말! 엄마 속 까맣게 타들어 가는 거 볼 래?!

명숙이 왁왁 소리를 질렀다. 그러자 잠시 전화기를 멀리 떨어뜨려 놓은 인혁이 한숨을 내뱉었다.

—너희가 도대체 부모 뜻대로 따라 준 게 있니? 판검사 되길 바랐던 네 아버지 소원 무시하고! 성별이 여자면 무조건 오케이라는 엄마 말도 무시하고! 이럴 거면 서로 연 끊고 살자, 제발!

"어머니, 그래도 선은 조금……."

—조금? 조금 뭐?!

"……."

—다음 주 주말에 시간 꼭 내라, 알겠니?!

"……저, 사실……."

이번에는 예전처럼 명숙이 그냥 넘어가지 않을 것이라는 생각이 들어서일까. 조금 시달리긴 하더라도 정원의 존재를 어머니께 터놓을 생각으로 인혁이 막 입을 달싹였을 때였다.

딩동—

초인종 소리와 함께 인터폰이 켜지는 것을 보던 인혁은 다부진 얼굴로 모니터를 뚫어져라 보는 정원의 모습에 입을 꾹 다물었다.

—저 사실 뭐? 너 사실은 여자 있지? 그렇지?!

명숙의 목소리에 다시 현실로 돌아온 인혁이 표정을 굳히며 말했다.

"네, 그 여자 친구랑 지금부터 생리 현상을 해결해 볼 참입니다. 그러니 제가 소개해 드리기 전까지 제발 가만히 계십시오. 끊습니다."

—이, 인혁아…… 어떤……!

명숙의 목소리가 계속 들려왔지만, 인혁이 매정하게 전화를 끊은 뒤 소파 위로 던져 버린다. 그리고 성큼성큼 현관으로 다가가 문을 열었다. 그러자 고개를 한참 숙여야만 볼 수 있는 작은 생명체가 그를 죽일 듯이 노려보고 있다.

"어쭈, 그 표정 뭐야? 지금 도망간 건 내가 아니라 너……."

그가 미처 말을 끝맺지 못했다.

갑자기 양손을 쩍 벌려 탄탄한 엉덩이를 정원이 덥석 쥐었기 때문이다.

"……."

얘가 지금 뭘 하는 거지? 지금 내 엉덩이에 닿은 건 뭐지?

그가 현실에 적응을 하지 못하고 버벅거리고 있을 때였다. 정원이 냉랭하고 차가운 목소리로 말한 건.

"기분이 어떻습니까?"

"뭐……?"

그 순간 인혁은 이 모든 것들이 인식되기 시작했다. 얼굴이 순식간에 달아오른 것은 물론이고 귀와 목까지 붉어졌다. 마치 물에 붉은 물감을 타 그의 온몸에 쏟은 것처럼.

그의 피부색이 바뀐 것을 본 정원이 팔짱을 낀 뒤 의기양양하게 외쳤다.

"부끄럽죠? 그러니까 제발 대장님도 막 만지지 말란 말입니다!"

그녀의 말에 벌어져 있던 인혁의 입이 딱 다물렸다. 그리고 놀라움에 커져 있던 동공도 작아지고, 뒤통수를 치면 튀어나올 것처럼 커졌던 눈도 게슴츠레하게 변했다.

지금 이 요망한 것이 뭐라고 하고 있는 거지?

그렇게 생각하던 그가 의아한 목소리로 물었다.

"……너 지금 나한테 불 지르는 거냐?"

도대체 그 조그마한 머릿속에 뭐가 든 거야?

만지기만 해도 도망가던 게, 갑자기 어디서 이런 객기가 생긴 건데?

그가 진심을 털어놓으라는 듯 묻자, 정원이 순간 멍한 표정이 되었다.

"……그렇게 되는 겁니까?"

"뭐?"

"……"

이런 그의 반응은 예상하지 못한 것일까?

동그랗게 뜬 눈으로 그와 시선을 마주하던 그녀가 눈을 끔뻑였다.

"몰랐습니다. 그렇게 나오실 줄은……. 무시하실 줄 알았는데."

"……"

무시? 지금 무시라고 했는가? 다짜고짜 나타나 욕구불만으로 허덕이는 남자 친구의 엉덩이를 움켜쥐고서, 뭐? 뭐라고?

순간 말문을 잃은 인혁이 아무것도 모르겠다는 듯 눈을 깜빡이고 있는 정원을 보았다. 그러다가 그녀가 도망가지 못하게 양어깨를 붙잡은 뒤 입을 내려 그녀의 몸집처럼 작은 코끝을 살짝 깨물었다.

"너, 다 알고 있지. 네가 이렇게 나오면 내가 어떻게 할지."

"……"

눈빛을 보니 모두 다 알고 있다는 얼굴이었다. 정원과 시선을 떼지 않은 채 고개를 돌려 부드럽게 입술을 맞춘 인혁이 그녀의 작은 몸을 자신 쪽으로 끌어당겼다. 그리고 입을 벌려 그녀의 입술을 입 안에 머금고 혀로 부드럽게 살살 핥았다.

그들은 자신들이 현재 현관에 서서 입을 맞추고 있다는 것도 모르는 것 같았다. 그만큼 부드럽고 달콤한 키스는 두 사람의 혼을 순식간에 빼앗아 버렸다.

정원은 자신의 아랫입술을 머금어 부드럽게 핥고 깨무는 인혁의 입술과 가지런한 치아를 느끼며 몸을 움찔 떨었다. 몸속 깊은 곳에서 몽글몽글거리는 느낌이 난다. 아랫배에 기분 좋은 긴장감이 느껴지고, 입술은 부드럽게 호를 그리며 달콤한 웃음을 짓게 만들었다.

정신을 빼놓고 있으면 헤헤 웃음이 나올 것 같기도 했다.

"으음."

정원은 자신의 입에서 기분 좋은 웃음소리와 함께 신음이 흘러나온 것도 모르는 것 같았다.

그녀의 반응이 나쁘지 않자, 그가 갑자기 그녀의 혀를 제 입으로 가져온 뒤 힘껏 빨고 옭아맸다. 그러자 그녀는 척추에 순간 전기가 찌르르 흐르는 느낌을 받았다. 다리가 녹아 버린 듯 흐물흐물거리는 것 같았다.

그의 키스는 강렬했다. 그녀의 속에 있던 무언가를 깨울 정도로.

인혁이 입을 떼지 않은 채 그녀의 엉덩이를 붙잡고 번쩍 들어 올리자, 정원은 자연스레 그의 목을 끌어안고 단단한 허리에 다리를 두른다.

"이것 봐, 다 알잖아."

"뭘 말입니까?"

정원이 반쯤 풀린 눈을 깜빡이며 답했다. 그러자 인혁은 크게 웃음을 지은 뒤 자리에서 빙글빙글 돌았다. 그리고 고개를 들어 그녀의 목에 부드럽게 입을 맞췄다. 그녀가 놀라지 않도록 최대한 천천히, 조심스럽게. 그러자 순간 그녀가 몸을 푸르르 떨어 댔다.

"네가 나한테 한 짓. 그리고 앞으로 우리가 할 것."

"……아프진 않을까요? 저 처음이라……."

하지만 그녀는 미처 말을 끝맺지 못하고 입을 다물어야 했다. 목 뒤를 붙잡은 그의 커다란 손이 그녀를 내리눌러 고개를 숙이게 했기 때문이다.

쪽.

짧은 입맞춤과 함께 그가 기쁨에 찬 눈을 반짝이며 말했다.

"아프지 않을 거야."

"거짓말. 엄청 아프다고 그랬습니다."

"누가?"

"고등학교 보건 선생님이요."

역시 기대를 저버리지 않는 답에 그가 그녀의 쇄골에 도장을 찍듯 입술을 꾹 누르며 말했다.

"사람마다 다르니까. 아프지 않게 할게."

그가 행복함에 가득 젖은 눈으로 그녀를 올려다본다. 그러자 정원은 천천히 고개를 끄덕이며 답했다.

"……네."

그의 손짓은 달콤하다. 한쪽 손으로 그녀의 등을 받치고 천천히 침실로 걸음을 옮기는 와중에도 그는 그녀의 입술을 놓아주지 않는다. 그녀를 받치고 있는 왼손 대신 오른손을 티셔츠 안으로 찔러 넣은 인혁은 곧 브래지어를 파고들어 가슴을 쥐었다.

"……윽."

"놀라지 마."

"……그, 그렇지만……."

정원이 뺨을 발그레 붉히자, 그는 어느새 닿은 침대에 그녀를 조심스레 눕힌 후 한 팔로 몸을 지탱하며 보드라운 머리카락을 조심스레 쓸어 넘겨 주었다. 그러면서 양 뺨에 입을 맞춘 후 웃었다.

"좋아 죽겠다, 진짜."

"……."

그렇게 말하자 정원은 옆에 있던 이불을 끌어와 제 얼굴을 덮었다. 부끄러움을 가리기 위해서. 하지만 이불 가득하던 그의 체향이 온몸으로 스며들자 더 부끄러워지고, 뜨거운 손길이 제 몸 위를 노닐자 더욱 깜짝 놀라 몸이 위로 튀어 올랐다. 그러자 그가 작게 웃는 소리가 들렸다.

인혁은 위협받으면 얼굴만 숨기는 타조 새끼처럼 제 얼굴을 가려 버린 정원의 모습에 키득키득 웃었다. 그 뒤 조심스레 상체를 들어 올린 뒤, 양 무릎에 그녀를 가둔다.

그는 흥분에 손끝이 저릿저릿해졌지만, 개의치 않은 채 티셔츠를 조심스럽게 들어 올렸다. 그녀의 이미지와 딱 맞는 새하얀 브래지어가 그의 시야에 가득 찬다. 그리고 브래지어에 싸여 있는 가슴도.

실제로 그녀의 가슴을 보자마자 그는 자신의 남성이 벌떡 일어서는 것을 느꼈다. 크게 호흡을 내뱉으며 팔을 그녀의 등 뒤로 찌른 그가 후크를 단번에 푼 뒤 티셔츠와 함께 벗겨 냈다.

작게 오똑 서 있는 정점. 그리고 그 옆으로 소담하게 올라와 있는 가슴. 그리고 평평한 배와 움푹 파여 있는 배꼽. 감히 상상조차 하지 못했던 그녀의 몸을 눈에 담으며 제가 입고 있는 검은 티셔츠를 벗어 던진 후 몸을 숙였다.

커다란 손으로 탄탄한 그녀의 가슴을 쥔 뒤 한곳으로 모았다. 젖꼭지가 서로 만나 부딪히자 이불 속에서 울음 섞인 목소리가 들려왔다.

"히잉."

귀엽다. 너무 귀엽다. 어떻게 할 수 없을 정도로. 머리가 하얗게 비어 버릴 정도로.

그러한 감정의 소용돌이에 휘말리자 그가 입술을 내려 두 개의 정점을 입에 머금은 뒤 혀로 간지럽혔다.

"키득."

이번엔 웃음소리가 나오더니 그녀의 몸이 파들파들 떨렸다. 발버둥을 치고 다리를 비틀며 그에게서 벗어나려고 하기도 했다.

하지만 그가 누군가.

이 순간을 고대하고 고대하던 백인혁이 아닌가.

양 가슴을 한 손으로 모으며, 혀로 끊임없이 분홍빛 정점을 맛보던 그가 손을 내려 그녀의 바지 속 팬티를 쓰다듬었다.

"힉!"

그녀의 몸이 활처럼 휘더니 그녀의 얼굴을 가리고 있던 이불이 걷혀졌다. 그녀는 동그랗게 뜬 눈으로 그의 정수리를 보다가 다시 기절하듯 침대에 누워 버렸다. 그녀가 연신 꼼지락거렸지만, 그는 그녀의 정점을 집요하리만큼 핥았고, 놓아주지 않았다.

"대, 대장…… 익, 님?"

요상한 소리를 내며 그녀가 자신을 부르자 그제야 인혁이 고개를 들어 당혹스러움에 젖어 있는 정원의 눈을 바라보았다. 그녀는 갑작스럽게 닥친 어른의 연애에 크게 당황하고 있는 듯 보였다. 그가 한쪽 입꼬리만 올리며 웃었다.

"왜?"

"모, 몸이 이상해요."

"어떻게 이상한데?"

그의 물음에 그녀는 답 대신 허벅지를 꼬며 힘차게 고개를 저었다. 그러자 그의 입에서 또다시 키득키득 작은 웃음이 터져 나온다.

"당연한 거야."

"……이게요? 꼭 화장실에서 뒤처리를 덜하고 나온 것 같습니다."

그녀의 말에 그가 순간 터져 나오는 웃음을 참지 못해 그녀의 쇄골에 얼굴을 묻었다.

하하하! 웃음소리와 함께 그의 입김이 제 가슴에 닿자 정원의 얼굴이 더욱 울상이 된다.

"진짜 이상하다고요."

"하하하!"

"그, 그만 웃으시고……."

"강정원, 너 정말!"

고개를 든 인혁이 정원과 시선을 마주한 뒤 말했다.

"나 미치게 하는 데 뭐 있다."

자신은 심각해 죽겠는데, 인혁은 웃고만 있자 그녀는 순간 그가 참 얄밉게 보였다. 그래서일까. 그녀가 손을 뻗어 탄탄한 근육 위에 솟아 있는 그의 젖꼭지를 엄지와 검지로 꼬집으며 말했다.

"대장님도 저 미치게 하는 덴 뭐 있으시거든요?"

"아."

그녀는 그에게 항의할 목적으로 꼬집은 것이나, 그는 다르게 받아들였나 보다.

순간 심각한 얼굴이 된 인혁이 그녀의 양 허벅지를 끌어와 순식간에 바지와 속옷을 벗겼다. 그리고 양 허벅지를 제 양어깨에 걸친 그가 턱을 치켜들고 오만한 표정으로 말했다.

"이렇게 만들었으면 책임을 져야지?"

목이 꺾여 뭐라 항의할 수도 없었다. 하지만 그녀는 제 등에 닿는 우람한 물체에 눈을 깜빡였고, 누구의 손길도 닿지 않은 사타구니에 입술이 닿자 몸이 펄쩍 뛰어올랐다.

"헉⋯⋯!"

정원이 급히 숨을 들이켠다.

검은 숲과 허벅지가 연결된 움푹 파인 곳. 그곳을 인혁이 혀로 핥고 맛보며 붉은 자국을 남긴다. 정원이 격렬하게 몸을 떨며 비틀었지만, 그의 단단한 팔은 작은 반항도 용서하지 않았다. 그럴수록 정원의 마음은 더욱 다급해졌다.

그다음 그의 입술이 닿을 곳이 어디인지 잘 아는 것처럼.

"하, 하지 마세⋯⋯!"

그녀가 반항의 말을 할 때였다. 혀로 검은 숲을 걷어 그 안에 있는 볼록 튀어나와 있는 구슬을 혀끝으로 콕 찌르자 그녀가 눈을 질끈 감으며 몸을 떨었다.

"아아!"

음란한 소리가 침실 안을 가득 메웠다. 그 소리에 정원은 더 미쳐 버릴 것만 같았다. 그녀의 중심을 혀로 훑어 충분히 윤활유를 두른 인혁이 어깨에 있는 허벅지를 조심스레 침대 위로 올려놓은 뒤 자세를 바꿨다. 그녀의 머리에 제 허벅지를 받쳐 준 그가 기다란 팔을 뻗어 그녀의 여성에 천천히 손가락을 집어넣었다.

꿈틀.

그녀의 여성이 그의 손가락을 쫀득하게 감쌌다. 그 감촉에 인혁의 미간이 찌푸려지더니 팔의 움직임이 더욱 빨라졌다.

"그, 그만요…… 제발 그만하세요."

"안 돼. 충분히 넓혀 줘야 한단 말이야. 안 그럼 네가 다쳐."

"그, 그래도요…… 네?"

그녀가 간절한 목소리로 그를 올려다보며 말했다. 그녀의 얼굴 위로 그의 땀방울이 후두둑 떨어진다. 엄청난 인내력을 발휘하느라 그의 몸 또한 뜨겁게 달궈진 상태였다.

"제발요……."

"부탁해도 소용없어."

짧게 일갈한 그가 두 번째 손가락을 밀어 넣어 그녀의 안이 충분히 넓어지도록 만들었다.

"아앗……! 앗!"

곧 침실 안이 그녀의 신음으로 가득 찼다. 잠시 후, 그녀의 몸이 곤죽이 된 것처럼 축 늘어지자, 인혁은 그제야 바지를 벗고 그녀의 가운데에 자리를 잡았다. 이미 눈가에 눈물을 그렁그렁 단 정원은 한계라는 듯 고개를 저었지만, 그는 조심스럽게 남성의 끝을 그녀의 여성에 살살 문질렀고, 곧 조심스럽게 안으로 파고 들어갔다.

"윽!"

"아!"

먼저 신음을 터뜨린 것은 인혁이었다. 그는 끊어 버릴 듯 강력하게 옭죄어 오는 여성에 식은땀을 후두둑 떨어뜨리며 몸을 멈췄다. 처음 그 이물감에 적응하지 못한 정원이 몸을 파득파득 떨자 그의 콧잔등이 와자작 구겨졌다.

"그, 그만……."

"하, 하지만 이상하단 말이에요…… 빼 주세요, 네?"

"……아파?"

그의 물음에 정원이 격하게 고개를 내저었다.

"아프진 않은데…… 그게. 아!"

그가 속에서 꿈틀거리며 더욱 커지자, 정원이 놀란 토끼처럼 눈을 더욱 크게 뜨며 신음을 내뱉었다.

그의 남성은 처음 삽입했던 것보다 시간이 갈수록 더욱 커졌다. 이런 제 몸에 그도 난감하다는 듯 미간을 찌푸렸다. 하지만 제 속에서 느껴지는 그 움직임에 정원이 신기하다는 듯 눈을 반짝이며 말했다.

"꿈틀꿈틀거려요. 어쩐지 지렁이처럼 생겼더라니."

"……그 입 좀 다물고 있어 줄래?"

"……."

정원이 입을 꾹 다물자, 인혁은 그제야 천천히 허리를 움직여 그녀의 안으로 좀 더 파고들었다.

아, 좋다!

그는 자신도 모르게 그렇게 생각했다.

정원이 전혀 아픈 기색을 보이지 않자, 그녀의 얼굴 양옆에 팔을 가져다 댄 뒤 몸을 지탱했다. 그리고 허리만 움직여 천천히, 그리고 시간이 지날수록 빠르게 움직이며 그녀의 안에 자신을 묻었다.

"아아…… 아아아!"

그녀의 신음이 커져 갈수록 그의 움직임도 더욱 커졌다.

커튼 사이로 햇볕이 쏟아져 들어왔다.

파란 이불 안. 동그랗게 몸을 만 정원이 코오— 숨을 내뱉고 있었다. 평소 그녀라면 진즉에 일어났을 시각. 하지만 어제 있었던 일이 그녀에겐 꽤나 고됐던지 여전히 꿈나라를 헤매고 있었다.

"그럴 법도 하지."

정원을 관찰하고 있던 인혁이 읊조렸다.

새벽에 잠에서 깬 그가 짐승처럼 또 달려들었으니, 피곤할 법도 했다.

나쁜 꿈을 꾸는 것인지 미간을 잔뜩 찌푸린 채 잠들어 있는 정원의 모습에 인혁이 키득키득 웃었다. 그리고 손을 뻗어 그녀의 미간을 콕콕 찌르며 말했다.

"너 때문에 나 미친 것 같다."

"……으음."

그의 말소리에 정원이 부스스 눈을 떴다. 그리고 눈을 뜨자마자 보이는 그의 모습에 놀랐는지 이불로 코까지 가려 버린다. 눈만 내밀고 눈을 깜빡이고 있는 정원의 모습에 그가 다시 한 번 웃음을 터뜨렸다. 그러자 그녀가 부끄러움에 우물쭈물 물었다.

"왜, 왜 웃으십니까……?"

"너만 보면 미친놈처럼 계속 웃음이 나."

"……네?"

"가만히 있어도 실실 웃음이 나. 가끔은 내가 아닌 것처럼 행동하기도 하고."

"……."

"이런 내가 너무 당황스러운데…… 그래도 너무 기분 좋다."

그의 입술이 늘어졌다. 눈은 별빛처럼 빛난다.

그의 모습에 정원도 따라 웃을 무렵, 그가 입술을 내려 그녀의 이마에 입을 맞추며 속삭이듯 말했다.

"너무 좋다, 강정원."

커다란 박스를 하나씩 이고 내려가는 다른 대원들과는 달리 정원의 손은 한없이 가벼웠다. 그녀는 제 옆에서 박스를 들고 이상하게 웃고 있는 강우를 보며 인상을 찌푸렸다.

왜 저렇게 불길하게 웃고 있는 거지?

그의 장난기가 어느 정도인지, 또 인혁과 사이가 얼마나 안 좋은지 알고 있는 정원은 깊은 한숨을 쉬며 물었다.

"기분이 좋아 보이십니다?"

"응, 서에 깨소금 냄새가 진동을 하는데 좋을 수밖에."

"……."

그의 말에 정원은 말문이 턱 막혀 버렸다. 그는 한 손으로 박스 밑을 받쳐 든 채 정원의 얼굴을 보며 헤헤 웃었다.

"그리고 앞으로도 재미있을 것 같고."

오늘부터 화재 방재 시스템팀과 이수 소방서 119 구조대팀이 한 사무실을 쓰게 되었다. 2층의 불필요한 대기실을 모두 터 사무실을 넓힌 뒤, 서 내의 대원들과 팀워크를 키운다는 명분 아래 노 서장이 인혁과 정원, 강우를 한 사무실로 밀어 넣은 것이다. 물론 노 서장은 인혁과 강우의 사이가 썩 유쾌하지만은 않다는 것을 알고 있었다.

문화 화재 방재 시스템팀이 지나치게 넓게 사용했던 3층은 이수 소방서 전 직원들을 위해 체력 단련실을 확장할 계획이라고 했다.

강우와 한 사무실을 쓰는 것은 썩 내키지 않았지만, 그것만은 참 마음에 드는 정원이었다.

"그래서? 나에게 해 줄 말 없어?"

"무슨 이야기가 듣고 싶으신 겁니까?"

"아이 참, 몰라서 물어?"

"정말 몰라서 묻습니다."

그 말에 강우가 손을 펴 입을 가리며 어깨를 들썩였다. 그는 별말을 하지 않았지만 음흉한 눈빛과 몸짓으로 그녀에게 제 생각을 전하고 있었다.

초딩도 아니고.

무심하게 강우를 보던 정원이 막 2층 사무실 문을 열려고 할 때였다. 갑자기 팔을 뻗은 강우가 그녀의 팔을 붙잡아 뒤로 홱 잡아당겼다.

"무슨 짓이지?"

한여름의 한강이라도 꽝꽝 얼려 버릴 정도로 냉랭한 목소리에 정원의 어깨가 크게 들썩였다. 어느새 다가온 인혁이 강우를 노려보고 있었다. 하지만 강우는 능글맞은 표정을 지으며 자신이 잡고 있는 정원의 손을 더욱 힘주어 잡곤 어르듯 말했다.

"앞에 위험물이 있잖아, 정원아. 앞을 잘 보고 다녀야지."

"최강우."

"자, 그럼 정원아, 우린 강아지를 무시하고 어서 우리의 새 보금자리로……."

강우가 웃으며 인혁을 도발했다. 그러자 인혁은 그의 장단에 놀아나기 싫음에도 불결한 손에 붙잡혀 있는 정원의 팔목이 신경 쓰여 그녀를 제 품 안으로 끌어당긴다.

"어……?"

순식간에 그의 품에 안기게 된 정원이 눈을 깜빡이며 고개를 들었다. 날렵한 턱 선과 함께 붉은 입술이 달싹이는 것이 보인다.

"강정원. 다시 한 번 경고하는데, 저 변태 자식이랑 50m 이상 가까이 붙어 있지 마라."

"……네."

그의 목소리에 정신을 차린 정원이 망설임 없이 답하자, 그녀의 짐을 바닥에 쾅 내려놓은 강우가 오른발을 쾅 굴리며 항의한다.

"아가씨! 당신이랑 내 사이가 그것밖에 안 되는 거야? 저 몹쓸 놈이 지금 나랑 놀지 말라고 하니까, 잽싸게 대답할 정도로?!"

강우가 입술을 뾰족하게 내밀며 투덜투덜거리자, 바닥에 떨어져 있던 박스를 냉큼 집어든 정원이 무심한 눈으로 강우의 눈을 쳐다본 뒤 사무실 안으로 들어간다.

마지막 한마디는 빼놓지 않고서.

"누구십니까?"

♧   ♣   ♧

인혁은 서장실을 나오며 인상을 굳혔다.

"위에서 평이 좋더라고. 아마 문화 화재 방재 시스템팀을 지방까지 확대하려나 보더라. 당장 소방서 인력이 많이 부족하니, 지금 있는 팀에서 주요 문화재 시설이 있는 경주와 부여에 인원을 파견하면 어떠냐는 의견이 있더라. 네 생각은 어떠냐?"

천연기념물에 화재가 났을 때, 오른쪽 나무 기둥은 화마가 할퀴고 지나갔지만, 다행히 전부 소실이 되지 않았다. 초동 대처도 좋았지만,

인혁의 빠른 판단력이 있었기에 가능한 일이었다고 상부에서는 생각을 했나 보다.

더욱 초기 대원들이 '서울. 경기권 문화재 화재 방재 시스템 현황'을 정리하면서 기존에 화재보험에 가입되어 있지 않은 사찰 중 30%가 신청을 했으니 이 또한 성과라면 성과였다.

그는 이번에도 상부로부터 제 능력을 인정받아 기분이 좋아야 했지만 표정은 썩 좋지 못했다. '지방 발령'이라는 노 서장의 말 때문이었다.

다섯 명이서 주말마다 박물관을 돌아다니며 업무를 보고 있는 시점이었다. 여기서 둘이 더 빠진다? 과연 나머지 세 명이서 뭘 더 할 수 있을까.

"하아."

그의 입에서 신음과 같은 한숨이 터져 나온다.

그래, 지방 발령? 위의 명이라면 그렇게 할 수도 있었다. 근본적인 문제는 그것이 아니었다.

"그래서 내가 생각하고 있는 사람이 있네. 자네한테는 안 된 일일지도 모르겠지만……."

"……."

"이용건 대원을 내려 보내면 어떨까 싶어. 그리고 한 사람은……."

그 말에 인혁은 정신이 아찔해지는 것을 느꼈다. 그리고 속에서 울컥 치솟는 감정에 표정이 저절로 굳어졌다.

"막을 수 있어."

그래, 할 말은 많다. 인력이 모자라다. 지금의 사람으로도 팀을 꾸려 나가기 힘든데, 여기서 더 인원이 빠져나가면 팀은 존재 의미가 없어진다.

그는 똑똑한 제 머리로 빠르게 머리를 굴리며 아래층으로 걸음을 재촉했다.

차에서 정원이 퇴근을 위해 기다리고 있을 터였다.

얼른 가서 귀요미 얼굴을 봐야지…… 라고 생각하던 찰나였다.

움찔.

인혁은 갑자기 제 앞에 나타난 여자의 모습에 몸을 움찔 떨었다.

쭉 찢어진 눈과 커다란 키. 그리고 비쩍 마른 몸.

잘 알지는 못하나 안면은 있는 사람이었다.

"오늘 유난히 피부가 반들거립니다, 대장님."

그 말에 인혁이 눈을 게슴츠레 뜨며 팔짱을 꼈다.

원래 그게 제 얼굴이라는 듯 익숙하게 무심하고 무표정한 얼굴로 유리를 보던 그가 그녀의 속셈이 무엇인지 파헤치려 할 때였다.

"대장님 때문에 큰 고민을 안고 있던 강정원 대원을 불길로 던졌는데…… 역사가 이루어졌나 보네요?"

유리의 말에 인혁의 얼굴이 그때야 느슨하게 풀렸다. 반짝이는 그녀의 눈을 보아하니 그 뒤에 어떠한 일이 있었는지 궁금하든가 혹은 제 공이 있으니 알아 달라는 반응이었다.

"감사했습니다."

그가 무뚝뚝하게 말했다. 하지만 유리에겐 그게 평소 그의 모습이었던지라 어깨를 으쓱이며 눈을 반짝였다.

"별말씀을요."

"뭐…… 사례라고 하면 거창하긴 하겠지만……."

은밀한 어조로 속삭인 그가 살짝 허리를 숙여 유리의 귓가에 속살거렸다.

"이용건 대원님과의 연애는 평생 비밀로 하겠습니다."

"힉―"

유리의 얼굴이 순식간에 뻘겋게 변했다. 굽혔던 허리를 펴 그녀를 보자 입을 어버버거리는 것이, 많이 당황한 듯 보였다.

어디서 이겨 먹으려고.

속으로 그렇게 생각하던 인혁이 무심한 눈빛으로 유리를 내려다보자, 그녀는 귀신이라도 본 것처럼 더듬더듬 뒤로 걸음을 옮기며 말했다.

"그건 어떻게 알았어요!"

"역사는 비상계단에서 이루어지기도 하지만, 끝나기도 합니다."

"……."

"좋은 분이니 잘 부탁드립니다."

그의 말에 유리가 입술이 새하얗게 질릴 정도로 악물더니 한숨과 함께 툭 내뱉었다.

"나도 알아요. 답답한 것만 빼면."

"……?"

"하아!"

짜증스럽게 한숨을 내뱉은 그녀가 인혁의 얼굴을 올려다보며 한쪽 눈을 찡긋거렸다.

"서로 고생이 많습니다."

화창한 주말의 아침이었다.

어제 밤샘 근무를 했던 유리에게는 꼭두새벽과 마찬가지인 시각.

하지만 그녀는 정성스럽게 머리를 빗어 어깨 옆으로 내렸고, 그 어느 때보다 청순하게 보이기 위해 아이보리색과 핑크색으로 색조화장을 한 뒤 입술에 핑크빛 틴트 정도 바르는 것으로 마무리했다.

그에 맞춰서 분홍색의 원피스와 아이보리색의 코트로 멋을 낸 뒤 키가 작은 용건을 생각해 바닥에 착 달라붙는 단화를 신었다.

이젠 치마를 입고 돌아다니기에는 추운 날씨였지만 그녀는 꿋꿋이 옷을 입은 뒤 공원 벤치 앞에 서 있는 용건에게 다가갔다.

"저 왔어요."

"아, 유리 씨!"

용건은 유리를 보자마자 얼굴을 발그레하게 붉혔다. 누가 봐도 진정 사랑에 빠진 남자의 모습. 하지만 유리의 얼굴엔 불만이 가득했다.

"자, 여기 앉으세요."

벤치 위에 손수건을 펴 자리를 만들어 준 용건이 헤벌쭉 웃었다. 그러며 한마디 덧붙였다.

"유리 씨가 오기 전까지 따뜻하게 덥혀 놨습니다."

"……네."

유리가 입술을 비틀며 자리에 앉았다. 모든 게 마음에 들지 않는 표정이었지만 눈치 없는 용건은 헤실헤실 그 옆에 앉았다. 순간 두 사람의 어깨가 부딪혔다. 엉덩이에 불이라도 난 사람처럼 자리에서 벌떡 일어난 그가 식은땀을 뻘뻘 흘리며 말했다.

"죄송합니다, 죄송해요. 일부러 그런 것은……."

"하아, 알겠으니까 앉으세요."

유리가 옆자리를 힐끗 노려보며 말하자, 용건은 그녀의 눈치를 살피며 앉았다.

그 모습을 보지도 않은 채 정면을 뚫어지게 노려보던 유리가 입술을 짓이기며 말했다.

"답답해요."

"어? 어디 아프세요?"

용건이 통통한 엉덩이를 들썩이며 걱정하자 유리가 세차게 고개를 젓는다.

"당신이요. 당신!"

"네······?"

"어떻게 데이트를 네 번이나 할 동안 아무 짓도 안 할 수가 있죠?"

"······."

유리가 자존심이 상한다는 듯 고개를 팩 돌려 용건을 노려보았다. 그러자 용건은 갑작스런 날카로운 눈빛에 화들짝 놀라 숨을 들이켰다.

딸꾹!

"어, 어······ 딸꾹!"

그가 당황하며 제 입을 틀어막았지만, 한 번 터진 딸꾹질은 쉬이 멈추지 않는다.

그 모습을 한심하게 보던 유리가 잘 빗어 넘겨 촌스럽기 그지없는 용건의 머리통을 노려보며 말했다.

"전 이런 걸 원하는 게 아니라고요!"

박력 있게 외친 유리가 자리에서 벌떡 일어난다. 그리고 허리를 숙여 용건의 두툼한 입술에 입을 맞춘 뒤 새빨개진 얼굴로 톡 쏘아붙였다.

"다음에는 용건 씨가 해요!"

"네······? 아, 네!"

"좋아요! 그럼 오늘의 데이트 코스는 뭐죠?!"

"저······ 식물원을······."

"좋아요, 갑시다!"

부끄러움에 더욱 언성을 높여 외친 유리가 먼저 저벅저벅 걸어갔다. 그러자 뒤에서 멍하니 그녀의 뒷모습을 바라보던 용건이 뒤늦게 정신이 돌아왔는지 자리에서 벌떡 일어나 제 입술을 손끝으로 만져보았다.

"유, 유리 씨……."

"빨리 와요!"

"네, 빨리 갑니다!"

용건이 빠르게 걸음을 옮겨 유리의 곁으로 다가갔다. 그리고 용기 내어 그녀의 손을 잡으며 헤벌쭉 웃었다.

"유리 씨 입술은 참 따뜻합니다."

"……알아요."

"그리고…… 참 멋진 여성 같습니다."

"……그것도 알아요."

"참 좋아하게 되었습니다."

"아참, 그것도 안다니까요?"

"네, 그러니 부끄러워하지 마십시오."

용건의 말에 유리가 걸음을 멈춘 뒤 뚱한 표정으로 용건을 바라보았다. 키 차이가 얼마 나지 않았기에 손쉽게 눈을 맞춘 그녀가 팔짱을 낀 뒤 입술을 뾰족하게 내밀며 말했다.

"그럼 먼저 해 줘요. 그래야 안 부끄러울 것 같아요."

그녀의 말에 뺨을 발그레하게 붉힌 용건이 다리를 배배 꼬아 대더니 이내 용기를 낸 듯 천천히 그녀의 입술에 입을 맞췄다.

거실에 펼쳐 놓은 이불 위에서 뒹굴거리고 있는 정원은 옆에서 연신 조잘거리는 인혁의 목소리에도 책에서 시선을 떼지 않았다.

〈인체의 신비〉

목차 중에서도 특히 〈성기〉와 〈성기관〉 편을 보고 있던 정원이 놀라운 깨달음에 고개를 끄덕였다.

'그러니까 전에 오줌 싸는 것 같던 느낌은 질 내에 저류하거나 질에서 분비되는 점액 때문이라는 거지?'

애액이란 것이 남성의 성기가 안으로 삽입될 때 외벽을 부드럽게 하여 다치지 않게 만들어 주기도 한다는 사실에 정원은 속으로 감탄했다.

'이 얼마나 놀라운 인체의 신비인가!'

하지만 인혁은 '관계를 글로 배웠어요'를 시전하고 있는 정원의 모습이 별로 놀랍지도 않은지 낮에 보았던 강우의 뺀질뺀질거리는 얼굴을 떠올리며 외쳤다.

"최강우, 그 자식이랑은 도대체 어떤 사이야?"

"……별 사이 아닙니다."

"별 사이 아니야……? 그럼 뭐야? 너 그…… 뭐, 뭐라더라? 어장 관리? 너 지금 그거라도 하는 거야?"

"제가 그럴 머리가 있었으면 오늘에서야 인체의 신비를 알게 되지는 않았을 겁니다."

"……."

탐구 생활에 한창인 정원의 모습에 그가 말을 잃은 듯 입을 꾹 다물었다.

그녀의 말에 전적으로 동의를 했기 때문이다.

어장 관리를 할 정신머리가 있었다면 그의 신호에 도망만 다니지는 않았으리라.

그는 정원의 엉덩이를 앙 깨물었다. 그러자 그녀는 놀라는 기색도 없이 무뚝뚝한 목소리로 말했다.

"안 아픕니다."

"그럼 아프라고 깨물었겠냐?"

"……."

"책 그만 보고 나 좀 봐라. 엉?"

"저 지금 공부하는 거 안 보이십니까? 다음에 내 몸 변화에 놀라지 않도록 미리 알아 둬야 합니다."

그녀의 말에 인혁이 책 위에 벌러덩 누워 그녀를 올려다본다. 그의 반짝이는 눈에 정원이 콧잔등을 살풋 찌푸리며 말했다.

"비키십시오."

"다음? 다으음?"

"……비키라고 경고했습니다."

"그다음을 지금 하는 건 어떨까?"

인혁의 제안에 정원의 얼굴이 이번엔 완전히 종잇장 구겨지는 것처럼 와자작 구겨졌다. 그녀는 손으로 인혁의 머리를 아무렇게나 밀어내며 말했다.

"누구 덕분에 몸이 두 갈래로 갈라지는 경험을 해서, 지금 몸 상태가 영 꽝입니다. 그러니까 그 무서운 눈길은 제발 거둬들여 주십시오."

"……후!"

말 잘 듣는 인혁이 몸을 데구르르 굴려 그녀의 옆에 마찬가지로 엎드려 누운 뒤, 리모컨을 가져와 텔레비전을 켰다. 지금도 당장 안고 싶었지만, 그녀의 말대로 몸 상태가 좋지 않은 정원을 굳이 제 욕심으로 안고 싶지는 않았다.

혼자 놀기를 선택한 인혁이 막 채널을 돌리고 있을 때였다.

지상파 뉴스를 아무렇지도 않게 흘려 보고 있던 인혁의 얼굴이 순식간에 구겨졌다. 언뜻 얼굴이 조금 하얗게 변한 것이 정말 심장이 왈칵 쏟아질 만큼 놀란 듯도 보인다.

[오늘 아침 9시 비행기로 K2 등정에 여덟 번째로 성공한 전문 산악인 강병호 씨가 입국했습니다. 이번 등정에는 프랑스 영상 제작팀

과 함께 국내 CF감독인……]

또박또박한 아나운서의 발음에 인혁이 미간을 와자작 구기며 벌떡 몸을 일으켰다. 그의 갑작스러운 움직임 때문이었을까. 정원의 시선도 텔레비전으로 향하더니 곧 고글 모양만 빼고 시꺼멓게 얼굴이 탄 남자의 모습에 깜짝 놀란 듯 눈을 동그랗게 떴다.

"어?"

"왜? 너도 저 망할 놈 알아?"

그의 말은 거침이 없었다. 화면 속에서 그지 꼴을 하고 환하게 웃는 형의 모습에 속이 부글부글 끓어서이다. 하지만 정원은 거친 그의 반응에 깜짝 놀란 듯 그를 따라 몸을 일으키며 말했다.

"망할 놈? 우리 아버지요?"

"뭐?"

정원이 화면에서 민혁과 어깨동무를 하고 있는 병호를 손가락질하며 말했다.

"저희 아버진데요?"

"……너희 아버지가 강병호 씨냐? 그러고 보니 어딘가 닮은 것 같기도……."

그가 말했다. 화면 속의 남자와 정원을 번갈아 보며.

정원처럼 전체적으로 이목구비가 동글동글하게 생긴 병호는 인혁 또한 잘 알고 있는 인물이었다.

전 세계의 높디높은 산은 모두 올라 전 세계적으로 유명한 산악인.

그녀가 왜 그렇게 산을 잘 타는지 이제야 이해한 인혁이 고개를 끄덕일 때였다. 소파 위에 아무렇게나 던져 둔 휴대전화가 몸을 떨어 대기 시작한 건.

액정을 확인한 인혁이 전화를 받아 들었다.

—인혁아! 너 지금 테, 테, 텔레비…….

"보고 있습니다."

─저 개자식, 당장 잡아 와!

명숙이 비명처럼 외쳤다.

13
날다람쥐 결핍 증후군

　뿌연 안개가 땅까지 짙게 내려앉았다. 차가운 겨울바람은 새벽이 되자 더 기승을 부려 뼛속까지 얼려 버릴 것 같았다. 어느 누군가라면 침대 밖으로 나오기 싫은 날씨. 하지만 똑같은 바람막이를 입고, 커플 런닝화를 신고 언덕을 달리는 정원과 인혁은 차가운 겨울 공기마저 같이 맡으니 시원하고 청량하게 느껴졌다.

　새벽에 함께 조깅을 뛰고 있는 둘은 앞서거니 뒤서거니 하며 언덕 위를 가벼운 걸음으로 달려 올라갔다.

　"아, 좋다!"

　흥분한 인혁이 외쳤다. 누군가와 함께하는 새벽.

　아무도 없는 길을 가볍게 뜀박질을 하며 나란히 뛰자 이보다 더 행복한 아침은 없을 것만 같았다. 인혁은 호흡 하나 흐트러지지 않은 정원의 옆모습을 보다가 팔을 뻗어 그녀의 손을 움켜쥐었다. 그제야 정면을 향해 있던 정원의 시선이 그에게 닿는다.

"강정원! 강정원! 깡정원!"

그가 큰 소리로 정원의 이름을 높여 불렀다. 그러자 정원이 호흡을 한 번 내뱉은 뒤 미간을 구기며 말했다.

"조용히 좀……."

"좋아 미치겠다! 강정원, 사랑해!"

그렇게 말한 인혁이 와다다 빠르게 치고 나갔다. 그의 목소리에 길바로 옆에 있는 산에서 몇 마리의 새가 푸드득 날아오른다. 아무도 없을 것이라 생각했던 길 위, 생명체의 인기척이 느껴지자 정원은 앞서 뛰어가는 인혁의 뒷모습을 바라보다가 자리에 주저앉아 버렸다.

무릎에 얼굴을 묻은 정원은 귀가 화끈거리자 '끙' 신음을 뱉었다. 청량감과 시원한 바람에 코끝까지 붉어져 있으니, 보지 않아도 제 얼굴의 상태를 알 것 같았다.

얼굴 전체를 빨간 물감으로 칠해 놓은 것처럼 보이겠지.

그녀가 연신 끙끙거리며 자리에 쪼그리고 앉아 있자, 앞서 뛰어가던 인혁이 다시 그녀에게 달려와 그녀의 몸을 번쩍 안아 올렸다. 무릎 부분을 끌어안아 올리자 정원의 몸이 그의 품에서 동그랗게 말려 번쩍 들어 올려졌다.

"악!"

정원이 기겁을 하며 소리쳤지만, 인혁은 그 상태로 와다다 달리며, 제 팔을 붙잡는 그녀의 손길에 미소 지으며 외친다.

"사랑한다!"

어느 주말의 아침. 두 사람의 하루가 그렇게 시작되고 있었다.

차에 오른 정원은 인혁이 안전벨트를 해 주는 것을 멀뚱멀뚱한 눈

으로 보았다. 그러고 보면 그는 참 자상한 사람이다. 틱틱 말을 내뱉기도 하지만, 근본적으로는 그녀를 세심하게 챙겨 주고, 피곤한 하루의 마무리도 그녀와 함께 있기 위해 노력했다.

"나야 형 잡으러 가는 거지만, 넌 정말 연락 안 해도 돼?"

인혁의 갑작스런 물음에 정원이 천천히 고개를 끄덕이며 말했다.

"화면에서 못 보셨습니까? 저희 아버지랑 아주 친해 보였는데, 아버지가 괜한 소리 했다가 형님 도망가시면 어떻게 합니까?"

"형님?"

"네, 대장님 형님이요."

마치 어깨 형님들처럼 딱딱한 어조로 답을 한 정원이 의자에 몸을 편히 누이자 그가 '그래, 형님' 이라고 말을 하더니 시동을 걸고 주차장을 벗어났다. 그러면서 내비게이션에 정원의 집 주소를 친 그가 예상 시각을 보자 미간을 찌푸렸다.

"4시간 30분……?"

족히 대만을 왕복할 수 있는 시간이었다. 외국에 다녀오는 것보다 더 긴 시간. 하지만 정원은 아무렇지도 않은 듯 고개를 끄덕이며 말했다.

"대중교통을 이용하면 더 걸립니다."

"그, 그래. 오래 걸리니까 한숨 푹 자."

"안 그래도 그러려고 했습니다. 중간에 휴게소 도착하면 깨워 주십시오."

'운전하는데 옆 사람이 자면 운전자가 더 피곤하다' 혹은 '어떻게 혼자 잘 수가 있겠냐, 말상대라도 되어 주겠다' 라는 말도 없이 정원이 무심히 눈을 감아 버렸다.

거절을 할 줄 모르는 그녀의 모습에 인혁이 기가 찬 듯 헛기침을 내뱉었다. 어느새 옆에서 일정한 숨소리가 들려왔다. 한순간, 지금이라도 확 흔들어 깨워 버릴까, 라는 생각이 들기도 했다. 하지만 인혁은 제 속에서 꿈틀거리는 악마를 모두 밀어낸 뒤 깊은 한숨을 내뱉었다.

"네가 그럼 그렇지, 뭐."

목적은 분명히 있으나 어떻게 됐든 둘이서 떠나는 첫 여행이었다.

하지만 그녀는 눈치 없이 지리산에 도착하는 그때까지 곤한 잠에 빠져 있었고, 낡은 식당 앞에 도착해서야 부스스 눈을 떴다.

정원은 차에서 내려 찌뿌둥한 허리를 붙잡고 있는 인혁을 본 뒤 보조석에서 내렸다. 그리고 그녀도 양심이 있는지라 주먹을 야무지게 말아 그의 허리를 통통 두들겨 주며 말했다.

"남자는 허리가 생명이라고 했습니다."

"누가?"

휴게소에 한 번도 들르지 않은 채 곧장 내려왔던 터다. 그 덕분에 단 한 번도 펼 수 없었던 허리가 결려오는지라 저도 모르게 목소리가 뾰족하게 튀어나왔다.

"지식인이 그랬습니다."

"……뭐?"

예상하지 못한 그녀의 말에 인혁이 한쪽 눈썹을 치켜 올리자, 정원은 그의 허리를 골고루 팡팡 두들겨 주며 말한다.

"힘을 쓸 때 못 쓸 거라고요. 그러니까 이리 좀 대 보십시오. 야무지게 두들겨 드리겠습니다."

"……됐다."

"아, 글쎄……."

정원이 그의 옷자락을 붙잡아 자신을 향해 돌려놓으려 했지만 인혁은 잽싸게 몸을 틀어 제 허리를 감싼 뒤 우울한 목소리로 읊조렸다.

"너 지금 하는 행동이 어떤 건 줄 아냐? 남자 친구한테 복분자, 장어 먹여 놓고, 손만 잡고 자자고 하는 거랑 똑같다."

"네……?"

"그러니까 그냥 가자."

그가 뒷좌석에서 짐을 꺼내 먼저 간판도 없는 가게 쪽으로 향하자, 생각에 잠겨 있던 정원이 그제야 정신을 차리고 그에게로 뽀로로 달려간다. 그리고 그의 옆에 서서 우울해 보이는 얼굴을 올려다보며 말하려고 할 때였다.

"쥐똥만 한 걸 보니…… 정원이냐?"

뒤에서 영란의 목소리가 들리자 정원이 고개를 퍼뜩 뒤로 돌렸다. 그러자 커다란 포대 자루를 질질 끌고 가게 쪽으로 오고 있는 영란의 모습이 보였다.

"엄마, 나 왔어!"

정원이 그녀에게 밝게 인사를 했지만 영란의 시선은 인혁에게 꽂혀 도통 떨어질 줄을 모른다.

"안녕하십니까, 백인혁이라고 합니다."

인혁이 가까이 다가온 영란에게 허리를 숙여 인사했다. 하지만 그녀는 여전히 인혁을 관찰하고 있는 것인지 눈을 게슴츠레하게 뜨며 읊조렸다.

"근데 이분은 누구…… 잠시만, 어디서 본 얼굴인데?"

툭 그렇게 내뱉던 영란은 뭔가 퍼뜩 떠오르는 것이 있는지 정원의 등짝을 후려치며 말했다.

"악!"

"빠순이가 드디어 성공했구만! 그런데 여긴 어쩐 일로……."

"아파!"

정원이 빽 소리를 질렀다. 하지만 인혁에게 질문을 던진 영란은 어

373

서 답을 해 보라는 듯 그를 뚫어지게 바라보고 있었다.

"저 그게……."

인혁은 자신을 무어라 설명을 해야 할지 몰라 잠시 입을 다물었다.

한참 맞은 부위를 손으로 슥슥 문지르고 있던 정원이 영란의 옷자락을 잡아당겼다.

"엄마."

"그래그래, 무슨 관계?"

영란이 손가락으로 인혁과 정원을 연신 번갈아 가며 가리켰다. 그러자 정원이 인혁의 얼굴을 한 번 힐끗 올려다보더니 무심한 어조로 말했다.

"남자 친구."

"그래, 너 남자 친구 많잖아. 근데 왜 집까지……."

상황을 잘 이해하지 못한 영란이 다시 한 번 묻자 정원은 답답하다는 듯 목소리에 힘을 주어 내뱉었다.

"그러니까, 애인…… 사귀고 막 그런 거."

"뭐……?"

영란의 눈이 당구공만 하게 커졌다. 그리고 입을 뻐끔뻐끔거리며 딸내미가 데리고 온 남자 친구를 보았다.

예전에 텔레비전 앞에서 정원이 정신을 빼놓고 침을 질질 흘리며 인혁의 영상을 볼 땐 순 제비 같다고만 생각했다. 하지만 딸이 그 사람을 남자 친구라고 데리고 오자 정말 달리 보였다.

키도 길쭉길쭉하고, 얼굴로 먹고살 수 있을 만큼 멋들어지게 생겼다.

"그러니까…… 정원이 네 애인?"

"어."

"……."

말문이 막힌 영란이 혼란스러운 눈으로 인혁을 바라보았다. 그러자 그녀에게 잘 보이기 위해 어색하게 웃음을 지은 그가 입가를 파르르 떨었다.

한참이나 말없이 인혁을 바라보던 영란은 정원이 제 팔을 툭 치자 그제야 인혁의 양손을 덥썩 붙잡았다.

"아이고, 고맙습니다."

"네?"

"저런 선머슴 같은 년…… 아니지. 정원이랑 만나 줘서요! 난 저 기집애……가 처녀귀신이 되어 죽는 줄 알고 얼마나 걱정을……."

"엄마!"

"아참참, 이러고 있을 때가 아니지. 밥 안 먹었죠? 시장하겠다. 지 금 안에서 바깥양반이랑 바깥양반 친구가 한술 뜨고 있으니 가서 숟 가락 하나만 놓으면 돼요."

순식간에 쏘아붙인 영란이 인혁의 손을 잡아 식당 안으로 끌고 왔 다.

식당 안은 오랫동안 한자리에서 장사를 한 집답게, 여기저기 낡고 해져 있었다. 하지만 전체적으로 아주 깨끗해 위생적으론 별문제가 없어 보인다. 시선을 휘 둘러 가게 안을 훑어보던 인혁은 가게 구석 에서 입 안에 잔뜩 음식을 머금고 있는 민혁과 눈이 마주치자 시익, 사악하게 웃었다.

"형."

"……컥!"

민혁이 입에 있던 음식물을 왈칵 쏟아 냈다. 그러자 옆에 있는 병 호가 화들짝 놀라 그에게 물컵을 건넨다.

"자, 자네 괜찮나?"

"쿨럭, 컥! 컥!"

꿀꺽꿀꺽, 한 컵을 모두 마신 민혁이 제 가슴을 퉁퉁 친 뒤 이제야 살겠다는 듯 숨을 내뱉었다. 그리고 제 앞에 나타난 민혁이 헛것이 아닌지 확인하기 위해 자리에서 일어나 천천히 걸음을 옮긴다. 그가 손을 뻗어 단단한 인혁의 가슴을 만졌다. 그러다가 갑자기 가슴을 쪼물쪼물 주무르기 시작한다.

"이 탱탱한 가슴은 분명 아우의 것이 맞는데……?"

"……손 떼. 잘라 버리기 전에."

"오! 까칠한 반응도 내 사랑스런……."

인혁은 그렇게 말하면서도 계속 가슴을 주무르는 민혁의 손을 홱 떼어 낸 뒤, 이게 도대체 무슨 일인지 영문을 몰라 눈을 깜빡이고 있는 정원의 가족을 보았다.

"형제입니다."

"아, 백 감독 동생이야? 근데 여기까진 왜……?"

병호가 상황을 인지하기 위해 묻자 곁에 있는 영란이 호들갑스럽게 말했다.

"아, 글쎄 우리 정원이 남자 친구래요, 남자 친구!"

"뭐? 보이 프렌드……?"

멍한 눈으로 다시 한 번 되새긴 병호가 자리에서 벌떡 일어났다. 그리고 '이 연애 반댈세!' 라고 외치려던 찰나였다. 인혁이 슬금슬금 걸음을 옮기려는 민혁의 뒷덜미를 낚아채며 말했다.

"잠시만 이야기 좀 하고 와도 되겠습니까?"

그의 얼굴은 마치 저승사자의 것처럼 냉혹하기 그지없었다.

"딸아, 방금 내가 들은 이야기가 전부 진실이야? 한 치의 거짓도 없어?"

"네."

무심한 딸은 억장이 무너지고 있는 아버지의 모습은 보이지도 않는 것인지 민혁의 밥풀 공세를 받은 테이블을 대충 정리한 뒤 옆에 엉덩이를 비비고 앉았다. 아침을 간단하게 먹고 나왔던 터라 뱃속에서 밥을 달라고 미친 듯이 울기 시작하자 참을 수가 없었던 터다.

　정원이 반찬을 보며 군침을 흘리자 좌절한 병호가 일렁이는 눈망울로 말했다.

　"어쩜…… 어쩜…… 벌써 아버지 품을 벗어날 때가 된 거야?"

　"언제 안긴 적은 있습니까?"

　정원은 별다른 감정을 담고 한 말은 아니었지만, 병호는 가슴이 무너지는 것을 느꼈다.

　산악인이라는 직업 특성 때문인지, 정원이 태어나자마자 인도로 떠나야 했다. 그리고 그 후 아이가 유치원에 입학을 했을 때도, 초중고등학교 입학은 물론 졸업식 때도 단 한 번도 참여하지 못했다. 가족사진에 늘 병호는 없었고, 영란과 정원, 문한만이 어색하게 웃고 있었다.

　지난날의 기억에 병호가 고개를 푹 숙이며 한숨을 내뱉었다.

　"그래, 다 내 죄다. 내 죄야."

　그가 그렇게 삽질을 하고 있을 때였다. 또다시 가게 문이 드르륵 열리더니 잘 차려입은 중년 여성이 안으로 들어왔다. 부엌에서 정원의 밥을 푸고 있던 영란이 고개만 쏙 내밀어 뒤늦게 찾아온 손님에게 말한다.

　"오늘 영업은 재료가 떨어져서 끝……."

　"사장님, 오랜만이죠? 연락이 통 안 돼서……."

　중년 여성이 영란에게 성큼성큼 다가오며 우아한 미소를 지었다.

　작은 키에 잘 빗어 넘긴 짧은 커트머리. 비쩍 마른 몸에 잘 맞는 치마 정장. 그리고 가슴에 달려 있는 커다란 보석 브로치.

그녀의 지위가 보통 중년 여성들과는 달리 꽤 높다는 인상을 팍팍 심어 주는 차림이었지만, 영란은 기도 죽지 않은 채 재빨리 부엌으로 들어갔다. 그리고 대충 손에 잡히는 것을 들고 나와 중년 여성에게 팍팍 뿌리기 시작했다.

"꺼져!"

영란의 손에 들린 것은 깨소금이었다. 그것도 고소한 냄새가 진동하는.

깨소금은 영란이 직접 볶은 것으로 시중에 파는 것보다 짜지 않고 훨씬 고소했다. 깨소금 볶는 방법에도 특별한 노하우가 있다며 그녀는 자신만만하게 외쳤지만, 이로 인해 그녀는 최근 꽤나 귀찮은 일에 휘말리고 있었다.

중년 여성은 자신의 머리 위로 소복이 내려앉은 소금에 잠시 멍한 표정이 되더니 재빨리 영란에게 달려가 그녀의 양손을 쥐었다. 그러자 영란이 기겁하며 외쳤다.

"안 한다니까! 이 사기꾼, 썩 꺼져!!"

"기왕 뿌리실 거면 용기에 담아서 뿌려 주면 안 돼요?"

"뭐야?! 관심 없다고 몇 번이나 말했어! 배울 만큼 배운 양반이 한 번 말을 했으면 알아먹어야지!"

"제발요, 사장님. 저희 푸르른을 한 번만 믿어 주시고……."

"아, 글쎄! 싫다니까?!"

영란과 중년 여성의 기 싸움이 한참이나 이어지고 있었다. 갑작스럽게 일어난 상황에 정원과 병호가 입만 쩍 벌리고 두 사람을 말리지도 못하고 있었을 때다. 드르륵 소리와 함께 문이 열리고 풀이 죽은 민혁과 기세등등한 인혁이 가게 안으로 들어왔다. 그리고 그 둘은 이곳을 나갔을 때와는 정반대의 분위기에 움찔 걸음을 멈췄다.

민혁은 눈이 왕방울만 해져서 인혁을 홱 돌아보며 외쳤다.

"너 지원군까지 끌고 온 거냐?!"

"이 목소리는……!"

친숙한 목소리에 중년 여성의 고개가 옆으로 홱 돌아갔다. 그리고 이곳에서 만난 뜻밖의 남자에 중년 여성은 후다닥 달려가 민혁의 귀를 잡아챘다.

그녀가 왜 이곳에 왔는지, 방금 전까지 무슨 일을 하고 있었는지 모두 잊은 얼굴이었다. 그저 그렇게도 잡고 싶었던 사람이 눈앞에 있자 돌격부터 하고 보는 듯했다.

"악!"

"봉주르다, 이놈아. 여기가 프랑스냐?"

"아, 아파요! 놔줘요! 마미!"

민혁이 덩치 값도 하지 못한 채 몸을 베베 꼬며 소리쳤다.

두 사람의 모습에 인혁의 얼굴이 사색이 되었다.

"어, 어머니……."

인혁이 조심스런 목소리로 명숙을 불렀다.

그러자 명숙이 그제야 주위 시선을 느낀 것인지 입을 가리며 호호호 교양 있게 웃었다.

"어머, 죄송해요. 가출한 아들을 뜻밖의 장소에서 만났더니…… 그런데 너희들이 여긴 웬일이야?"

"그건 제가 묻고 싶습니다만, 어머니……."

인혁의 말에 명숙이 눈을 반짝이며 고개를 옆으로 기울였다.

"응? 난 식품 개발 때문에 왔는데?"

명숙의 말에 순간 영란의 얼굴이 사색이 되었다.

"어, 엄마……."

그리고 자신도 모르게 몇 십 년 전에 죽은 제 어미를 불렀다.

"그, 그럼 조심히 올라가세요."

"네, 그럼 들어가 보겠습니다."

영란과 명숙 둘 다 어색한 표정이었다. 갑작스러운 만남은 둘째 치더라도, 두 사람의 첫 만남부터 지금까지 다투어 왔던 문제 때문이리라.

명숙은 영란이 질릴 정도로 가게에 찾아오며 각종 양념에 대한 비법을 전수해 달라 했다. 간장, 된장, 쌈장, 고추장 같은 한국인들이 즐겨 먹는 장을 직접 담그는 영란은 당연히 고개를 내저었고, 많은 돈을 쥐어 준다는 명숙의 제안에도 강력히 반대했다. 자신의 음식 맛을 공장화시켜 봤자 100프로 구현해 내지 못한다는 것 때문이었다.

음식은 손맛이라는 철칙 아래 음식을 먹을 사람을 생각하며 해야 한다는 영란의 지론과 푸르른에게 장의 비법을 100프로 공개하고 인센티브를 받는 것이 어떠냐는 명숙의 의견은 완전히 상반된 것이었다.

더욱이 이미 다른 업체에게 사기 아닌 사기를 당했던 영란에게 식품 업체들은 죄다 사기꾼으로 보였다.

'어디 날 물로 보고!'

그렇게 지난 한 달간 두 사람은 아주 지독히도 싸워 댔다.

명숙은 끈기로 일주일에 한 번, 많으면 네 번까지 찾아와 영란을 질리게 만들었고, 그때마다 영란은 소금을 뿌리며 명숙을 쫓아내는 게 일상 다반사였다.

그런데 오늘 이렇게 만나 버린 것이다.

아주 우연하게.

자식들의 어머니로.

영란이 어쩔 줄 몰라 하며 정원을 끌고 구석으로 향할 때였다. 민혁을 먼저 차에 밀어 넣은 명숙은 인혁을 구석으로 불러내어 아주 작은 목소리로 속살거렸다.

"설마 저번에 생리욕구 해결하게 해 준다는 여자 친구가 저기 저 작은 아가씨냐?"

"……네. 그런데 어머니는 얼마나 귀찮게 구셨기에 정원이 어머니가 저런 반응을 보이시는 겁니까?"

답을 한 인혁이 덧붙여 물었지만 명숙은 이미 아무것도 들리지 않는 상태가 되었다. 명숙이 눈을 반짝이며 작은 목소리로 힘주어 말했다.

"굿 찬스!"

"네? 어머니 또 무슨 꿍꿍이인지는 모르겠습니다만 제발 한 번만 더 생각해 주시고……."

"흠흠, 됐어. 이미 내 머릿속으로 계산 끝났어! 넌 여기 더 있을 거니?"

"네…… 본의 아니게 형 때문에 인사를 드리게 되었으니 정식으로……."

인혁이 더듬더듬 말했다. 혹여나 명숙이 반대를 할까 싶어서. 하지만 그 생각은 모두 기우였던지 명숙은 그의 손을 붙잡은 뒤 진지한 얼굴로 말을 쏟아 냈다.

"혹시나 흠 잡힐 짓거리하면, 네 앞으로 되어 있는 주식을 다 뺏을 거야. 이번에 이 일이 얼마나 중요한지 알고 있니? 김 사장님 장 기술만 우리가 가져올 수 있으면 '해담' 따위는 가볍게 누르고, 국내에서 우리를 따를 식품 기업은 없게 되는 거야. 그러면 나도 언니 코를 납작하게 해 줄 수 있고! 그러니까 무슨 일이 있어도 잘 보여야 해, 내 말 알겠니?"

"……네."

"좋아. 혹여나 안 좋은 소리가 들려오면 그때는 민혁이랑 같이 세

트로 본가로 오게 될 테니, 그렇게 알아!"

마지막으로 경고한 명숙이 굳어 있던 표정을 느슨하게 풀며 영업자 마인드로 돌아가 예의 바른 미소를 지었다. 그리고 이쪽의 동태를 살피고 있는 영란과 눈이 마주치자 허리를 숙여 인사한 그녀가 햇살보다 빛나는 얼굴로 말했다.

"김 사장님, 그럼 전 이만 가 보겠습니다. 다음에 서울에서 정식으로 자리를 마련하도록 해요. 저희가 내려와도 되고요. 그리고 귀여운 아가씨는 서울에서 보아요."

"아, 네, 네……."

영란과 정원이 더듬더듬 답하자 명숙은 속이 시원한 듯 밝은 어조로 다시 한 번 인사한 뒤 차에 올라타 순식간에 사라져 버렸다.

명숙과 민혁이 사라진 자리에 먼지가 폴폴 날아올랐다. 침묵과 함께.

그리고 오래 지나지 않아 병호가 먼저 침묵을 깨뜨렸다.

"……그럼 자네는 나랑 할 말이 있겠지?"

병호가 인혁을 무섭게 쏘아보며 말했다. 그러자 옆에 있는 정원이 무심한 얼굴로 병호의 얼굴을 슥 훑으며 말했다.

"아빠, 그 표정은 뭐죠?"

"뭐가?"

"죄 없는 사람을 쥐 잡듯 잡으려는 표정이잖아요. 그만해요. 결혼 허락받으러 온 것도 아니고."

그녀의 말에 순간 병호와 인혁의 표정이 와자작 구겨졌다. 두 사람은 동시에 짠 듯이 버럭 외쳤다.

"따알!"

"강정원!"

두 사람의 외침에 집으로 들어가려던 정원이 뒤를 힐끗 보며 아직도 구석에서 어리벙벙한 표정을 짓고 있는 영란에게 말했다.

"엄마, 나 배고파. 밥 줘."

"어? 어."

영란이 얼떨떨하게 다시 되물은 뒤 고개를 끄덕이며 가게 안으로 들어가자 정원은 인혁을 죽일 듯이 노려보는 병호를 향해 말했다.

"아빠도 이만 들어가요."

"정원이 너, 나랑 이야기 좀 하자."

얼굴을 붉으락푸르락 물들인 병호가 정원에게 말했다. 하지만 곧이어 그의 배에서 꼬르륵 소리가 들리자 정원은 어깨를 으쓱였다.

"우선 배에 뭐 좀 채우고요."

"으흠!"

병호가 민망함에 헛기침을 내뱉은 뒤, 제 옆에 선 인혁을 한 번 노려본 후에 가게 안으로 들어갔다. 정원은 홀로 멀뚱멀뚱하게 서 있는 인혁에게 다가가 가게 안의 동태를 살피며 말했다.

"정신없긴 했지만 대충 정리된 것 같습니다."

"어……. 근데 아버님이 나 싫어하시는 것 같다?"

인혁이 불안한 눈을 깜빡이자 정원이 아주 당연한 사실을 물었다는 것처럼 거침없이 고개를 끄덕인 후 말을 이었다.

"제가 세상에서 제일 예쁘답니다."

"뭐?"

"눈에 콩깍지가 단단히 씌었습니다. 대장님처럼 저희 아버지도."

"……."

"그러니 대장님을 싫어하는 게 당연한 것 아닙니까?"

"……."

정원의 말에 인혁이 할 말을 잃은 듯 입을 꾹 다물었다. 그러다가 문득 떠오른 생각이 있는지 콧잔등을 찌푸리며 말했다.

"너 남의 일처럼 말한다?"

"뭐, 제 일은 아니니까요."

"우리 어머니도 만만치 않아."

"……그렇습니까?"

순간 정원이 방금 전 보았던 명숙의 얼굴을 떠올리며 살짝 긴장한 듯 한 박자 늦게 답했다. 그러자 인혁이 한숨을 푹 내쉬며 정원의 머리를 커다란 손으로 쓰다듬으며 말했다.

"지금 그걸 말해 봤자 뭐 하냐. 됐다. 들어가서 정식으로 인사드리자."

인혁은 긴장된 얼굴로 영란과 병호 앞에 무릎을 꿇고 앉아 있었다.

병호는 마음을 단단히 먹은 듯 양반다리를 하고선 팔짱을 단단히 끼고 인혁을 노려보고 있었다. 그의 눈빛은 마치 딸아이를 납치해 가는 납치범을 바라보는 듯했다.

한참 방 안에 침묵이 흐르던 때였다. 정원은 앞에 있던 식혜를 한 모금 후루룩 마시더니, 썰렁한 분위기에 콧잔등을 찌푸리며 말했다.

"이 분위기 뭐죠?"

"……넌 가만히 있어."

"어떻게 가만히 있어요? 아버지가 그런 표정을 짓고 있는데. 전 늘 약자의 편입니다."

정원의 말에 순간 병호의 눈빛이 크게 울렁였다. 툭 건드리면 눈물이라도 왈칵 쏟아 낼 것처럼. 제 아비의 표정을 보던 정원이 한숨을 푹 내쉬었다.

"아버지, 뭐가 그렇게 심각해요? 오늘 결혼 허락받으러 온 것도 아니고, 방금 전 그 상황 때문에……."

"뭐? 허락을 받으러 온 게 아니야? 그럼 너희들끼리 쿵짝 맞아서 만나다가 헤어질 생각이었던 거야? 자네, 그런 건가?!"

충격을 받은 듯 병호가 경악에 찬 눈으로 인혁을 보았다. 하지만 병호는 인혁과 시선을 마주하지 못했다. 경악에 찬 인혁의 시선이 정원에게 향해 있었기 때문이다.

"강정원."

그가 낮게 크르릉거리며 정원의 이름을 불렀다.

정말 네 생각이 그러한 것이냐고.

정원은 수습을 하려다가 오히려 분위기가 더욱 격해지자 당황한 듯 어깨를 움찔 떨었다.

"그, 그게 아니라……."

"내가 오늘 자네를 볼 일은 없었던 거군! 그랬던 거였어!"

"아버님, 그게 아닙니다."

"그게 아니긴 뭐가 아니야!"

언성을 높인 병호가 옆에 앉아 있는 영란에게 동의를 구하듯 말했다.

"그래, 정원이 나이가 몇인데, 벌써 결혼이라고. 안 그래……?"

"……."

"이봐, 임자?"

"……."

"김영란!"

"아이쿠, 깜짝이야! 놀랐잖아요!"

멍 때리고 있던 영란은 제 귓가에서 소리를 지르는 병호 때문에 깜짝 놀라 펄쩍 뛰었다.

"무슨 생각을 하고 있는 거야? 중요한 이 순간에!"

"휴……."

병호의 물음에 한숨을 내뱉은 영란이 시선을 돌려 인혁을 보았다.

참기름이라도 발라 놓은 듯 반들반들한 얼굴, 모나지 않아 보이는 성격. 기럭지도 훤칠하고, 앉은 자세부터 시작해 방금 전 식사 예절 또한 흠잡을 것이 없는 사람이었다. 그리고 무엇보다 딸아이가 그렇게도 좋아했던 사람. 탐이 나는 남자이긴 했으나, 남자 쪽 가족이랑 틀어지게 생겼으니 영란은 속이 까맣게 타들어 가고 있었다.

여자구실이나 제대로 할까 했던 딸이 드디어 번듯한 사윗감을 데리고 왔는데!

영란은 명숙에게 과거에 했던 일을 떠올리며 퍼렇게 변한 얼굴을 손으로 쓸었다.

이럴 줄 알았으면 심보 좀 곱게 쓸걸!

"그래, 어머니는 푸르른에서 일하시고……."

"임자!"

"아, 가만히 있어 봐요!"

영란이 소리치자 병호가 순간 입을 꾹 다물었다. 못마땅한 기색으로 엉덩이를 옮겨 등을 돌린 그가 '엣헴!' 헛기침을 내뱉었으나 가정에 충실치 못했던 남자의 작은 반항은 거기까지였다. 산에서는 거침없이 일행을 이끌며 진두지휘하는 그였지만 집에서만큼은 힘없고 늙은 가장일 뿐이었다.

인혁이 병호의 눈치를 살핀 뒤 영란의 눈을 똑바로 마주하며 예의 바르게 말했다.

"네, 이사로 재직 중이십니다."

"이, 이사……."

"네, 외가 쪽에서 오랫동안 푸르른 식품을 운영하고 있습니다."

"……그, 그럼 아버지는……."

"엄마, 지금 호구조사해?"

"넌 좀 가만히 있어!"

또다시 태클이 들어오자 영란이 버럭 소리를 질렀다.

호구조사는 기본이다. 우선 이 기본을 끝내고 나서 영란은 다음 계획을 세우기로 했다.

"아버지는 현재 대법관으로 재직 중이십니다."

"대, 대법관?"

"네."

"……"

즉, 좋은 집안이란 이야기다.

영란의 얼굴이 더욱 죽상이 되자 인혁이 고개를 기울였다. 자신이 이야기를 할수록 표정이 안 좋아졌으나 도통 이유를 몰라서였다.

머리가 아픈지 영란이 이마를 손으로 짚으며 말했다.

"일단 오늘은 돌아가 보게나. 다음에…… 다음에 이야기하세."

"뭘 다음에 이야기해요. 오늘 봤으면 됐지."

그 말에 인혁이 그녀의 허벅지를 손으로 꾹 눌렀다. 가만히 있으라는 뜻이었다. 하지만 눈이 뒤통수에도 달린 것인지 그 장면을 목격한 병호가 자리에서 벌떡 일어나 붉은 얼굴로 버럭 외쳤다.

"자네 지금 어딜 만지는 거야, 어?! 지금……!"

"아이고, 여보! 제발 가만히 좀 앉아 있어요. 정신 사납잖아요!"

"저 도둑놈이 내 딸 허벅지를 만졌단 말이야, 허벅지를!"

"아, 글쎄 좀 가만히 있으라니까?"

"어떻게 가만히 있어! 그리고 보니 임자, 은근히 지금 저 도둑놈을……"

투닥투닥.

병호와 영란이 언성을 높이며 다투기 시작했지만, 인혁의 눈은 여전히 정원을 향해 있었다.

'너 가는 길에 보자.'

오늘 그녀가 자신에게 보여 준 태도에 대해 정확히 짚고 넘어가기라 생각하며 인혁이 입술을 지그시 깨물었다.

집으로 돌아가는 차 안.

세상은 어둠으로 물들었지만 차는 빠르게 서울로 향하고 있었다.

지리산으로 내려가던 아침과는 달리 정원은 쉬이 잠들 수가 없었다. 냉기를 폴폴 풍기는 인혁 때문이었다.

그는 뭐가 그렇게 불만인 것인지 정면을 노려보고 있었고, 차에 올라탄 순간부터 단 한 마디도 하지 않았다. 그의 분위기가 심상치 않자 정원은 장난조차 할 수 없었고, 묵언수행을 하는 사람의 마음으로 입을 꾹 다물고 있었다.

침묵. 그리고 또 침묵.

침묵이 백 마디 욕을 하는 것보다 더 무섭다는 것을 정원이 절실히 깨닫고 있을 때였다.

"너, 정말 나랑 만나면서 아무 생각도 안 했어?"

"무슨 생각이요?"

정원이 고개를 기울이며 물었다. 그러자 인혁은 속에서 화가 울컥 올라오는 것인지 이를 악물며 한 자 한 자 천천히 말했다.

"우리들 미래에 대해서."

"미래……? 무슨 미래요?"

"결혼 말이야."

그의 말에 정원이 눈을 깜빡였다.

"결혼이요?"

그녀가 아직은 단 한 번도 생각해 본 적이 없는 문제라는 듯 그를 보았다. 그녀의 목소리에 더 이상 화를 참지 못하겠는지 인혁이 갓길에 거칠게 차를 세운 뒤 크게 호흡을 내뱉었다.

후아— 후아— 참아야 해. 참아야 한다고.

그는 속으로 마인드 컨트롤을 수없이 외쳤다. 하지만 결국 제 마음을 다스리지 못하고 외쳤다.

"설마 너 지금 나 가지고 놀다가 나중에 버리겠다는 건 아니지?"

"아직 제 나이가 있지 않습니까. 결혼을 생각하기엔 너무 어립니다. 그리고 우리 만난 지도 아직 얼마 안 됐……."

"넌 너만 생각해? 정원아, 나 너처럼 20대 아니다. 30대야. 너처럼 가볍게 사람 만나고 헤어질 수 있는 나이 아니라고."

"……."

"이 나이에 너에게 미친 짓하면서 좋아한다고, 사랑한다고, 제발 내 마음을 받아 달라고 빌 때는 그만한 각오가 있기 때문이야. 나 장난 아니야, 너랑 가벼운 마음으로 만나는 거 아니라고."

정원이 꿀 먹은 벙어리처럼 아무 말도 하지 못하자 그가 방금 전과는 달리 차분한 목소리로 말을 이었다.

"단순히 네가 결혼에 대해서 생각해 보지 않았다고 해서 이렇게 화내는 거 아니다. 네가 우리 관계에 대해 너무 가볍게 생각하고 있어서 화가 나는 거야."

"……그러고 보니 그렇군요."

정원이 천천히 고개를 끄덕이며 말했다.

열한 살 차이.

이제껏 느끼지 못했던 나이의 벽이 그제야 인지되기 시작한 그녀다.

보통의 서른넷은 장난스러운 연애는 안 하겠지. 그녀처럼 단순히 좋아서, 사랑해서 연애를 시작하지도 않을 것이다.

그는 그만큼 진지하게 그녀를 대하고 있었고, 미래 또한 충분히 생각하고 있었을 터.

하지만 정원은 아직 스물셋이었다. 어린 나이였고, 결혼이 늦는 요즘 세태를 보았을 때 결혼이란 아직은 너무나 이른 일, 그 이상도 아니었다.

찬찬히 고개를 끄덕인 정원이 말했다.

"그럼 3년 후쯤에……."

그녀의 말에 인혁의 시선이 다시 정면으로 향했다. 조금 틀었던 몸도 다시 원위치로 돌려놓으며. 그는 칠흙처럼 어두운 도로를 보았다. 주말이었지만 지나가는 차량 하나 없었다.

그는 그들의 미래처럼 어둡기만 한 도로를 보며 말했다.

"결혼 이야기하는 거…… 아직 이르다는 거 아는데, 조금 더 훗날의 이야기이긴 하겠지만 그래도 난 너랑 함께 있고 싶다."

"……."

"내 주위에서 동료들이 죽을 때, 그 가족이 어떤 삶을 사는지 처절하게 보았고, 느꼈어. 그런 내가 너에게 고백을 할 때는 다른 사람들의 몇 십 배, 아니, 몇 백 배는 힘든 일이었어. 그래서 결심했어. 같은 직종의 사람은 절대 만나지 않겠다고."

"대장님……."

정원의 눈빛이 조금 변했다. 그가 그 일로 얼마나 힘들어했는지 태원에게 들어 대충은 알고 있었다. 그가 갑자기 찾아와 제 허리를 안으며 지켜 주겠다고 했던 그때도 떠올랐다.

지금 이 이야기를 하며 그가 얼마나 괴로움에 잠겨 있는지, 아파하는지, 텅 비어 버린 그 표정으로 알 수 있다.

인혁이 천천히 팔을 뻗어 정원의 뺨을 감싸 쥐며 말했다. 표정은 어느새 조금 서글퍼져 있었다.

"그런데 네가 무너뜨렸잖아. 내 소신. 내 각오. 내 마음까지. 그러면 책임을 지라고. 책임이란 말이야."

"……."

정원이 아무 말도 하지 못한 채 고개를 푹 숙였다.

"미안합니다. 철이 없어서……."

그녀가 사과를 하자 인혁이 작게 고개를 저었다. 그리고 고개를 돌려 정원의 눈빛을 바라보며 그녀의 손을 끌어와 네 번째 손가락에 입을 맞춘다.

"내 손만 놓지 마."

짧게 말한 그가 곧이어 바로 덧붙였다.

"부탁이다."

"……대, 대장님."

"왜?"

인혁은 그제야 입술에 미소를 조금 띠었다. 그 모습에 정원이 작게 고개를 저으며 답했다.

"저도 가벼운 마음으로 대장님 만나는 거 아닙니다. 그러니까…….
조금만 기다려 주십시오."

정원의 말에 인혁이 슬쩍 미소 짓는다.

"얼마나?"

"오래 걸리진 않을 겁니다."

"좋아, 그럼 기다려 주지, 뭐."

그가 가벼운 어조로 말했다. 흥분한 자신의 모습이 이제야 인식됐는지 뺨이 조금 붉어지기도 했다. 하지만 정원은 여전히 심각한 얼굴로 그의 얼굴을 바라보며 더듬더듬 말을 내뱉었다.

"마음의 준비가 될 때까지…… 기다려 주실 거죠?"

그 말에 인혁은 힘껏 양팔을 펴 그녀를 품에 안았다. 의자 때문에 불편한 자세로 안게 되었지만 그의 얼굴엔 웃음만이 가득했다.

"강정원."

"네, 대장님."

"너 눈치 더럽게 없는 것도 이젠 사랑스럽게 보인다. 나 어떻게 하나?"

"……."

"중증이다, 정말."

그가 그녀의 귓가에 대고 후후 웃음을 내뱉었다. 정원은 순간 온몸에 소름이 돋았지만 군말 없이 그의 품에 꼭 안겨 있었다.

떨어져도…… 지금처럼 행복할 수 있겠지?

그는 정원과 자신의 사랑이 단단하다고 믿었다.

그래서 아직은 정원에게 털어놓지 못한 말을 떠올리며 눈을 질끈 감았다.

"근데 자네, 정말 강정원 대원이랑 만나고 있는 거야? 만약 그런 거라면 다른 대원으로 교체를 해 주겠네."

노 서장의 이야기가 귀에 이명처럼 울린다.

♣   ♣   ♣

남편은 점쟁이가 예전에 말했던 대로 '역마살'이 끼어 오늘도 집 구석에 붙어 있질 않았고, 영란 혼자서 끙끙 앓고 있었다.

"아이고, 아이고!"

영란이 울먹이며 외쳤다. 밤낮을 가리지 않고 화병에 걸린 사람처럼 가슴을 부여잡고 있었다. 잠은 오지 않고, 오히려 정신만 또렷해지니 그녀의 답답함과 괴로움은 더 커졌다.

아버지가 대법관이고 외가는 우리나라에서 손꼽히는 식품 회사를 운영하고 있다니!

집안 자체도 자신의 것들과 비교를 할 수 없을 만큼 대단하다. 돈에 대해서 걱정근심 없이, 자신들의 몫이 있다고 생각하며 부족함 없이 지내 온 나름 단란한 가족이다. 하지만 정원이 물어온 남자의 집안이 모가지가 부러질 정도로 우러러보아야 할 만큼 대단하자, 영란의 근심은 더욱 깊어졌다.

그렇게 몇 날 며칠을 앓아누웠을까.

결국 무언가 결심을 한 듯 영란이 자리에서 벌떡 일어났다. 그리고 결국 휴대전화를 들어 1번을 꾹 눌렀다.

띠리리— 띠리리—

익숙한 통화 연결음이 들리자 영숙은 아직도 벌렁거리는 가슴을 지그시 눌렀다. 그리고 상대가 전화를 받자마자 아무 일도 없었던 것처럼 물었다.

—어, 엄마.

"그래, 밥은 먹었고?"

—아, 이제 먹으려고. 지금 퇴근했어.

"아니, 이노무 대한민국은 너한테 일을 다 시킨다니? 지금이 몇 신데 여적 밥도 못 먹고 일해?"

영란의 목소리가 뾰족해졌다. 8시가 다 된 시각에 아직도 저녁을 먹지 못했다고 하자, 잔소리부터 나오기 시작했다.

—아, 괜찮아. 먹을 시간은 있었는데, 배가 안 고파서 걸렀어.

"끼니 챙겨 먹고 다녀! 그러다 나중에 뼈 곯아."

—네, 네. 알겠습니다, 어머니.

정원이 대충 흘려 넘기듯 말했다.

—그런데 무슨 일이야? 생전 전화 안 하시더니…….

"넌…… 넌…… 어떻게 말을 그렇게 해?!"

—아니, 뭐. 사실이잖아.

무뚝뚝한 딸이 시니컬하게 말하자 영란은 순간 말문이 막혀 입을 꾹 다물었다.

―뭐 하실 이야기 있어서 전화하신 거잖아. 말해.

"저…… 그게."

운을 뗀 영란이 힘겹게 말을 이었다.

"전에 네가 데리고 온 그 사람 말이다."

―그 사람……? 아아, 대장님? 안 그래도 할 말 있었는데 잘됐다. 다음에 정식으로 인사드릴게.

"……뭐?"

―진지하게 만나고 있는 사람이거든. 이제껏 아무 생각도 없었는데, 이젠 안 그러려고. 그건 상대에 대한 예의가 아니니까.

"마, 많이 좋아하니? 집에 데리고 올 만큼?"

―어.

딸의 답에는 망설임이 없었다.

그러자 영란이 답답증이 든 것인지 가슴을 퉁퉁 치며 말한다.

"그 집안에선 널 어떻게 생각하고?"

―아직은 나도 인사 안 드려서 몰라.

"……."

―엄마?

영란이 오랫동안 침묵을 지키자 정원이 전화가 끊기기라도 한 줄 알았는지 전화기를 퉁퉁 치며 말했다. 그러자 영란이 퍼뜩 정신을 차리며 말한다.

"그래, 조만간에 한번 보자. 엄마 이제 자야겠다."

―에게? 아직 8시밖에 안 됐는데? 드라마 안 봐?

"피곤하다. 끊는다."

정원이 인사를 하기도 전에 영란이 전화를 끊어 버렸다.

그리고 멍하니 허공을 바라보며 읊조렸다.

"좋다는데…… 좋다는데……."

어떻게 하지?

영란의 고민이 깊어졌다. 하지만 곧 행동파답게 그녀가 갑자기 자리에서 벌떡 일어나더니 집을 죄다 뒤져서 명숙이 처음 찾아와 건넸던 명함을 찾았다.

〈마케팅 이사 정명숙〉

짧은 그 글귀를 뚫어지게 노려보던 영란이 곧 침을 꼴깍 삼킨 뒤 벌벌 떨리는 손으로 키판을 눌렀다.

열한 자리 숫자를 누르자 곧 또르르또르르 통화음이 들린다. 그리고 얼마 가지 않아 교양 넘치는 목소리가 들렸다. 조금은 호들갑을 담은.

―어머, 이게 누구예요?! 김 사장님!

"저…… 드릴 말씀이 있어서……."

―사장님께서요? 뭔가요?

영란이 침을 꼴깍 삼킨 뒤 단호한 목소리로 말했다.

"만납시다."

한편 그 시각.

인혁의 집 앞에서 명숙이 멍한 눈빛으로 휴대전화를 내려다보고 있었다.

"갑자기 만나자라……."

명숙은 입이 헤벌쭉 벌어지려는 것을 애써 억눌렀다. 입 끝이 슬금슬금 하늘로 올라가려 했으나 이 역시 체면을 생각하며 애써 지운다.

옹고집보다 더한 고집을 가진 영란도 딸의 일이라 그런지 한풀 고집을 꺾은 것 같았다. 명숙은 이제 자신에게 넘어온 주도권을 어떻게 써야 할지 곰곰이 고민하며 초인종을 눌렀다.

"잘만 하면 순식간에 처리해 버릴 수 있을 것 같은데……."

그녀가 막 그렇게 읊조릴 때였다. 인터폰에서 답도 없이 문이 열리더니, 곧 명숙의 시야 정면에 동그란 눈동자가 들어온다. 그래, 동그란 눈동자만 들어왔다. 그것이 가장 잘 보였고, 그것이 가장 예뻤다.

"……헉."

"……."

정원이 순간 당황해서 숨을 들이켰다. 하지만 명숙은 더욱 놀라 아무 말도 할 수가 없었다.

제 아들 집에서 나온 여자. 이 여자는 이미 지리산에서 한 번 본 적이 있는 아이로 방금 전까지 명숙을 고민하게 만든 아이였다. 그 아이가 제 눈앞에 있자 명숙은 애써 표정을 굳히며 그녀의 어깨너머를 힐끗 보며 말했다.

"여긴 아가씨 집이 아닌 것 같은데……."

"……저, 그, 그게……."

"우리 아들 얼굴 좀 볼 수 있을까요?"

서늘한 명숙의 말에 정원의 눈빛이 더욱 당황으로 물들었다.

어떻게 해야 하지?

안 그래도 좋지 못한 머리다. 이 머리통에서 이 상황을 어떻게 잘 벗어날 수 있을지, 방법이 떠오를 리가 없었다.

"아직 퇴근 전이십니다."

"그럼 집주인도 없는 집에서 아가씨는 혼자 뭐 하고 있고?"

명숙이 차갑게 쏘아붙이자 정원의 입이 다시 한 번 꾹 다물렸다. 뭐라 해야 할지 알 수 없어 침묵이 길게 흐를 때였다.

명숙이 한 걸음 앞으로 옮겨 정원에게 다가왔다. 어정쩡한 자세로 있던 정원이 허리를 곧게 세우며 현관문을 좀 더 활짝 열자 안에서 고소한 냄새가 폴폴 풍겨 왔다.

아, 아니. 이 냄새는!

명숙의 눈이 동그랗게 커지자, 정원은 이내 울 것 같은 얼굴이 되었다.

"죄송합니다."

"……."

"대장님은 개인적인 일이 있어서…… 저, 아직 저녁을 못 드셔서……."

"……."

"정말 죄송합니다."

이 어색하고 어려운 분위기를 어떻게 타파해 나갈지 몰라 정원이 허리 숙여 사과부터 건넬 때였다.

꼬르륵―

어디서 천둥번개가 친다.

그 소리에 정원의 눈이 동그랗게 변했고, 명숙은 발그레해진 뺨으로 정원의 어깨를 덥석 잡으며 말했다.

"어머니가 보내 준 청국장?"

"네……? 아, 네!"

명숙의 입에 침이 한 바가지 고였다. 처음 소문난 영란의 식당을 찾았을 때만 해도 그녀는 가벼운 마음이었다.

텔레비전 프로그램을 통해 맛집이 넘쳐나는 시대. 하지만 맛집은 어떻게 방영이 됐는지 모를 정도로 음식이 끔찍하거나 혹은 푸르른의 조미료를 아주 알차게 사용하고 있는 곳이 대부분이었다.

그래서 기대가 없었다.

지리산의 한구석에 자리한 낡은 식당에 대한.

하지만 그곳에서 저 청국장을 맛본 뒤로 명숙은 제 체신도 잊고 눈이 까뒤집혀서 영란의 뒤만 졸졸 따라다녔다.

미식가인 그녀의 혀끝까지 사로잡은 청국장은 쓴맛이 없고 아주 고소한 맛만 났다. 자극적이지도 않고, 날것 그대로의 맛.

"······시, 식사하셨어요?"

정원이 어렵게 물었다. 그러자 명숙은 망설임도 없이 거세게 고개를 저었다.

"밥 좀 줄래?"

♧　　　♣　　　♧

집 앞에 선 인혁은 비밀번호를 누르려던 손을 동그랗게 말아 쥐었다. 하지만 오늘은 비밀번호를 누르고 제 손으로 집에 들어가는 대신 조금은 색다른 기분을 느껴 보고 싶었다.

딩동—

초인종 소리가 크게 울린다. 이 집에 살면서 단 한 번도 눌러 본 적이 없는 것. 오늘은 정원이 집에서 맛있는 저녁을 준비해 놓고 있겠다고 했으니 신혼부부 분위기를 조금 내고 싶었던 터다.

두근거리는 마음으로 현관문을 바라보고 있을 때였다.

달각 소리와 함께 문이 열리더니 그의 앞에 작은 생명체가 쏙 튀어나왔다.

"······어머니?"

"어머, 이제 왔니?"

"여긴 어쩐 일이십니까?"

"아들 집 방문하는 데 이유가 있어야 해?"

"······."

뾰족하게 쏘아붙인 명숙이 먼저 집 안으로 들어가 버리자, 인혁은 한참이나 말을 잇지 못하고 멍하니 그 자리에 서 있었다.

이게 어떻게 된 일이지?

그렇게 생각하던 찰나다. 갑자기 퍼뜩 이 집에 정원도 있을 것이라는 생각에 그가 다급하게 집 안으로 들어섰고, 곧이어 생선 냄새와 함께 집 안을 가득 메우고 있는 청국장 냄새에 몸을 움찔 떨었다.

스스로 자신의 손을 '개 발'이라고 부르는 명숙이다. 그녀가 직접 청국장을 끓이고 생선을 구웠을 리가 없으니 분명 이 집에 정원이 있었다는 뜻이다.

인혁이 곧장 부엌으로 들어갔다. 그리고 그곳에서 마주한 정원의 모습에 어떠한 표정을 지어야 할지 몰라 멍하니 서 있었다.

"오셨습니까?"

"……너 지금 뭐 하냐?"

"뭐 하긴 뭐 해!"

인혁의 물음에 답을 한 것은 명숙이었다. 그녀는 여전히 젓가락을 쪽쪽 빨며 아쉬운 눈으로 식탁을 바라보고 있었다. 식탁 위엔 태풍이라도 쓸고 갔는지 빈 접시만이 가득했다.

"어쩌죠? 어머니가 많이 시장하셨나 봐요."

"어쩜, 어쩜, 넌 이렇게 손맛이 좋니? 너희 어머니를 닮았나 보다."

"감사해요. 그냥 어머니가 보내 주신 걸로 차렸는걸요."

정원의 말투는 어느새 친숙해져 있었다. 그리고 정원을 바라보는 명숙의 눈빛 또한 부드러웠다. 정원은 명숙의 앞에 청색빛의 도자기 컵을 내려놓았다. 그러자 명숙은 이번에도 염치 불구하고 식혜를 후루룩 들이켜며 여전히 멍 때리고 서 있는 인혁에게 톡 쏘아붙인다.

"넌 정말 복 받은 거야. 너희 아버지 봐라, 평생 집에서 식사 한 번 안 하잖니?"

"……."

셀프 디스를 하면서도 명숙은 손을 편히 놔두지 않았다. 그녀가 가져온 과일과 식혜로 두둑해진 배를 더욱 가득 채우며 연신 조잘거렸다.

"아가, 나중에 또 해 줄 거지?"

"네, 물론이죠."

"좋아, 그럼 다음에는 내가 한우를 가져올게. 지인이 보내 줬는데 어떻게 할 줄 몰라서 냉장고에 처박아 둔 게 있단다. 거의 흉기 상태야."

"네, 연락 주세요."

두 사람이 웃으면서 이야기하는 것을 멍하니 보던 인혁이 의자를 끌어다가 털썩 앉으며 말했다.

"어머니, 이제 그만 가 주시죠? 냉장고 그만 거덜 내시고요."

그가 무심한 어조로 톡 쏘아붙였다. 그러곤 거짓 하나 없다는 말간 얼굴로 김치 국물만 남아 있는 접시를 내려다보고 있었다. 순간, 명숙이 그의 등을 사정없이 내려쳤다.

짝!

"이래서 자식새끼 애지중지 키워 봐야 소용없다 하는 거구나."

"······아픕니다."

"아프라고 때린 거야! 아프라고! 이래서 내가 딸을 낳고 싶었어. 애교라곤 없는 녀석들."

그 뒤로도 명숙의 잔소리를 한동안 계속되었다.

그 후 얼마간 정원을 붙들고 있던 명숙은 시계를 보며 화들짝 놀란 듯 자리에서 벌떡 일어났다.

"어머, 벌써 시간이 이렇게 됐네?"

"이제 아셨습니까? 제발 그만 가십시오."

"그래, 간다, 가!"

서둘러 가방을 챙겨 든 명숙은 자신을 따라나서는 정원의 손을 붙잡으며 호호호, 교양 있게 웃었다. 그리고 높은 힐을 꿰어 신은 뒤 현관에서 자신을 바라보는 네 개의 눈동자에 속으로 음흉하게 웃음 지었다.

"아가, 조만간에 연락하마."

"네, 기다리고 있을게요. 꼭 연락 주세요."

"그래그래, 널 위해 아주 서프라이즈한 일도 하나 생각해 둔 게 있어. 아마 아주 좋아할 거야. 빅 이벤트일 테니, 기대하고 있어."

"······또 무슨 꿍꿍······."

인혁이 의심의 눈초리를 보내자 명숙이 들고 있던 핸드백을 휘둘러 그의 어깨를 후려친 뒤 밝은 모습으로 집을 나섰다.

명숙을 배웅하고 다시 부엌으로 온 정원은 혼이 빠진 듯 의자에 털썩 앉았다. 방금 전까지 짓고 있던 싹싹했던 웃음은 모두 사라지고, 그 자리에 허탈함만이 남았다. 인혁이 맞은편에 앉으며 물었다.

"괜찮아?"

"······뭐, 아주 좋아요."

"진짜?"

그 물음에 정원이 고개를 끄덕이는 것으로 답을 대신했다.

그러다가 텅 빈 식탁이 눈에 들어왔는지 정원이 다급하게 물었다.

"아, 식사 안 하셨죠? 어쩌죠? 다시 차려야 하는데······."

"저녁 한 끼 안 먹는다고 안 죽어."

"그래도······."

그녀가 말끝을 흐리자 피식 웃음을 내뱉은 인혁이 자리에서 일어나 정원에게 다가갔다. 그리고 어정쩡하게 허리를 숙여 정원의 어깨를 감싸 쥐며 말한다.

"어머니는 네가 좋은가 보다."

"그렇죠? 근데 왜 좋아하시는지 모르겠어요."

그 말에 인혁은 딱히 생각할 것도 없다는 듯 툭 내뱉는다.

"어머니는 맛있는 음식을 먹는 걸 세상에서 가장 가치 있는 일로 치시거든."

"……."

"손끝으로 사람 둘을 홀리다니, 대단한데?"

인혁이 그녀의 손을 끌어와 입을 맞추며 말하자 정원의 얼굴이 순간 울상이 되었다.

"한우로 할 수 있는 음식을 생각해 놔야겠어요."

명숙이 했던 말이 결코 빈말이 아니라는 것을 이제야 깨달아서이리라.

♧　　♣　　♧

영란은 갑과 을이라 적힌 계약서를 꼼꼼히 보는 척하며, 힐끗 명숙을 보았다. 나이에 맞지 않게 지나치게 탱탱한 피부, 입고 있는 옷도 하나같이 최고급으로 보였다. 화장도 전문가의 손길이 닿은 듯 자연스러웠고 미용실도 얼마 전에 다녀온 것인지 뿌리까지 밝은 색으로 염색되어 있다.

그 모습을 눈으로 찬찬히 살피던 영란은 갑작스럽게 들려온 명숙의 목소리에 몸을 움찔 떨었다.

"다 읽어 보셨어요?"

"네, 뭐…… 별것 없네요."

"호호, 그럼 '갑' 자리에 기입하시고 도장 찍어 주시면 돼요. 나머지는 저희 쪽 변호사가 알아서 해 줄 거니, 너무 걱정하지 않으셔도 되고요."

명숙의 말에 영란은 말 잘 듣는 아이처럼 빠르게 이름과 주민번호, 사업자 번호, 주소, 연락처를 기입한 뒤 미리 준비해 둔 도장을 계약서에 찍었다.

계약서를 받아 든 명숙이 교양 있는 어조로 말을 이었다.

"계약금은 다음 주까지 입금이 될 겁니다. 〈명장 프로젝트〉는 이번에 회의를 거쳐 시기가 정해지겠지만, 예상으로는 내년 중순쯤이면 공정도 마무리될 거고, 그 외의 부분도 마무리가 될 거예요."

"아, 아, 네……."

영란이 어수룩하게 고개를 끄덕이자 명숙이 속으로 웃음을 삼켰다.

'주도권이 완전히 나한테 넘어왔네? 호호호!'

이런 명숙의 마음을 영란이 알 리 없었다.

"회의가 끝나면 바로 직원을 파견하겠습니다. 그분들에게 자세한 레시피를 전수해 주시면 돼요. 공장이 준비되면 방문해 주시면 되고요."

"네."

"공정이 궁금하시면 언제든 공장에 방문하셔서 지켜보셔도 됩니다."

"네네."

"더 궁금하신 점 없으세요?"

명숙의 물음에 영란이 재빨리 고개를 끄덕였다.

공란이 없나 마지막으로 계약서를 꼼꼼히 살펴본 후 명숙은 하나를 영란에게 건넨 뒤 자신의 것도 뒤에 있는 비서에게 건넸다.

"차 비서, 이제부턴 좀 나가 있겠어요?"

"네, 알겠습니다. 이사님."

딱딱한 얼굴의 비서가 가게 문을 열고 밖으로 나갔다. 그러자 영란이 조금 긴장이 풀렸는지 안도의 한숨을 내쉬었다.

영란이 틈을 보이자 명숙은 서늘한 표정으로 말했다.

"일 끝났으니 이제부터 우리 애들의 이야기를 한번 해 볼까요?"

"……네? 설마 좋아 죽는 그 애들 찢어 놓으실 생각이라면…….."

"글쎄요."

짧게 말한 명숙은 냉철한 사업가로 돌아가 두려움에 바들바들 떨고 있는 영란을 쏘아보았다.

"그건 지금부터 대화에 따라 달라지겠죠?"

14

남은 자들은

내일이면 전 세계가 들썩이는 크리스마스이브였다.

연인과 있어 행복하고, 가족과 있어 행복한 날.

하지만 이수 소방서 내는 언제나 그랬던 것처럼 똑같았고, 내일이면 비상근무까지 서야 한다고 생각하자 조금 침울하기까지 했다.

용건은 휴게실 문을 뚫어져라 노려보고 있었다. 자신만 개인적으로 보자는 인혁의 말에 그는 어떠한 예감이라도 한 것일까, 쉬이 문을 열지 못하고 있었다.

한참 문을 보고 있던 용건이 용기 내어 문손잡이를 돌린 뒤 안으로 들어갔다. 꽤 오랫동안 그를 기다린 것인지 인혁의 앞에 종이컵 세 개가 쌓여 있었다.

"오셨습니까?"

직급은 훨씬 밑이었지만, 인혁은 인간 대 인간으로 용건에게 존댓말을 쓰고 대우를 해 주었다. 오랫동안 소방서에서 근무한 그를 진정으로 인정해 주는 것이었다. 그 모습에 용건은 인혁에게서 인간적인 매력을 느끼기도 했다.

그래서일까.

지금 인혁과의 만남이 껄끄러운 용건도, 그리고 지금부터 용건에게 이야기를 건넬 인혁도 표정이 좋지 못했다.

인혁은 제 맞은편 의자를 가리키며 말했다.

"앉으세요."

"아, 네."

구부정하게 허리를 숙인 용건이 총총걸음을 옮겨 그의 맞은편 의자를 끌어다 앉았다. 인혁 역시 그를 따라 자리에 앉은 후 곤란한 표정을 지었다. 용건과 유리의 관계를 알고 있는 그로선 지금부터 꺼내 놓을 이야기가 참으로 어렵고 힘든 것이기 때문이다.

결국 그의 말을 기다리다 못해 용건이 조심스럽게 물었다.

"저…… 무슨 일로……."

"이용건 대원님."

"네, 대장님. 말씀하세요."

용건이 사람 좋은 웃음을 지었다. 하지만 그것은 일부러 만들어 낸 것으로, 눈치 빠른 인혁 또한 쉬이 알아차렸다.

한참 말을 하지 못하던 인혁이 선한 용건의 눈을 바라보며 말한다.

"위에서 저희 팀에 대해 좋게 생각하시는 것 같더군요."

"하, 그거 잘된 일이네요. 팀이 유지될 수 있으니까요."

안도의 한숨을 내쉰 용건이 말을 이었다. 안 좋은 이야긴 줄 알았 더니, 반가운 이야기였기 때문이다.

인혁이 힘겹게 말을 이었다.

"그래서…… 경주와 부여에 새로운 팀을 구성하게 되었습니다. 상 부에서는 팀을 꾸릴 대원으로 저희 문화 화재 방재 시스템팀에 있는 기존 대원이 발령되길 원합니다."

"……."

용건이 아무 말도 하지 못한 채 고개를 뚝 떨어뜨렸다. 그가 지금 이 순간, 자신만 불러 이러한 이야기를 한다는 것은 곧 자신이 발령이 난다는 뜻이었으니까.

용건의 정수리를 보며 인혁이 천천히 말을 늘어뜨렸다.

"이런 말씀드려서 죄송합니다……. 노 서장님께서는 이용건 대원님이 부여로 내려가시길 바라고 계십니다."

"……언제쯤 발령이 날까요?"

그의 머릿속에 아름다운 제 연인이 떠오르자 순간 목이 울컥 메었다. 용건은 모든 것을 포기한 목소리였다.

위에서 결정이 났다면 바뀌지 않을 것이다.

"연초로 생각하고 계십니다…… 이런 이야기 드려서 죄송합니다."

"……."

"제가 위에 다시 한 번……."

인혁이 재빨리 말을 덧붙였다. 하지만 고개를 든 용건은 희미한 웃음을 지으며 설레설레 저었다.

"아닙니다. 괜히 그런 말씀드렸다간 대장님께 불이익이 갈 수도 있어요."

"……."

"마음 써 주셔서 감사합니다. 하실 이야기 끝나셨으면 이만 나가 봐도 될까요? 일이 쌓여 있어서요. 허허."

인혁의 답이 들려오기도 전에 용건이 엉덩이를 들썩였다. 당장 이 자리를 벗어나고 싶다는 듯이.

"네……."

그의 허락이 떨어지자 자리에서 일어난 용건이 허리를 숙여 인사했다. 그리고 걸음을 옮겨 휴게실 문을 열고 밖으로 나갔다.

탁.

그의 등 뒤에서 문이 닫힌다. 그 순간 용건의 눈가에 눈물이 맺힌다.

"내가 그렇지, 뭐."

이 사실을 유리에게 어떻게 전할까.

어떻게 전해야지 그녀의 마음이 아프지 않을까.

수없이 고민하던 용건이 고개를 푹 숙인 뒤 힘없는 목소리로 읊조렸다.

"마음은 아파해 줄까?"

세상에 캐럴이 울려 퍼진다.

크리스마스에는 축복을
크리스마스에는 사랑을
당신과 만나는 그날을 기억할게요
창틀 위에 촛불이 까만 밤을 수놓으며.

아름다운 캐럴. 사람들의 마음을 들뜨게 만드는 캐럴.

내일이면 크리스마스 당일이었고, 오늘은 그 전야제인 이브였다. 그랬기에 사람들은 길거리로 쏟아져 나왔고, 행복한 얼굴로 연인들과 함께 길을 걷고 있었다.

올해는 더욱 특별한 화이트 크리스마스였다.

이브인 오늘부터 내리기 시작한 새하얀 눈은 내일까지 내릴 것이라 했고, 발목까지 눈이 쌓일 것이니 눈길 운전을 조심하라는 뉴스가 흘러나오고 있었다.

하지만 연인들은 더욱 들뜬다.

행복해한다.

어느 사람만은 제외하고.

"아, 진짜 왜 전화를 안 받아?"

차고로 나온 유리가 짜증을 버럭 냈다. 며칠 전부터 연락이 제대로 되지 않는 용건은 비밀 장소로 정한 옥상에도 올라오지 않았다. 그의 집에 찾아갈까 고민도 해 보았지만, 먼저 뽀뽀까지 하며 들이댄 주제에 거기까지 할 수는 없어 발만 동동 굴리고 있었다.

온 세상이 하얀 눈으로 덮여 가겠죠
헤어져 있을 때나 함께 있을 때도 나에겐 아무 상관 없어요
아직도 내 맘은 항상 그대 곁에 언제까지라도 영원히.

그녀의 마음과는 상관없는 캐럴 가사에 유리가 이마를 와자작 구겼다.

"웃기고 있네! 같이 있어야 행복하지."

한참 자리에 서서 몇 번이고 용건에게 통화를 시도한 유리는 끝끝내 그가 전화를 받지 않자 신경질적으로 휴대전화를 주머니에 넣은 뒤 발길을 돌려 1층 구급팀 사무실로 들어가 버린다.

"가만히 안 둬!"

특별한 날 전화를 받지 않는 용건에게 복수를 하리라 다짐하며.

한편 그 시각, 용건은 서울 외곽에 위치한 납골당에 있었다. 벽을 빼곡하게 채우고 있는 유골 중 제일 아랫줄에 있는 사람을 만나기 위해.

용건은 환하게 웃고 있는 30대 초반의 남자 사진을 보고 있었다. 아련하게 빛나는 눈빛엔 눈물이 언뜻 서려 있다.

소방관 김태용

그 글자에 결국 용건은 참다못해 눈물을 쏟았다.

"결국 나는 밀려밀려 여기까지 왔습니다. 난 그렇게 무능력한 사람이니까요."

2001년 12월 24일. 딱 오늘이었다. 그의 동료이자 동기인 김태용이 저세상으로 떠난 날.

성수동에서 일어난 공장 가스 폭발 사건 때문에 세상을 등지게 된 그는 너무나 허무하게도 사다리가 짧아 3층에서 추락하게 되어 그 자리에서 즉사했다.

하지만 그는 현충원이 아닌 낡은 납골당에 잠들어 있었다. 그가 짧은 사다리 때문에 죽었다는 것을 인정받지 못했기 때문이다.

장비가 아닌 그의 탓.

사고로 인해 죽은 것이 아닌 부주의에 의해 순직한 것.

나라는 그렇게 보았다.

그래서 스물아홉 살의 꽃다운 나이에 저문 그를 내쳤다.

그 사실에 용건은 더욱 가슴이 아팠다.

"미안합니다. 그때 제가 제 몫을 했으면 그렇게 허무하게 죽지는 않으셨을 테지요."

바닥에 철퍼덕 주저앉아 신세 한탄을 하고 있는 용건이 허리를 숙여 제 무릎에 얼굴을 묻었다. 사과를 하기 위해 허리를 굽힌 사람처럼 보이기도 했고, 그에게 눈물을 더 이상 보이기 싫어 감추는 것처럼 보이기도 했다.

그래, 자그마치 12년이란 시간이었다. 이 사진 앞에서 눈물을 쏟은 것도.

"죄송합니다. 나란 동료를 만난 것에."

하지만 왜 제 마음속에 가시처럼 박힌 이 생각이 지워지지 않는 것일까.

강산이 바뀌고, 세상이 변할 정도로 오랜 시간이 흘렀는데.

왜 바뀌지 않는 걸까.

"미안합니다. 미안합니다."

몇 번의 말을, 몇 번의 사과를 건넸는지 모른다.

얼마의 시간이 흘렀는지도 무감각해졌을 때, 갑자기 뒤에서 나타난 인영이 용건의 앞에 하얀 국화꽃 한 다발을 내려놓았다. 중년의 남자는 제가 펑펑 눈물을 쏟았다는 것에 부끄러움을 느끼지도 못하는 것인지 눈물로 얼룩진 얼굴을 들어 인영을 바라보았다. 인영은 용건의 모습이 한심한 것인지 혀를 끌끌 차고 있었다.

"크리스마스이브에 이 무슨 청승맞은 짓이냐, 형님?"

"아아……."

용건의 입에서 신음이 흘러나왔다. 인영은 다름 아닌 수호였다.

"뭐야, 그 표정은? 어떻게 알았냐고?"

실내였지만 추운 날씨 때문일까, 수호가 후─ 숨을 내뱉자 뿌연 입김이 나타났다가 사라졌다.

"형님이 취할 때마다 그랬잖아. 동료를 잃었다고. 크리스마스이브에."

"……아."

"여자 친구 기다려. 이브에 근무 서는데, 형까지 안 나타나면 열

뻗칠걸? 구급대원한테 지옥이라고 불리는 크리스마스잖아. 길거리에 술 취한 것들이 어찌나 많은지."

구급 사고가 많은 크리스마스였다. 그만큼 유리의 출동도 많을 것이다.

"어서 가야지."

몸을 일으키려던 용건은 제 앞에 내밀어진 수호의 손을 멍하니 보았다.

"잡아요."

"어…… 고맙다."

그의 손을 잡고 자리에서 일어난 용건이 수호가 바닥에 내려놓은 하얀 국화꽃다발을 보았다. 그가 멍하니 읊조렸다.

"그래…… 가야지."

"말만 하지 말고 가요, 어서."

수호의 닦달에도 용건의 시선은 여전히 하얀 꽃다발을 향해 있었다.

"어서 가야지."

당신과 만나는 그날을 기억할게요.

I will…….

당신의 건강과 행복과 행운을 늘 기도하겠습니다.

그 시각, 인혁은 국립 서울 현충원에 와 있었다.

그는 깨끗하게 관리된 묘비를 보며 희미한 웃음을 지었다.

"하루 먼저 왔습니다. 이번 크리스마스는 연인과 함께해야 하거든요."

"대장님도 늘 현장에 들어갈 때 이런 마음이셨습니까……?"

묘비를 바라보는 인혁의 눈동자가 미친 듯이 흔들렸다. 말 그대로다. 정말 미친 듯이 흔들렸다. 마치 불안한 미래를 예상이라도 하는 것처럼.

"제가 다칠까 봐 겁이 납니다. 죽을까 봐 겁이 납니다. 그녀 혼자 남겨 둘까, 무섭습니다. 혹은…… 그녀가 떠날까 봐 무섭습니다."

그가 떨리는 목소리로 말했다. 마치 대건이 살아서 그의 이야기를 들어 주는 것처럼.

"전 이제…… 그 사람이 없는 삶은 생각할 수 없습니다."

그가 말했다. 그리고 부탁했다.

"……지켜 주세요, 제발."

화마에서 지켜 주세요.

그녀를.

제발 지켜 주세요.

그리고 행복하게 해 주세요.

부탁드립니다, 대장님.

"부탁해요, 형……."

15
멀어져 가는 사랑은

서늘한 적막이 흐르는 서장실 안.

특별히 독대를 청한 그는 제 앞에 놓여 있는 믹스커피에 시선도 주지 않은 채 건장한 노 서장의 어깨만 뚫어져라 보고 있었다.

그는 하고 싶은 말이 많은 얼굴이었다. 하지만 쉬이 말하지 못한 채 한참 뜸을 들였다.

얼마 동안 침묵이 흘렀을까. 둘 앞에 놓였던 찻잔이 조금 식었을 때쯤, 결국 참다못한 노 서장이 먼저 물었다.

"그런 얼굴 하고 있어도 안 무섭다."

"서장님."

"그래, 할 말이 있으면 해야지. 사내자식이 뭐 그렇게 꽁하니 앉아 있어?"

인혁이 입술을 달싹이자, 그제야 서장 또한 몸에 흐르던 알 수 없는 긴장감이 조금 풀린 듯 녹차를 호로록 마셨다.

그는 여전히 생각이 많은 얼굴이었다. 하지만 곧 결론을 내린 듯 거침없이 말했다.

"저희 팀원, 지방 발령 말입니다."

"그래, 준비는 잘되고 있어?"

그 물음에 인혁은 망설임 없이 고개를 저었다. 준비가 잘되고 있을 턱이 없기 때문이다.

위에서 생각하는 인물 중 한 명에게는 운을 떼었다. 하지만 그는 나머지 한 명에겐 입도 뻥긋하지 못한 상태였다.

그는 일에 사적인 것을 개입하면 안 된다는 것을 알면서도 이번만은 상부의 말을 따를 수가 없었다.

"재고해 주십시오."

"뭐?"

"팀을 해체할 수는 없습니다."

"아니, 인혁아. 내 말은 해체하자는 게 아니라……."

"압니다. 팀을 더 키우기 위해서겠지요. 하지만 이번만은 위의 결정에 따를 수가 없습니다. 팀원의 둘을 다른 팀으로 보낸다는 것은 팀의 해체를 뜻하는 것과 같습니다. 문화 화재 방재 시스템팀, 총원이 다섯 명입니다. 아시잖습니까."

새로운 인력을 받아들이고, 또 자리 잡기까지는 앞서 준비한 시간보다 훨씬 많은 시간이 걸릴 것이다. 그 점을 노 서장도 잘 알고 있었지만 그 외적인 부분을 생각해 보았을 때, 지방이라도 대원들을 내려보내는 것이 훨씬 좋은 일이었다.

"그래, 안다. 하지만 인혁아. 강정원 대원과 이용건 대원이 경주와 부여에서 새 팀을 꾸리면 그 팀의 팀장은 그 사람들이 되는 거다. 둘 다 오랫동안 실적을 쌓지 못해서 계속 말단에 있는 것보단 그게 더 좋지 않겠어?"

그 말에 인혁이 입을 꾹 다물었다. 그의 곤란한 표정에 노 서장은 다 안다는 듯 고개를 끄덕였다.

"그러니까 잘 설득해. 지방이지만 순식간에 진급할 수 있는 기회이기도 해."

"……하지만."

"네 얼굴 보니 아직 운도 못 뗀 것 같구나. 내 말 맞지?"

"……."

"결정은 그들이 하도록 내버려 둬야 한다. 네가 결정할 문제가 아니야."

용건은 위의 결정에 순순히 따르기로 한 것인지 별말 없이 계속 생활을 하고 있었지만, 정원은 어떤 식으로 반응할지 몰랐다. 그녀는 소방관이란 직업을 자랑스러워했고, 또 뿌듯한 일이라 생각했다. 주위에서 그녀를 바라보는 시선이 '낙오자'임에도.

그런 그녀는 어떠한 선택을 할까. 그녀가 너무도 쉽게 그리하겠노라 말을 할까 봐 그는 두려웠다.

"소방관이 아무리 소명 의식을 가지고 하는 일이라 하더라도, 이 일은 진급과 관련되어 있는 일이야. 소방관도 직업이라고. 돈을 벌어야지, 돈을. 안 그래도 박봉에 목숨 줄 언제 끊어질지 모르고 하는 일이다. 다 늙어서도 밑에 있으면 도태되고 떨어져 나갈 뿐이야."

"……압니다."

"그럼 됐다. 더 이상 할 이야기 없으면 이만 나가 봐. 발령은 예정대로 연초에 내마."

나의 이기심. 그 때문에 인혁은 정원에게 말할 수가 없었다.

좋은 기회라고. 이제 막 시작된 팀이니 앞으로 10년 뒤를 바라본다면 이보다 좋은 기회는 없을 것이라고. 지난 3년간 실적을 쌓지 못해 이곳까지 떠밀려 왔지만, 지방에 내려가 그곳의 팀을 잘 꾸린다면 네 의사가 존중된 곳에서 일할 수 있을 거라고…… 그렇다고.

그렇게 말을 해야 하는데…….

인혁은 무거운 시선으로 노 서장을 보았다. 그를 다시 한 번 설득해 보라며 제 가슴속에 있는 무언가가 꿈틀댔지만, 그는 겨우겨우 억누르며 자리에서 일어난다.

"알겠습니다."

"좋아. 그럼 이만 나가 봐라."

노 서장에게 허리 숙여 인사한 인혁이 서장실을 빠져나왔다.

달칵, 자신의 뒤에서 문이 닫히자 그는 등을 기대고 거칠어진 피부를 손으로 쓸어내리며 눈을 질끈 감았다.

"어떻게 하나……."

부여는 용건이 가게 될 것이고, 경주는 정원이 내려갈 것이다.

상부에서 신참인 수호와 몸이 다쳐 이제 막 복귀한 태원 대신 그녀와 용건을 선택한 이유를 이성은 충분히 이해하고 있음에도 감성이 그 생각을 따라가지 못했다.

"왜 하필 강정원인데, 왜……."

그녀에게 좋은 기회. 하지만…… 하지만…….

"견딜 수 있을까."

그의 굳건한 마음과 달리…… 그녀는 아직도 그에게 확신을 심어주지 못했기에 더욱 불안했다.

몸이 떨어지면 마음도 멀어진다.

마치 정석처럼 굳어진 그 말대로 될까, 그는 한동안 그 자리에 서서 멍하니 천장을 바라보았다.

3층에 새로 마련된 체력 단련실에는 웬만한 헬스장보다 많은 기구가 놓여 있었다. 깨끗하고 쾌적한 환경으로, 쉽게 운동할 시간을 낼 수 없는 대원들을 위한 서의 최고 배려이자 선물이었다.

위이이잉—

러닝머신이 시끄럽게 돌아가는 소리가 들린다. 속도를 올려 빠르게 러닝머신 위를 달리고 있는 정원의 이마에 땀방울이 송골송골 맺히더니 이내 후두둑 떨어졌다. 하지만 귀에 꽂힌 시끄러운 음악 소리에 온 신경을 집중하며 무한지경에 빠져 있었다.

그때였다. 체력 단련실 문이 열리더니 역시나 간편한 차림의 수호가 이어폰을 꽂은 채 안으로 들어오고 있었다. 그는 넓은 단련실에 홀로 있는 정원에게 다가갔다. 버튼을 눌러 속도를 천천히 늦춘 그는 미간을 찌푸린 그녀의 얼굴을 보며 물었다.

"대장님은?"

"오늘 월차 내셨습니다."

"월차?"

수호가 눈을 깜빡이며 물었다. 그러자 정원은 전원을 눌러 기계를 끈 뒤 사뿐한 발걸음으로 내려와 손잡이 부분에 걸어 둔 수건으로 얼굴을 닦으며 말했다.

"급한 용무가 있으시다고요."

"급한 용무? 오늘 이상하네."

"뭐가 말입니까?"

정원은 땀이 스며든 수건을 목에 걸며 물었다.

"용건이 형도 월차거든."

"네?"

"흐음…… 우리가 모르는 일이 분명 일어나고 있는 거야. 암, 그렇고말고. 나의 날카로운 감각이 그렇게 말하고 있어."

그 말에 그녀의 시선이 달력으로 향했다.

12월 31일 월요일.

내일이면 1월 시작이었다. 2013년이 가고 2014년의 시작.

오늘이 올 한 해를 마무리하는 날이어서 마음이 싱숭생숭해져서일까.

정원의 고개가 자신도 모르게 끄덕여졌다.

"네…… 그런 것 같습니다."

긴장이 되는 것인지 용건이 손바닥에 맺힌 땀을 연신 무릎에 닦고 있었다.

용건의 접시에 담긴 스테이크는 거의 손도 대지 않은 것이었지만 그는 입맛이 없는지 유리가 먹는 모습만 지켜보았고, 그녀 역시 밥을 먹을 기분이 아닌지 곧 포크와 나이프를 내려놓았다.

음료로 입가심을 한 유리가 제 손을 무릎 위에 가지런히 올려 두며 말했다.

"이브엔 왜 연락이 안 됐던 거예요?"

"미안합니다. 개인적이 일이 있어서……."

"그럼 그 후는요? 왜 서에서 마주쳐도 무시하고, 연락도 안 해요?"

"그건 일이 바빠서……."

용건은 속 시원하게 제 마음을 털어놓지 않고 잔뜩 기가 죽은 얼굴로 유리를 보았다.

유리는 용건의 모습을 답답하다는 듯 바라보았다.

이 남자가 자신을 좋아하는 것은 알고 있었다. 하지만 딱 그것뿐이다. 무슨 생각을 하는지, 만나면 헤벌쭉하게 웃기는 했지만 딱 거기까지였다. 그는 딱 선을 그어 놓고 자신을 대한다. 처음에는 경험이 없고, 나이가 들어가면서 겁이 많아져서 그런 것이라 생각했다.

하지만 지금은…….

유리는 그의 그릇에 남아 있는 식어 버린 스테이크를 보며 말했다.

"용건 씨."

"네?"

"용건 씨는 아주 좋은 사람이에요. 나에게 아주 잘해 주고, 날 아껴 주고 있다는 마음도 잘 느껴져요. 그런데 딱 거기까지예요."

"……."

"용건 씨가 절 어떠한 마음으로 만나는지 잘 모르겠어요. 아직은 만난 지 얼마 되지 않아 맞춰 가는 시간이라 그런 건가요? 아니면 제 생각이 잘못된 건가요?"

용건은 유리의 말에 한동안 말이 없었다. 그녀를 바라보는 눈동자는 어딘가 처연해 보이기도 했고, 씁쓸해 보이기도 했다. 그는 지금 이 순간 마음이 참 차갑게 식어 간다는 것을 느꼈다.

"유리 씨……."

"네, 말씀하세요."

유리가 곧바로 답을 했다. 그러자 용건은 잠시 입을 달싹이더니 곧 힘겹게 말을 내뱉었다.

"우리 여기까지만 할까요?"

"……."

"그러는 게 좋을 것 같아요."

그는 늘 그랬던 것처럼 사람 좋아 보이는 얼굴을 하고 허허 웃었다. 별일이 아니라는 것처럼. 하지만 유리는 무릎 위에 올려 둔 손을 치켜들어 혼자 홀가분하니 웃고 있는 그의 얼굴을 후려칠까 봐 양손을 힘주어 맞잡았다.

지금 이 남자가 뭐라고 하고 있는 거야?

가슴속이 뜨거운 불길에 휩싸여 펄펄 끓어 댔지만, 유리는 아무 말도 하지 못했다. 그리고 용건이 하는 마지막 말을 듣고만 있었다.

"우리는 어울리지 않는 것 같아요."

구형 휴대전화를 보는 정원의 미간이 잔뜩 찌푸려져 있었다. 텔레비전에서는 제야의 종 타종 행사가 한창이었다.

[10분 뒤면 새해를 맞이해 카운터에 들어갑니다. 이곳 보신각 앞에는 현재 많은 시민이 나와서 제야의 종이 울리기만을 기다리고 있습니다!]

흥분한 MC는 수많은 사람을 가리키며 외치고 있었다. 하지만 정원의 기분은 시간이 갈수록 점점 다운되고 있었다.

"도대체 어딜 가신 거야?"

정원의 시선은 여전히 휴대전화를 향해 있다. 오늘 인혁은 급히 볼일이 있다며 하루 월차를 냈다. 공무원이라면 써도 별 눈치 안 보이는 월차였지만 인력이 부족한 소방관에게 있어서 '월차'란 눈치가 보이는 것으로, 대부분 큰일이 아니면 사용하질 않았다.

그런데 오늘, 인혁은 물론이고 용건까지 월차를 썼다. 우연의 일치라고 하기엔 너무 이상할 정도로.

그렇게 오늘 하루 인혁은 두 사람이 만난 이래로 처음 하루 동안 잠수를 타고 있었다. 전화 한 통이라도 해 줄 법하지만, 그는 오히려 정원의 문자까지 무시하고 있으니 그녀의 마음만 새까맣게 타들어 갔다.

결국 휴대전화를 내려놓은 정원이 홀로 쓸쓸하게 텔레비전을 보고 있을 때였다. 아나운서는 이제 앞으로 1분이 남았다며 호들갑을 떨고 있었다.

"한 살 먹는 게 저렇게도 좋나?"

시니컬해진 기분에 정원이 툭 내뱉으며 막 자리에서 일어섰다.

띠띠띠띠—

누군가가 잠금장치를 풀고 있었다. 그리고 이 집에 비밀번호를 풀 수 있는 사람은 정원과 인혁, 그리고 탕아 민혁뿐이었다. 지금쯤 본가에 붙잡혀 달달 들볶이고 있는 민혁이 올 일은 없으니 당연히 문을 열고 들어온 것은 인혁이었다.

"대장님……."

피곤한 기색이 역력한 남자의 얼굴. 눈 밑에 내려앉은 검은 그림자는 오늘 그의 하루가 참으로 고됐다는 것을 단적으로 알려 준다.

인혁은 자신에게 다가오지 못하고 걱정하는 얼굴로 눈만 끔뻑이고 있는 정원에게 다가갔다. 그리고 등을 끌어안으며 부드럽게 입을 맞췄다.

"이상해요."

"내 뽀뽀가? 이런. 무척 자존심 상하는데?"

그러고 시익, 힘없이 웃는다.

"지금 대장님 무척 이상합니다."

"응? 뭐가?"

"……아파 보이십니다."

정원의 말에 인혁은 망설임 없이 고개를 끄덕였다.

"어. 지금 아파."

"……."

그녀의 손을 끌고 거실로 온 그가 바닥에 무릎을 꿇고 앉았다. 그를 따라 덩달아 무릎을 꿇고 자리에 앉은 정원은 오늘따라 이상하게 행동하는 인혁이 이해가 되지 않는다는 듯 그를 보았다.

무슨 말을 해야 할지, 어떤 말을 해야 할지 몰라 그녀가 입을 꾹 다물고 있는데, 그가 진지한 얼굴로 정원의 얼굴을 보며 입을 뗐다.

"발령공고가 떨어질 거야."

"……네?"

"다음 주 수요일에."

그의 말에 정원의 눈이 왕방울만 하게 커졌다. 뒤에서 톡 치면 도르륵 떨어질 만큼. 깜짝 놀란 눈으로 인혁을 보던 정원이 그의 손을 힘주어 붙잡으며 말했다.

"대장님 다시 가시는 겁니까? 그, 그러니까……."

"아니. 내가 아니야. 너야."

"……."

"상부에서 결정이 내려졌어. 경주와 부여에도 문화 화재 방재 시스템팀을 구성하기로. 거기에 너와 이용건 대원이 가게 됐어."

"……."

정원의 얼굴이 일그러지자 인혁은 그녀의 등을 천천히 쓸어내렸다.

"그런 얼굴 하지 마."

"……어떻게 안 합니까? 두 곳 다 너무 멉니다. 이렇게 계속 붙어 있으면서 함께했는데…… 어떻게 그 먼 거리를 떨어져 있습니까?"

정원은 그렇게 물었다. 그러자 인혁은 가볍게 고개를 저으며 말한다.

"나 때문에 쉽게 결정하지 마. 이번 기회, 내가 생각해도 너한테는 참 좋은 기회다. 아무리 직급 생각 안 하고 일하는 소방서지만, 그래도…… 위로 올라갈 기회가 생겼는데 너무 쉽게 놓칠 수야 없잖아?"

"……."

"월급도 오를 거고, 처우도 더 좋아질 거야. 그리고 너도 한 팀을 꾸려 가며 팀원들을 진두지휘할 수 있는 자리까지 오를지도 몰라."

그렇게 말하던 인혁이 순간 한쪽 눈살을 찌푸렸다. 그녀의 눈동자에 눈물이 맺혔기 때문이다.

처음으로 정원의 눈물을 본 인혁은 어찌할 줄을 몰라 손을 들었다가 아래로 내렸다. 여자를 달래 주는 방법도, 정원이 이럴 때 어떻게 해야 하는지도 모르는 그는 한참이나 어버버거리고 있을 뿐이다.

한참 후, 어느 정도 마음의 안정이 된 것인지 정원이 어두운 얼굴과 달리 무심한 어조로 말했다.

"전 아직 모자란 것이 많은 사람입니다. 겨우 대장님이랑 함께 일할 수 있게 되었는데……."

"……정원아."

"그리고 대장님은 아주 인기가 많지 않습니까? 바람이라도 피우면 어쩝니까?"

"야!"

인혁이 소리를 질렀지만 정원은 정말 진심이라는 듯 입술을 뾰족하게 내밀며 투덜거렸다.

"믿을 수가 없습니다. 정말, 믿을 수가 없다고요."

"후—"

"그리고 나도 믿을 수가 없어요! 나 자신도 믿을 수가 없는데, 어떻게 대장님을 믿습니까?!"

앵무새처럼 계속 자신을 믿을 수 없다 말하는 정원의 모습에 인혁이 결국 거친 한숨을 내뱉었다. 그때였다. 정원의 주머니에 들어 있는 휴대전화가 미친 듯이 울리기 시작한 건.

집으로 돌아오자마자 벨소리로 바꿔 놓았기에 재미없는 벨소리가 가득 울렸다. 늦은 시각에 걸려 온 전화인데도 정원은 전혀 받을 생각이 없는 듯 손등으로 얼굴에 남은 눈물 자국을 슥슥 문지르고 있었다.

인혁은 정원의 주머니를 곁눈질하며 말했다.

"받아."

훌쩍! 훌쩍!

연신 코를 먹던 정원이 주머니를 뒤져 휴대전화 액정을 보더니 한숨을 내뱉었다. 전화를 걸어온 상대가 썩 마음에 들지 않는다는 듯. 혹은 그가 무슨 말을 할 줄 알고 있다는 듯.

숨을 가다듬으며 운 흔적을 지운 그녀가 전화를 받아 들었다. 그러자 상대는 그녀의 인사를 받기도 전에 버럭 소리부터 질렀다.

—따알!

"네, 아빠. 저 저녁도 먹었고요 집에도 왔어요."

늘 전화를 걸면 아주 간단하게 안부만 묻는 병호인지라 정원이 선수 치며 말했다. 1년의 반 이상 혹은 3분의 2 이상을 해외에 나가 있느라, 병호와 정원은 보통 가정의 부녀보다 더 유대감이 없었다. 옛날에는 어린 그녀를 끌고 산으로 들로 나서며 본의 아니게 등산 강행군을 시켰던 터라 꽤 가까이 지내기야 했지만……

하지만 오늘은 병호가 다른 용건이 있어 전화를 건 것인지 옆에서 영란이 말리는 소리가 들렸지만, 그래도 계속 버럭버럭 소리를 질러댔다.

—아휴, 그만해요.

—뭘 그만해! 아, 그 자식 뭐야!

—뭐긴 뭐예요! 사위 될 사람이지!

"저기……"

—그래, 딸!

영란과 다투던 병호가 정원의 목소리에 다시 통화에 집중한다. 그러다가 자신이 지금 너무 흥분하고 있다는 사실을 깨달은 것인지 '흠흠' 헛기침을 내뱉었다.

—그 사람이 좋아? 나이도 많고, **빼질빼질거리고**, 또 고집도 만만치 않던데. 잘 데리고 살 수 있는 거야?

그 말에 놀란 정원의 시선이 인혁에게로 향했다. 그는 어깨를 으쓱인 뒤 근육이 뭉친 다리를 쿵쿵 두들겨 댔다.

"네, 자신 있어요."

그녀의 말에 병호가 하는 수 없다는 듯 외쳤다.

—다음에는 2박 3일 등정 코스라고 전해라!

"네? 아, 아빠……?"

정원은 허무하게 끊어져 버린 전화를 멍한 눈으로 바라보았다. 병호는 마치 그 뒤로 다시 인혁을 만난 것처럼 이야기하고 있었다. 그리고 무릎을 옮겨 제 앞으로 다가온 인혁 또한 휴대전화를 내려다보며 궁금하다는 듯 눈을 빛내고 있었다.

"뭐라고 하셔?"

"어…… 다음에는 2박 3일 등정 코스라고 전하라 하시는데요?"

"뭐, 허락하신 것 같네."

"네……?"

정원이 이 상황을 전혀 받아들이지 못해 그렇게 되물었다.

병호의 반응도, 인혁의 반응도 온통 수수께끼였다. 하지만 인혁은 정원의 어깨에 팔을 두르며 장난스럽게 웃는다.

"아버지한테도 허락받았으니, 이젠 절대 못 헤어진다."

"어……?"

"바람피우기만 해 봐. 콱!"

인혁은 어버버 입을 뻐끔거리는 정원에게 주먹을 높이 치켜들었다. 그러다가 갑자기 정원의 양 볼을 꼬집어 자신에게 가까이 끌어당겼다. 눈을 부릅뜬 그가 협박하듯 그녀를 윽박질렀다.

"아무리 먼 거리라도 쫓아가서 확……!"

쪽.

"뽀뽀해 버린다."

"……힉!"

정원과 시선을 마주하던 그가 그녀의 **뺨**을 꼬집고 있던 손가락을
펴 **뺨**을 살포시 감쌌다. 그리고 그녀의 눈을 똑바로 마주하며 읊조리
는 목소리로 말했다.

"그러니까 잘 생각해 봐. 네 미래를 위해서. 나는 생각하지 말고."

"……네, 대장님."

그는 그녀가 고개를 끄덕이는 것을 확인한 뒤에야 안심한 듯 웃었
다. 그리고 작은 몸을 제 품을 끌어안아 작은 등을 손으로 부드럽게
쓸어내렸다.

"그렇다고 너무 매정하게 가겠다고 말하지 말고. 이번 주 주말에……
박물관 소풍 가서 재미있게 놀고 그 뒤에 말해 줘."

애달픈 목소리에 정원의 가슴이 저릿해졌다.

16

아비규환

수호는 음침한 사무실 분위기에 팀원들의 표정을 살폈다. 태원은 늘 그랬던 것처럼 차가운 바람이 쌩쌩 불고 있지만 나머지 셋의 표정이 좋지 못했다.

"커피 마실 사람?"

우선 백인혁, 백 팀장부터가 이상했다. 평소와는 달리 과도한 친절함을 보이며 다른 팀원들이 대답도 하지 않았는데 책상 위에 커피를 놓아 주었다.

수호는 얼떨떨한 얼굴로 인혁에게 커피를 받아 든 뒤 그를 따라 시선을 옮겼다.

'이상해, 오늘 정말 이상하다고.'

셜록 홈즈가 된 기분으로 사무실 안을 훑어보던 그의 고개가 또다시 기울었다.

늘 무표정한 얼굴이던 정원이다. 그런데 오늘은 뭔가…… 뭐랄까.

이상했다.

수호가 의자를 밀고 일어나 정원에게 다가가 어깨를 툭툭 쳤다. 그 순간 인혁의 표정이 날카로워지긴 했으나, 궁금한 것은 절대 못 참는 수호인지라 꿋꿋하게 물었다.

"너…… 가을 타냐?"

"미쳤습니까?"

타박부터 하는 정원의 모습에 수호의 고개가 다시 한 번 기운다.

아닌가……? 평소랑 똑같은가? 그렇게 생각하고 있을 때였다.

"저…… 화장실 좀."

무슨 생각에 잠겨 있던 것일까. 갑자기 자리에서 벌떡 일어난 용건이 자신에게 모여든 시선에 어색하게 웃으며 말했고, 곧장 사무실을 벗어났다.

"저건 또 무슨 시추에이션?"

이상한 게 한두 개가 아니다. 그런데 문제는…….

"나 진짜 왕따야? 왜 나만 아무것도 몰라?"

자신만 모르고 다른 사람들은 모두 사무실 분위기가 왜 이런지 알고 있다는 얼굴이었다. 그게 가장 서러운 이유이자, 문제였다.

씩씩거리던 수호가 정원의 목을 당장이라도 짤랑짤랑 흔들려는 찰나, 낮은 파티션 위로 강우가 얼굴을 쏙 내밀었다. 인혁의 자리 옆에서 알짱거리던 그가 인혁의 어깨를 툭툭 건들며 말했다.

"나 왔어~"

"왔으면 자리에 앉아서 보고서나 쓰지?"

"에잉, 나쁜 녀석."

강우가 탐탁지 않은 얼굴로 인혁을 본 뒤 정원에게 뽀르르 다가가려 했다. 인혁이 재빨리 강우를 부른다.

"야!"

"야라니! 야라니!"

"그래, 최 팀장."

"으응, 나 불렀어?"

"어."

그가 무심하게 강우의 발길을 막았다. 그리고 강우가 다시 제 곁으로 다가오자 그의 구렛나루를 잡아당기며 음침한 목소리로 읊조린다.

"가까이 가지 말라고 했지."

"악! 악! 알았어! 말로 하자, 말로!"

"넌 말로 하면 못 알아들으니까 그렇지."

"이 강아지가 진짜!"

구조팀과 화재 방재 시스템팀 대원들의 입에서 한숨이 터져 나왔다. 하루에도 몇 번씩 투닥거리는 팀장들의 모습에 처음 당황했던 것과는 대조되는 모습이었다.

그때였다.

위이이이잉—

스피커에 달린 출동 벨소리에 사람들의 이목이 집중되었다. 고개를 들어 벽 높은 곳에 달려 있는 스피커를 보던 대원들은 곧이어 들리는 상황실 대원의 목소리에 침을 꼴깍 삼켰다.

〈화재 출동! 화재 출동! 전 대원 출동! 한국 국립 박물관, 전 대원 출동!〉

"한국 국립 박물관?"

수호가 멍하니 읊조렸다. 그러자 자리에서 벌떡 일어난 정원은 사무실 밖으로 달려가는 대원들의 모습에 수호의 어깨를 툭 치며 말했다.

"갑시다."

"야…… 한국 국립 박물관이라면……."

한국 최대의 박물관이었다. 족히 네 시간 이상 둘러봐야 모두 볼 수 있는.

수호가 멍하니 자리에 앉아 있자 정원이 그의 겨드랑이에 팔을 찔러 넣어 벌떡 일으켜 세우며 말했다.

"미로죠."

며칠 전 수호와 정원이 다녀온 곳이었다.

미로처럼 얽히고설킨 길. 그리고 시대별로 나뉘어져 있는 전시관.

며칠 전 다녀왔을 때는 모든 설비가 완벽했으나, 그곳에 크나큰 문제가 생긴 듯했다.

"갑시다."

정원과 수호의 발이 순식간에 차고로 향한다.

위이이잉—

시끄러운 사이렌 소리에 귀가 먹먹하다. 하지만 차 안에 있는 대원들은 그 커다란 소리가 들리지도 않는지 정면을 주시하며 빠르게 방화복으로 갈아입고 있었다.

꽉 막힌 도로. 사라진 시민 의식은 바쁜 소방차의 앞길을 막는다. 사차선 도로에서는 그 이기심이 더 극에 달했는데, 반대편에 서 있는 소방차 또한 마찬가지인지 차 가운데 끼어 오도 가도 못 하고 있었다.

가장 먼저 옷을 갈아입은 인혁은 상황실과 연락을 취했다.

—인근 여덟 개의 서에서 출동했습니다.

여덟 개의 서라……

그 말이 화재의 규모가 어느 정도 되는지 단적으로 알려 주었다.

"상황은요."

─지금 계속 신고 전화가 들어오고 있는데, 당원 초등학교에서 단체 소풍이 있어서 아이들만 족히 이백 명은 된답니다. 거기에 관리인과 관람객까지 합치면…….

"……."

─빠져나온 인원이 얼마인지…… 안에 살아 있는 사람이 얼마나 되는지…… 아무도 모릅니다.

상황실 직원이 목이 메이는지 천천히, 아주 천천히 말했다.

"……."

─현재 종로 서에서 1차 화재 진압하고 있습니다.

"……네, 알겠습니다."

무전기를 내려놓는 인혁의 손끝이 파르르 떨렸다. 그 또한 이렇게 많은 사람이 화재 현장에 갇혀 있는 출동은 처음이었다.

방화복으로 갈아입은 수호는 사다리차 옆으로 쏜살같이 내달리는 구조 버스와 구급차를 멍하니 보았다. 한두 대가 아니었다. 그들은 마음이 급한 것인지 역주행까지 하며 빠르게 달려 나가고 있었다. 그 모습을 멍하니 보던 수호가 옆자리에서 긴장된 얼굴로 산소통을 마지막으로 체크하고 있는 정원을 보았다.

"강정원……."

그가 말끝을 흐리자 정원이 그 모습을 무심하게 바라보더니 마저 산소통을 체크했다.

"말을 하십시오."

"……아니다."

'그곳은 지금 얼마나 지옥일까? 아비규환이겠지?'

'내가 거기서 뭘 할 수 있을까?'

'정원아, 거기 안에서 빠져나오지 못하면 어떻게 하지?'

두려움의 말은 수없이도 떠올랐다. 하지만 수호는 차마 그 말을 내뱉지 못한 채 마지막으로 장비를 확인했다. 추운 겨울이었지만, 대원들의 체온에, 긴장감에, 사다리차 안이 후끈 달아올랐다. 모두들 마지막 정비를 마치자, 인혁은 자리에서 일어서 대원들의 눈을 일일이 마주쳤다.

"김태원, 괜찮냐?"

"……아니까 괜찮습니다. 그까짓 불, 싸워서 이기면 그만입니다."

태원은 불안한 기색이 역력한 얼굴이었다. 큰 화상을 입고 처음으로 출동하는 현장. 하지만 그는 이내 마음을 다잡은 듯 으레 그 서늘한 표정으로 돌아갔다.

인혁의 시선이 이번엔 용건에게로 향했다.

"현장에서 잘 부탁드립니다. 저도 부족한 것이 많습니다."

"아닙니다, 대장님. 부족하더라도 용서해 주세요."

미리 사과부터 건네는 용건을 보며 인혁은 고개를 저었다.

"저보다 경험이 많으시니 현장에서 많은 도움이 될 겁니다."

인혁의 시선이 이번에는 수호에게로 향했다.

"긴장했냐?"

"사나이가 이까짓 일에 긴장을 하겠습니까?"

수호는 두터운 장갑을 끼며 호기롭게 외쳤다. 하지만 말과는 달리 파르르 떨리는 목소리였다.

"멋지게 해치워 주겠습니다."

"좋아."

짧게 답한 인혁의 시선이 이번엔 정원에게로 향한다. 방금 전까지 아무렇지도 않은 척 대원들을 다독이던 인혁의 눈이 파르르 떨렸다. 그는 그녀에게 뭐라 한 마디 해 줘야 했지만, 아무런 말도 할 수 없었다.

그러자 정원이 말했다.

"무사히 만납시다, 대장님."

끄덕, 끄덕, 끄덕……

인혁이 세 번 고개를 끄덕였다. 그러자고. 꼭 그리하자고.

그의 시선이 정원에게서 떨어져 이젠 전체를 아우른다.

"우리 팀의 첫 번째 목표는 문화재 보호다. 다른 팀에서 인명은 구해 줄 거다. 그러니까 신속하게 문화재를 가지고 현장 밖으로 나온다……."

"……"

"그건 개소리고."

팀의 목적을 개소리라고 말한 인혁이 냉랭한 목소리로 말했다.

"인명 구조가 먼저다. 아이들이 많아. 많이들 당황하고 있을 거다. 아이들은 공포에 질리면 현장의 구석에 있는 경우가 많아. 구석까지 다 뒤진다."

"화재 진압은요?"

용건의 물음에 인혁이 고개를 저었다.

"저희들의 목표는 문화재 보호입니다. 화재 진압은 진압팀에서 해 줄 겁니다."

그의 물음과는 전혀 다른 답이었지만, 잘 생각해 보면 그들은 현장에 도착한 즉시 구조팀과 함께 '인명 구조'에 나선다는 뜻이었다.

"아……"

"팀을 나누겠습니다. 현장에 도착하자마자 본관은 이용건 대원, 김태원 대원이 들어갑니다. 별관은…… 박수호 대원과 강정원 대원이 진입합니다. 그 외에 불이 나지 않은 곳은 박물관 직원들과 일반 시민들이 작업에 착수했다고 하니, 현재 화재가 가장 심한 조선 초기관에 화재가 진압되는 즉시 들어갑니다."

꼴깍, 누군가가 침을 삼켰다. 하지만 인혁은 계속 말을 잇는다.

"지옥으로 걸어 들어가야 합니다. 내부에 창이 전혀 없어, 깊은 곳에는 얼마나 불길이 진행되었는지 알 수 없습니다."

불이 나면 일반 시민은 불지옥을 뛰어나온다. 하지만 소방관은 망설임 없이 그곳으로 뛰어 들어가야 한다.

"……시야가 확보되지 않을 거고. 밀실에 진입할 때는 조심합니다."

그렇게 말을 잇던 인혁이 결연한 표정으로 잠시 말을 멈췄다.

현장 도착까지 앞으로 10분. 그 짧은 시간, 그는 위험으로 향하는 대원들에게 마지막 말을 전해야 했다.

사다리차에서 내리면 다시는…… 이들을 보지 못할지도 모르니까.

"다치지 마라."

그가 힘주어 말했다.

"어떤 고난이 있더라도 달려간다."

"네!"

"국민의 생명은 우리가 지킨다. 그리고 동료의 목숨도 우리가 지킨다."

"네!"

"살자. 살아서 만나자."

"네! 알겠습니다!"

힘찬 답에 인혁은 마지막으로 제대로 된 첫 화재 출동을 나온 정원과 수호를 보며 말했다.

"긴장하지 말고…… 현장에서 이성적으로 시민을 구한다. 이상."

현장은 그야말로 아비규환이었다. 사고 소식을 듣고 달려온 아이의

부모들, 그리고 학교 관계자들은 박물관 입구에서 발을 동동 구르며 아이의 이름을 외쳐 부르고 있었다.

"수아야! 수아야!!"

"천우야! 어디 있어, 천우야!"

자욱한 연기가 끊임없이 솟고, 입구에서 아가리를 벌리며 제 포악함을 알리고 있는 불길과 싸우고 있는 대원들. 길이 열리자마자 안으로 들어가기 위해 준비를 하는 구조대원들……. 화재가 나자마자 밖으로 튀어나오긴 했지만 부상을 당한 시민들을 치료하고 있는 구급대원들. 그리고 남은 대원들은 시민들을 대피하느라 정신이 없었다.

"모두 뒤로 물러나 주십시오!"

언제 무슨 일이 생길지 모르는 화재 현장이다. 그렇기에 대원들은 시민들의 안전을 위해 최대한 뒤로 물러나라며 악을 쓰고 있었다.

"뒤로 물러나 주십시오!"

제발! 이라고 외치고 싶을 정도였다. 하지만 아이의 부모들은 저속에 갇혀 있을 제 자식새끼 걱정에 눈물을 쏟고 있었다. 몇몇은 실신을 하며 꼬르륵 정신을 잃기도 한다. 그게 화재 진압에, 현장 진압에 더 좋지 못하다는 생각은 하지도 못한 채.

방금 막 도착한 사다리차에서 화재 방재 시스템팀이 쏟아져 내렸다. 그들은 구조대원들과 마찬가지로 야광의 줄로 허리를 매며 당장이라도 안으로 뛰어 들어갈 수 있도록 준비했다.

정원은 마지막으로 걱정스레 자신을 바라보는 인혁의 모습에 끼고 있던 장갑을 벗은 뒤 그의 손을 맞잡았다.

"대장님…… 걱정 마십시오. 저 날쌔지 않습니까."

"그래…… 믿는다. 이제."

"네?"

"네 근성. 믿어."

그의 말에 정원의 입술에 부드러운 미소가 걸렸다.

"그거 다행입니다. 몰라주시면 어떻게 하나 했는데."

"마지막까지 보여, 그 근성."

인혁은 고개를 돌려 현장을 보았다. 제일 앞에서 치열한 사투를 벌이고 있는 화재 방재팀 대원들. 하지만 위와 아래에서 동시에 방수가 이루어지고 있었으나 불길은 잡히지 않았다.

"방수!!"

"야!! 펌프차 언제 와!"

그들이 불과 싸우며 악과 깡으로 버티고 있을 때였다.

쾅광—!

"안 돼! 안 돼!!"

박물관 안에서 1차 폭발이 일어났다. 불길은 더욱 기승을 부리고, 커진다. 화재를 대비해 많은 장비를 설치한 박물관이었지만 스프링클러는 작동하지 않았고, 가끔 오작동을 벌이는 경보기는 수동으로 되어 있어 제때 울리지 않았다.

정원의 얼굴이 차갑게 식었다. 아니, 몸이 차갑게 식는다. 그녀는 안타까운 표정으로 인간의 힘으로는 어떻게 할 수 없는 현장을 보며 이를 악물었다.

"대장님도…… 근성을 보여 주십시오."

쾅광, 쾅과과광!

그 순간 2차 폭발이 일어났다. 그러자 제일 앞 선에서 화재를 진압하고 있던 대원의 몸이 떠밀려 붕 뜨더니 바닥으로 떨어졌다. 들고 있던 호스가 바닥에 떨어지며 공중에서 비를 뿌린다. 하지만 그와 함께 화재를 진압하고 있던 대원들은 악을 쓰며 외쳤다.

"구급팀!! 구급팀!!"

약 15분 뒤. 길이 열렸다. 아직 완전하게 화재가 잡힌 것은 아니지만, 안에서 뿜어져 나오는 유독가스 때문에 더 이상 시간을 지체할 수 없었던 구조대원과 화재 방재 시스템팀은 곧바로 안으로 진입해 인명을 구하기로 결정했다.

그 결정이 그들의 목숨을 앗아 가고, 동료의 목숨을 앗아 갈지도 모르나 현재로선 방법이 없었다.

미로처럼 길이 얽혀 있는 곳이라 제일 선두에 선 팀들은 바닥에 형광의 스티커를 붙이며 서서히 안으로 진입하기로 했다. 유독가스 때문에 한 치 앞도 보이지 않을 현장이지만, 빛을 위해 깨뜨릴 창문도 없는지라 딱히 그 방법밖엔 없었다.

수호와 정원이 긴장한 얼굴로 이수 소방서 구조대와 함께 안으로 1차 진입을 시도했다. 그러자 2차 진입을 해야 하는 대원들은 급히 회의를 마치고 현장으로 달려왔다.

용건은 갑자기 자신의 방화복 자락을 붙잡는 손길에 고개를 뒤로 돌렸다.

유리가 눈물이 가득한 얼굴로 그의 얼굴을 올려다본다. 어쩔 줄을 몰라 그녀를 바라보던 용건이 어색하게 웃으며 말했다.

"유리 씨."

"안 들어가면 안 돼요?"

그녀의 몸은 이미 그을음으로 더럽혀져 있었다. 불길을 잡던 당시 2차 폭발로 인해 다친 대원을 봤던지라 불안에 눈동자가 떨리고 있었다.

용건은 허허 웃었다. 늘 그랬듯 사람 좋은 모습으로.

"유리 씨."

"안 돼요. 들어가면 안 돼……."

유리가 미처 말을 끝맺지 못하고 입을 다물었다.

죽을지도 모른단 말이에요.

차가 그 말을 입 밖으로 꺼낼 수가 없었다.

진짜 그렇게 될까 봐.

그녀의 말에 용건은 고개를 저었다. 그러곤 그녀의 양손을 맞잡으며 말했다.

"나, 음…… 염치없는 건 아니지만 살아 돌아오면 유리 씨한테 꼭 드리고 싶은 말이 있어요."

"알아요. 헤어지자고 한 거 후회하고 있죠?"

"역시 유리 씨는 똑똑해요. 멋져요."

허허 웃으며 말을 건네던 용건의 얼굴이 순간 차갑게 식는다. 그의 등 뒤가 뜨겁다. 그 또한 두렵다. 그도 유리와 함께 이곳에 남고 싶었다. 하지만……

"……들어가야 합니다. 그게 제 사명인걸요."

그 말에 유리가 눈물을 펑펑 쏟아 냈다.

"흐, 흐으…… 안, 안 돼요. 안 돼요……. 그만둬요. 지금 당장 그만둬요."

유리가 고개를 저었다.

"왜 이렇게 멍청해요?"

그리고 독설을 내뱉는다. 하지만 용건은 그 모습조차 예쁜지 장갑을 벗어 그녀의 얼굴을 조심스럽게 어루만지며 말했다.

"알아요. 멍청한 남자니까…… 나 때문에 울지 말아요."

그때 뒤에서 용건의 이름을 부르는 목소리가 들린다. 장갑을 다시 끼고 무거운 산소통을 고쳐 멘 그가 빠르게 태원에게 달려갔다.

그 모습을 바라보던 유리가 외쳤다.

"네 발로 기어 나오기만 해 봐! 뺑 차 버릴 테니까!"

멀어져 가는 용건의 뒷모습에 대고.

스읍— 하아. 스읍— 하아.

귓가에 들리는 건 오로지 산소가 제 폐로 잘 유입되고 있다는 소리
뿐.

유독가스로 들어찬 내부는 코앞도 보이지 않을 정도로 암흑이고,
쥐 죽은 듯 조용했다. 아니, 그렇게 느껴졌다. 여기저기서 화재가 진
압되며 악마가 꺼져 가는 소리 때문에 박물관 안은 소음으로 가득했
다. 하지만 그들은 긴장감에 아무런 소리도 듣지 못하고 앞만 보고
기어가고 있었다.

정원은 쭈그려 낮은 자세로 바닥을 더듬더듬 짚어 안으로 진입하
고 있었다. 바로 앞에 수호가 걸어 들어가고 있었지만, 그의 등은 보
이지 않았다.

스읍— 하아.

산소가 제대로 유입되고 있었으나 정원은 숨이 막히는 것 같았다.
공기가 결핍되고, 아직 불씨가 남은 현장과 활활 타오르는 불길이 제
몸에 붙은 듯 뜨거웠다.

그때 제일 앞 선에 있던 종로 소방서 구조 팀장이 손을 들어 대원
들의 걸음을 막았다. 그는 귀를 쫑긋 세웠다.

"쉿, 소리 들린다."

"오른쪽인 것 같습니다."

"따라와."

그의 말에 대원들의 얼굴이 밝아졌다. 현장에 들어오고 처음으로
느낀 인기척이기 때문이다.

대원들이 엉금엉금 기어 소리가 난 쪽으로 빠르게 가기 시작했다.

빠르게 발견하지 못하면 유독가스에 질식해 죽을지도 모르기 때문이다.

일곱 대원이 꼬리에 꼬리를 물고 기어가고 있을 때였다.

"어?"

앞서 가던 수호가 당황한 듯 그렇게 말했다. 그는 바닥을 손바닥으로 연신 짚어 가며 앞 대원을 찾으려 했지만, 손에 닿는 것은 아무것도 없었다. 파르르 떨리는 손을 뗀 수호가 주먹을 동그랗게 말아 쥐었다. 그을음이 묻은 얼굴이었지만 새파랗게 질린 것이 한눈에 보일 정도였다.

"차 대장님!"

"왜 그러십니까?"

"······."

수호는 아무런 말도 하지 못했다. 당황한 듯 어깨를 움찔 떨기도 했다. 그 모습에 정원도 불안한 마음이 들었다.

"박수호 대원?"

"차 대장님! 차 대장님!"

"······."

수호의 목소리만 조선 중기 유물 전시관을 가득 울릴 뿐, 되돌아오는 답은 없었다.

정원이 붉어진 눈으로 그의 어깨에 손을 짚었다. 그러자 수호가 파들파들 떨리는 목소리로 말했다.

"어떻게 해. 놓쳤나 봐."

"아, 형광 테이프! 형광 테이프를······."

정원은 안으로 들어오기 전에 입을 맞추었던 회의 내용을 떠올리며 말했다. 수호와 정원은 가까이 붙어 바닥을 훑어가며 테이프를 찾았지만 바로 앞의 시야도 확보되지 않는 상태에서 그게 보일 리 만무

했다.

한참이나 아래만 보던 정원은 옆에서 들리는 끼기긱— 소리에 놀라 고개를 치켜들었다.

끼긱— 끼이익, 쾅!

장식으로 보이는 돌기둥이 그들을 덮쳤다.

"박수호!"

그녀가 비명처럼 외쳤다.

세상은 온통 검었다.

삐— 삐— 삐—

그리고 산소통의 산소가 떨어졌다며 위험 경보도 울린다.

정원은 뭔가 무너지는 소리가 난 뒤부터 수호가 답을 하지 않자 몸을 오들오들 떨며 바닥을 손으로 더듬어 대고 있었다.

"바, 박수호 대원…… 박수호 대원……? 답 좀 하십시오, 제발."

그녀가 애원했다. 하지만 수호는 여전히 대답이 없었고, 그녀는 암흑 속에 갇혀 당황하고 있었다.

실제 화재라 생각하고 훈련을 계속 받았었다. 하지만 훈련과 실전은 달라도 너무 달랐다.

바닥을 더듬던 정원은 순간 자신의 손에 뭔가 진득한 것이 닿는 것을 느꼈다. 손을 들어 눈앞까지 가져와 확인을 해 보니 그을음과 섞여 적빛을 띠고 있는 피였다.

"안 돼……."

정원이 당황해서 읊조렸다. 그리고 피가 만져진 부근을 계속 더듬어 댔다.

"안 돼…… 안 된다고……."

바닥에 그녀의 눈물이 후두둑 떨어지고, 뭔지 모를 날카로운 것에 손이 베어도 그녀가 계속해 수호를 찾고 있을 때였다.

콰광―!

어디에서 뭔가가 부서지는 소리가 들렸다.

"뭐, 뭐지?"

그녀가 당황해서 읊조렸다. 소리는 연달아 났다. 천지를 울릴 정도로 엄청나게 큰 소리였다.

쾅!

뭔가 폭발하는 소리는 연속적으로 나고 있었다.

정원이 행동을 멈추고 소리에 귀를 기울이고 있을 때였다. 약 5분간 알 수 없는 소리가 계속되었고, 곧이어 침묵이 내려앉는다.

불안함에 떨며 가만히 쭈그리고 앉아 있던 정원은 소리와 함께 한 치 앞도 보이지 않을 정도로 가득 찬 유독가스도 조금씩 빠져나가는 것을 느꼈다. 시야가 조금 맑아졌고, 불길도 어느 정도 잡힌 것인지 매캐한 검은 연기는 더 이상 나지 않았다.

그러자 바닥에 쓰러져 있는 수호가 조금씩 모습을 드러냈다.

붉은 피를 흘리며 쓰러져 있는 모습에 정원의 비명은 더욱 커졌다.

"아악!"

악을 내질렀다. 그것은 슬픔이자 곧 그녀의 구조신호이기도 했다. 하지만 주위는 무섭도록 조용했다. 건물이 무너져 내리는 소린지 아니면 또 다른 폭발이 일어난 것인지도 모를 소리가 끝나자 어두운 공간엔 수호와 그녀, 둘만 덩그러니 남았다.

인혁은 가장 앞에 서서 박물관 직원들과 함께 안에 있는 유물들을 빠르게 옮겼다. 아직 불길이 번지지 않은 곳. 하지만 언제 이곳까지

불길이 닿아 전체가 잿더미로 변할지 몰랐다.

"조심히 드세요!"

박물관의 책임자가 외쳤다. 소중히 다뤄야 하는 유산이었으나, 직원들은 그럴 겨를이 없어 보였다. 최대한 멀리 문화재를 쌓아 놓으며 하나라도 더 꺼내기 위해 안간힘을 쓸 뿐.

물건을 옮기다가 파손되거나 망가지는 것이 있을 정도였다. 하지만 곧 한계가 닥쳐왔다.

"콜록콜록!"

"더 이상은 무리입니다."

박물관 안에 있던 대원들을 밖으로 데리고 나온 인혁이 유독가스를 마신 것인지 계속 기침을 내뱉는 직원을 바닥에 앉히며 말했다. 곧 그들을 향해 구급대원이 다가왔지만 직원은 도움의 손길을 내쳤다.

"안 됩니다!"

큐레이터는 그렇게 외쳤다.

"안 된다고요! 하나밖에 없는 거란 말이에요! 한국의 보물이란 말이에요!"

하나밖에 없는 유물. 다시 만들려고 해도 만들 수 없는 것.

조상이 남기고 간 것은 세상에 딱 그거 한 점뿐이었다.

한국에서 가장 큰 박물관이었기 때문에 그만큼 유물의 수도 많았고, 고귀한 보물도 많았다. 큐레이터가 붉어진 눈으로 몸을 비틀며 자리에서 일어날 때였다. 인혁은 직원의 어깨를 눌러 다시 자리에 앉히며 말한다.

"당신의 목숨도 하나밖에 없습니다."

"흐으……!"

직원이 바닥에 몸을 둥그렇게 말며 울음을 터뜨렸다. 그러다가 갑자기 고개를 들어 불길을 원망스러운 눈으로 바라보았다.

"왜, 왜 하필!"

비명은 짧았다. 하지만 그 속에 담긴 원망과 눈물은 크고 무겁다. 장비를 갖춘 대원들은 아직도 안에서 사람들을 데리고 밖으로 쏟아져 나오고 있었다. 조금 떨어진 거리에는 구조대원의 손길을 기다리는 시민이 아직도 많이 모여 있었고, 구급차는 연신 환자들을 실어 인근 병원으로 향하고 있었다. 근처의 도로가 통제되었고, 서울에 있는 모든 병원에 전화가 갔다.

불씨 하나에.

사람들은 너무 많은 것을 잃고 있었다. 이대론 안 된다, 더 많은 것을 잃기 전에 인혁은 뭔가 뾰족한 수를 내야 했다.

"포크레인으로 박물관 외벽을 뚫어야겠습니다."

"뭐요? 지금 문화재도 이렇게 된 판에, 박물관까지 부수자는 말입니까?"

큐레이터가 열을 냈다. 그리고 어느새 다가온 관장은 절대 그럴 수 없다는 듯 고개를 저었다.

"이 박물관 자체가 역사입니다! 그런데 부순다니요? 절대 안 됩니다!"

그 말에 핏줄이 터진 붉은 눈이 번뜩였다. 인혁은 마치 야차와 같은 모습으로 말했다.

"그럼 다 죽게 내버려 둡니까?! 내부에 유독가스로 쓰러져 있는 시민이 몇인 줄이나 아십니까? 이러다가 다 죽습니다! 아이들도! 어른들도! 그리고 그 사람들을 구하려고 불구덩이로 뛰어든 대원들도!"

"그, 그래도…… 우리가 결정할 문제는…….."

"문화재청장이 결정합니까? 아님 대통령이요? 그들도 결국 국민의 세금으로 월급 받고 사는 사람들입니다! 국민이 내는 세금으로요!"

인혁이 소리치자 관장이 몸을 움찔 떨었다. 내부는 창 하나 없이 꽉 막혀 있었다. 중간까지 불길이 번져 미로와 같은 안을 파고들고 있었고, 어느 곳에 시민들이 쓰러져 있는지 알 수 없었다.

"결정하세요!"

수호의 닦달에 뒤돌아선 관장이 구석으로 향했다. 아마 이 모든 문제를 결정할 수 있는 자에게 전화를 하고 있으리라.

"젠장!"

인혁은 비틀거리며 시민들과 함께 나오는 대원들을 보며 거칠게 욕설을 내뱉었다. 불 앞에 인간은 한없이 초라했다. 싸워 이기기 위해 안간힘을 쓰지만 도망가는 것이 고작이다. 물이 비처럼 공중에서 쏟아져 내려 머리카락을 적셨지만 인혁은 붉어진 눈으로 활활 타오르는 불길만 바라보고 있을 때였다.

후문 쪽으로 비틀거리며 아이를 끌어안은 채 나오는 대원 하나가 보였다.

비틀, 비틀……

대원의 호흡기를 당연히 막고 있어야 하는 산소 호흡기는 아이가 착용한 채였다. 보라색으로 변한 입술로 걸어 나오는 그 모습에 인혁이 빠르게 달려갔다. 대원은 곧 철퍼덕 바닥에 쓰러졌다. 아이는 여전히 안전하게 꼭 안은 채로.

"괜찮으십니까?"

"아이…… 아이를 먼저……."

대원이 게슴츠레한 눈으로 힘겹게 내뱉었다. 상태는 위급해 보였다. 대원은 곧 허리를 동그랗게 말더니 검은 기침을 거칠게 쏟아 냈다.

"콜록콜록, 컥……!"

"구급대원! 구급대원!"

인혁이 급하게 도움을 요청했다. 그러자 유리가 다급하게 이동침대를 끌고 왔다.

"도와주세요."

인혁이 대원의 겨드랑이에 손을 찔러 넣어 침대에 눕혔다. 대원은 아이를 다른 구급대원에게 건네준 뒤 인혁의 손을 붙잡았다.

"고, 고려 관에…… 아, 안에 아이가…… 아이가 있습니다. 마, 많이……."

"……."

"구해야 합니다."

대원의 간절한 목소리에 인혁의 눈빛이 흔들렸다.

40대. 그도 한 가정의 가장이었다. 그는 구하지 못한 아이가 생각나는 것인지 검은 기침을 연신 뱉어 내면서도 끝까지 말을 이었다. 인혁은 대원의 손을 떼어 내며 말했다.

"제가 들어가겠습니다."

이제야 안심한 듯 희미한 웃음을 지은 구조대원이 빠르게 구급차로 이송되었다. 그 모습을 바라보던 인혁은 벗어 던진 산소통을 어깨에 짊어지고, 막 성인 여성을 구출해 나온 대원에게로 달려갔다.

"고려관이 어딥니까?"

"거긴 아직 구조대가 들어가지 못했습니다."

"거기에 상당수의 아이가 있는 듯합니다."

인혁의 말에 대원의 얼굴이 서늘하게 굳었다. 여성을 구급대원에게 건네준 그가 사람들을 바닥에 눕히고 있는 다른 대원들을 향해 소리쳤다.

"2팀! 종로 2팀!"

"네!"

"지금 당장 구조 들어간다!"

그 말과 함께 대원들이 빠르게 모여들었다. 고려관의 위치를 확인하던 사람들은 거의 중심부에 있는 것을 확인하고 신음을 내뱉었지만, 이내 뭔가 각오를 한 듯 다들 고개를 끄덕였다.

삐— 삐— 삐—!

그때, 산소가 모자란다는 듯 경보음이 울리자 구조 2팀 대장은 대원들을 향해 날카로운 어조로 말했다.

"장비 점검하고 바로 들어간다."

"네!"

순식간에 산소통을 갈아 멘 대원들이 연기를 뚫고 안으로 들어갔다. 어둠 속은 밖으로 튀어나오는 사람들과 구조, 화재 진압을 하는 대원들로 인해 아비규환이었다.

바닥을 엉금엉금 기며, 촉각과 청각에 의지한 채 걸음을 옮기던 대원들은 아이들의 울음소리가 있는 곳으로 향했다.

"컥! 컥컥!"

"으애애앵—"

"살려, 살려……."

초등학교 저학년의 아이들은 가장 구석자리에 모여 바닥에 납작 엎드려 울고 있었다. 그 앞에는 초등학교 교사로 보이는 사람이 흰 거품을 머금은 채 쓰러져 있었다. 아이들을 마지막까지 주의시킨 채 정신을 놓은 것 같았다.

구조 2팀 대장이 여선생을 어깨에 짊어진 뒤 빠르게 먼저 앞장서자 대원들은 저마다 아이를 안았다. 인혁도 바닥을 더듬어 바닥에 쓰러져 있는 아이를 안아 들고 빠르게 걸어온 길을 되돌아갔다.

시끄러운 소리와 함께 구조대원, 화재 진압 대원 할 것 없이 소방관들은 사람들을 어깨에 들쳐 메고, 아이들을 가슴에 안고 밖으로 쏟아져 나왔다.

인혁 또한 밝은 빛을 보자마자 안도의 한숨을 쉬었고, 곧 자신이 안고 나온 아이를 내려다보았다.

그의 눈빛이 사시나무 떨리듯 떨렸다.

"아…… 안 돼……."

"……"

아이는 이미 서늘하게 식어 있었다. 검은 칠을 한 얼굴과 축 늘어져 있는 팔. 심장은 멈춘 지 오래고 맥박을 확인하니 뛰지 않았다.

죽은 줄도 모르고 아이를 껴안고 무작정 밖으로 달려왔던 인혁은 아이의 생명이 이미 이 세상의 것이 아니란 것을 아는 순간…….

"아아아악!"

목 놓아 소리쳤다. 그리고 아파했다.

"으아…… 아…… 악!"

그의 얼굴이 일그러졌다. 끔찍한 기분에 온몸이 떨린다.

축 늘어진 아이의 몸에 얼굴을 묻은 그가 흐느꼈다.

그의 괴로움에도 사람들의 시선은 그에게 닿지 않았다. 그들의 품에도 그들의 어깨에도 저마다 생명이 꿈틀거리고 있기 때문이었다.

"구급대! 침대 보내 주세요! 의식이 없습니다!"

"12세 여자아이입니다. 유독가스 질식……."

"화상 환자입니다!"

이곳은,

지옥이다.

"으으……!"

정원의 눈에 눈물이 고여 있다. 있는 힘껏 수호의 양팔 밑에 끼워

놓은 손에 힘을 주어 보지만 무거운 돌에 짓눌린 수호의 몸은 꿈쩍도 하지 않았다. 몸을 뒤로 기울이며 장식장에 짓눌린 수호의 몸을 빼내려 했지만 작은 정원의 몸으론 턱도 없는 일이었다. 결국 수호의 몸을 다시 제 자리에 내려놓은 정원이 소리쳤다.

"젠장! 젠장! 젠장!!"

처음 소방관이 되었을 때…… 그것도 화재 진압팀에 지원을 했을 때, 다른 동료 대원들은 그녀를 무시했다.

"그 작은 몸으로 어떻게 불을 끄냐?"

"여자라도 할 수 있습니다."

그래서 힘껏 노력했고, 그들에게 얕잡아 보이지 않으려고 더욱 노력하고 하루도 게을리하지 않고 운동을 했다. 누구보다 일찍 일어나 동네를 뛰고, 남들에게 나약해 보이지 않기 위해 머리도 짧게 자르고 말투 또한 고쳤다.

그랬는데, 그랬는데…….

그녀는 현장에서 위험에 빠진 동료 하나도 구하지 못한다. 피가 철철 나기 시작하면서부터 의식을 잃은 수호를 이 위험한 곳에서 데리고 나갈 수가 없었다. 그녀를 비웃던 그 사람들의 말이 옳았다. 여자의 몸으로는…… 아무리 노력해도 타고난 힘이 다른 남자를 뛰어넘을 수가 없었다.

대장님이라면…… 대장님이라면 구해 줄 수 있을 텐데.

두 눈에 맺힌 눈물이 후두둑 떨어져 내리자 정원은 거칠게 눈물을 닦아 냈다. 그리고 주저앉아 수호의 뺨을 사정없이 후려쳤다.

짝─! 짝! 짝!

"박수호! 박수호! 정신 차리라고!"

"……"

"눈 떠! 이 개자식아!"

450

그녀는 절규처럼 외쳤다. 하지만 수호는 여전히 의식의 자락을 붙잡지 못했다.

자리에 철퍼덕 주저앉은 정원이 멍한 시선으로 수호의 얼굴을 바라보았다.

"눈 뜨라고…… 난 아무것도 못 해……."

그녀가 읊조렸다. 그리고 모든 것을 포기하려고 할 때였다.

움찔.

"박수호……?"

수호의 손이 꿈틀거렸다. 그녀가 이름을 부르자 다시 한 번 움찔거리기도 한다.

"박수호! 눈 떠 봐, 제발 눈 좀 뜨자. 어?!"

"……이 싸가지 없는 기집애가……."

그가 천천히 눈을 뜨더니 읊조렸다. 게슴츠레한 눈으로 눈물로 얼룩진 정원의 올려다보던 그가 픽, 웃음을 내뱉었다.

"어디서 반말이야? ……죽을라고."

"입만 살았습니다?"

"입이라도 살아서 다행이다…… 윽!"

고통에 찬 수호가 얼굴을 와자작 구겼다. 몸을 움직여 보려고 했지만 고통에 꼼짝도 할 수 없었다. 결국 들었던 고개를 다시 내린 그가 눈물을 거칠게 닦아 내는 정원을 보며 말했다.

"어떻게 됐냐?"

"건물이 흔들린 뒤 장식물이 무너졌습니다."

수호가 살짝 고개를 들어 무감각한 다리를 내려다보았다. 그리고 힘이 빠진다는 듯 피식 웃었다.

"하아…… 젠장. 여기서 이렇게 죽는 거야?"

"재수 없는 소리 할 거면 그 입 좀 닥치고 계십시오."

"진짜…… 싸가지 없는 쥐톨."

그렇게 말한 수호가 피식피식 웃어 댔다. 그의 의식이 돌아오자 정원은 자리에 주저앉아 있을 수만은 없었다. 동료와 함께 살아 나가야한다. 그 생각만이 그녀의 머릿속을 가득 지배했다.

자리에서 벌떡 일어난 그녀가 수호의 다리를 짓누르는 바위 앞에 다가가 허리를 숙였다. 수호가 눈을 깜빡거리는 것을 보며 정원이 무심한 어조로 말했다.

"아파도 참으십시오."

"……아픈 걸 어떻게 참냐?"

그가 말했지만 정원은 있는 힘껏 돌덩이를 옆으로 밀어냈다.

"으윽……!"

그의 입에서 신음이 터져 나온다. 하지만 정원은 체중을 실어 더욱 힘껏 돌을 밀어냈다. 그녀의 키보다 훨씬 크고, 그녀의 허리둘레보다 훨씬 두꺼운 것이었다. 하지만 동료를 잃는다는 사실에, 여기서 죽을 수 없다는 마음에 돌을 조금씩 옆으로 움직이기 시작했고, 수호도 있는 힘껏 이를 악물며 참아 냈다.

텅!

돌이 옆으로 굴러떨어졌다. 그러자 바닥에 흥건하게 고여 있는 붉은 핏자국이 보인다. 정원의 눈빛이 떨리자 수호는 제 다리를 내려다보지 않은 채 말했다.

"감각이 없다. 상태는 어때 보여?"

"……운동 좀 하셔야겠습니다. 라인이 이게 뭡니까?"

"내가 어때서? 이래 봬도 여자들이 줄줄 따른다."

"네네, 그러시겠죠."

애써 제 감정을 감춘 정원이 자리에서 일어났다. 그리고 수호의 앞에 등을 대며 말했다.

"들쳐 메지는 못할 것 같고, 업히십시오."

"⋯⋯공주 자세는 어때?"

"살을 빼시면 기꺼이 왕자가 되어 드리겠습니다."

"쳇."

뽀로통하게 내뱉은 수호가 조심스럽게 상체를 움직였다.

욱신!

감각을 잃은 다리와는 다르게 허리부터 시작된 고통이 척추를 타고 흘렀지만 그는 애써 아무렇지도 않은 척 정원의 어깨에 양팔을 걸치며 말했다.

"나 소중히 대해 줘야 한다. 알겠어?"

"⋯⋯안 버리고 간 걸 감사하십시오."

웃차, 소리를 내며 자리에서 벌떡 일어난 정원은 그 순간부터 다리가 후들후들거리는 것을 느꼈다. 하지만 그녀는 힘겨운 기색도 없이 빠르게 다리를 놀려 시야가 트인 쪽으로 걸음을 옮긴다.

이곳에 들어올 때 전혀 앞을 보지 못했기 때문에 공간 감각을 느낄 수가 없었다. 박물관 안에는 어디가 출입구인지 표기도 전혀 되어 있지 않았다.

정원은 제 등에 얼굴을 묻고 있는 수호를 보며 말했다.

"저번 주에 왔을 때 말입니다. 이곳에 창문이 있었습니까?"

"아니. 없었지. 그래서 우리도 걱정했었잖아. 불나면 초상 치르겠다고."

"⋯⋯근데 왜 바람이 느껴질까요?"

"⋯⋯."

정원의 눈이 번뜩였다.

부들부들 다리는 떨렸지만, 그녀는 힘껏 다시 한 번 그를 고쳐 업으며 말했다.

"화끈한 누군가가 새로운 출구를 만들었나 봅니다. 어서 갑시다."

"그래, 너보다 더 무식한 사람인가 보다."

킬킬, 수호가 작게 웃음을 터뜨렸다. 순간순간 시야가 뿌옇게 변하면서 정신을 놓아 버릴 것만 같은지 그의 몸에 점차 힘이 빠져나갔다.

"정신 잃으시면 안 됩니다. 그럼 진짜 버리고 갑니다. 지금도 진짜무거워 죽겠단 말입니다."

"그래…… 알았다. 알았어. 똑바로 차리고 있으면…… 되잖아."

수호에게서 다짐을 받아 낸 정원이 바들바들 떨리는 걸음을 옮겼다.

조금만 긴장을 풀면 금방이라도 아래로 꼬꾸라질 것만 같았다.

해가 조금씩 저물고 있었다.

총 400명의 소방관이 투입된 현장은 질서정연하진 않았지만, 각서의 팀장들이 간간이 회의를 하며 빠르게 손발을 맞추기 위해 노력했다.

1층의 화재 진압은 대부분 끝났다. 하지만 1층과 2층을 연결하는계단에서 아직도 뱀의 혀처럼 날름거리는 불이 그들의 길을 막았다.

그럴수록 대원들의 마음은 더욱 초조해졌다. 해가 지면 더 이상의작전은 무리다. 그 생각에 그들은 온몸이 타들어 가는 불길에 뛰어들고, 허리가 부서져라 사람들을 밖으로 들어 나르느라 바빴다.

밖에서 구경하는 시민들조차 지치고, 모여든 취재진들의 입에서 한숨이 터져 나왔을 때, 이 장면을 텔레비전으로 시청하는 시민들의 눈에서 흐르던 눈물도 점차 말라 갔을 때, 용건은 마지막 힘까지 꺼내어 또다시 박물관 안으로 달려 들어갔다. 1층을 훑어보던 그가 막 2층으로 향하는 계단을 지날 때였다.

"사, 살려……."

미약한 구조 요청이 들렸다. 두툼한 몸으로 더딘 걸음을 옮기던 용건의 다리가 딱 멈추어 섰다.

"구조댑니다! 거기 사람 있습니까?"

"……."

"대답하십시오! 사람 있습니까!!"

그가 악을 써 댔다. 그러자 답이 없던 2층에서 또다시 미약한 소리가 들렸다.

"여기…… 여기요……."

도움의 소리가 이번에는 아주 명확하게 들렸다. 그러자 용건은 불길 앞에 섰다. 5차 폭발이 일어나 화재 진압팀은 1층과 지하로 연결된 계단으로 모두 가 있었다. 주위엔 사람들을 들쳐 메고 뛰어나가는 대원들뿐이다.

용건은 지금 이 순간 깨달았다. 자신 혼자서 저 위험 속으로 뛰어들어가야 한다는 것을.

주위를 빠르게 둘러보던 용건은 자신의 몸에서 위험 경보가 들려오자 몸을 움찔 떨었다.

삐— 삐—

그 소리는 날카롭다. 산소통에 산소가 떨어져 간다는 소리였다.

몇 분밖에 시간이 없다. 소방관은 신이 아니다. 현장에서 산소가 떨어지면 그들 또한 유독가스에 질식되어 몇 분, 아니, 어쩌면 몇 초만에 정신을 잃을 수도 있었다.

꼴깍.

침을 삼킨 용건은 망설임 없이 계단을 뛰어 올라갔다.

화르륵—

그의 귓가에 방화복이 타들어 가는 소리가 들린다. 열이 그대로 전해지고 살갗이 타들어 가는 느낌이 들었다. 하지만 지금 이 순간 그의 눈빛은 아주 또렷했고, 몸은 날렸다.

"구조댑니다! 어디 계십니까!"

"여, 여기……."

미약한 소리가 들리는 곳으로 빠르게 달려간 용건은 바닥에 힘없이 쓰러져 있는 40대 초반의 여성을 발견했다. 그는 신속하게 구조자의 앞에 한쪽 무릎을 굽히고 앉았다.

"괜찮으십니까?"

"모, 목이 너무 아프고…… 어지러워요."

유독가스를 마신 듯 여성의 눈빛이 흐렸다. 이러고 있을 시간이 없다는 생각이 든 순간, 그는 여성을 번쩍 안아 든 뒤 계단으로 달려내려갔다.

화르륵—

욕이 나온다, 이제는. 자신의 앞을 가로막는 그 불길에. 화가 났다. 너무나 큰 화가 나서 용건은 순간 정신이 나가 버릴 것 같았다.

어떻게 해야 할 줄 몰라 잠시 불을 뚫어져라 보던 용건이 곁에 있는 소화전을 발견했다. 소화전 문을 열자 다행히 상태가 좋아 보이는 소화기가 들어 있었고, 용건은 망설임 없이 엄청난 힘으로 여성을 내려놓은 뒤 한쪽 손으로 안전핀을 뽑았다.

"다치실 수도 있습니다."

"……감사……합니다."

아직 구해 주지도 못했다. 아직도 암흑천지인 현장이다. 하지만 여성은 마지막 자신의 외침에 구조의 손길을 보낸 용건에게 감사부터 하고 있었다.

"……그 말은 무사히 살아 나가면 해주세요."

촤아아악―

공중에 소화기가 발사되고 하얀 가루가 순식간에 불길을 뒤덮었다. 사람 한 명만 지나갈 수 있는 틈이 만들어지자 그가 여성을 번쩍 안아 든 뒤 빠르게 아래로 내려갔다.

다른 대원들이 만들어 놓은 탈출 선을 밟고 걸어서 20분이나 되는 거리를 10분 만에 달려 나온 용건은 자신에게 뛰어오는 구급대의 모습에 바닥에 철퍼덕 주저앉았다.

"하아― 하아―"

거친 신음만 터져 나온다. 또다시 안으로 들어가야 한다는 것을 알면서도 무거운 몸이 움직여 줄 생각을 하지 않았다. 그때…….

"구조 중지! 구조 중지! 현장에서 빠져나온다! 구조 중지!"

마이크에 대고 누군가가 외쳐 대는 소리가 들렸다.

"하아― 하아― 하아……."

용건의 숨소리가 느려지더니 곧 그가 무릎을 세운 뒤 그 위에 양팔을 올려놓았다.

"끝…… 인가."

그가 멍하게 읊조렸다. 몸은 여전히 뜨겁고 아팠으나 정신은 점차 몽롱해진다.

끝이다…… 오늘 그가 해야 하는 일은 여기서 끝. 하지만 그는 몽롱한 정신 때문인지 아직도 그 사실을 깨닫지 못하고 있었다.

그때였다.

머리에 시원한 물이 쏟아지더니 뜨겁게 달구어진 몸이 조금은 차갑게 식어 가는 것이 느껴졌다. 용건이 고개를 들자 눈물을 뚝뚝 흘리며 제 머리에 물을 쏟고 있는 유리가 보였다. 그 모습에 용건의 얼굴에 머물러 있던 힘든 기색이 모두 사라지고, 곧 희미한 웃음이 번졌다.

"이제 정신이 들어요?"

그녀는 원망했다, 그를. 지쳐 쓰러질 것 같은 얼굴로 자신을 멍하니 올려다보는 용건의 모습에 원망을 하고 하고 또 했다. 그리고 울었다.

하지만 그와는 반대로 용건은 소탈하게 웃으며 말했다.

"우리 예쁜 유리 씨 보니까 정신이 번뜩 드네요."

"내가 정말…… 당신 때문에 미쳐."

들고 있는 페트병을 공중으로 던져 버린 유리는 무릎을 꿇고 그를 끌어안았다. 그러자 용건은 손을 들어 유리의 머리카락을 쓰다듬으며 말했다.

"살아 나오니…… 정신이 번쩍 듭니다."

"허윽…… 흑!"

유리가 울음을 터뜨렸다. 하지만 용건은 아직 제 속마음을 모두 전하지 못했다는 듯 읊조렸다.

"전에 내가 했던 말…… 다 거짓말입니다."

그의 손이 부드럽게 유리의 머리를 쓰다듬는다. 쓰다듬고 쓰다듬으며, 자신 때문에 아파하는 사랑하는 여인의 마음을 달랜다. 하지만 아직은 그 손길이 너무 미약한지 유리는 쉬이 울음을 멈출 줄 몰랐다.

그때 용건이 입가에 부드럽게 미소를 띠며 말했다.

"결혼해 줄래요, 유리 씨?"

"뭐……?"

방금 전까지 펑펑 쏟아지던 눈물이 깜짝 놀라자 순식간에 멈추었다. 동그랗게 눈을 뜬 유리를 보며 용건은 다시 한 번 힘주어 말했다.

"결혼합시다, 우리."

"뭐……?"

종로 구조 2팀 팀장의 말을 듣자마자 인혁의 시야가 순간 흐려지고, 두 눈이 붉어져 왔다.

세상엔 어느새 어둠이 내렸다. 더 이상의 진압 작전은 무리다. 저녁이 되면 그만큼 시야가 어두워지기 때문에 소방관이라고 해도 두 손을 놓고 있을 수밖에 없었다.

시민들 구조 작전에 투입되어 뒤늦게 팀원들의 생사를 확인하던 인혁은 정원과 수호가 아직 안에 있다는 사실을 깨닫고 엄청난 충격을 받은 듯했다.

"안에서 없어졌어."

"그럼……."

"우리가 꽤 깊은 곳까지 다녀왔거든. 중간에 사라진 것 같은데……."

이어지는 말에 인혁이 더듬더듬 걸음을 옮겨 박물관으로 들어가려 했다. 하지만 어디선가 나타난 팔이 그의 몸을 붙잡으며 거칠게 밀었다. 바닥에 철퍼덕 넘어진 인혁이 고개를 들어 자신을 밀친 남자를 보았다.

"최강우, 비켜."

"야, 이 미친 강아지야, 정신 차려. 어디 애처럼 눈깔 돌아서 뛰어들어가려고 하냐?"

"비켜! 비키라고! 안에!!"

"알아, 나도 안다고."

강우는 얼굴에 맺힌 땀을 닦아 내며 심드렁하게 말했다. 지친 기색이 역력한 얼굴이었지만, 그는 곁으로 다가온 이수 소방서 화재 진압팀 팀장을 보며 말했다.

"어디까지 진압됐습니까?"

"아아…… 출입구 쪽은 모두 진압했는데, 문제는 지하야. 지하에도 불이 번졌어. 인명 구조 현황은?"

"기척이 나는 곳은 모두 뒤졌습니다. 없었어요. 현재로선."

그의 말에 차트를 들고 있는 이수 소방서 구급 팀장과 종로 소방서 구급 팀장의 얼굴이 어두워졌다.

"아직…… 못 나온 사람들이 많습니다."

그 말인즉 체크되지 못한 사람들 대부분은 저 안에서 기척 없이 죽어 가고 있다는 뜻이었다. 그 말에 모두들 숙연해지는 가운데 강우가 사람들을 들쳐 업고 나오느라 무리한 허리를 통통 치며 말했다.

"좋아요. 지금부터 팀 하나를 꾸려서 안으로 들어갈 겁니다."

"밤이라 위험해."

종로 서 구조 1팀 팀장이 짧게 일갈했다. 그러자 인혁의 불안한 시선이 박물관으로 향했다.

"안에 이수 소방서 소방관 두 명이 빠져나오지 못했습니다."

"붕괴의 위험도 있어!"

구조 1팀 팀장이 이번에는 좀 더 강경하게 말했다. 그러자 강우는 별문제 되지 않는다는 듯 고개를 저으며 말했다.

"안에 살아 있는 시민이 있을지도 모릅니다."

"최강우!"

"동료가 안에 있습니다. 모른 척할 수가 없습니다."

짧게 일갈한 강우가 인혁을 보았다.

"나 들어갈 거야. 너는?"

그의 물음에 인혁은 망설임 없이 고개를 끄덕였다. 그 모습에 강우는 피곤함에도 불구하고 애써 웃으며 제 옆에 껌딱지처럼 달라붙어 있는 재권과 그 옆에 서 있는 태원을 보았다.

"좋아. 네 명이면 충분하겠지."

함께 지옥불로 들어갈 수 있는 동료가 곁에 있다.

그럼 못 할 게 뭐가 있단 말인가.

"이 분야는 내가 전문가니까 잘 따라라, 강아지."

17

그들도 인간이다

비척비척 옮겨지는 걸음은 무거웠다. 마치 천 근의 추를 양발에 달아 놓은 것처럼. 정원은 직접 불길이 닿지 않은, 검은 그을음이 묻어 있는 쪽으로 걸음을 옮기고 있었다. 반대편에는 아직 화재 진압 중에 있을 수도 있었기에, 불이 나지 않은 쪽으로 나가려는 계획이었다.

눈꺼풀이 무거웠다. 시야도 점점 뿌옇게 변하는 기분이었다. 수호의 엉덩이 밑에 깍지를 끼어 놓은 손도 푸들푸들 떨리는 것이 곧 풀려 버릴 것 같았다.

정원이 이를 악물며 걸음을 옮길 때였다.

비틀—

순간 다리의 힘이 풀리더니 정원이 앞으로 꼬꾸라졌다. 덕분에 그녀의 등에 업혀 반쯤 실신해 있던 수호가 바닥에 얼굴을 처박았다.

"윽—"

그가 작게 신음을 내뱉으며 공벌레처럼 몸을 동그랗게 말자 정원은 이마에 맺혀 있던 땀을 닦아 내며 말했다.

"죄송합니다. 칠칠치 못해서 넘어졌습니다."

"안다, 알아…… 기집애가 조심성도 없이."

수호가 장난스럽게 혀를 쯧쯧 차자, 정원의 입술이 부드럽게 늘어졌다.

"그 입만 좀 조용히 있으면 참 좋을 텐데 말입니다."

"……그래서 네가 아직 내 매력을 모른다는 거야."

철푸덕 大자로 누운 수호가 킬킬 웃음을 터뜨렸다. 목도 마르고 얼굴도 따가웠다. 허리 밑으로는 아무런 느낌이 없었고, 몸 여기저기가 화끈거리기도 했다. 그는 자신의 몸 상태가 현재 얼마나 끔찍한지 대충 알 수 있었다. 하지만 걱정스러운 눈으로 자신을 내려다보는 정원의 눈빛에 신음조차 내뱉을 수 없었다.

"여기가 어디쯤이야?"

그는 정원의 눈빛을 피하며 물었다. 그러자 정원은 대충 허리만 돌려 주위에 있는 표지물들을 살피며 말했다.

"고구려관입니다."

"고구려관……?"

"네."

수호의 얼굴이 조금은 밝아졌다. 저번에 정원과 이곳 화재 시스템을 점검하러 왔을 때 확인한 바, 고구려관은 후문과 꽤 가까운 거리에 위치해 있었기 때문이다.

수호가 머릿속으로 박물관 내부를 떠올리고 있을 때였다. 힘없이 자리에 주저앉아 멍하니 눈을 깜빡거리던 정원의 얼굴이 순간 딱딱하게 굳었다.

"바, 박수호 대원님……."

"왜 그래?"

정원의 얼굴이 심각하게 굳어지자 수호 또한 덩달아 심각해졌다.

"저희가 출동한 지 얼마나 되었죠?"

"2시 조금 넘어서 왔으니까……."

정원이 제 손목에 걸린 시계를 확인했다.

8시 40분이 조금 넘은 시각.

현장에 들어온 지 근 7시간이 다 되어 가는 시간이었다.

정원의 얼굴이 좀 더 심각해졌다.

"화재 현장에서…… 구조자의 도움 없이 사람이 살아남을 수 있는 시간은 얼마나 될까요?"

"무슨 이야기를 하는 거야? 음…… 유독가스 때문에 1시간을 넘기기 힘들지."

끼릭, 끼릭…….

수호는 제 이야기가 끝나자마자 들리는 소리에 인상을 찌푸렸다.

"지금…… 소리가……."

"가 봐야겠습니다."

자리에서 벌떡 일어난 정원이 다시 한 번 수호에게 등을 들이댔다. 그러자 수호도 힘이 하나도 없는 팔을 들어 어깨에 걸친다.

웃차, 소리와 함께 수호를 업은 정원이 빠르게 걸음을 옮겼다.

끼릭, 끼릭…….

생명체가 뭔가를 긁는 소리.

정원은 힘겨운 발걸음을 빠르게 옮기며 소리가 들리는 곳으로 향했다. 꽉 닫혀 있는 화장실 문 앞. 정원은 뒤에 있는 수호를 곁눈질했다. 그러자 수호가 문에 손을 낸다.

"차가워."

화재 현장에서 문을 여는 것은 소방관에게는 주의해야 할 첫 번째였다.

문이 차갑다는 이야기와 함께 수호가 문을 열었고, 정원은 걸음을 옮겨 안으로 들어갔다.

여자 화장실 안은 칸칸이 모두 문이 열려 있었다. 기역 자로 되어 있는 형태라 안이 잘 보이진 않았지만, 분명 안에서 소리가 들려왔다.

천천히 안으로 들어간 정원은 순간 발견한 무리에 걸음을 멈췄다.

"소, 소방관 언니다!"

아이였다. 그리고……

"감사합니다. 감사합니다."

아이들의 선생님으로 보이는 20대 후반의 남자도 있었다. 남자는 팬티 하나만 입고 있었다. 아이들의 손에는 젖어 있는 남자의 옷가지와 양말이 들려 있었다. 남자는 기쁨의 눈물을 흘리며 오들오들 떨리는 몸으로 아이들을 끌어안았다.

"얘들아, 살았다. 이제 살았어."

화장실 안은 밖과는 달리 아주 깨끗한 상태였다. 그리고 창과 가까운 곳에 아이들 열두 명과 남자 교사 하나가 몸을 웅크리고 누군가가 본인들을 구해 주길 바라고 있었던 것이다.

정원이 천천히 걸음을 옮겨 수호를 아래로 내려 주었다. 그리고 재빨리 아이들에게 달려가 상태를 살폈다.

"이 아이는 언제부터 의식이 없었던 건가요?"

"두, 두 시간 정도 됐습니다."

남자 교사는 누워 있는 남자아이들을 보며 말했다. 얼른 정원이 곁에 누워 있는 세 명의 아이들까지 차례로 상태를 살폈다. 모두 미약하게나마 맥박이 뛰고 있자 정원은 걱정스레 아이들을 보고 있는 남자 교사와 수호를 보며 말했다.

"아직 살아 있습니다. 빨리 병원으로 옮겨야 합니다."

정원의 말에 교사가 자리에서 벌떡 일어났다. 속옷과 구두만 신고 있는 교사는 양손을 모으며, 끔찍한 시간 동안 계속해 불러 댔을 신에게 진정으로 감사인사를 올렸다.

"어떻게 여기 계셨습니까?"

"불이 나자마자 인솔하고 있던 아이들을 화장실로 데리고 왔습니다. 그리고 문을 닫고 구조해 주길 기다리고 있었습니다. 연기는 금방 빠졌는데…… 아이들이 하나둘 가스에 쓰러져서…… 옷을 적셔서 아이들에게 코를 막고 몸을 낮추고 있으라고 했습니다."

교사의 처치는 아주 완벽했다. 열두 아이들 중 네 명은 상태가 좋지 못했지만, 나머지 여덟 명은 겁에 질려 있었을 뿐 멀쩡해 보였다.

고개를 끄덕인 정원이 말했다.

"건물 안은 여전히 유독가스로 위험하지만 아이들을 빨리 데리고 나가야 합니다."

화장실 안도 제법 어두웠지만 달빛에 의해 앞이 확인되는 정도였다. 하지만 밖은 상황이 달랐다. 매캐한 연기가 가득하고, 자칫 잘못하면 길을 잃을 정도로 시야가 확보되지 않았다.

정원의 말에 교사는 아이들에게 이 상황을 설명해 주었다.

"선생님이랑 소방관님한테서 절대 떨어지면 안 된다? 알았지?"

"네."

아이들은 겁에 잔뜩 질린 눈동자였지만, 그리하겠노라 말했다.

교사가 아이들을 챙기고 있을 때였다.

정원이 수호를 불안한 눈으로 보았다.

"저한테 업히십시오. 같이 나갑시다."

그녀의 말에 수호가 헤헤 웃었다.

"나까지 업고, 애들까지 인솔해서 나가겠다고? 쥐톨, 너 손이 열 개라도 되냐?"

"……나갈 수 있습니다."

정원은 상태가 좋지 않은 한 아이를 안고 있는 교사를 보았다. 그는 한시라도 빨리 이곳을 벗어나고 싶은 듯 보였다. 교사의 다리에 매달려 있는 멀쩡한 아이들을 보던 수호가 고개를 돌려 정원을 보았다. 정원은 붉어진 눈으로 그의 앞에 무릎을 굽히고 앉아 있었다.

"빨리 데리고 나가라."

"박수호 대원······!"

힘주어 수호의 이름을 부른 정원이 고개를 저었다.

"그럴 수 없습니다. 어떻게 박수호 대원만 여기에 두고 갑니까?"

"야, 쥐톨."

수호가 정원의 눈을 보았다. 그리고 말했다.

"우리가 해야 할 일은 시민의 안전을 책임지는 일이다."

정원의 눈에서 눈물이 투둑투둑 흘러내렸다.

"싫습니다, 싫습니다! 싫어요!"

정원이 비명처럼 외쳤다.

"같이 나갈 겁니다!"

"빨리······ 데려다 주고 나한테 다시 오면 되잖아. 누가 나 버리래냐? 어? 이 기집애, 표정 보니까 딱 그런데?"

"······."

후둑, 후두둑. 정원의 커다란 눈에서 무게를 이기지 못한 눈물이 아래로 떨어진다. 그 모습에 수호가 부드럽게 미소 지으며 말했다.

"빨리 와라. 알겠지?"

어떠한 위험이 도사릴지 모르는 사고 현장. 그곳에 홀로 남는다는 것이 어떠한 뜻인지 박수호도, 강정원도, 모두 알고 있었다. 하지만 수호는 어서 나가라며 그녀의 등을 떠밀었고, 정원도 하는 수 없이 자리에서 벌떡 일어났다.

입고 있던 방화복을 모두 벗어 던지는 정원의 눈에서 눈물이 흘러

내렸다. 비처럼 쏟아지는 눈물에 남자 교사도, 그리고 수호도 아무런 말을 할 수가 없었다.

그녀의 몸을 감싸고 있던 방화복을 모두 벗자, 온몸은 땀으로 흠뻑 젖어 있었다. 하지만 정원은 곧장 아이들에게 다가가 쓰러져 있는 한 아이는 업은 뒤, 두 아이는 어깨에 걸쳤다. 아이들의 몸은 축 늘어져 있었다. 한시라도 지체할 시간이 없었다.

신속히 정원이 입구 쪽으로 걸어갔다.

문에 축 늘어지는 몸을 기대어 놓은 수호가 그 모습을 보더니 눈을 질끈 감았다.

"하아― 하아―"

수호는 거칠게 호흡을 내뱉었다. 긴장감에 몸이 뻣뻣해졌다. 하지만 곧 들려온 정원의 목소리에 그의 입꼬리가 부드럽게 휘어졌다.

"꼭 찾으러 오겠습니다."

철컹― 탁!

사람들이 사라진 문을 바라보던 수호가 다시 눈을 감는다.

"안 데리러 오면 죽는다."

주위에 어둠이 찾아왔다.

♧　　　♣　　　♧

걸음을 옮기던 인혁이 쓰고 있는 마스크를 벗어 던졌다. 장비는 소방관의 목숨과 직결되는 부분이었다. 단 한 번도 장비를 던져 본 적이 없던 그였다. 하지만 인혁의 손에 있던 마스크가 바닥에 처박힌 뒤, 데굴데굴 굴러 그에게서 멀어진다.

"젠장!"

그가 거칠게 외쳤다. 소리쳤다. 아픔에 가슴이 저몄다. 세상이 원망스러웠다. 날이 저문 하늘도 원망스럽고, 불이 난 이 상황도 원망스러웠다. 그리고 아무것도 할 수 없는 자신의 모습에 화가 치밀어 올랐다.

그가 두 무릎을 털썩 꿇으며 몸을 동그랗게 말았다. 그리고 등을 떨었다.

끄윽…… 끄윽!

"아아악!"

그가 소리쳤다. 눈물이 바닥을 적셨다. 그때 역시나 인혁만큼이나 지친 기색이 역력한 강우가 다가왔다.

"그만하자, 백인혁."

"……"

"두 시간이나 뒤졌다."

"……뭘 그만해."

"……백인혁."

"뭘 그만하냐고……!"

고개를 든 인혁은 거친 눈빛으로 강우를 쏘아보았다.

"최강우! 뭘 그만하냐고!!"

"이러다가 사고 날 수도 있어. 내일……."

"내일……?"

자리에서 일어난 인혁이 강우에게 걸어갔다. 그리고 그의 낯짝을 당장이라도 후려칠 것처럼 주먹을 동그랗게 말아 쥐고 있었다.

"산소통에 산소는 떨어졌을 거다. 그런데 저 안에서 얼마 동안 살아남을 수 있을 거 같아! 죽어! 죽는다고! 강정원이, 강정원이 죽는단 말이야!"

"그래서?"

짧게 말을 자른 강우가 입술을 비뚜름하게 만들며 말했다.

"그래서 다른 대원들까지 지옥으로 밀어 넣자고? 너 지금 다 죽이려고 그러는 거냐?"

강우가 바닥에 앉아 있는 재권과 태원을 손가락질했다. 그들은 이미 체력의 한계가 온 것인지 헉헉거리며 바닥에 벌러덩 누워 있었다.

"네 눈에는 다른 팀원들은 안 보이는 거냐고."

"……젠장. 그러면 어쩌란 말이야."

흥분과 화가 떠나고 텅 비어 버린 눈동자엔 슬픔이 내려앉았다. 그가 주먹을 말아 쥐며 믿고 싶지 않은 이 현실을 견디기 위해 안간힘을 쓰고 있을 때였다.

"대장님……."

미약한 목소리였다. 하지만 인혁은 용케도 정원의 목소리를 알아듣고 고개를 돌렸다. 다른 구급대원의 부축을 받으며 정원이 다가오고 있었다.

"강정원……?"

믿기지 않는다는 듯 정원의 얼굴을 바라보던 인혁이 빠르게 달려 그녀에게 다가갔다. 그리고 정원의 작은 어깨를 끌어안았다. 눈물이 솟구쳤다. 하늘에게 감사하다며 속으로 말했다.

"감사합니다…… 감사합니다."

지켜 주셔서 감사합니다.

그렇게 하늘에게 말하고 있을 때였다. 인혁의 품에 안겨 있던 정원이 넓은 품에서 고개를 살짝 빼어 들었다.

"안에…… 박수호 대원이 홀로 남아 있습니다. 죄송합니다…… 끝까지 지키지 못했습니다."

"……어디에?"

"후문에 있는 B구역 화장실에 있습니다."

정원의 말이 끝나자마자 뒤에서 두 사람의 감격적인 만남을 보고 있던 강우가 어느새 다가온 재권, 태원과 함께 빠르게 걸음을 옮긴다. 인혁 또한 정원의 몸을 살짝 떼어 내며 말했다.

"수고했다. 뒤는 우리가 알아서 할게."

"……데리러 오겠다고 약속했습니다. 꼭…… 구해 주십시오."

정원의 눈에서 뜨거운 눈물이 흘러내렸다.

"멍청하긴 정말."

유리가 정원에게 잔소리를 늘어놓고 있었다. 그녀는 끝까지 병원에 가지 않겠다는 정원을 구급차에 앉혀 놓은 뒤 빠르게 팔에 붕대를 감아 주고 있었다.

"어떻게 팔이 빠진 것도 모르고 있었어?"

"……그러게 말입니다."

정원은 덜렁거리는 제 오른팔을 내려다본 뒤 무심한 어조로 말했다. 아이를 셋이나 들쳐 업고 나오느라 무게를 이기지 못한 팔이 빠져 버렸다. 하지만 극도의 긴장감으로 인해 아픈 것도 모르고 무작정 밖으로 나왔다.

유리는 속이 상한 것인지 붕대를 고정시키며 말했다.

"박수호 대원 나오면 같이 병원으로 가는 거다."

"알겠습니다."

정원의 말에 유리가 혀를 끌끌 찼다. 아플 법도 하건만, 정원의 눈은 여전히 후문을 향해 있었다.

수호를 구하기 위해 네 명의 구조대원이 안으로 들어가 있었다. 잘못하면 수호를 구하러 들어간 대원들까지 위험에 처할 수도 있는 상황이었다.

정원이 불안한 눈으로 문을 보고 있을 때였다. 저 멀리서 불빛이 보이자 정원은 자리에서 벌떡 일어났다.

번쩍이는 불은 빠르게 출구 쪽으로 다가오고 있었다.

정원이 힘겹게 걸음을 옮겨 출구 쪽으로 향하자 어느새 밖으로 나온 대원들은 손을 뻗어 구급대원들을 부르고 있었다.

정원은 인혁의 등 뒤에 착 달라붙어 있는 수호를 보았다. 수호는 기력이 다한 얼굴로 눈을 끔뻑거리며 정원을 보았다. 정원이 다가가 그의 손을 붙잡았다. 그러자 수호가 힘없이 웃었다.

"역시 의리의 깡정원……."

"괜찮으십니까?"

정원의 물음에 물어 뭐하냐는 듯 수호가 피식 웃음을 내뱉었다.

"오빠가 누구냐…… 괜찮다."

"이게 끝까지 입만 살아 가지고."

투덜거리던 태원은 인혁을 도와 다가온 구급대원들이 끌고 온 이동침대에 수호를 눕혔다. 대기하고 있던 구급차가 그를 실은 뒤 빠르게 출발했다. 멀어져 가는 구급차를 보던 정원의 입에서 안도의 한숨이 흘러나올 때였다.

쏴아아아—

갑자기 하늘에서 비가 쏟아지기 시작한다.

내일 아침이 오길 기다리며, 해가 뜨면 곧장 현장에 나가기 위해 대기하고 있던 대원들이 하나둘 차에서 쏟아져 나오기 시작했다.

그들 모두 하늘을 올려다보았다.

겨울 비. 뼛속까지 얼려 버릴 비였지만, 대원들은 고개를 들어 차가운 비를 향해 손을 뻗었다.

"비다!"

누군가 외쳤다.

인혁은 정원의 손을 꼭 붙잡으며 속삭이듯 작은 목소리로 읊조렸다.

"감사……합니다."

1월의 어느 날, 세찬 비가 은혜처럼 쏟아져 내렸다.

18
행복으로 가는 길

텔레비전을 보는 수호의 얼굴은 종잇장처럼 구겨져 있었다. 골반 밑으로는 모두 하얀 붕대가 감겨 있었고, 왼쪽 손가락 역시 두 개가 부러진 상태였다.

[한국 국립 박물관 화재가 있은 지도 일주일이 흘렀습니다. 이번 화재는 21세기에 최악의 화재로 남게 되었습니다. 사망 23명, 부상자 150명 인명 피해와 만 점이 넘는 유물이 소실되거나 망가졌습니다. 화재가 난 뒤 스프링클러가 작동되지 않아 초기 대처가 되지 않았으며, 방화벽 또한 작동이 되지 않아 화를 키웠다는 지적이 계속되고 있습니다. 저가의 스프링클러를 사용하여 화재가 커졌다는 지적이 계속되고 있는 가운데, 아직도 지하의 화재가 잡히지 않아 피해는 더욱 커질 것으로 보입니다.]

그의 몸을 엉망진창으로 만들어 놓은 '한국 국립 박물관 화재' 뉴스가 한창이었다. 아직 지하창고의 화재 진압이 한창이었지만, 2시간

이내로 잡힐 것이라는 아나운서의 이야기가 계속되었다.

[이에 문화재청장은 직접 대국민 사과와 함께 화재 방재 시스템을 전국적으로 구축하여 문화재 보호에 더욱 힘쓰겠다고 했습니다.]

카메라는 어느새 박물관 여기저기 가 있는 금을 비추고 있었다. 화재로 인해 언제 건물이 무너질지 몰랐기에, 화재 진압은 아주 조심스럽게 이루어지고 있다는 앵커의 말과 함께 현장에 남아 있는 소방관과 경찰을 비춘다.

[다음 뉴스입니다. 이번 한국 국립 박물관은 방화로 인한 화재였습니다. 수많은 인명과 함께, 금액으로 환산할 수 없을 정도로 많은 피해를 남긴 화재는 70대 노인이 놓은 불씨로 인해 시작되었으며 경찰은 현장에서 용의자를 붙잡아 현재 구속 수사 중에 있다고 알렸습니다.]

"아유, 저 미친놈."

뉴스를 보던 수호가 눈살을 찌푸리며 거칠게 욕을 내뱉었다. 그러자 아래에서 무심한 목소리가 툭— 흘러나왔다.

"박수호, 설마 나한테 하는 말이냐?"

그러자 보호자를 위해 아래에 설치된 보호침대에서부터 느껴지는 깨소금 냄새에 와자작 얼굴을 구겼다. 그는 잘난 얼굴이 형체를 알아보지 못할 정도로 구겨지고 나서야 버럭 소리를 지른다.

"아, 진짜! 환자 앞에서 뭐하는 짓들입니까? 대장님, 진짜 너무한 것 아닙니까?!"

오른손에 깁스를 한 채 인혁에게 방울토마토를 받아먹던 정원이 눈을 깜빡였다. 그녀가 붉어진 얼굴로 인혁의 손을 밀어낼 때였다. 갑자기 정원이 음식을 받아먹지 않자 이번엔 인혁이 버럭 소리를 지른다.

"어이, 박수호! 외로울까 봐 와 줬는데 소리를 질러? 감히 나한테?"

"소리 안 지르게 생겼습니까? 환자는 절대 안정 모릅니까?!"

수호가 불만에 가득 찬 얼굴로 외쳤다. 하지만 인혁은 전혀 환자의 절대 안정 따위 생각해 줄 마음이 없는지 정원의 손을 내려 조막만 한 입에 방울토마토를 넣어 주며 말했다.

"몸은 괜찮냐?"

"참 일찍도 물어봐 주십니다."

그가 입술을 뾰족하게 내밀더니 한숨을 폭 내쉴 때였다.

달각 소리와 함께 문이 열리며 지금 이 순간 너무도 반가운 사람이 들어왔다. 용건이 웃으며 병실 안으로 들어오자 수호의 얼굴이 밝아졌다. 솔로 지옥인 지금 이 병실에서 그만큼 반가운 존재가 있을까.

"형님!"

수호가 목소리 높여 반가움에 용건을 불렀다. 하지만 용건의 뒤로 어색한 웃음을 지으며 들어오는 유리의 모습에 수호의 얼굴이 흙빛으로 물들었다.

"몸은 괜찮아?"

용건이 테이블 위에 과일바구니를 올려놓으며 말했다. 그러자 수호는 제 손으로 입을 가리고 유리와 용건을 번갈아보며 물었다.

"두 사람 어떻게 된 일이야?!"

"어, 어쩌다 보니⋯⋯?"

유리가 뺨을 붉히며 어색한 얼굴로 말하자 수호가 털썩 자리에 눕더니 음울한 목소리로 말했다.

"왜 이럴 때 다리가 부러져서는⋯⋯."

솔로 지옥에서 도망칠 수도 없다니.

그가 한탄하면서 읊조렸다. 하지만 용건은 유리의 어깨를 제 품 쪽으로 힘껏 끌어와 의아한 눈으로 바라보는 정원과 인혁을 향해 말했다.

"저희 결혼합니다."

그 말에 수호가 비명처럼 소리를 질렀다.

"저 환자예요! 환자라고요! 행복한 것들은 제발 내 눈앞에서 사라져 주세요!"

수호의 마음과는 달리 정원과 인혁은 자리에서 일어나 용건과 유리에게 축하 인사를 건넸다. 하지만 이 자리에서 도망치고 싶은 수호만은 움직일 수 있는 상체를 비틀며 악을 써 대고 있었다.

"일어나기만 해 봐라! 당장 여자 친구부터 만든다!"

인혁은 붉은색 네임펜과 검은색 네임펜으로 정원의 오른팔을 두껍게 감고 있는 깁스에 정성껏 낙서를 하고 있었다. 하지만 정원은 남우세스럽게 그가 벽에 낙서를 하듯 적어 놓은 글에 미간을 찌푸렸다.

내 다람쥐♥

얼마나 닭살스러운 하트인가. 거기에 다람쥐는 또 뭐고.

정원은 못 볼 것이라도 봤다는 듯 서둘러 낙서에서 시선을 뗀 뒤 일그러진 얼굴로 인혁을 보았다.

"이게 뭐하는 짓입니까……?"

"사랑이 더 견고해졌지?"

"……네?"

우문현답을 하는 인혁의 모습에서 정원은 전투력을 상실한 듯 멍한 눈을 깜빡였다. 뭐라고 한 마디 더 해야 할 것 같은데, 실실 웃고 있는 그의 모습을 보자 입술을 뗄 수가 없었다.

정원이 인혁의 손에 붙잡혀 있는 제 팔을 떼어 내리려고 할 때였다. 사무실 문이 열리더니 태원이 들어왔다. 그는 정원의 자리에서 꼭 붙어 있는 두 사람의 모습에 띠껍다는 듯 말했다.

"뭐하십니까, 두 분?"

"보면 몰라?"

인혁의 모습에 태원이 고개를 저었다. 두 사람의 모습에 이젠 익숙해져야 한다며 속으로 다독이며.

"식사는 안 하십니까?"

"아, 벌써 시간이 그렇게 됐어?"

인혁이 벽에 걸린 시계를 확인하며 말하자 정원이 거칠게 고개를 저었다.

"저 배 안 고픕니다."

"어허, 사람이 밥을 먹고 살아야지. 끼니는 거르면 안 되는 거야. 아버지가 신신당부를 하시더라."

그의 말에 정원의 얼굴이 창백해졌다. 어제의 점심시간이 떠올랐기 때문이다.

대원들의 힐끗힐끗 바라보는 시선에도 끝까지 정원의 입에 음식을 밀어 넣던 그의 모습은 과히…… 민폐였다. 밥이 입으로 넘어가는지 코로 넘어가는지도 모른 채 끝났던 식사 덕분에 정원은 유리에게 활명수를 하나 얻어먹어야 했었다.

그때와 별반 다를 것 없는 것 없는 상황이 벌어질 것 같아 정원은 고개를 젓고 몸을 비틀며 온몸으로 거부 의사를 밝혔지만, 인혁은 곧 식당 문이 닫을 시각이라며 서둘러 자리에서 일어났다.

정원의 팔을 잡고 일어난 인혁은 가벼운 발걸음으로 식당으로 내려가려 했었다. 현장에서 긁힌 것인지 얼굴에 뽀로로 캐릭터 밴드를 붙인 강우만 나타나지 않았더라면.

"어이, 바퀴벌레 커플!"

"안 꺼져?"

"하아, 정말. 나의 사랑하는 백 강아지야. 정말 넌 톡 쏘는 매력이 있어."

"넌 병신 같은 매력이 있고."

"하하하! 이제야 내 진가를 알아봐 주는 건가?"

크르릉. 두 사람이 웃는 낯으로 서로를 디스하는 모습에 정원이 한 발자국 물러섰다. 인혁은 정원을 꼭 잡은 손을 놓지 않은 채 그들의 앞을 가로막고 있는 강우에게 위협적인 눈빛을 보냈다.

"밥 먹어야 된다. 비켜."

"어머, 정말이네? 나도 먹어야 되는데."

강우가 정원의 다친 팔 쪽으로 다가왔다. 이미 출동 전에 먹었던 그지만 인혁의 소유욕 넘치는 눈을 보자 또다시 나쁜 마음이 불쑥 튀어나왔기 때문이다. 그러다 그녀의 깁스에 선명하게 적혀 있는 글귀를 발견한 것인지 입을 가리더니 풋, 하고 웃음을 내뱉었다.

"언제부터 우리 강아지가 이렇게 유치하게 변했지?"

"너도 연애라는 걸 해 보든가. 그럼 알게 될 거다."

가운데 낀 정원이 두 사람을 번갈아 보았다. 그들은 정원의 양팔을 잡고서 기 싸움을 하고 있었다.

이게 뭣들 하는 짓이야?

정원은 순간 샌드위치의 페티가 된 기분이 들었다.

"두 분…… 좋으면 좋다고 말하십시오."

"강정원!"

인혁이 말도 안 되는 소리 하지 말라는 듯 소리 쳤다. 하지만 강우는 격렬한 인혁의 반응과는 달리 웃는 얼굴로 말했다.

"정원아, 내가 아무리 동물을 사랑하는 동물애호가라지만, 저렇게 큰 개는 싫다."

강우와 인혁이 잔뜩 날을 세우자, 정원이 어떻게 할 줄을 몰라 눈을 깜빡이고 있을 때였다. 뒤에서 불쑥 나타난 재권이 강우의 뒷덜미를 붙잡으며 말했다.

"죄송합니다. 저희 대장님이 조금 철이 없습니다."

"뭐야?!"

강우가 재권의 손을 탁— 쳐 내며 말했다. 하지만 정원은 강우가 펄쩍 뛰는 것을 무시한 채 인혁을 힐끗 보며 말한다.

"저희 대장님도 만만치 않은 걸요. 저야말로 죄송합니다."

"아닙니다. 같은 사무실 사람끼리……."

재권과 정원이 주거니 받거니 하자 인혁과 강우가 동시에 고함을 질렀다.

"강정원!"

"이재권!"

두 사람의 모습에도 재권과 정원은 어깨만 으쓱일 뿐이었다.

도마와 칼이 부딪히는 소리가 들렸다. 뿌옇게 서린 김과 고소하게 풍겨 오는 참기름 냄새에 네 시간 전부터 아무런 음식도 넣어 주지 못한 배에서 꼬르륵 소리가 날 법도 하건만, 뱃속은 무음이었다. 아마도 싱크대 앞에 서 있는 길쭉하고 늘씬한 뒤태 때문이리라.

"믿어도 됩니까?"

식탁 의자에 앉아 있는 정원이 불안한 눈초리로 물었다. 그러자 인혁은 능숙한 솜씨로 MSG를 냄비에 과다하게 첨가하며 말했다.

"내 손은 거들 뿐이다. 조미료가 알아서 하지."

"어련하시겠습니까."

턱을 괸 정원이 심드렁하게 말하자 인혁은 피식 웃음을 내뱉으며 말했다.

"먹고 놀라지나 마라."

"다시는 해 주지 말라고 빌 수도 있습니다."

"그럼 나야 좋지, 뭐. 다 됐다."

인혁이 냄비 받침대 위에 새것과 다름없는 냄비를 올려 두었다. 정원은 그 속에 담긴 멀건 죽을 보았다. 계란죽이었는데, 그녀라면 식감을 위해서라도 넣었을 당근 나부랭이나 파 나부랭이 같은 것은 보이지 않았다.

잘 저어 주지 않았는지 군데군데 뭉친 계란을 보며 정원이 입을 쩝쩝 다셨다. 먹기 전부터 계란의 비릿한 맛이 나는 것 같았다.

"저 중환자 아닌데요?"

"그럼 어떻게 하냐. 내가 할 줄 아는 게 이것뿐인데."

"……우리나라는 배달의 민족입니다만."

"천하의 백인혁이 한 것이니 영광으로 알도록."

무뚝뚝하게 말한 인혁이 숟가락을 들었다. 늘 그랬던 것처럼 숟가락은 단 하나뿐이었다. 그가 죽을 한 숟갈 떠 호호 불어 준 뒤 정원의 입 앞에 두자, 그녀가 말없이 꿀떡꿀떡 잘도 받아먹는다.

이 포지션은 집에서 단둘이 있을 때는 그럭저럭 괜찮은 것이나, 서에서 먹는 아침이나 점심 때는 많은 사람들의 주목을 받는 일이기도 했다. 서에서도 한 수저를 같이 사용하니 사람들의 눈초리가 이상한 것은 아주 당연한 것이었다.

"백인혁이 드디어 미쳤군."

어제 점심때 결국 강우에게서 한 소리 들은 두 사람이었다. 하지만 인혁은 그때도 그렇고 지금도 그렇고 정원이 쪽쪽 빤 숟가락이 아무렇지도 않은지 그것으로 죽을 떠 제 입에 넣고 있었다. 그 모습을 멀뚱멀뚱하게 바라보던 정원은 입에 남은 죽을 물로 씻어 삼키며 말했다.

"계란, 쌀, 소금, 후추. 아주 간소한 레시피입니다?"

"어제 먹은 미역국보다 낫냐?"

"아…… 그 참치 미역국이라는 것 말입니까?"

정원은 어제 저녁에 먹은 미역국을 떠올리더니 미간을 찌푸렸다.

"둘 다 짭니다."

그 외의 평가는 없었다. 그냥 짜다. 그 간단한 말 하나로 인혁의 음식을 그녀는 모두 평가할 수 있을 것 같았다. 하지만 그는 그녀의 평가에도 아무렇지 않은 것인지 잘 식힌 죽을 그녀에게 떠먹여 주며 말했다.

"난 어머니 손을 물려받았거든. 선천적 음식 얼간이지."

와자작, 입에서 소금 알갱이가 씹히자 정원의 콧잔등이 살짝 찌푸려졌다.

"빨리 풀고 싶습니다."

벌써 한 달째 자신의 팔을 칭칭 감고 있는 무거운 석고상을 내려다보던 정원이 읊조렸다. 이 끔찍한 음식을 그만 먹기 위해서는 어서 제 팔이 낫는 것밖엔 방법이 없었다. 다행히 어딘가 부러진 것은 아니어서 내일이면 깁스를 풀 수 있었지만, 그녀는 지금이라도 당장 병원으로 달려가 이 단단한 돌덩어리를 쪼개 달라고 말하고 싶었다.

정원이 깁스를 말없이 내려다보고 있자 인혁이 다시 한 번 죽을 떠 그녀의 입 안으로 밀어 넣었다. 그녀가 입을 벌리지 않고 중간에 살짝 반항을 하긴 했지만, 그는 거친 손길로 그녀의 반항을 막아 냈다.

"내일 푸는 날인가?"

"읍! 뭡니까!"

"해 준 사람의 성의를 봐서라도 다 먹어야지."

인혁은 족히 3인분은 넘는 죽을 내려다보며 말했다. 그러자 정원은 정신이 몽롱해지는 것인지 이마를 짚으며 고개를 저었다.

그녀의 얼굴이 새파랗게 질리는 것을 보던 인혁이 물었다.

"내일 병원 같이 가 줘?"

내일 병원 진료 때문에 연차를 쓴 정원인지라 시간을 맞추기엔 충분했다. 하지만 정원은 그의 성의를 단칼에 무시하며 흐물흐물했던 죽이 서서히 말라 가는 것을 보았다. 몇 개를 넣은 것인지는 모르나 계란이 수분을 흡수해, 이제 죽은 더 이상 죽이라 할 수 없을 정도로 퍽퍽해진 상태였다.

"내일 어머니와 약속이 있습니다."

"어머니? 약속?"

인혁은 명숙과의 약속이라는 것을 단번에 알아챈 뒤 되물었다. 그러자 정원은 한숨을 내뱉으며 숟가락으로 죽을 휘휘 저어 대며 말했다.

"고기를 가져가기로 했습니다. 갈비를 해 드리기로 했거든요. 지금 고기 상태가 흉기나 다름이 없다고 하셨습니다."

"……안 귀찮냐?"

"……."

정원의 시선이 인혁에게로 향했다. 그녀는 입바른 소리 대신 진심을 듣고 싶다는 듯 한숨과 함께 또렷한 시선으로 바라보는 그의 눈동자를 마주했다. 그리고 거짓 하나 없는 눈으로 말한다.

"대장님보다 귀찮지 않습니다."

"……이 자식!"

버럭 소리를 지른 인혁이 입을 뻐끔거리는 정원의 뒤통수를 끌어와 눈 깜짝할 사이에 입을 맞추었다.

쪽!

입맞춤은 아주 찰나의 것이었다. 하지만 오랜만에 평온한 일상으로 돌아온 두 사람에게는 그 찰나가 영원과도 같았다.

"강정원."

"그 눈빛…… 뭡니까?"

"내가 정말 귀찮냐?"

그의 물음에 정원은 고개를 저으려다 말고 재빨리 고개를 끄덕였다. 그녀의 몸짓에 인혁이 미간을 찌푸리며 물었다.

"뭐? 진짜냐?"

"이렇게 말해야 또 뽀뽀해 주시는 거 아닙니까?"

무심한 목소리로 말하는 정원의 모습에 잠시 벙쪄 있던 인혁이 피식 웃음을 터뜨리며 입가를 부드럽게 늘렸다. 그가 달콤하게 웃는 것을 보던 정원이 따라 미소 지으며 말했다.

"아니었습니까?"

정원은 그 뒤에 그에게 여러 말을 하고 싶었지만 곧 다가온 입술에 입을 꾹 다물어야 했다.

그는 따뜻한 입술로 차가운 기운이 머물러 있는 정원의 입술을 달래 주듯 부드럽게 핥았고, 곧 자신의 뜨거운 체온을 나누어 주었다.

부드럽게 정원의 치열을 훑던 그가 순간 몸을 확 떼어 냈다. 그리고 촉촉하게 젖어 있는 정원의 눈을 바라보며 깊게 한숨을 내뱉었다.

후우─

언제까지 스님 노릇을 해야 하는 건지.

그는 불끈거리는 아랫도리에 이를 악물며 말했다.

"풀면 보자."

"보자는 사람치고 무서운 사람 못 봤습니다."

정원이 한쪽 입꼬리를 부드럽게 올리며 말한다. 예전에는 그냥 얼굴만 붉히고 있었던 그녀가 이젠 제법 도발도 할 줄 안다는 사실에 인혁은 문득 '다 키웠다'라는 생각이 들었다.

그는 손을 들어 정원의 머리를 꾹꾹 누르며 말했다.

"어쭈, 도발이냐?"

그리고 또다시 두 사람의 입술이 짧게 붙은 뒤 떨어진다.

그는 멀뚱멀뚱 자신을 올려다보는 정원의 두 눈동자를 한참이나 바라본 뒤 조심스레 입술을 내렸다. 그리고 양 눈에 입술 도장을 꾹꾹 찍으며 사랑스러워 미치겠다는 목소리로 속살거렸다.

"귀여워 미치겠다!"

"……뭐, 뭐가 말입니까?"

"쪼꼬만 게 진짜."

가슴에 폭 다 안기는 이 작은 몸이 너무나 귀엽고, 동글동글 올려다보는 눈동자가 귀엽다. 뾰로통한 작은 입술도 귀엽고 부끄러움을 숨기려고 찡긋거리는 코도 귀엽다.

그는 이 수많은 말을 입 밖으로 내뱉을 수 없어서 그렇게 말했지만, 정원은 순간 울컥 화가 치솟은 것인지 붉어진 얼굴로 빽 소리를 질렀다.

"또 작다고 놀리시는 겁니까?!"

그녀는 펄펄 뛰어 대며 말했지만, 인혁은 마치 만렙 고수가 하수를 보듯 정원을 바라보더니 이내 작은 몸을 제게로 끌어당겼다.

아아…… 사랑스럽다.

사랑스러워 미치겠다!

"한동안 팔에 무리가 되는 운동은 자제하시고, 만약 뼈가 아프면 다시 병원에 들러 주세요."

정원은 깔끔하게 벗겨진 깁스를 보며 고개를 끄덕였다. 한쪽 팔만 귀신을 본 사람의 혈색처럼 하얗게 질려 있으니 마치 제 것이 아닌 것 같았다. 쥠쥠을 하며 마지막 팔 상태를 점검한 그녀가 자리에서 일어나 꾸벅 허리를 숙였다.

"감사합니다."

"소방관이라고 그랬죠? 강정원 환자분도 두 달 전에 그 현장, 참여 하신 건가요?"

두 달 전이라고 하면 박물관 화재를 말하는 것이리라. 이곳 한국 병원에도 그때 부상을 당한 소방관과 미처 화마를 피하지 못한 환자 들이 많이 있었다.

"네."

"좋은 일 하시네요."

의사의 말에 정원이 싱긋 미소 지었다.

"당연한 일을 하는 것뿐입니다."

"그 말 참 멋지네요. 당연한 일이라……. 다음에는 강정원 소방관 님이랑 다시는 만나지 않았으면 합니다."

의사의 말에 정원이 눈을 깜빡였다. 30대 후반의 남자는 진료실 안을 눈으로 슥 훑으며 당연한 것 아니냐는 듯 말했다.

"시민들이 강정원 소방관님을 보고 싶어 하지 않는 것처럼…… 저도 뭐, 그런 것 아니겠어요?"

"아……."

"그럼 조심히 들어가세요."

허리를 숙여 인사한 정원이 진료실을 벗어났다. 그리고 기나긴 복도를 걸으며 의사가 한 말을 되새겼다.

일상에서 만나면 좋지 않은 사람들…….

"뭐, 그런가?"

가장 긴박한 순간에 반가운 사람일지 몰라도, 기왕이면 안 보면 더 좋은 사람. 그 생각에 정원은 어느 정도 동조를 하며 입원실이 모여 있는 7층으로 향했다. 이틀 전 수호도 깁스를 풀었다고 했으니 지금쯤 상태가 많이 호전되어 있을 것이라는 생각과 함께.

"여기 간호사들 짱 예쁘다! 그러니 넌 오지 마! 눈 버려!"

정원은 며칠 전 수호가 다짜고짜 전화를 걸어 했던 말을 떠올리며 미간을 찌푸렸다. 오지 말라는 건지, 오라는 건지……. 그때는 그렇게 생각했으나 틱틱거리는 음성으로 보아 많이 심심한 듯 보였었다. 지방에 가족과 친구가 모두 있는 그의 병실에 찾아올 사람이 아무도 없을 것이라는 생각이 들었다.

7층으로 올라온 정원이 왼쪽 복도의 제일 끝. 수호의 병실로 걸음을 옮겼다. 아니, 걸음을 옮기려고 했다.

"아, 씨……!"

정원은 커다란 등이 바닥으로 쓰러지는 것을 보며 입술을 깨물었다.

바닥에 쓰러진 수호가 짜증을 내며 힘겹게 자리에서 일어나고 있었다. 양다리를 칭칭 감고 있던 붕대는 풀린 상태였지만 제 마음대로 움직이지 않는 것인지 힘겹게 난간을 붙잡으며 팔 힘만으로 버티고 있었다.

흐느적거리는 다리는 더 이상 수호의 것이 아니었다. 그저 타인의 것.

"조금만…… 조금만…….."

걷는다기보다 팔 힘으로 힘겹게 앞으로 나아가는 것이지만 수호는 아주 짧은 거리를 이동하는데 온몸에 있는 구멍이란 구멍으로 죄다 투명한 액체를 쏟아 냈다.

그의 이마엔 비 오듯 땀이 흐르고 있었다. 환자복 또한 멀리서 보일 정도로 등이 흥건하게 젖어 있다. 그리고…… 그는 울고 있었다.

"할 수 있어. 박수호. 겨우 이까짓 일에……."

그렇게 말하며 앞으로, 앞으로…… 수호는 천천히 나아가고 있었다.

정원이 멍하니 자리에 앉아 있었다. 눈을 깜빡거리며 말없이 수호가 힘겹게 걸어가던 복도를 그렇게 하염없이 바라만 보고 있다. 얼마의 시간이 흘렀을까. 결국 두 시간여에 걸쳐 자신의 방으로 들어간 수호는 그 뒤로 방밖으로 나오지 않았다. 그녀는 보지 않고도 알 수 있었다. 그가 지금쯤 침대에 누워 탈진 상태에 이르렀다는 것을.

눈을 깜빡이던 정원이 주머니를 뒤져 휴대전화를 꺼냈다. 그가 지금쯤 한창 한국 국립 박물관 화재 뒷수습을 하느라 정신을 빼놓고 있을 것이란 걸 알면서도 그녀는 인혁에게 전화를 걸어 다짜고짜 말부터 꺼냈다.

"대장님, 친구가 있는데요. 힘들어하는 것 같아요."

—……친구?

끄덕끄덕. 정원은 지금 통화 중이라는 것을 잊은 듯 힘차게 고개를 끄덕였다. 그러고는 눈물이 맺힌 눈가를 손등으로 거칠게 닦아 냈다. 하지만 목소리는 무심하기 그지없다.

"모른 척해 주길 바라는 것 같은데…… 어떻게 해야 할지 모르겠습니다. 전 멍청하고, 사람과의 관계에 어떻게 해야 할지 잘 몰라서…….

대장님은 현명하니까…… 말해 주세요. 이럴 땐 어떻게 해야 합니까?"

두서없는 그녀의 말에 인혁은 말이 없었다. 목소리는 어느새 눈물로 젖어 있었다. 정원이 어서 답을 달라는 듯 침묵으로 그를 닦달했다. 그러자 인혁이 한참이 지나서 말했다.

—병원이야?

"……네."

그녀의 답에 인혁이 한숨을 내뱉었다. 그녀가 말하는 '친구'가 누구인지 단숨에 눈치를 챈 그가 한숨처럼 말했다.

—먼저 말하기 전까진 아는 척하지 마.

"……하지만, 하지만……."

—네 도움이 필요하면 말하겠지.

"……네, 알겠어요."

—그래.

그가 짧게 답했다. 그러다가 주위에서 누군가 부르는 것인지 다른 남자와 인혁의 대화가 들려왔다. 그 이야기를 멍하니 듣던 정원은 주위에서 떠드는 소리에 신음을 삼켰다. 현장에서 화재 감식팀 대원과 있는 것인지 아주 바빠 보였다.

—네 책임 아니야. 그러니까 죄책감 같지 마. 이만 끊는다.

전화는 무심하게 끊겼다. 하지만 그가 남긴 말은 무심하지 않았다.

자리에서 일어난 정원은 잠시 수호의 병실을 바라본 뒤 한 손으로 키판을 꾹꾹 눌렀다.

〈춥죠?〉

〈웬 문자?〉

정원은 곧장 날아오는 답장에 답을 하려고 했다. 하지만 그전에 수호가 먼저 문자를 보내왔다.

〈춥다.〉

문자를 보던 정원이 서서히 발걸음을 옮겨 출구 쪽으로 향하며 마지막 답장을 보냈다.

〈애인이 없어서 더 추울 겁니다. 오늘도 고생하십시오.〉

〈야!〉

수호의 짧은 문자에 정원이 피식 웃으며 호주머니에 휴대전화를 꽂아 넣었다.

삐릭, 삐릭, 삐릭—!

문자 소리가 시끄러웠다. 주위에 길을 지나가던 사람들이 힐끗 그녀를 돌아보기도 했다. 하지만 정원은 시린 손을 주머니에 꽂아 넣은 뒤 천천히 걸음을 옮겨 인파 속으로 사라졌다.

♣　　♣　　♣

"집으로 불러서 미안해요. 다친 팔은 괜찮아요?"

명숙은 싱크대 앞에 서 있는 정원의 뒷모습을 보며 말했다.

"괜찮습니다. 뼈는 진즉에 붙었는데, 잔금이 가 있어서 더 하고 있었던 거예요."

"그런 거예요? 그럼 다행이고요. 난 또 염치없이 오늘 부른 건 줄 알았지. 하지만 오늘 꼭 해야 할 말이 있어서 이렇게 불렀어요."

"아닙니다."

그렇게 답한 정원이 막 보글보글 끓는 냄비에서 갈비찜을 꺼낸 뒤 조심스레 접시에 담았다. 접시는 한눈에 보아도 참으로 비싸 보였다. 주위에 어지럽게 새겨져 있는 금테에 양념이 튀지 않도록 잘 담은 그녀가 명숙의 앞에 놓은 뒤 차려진 밥상을 보았다.

갈비찜과 된장찌개는 명숙이 그녀에게 요구한 것이다. 그 외의 나물 반찬은 그녀가 와서 손수 무친 것이고, 젓갈은 냉장고 깊숙한 곳에서 찾아낸 것이었다. 꽤 그럴듯한 밥상이 차려지자 명숙이 만족스러운 듯 웃었다. 그리고 제 맞은편을 손바닥으로 가리키며 말했다.

"앉아요."

정원이 자리에 앉자 명숙이 수저를 들었다. 가장 먼저 갈비찜의 국물을 숟가락으로 떠 후루룩 맛보더니 미소 짓는다.

갈비찜은 달콤하면서도 짭쪼름했다. 한 가지 맛이 아닌 여러 가지 맛이 복합적으로 느껴지는 아주 훌륭한 맛이었다.

"입맛에 맞으세요?"

"안 맞으면 어쩔 거야? 내가 졸랐는데. 무척 맛있으니까 걱정 말아요. 정원 씨가 더 마음에 들었으니까."

그렇게 말한 명숙은 정말 말 그대로 맛있게 밥 한 공기를 뚝딱 비워 냈다. 나물 반찬과 된장찌개, 갈비찜까지 오늘 정원이 손수 만든 음식을 골고루 맛본 그녀가 수저를 내려놓자, 이미 식사를 끝낸 정원도 함께 숟가락을 내려놓는다. 물로 입을 헹군 명숙이 입을 가리며 호호 웃었다.

"어머, 너무 맛있게 먹었네요."

그러고는 정원과 시선을 맞춰 웃은 명숙이 계속 말을 이었다.

"우리 인혁이 어떻게 생각해요? 결혼까지 생각이 있는 거예요?"

갑작스러운 질문. 명숙은 깜짝 놀라다가 이내 굳은 표정으로 고개를 끄덕이는 정원의 모습에 고개를 끄덕였다.

"정원 씨 이야기를 듣고 싶었어요. 어느 정도의 마음인지. 난 정원 씨가 마음에 들거든."

"……감사합니다."

긴장했던 정원의 얼굴이 조금 느슨하게 풀렸다. 혹여나 명숙이 자신을 마음에 들어 하지 않을까, 걱정을 했기 때문이다. 정원의 얼굴에서 긴장감이 사라지는 것을 보던 명숙이 애써 밝은 어조로 말했다.

"어쩌면…… 만약에 정원 씨를 5년 전에 만났다면 내가 정원 씨를 쉽게 받아들이지는 못했을 거예요. 아들의 의견을 존중하지 못했을 것 같달까……?"

"……네?"

"그런 일이 있었어요. 그전까지는 며느리 욕심이 무척이나 많았거든."

"……"

갑작스럽게 대화가 전환되자 정원은 꼼지락거리던 손을 힘주어 맞잡았다. 그리고 명숙의 이야기에 귀를 기울인다. 그녀의 목소리엔 회한이 담겨 있었다.

"난 내 아이들이 상처받길 바라지 않아요. 그 점에서 아주 마음에 들어요. 건강하고 밝고. 그리고…… 음식도 잘하고."

"……"

"앞으로 우리 인혁이 잘 부탁해요."

명숙의 허락이 떨어지자 정원은 지체 없이 힘차게 고개를 끄덕였다.

그리고 어딘가 조금은 불편해 보이는 명숙의 얼굴을 보며 다부진 얼굴로 말한다.

"부족하지만 최선을 다하겠습니다."

"어머, 뭐야? 그 전투적인 말은! 좋아요! 앞으로 정원 씨가 우리 인혁이한테 어떻게 하는지 볼까? 아, 물론 쌍방이 잘해야 할 테니, 인혁이도 내가 잘 감시해 줄게요."

"충분히 제게 잘해 주고 계십니다."

인혁에 대한 믿음으로 확신에 찬 어조로 말하는 아이를 보니 명숙은 이제야 조금 안도한 얼굴로 고개를 끄덕였다. 그리고 턱을 괴며 느슨해진 표정으로 정원을 바라보며 피식, 웃음을 내뱉었다.

"우리 가족이 된 걸 환영해요."

정원은 잠시 그 말에 여러 감정이 뒤섞인 표정으로 명숙을 보았다. 그녀는 부드러운 웃음을 머금은 입술로 말했다.

"이젠 아가라고 부를게요. 내 딸이 되었으니까."

화재의 원인을 규명하는 것은 참으로 힘든 일이다. 하지만 다행히도 '한국 국립 박물관 화재 사건'의 경우 용의자가 현장에서 바로 붙잡혔기에 사법적인 처리는 신속하게 이루어질 수 있었다.

노인네는 습관적으로 문화재에 불을 질러 두 달 전에도 붙잡힌 적이 있었다. 하지만 경찰의 후속 조치가 미약하여 또다시 박물관에 방화를 할 수 있었고, 결국 많은 인명과 재산을 잃게 되었다. 두 번 문화재에 불을 지른 용의자한테 세상은 더 이상 자비가 없었다. 국가의 재산을 파괴한 자에겐 이례적일 만큼 많은 구형이 내려졌다.

하지만 벌을 주면 끝일까?

인혁은 잿더미로 변해 버린 박물관 건물을 보며 인상을 찌푸렸다.

"복구가 되려면 얼마나 걸리겠습니까?"

건물 외벽에는 인혁의 지시로 커다란 구멍이 뚫렸고, 잔불씨까지 잡기 위해 뿌린 물로 안은 온통 검은 물바다였다. 화재에도 견디는 특수 유리로 된 전시관 같은 경우에는 화마에 피해를 입지 않았지만 그 외의 구역 같은 경우에는 끔찍한 불길이 할퀴고 지나가 엉망이 되어 있었다.

인혁의 물음에 현장 책임자는 장담할 수 없다는 듯 고개를 저었다.

"지난주부터 정리를 하고 있지만…… 글쎄요."

그의 말에는 확신이 없었다. 그럴 법도 했다. 지옥이 끝난 줄 알았던 자리는 여전히 걷잡을 수 없이 엉망이었으니까.

인혁이 더듬더듬 뒤로 걸음을 옮기며 2층 건물을 올려다보았다.

"한 번 깨져 버린 것은…… 붙일 수가 없겠지요."

인혁의 말에 씁쓸함이 묻어났다.

말끔하게 정리된 보고서를 읽는 이수 소방서 노 서장은 노란 철을 테이블 위에 던지듯 내려놓았다. 이번 국립 박물관에 일어난 화재와 관련하여 복구 시기를 구체적으로 적어 놓은 서류는 무조건 빨리빨리만 외치는 대한민국 국민들 정서에는 맞지 않는 것이었다.

박물관을 보수하는 것은 반년이면 된다. 하지만 그 안을 정비하고, 화마에 불탄 문화재를 복원하고 다시 전시하기까지는 3년의 시간이 소요된다고 서류에 적혀 있었다. 떨떠름한 마음이 들었지만, 노 서장은 이 서류를 가져와 자신에게 독대를 청한 인혁의 속마음을 알기 위해 물었다.

"그래서?"

"박수호 대원은 큰 부상을 입어 당장 현장으로 돌아올 수 없습니다. 서울 국립 박물관에 이토록 큰 화재가 났는데 당장 대원들을 다른 곳으로 전근시킨다는 것은 말이 안 됩니다."

"으흠……."

노 서장은 긍정도, 부정도 하지 않았다. 그러자 인혁은 조급한 마음을 숨기며, 목소리에 힘을 주어 말한다.

"현장에서…… 문화재를 지키기 위해 투입됐던 대원은 없습니다."

"이 팀이 더 이상 유지될 필요가 없다는 듯 말하는구나."

"문화 화재 방재 시스템팀의 근본적인 팀 모토는, 방재에 있습니다. 가격이 가장 저렴한 스프링클러는 화재가 났을 시 위험성이 있다는 것은 이미 박수호 대원과 강정원 대원이 보고한 사항입니다."

인혁이 다른 서류를 노 서장의 앞에 밀어 놓았다. 서류를 펼쳐 든 노 서장은 빠르게 서류를 읽어 내렸다. 이미 그가 한 번 받은 보고였다. 물론 문화재청에도 보내진 것이었지만 막상 일이 일어나고 보니 서류 속의 것들이 예전처럼 단순하게 느껴지지 않았다.

"한국 화재 시스템 기준에는 만족하는 수준이다."

"문화재는 만족하는 수준으로 설비를 해서는 안 됩니다. 그러면 또다시 이런 일이 일어날 겁니다."

"……흠."

"지속적인 관리를 하기 위해선 지금 대원으로는 서울 지역을 유지하기도 힘듭니다."

인혁은 자신의 말에 귀를 기울이기 시작한 노 서장에게 준비해 놓은 이야기를 빠르게 꺼냈다.

"평소에는 화재 방재 시스템팀으로서 서울 지역의 부실한 화재 시스템을 개선해야 합니다. 문화재의 특성상 화재에 취약한 것들이 많습니다. 한 번 불타 버리면 되돌릴 수 없습니다."

"하지만 인혁아. 다른 소방서에선 인력이 모자라 여전히 곡소리를 낸다. 너도 알지 않아?"

그 말에도 일리가 있다는 듯 인혁이 고개를 끄덕였다. 하지만 이미 반쯤 설득이 된 노 서장의 얼굴을 보자 믿음을 줄 수 있는 목소리로 힘주어 말한다.

"화재 발생 시 이수 소방서의 백업 요원으로도 충분히 잘 해낼 수 있는 인원입니다."

"……."

드디어 노 서장의 반박이 멈췄다. 그리고 곧 그의 입에서 그가 만족할 만한 이야기가 흘러나왔다.

"한번 상의해 보마. 그러니까 인상 좀 풀어!"

"……감사합니다, 서장님."

그제야 인혁의 표정이 조금 느슨하게 풀렸다.

19
당신과 함께

"이것도 좋은데?"

인혁은 현관문을 열자마자 자신에게 달려드는 정원을 꼭 안은 뒤 정수리에 얼굴을 묻으며 말했다. 대학을 졸업하면서 독립부터 했던 그였기에 항상 퇴근 후 집에 들어오면 어두운 정적만이 그를 반겼었 다. 하지만 이젠 고소한 냄새가 집 안에 진동을 하고 무심하지만 사 랑스러운 아이가 자신에게 체온을 나누어 준다.

이것이 행복이 아니라면 뭐란 말인가.

인혁은 그녀의 고개를 손으로 들어 눈을 맞추며 말했다.

"어땠어, 오늘?"

그는 낮에 걸려 왔던 전화를 떠올리며 말했다. 그는 그녀의 눈동자 에 이는 자잘한 파장을 걱정스러운 눈으로 내려다보았다.

"괜찮습니다."

누가 보아도 괜찮지 않아 보인다. 하지만 정원은 씩씩하게 말한다.

그녀의 모습에 더욱 걱정이 된 것인지 그가 다시 한 번 물었다.

"정말?"

고개를 끄덕인 그녀는 부엌으로 뽀로로 뛰어가더니 식탁 위에 올려놓았던 휴대전화를 들고 나왔다. 그리고 오늘 하루 종일 쌩 깠던 부재중 전화는 가뿐히 건너뛰고, 수호에게서 온 문자 중 하나를 선택해 그에게 보여 주었다.

〈망할 겟! 지옥에서도 저주할 거다!〉

참으로 무시무시한 문구였지만, 정원은 만족스러운지 씩 웃었다. 당황한 그의 눈초리에도 아랑곳하지 않으며.

"기분이 괜찮은 것 같지 않습니까? 평소의 멍청이로 돌아왔습니다."

"……야."

"걱정하지 않아도 될 것 같습니다."

어딘가 조금 핀트가 나가 있었지만, 인혁은 작게 피식 웃은 뒤 그녀를 품으로 끌어왔다. 그리고 정수리를 턱으로 콕콕 찍었다. 지금쯤 씩씩거리며 그녀를 쥐어 패 주고 싶어 할 수호를 대신해서.

"아!"

"아이고, 정말. 눈치 없는 것도 예쁘지."

"지금 저 욕하시는 겁니까?"

이젠 아주 단골 대사다. 그런 그녀가 귀엽기만 한 인혁은 이젠 정수리를 턱으로 지분거리며 그녀의 곡소리가 노랫소리라도 되는 것마냥 웃었다.

거칠게 몸을 비틀어 그의 품에서 빠져나온 정원이 버럭 소리를 질렀다.

"아픕니다! 아파요! 아프다고요!"

그녀의 거친 반항에 인혁은 '어쭈' 하는 표정을 짓더니 뒷걸음질을 쳐 침실로 도망가는 정원을 뒤쫓았다. 식탁 위에선 음식이 식어

가고 있었지만 침대를 중심으로 술래잡기를 시작한 두 사람은 이미 두 사람만의 세상에 빠져든 듯 날째게 몸을 움직이고 있었다.

"이리 와."

"싫습니다!"

정원이 강하게 고개를 저었다. 그 순간 틈을 발견한 인혁이 몸을 날려 정원을 덮쳤다.

"억!"

두 사람의 몸이 한데 뒤엉켜 침대 위에 나뒹굴었다. 인혁의 품을 계속 밀어내던 정원이 결국 포기를 하고 단단한 팔을 끌어다가 제 허리 위에 올려다 두었다.

"팔은?"

정원의 목을 지분거리던 그가 물었다. 그러자 정원이 말했다.

"괜찮답니다. 무리한 운동만 안 하면."

"무리한 운동?"

그 말에 그는 뭔가 번뜩 생각이 떠오른 것인지 몸을 돌려 음흉한 눈으로 그녀를 내려다보았다.

"넌 밑에만 있으면 되는데……."

"……."

"어때, 생각 있어?"

정원의 뺨이 발그레 달아올랐다. 하지만 거절의 말을 꺼내진 않는다.

침대 위의 두 남녀 사이에 긴장감이 흐르자, 그는 순간 제 콧속으로 파고드는 향긋한 향에 달콤한 미소를 지었다.

몸을 일으켜 양팔 사이에 그녀를 가둔 그가 그녀의 허리 위에 엉덩이를 살포시 내려놓았다. 그런 뒤 정원의 앙증맞은 입술 위로 제 입술을 내렸다.

혀를 꼿꼿하게 세워 정원의 입술을 부드럽게 핥은 그가 솜사탕처럼 사르르 녹을 것 같은 미소를 지으며 말했다.

"사랑해."

"……저, 저도."

정원은 온몸에 찌릿찌릿한 감각이 흐르자 말을 더듬으며 몸을 비튼다. 그의 양 무릎 사이에 갇혀 그녀의 반항은 작게 끝났지만, 그래도 아랫배가 따끈따끈해지며 기대감에 점차 떨려 오는 몸에 당황하며 촉촉하게 젖은 눈을 깜빡였다.

그녀는 순간 자신도 모르게 눈물을 흘렸다.

"대장님."

"야, 너 왜 울어?"

인혁이 당황하며 몸을 일으켰다. 혹 그는 자신이 실수한 것인가 싶어 화들짝 놀라며 손을 뻗어 그녀의 눈물을 닦아 줬다.

"응? 왜 우는데?"

그녀는 또다시 눈물이 맺힌 눈을 깜빡여 눈물을 털어 냈다. 그리고 자신의 얼굴 위를 당황하며 돌아다니는 손을 붙잡아 자신의 가슴 위에 올려 두었다. 얇은 잠옷 사이, 그의 따스한 손길이 느껴지자 그녀는 왈칵 눈물이 더 올라왔다.

"엄청 빠르게 뛰어요."

"어?"

그가 당황하며 되묻는다. 하지만 그녀는 지금 솔직한 제 심정을 털어놓기 위해 천천히 호흡을 가다듬으며 말했다.

"너무 행복합니다. 행복해서 눈물이 나요."

"……."

"이런 감정 들게 해 주셔서…… 너무 감사합니다."

진심이 충분히 전해지는 한마디.

그 한마디에 인혁은 자신 또한 눈물을 왈칵 쏟을 것만 같았다. 하지만 그는 눈물을 애써 참으며 손으로 옷을 들쳐 납작한 그녀의 배 위로 입술을 내렸다.

배꼽 밑. 은밀하지만 야하지 않은 그곳에 부드럽게 입을 맞춘 그가 그녀의 엉덩이 밑으로 팔을 찔러 넣어 감싸 안았다. 그는 포근하고 따뜻한 그녀의 체온을 느끼며 속삭이듯 작은 목소리로 말했다.

"고맙다, 강정원……."

그는 자신의 빈 곳을 모두 채우고 있는 그녀의 존재에 감사했다. 그리고 행복했다.

그것은 단순히 몸을 섞고, 단순히 사랑한다, 말하는 그 감정을 뛰어넘는 것이었다.

날 완성시켜 주는 것.

그녀는 그런 충족을 느끼게 만들었다.

나의 사랑, 나의 낙원, 나의 정원.

그녀는 그에게 그러한 존재다.

"어머니가 그러셨습니다."

"어머니가 뭐라고 하셨는데?"

인혁은 마치 졸린 사람처럼 나른하게 물었다. 그러자 정원 또한 부드러운 어조로 말을 되돌린다.

"우린 이제 가족이 된 거라고."

행복감에 취해 있던 인혁이 조심스레 고개를 들어 말했다.

"……응?"

"어머니가 그랬습니다. 가족이라고. 환영한다고."

그녀의 말에 인혁은 순간 목이 왈칵 메어 왔다.

가족. 그 얼마나 따뜻한 말인가. 그 속에 그녀를 가두어 둘 수 있다는 생각이 문득 떠오르자, 그는 몸을 올려 부드러운 그녀의 가슴에 얼굴을 묻었다. 딱딱한 브래지어 와이어가 느껴졌지만, 그는 개의치 않았다.

"준비는 된 거야?"

"……어머니의 말을 듣자마자 마음속에 뭔가 채워지는 느낌이 들었습니다. ……그럼 충분히 준비가 된 것이 아닐까요?"

그녀는 확실한 답보다 더욱 강력한 질문으로 그의 마음을 떨리게 만들었다.

아직은 어린 나이. 하지만 그 어리고 자신보다 11년이나 인생을 덜 산 그녀는 자신보다 더욱 솔직하게 감정을 부딪쳐 왔다. 돌리는 것 없이 진실만을 내뱉고, 그에게 그만큼의 믿음을 주는 여자. 그는 정원의 말에 천천히 눈을 감으며 말했다.

"어."

♧   ♣   ♧

골든 주얼리는 대한민국 최고의 주얼리 회사로, 최근 새로운 웨딩 라인을 내놓으며 선풍적인 인기를 끌고 있었다. 이번 웨딩 라인은 다른 브랜드와는 커다란 차이점이 있었는데, 바로 요즘 시민들의 경제 현황에 맞춰 커다란 다이아몬드 라인보다는 커플링처럼 심플한 링을 위주로 제품을 내놓았다는 것이다.

그냥 금가락지처럼 심플한 디자인이었지만 링 안에는 상대의 탄생석을 넣어 바꾸어 낄 수 있도록 해 두었는데, '늘 사랑하는 사람과 함께하는 기분을 느껴 보세요' 라는 문구로 텔레비전 광고까지 하며 많은 고객들을 끌어모으고 있었다.

검은색 정장을 입고 있는 직원은 제 앞에서 고심하는 얼굴로 반지를 고르고 있는 손님의 모습에 속으로 침을 추르륵 삼켰다. 아니, 대한민국에 간지는 소간지뿐이라고 생각했건만 눈앞에 있는 남자 또한 간지가 좔좔 흘렀기 때문이다.

"손님, 마음에 드시는 게 없나요?"

"아…… 음……."

손님은 말을 잇지 못하고 있었다. 세 개의 반지 모두 그녀가 추천을 해 준 것으로 최근 가장 잘나가는 제품들이었지만 그의 눈에는 차지 않는 것처럼 보였다.

결국 남자는 숙이고 있던 허리를 펴며 말했다.

"다른 제품을 볼 수 있을까요?"

그가 어색한 미소를 지으며 말하자, 직원은 속으로 신음을 삼켰다.

다 좋은데 하필이면 그가 고르는 것이 프러포즈를 위한 반지라니!

단순히 커플링을 고르는 것이라면 당장이라도 들이대고 싶었지만, 사 가려는 제품이 제품이다 보니, 그녀는 아쉬움이 뚝뚝 떨어지는 얼굴로 유리 진열장을 손으로 가리키며 말했다.

"이쪽은 요즘 20대 여성들 사이에서 많은 사랑을 받고 있는 제품들입니다."

직원의 말에 손님은 빠르게 반지들을 훑기 시작했다. 역시나 정원과 어울릴 법한 제품은 없었다. 그의 눈에 차기보단 그녀에게 어울리고, 그녀가 좋아할 법한 것들을 고르길 바라는 그로선 반지를 구입하는 데 꽤나 어려움을 겪고 있었다.

다른 곳으로 가야 하나?

그가 막 그렇게 생각하던 찰나였다. 그의 눈에 딱 들어오는 반지 하나를 발견한 것은.

"이거 보여 주세요."

"아, 손님 이 제품은……."

직원이 난감하다는 듯 미간을 찌푸렸다. 그가 고른 제품이 어마어마한 가격을 자랑하기 때문이다. 심플한 캐주얼 차림의 그는 넘볼 수 없을 정도로.

가격이 맞지 않으면 포기할 것이라는 생각에 직원이 반지를 꺼내 그의 앞으로 내밀었다. 그러면서 이 제품을 디자인한 디자이너에 대해 자세히 설명해 주었다.

"이 제품은 '핑크 레이디' 라는 제품으로, 현재 골든 주얼리 탑 디자이너이신 '민나리 디자이너' 께서 디자인한 제품입니다. 핑크 다이아몬드와 백금으로 제작되었습니다. 가격은……."

디자이너가 막 가장 중요한 이야기를 하려고 할 때였다. 반지를 들어 요리조리 살피고 있던 손님이 그녀의 말을 막으며 말한다.

"제작 기간은 얼마나 걸립니까?"

"네……? 그러니까 가격은……."

"아니, 제작 기간 말입니다."

손님은 도통 자신의 말을 알아듣지 못하는 직원에게 다시 한 번 잘라 말했다.

핑크 레이디라는 반지는 '텐션 세팅' 에 가까운 디자인으로, 링이 다이아몬드를 고정하고 있는 형태였다. 일을 할 때 알이 걸릴 일도 없을 것 같았고, 착용감도 괜찮을 것 같았다.

그의 말에 직원이 예의 바른 미소를 지으며 말했다.

"제작 기간은 한 달 정도 걸립니다."

"더 빨리 할 수는 없습니까?"

"특수한 세팅 방법이기 때문에 일일이 수작업을 해야 하는 디자인입니다."

그녀의 말에 인혁은 어쩔 수 없다는 듯 고개를 끄덕였다. 그리고 선불금으로 삼백만 원을 낸 뒤 종이에 그녀의 호수와 안에 새겨 넣을 문구를 적고 샵을 빠져나왔다.

그는 향긋한 꽃내가 사라지자 그제야 숨을 왈칵 내뱉었다.

"아, 정말! 뭐가 이렇게 어려워!"

쇼핑을 좋아하지 않는 그로서는 고행과도 같았던 시간이 모두 끝났다.

그는 반지를 받을 사람을 떠올리며 작게 읊조렸다.

"정원이가 마음에 들어야 할 텐데……."

걱정스러운 얼굴로 말하면서도 그는 빠르게 걸음을 옮겼다. 벌써 점심시간이 훌쩍 지난 시각이었다.

♧   ♣   ♧

이젠 겨울이라기보단 봄에 가까운 계절이 찾아왔다. 아직 아침은 조금 쌀쌀했지만 낮엔 따스한 햇볕에 기분 좋은 웃음을 지을 수 있는 그런 날.

연인들은 손에 손을 잡고 강과 들, 산으로 향하며 겨울 내내 하지 못했던 야외 데이트를 하는 그러한 날이었지만, 정원과 인혁은 오늘도 집에 콕 박혀 테이블을 뚫어져라 바라보고 있었다.

두 사람 사이에는 미칠 듯한 긴장감이 흐르고 있었다. 툭 건드리면 톡 하고 터져 버릴 것만 같은 긴장의 끝. 정원은 인혁이 던진 주사위를 보며 피식, 비웃었다.

"축하합니다. 파산하셨습니다."

"……."

인혁은 말을 잃은 듯 멍하니 부루마블 판을 보았다. 그녀가 건물을 다 올린 서울을!

그는 혼이 나간 듯 종이판을 보았지만, 정원은 오랜 시간 지속된 게임에 허리가 아픈 것인지 자리에서 벌떡 일어나 허리를 비틀었다.

"설거지 깨끗하게 하십시오."

"너 나중에 결혼해서도 이럴 거냐?"

5승 전패.

저녁을 먹고 난 뒤 문방구에서 구입한 2000원짜리 부루마블로 저녁 설거지 내기를 한 지도 어언 일주일째! 그사이 단 한 번도 이기지 못한 인혁은 이제 포기할 법도 하건만 넘치는 승부욕으로 매일 저녁마다 그녀에게 승부를 청하고 있었다. 하지만 강정원이 누구던가. 눈치코치 없는 날다람쥐가 아니던가.

한 번쯤 져 줄 법도 하건만 그녀는 사력을 다해 인혁을 이겨 먹었고, 그는 끝끝내 좌절을 해 버렸다.

그의 말에 정원은 무심한 눈초리로 검지를 척 세웠다. 그리고 아주 단호한 목소리로 말했다.

"승부의 세계는 냉정한 법. 그리고 엄마도 아직은 이르다고 했습니다. 스물네 살에 무슨 결혼이냐고."

"……."

"실컷 연애하다가 2년 뒤쯤에 결혼해도 늦지 않는다고요. 요즘 거의 한 가족처럼 지내는데, 왜 그런 서류 한 장에 집착하십니까?"

말없이 그녀의 말을 듣고 있던 인혁은 초반에 걸렸던 말이 마음에 계속 걸리는지 결국 참지 못하고 버럭 외쳤다.

"당장 지리산 가자! 가서 어머니한테……!"

"아, 거참."

또 시작인가. 그렇게 생각하던 정원이 후다닥 화장실로 도망 왔다. 막 칫솔에 치약을 묻히곤 밖에서 인혁이 악을 써 대는 소리를 들으며 고개를 젓는다.

"이젠 안 잡힙니다."

쾅쾅—!

"문 열어! 지리산 가자니까!"

지금 그의 손에 붙잡힌다면 침대에서 어떠한 고문을 당할지 모른다. 최근 들어 그와의 합이 완벽하게 맞아떨어지기 시작한 그녀는 이젠 침대 위에서 제 목소리를 낼 줄도 알게 되었다. 하지만 이로 인해 그가 교묘하게 그녀를 자극하고 괴롭히기에 이르렀으니…….

정원은 끔찍하다는 듯 고개를 내저었다.

쾅쾅—!

또다시 문을 거칠게 두들겨 댄 인혁이 외쳤다.

"씻어! 씻고 나와!"

"이 시간에 어떻게 내려갑니까?!"

"쇠뿔도 단김에!"

쾅쾅!

"어서 씻어! 어쭈, 물소리 안 들린다!"

그가 와와 악을 써 댔지만, 정원은 양치까지 깨끗하게 한 뒤 문을 열고 밖으로 나왔다.

문을 열자 붉게 변한 얼굴로 자신을 죽어라 노려다보는 그와 시선이 마주쳤다. 예전이라면 괜스레 무서워서 자라목이 되었을 얼굴이지만 지금은 달랐다. 그녀는 서늘한 눈으로 인혁을 노려보며 말했다.

"주민 신고 들어옵니다. 요즘 층간 소음이 문제인 것 모르십니까?"

"뭐야?"

그가 홱 노려보았다. 작은 주제에, 제 턱까지도 오지 않는 작은 생명체 주제에, 지금 반항하는 건가? 그가 이를 으드득으드득 갈더니 정원의 무릎 밑으로 손을 찔러 넣어 번쩍 들어 올렸다.

"악!"

정원이 깜짝 놀라 고함을 질렀지만, 그는 곧장 그녀를 안아 들고 침대로 향했다. 그가 던지듯이 정원을 침대에 눕힌 뒤 거만하기 짝이 없는 얼굴로 그녀를 내려다보았다. 턱까지 들어 위협적인 모습을 한 채.

"오늘도 침대에서 한번 죽고 싶은가 보지?"

"죽여 보시지요, 한번."

"어쭈! 지금 도발하는 거냐?"

"그렇다면 어쩔 겁니까?"

지지 않는 그녀의 모습에 인혁은 제 티셔츠를 빠르게 벗어 던진 뒤 일부러 무시무시한 표정을 지으며 그녀에게 다가갔다.

"그 입부터 막아야겠다."

그가 와락 그녀를 덮쳤다. 정원이 피할 겨를도 없이.

그녀의 위로 올라온 그는, 팔로 제 몸을 지탱하며 그녀의 도톰한 입술을 짓이기듯 입을 맞춘다. 조금은 거친 키스. 하지만 이 또한 이젠 정원에겐 익숙한 것이다.

그의 입에서는 늘 청량한 맛이 난다. 이 이야기를 했을 때 유리는 단단히 콩깍지가 씌었다며 뭐라고 했지만, 그녀는 진짜로 그렇게 느꼈다.

"으음."

그녀의 입술을 혀로 핥고 이로 깨물며 집요하게 안으로 파고들던 그가 그녀의 셔츠를 들쳐 가슴을 움켜쥘 때였다. 그녀의 입에서 기대감에 찬 신음이 터져 나왔다.

그는 이젠 본능적으로 그녀의 볼록한 정점을 비틀어 쥐었다. 그러자 정원의 허리가 마법처럼 위로 튕겨져 오른다. 그녀는 얼굴을 붉힌 채 빽 소리 질렀다.

"또 거기만 지분거리실 거면, 지금 그만두십시오!"

"싫어."

"하나만 파는 것은 좋지 않습니다!"

그녀가 반항하며 소리 질렀지만 인혁은 전혀 들을 마음이 없는지 고개를 숙여 분홍빛 정점을 입에 머금었다. 구슬처럼 혀로 굴리고 살짝 깨물어 자극을 주는 사이, 그의 손은 그녀의 바지 안으로 들어가고 있었다. 면의 감촉을 느끼며 팬티 위에서 그녀의 여성을 손가락 두 개로 살살 문질러 댄다.

"으흥……!"

정원의 입에서 날카로운 신음이 터져 나왔다.

그는 이제 알고 있었다. 그녀가 어떻게 하면 신음을 내뱉는지. 어떻게 하면 그녀의 몸이 순식간에 젖어 들어 가는지. 그녀의 성감대가 어디인지도, 그녀의 몸 구석구석 점의 위치까지 알 수 있을 정도로. 그녀의 몸을 본인보다도 더 잘 아는 그는 천천히 부드럽게 여성을 쓸며 한 손으로 하얀 유방을 움켜쥐었다.

"앗! ……거기요, 거기요."

"거기 어디?"

그의 물음에 정원의 얼굴이 붉게 변했다. 질끈 감고 있던 눈을 번쩍 뜬 그녀가 천천히 고개를 들어 인혁을 보았다. 장난스럽게 휘어 있는 그의 눈에도 그녀는 작게 고개를 저은 뒤 제 팬티 위를 거니는 손을 끌어다가 정확히 여성의 숲 깊숙한 곳, 작은 구슬처럼 톡 튀어나와 있는 곳 위에 올려다 두었다.

"여기요, 만져 주세요."

"강정원 너 진짜……."

"만져 주세요, 네?"

그의 손길이 거칠어진다. 악문 잇새로 크르릉, 짐승의 것처럼 낮은 소리가 흘러나온다. 그는 어둠으로 가득 찬 시선으로 정원이 원하던 곳을 거칠게 문지르며 말을 내뱉었다.

"원한다면 얼마든지."

곤한 잠에 빠져들어 있는 정원이 몸을 데구루루 굴려 제 몸을 만지작거리고 있는 손길을 피했다. 그러자 인혁은 손에 들고 있던 반지를 툭 떨어뜨렸다.

"아, 깜짝이야. 깬 줄 알았네."

재빨리 반지를 주워 든 인혁이 안도의 한숨을 내뱉었다. 그녀가 깨자마자 제 손에 끼워진 반지를 보며 깜짝 놀라게 하고 싶었다. 하지만 그의 생각과는 달리 잠들어 있는 정원에게 반지를 끼워 주는 일은 여간 어려운 일이 아니었다.

그는 등을 보이고 다시 깊은 잠에 빠져드는 정원의 뒷모습을 보며 조심스레 침대에서 내려왔다. 그리고 반대편으로 돌아가 그녀의 왼손 네 번째 손가락에 반지를 밀어 넣었다.

턱.

순간 그런 소리가 들리는 것 같았다. 뼈마디에 걸리는 반지를 보며 그가 낭패라는 듯 까치집이 된 머리를 긁적였다.

"우씨."

사이즈 제대로 알아보고 갈걸!

그가 속으로 신음을 삼킨다. 대한민국 평균 여성을 기준으로 12호 반지를 구매했지만, 거친 운동과 훈련으로 뼈마디가 굵어진 정원의 손가락에 맞을 리가 없었다.

그는 하는 수 없다는 듯 조심스레 반지를 뺀 뒤 허리를 펴고 섰다. 그러면서 눈꺼풀을 꿈쩍거리며 조금 있으면 깨어날 것 같은 정원의 모습에 재빨리 이불을 들쳐 발을 들었다.

쪽.

그가 발등에 입을 맞췄다. 그 행동은 너무나 경건하게 보였다. 그가 네 번째 발가락에 반지를 끼운 뒤, 발을 오므렸다. 그러자 그의 손길을 참다못한 정원이 결국 잠에서 깨어난다.

"뭐하는 겁니까?"

조금은 잠투정이 섞인 목소리로 정원이 말했다. 그러다가 그가 쥐고 있는 발에서 반짝이는 반지를 발견한 듯 눈을 커다랗게 떴다.

"어……?"

정원은 반지를 보며 깜짝 놀란 듯 눈을 깜빡였다. 그리고 그가 천천히 입술을 내려 자신의 발등에 다시 한 번 입을 맞추는 것을 본다.

"뭐, 뭐하는……?"

그녀가 미처 말을 끝내지 못하고 입을 꾹 다물었다. 발이 간지러운 것인지 연신 발가락을 꼼지락거리기도 했다.

"진짜 뭐하는지 몰라서 물어?"

발가락에 반지를 끼워 준 남자가 지금 무슨 짓을 하는지 어떻게 알겠는가? 정원이 상체를 들어 앉은 뒤 제 발을 끌어와 반짝이는 반지를 보았다.

"네."

"프러포즈하잖아."

그의 말에 정원의 얼굴이 와자작 구겨졌다.

뭐? 프러포즈?

아무리 무드와 낭만이 없는 그녀라 할지라도, 이건 좀 아니다 싶었는지 콧잔등을 살풋 찌푸리며 말했다.

"프러포즈를 발로 하십니까?"

그녀의 말에 인혁의 얼굴이 구겨진다. 그는 자리에서 일어나 문자를 확인하는 그녀에게 다가가 뒤에서 목을 조르듯 끌어안으며 말했다.

"네 손가락이 대한민국 평균보다 두꺼운 줄 몰랐다고!"

"……."

그의 항의에도 정원은 뭐라 말하지 않고 휴대전화만 뚫어지게 보았다. 그러다가 폰을 들어 인혁이 볼 수 있게 하며 말했다.

〈얘! 너 병원 왜 안 왜〉

"말할 용기가 생긴 거겠죠?"

"······어."

그의 말에 정원의 얼굴이 환해졌다.

"다행입니다."

"어? 너 지금 나한테 반지 받았을 때보다 더 예쁘게 웃었다?"

"······유치하게 이러지 마십시오."

정원이 그의 팔을 툭 털어 낸 뒤 욕실로 향하며 말했다. 그러면서도 그녀는 끊임없이 손가락을 움직여 수호에게 답을 하고 있었다.

그녀가 욕실로 들어가기 전, 손을 뻗어 욕실 문을 가로막은 인혁이 위협적인 목소리로 말했다.

"앞으로는 나에 관련된 일만 그렇게 웃도록."

"······어떻게 그럽니까? 내 안면근육이 말을 안 들을 텐데."

"쓰읍! 그렇게 하라면 해! 난 네 상사니까!"

그가 유치하게 버럭 소리를 지른다. 요즘 세상에 초등학생도 이러진 않으리라. 한심하게 그를 바라보던 정원이 뒤꿈치를 한껏 들어 그의 입술에 입을 쪽 맞췄다. 그런 뒤 다시 발을 내려 무심히 인혁의 얼굴을 올려다보며 말했다.

"이제 됐습니까?"

"······어."

"그럼 저 좀 씻겠습니다. 비켜 주십시오."

정원의 무뚝뚝한 말에 멍하니 있던 그가 제 입술을 손가락으로 만졌다.

하루에도 몇 십 번씩 맞추는 입술. 그런데 오늘따라 왜 이렇게 특별하게 다가올까.

인혁은 번뜩 든 생각에 그녀를 내려다보며 솔직한 눈으로, 솔직한 마음으로 말했다.

"지금 이거…… 영원히 해주면 안 되겠냐?"

"네?"

"우리 결혼하자."

"……어?"

"지금 꼭 그래야 한다는 생각이 마구 든다."

그는 마치 주문을 외듯 그리 말했다.

그리고 의아한 시선으로 그를 바라보던 정원이 한숨을 쉬며 고개를 저었다.

요즘 가끔 들어 이렇게 이상하게 굴 때가 있었다. 뭔가 뒤통수를 쎄게 후려 맞은 사람처럼 멍한 모습으로.

예전의 총명하고 멋있었던 대장님을 돌려주세요!

속으로 조물주에게 그렇게 외친 그녀는 여전히 제 세상 속에 있는 그를 힐끗 보며 말했다.

"지리산 가십시다. 씻고 나올게요."

"어……? 어! 그래! 어서 씻고 나와!"

달칵.

이렇게 또다시 평범한 그들의 하루가 시작되고 있었다.

　　남색의 제복을 입고 자리에 앉아 있는 정원은 흰 종이를 한참이나
바라보고 있었다. 검은색 펜을 들고 놓기를 몇 번. 그녀는 흰 종이에
어떠한 말을 적어야 할지 몰라 한참이나 그러고 있었다.

　　무거운 시선으로 종이를 보던 정원이 힘겹게 펜을 들었다.

　사랑하는 대장님께.

　　"아니야. 마지막인데 좀 더…… 끙!"

　　앓는 소리를 내던 정원이 편지지를 구겨 쓰레기통에 넣더니 새 편
지지를 꺼내 들고 새로 첫 인사를 남겼다.

　사랑하는 인혁 씨.

어떠한 말을 적어야 할 줄 몰라 한참이나 고민을 했는데, 막상 종이에 그에게 인사를 남기자 그 뒤부터는 아주 쉽게 제 속마음이 튀어나왔다. 정원은 누군가 볼까 싶어 손바닥에 날을 세워 편지지를 가린 뒤 제 속마음을, 아니, 자신이 떠난 뒤 그의 마음이 스러지지 않길 바라는 마음을 담아 정성스럽게 글을 쓰기 시작했다.

이 편지를 읽지 않았으면 하는 마음이 간절합니다.

하지만 만약 대장님이 이 편지를 읽게 되신다면, 어쩔 수 없는 일이 일어난 뒤겠죠.

팀원이 떠난다는 것, 사랑하는 사람을 잃는다는 것을 저도 이제는 압니다.

그렇기에 이 글을 남기는 겁니다.

미리 이러한 일이 일어날 것이라 예측하고 살았던 제 모습에 화를 내실 모습이 떠오르지만, 그 화는 부디 제가 남긴 말을 모두 이루어 주신 후에 오셔서 혼쭐을 내 주세요.

"후아……."

왜 눈물이 나는 것일까. 정원은 눈가에 맺힌 눈물이 편지지를 적실까 싶어 서둘러 고개를 들었다. 그리고 거칠게 눈물을 닦아 낸 뒤 코를 훌쩍였다.

"왜 눈물이 나고 난리야."

그녀는 혹시나 나중에 그가 이 편지를 읽을 날의 모습이 떠오르는 것인지 코를 훌쩍이며 슬픔을 제 속으로 삭였다.

그녀는 이 편지가 그에게 닿지 않길 바랐다.

그녀 또한 그가 없는 세상에…… 그를 제 눈앞에서 잃을 그 날을 생각하면 끔찍하니까.

하지만 그녀가 어쩔 수 없이 그러한 사고를 당할 경우를 대비해 편지를 남길 수밖에 없었다.

그가…… 다시는 무너지지 않길 바라니까.

첫 번째, 울지 마십시오. 저 때문에 눈물을 흘릴 힘이 있다면 그 힘을 시민들을 위해 쏟아 주십시오. 이러한 부탁을 하는 제가 이기적인 거 압니다. 하지만 꼭 그래 주셔야 합니다.

두 번째, 식사는 제때 챙겨 드십시오. 제가 떠나가더라도 저희 어머니와 아버지가 대장님을 반갑게 맞이해 주실 겁니다. 가끔은, 아주 가끔은, 제가 너무 보고 싶어 견딜 수가 없을 때 제 가족을 찾아가 한 끼의 식사를 해 주세요. 그때쯤이면…… 제 어머니 아버지도 견딜 수가 없으시겠죠.

세 번째, 직업에 대한 소신을 잊지 마십시오. 대한민국, 이 국가가 원망스러워지실지도 모릅니다. 하지만 현장에서 대장님을 기다리고 있을 시민들을 위해 이 밉고 원망스러운 국가조차도 품어 주세요.

네 번째, 저 때문에 무너지지 마십시오. 대장님과 어울리는 좋은 여자분을 만나 예쁜 아이 낳고 행복하게 살아 주십시오. 저는 잊어도 용서하겠습니다. 하지만 미리 만나러 오시면 크게 화를 낼 겁니다.

다섯 번째, 훗날 절 만나러 오실 땐 이곳에서 아주 행복했던 이야기를 많이, 아주 많이 해 줄 수 있도록 누구보다 행복하게 살고, 누구보다 멋지게 살고, 누구보다 최선을 다해 사신 뒤에 와 주세요. 그럼 저 또한 여한이 없을 것입니다.

마침표를 찍는 정원의 손끝이 파르르 떨렸다. 편지지는 어느새 눈물로 젖어 제 글자를 알아볼 수 없을 정도였지만, 그녀는 끝끝내 마지막 인사까지 남겼다.

하늘에서 대장님을 지켜 드릴 겁니다. 그 어떠한 위험한 현장 속에서도, 지옥 같은 불에게도. 단 한 명의 생명이라도 더 지켜 내실 수 있도록 힘을 드릴 겁니다.

그러니까 대장님,

부디 건강히, 나라에서 대장님께 부여한 임무를 모두 수행 후에, 파파노인이 되어 만납시다.

탁.

긴 편지를 적어 내려간 정원이 펜을 내려놓았다. 그리고 잉크가 번진 편지지 위를 휴지로 탁탁 닦아 낸 뒤 잘 접어 편지 봉투에 넣었다. 그리고 그녀의 자리 아주 깊숙한 곳에 제 마음을 숨긴다.

"후—"

깊은 한숨을 내뱉은 정원이 서둘러 탕비실이 있는 곳으로 다가가 제 얼굴을 깨끗이 닦아 냈다. 그리고 거울 속에 보이는 제 모습을 보며 애써 웃는다.

"좋은 날에 울지 마, 맹충아."

스스로에게 욕을 내뱉은 정원은 냉장고에서 각 얼음 몇 개를 꺼내 붉어진 눈가에 꾹꾹 눌렀다. 그리고 달칵 문이 열림과 동시에 서둘러 개수구에 얼음을 넣었다.

"어? 너 뭐하냐?"

"아…… 박수호 대원님은 여긴 어쩐 일이십니까?"

수호는 문 앞에서 텅 빈 사무실을 보았다. 그는 목발을 짚고 있었는데, 왼쪽 다리를 공중에 살짝 들고 있었다.

30분 뒤면 청와대에서 행사가 있었기에 사무실 안은 텅 빈 상태였다.

수호가 이상하다는 눈으로 정원을 바라보더니 붉어진 눈을 보며 피식 웃음을 내뱉었다. 그리고 목발을 옆으로 치워 그녀의 등에 대롱대롱 매달렸다. 그녀의 다운된 기분을 잘 알고 있다는 듯이.

"무겁습니다!"

"그래, 그러니까 무거운 건 지금 다 털어 내라."

시익 웃은 그가 몸에 힘을 풀며 제 무게를 그녀의 어깨에 실었다. 정원이 그의 무게에 점점 앞으로 기우는 몸에 힘을 주며 버럭 외쳤다.

"저리 가십시오!"

"뭐야? 지금 나 절름발이라고 꺼지라는 거냐?!"

"절름발이라서 꺼지라는 게 아니라, 그 매끈한 뇌 때문에 꺼지라는 겁니다!"

"어쭈! 죽을래?!"

수호는 그녀의 목에 제 팔을 두른 뒤 깍지까지 끼며 절대 놓아주지 않겠다는 듯 굴었다.

인혁이 어느새 사무실에 도착해 이 모든 모습을 보고 있다는 생각은 하지도 못한 채.

"……박수호."

"힉……!"

저승사자처럼 음침한 목소리에 수호의 어깨가 움찔 떨렸다. 그는 서둘러 깍지를 푼 뒤 팔에 걸쳐 둔 목발을 짚어 똑바로 섰다. 차마 인혁과 시선을 마주하지 못한 수호가 바닥을 보며 미적거릴 때였다. 팔짱을 낀 인혁이 무심한 어조로 말했다.

"지옥으로 꺼지고 싶냐?"

그는 그 말이 진심인 듯 시익 웃었다.

"서, 설마요……."

"그럼 앞으로 강정원한테서 두 보 떨어져 있는다. 알겠냐?"

"유부녀 될 쥐톨과는 더 이상 붙어 있지 않겠습니다!"

수호는 늘 그랬던 것처럼 기풍차게 답을 한 뒤 손수 보여 주겠다는 듯 그 자리에서 즉시 두 보 떨어졌다. 그러자 인혁의 입술에는 만족스러운 미소가 지어졌고, 정원의 입에서는 한숨을 터져 나왔다.

♧　　　♣　　　♧

청와대 별관 행사장 앞.

수백 개의 의자가 줄 맞춰 자리 잡고 있었고, 그 사이로 관계자들이 빠르게 걸음을 옮기고 있었다. 이제 곧 식이 시작되었지만, 오랜만에 만난 사람들은 서로 반가움에 악수를 하며 안부를 묻고 있었다.

오늘은 이번 한국 국립 박물관 화재에 참여했던 소방관 사백여 명을 대통령이 초청해 특별 연설을 하는 날이었다.

인혁은 제 앞으로 다가오는 문화재청장의 모습에 허리를 숙여 인사했다. 문화재청장은 만족스레 웃은 뒤 인혁의 어깨를 두드렸다.

"이번 결정 감사합니다."

그 말에 문화재청장은 허허 웃은 뒤 아니라는 듯 고개를 저었다.

"팀을 유지하기로 했던 결정, 벌써 들은 모양이야. 소식 한번 빠르네."

"다시 한 번 감사합니다."

"우리가 더 감사해야지."

그렇게 말한 그가 손을 들어 다시 한 번 인혁의 어깨를 두어 번 더 두드리며 밝은 어조로 말했다.

"앞으로도 잘 부탁하네."

그 말에 인혁의 입술에 걸려 있던 미소가 더욱 진해졌다.

높은 단상 위에는 대통령이 마이크 앞에서 연설을 하고 있었고, 그와 마주 보는 첫 번째 자리에는 문화재청장과 소방재청장 등이 자리를 하고 있었다.

"오늘 이곳에 오신 여러분께 제가 참 많은 신세를 지고 있습니다."

엄숙한 분위기의 행사장이 순간 술렁거렸다. 높은 단상에 있던 대통령이 옆으로 비켜 나와 평평한 곳으로 걸음을 옮겼기 때문이다. 단상 앞, 그곳에서 대통령은 잠시 대원들의 얼굴을 훑어보았다.

화재가 일어난 지 5개월의 시간이 흘렀지만, 아직도 몸이 회복되지 않은 소방관들은 휠체어에 타고 있거나 혹은 목발이 옆에 가지런히 놓여 있었기 때문이다.

대통령이 고개를 숙이더니 이내 그들에게 절을 했다. 화들짝 놀란 문화재청장과 소방재청장이 자리에서 벌떡 일어났고, 곁에 있던 경호원들도 몸을 움찔 떨었다. 하지만 대통령은 아주 오랜 시간 제 등을 보인 채 절을 올렸고, 자리에서 일어나 뒤에 있던 마이크를 뽑아 들었다.

"저희 청와대는 이번에 있었던 일련의 사건들로 인해 느낀 점이 참으로 많습니다. 소방공무원, 그 또한 나라에 봉사를 해야 하는 공무원입니다. 하지만 공무원의 수장인 제가 느끼기로는 나라에서 소방공무원들에게 너무나 많은 희생을 요구하고 있는 건 아닌가, 하는 생각이 들었습니다."

잠시 숨을 멈춘 대통령은 엉덩이를 들썩거리고 있는 소방재청장과 문화재청장을 보며 말했다.

"이번 일로 문화 화재 방재 시스템팀을 전국적으로 확대를 하고 인원을 충당할 예정입니다. 또한 각 지역 소방서의 열악한 시설을 나라에서 재정비할 생각입니다. 지역 공무원인 소방관은 현재 각 지역에서 설비를 담당하고 있으나, 이는 지방에서 감당을 하기에는 너무나 큰 예산이 든다는 보고는 익히 들었습니다."

잠시 말을 멈춘 대통령이 숨을 몰아쉬었다.

"앞으로 나라에서 노력하겠습니다. 나라에서 처우를 약속합니다."

방송을 보는 국민들은 어쩌면 알고 있을지도 모른다. 역사에 기록될 정도로 어마어마한 화재에 나라에서 임시방편, 눈 가리기 식으로 대통령이 이러한 발표를 하는 것일지도 모른다고.

하지만 이 일로 인해 전부는 아니더라도 일부 개선이 된다면 이 또한 나라를 위해 노력하는 그들에게 잘된 일인지도 모른다.

"일방적인 희생을 강요당했던 소방공무원들에겐…… 다시 한 번 고개 숙여 사죄의 말씀 올립니다."

장내는 숙연해졌다. 그리고 대통령은 다시 한 번 약속했다. 더 이상 무고한 희생을 강요하지 않겠다고.

마이크를 내려놓는 대통령의 모습에 정원은 힘차게 박수를 쳤다. 반짝이는 눈으로 대한민국에서 가장 높은 분을 바라보던 그녀는 제 손을 잡는 커다란 손에 고개를 숙였다.

두 손에는 똑같은 디자인의 반지가 끼워져 있었다. 다만 정원의 손에 끼워진 반지에서 핑크색 다이아몬드가 반짝이는 것과는 달리, 그의 손에선 조금 더 작고 하얀 다이아가 반짝이고 있다.

영원한 사랑의 징표, 그 약속이.

—The end

외전, 첫 번째
봄봄

인혁은 고집스럽게 앞장서 걸어가는 병호의 뒷모습을 보았다. 아무리 그가 오랫동안 훈련으로 다져지고, 틈틈이 취미로 등산을 즐겼다 하더라도 세상에서 가장 높다는 산만 골라 다니는 프로 산악인을 뒤쫓는다는 것은 여간 어려운 일이 아니었다.

헉— 헉—

안으로 호흡을 삼켜 티를 내고 싶지 않아도 저절로 거친 숨이 터져 나왔다. 근 3시간째 빠른 걸음으로 지리산을 오르느라 그의 안색은 진즉에 백색이 되어 있었다.

인혁은 쉬었다 가자는 소리가 턱까지 차올랐다. 하지만 지금은 병호가 그를 시험하고 있는 중. 내일 있을 상견례를 위해 영란과 병호를 모시러 오던 차. 기숙사에서 지내고 있는 정원의 남동생 문한은 곧장 내일 서울로 올라온다고 하여 오늘 두 사람을 모시고 서울로 올라가야 했다. 하지만 병호는 인혁이 식사를 끝내자마자 간단하게 산

522

이나 오르자 말했고, 그는 자신의 의지와는 다르게 이곳까지 끌려오게 되었다.

아랫배가 아프고 숨통이 끊어질 것 같았다. 다리가 후들거리고 툭 치면 넘어갈 것 같았던 그때였다. 저 앞에서 걸음을 멈춘 병호가 힐끗 뒤로 보며 손짓했다.

"갑니다!"

인혁이 마지막 힘을 끌어내어 산자락으로 뛰어 올라갔다. 그리고 병호 앞에서 애써 힘들지 않은 척 숨을 골랐다. 병호는 자신이 메고 있던 가방에서 물통을 꺼내 인혁에게 내민 후 자리에 털썩 주저앉았다.

"앉게나."

"네."

앉자마자 뚜껑을 열어 물을 마시는 인혁의 얼굴은 행복에 젖어 있다. 이것이 바로 꿀맛. 목이 찢어질 것 같은 고통이 멎을 때까지 물을 들이켠 인혁이 반쯤 남은 물을 병호에게 건넸다. 그러자 병호는 두어 모금 마신 뒤 가방 옆에 달린 주머니에 물통을 꽂았다.

"자네……."

"네, 말씀하십시오."

병호가 미처 말을 끝맺지 못하고 입을 꾹 다물자 인혁이 말했다. 그는 여러 감정이 뒤섞인 얼굴로 앞으로 한 가족이 될 인혁의 얼굴을 보았다.

많이 부족한 딸. 많이 사랑을 주지 못한 딸. 그 딸아이를 자신이 생각하기엔 너무나 어린 나이에 시집을 보내게 되었다. 딸아이가 사랑한다니까 그뿐이라는 생각을 하면서도 병호는 미처 신경 써 주지 못한 딸아이를 이렇게 보내야 한다는 생각에 가슴 한 켠이 무거워졌다.

"오늘 내 뒤를 쫓아온 것처럼 끈질기게 내 딸아이를 지켜봐 주고 사랑해 줘야 해."

"……."

"아주 끈질기게 사랑을 줘야 하네. 내가 주지 못한 것까지."

병호의 말에 인혁은 말을 잃었다. 사랑하는 딸을 다른 남자의 품으로 떠나보내는 이 순간, 그는 가슴이 너무나 아픈 것인지 한쪽 눈살을 찌푸리고 있었다.

못난 아비였다. 아무것도 해 준 것이 없었어.

그의 얼굴은 마치 그렇게 말하고 있는 것 같았다.

한참 병호의 얼굴을 보던 인혁이 고개를 끄덕이며 힘 있는 목소리로 말했다.

"세상에서 가장 행복한 여자로 만들어 주는 남편이 되진 못할지도 모르지만, 세상에서 가장 듬직하고 자상한 남편은 될 자신이 있습니다."

"……그래, 그거면 됐네."

엉덩이를 털며 자리에서 일어난 병호가 시계를 확인했다. 그리고 웃는 얼굴로 인혁의 어깨를 툭툭 두드리며 말한다.

"저녁 시간에 늦는다고 또 욕하겠네. 어서 내려가세."

병호는 조금은 안심한 눈치였다.

대한민국에서 첫 번째로 꼽히는 한식당 〈해음〉은 한 달 전에는 예약을 해야 겨우 음식 맛을 볼 수 있을 정도로 유명한 곳이었다. 정재계는 물론 돈이 있는 사람이라면 한 번쯤 이곳을 찾았고, 음식을 맛본 뒤에는 지속적으로 예약을 하며 단골로 삼는 곳이기도 했다.

그리고 여긴 백인혁의 아버지, 백상철의 단골 식당이기도 했다. 사장과도 각별한 사이로 중요한 자리가 있으면 힘겹게 예약을 해 손님을 대접하기도 하는 곳이다.

이곳의 가장 끝 방. 무궁화 방엔 정적만이 흘렀다. 상철은 식탁의 끝에서 정원의 숟가락에 반찬을 올려 주고 있는 인혁의 모습에 헛기침을 내뱉었다. 지금 어른들 앞에서 무슨 짓이냐고 소리라도 치고 싶었지만, 얼빠진 제 아들의 모습에 입을 꾹 다물어 버렸다.

'표정하고는, 쯧쯧쯧.'

척 봐도 예뻐 죽겠다는 얼굴이었다. 그런 아들의 모습에 상견례라고 모인 자리에서 큰 소리를 낼 수 없었다.

고개를 돌린 상철이 이번엔 자신의 앞에 있는 병호와 영란을 보았다. 까맣다 못해 빨갛게 익은 병호의 얼굴을 바라보았다. 프로 산악인으로서 국내 대기업의 스폰을 받고 있다는 생각이 들지 않을 정도로 그는 남루한 차림이었다. 속으로 한숨을 삼킨 상철이 이번엔 입술을 삐죽 내민 채 음식을 먹고 있는 영란을 보았다.

그녀 덕분에 최근 외가에서 진행하고 있는 사업이 연신 고공행진을 달리고 있다고 했다. 그로 인해 그녀에게 인센티브로 떨어지는 돈 또한 상당하다고 들었으나, 역시나 마찬가지로 낡은 투피스를 입고 있었다.

상철의 시선이 이번엔 영란의 옆에서 무표정한 얼굴로 밥을 먹고 있는 소년에게로 향한다. 그제야 이 어색한 분위기를 깨뜨릴 수 있는 대화가 생각이 났는지 상철이 문한을 향해 조심스레 물었다.

"강문한 군?"

"네, 말씀하세요."

아이는 이제 고2라고 했다. 하지만 총명한 시선과 제법 예를 갖춘 식사 예절. 거기다가 무심하지만 제 감정을 숨긴 표정에 상철은 미리 명숙에게 언질을 들은 것들 중 가장 구미를 당기는 대화를 집어냈다.

"공부를 아주 잘한다고 들었어요. 민사고는 원래 들어가려고 했던 건가요?"

대한민국에서 최고로 꼽히는 민사고에 당당히 수석 입학을 한 뒤, 그 뒤부터 계속 1등의 자리를 놓치지 않고 있다고 했다.

상철은 문한의 답을 기다리고 있었다. 문한은 왜 그런 질문을 하는지 몰라 잠시 말을 멈췄다가 신중하지 못하게 툭 내뱉었다.

"아니오. 기숙사도 있고, 학비와 교복도 전액 면제를 해 준다기에 들어갔습니다."

문한은 '세상에서 공부가 가장 쉬웠어요' 라는 얼굴로 말했다. 그 이야기에 상철은 말문이 막힌 듯 입을 뻐끔거리다가 닫았다.

옆에서 분위기를 보고 있던 명숙이 상철의 팔을 붙잡고 교양 있게 웃으며 말했다.

"호호, 들어 보니까 올해 수능을 친다면서요?"

명숙의 말에 문한은 곁을 흘끗 바라보았다. 영란이 고개를 끄덕이자 문한은 최대한 부드러운 어조로 말하려고 노력했다. 최대한 재수없어 보이지 않게.

"네, 목표한 대학이 있습니다."

"그게 어딘가요?"

"서울대 법대가 목표입니다."

그의 말에 방금 전까지 마땅치 못한 얼굴을 하고 있던 상철의 얼굴 근육이 부드럽게 풀렸다. 아들 녀석이 좋다고 하여 결혼은 허락을 했지만, 며느리기 쪽 가족이 하나도 마음에 들지 않았는데 드디어 그의 귀를 번뜩이는 이야기를 들었기 때문이다.

"서울대 법대?"

"네."

"오호라, 그럼 내 후배가 되겠군요."

"네."

무뚝뚝한 동생의 답에 정원이 옆구리를 쿡 찔렀다. 그리고 입으로 '상냥하게 해! 재수 없는 녀석아!' 라고 뻐끔거렸다. 하지만 아무래도 좋다는 듯 상철의 얼굴엔 만족감이 서렸다. 그리고 고개를 돌려 인혁을 흘끗 보며 말했다.

"좋구나, 좋아. 아들 녀석들도 이루지 못한 걸 네가 이루어 주겠구나."

상철이 인혁을 노려보았다. 서울대 법대까지 가 놓고서 갑자기 소방관이 되겠다며 설친 아들이 마음에 들지 않는 듯했다. 어디 그뿐인가? 첫째 녀석도 멀쩡하게 대학을 다니다가 갑자기 카메라 들고 여기저기 쏘다니더니 집에 붙어 있는 법이 없었다. 오늘 이 자리에도 나오지 않았다.

"못난 녀석, 쯧쯧."

그가 혀를 차며 말하자 건너편에서 음식을 맛보고 있던 영란이 불쑥 말했다.

"아니, 사위가 왜 못났나요? 아주 멋있고만."

"맞아, 맞아. 당신은 가끔 자신의 기대를 충족하지 못하면 무조건 쏘아 대는 경향이 있어요."

명숙까지 장단을 맞추자 인혁의 얼굴이 의기양양해졌다. 그는 정원의 밥 위에 가지무침을 올려 준 뒤 생긋 웃으며 상철에게 말했다.

"거봐요, 아버지. 아버지만 절 무시하신다니까요?"

"암, 소방관이 얼마나 멋진데. 당신도 한마디 해 봐요."

영란이 병호의 옆구리를 툭 치며 말했다. 그러자 한 술도 뜨지 않은 밥그릇만 내려다보고 있던 병호가 고개를 들어 인혁과 시선을 마주했다.

이 자리와 어울리지 않게 병호의 눈에 눈물이 맺혀 있었다.

"제 딸을…… 맡길 수 있을 정도로 멋있는 남잡니다, 사돈."

"하하, 그렇게 말씀해 주시면 저야 감사하지요."

상철이 웃으며 답하자 병호가 고개를 돌려 그와 시선을 마주하며 말했다.

"그럼 제 딸은…… 언제 보내면 되겠습니까?"

애지중지 키워 왔던 아이를 떠나보내야 한다는 생각에 병호는 울컥한 것 같았다.

슬픔에 젖어 있는 병호의 모습에 상철이 어쩔 줄 몰라 명숙을 보자 그녀는 이미 다 끝났다는 듯 영란에게 말했다.

"호호, 안 그래도 서프라이즈로 정원이에게 선물을 줄 작정이었는데……."

"그게 무슨……?"

영란이 되묻자 명숙은 눈을 깜빡이고 있는 정원에게 부드러운 눈빛을 보내었다.

"집은 당분간 인혁이 집에서 지내는 걸로 하면 되고, 필요한 가구만 사서 들어가면 될 거예요. 식장은 아는 분께 부탁을 드려서 다음 달 말에 빼 뒀고요."

"다, 다음 달 말이요?"

영란과 병호가 당황해서 그렇게 물었다. 정원과 인혁 또한 꽤나 놀란 눈치였다.

"사부인께서 많이 섭섭해하실 줄은 알아요. 하지만 지금 두 사람이 서로의 집에 들락날락거리는 것도 보기 그렇고, 저도 빨리 나이 든 아들이 가정을 꾸리며 사는 모습을 지켜보고 싶거든요."

"……하, 하지만 이렇게 갑자기는 조금……."

병호가 곤란하다는 듯 말하자, 명숙은 진심이 담긴 눈으로 병호와 제 바깥양반을 보았다.

"부탁드려요."

명숙의 말에 식당 안엔 썰렁한 침묵이 내려앉았다. 그녀는 영란에게서 시선을 돌려 놀라움에 입을 뻐끔거리고 있는 정원과 인혁을 보았다.

"너희들 생각은 어떻니?"

당사자들의 답은 물어보나 마나였다.

두 사람은 동시에 고개를 끄덕이며 Yes를 외친다.

"좋아요."

그들의 답에 영란과 명숙은 서로 시선을 마주하며 시익 웃었다.

'사돈 성공했어요.'

'그러게요. 역시 남자 쪽을 먼저 움직이게 해야죠.'

인혁을 안달 나게 해서 순식간에 결혼 날짜까지 잡아 버리자 명숙과 영란 둘 다 즐거운 기색이 가득했다.

엄숙한 분위기의 결혼식장은 대부분 양가 아버지의 하객으로 채워졌다. 신랑 쪽의 하객들은 딱딱한 슈트 차림에 머리도 말끔하게 빗어 넘긴 사람들이 대부분으로, 법조계 쪽 인사들이었다. 하지만 그와는 반대로 신부 쪽 하객들은 유행이 지난 슈트이거나 혹은 말끔한 캐주얼 차림의 사람들이 대부분이었는데, 모두 병호를 존경하는 산악인들이었다. 양가의 손님이 옷차림부터 극명하게 갈렸다.

그럼에도 워낙 양쪽 집안 다 덕망이 높은지라 팔백 석으로 준비한 자리엔 모두 사람이 앉아 있었고, 제때 자리를 잡지 못한 사람들은 뒷자리에 서서 엄숙하게 혼인 서약서를 읽고 있는 깜찍한 신부를 보았다.

흰색의 웨딩드레스를 입고 있는 정원은 조금 긴 머리를 애써 묶어 올리고, 조그맣고 귀여운 티아라를 썼다. 드레스 또한 길게 내려오는 것이 아닌 그녀의 무릎 위에서 찰랑거리는 짧은 드레스였다.

여자의 변신은 무죄라더니…….

수호는 하객석에 앉아 정원의 모습에 혀를 끌끌 찼다. 저 녀석을 처음에는 순전히 남자로만 보았으니…….

"내가 그래서 솔론가?"

그가 인상을 와작 찌푸릴 때였다. 오늘의 사회자로 선 태원은 두 사람의 혼인 서약문 순서가 끝나자 허리를 살짝 숙여 마이크에 대고 말했다.

"주례 말씀 대신 양가 아버님께서 축하 인사가 있으시겠습니다."

짝짝짝—

기계적인 박수 소리와 함께 병호가 먼저 자리에서 일어나 주례석으로 향했다. 그는 적어 온 문구를 무거운 눈으로 내려다보았다.

사랑하는 내 딸아, 로 시작하는 글귀를 읽자 순간 울컥 가슴에서 무언가가 올라왔다.

눈물을 터뜨리기 전에 종이를 구겨 양복 주머니에 넣은 병호가 목소리를 가다듬었다. 그리고 배에 힘을 꽉 주며 인혁에게 버럭 소리를 질렀다.

"내 딸 행복하게 해 주게나!"

그리고 뚜벅뚜벅 단상에서 내려온 병호가 털썩 의자에 앉는다.

눈물을 훌쩍 닦아 내는 병호의 모습에 영란이 그의 어깨를 다독였다. 그 모습을 바로 뒷자리에서 보고 있던 수호가 화들짝 놀란 심장을 꾹 누를 때였다. 옆자리에 앉아 있는 강우가 작게 읊조렸다.

"파워가 넘치시네."

수호가 강우의 말에 동조하며 고개를 끄덕인다. 아무리 딸을 보내는 마음이 섭섭하다 하더라도 식장에서 고함을 지른 병호의 모습에 깊은 인상을 받은 듯한 얼굴로. 그때 건너편에 있던 상철이 단상 위에 올라가 방금 전 병호가 섰던 마이크 앞에서 부스럭부스럭 종이를 꺼내고 있었다. 그 또한 잠시 글귀를 내려다보더니 인혁을 바라보았다.

"내 며느리 행복하게 해 줘!"

상철의 목소리는 방금 전 병호의 것보다 더 컸다. 법원에서 항상 근엄한 모습만 보이던 상철이 고함을 지른 뒤 단상에서 내려가자, 신랑 쪽 하객들이 쑥떡거리는 것이 보였다.

신랑과 신부 하객 모두들 깜짝 놀란 눈치였지만 수호만이 정원의 눈물을 닦아 주고 있는 인혁을 보며 한숨처럼 내뱉었다.

"외롭다."

수호의 말에 강우가 입술을 삐죽하게 내밀더니 볼까지 빵빵하게 부풀린다.

"외롭기만 해? 봄인데 왜 이렇게 춥대, 젠장."

외로운 두 남자는 그렇게 남의 결혼식장에서 연신 투덜거렸다.

외전, 두 번째
잔인한 솔로의 계절

큰 대형병원은 그 지역 환자들뿐만 아니라, 뭐든 서울이 좋다는 지방의 환자들까지 모여들어 늘 사람들로 북적였다. 이젠 이런 풍경이 너무나 익숙해진 수호는 목발을 짚고 접수처로 가 간호사에게 접수증을 내밀었다.

"언니~ 오늘도 예쁘네!"

"하하, 수호 씨도 참."

올해 마흔둘인 수간호사는 수호의 인사가 유쾌한지 입을 가리고 호호 웃었다.

"아참, 오늘 담당의 선생님이 휴가라 다른 선생님이 봐 주실 텐데, 괜찮아요?"

"뭐, 누구든요. 두 발로 걷게 해 줄 수만 있다면."

"이번에 새로 오신 선생님인데 아주 실력이 좋다고 정평이 나 있어요. 앞으로 이 선생님한테 계속 받겠다고 떼를 쓰실 수도 있을 걸요?"

"……여선생님입니까?"

수호가 부러 진지한 얼굴로 물었다. 그러자 수간호사는 다시 입을 가려 호호 웃더니 크게 고개를 끄덕이며 말했다.

"여선생님뿐이에요? 아주 미인이기까지 해요."

"그럼 지금부터 떼쓸랍니다."

"어머, 장난도! 2층에서 기다리고 계시니 바로 올라가시면 돼요."

"장난 아닌데, 쳇!"

수호가 그렇게 읊조린 뒤 싱긋 웃으며 엘리베이터로 향했다. 예전에 두 다리가 멀쩡했을 때라면 망설임 없이 계단으로 향했을 터다. 하지만 이젠 마음대로 움직여 주지 않는 다리 때문에 아무리 낮은 계단이라 하더라도 되도록 엘리베이터를 이용하곤 했다.

목발을 짚으며 엘리베이터에 올라탄 그가 원망스레 제 다리를 내려다보았다.

"언제 낫는 거야!"

젠장, 작게 욕지기를 내뱉는 순간 도착한 엘리베이터가 허탈한지 한숨을 쉬었다.

물리치료실은 엘리베이터와 그리 멀지 않은 곳에 있었다. 거동이 힘든 환자들이 대부분이었기에 병원에서 배려를 해 그리 만든 것이었지만, 그곳으로 향하는 와중에도 수호는 오른쪽 다리에 무리가 가는 것을 느꼈다.

처음 양쪽 다리 모두 힘이 들어가지 않았던 것과 비교하면 장족의 발전이다. 하지만 여전히 그는 사무실을 지키고 있었고, 고생하는 팀원들에게 미안한 마음이 들었다. 어느 날 회식 자리에서 이러한 말을 했던 적이 있었다.

"나 때문에 미안해요."

그 말에 인혁과 태원은 개과천선했다는 얼굴로 자신을 보았고, 용건은 아니라며 손사래를 쳤다. 그리고 뭐라 한마디 붙였었더라?

"나 결혼 때문에 일주일씩이나 자리 비우는 걸. 내가 미안하지, 뭐."

"그것도 형이라고!"

버럭 소리를 지르면서도 힘껏 앞으로 나아가던 수호가 순간 멈칫 걸음을 멈췄다. 마지막으로 정원이 했던 말이 떠올랐기 때문이다.

"드디어 철이 드셨군요."

그 말을 하며 머리까지 쓰다듬지 않았던가. 새삼스레 그때의 일이 떠오르자, 걸음을 멈춘 수호가 버럭버럭 소리를 질렀다.

"쪼꼬만 게, 앞에서 알짱거리는 것도 짜증나 죽겠구만!"

그의 목소리에 악의는 없었지만, 그건 그를 아는 사람들이 들었을 때 느끼는 것이다. 그래서 그를 전혀 모르는 흰 가운의 처자는 순간 몸을 움찔 떨며 자신의 앞에서 버럭 외치는 남자의 모습에 도끼눈을 떴다.

"그거 설마 저한테 하시는 이야기세요?"

"네? 아…… 죄송합니다. 혼잣말이었는데…… 거기 계신 줄 몰랐습니다."

거기 있는 줄 몰라? 흰 가운의 처자는 그 말에 더욱 화가 났는지, 짧은 다리를 성큼성큼 옮겨 와 수호의 앞에 섰다. 그리고 고개를 한 껏 치켜 올려 위협적이게 보이려고 악을 쓰며 말했다.

"저 안 작아요!"

"네……?"

"안 작다고요!"

그녀의 말에 수호가 고개를 숙여 여자를 살펴보았다. 그녀는 객관적으로 보았을 때도 작은 키였다. 힐을 신고 있었지만, 정원보다도 작은…….

"네, 안 작습니다."

하지만 수호는 흰 가운의 처자 얼굴을 본 순간 그렇게 말할 수밖에 없었다. 서늘하게 굳은 얼굴은 '나 작다는 소리 하기만 해!' 라고 외치는 듯했다.

수호가 멍한 얼굴로 만족스러운 말을 하자, 그제야 흰 가운의 처녀는 주머니에 꽂고 있던 손을 꺼내어 수호의 앞에 내밀었다. 수호는 지금 이게 뭐 하자는 것이냐며 그녀를 보았고, 흰 가운의 처녀는 싱긋 웃으며 말했다.

"오늘 박수호 씨를 치료하게 된 강민경이에요. 두 시간 동안 살 비빌 건데, 잘 부탁해요."

민경의 말에 수호가 천천히 손을 뻗었다. 그리고 작고 야무져 보이는 손을 잡으며 아래위로 흔들었다.

"잘 부탁합니다."

어쩐지 그의 얼굴이 조금 붉어져 있는 것 같았다.

수호는 기가 빠진 얼굴로 푸시식 책상에 널브러져 있었다. 걸레처럼 늘어져 있는 그의 모습에 방금 막 사무실로 복귀한 강우가 정원에게 작은 목소리로 물었다.

"쟤 왜 저래?"

"글쎄요…… 오늘 물리치료가 힘들었나?"

그녀가 고개를 기울이며 말하자, 강우가 한심하다는 듯 정원을 보며 혀를 끌끌 찼다.

"어떻게 넌 유부녀가 된 뒤로도 그러냐?"

"유부녀면 무조건 세상 이치를 다 깨우쳐야 합니까? 그게 무슨 말도 안 되는 소립니까?"

정원이 자신을 한심한 듯 쳐다보자 강우는 '리턴 귀여운 아가씨!'를 외친 뒤 말했다.

"어? 너 진짜! 백 강아지랑 결혼하고 나서 점점 싸나워진다? 어? 싸나워, 아주 싸나워!"

버럭버럭 외치던 강우는 정원이 자신을 슬금슬금 피하자 서둘러 쫓아가 그녀의 어깨를 붙잡았다. 그리고 아주 비밀스러운 이야기를 하듯 그녀의 귓가에 속살거린다.

"저건 완전히 최고의 오르가즘을 느낀 표정이란 말이야! 말 그대로 떡.실.신!"

"……오르가즘이요?"

"그래! O! R! G! A! S! M!"

강우가 흥분을 하며 소리 질렀다. 그러자 순식간에 사무실에 있는 열두 개의 눈이 그들에게로 향한다. 단…… 수호를 제외하고.

"목소리 좀 낮추시죠……?"

정원이 주위를 둘러보며 그의 등짝을 찰싹 때렸다. 하지만 제 세계에 빠져 있는 강우는 매서운 손길을 다 받아 내면서도 끝까지 수호를 떡실신하게 만든 사람의 정체를 밝혀 내기 위해 골똘히 생각에 잠긴다.

"뭔가 있단 말이야, 뭔가…….""

버럭 외친 강우가 턱을 쓰다듬으며 탐정놀이를 하듯 읊조렸다.

"뭐지……? 여자 생겼나? 아닌데…… 어제까지만 해도 없다고 징징거렸는데. 흐음……. 혹시……!"

"혹시?"

정원이 제법 호기심을 보이자, 강우가 동그랗게 말아 쥔 주먹으로 자신의 손바닥을 탁, 내려치며 말했다.

"빙고!"

"뭐가 말입니까?"

"엄청난 야동을 다운 받았나 봐!"

"……."

그가 또다시 커다랗게 '유레카'라고 소리 질렀다. 또다시 열두 개의 시선이 모여든다. 아니, 이번에는 열네 개의 시선이 모여든다.

노 서장과 면담 후 빠르게 다가온 인혁이 강우에게 역정을 내려고 할 때였다. 책상에 뺨을 대고 널브러져 있던 수호가 자리에서 벌떡 일어나더니 인혁에게 빠르게 소리쳤다.

"대장님, 저 외근 다녀오겠습니다!"

"뭐……?"

다리가 아픈 사람이 맞나, 싶을 정도로 수호는 순식간에 사무실을 벗어났다. 쌩하니 사라진 수호의 자리를 보던 강우는 인혁에게 뚜들겨 맞을까 싶어 정원에게서 한 발자국 물러나며 말했다.

"끝내주는 야동 보러 갔나 보다."

그의 말에 정원이 혀를 끌끌 찬다.

"최 팀장님, 제발 정신 차리십시오. 제발!"

♧　　　♣　　　♧

"흠, 올 때가 됐는데?"

민경은 물리치료 기구에 앉아 제 작은 손을 내려다보았다. 있는 힘껏 남자를 주무르고 달랬던 손을 보던 그녀가 또다시 한숨을 뻑 내뱉었다.

"마음에 들었는데 말이야."

민경이 그렇게 읊조릴 때였다. 갑자기 옆에서 하하 웃음소리와 함께 장난스러운 목소리가 들려온 것은.

"강 선생님도 그렇습니까? 저도 그렇습니다."

"어머나!"

화들짝 놀란 민경이 자리에서 일어났다. 하지만 앉으나 서나 별 차이가 없는 키. 그녀는 제 속마음을 들켰다는 생각에 양 뺨을 손바닥으로 꾹 눌렀다.

수호는 목발을 짚어 천천히 민경의 앞으로 다가왔다. 그리고 조막만 한 민경을 내려다보며 말했다.

"부끄러우시면 천천히 하겠습니다."

"그, 그게……."

"연락처부터 가르쳐 주세요."

"아……."

"그리고 오늘 저녁 함께해요."

수호가 주머니에서 휴대전화를 꺼내어 그녀에게 내밀었다. 그러자 잠시 망설이던 민경은 키판을 눌러 제 번호를 저장했다. 그리고 휴대전화로 그의 가슴을 쿡 찌르며 말했다.

"전 빨라도 상관없는데?"

"네……?"

수호가 당황하며 입을 뻐끔거리자, 민경은 하얀 가운에 제 손을 찔러 넣으며 싱긋 웃었다.

"전 빠른 게 좋다고요. 식사 후에 맥주까지 한 잔 어때요?"

역시 작은 생명체들은 만만치 않았다.

수호는 홀린 사람처럼 천천히 끄덕인 뒤 피식 웃음을 내뱉었다.

"좋아요."

외전, 세 번째
4월의 신부

　인혁과 정원은 빠르게 사라지는 웨딩카 뒤꽁무니를 보며 피식 웃음을 내뱉었다. 뒤 트렁크 쪽에는 '노총각 장가갑니다'라는 장난 섞인 문구와 함께 밑에 〈이용건♥이유리〉라는 다소 닭살스러운 문구까지 적혀 있었다. 차가 그들의 시야에서 사라지자 인혁은 주위에 있는 팀원들을 향해 말했다.

　"설마 저 커플이 속도위반일 줄 누가 알았겠냐?"

　작년에 올려야 했던 식은 유리가 임신을 한 덕분에 1년 미뤄지게 되었다. 진즉에 혼인 신고를 하고 살림은 합쳤던 두 사람이지만, 결국 오늘에 와서야 진정으로 한 가족이 된다는 사실을 많은 사람에게 알리게 된 것이다.

　인혁의 이야기에 동조하듯 정원이 고개를 끄덕였다.

　"뭐…… 얌전한 고양이가 부뚜막에 먼저 오른다는 속담도 있지 않습니까?"

그녀는 다시 시크하게 피식 웃기도 했는데, 결혼식 내내 강우의 장난 어린 '신랑 체력테스트'가 떠올라서였다. 신부를 등에 앉히고 팔 굽혀펴기 하던 중 결국 자리에 철퍼덕 넘어진 용건의 모습에 사람들은 모두 즐거워했지만, 인혁과 정원은 안도의 한숨을 쉬며 가슴을 쓸어내려야 했다. 그에게 사회 부탁을 안 한 것을 다행이라 생각하며.

정원은 고개를 돌려 뒤에서 울상을 지으며 부케를 내려다보는 수호를 보았다. 오늘 부케는 늦은 나이까지 결혼을 하지 못한 구급팀 노처녀 대원이 받기로 되어 있었다. 하지만 워낙 부케 던지는 실력이 출중한 유리는 바로 뒤에 있는 수정에게 던지는 대신 사진을 찍기 위해 서 있는 수호에게로 부케를 던져 버렸다.

화려한 꽃으로 장식되어 있는 부케에 정원이 장난스레 말했다.

"3년 안에 시집 못 가면…… 아시죠? 이용건 대원님 양 뺨을 후려칠 정도가 되실지도 모릅니다."

"……"

최근 연애 전선에 문제가 생겼는지, 평소 그녀의 말장난을 잘 받아치던 수호가 오늘만은 입을 꾹 다물었다. 그리고 먼저 주차장으로 쌩가 버린다.

정원이 눈을 깜빡이며 수호를 보자, 뒤에서 대강 요즘 그의 연애전선을 알고 있는 태원이 툭 내뱉었다.

"싸웠다더라."

"에? 어젠 깨가 쏟아지던데요?"

그녀의 말에 태원은 어깨를 으쓱이더니 수호의 뒤를 따랐다.

두 사람의 모습을 보던 정원이 걸음을 옮기자 곁에 서 있는 인혁이 그녀의 손을 붙잡으며 자신의 쪽으로 당겼다. 그리고 앞에 있는 돌부리를 보며 인상을 찌푸린다.

"조심해야지."

"안 넘어집니다. 그리고 지금 이거 과보호인 거 아시죠?"

정원이 미간을 찌푸리며 말했다. 이제 임신 6주째. 아직은 조심해야 할 때라고는 하지만, 그는 가끔 답답하게 느껴질 정도로 정원의 행동거지에 태클을 걸고 있었다. 서른다섯, 늦깎이에 가진 아이라 그가 호들갑을 떠는 거라는 걸 알고 있으면서도 정원은 요즘 들어 걸음걸이까지 태클을 거는 그에게 결국 한 마디 하지 않을 수가 없었다.

그리고 그 대화는 서로 돌아가는 와중까지 계속되었다.

식장에서 이수 소방서까지는 차로 10분 거리라 아주 가까운 거리였다. 하지만 10분 동안 남편과 다투며 가자, 그 짧은 시간이 10시간처럼 아주 길게 느껴졌다.

정원은 막 그에게 '대원들 눈치 보이니까 그만해요'라는 말을 했다. 하지만 인혁은 인정할 수 없다는 듯 단호하게 고개를 저었다.

"조심해서 나쁠 건 없잖아."

차가 부드럽게 차고로 들어서고, 가장 구석진 자리에 멈춰 섰다. 그녀는 뚱한 얼굴로 볼을 빵빵하게 부풀리며 막 보조석 문을 열곤 말했다.

"그러다가 출동할 때도 조심히, 돌부리에 걸려 넘어지지 마라, 라고 하시겠습니다?"

정원은 비꼬는 말이었지만, 인혁은 꽤나 심각한 문제에 당면한 사람처럼 미간을 좁혔다.

"출…… 동?"

따라 차에서 내린 인혁이 순간 열린 문을 닫지 못하고 멍하니 읊조렸다. 그러자 정원은 힘차게 고개를 끄덕이며 짧게 답했다.

"네."

"아, 거기까진 생각 못 했네."

"우리 아이는 나처럼 아주 튼튼할 테니까 걱정 마시라고요, 제발."

"제발 출동이 안 걸리길 빌어야겠다."

정원의 말을 귓등으로 안 듣는 것인지 인혁이 우문현답을 했다. 그 모습에 정원이 한숨을 내쉬며 뭐라고 한 마디 하려고 할 때였다.

위이이잉—

출동 사이렌이 울리자 인혁과 정원의 행동이 동시에 멈췄다. '문화 화재 방재 시스템팀' 혹은 '화재팀' 출동 명령이 아니길 속으로 바라고 바라던 인혁은 곧이어 들려오는 상황실 직원의 목소리에 표정을 와락 구겼다.

〈화재 출동! 화재 출동! 전 대원 출동!〉

"말이 씨가 됐잖아!"

인혁이 버럭 소리를 지르며 펌프차를 향해 달려가자 정원이 그 뒤를 따라 달리며 말했다.

"그러게 왜 태아 이름을 슈퍼맨으로 짓습니까?! 그러니 매일 시민들 구하러 출동하지!"

"악!"

펌프차에 오른 두 사람은 재빨리 제 장비를 체크했다.

오늘도 위용이 넘치는 사이렌 소리가 이수동을 가득 채운다.

오늘도 불철주야,
이 땅에서 국민의 안전을 위해 고생하시는 소방관님들께
감사의 인사 전합니다.

날다람쥐 **결 핍** 증후군

1판 1쇄 찍음 2013년 11월 29일
1판 1쇄 펴냄 2013년 12월 5일

지은이 | 이아현
펴낸이 | 정 필
펴낸곳 | 도서출판 **뿔미디어**

편집장 | 이재권
기획 · 편집 | 주종숙
편집디자인 | 이진선

출판등록 | 2002년 9월 11일 (제1081-1-132호)
주소 | 경기도 부천시 원미구 상동로 117번길 49(상동) 503호
전화 | 032)651-6513 / 팩스 032)651-6094
E-mail | scarlets2012@hanmail.net
블로그 | http://blog.naver.com/dahyangs

값 9,800원

ISBN 978-89-6775-950-6 03810

Scarlet

스칼렛

Scarlet

스칼렛